西格弗里德·伦茨作品

Siegfried Lenz

Heimatmuseum

家乡博物馆

[德] 西格弗里德·伦茨 著　　朱刘华 译　　钱晓冬 校译

浙江文艺出版社
Zhejiang Literature & Art Publishing House

Heimatmuseum by Siegfried Lenz

Copyright © 1978 by Hoffmann und Campe Verlag, Hamburg

This edition arranged through Hercules Business & Culture GmbH, Germany

本书中文简体字版版权，浙江文艺出版社独家所有。

版权合同登记号：图字：11－2018－550 号

图书在版编目（CIP）数据

家乡博物馆/（德）西格弗里德·伦茨著；朱刘华译.
—杭州：浙江文艺出版社，2023.11
ISBN 978-7-5339-7255-4

Ⅰ.①家… Ⅱ.①西… ②朱… Ⅲ.①长篇小说-德
国-现代 Ⅳ.①I516.45

中国国家版本馆 CIP 数据核字（2023）第 100338 号

策划统筹	曹元勇
责任编辑	顾楚怡
营销编辑	耿德加　胡凤凡
封面设计	汐和 at compus studio
责任印制	吴春娟
数字编辑	姜梦冉　诸婧琦

家乡博物馆

[德] 西格弗里德·伦茨 著

朱刘华 译　钱晓冬 校译

出版发行	浙江文艺出版社	
地　　址	杭州市体育场路 347 号	
邮　　编	310006	
电　　话	0571－85176953（总编办）	
	0571－85152727（市场部）	
印　　刷	上海盛通时代印刷有限公司	
开　　本	850 毫米×1194 毫米　1/32	
字　　数	475 千字	
印　　张	20.625	
插　　页	8	
版　　次	2023 年 11 月第 1 版	
印　　次	2023 年 11 月第 1 次印刷	
书　　号	ISBN 978-7-5339-7255-4	
定　　价	139.00 元（精装）	

伦茨，拍摄于 1969 年

伦茨，拍摄于 1974 年

伦茨与演员扬·费德（Jan Fedder），拍摄于 2007 年

伦茨，拍摄于 2009 年

目录

Contents

家乡博物馆

第一章

不是的，这并不是一场事故。那天傍晚，8 月 18 日的傍晚，是我放了一把火。我别无选择，我必须毁了这里。这座博物馆坐落在埃根隆德的石勒苏益格附近，是马祖里①唯一的地方历史博物馆。亲爱的，这一切并不是意外。就像当初我独自一人计划着建造和创办它一样，如今我又一个人敏了决定——我要彻底地摧毁它，连同这座博物馆里存放着的所有证词、证据，以及我和我的人战后数年里在这个地方一起搜集的各种案卷。

在这儿您可以放心地抽烟，烟灰缸就在床头柜上……您说什么？缠着绷带我听着不太清楚……哦是的，她的嗓音听着好像是位严厉的护士，不过等她进来的时侯您还是可以随时向她请求的……代我向她请求，那么她立刻就会取新鲜的果汁来，其间您也可以让房间通通风……您只需要记得快些把床头柜的抽屉关上就可以了……

不管怎么样，有些事我还是得告诉您：是我把织造车间的废料浸满了汽油，用它们引火，博物馆的地毯室以及存放马祖里老式儿童玩具的展厅全部被我点着了。破布缝的玩具娃娃、木制乐器、彩绘的鸟类雕塑，它们遇火很快就剧烈地燃烧起来了。

---

① 马祖里（Masuren），位于波兰北部，二战前属于东普鲁士。——本书注释均为译者注。

只有西蒙·加科知道我的计划，他是一位木工兼车匠，和我一样，他也来自勒克瑙湖畔的勒克瑙。西蒙·加科按照我的要求建造了这座博物馆，室内有可以加热的壁炉，室外还有延伸出去的木质露台……不过，事实上也并非只有我们两个人知道。至少当博物馆被大火焚烧的时候，我的妻子卡罗拉、我曾经的爱徒兼织毯大师马里安·耶罗明以及我的女儿亨丽克，他们也都在现场。当被风卷起的火舌猛烈地蹿出窗外的时候，西蒙·加科跪倒在了地上。没有人试图灭火，我的妻子靠在屋门口，她的脸庞被阴影笼罩着；马里安一动不动地站在山毛榉树下；哦对了，唯一对这一切表示抗议的只有我的女儿亨丽克，她甚至举着拳头威胁我，让我去灭火，她蹲在通往水边的小路上抽泣……

晚些时候，我亲爱的，晚些时候您可以帮我削只苹果。谢谢……

我说了，我是在傍晚时分放的火，在我们的七名织造女徒乘车回家以后；温和的西北风拂过施莱湾①，火星和浓烟借着风飘过了水面。大火蔓延至文献室时出乎意料地冒起滚滚浓烟，不过并没有出现什么危险的情况。文件在火场里翻飞，这其中包括大选帝侯②允诺勒克瑙举办第四届年市的信函。其余的信函和文书也如意料中的一样随着火焰和风势零散地飘落在水面上，又或者掉落在陡峭海岸边的山楂丛里。有件事很奇怪：当博物馆着火的时候，正巧有两艘渔船驶过埃根隆德，船上的人显然不想留意这场火灾，渔船穿过浓烟和

---

① 施莱湾（Schlei），东海伸进石勒苏益格-荷尔斯泰因州的一座海湾。

② 大选帝侯（Große Kurfürst），指勃兰登堡选帝侯弗里德里希·威廉（Friedrich Wilhelm，1620—1688），普鲁士国奠基人。

漆黑的灰烬，轻盈地驶向了入海口。

最能承受大火灼烧的是饰品陈列室，那里还收藏着德里加伦①的银器，螺纹形的臂饰、马蹄形状的胸针、刻着纵横凹槽的木珠子串成的项圈——您得知道，这是索多维亚人②的一种陪葬品；铜制骨灰坛里还残留着焚尸后的遗骸。大火一直没能烧毁我们的饰品陈列室，我猜这可能是因为西蒙·加科——有一天他会来探望我，那时候您也许能更好地了解他。西蒙·加科，他像波斯尼亚人一样坚强，总是佝偻着腰，做任何事都有股波斯尼亚人的耐心和韧劲儿，不过我想说的是……对，当年西蒙·加科在我的建议下为饰品陈列室安装了裹着铁皮的安全门，非参观时间这扇门必须上锁，因此这个房间才能在大火中幸免于难……

当然，您也可以假设，即使没有人敢当着我的面扑灭大火，依然会有人在最后关头试图抢救出一些将被焚毁的零星物品，比如我的女儿亨丽克就恳求我，允许她至少带走马祖里词汇汇编，她曾经为这本词典付出了巨大的心血，为此工整地抄写。我拒绝了……

亨丽克告诉您了吗？好吧……我不得不拒绝为我妻子挽救那只古老精致的黄油搅拌器，它对她来说意义非凡；我也不得不禁止马里安·耶罗明把我那条巨大的蓝白色婚庆地毯拿走……那条蓝白交织的婚庆毯子……大概四十年前，我在勒克瑙把它视为一件杰作交付出去，它曾经多次消失然后又再次出现。这条婚庆地毯是唯一一——

---

① 德里加伦（Drygallen），位于波兰的瓦尔米亚－马祖里省，波兰名为德雷加维，1938—1945 年德军占领期间名为德里格尔村。

② 索多维亚人（Sudauer），又译约特温吉亚人（Jatwinger），一支讲西巴尔干语、与普鲁士人有亲缘关系的部落，生活在魏克瑟尔河和梅梅尔河之间，自德意志骑士团占领该地区后渐渐融合进了德语、立陶宛语和斯拉夫语民族，现已不复存在。

件织有我名字首字母缩写的作品，Z. R.，代表齐格蒙特·罗加拉。其他所有的作品我都坚持匿名……

您不理解吗？别急，亲爱的，请您听我慢慢地告诉您，等您了解得足够多了以后……不过我想说的是，当博物馆的穹顶被热浪炙烤得向上翻卷，当它断裂、崩塌的时候，武器陈列室里俄罗斯步兵用的弹药爆炸了。这些军火来自马祖里的冬季战役，可见它们非常适宜存储；同一展室里波兰、鞑靼和立陶宛的武器被大火烧得发红，我的先祖用来杀死传教士布伦·冯·奎尔福特①和他十七名随从的两把弯刀也被烧毁了，那些人来到这儿，是想在勒克瑙宣传更宽厚的民风，或者说，是为了宣传更宽厚的民风他们来到了勒克瑙……

我并没有弄错。如果不是风向变了，如果不是温和的西北风渐渐平息，转而吹来了更加强劲的东南风的话，博物馆的一切都会被烧毁、融化、变成灰烬，并且最终这场大火不会造成任何其他的后果。东南风卷来的浓烟熏得我们的双眼火辣辣得疼，贴着水面飘浮的烟雾也被风给吹散了。然而最重要的是，突然转强的风势唤醒了原本已经奄奄一息的火苗，昏暗的裂缝中随之喷涌出火舌和火星。就是在那个时候，火花开始随着大风纷纷扬扬起来，这是出乎我们预料的。伴随着大火带来的上升气流，那些发着光的轻盈物体在空中撕开了一个口子，原本它们已经在空气中慢慢黯淡下去，然而被风卷落在茅草屋顶之后，它们又重新开始闪烁火光……复燃，是的……它们持续燃烧，以至于火焰突然在织造车间的上空爆燃，随后蹿上了屋顶。火势蔓延至位于屋脊位置的塔楼上，蔓延至阁楼敞

---

① 布伦·冯·奎尔福特（Brun von Querfurt, 974—1009），中世纪德国的一名主教、传教士、殉道者，曾在东普鲁士传教。

开的窗户上，被烧着的干草像雨点般洒落，风把它们吹散在房屋的四周，有些燃烧着撞在了柱子上，有些掉落在门口……

您弄错了。当火蔓延到房屋时，我是第一个冲出来灭火的。我们连成一排组成了一个"水桶链"，我们在走廊、楼梯、一楼织造车间的上方分散开来，接龙传递水桶。我妻子站在水槽旁接水，然后把水桶交给西蒙·加科，他再将水桶递到舱门口交给我，然后由我泼水灭火。起初我倒在室顶上的水似乎能遏制住火势，可升腾的滚滚浓烟让我们不得不撤离。我们也试图斩断部分正在燃烧的屋顶来切断大火的蔓延，但烟雾太大，我们还是失败了。我们还尝试用斧头和撬棒撬起织造车间上方的桁条，然后推下去，但是旧房梁上的角铁太紧了。当塞在嘴里起保护作用的湿手帕也在浓烟里失去作用时，我们被迫撤离。透过窗户我看到了我们留下的浓烟和火海，四处都是火，火光的映照下，牧场上的动物们躁动不安，狂奔向庄园的方向，奔向霍尔姆贝克……

您是什么意思？当然了，这一切当然发生过，马里安·耶罗明已经通知了消防队……

别无他法，我们试图独自又或者一起来抢救贵重物品，我们把能够拿走的东西统统搬到了室外，特别是床上用品、家具和衣物，包括我们的织造女徒们刚开始着手的纺织物。只要能够忍耐火场的炙热和浓烟，我们就不停地搬运。只有我的女儿拒绝参与到这项工作中来，她独自蹲在木质壁炉的残骸旁，那里曾是我们的博物馆。我们谁也没有办法将她从那儿带走，我们甚至没有让她意识到，会有另一场更大的不幸发生……

我的意思是，关于另一场事故，您应该已经明白了……

为了她，为了我的女儿，一个陌生人突然出现在了山毛榉树下，他问都不问我们，就冲进了屋子，不加选择地把任何引起他注意或碰巧看见的东西都带到了室外安全的地方。也是他，这个陌生人，他帮助我和西蒙·加科拆下了固定织机的零部件，与此同时，燃烧的屋梁在我们四周砸落，它们摔断在地面上并滚落开来，地板很快就被它们烧着了。然而即使在他的帮助下，我们也没能抬出一台织机，羊毛室里喷涌出滚烫的热浪使我们根本无法靠近。那撩人的热浪虽然稍纵即逝，可它使门板炸裂开来，玻璃也在爆破声中粉碎了，窗框上的油漆被烫得发皱并迅速燃烧。我们不得不回到室外……

是您吗？您就是那个帮助我们的陌生人？您想接走亨丽克？我不知道……我认不出您来……不过我想说什么来着？

是的，我们回到了室外。我们在山毛榉树下喘着粗气，周围是被我们抢救出来的各种物品——那情形像是仓皇的逃命——马里安·耶罗明的头发和眉毛都烧焦了，他匆忙地核对抢救出的物品，忽然发现少了那本书。他说话的时候，我已经浸湿了手帕，然后用力拧着，把水挤在头上，根本没有理会他的警告和建议。我用帕子捂住口鼻，冲到了房门口，黄色和蓝色的浓烟正从屋里子冒出来，像是在焚烧土豆根茎。他们一把抱住了我，在我还没踏上抛光的石阶前他们一下子拽住了我的胳膊，他们——西蒙·加科和马里安·耶罗明，说服我并把我推到了一边，我假装同意，直到他们松开手，直到他们以为我已经放弃了我的计划。啊，哪怕他们是四个人，他们也阻止不了我。一个迅速的转身就足够了，紧接着一推，我脱身了，我穿过浓烟冲进了屋子，顺着楼梯跑上楼，跑向我放置那本书的壁橱……

是的，它对我意义重大——而且我有充分的理由，因为它不是博物馆藏品的一部分。

那本书是索尼娅·图尔克花费三十多年时间亲自手写的，用她工整的聚特林字体①，在她将书交给我之前，我亲自修剪了书页，还用红色山羊皮装订了整本书。我是她愿意接收的唯一的弟子……

她是谁？她是马祖里最伟大、最杰出的织毯大师。

书很重，我把它紧紧地贴在身上。污迹斑斑的书页上记载着曾令我们的织毯艺术进入三重鼎盛时期的全部内容：符号的组合以及其久经考验的神奇效果，从一种杜松属植物以及春黄菊和茜草植物中提取色素的秘诀，当然还有我们的双面编制图案以及打结工艺。虽然脚下的楼梯晃得很厉害，我还是成功带着书走进了过道。那是索尼娅·图尔克的遗著，它独具一格，同时书里也有很多的错误，我早就逐渐记住了这本书的全部内容。后来，在楼梯的底部，一截燃烧的栏杆砸中了我，与当年处决失败时子弹击中我的位置一样，几乎有着同样的力道。我摔倒在地，我以为我摔倒时把书牢牢攥在了手里，直到今天，亲爱的，我依然认为我在最后一刻将它压在了身子底下，但是抬我出去的那些人，谁也没能在过道里找到它，马里安·耶罗明也没找到，在将我抬到安全的位置之后，他再一次冲进了燃烧着的屋子——正如我对他所期望的，也是他对自己所期望的——他找了很久很久，直到浓烟迫使他不得不放弃……

这也是我所担忧的，亲爱的马丁·韦特。我也猜想，这本书已经被烧毁了，即使它并不像博物馆里被烧掉的证据一样在真正意义上消失了，因为它已经存在于我的记忆之中，而且我打算用索尼娅·图尔克的语言把它重新写出来……

① 聚特林字体（Sütterlinschrift），1935—1941 年德国学校使用的一种德语手写体，后被拉丁文标准字体取代。

您是什么意思？丢失的太多了？无法弥补的东西？想起这些损失您痛苦不已？亲爱的马丁·韦特，做了断的人总要忍受痛苦，我别无选择，只能在那一切发生之后做个了断，是的，在那一切之后……

不管怎样，他们最终将我带到了安全的地方，在山毛榉树下那些抢救出来的东西旁边，他们把我放在床上，我的目光落在水面上，这样我应该就看不见大火了。但是，每当我从短暂的昏迷中苏醒过来时，我总会看到树梢和许多陌生的面孔中映照着火光，这些面孔告诉我到底发生了什么。有一张面孔向我诉说了我的遭遇：那是我妻子的脸，她找到我，俯下身子，又猛地缩了回去，因为惊骇，因为恐惧。我目睹了她脸上的惊惧，她那令人痛苦的难以置信的表情，我明白她是多么努力克制地忍受着我的目光，然后她抬手捂住脸，一言不发地冲了出去……

我们期待如此，亲爱的，我们期待新长出来的皮肤能很好地愈合，他们给我移植了新的皮肤……我有充分的心理准备，皮肤也有自己的记忆。无论如何我要谢谢您，感谢您的到来。至少您来了，因为亨丽克不会来的——这我已经预想到了……

她毫不知情？您说亨丽克压根儿不知道您在这儿？那我就更要感谢您了。我只希望她不要做任何草率的决定，她是有可能那么做的……

她住在您那儿？那我就放心了，我知道您对亨丽克的影响有多大……她向我讲述过很多有关您的事情……您的影响，是的，影响已经大到让她有一天发现了海洋学，我是指，有可能把它作为大学专业……

您不理解我吗？您不理解我为什么这样做？这只是因为您不了

解之前发生的事情。有些事情早就注定了，无论我们选择从哪里开始。道路早已经铺好了，所有的先决条件早已存在并紧密相连。我们似乎只是在执行或者实施某些事情，又或者只是在经历了环环相扣的偶然事件之后成长为了冥冥中我们注定要成为的样子……

彻底地，我已经彻底准备好了，我要将与此有关的一切——没错，我已经准备好告诉您一切事情，即使这会唤醒旧时的痛苦，即使过往的感触会重新涌现。可我该从何处讲起呢？我躺在这里，我可以大胆地追忆非常非常久远的事情，从十字架下穿白袍的先生们讲起，从德意志骑士团①的首领们讲起。他们征服了我的同胞，让人们熟悉他们的管理艺术，熟悉他们的十字架，又或者熟悉他们堪称典范的金融体系，正如我们所知，这种体系基于四种收入来源。但我也可以从希罗尼姆斯·罗加拉讲起，他是一位真实且可靠的先祖，凭借着养蜂人和酿酒师的名号闻名于世。有一回他喝得酩酊大醉，倒在一棵松树下沉睡醒酒，别人醉成那样定然是站不起来了，他却因此在鞑靼人对勒克瑠的第二次入侵中幸存，在那次入侵中所有的男人都被杀死了。

那个身披大主教长袍的男子也一样，他自称约翰·冯·罗加拉，马祖里暴发瘟疫后他现身各地，只为了让那些六神无主的幸存者们对自己心生崇拜；他热衷赌博，这最终给他带去了灾祸……

不不，我理解您的兴趣，恰恰是您，亲爱的，我给予您了解情况的特权……只不过，正如我所言，导致这个局面的决定性的起始

---

① 德意志骑士团（Deutscher Orden），又译为条顿骑士团，源自1190年代初德意志十字军在巴勒斯坦的阿卡建立的一个属于医院的慈善团体，1198年后该团体逐渐成为军事组织，由于它的成员多是德意志骑士，遂被称作德意志骑士团。

事件，我恐怕无法确定，因为这个起始事件同时也是某件事的最终结局，某件事情，是的……围绕着这条路的东西实在太多了，人群、局势和舆论，或者只是失去的土地，马祖里——太多的人强迫自己，强迫自己一定要承担责任……我该从哪儿说起呢，我该先说谁呢？

也许是我的祖父？佃农阿尔方斯·罗加拉，他总声称只有在他本人同意的情况下他才会死去。他是个专横跋扈的人，别人干的活计他总是嫌慢。他每天都要警告手下的人尽可能少说话，他认为讲话的工夫浪费了太多宝贵的时间。虽然他只是个佃农，但他却习惯了将一切视为自己的私有财产，马匹、女佣和鸽子。或许正是因为这种过度的占有欲，我们都很怕他，没有人愿意得到他的信任。这个拖着一条残腿的阿尔方斯·罗加拉……

可我的叔叔亚当·罗加拉已经在施洛斯山上向我招手了，他是自由从事乡土学研究的学者，从前他就像是生活在我们马祖里的一只躁动的鼹鼠。他邀我用我的青黄色玩具铲在肥沃的沼泽地里挖掘。他教导我，面对那些来自我们旷古时代的缄默中却又滔滔不绝的历史见证者们，即便没有热泪盈眶，也要心存敬畏。在痴迷收藏的那些年里，他将他家的房子变成了一座地方性的历史博物馆，在那栋房子里我又一次知晓了世界学始于乡土学——或止于乡土学。由于他去世时没有孩子，这栋房子以及这座博物馆有一天也就落到了我的名下。我要感谢他的实在太多太多，他给予了我莫大的鼓舞，至少让我可以从他那里开始……

而我最无法回避的人则是我的父亲扬·罗加拉，无疑他是最适合作为开场的，他是有史以来在马祖里奔走过的最出名的灵丹妙药的制造商和销售商。在那个年代最优雅的双套马车里，我获准能够坐在他的身旁。我身着褪色的水手服，手里抱着自制的笼子，那里面装的是龙纹蝰蛇埃拉。我们马匹的耳朵后面插着迎风摇曳的假花，不管我们出现在哪里，马车都很快被人们团团围住，因为每一个人都想征占个好位置，然后满怀期待地等着备受好评的表演高潮，在那一瞬间父亲会将他满是青紫色啮痕的胳膊伸进笼子刺激龙纹蝰蛇，直到它一跃而起，张口咬向他……

或者是索尼娅·图尔克。假如没有索尼娅·图尔克的话，我就不会在这里。索尼娅·图尔克是我们最伟大的织毯大师，她的作品悬挂在考纳斯①和柯尼斯堡②。有一天，正是她蹚进勒克瑙河中，将一根长树枝伸向了在昏暗的马槽边被旋涡卷走的男孩，男孩无法浮出水面，直接被她用树枝从水底深处拽上了岸。我在干燥的草地上醒过来，躺在亮闪闪的层层叠叠的羊毛绒之间，靛蓝色、白色、红色……

当然，我想到的名字越多，我越是踌躇不定，有个人的存在极大地影响了我的决定——康尼·卡拉施，高大的康拉德·卡拉施。只要一想到他，我就会感到上臂刺痛。我们站在古老的施洛斯山上，山下是丛林密布的峡谷。我们的神情无比庄严。那是很久以前的事情了，那是第一次世界大战的第一天。我再次感受到了刀尖般锐利的刺痛，我看到我的血液浓稠地、近乎艰难地渗出皮肤，只有几滴。他将刀尖一直扎在里面，直到刀尖沾上鲜血，然后他将胳膊伸给我，不像我那么严肃，更多的是好奇。我接过刀，将刀尖抵在他注射疫苗后留在胳膊上的疤痕上，然后用力快速地向下一划。我将刀尖埋

---

① 考纳斯（Kaunas），现为立陶宛第二大城，曾属东普鲁士。

② 柯尼斯堡（Königsberg），现名加里宁格勒，系俄罗斯加里宁格勒州首府，是一座海港城市，位于波罗的海海岸，原为东普鲁士首府，二战之后被划归当时的苏联。德国著名的哲学家康德就出生在柯尼斯堡。

进黏稠的血液，热血顺着他的胳膊淌下来，汩汩地，仿佛在寻找着什么。然后我们将手叠放在一起，相互凝视，我们站在山间的空旷处，就那么凝视着对方，身旁是七棵松树，不久我们就在树下比赛修建我们的私人墓地——我们的秘密墓地……

我们从未违背誓言，我们中无人废除这个约定，这个在古老的施洛斯山上定下的约定，我们没有人宣称它失效。可是尽管如此……

是的，当我把这一切联系起来的时候，我想应该是他，康尼·卡拉施，是他用令我不堪忍受的结盟逼迫我做出了这个决定，他没有留给我其他的选择。

您说有人来了？那您把烟灭了吧，把抽屉关上……我可以询问一下您的年龄吗？我猜您二十二岁。已经二十四岁了吗？我没有听到脚步声，您一定是听错了……

请您大声些，您必须得大声些说话……您是对的，人们必然得许下承诺。事已至此，没有其他的办法了。必须得从吸入的烟雾说起，那五颜六色的烟雾，它们从我父亲那间所谓的实验室里飘出来，通过裂缝和钥匙孔钻进了我们的房间。这些烟雾的颜色取决于物质的材料和它们的组合方式，我们在房中待了数小时，被这些紫罗兰色、褐色，又或者是黄色的刺眼的烟雾环绕着。加热硫黄时产生的烟雾、氯化汞所释放出来的烟雾、蒸馏迷迭香所散发出的烟雾，连同他在平底锅中加热晒干又或者熬煮药剂的草药所产生的烟雾，它们一齐朝我们涌过来，把我们包裹其中。

我们长时间端坐着，忍受着这一切。烟雾漫进房间，我们看不见彼此，只能战战兢兢地聆听着那些声响：平底锅的刮擦声，玻璃试管的响动，过滤器的咕嘟声，张开的滤网剧烈颤动的声音。我们依靠这些他在实验室里制作、蒸馏出的东西为生，所以我们只能坐着，忍着一阵阵的恶心。我们变得口齿不清，忍不住想咳嗽和呕吐，眼前甚至出现了无比生动的幻觉。然而这一切显然只对他造成了微乎其微的影响，甚至根本没有影响······您别以为他只是在随意地蒸煮和调制，别以为他是在盲目地胡闹。事实上他是在那本神秘的皮封套参考书的帮助下有计划地寻找着秘药，寻找着能治愈一切疾病的物质，巴兹尔·瓦伦丁①是他的主要引路人，在我看来这个人就是个幻想家，他在他所处的时代就开始捣鼓氢氧化铵、雷酸金②和铅糖③，并从中萃取药物······

是的，最初就是那些烟雾，它们轻盈地、带着令人窒息的气息飘进了勒克瑙湖畔石灰粉刷的小屋里。有害的烟雾熏黑了墙面和屋梁上的硝石花，我们的皮肤也因此变得暗淡发黄。家里的两只猫早就逃走了，鸟儿和蝴蝶从不飞近屋子，一些前来的访客突然昏厥晕倒，我们只得把他们抬出去，抬到水边弯曲的木头桥面上，这种情况大多发生在用餐的时候。只要有谁在吃饭的时候说话变得含含糊糊，或者突然放下碗筷，鼓着肿胀的眼睛连声抱怨自己莫名变得没有胃口，我们就知道发生什么事情了，每当这时我会默默地走出屋子，提前收拾干净木桥。我母亲觉得到处都弥漫着一股硫黄乳和甘草糖的气味，她似乎已经接受了这一切，她没有抱怨，也没有表现出愤怒。绚烂的彩色烟雾在她看来是无法避免的，如果想制作神奇的精油、粉末和香精，那它们就一定会出现。在我的记忆中她一直

---

① 巴兹尔·瓦伦丁（Basilius Valentinus），中世纪欧洲的炼金术士，传说是他发现了锑。

② 雷酸金（Knallgold），容易爆炸的三价金盐。

③ 铅糖（Bleizucker），醋酸铅的俗称，有毒，不可食用，因其有甜味而得此名。

是这样的：懒洋洋地挥着手伸进绽放的花朵般的烟雾里，烟雾被缓缓地推开，接着她又慢悠悠地抽回手臂，慵懒得仿佛是一串慢镜头，又或者无声无息地在浓厚的烟雾中挥一挥她那飘动的围裙带子。

她从未在我们面前显露出激动的样子，我已经相信任何事情都无法搅动她的情绪。直到有一天我出了状况，虽然我从小就习惯了这些烟雾，但有一天我还是突然变得食欲不振，头晕目眩。除此之外我的皮肤还泛起了一种令人担忧的蛋黄色，在近一个礼拜的时间里我感到浑身乏力，甚至都没有力气用绳子将我小小的脚凳拖去湖岸边——之前我会定期在湖边清洗它。我的母亲非常担心，她把我的床移到了敞开的窗户前，又在我的牛奶里放了蜂蜜，她还偷偷地为我买葡萄干。但这一切都没能阻止意外发生，有一天我突然昏迷，从脚凳上摔了下来，在此之前我正试图把浓厚的烟雾灌进圆锥形的尖口袋子里。

据说当我母亲发现我时，她发出了她一生中的第一声也是唯一的一声尖叫。她抱起我冲下了楼梯，这时我已经苏醒了过来。她抬起脚踹开了实验室的小门，是的，她就那么一脚把门踢开，尽管之前我们一直被禁止这么做。她沉着脸怒气冲冲地将我抱到一张布满了刻痕和灼烧伤疤的黑色桌面上，她让我平躺下来，然后说："西希蒙特①，我们的小宝贝，也病倒了。"她控诉般地指责父亲，认为我是他所研究的稀奇古怪的科学实验的首个牺牲者。

我的父亲抬起头来，从一支试管上方惊愕地望着我们。他眯起眼睛，表情越来越惊愕，这并不是因为被他的科学实验伤害的第一个受害者被带到了他的面前，而是因为全家人无视禁令踏进了他的

---

① 西希蒙特（Siechmunt），马祖里方言里"齐格蒙特"的叫法，下同。

实验室，在他看来没有比这更糟糕的事情了。他目瞪口呆地听完了我母亲匆匆做出的决定，她要保护我不再受到这些毒烟的伤害。每礼拜两次，也就是每当我父亲借助高温和强酸捣鼓他那些神秘的实验的时候，母亲就会让我去沼泽地找我的亚当叔叔，我们去到施洛斯山脉下那片充满生机的草地上，那里只有纯净的风，完全不受"硫黄"的侵扰。在七棵松树的陪伴下，我的皮肤逐渐褪去了淡绿的蛋黄色，草药治好了我不间断的打嗝。亚当叔叔成日在这片土地里挖掘着什么，也就是在这片温暖泥泞的梯田的庇护下，我彻底摆脱了从前那些头晕眼花的日子。扬·罗加拉，我的父亲，他痛苦又惊讶地打量我，仿佛在看一种失败的化学合成品，一种在理论中应该可行、在实践中却失败了的化学合成品……

您认为这是用来取暖的吗？这些泥炭是为了用于取暖才被切割的？当然，但这并不是亚当叔叔做的，他不用凿子，而是灵巧且细致地使用一把木铲，在施洛斯山脚的沼泽地辛勤工作时他也会使用刮铲、刮刀，甚至刷子。他在那里做什么？他在挖掘我们的过去，他从前是我们这儿最最勤劳的鼹鼠……哦对了，亚当叔叔并不是我父亲的兄弟，没错，他其实是我祖父的兄弟。

我们在野生梨树旁碰头，树上的果子又硬又苦，独自一人的时候我会惧怕那些树枝，它的枝丫疯狂生长、虬曲弯折，我只觉得自己无法窥探它可怕的长势。我同样也为前往沼泽地做好了充分准备，我像亚当叔叔一样穿了一件深色的毛线大衣，像他一样背着背包，他扛着他的铲子，我也扛着我的铲子，一把蓝色的玩具铲，铲子的手柄是黄色的。他无比热情地问候我，这问候让我感动的同时还有些许痛苦。他一把抓过我，把我连同我的铲子一起从地面上高高举了起来，就那么举着我凑近他那猫头鹰一样巨大的脸庞。他轻巧地动了动，那顶宽檐帽就随之滑到了他的脖子上，他将我紧紧地贴在怀里，对着我一通乱吻。他刚把我放回地面就抓住我的手一声不吭地拉着我往通向博雷克山脉的沙土路上赶，他急不可耐地拽着我穿过杂乱的树林，我们翻上了一个山头，来到了施洛斯山。他不得不先在那里停下，他得在那儿聆听和观察。那模样可不像最近刚退休的绘画教师亚当·罗加拉在悠闲地四处欣赏，然后筛选可以用于创作的风景。那一刻，这位在当地从事自由职业的历史学家静静地听着、观察着，他始终没有松开我的手，甚至更加用力地颤抖地抓紧它，因此他的激动也传染给了我。然后，就像是变魔术一样，鞑靼湖和勒克瑙湖之间的地峡突然变得热闹起来，空气中传来了喧闹的人声和奔腾的马蹄声，施洛斯山脉中传来了隆隆的轰鸣声，那声音就仿佛有人在撞击沉重的木门。

那些站在施洛斯山顶的人也没有办法，他们必须赶紧修筑防线。人们几乎还没来得及加高城墙和木制堡垒，也来不及堵住大门，那些身穿白衣的人就出现在了地峡上，出现在黑色的沉寂的湖泊间，出现在黯淡无光的银白色杨树前，画面看起来颇具装饰效果。他们开始在肃杀的灌木丛中穿梭，血很快就染红了他们的袍子，他们飞速地闪现、跳跃，仿佛面对着一群急于实现自己年轻时梦想的立陶宛弓箭手。许多人都是侵略者，骑着毛茸茸骏马的鞑靼人，不幸的瑞典人，永远着了魔一般的波兰骑兵，最后还有萨姆索诺夫①绝望的射手。亚当·罗加拉就这么站在那里聆听着，我丝毫不怀疑那时的

---

① 萨姆索诺夫（Samsonow, 1859—1914），指亚历山大·瓦西里耶维奇·萨姆索诺夫，俄国的一位骑兵上将，曾先后参加过俄土战争、镇压义和团运动和日俄战争，1914 年在坦能堡战役中牺牲。

他也会不由自主地在想象中把施洛斯山头作为一道防线，或者至少他会回忆起，在他为之挖掘和寻找证据的时代里，这道防线曾经有多少次被拿来抵抗过隹的进攻。不管怎样，站在施洛斯山上已经可以看出被亚当叔叔挖掘和清理过的褐色梯田了，那是一个由通道、竖井和整齐的平台构戓的完备系统，以沼泽地为起点，延伸向林木稀疏的峭壁，看起来怹似乎是想把这座山留着以后再挖掘。山里一定藏着无数足以见证历史的证物，他从沼泽地里带回来的战利品同样富有启发性，但是数量太少，而施洛斯山中埋藏的东西足以弥补这些遗憾了。

在见到梯田的时候，面对平坦的高原和锋利的峭壁，我的铲子开始变得不安分起来，它颤动着，像魔杖一样向外挥舞，我几乎按捺不住急迫的心情想赶紧跑下山坡动手干起来，我想在亚当叔叔的身边，想要同他比赛。

我们解开背包，把它们紧挨着整齐地摆放在地面上。他揭开裹着的破布，从里面拿出更加精致灵巧的工具，我则在一旁大口大口地喝着我的覆盆子汽水，吃着抹得厚厚的面包，在不受硫黄污染的清风吹拂下，沉浸于大自然的草药气息中，我的食欲又回来了，这一切比我母亲预言的还要准。在我们动手之前，他指给我看一些容器的碎片、被烟熏黑的石头和一具藏着故事的骨架——看得出来一共有两具骨架，其中一具是一只大鸟，另一具是一条更大的鱼类；这只鸟的爪子已经刺穿了鱼的脊椎骨，显然它捉住了一条大鱼，鸟儿扇动翅膀想要把猎物抓出水面，但它没能成功，同样地，这条大鱼至死也没能挣脱紧锁的鸟爪，鸟儿和鱼都在扑腾，它们很可能纠缠在水面一起浮游了好一车子，直到其中一方放弃了挣扎，不得不放弃。

之后亚当·罗加拉在他的整个挖掘系统中分了一小块角落给我，他给我示范了如何使用铁锹和铲子：铲子绝不能垂直于地面，不能用蛮力，要把铲子侧过来以某个特定的角度小心地使劲儿，一旦感觉遇到了阻力就得立刻放下铲子，细心地改用抹刀和刷子，因为正如他说的："最让研究员们恼火的就是他们自己造成的破坏！①"

我开始挖了起来。小铲子在泥炭土中来回翻腾，仿佛我必须在一天之内把我们的整个过去都给刨出来似的。铲子嘎嘎作响，四周尘土飞扬；我挖断某节干枯腐烂的树根时，会听到咯嘣一下断裂的声音；我把粉末状的泥用铲子抛向土坑的边缘，风把它们吹散了，就像是一面褐色的旗帜，吹向了施洛斯山。

动物，我最渴望挖到动物，尤其是熊的骨头，此外还有猞猁、貂和海狸的骨头，但我什么都没挖到。没有任何褪色发白的东西，没有任何带着美丽曲线的东西，甚至连一根闪亮的獠牙都没有。我注意到，由于失望，我的挖掘变得越来越颓丧，我开始挖得乱七八糟起来。与失望同时降临的是过早的疲惫感，我在一块平坦的台阶上坐下来，望着亚当·罗加拉弯曲的脊背，他正在用他的木铲子将一个土堆切成一块块褐色的蛋糕，每切一下他都非常仔细地观察良久，然后继续切。我一边注视着他，一边把我的铲子挂在手指的关节处旋转，我转得很不小心，以至于铲子好几次被甩了出去，重重地撞在了土坑的边缘。某个声响让我竖起了耳朵，那是一种短促的回音，每当铲子撞上坑壁边一个湿漉漉的位置时，我的耳边就会出现这个声音。在铲子重复撞击了足够多的次数后，我把铲子横过来朝着水平的方向挖掘，我掏出了一个洞口，反复地刮擦，很快我

---

① 原文为马祖里方言。

就从松动的坑壁上挖出了一个锈迹斑斑，但依旧闪着耀眼光芒的骨灰罐。

我激动得欢呼，朝着亚当·罗加拉大喊。我像个胜利者一样敲打罐子，绕着它雀跃起舞。然后他终于来了，在我看来他显得太从容、太镇定了。他没有跪下身来像位研究员那样细心地擦拭罐子，直到这个被发觉的宝藏在我们眼前闪现金光。他只是抬起粗糙的、双线缝合的靴子，轻蔑地踢了踢罐子。它立刻摇晃起来，薄薄的盖子掉了下来，罐子骨碌碌地在地上滚动，几根骨头从罐子里掉了出来。

我追过去，想去捡拾那些骨头，索多维亚人和普鲁士人的圣骨，也许它们是我祖先的指骨。但我的叔叔拉住了我，他弯腰捡起一张纸条，那是被一阵旋风从罐子里卷出来的，他面无表情地读道："罗加拉已闻过此骨。"

他努力压制着愤怒，把那些被煮熟、被啃咬过的肋骨捡起来，扔进了被我误认为是骨灰罐的没有把手的果酱桶里，然后将它抛出了坑外。

他面无表情地爬上坑沿，我也爬了上去。他朝着灌木丛的方向做了几个威胁的手势，我也机械地模仿他的样子冲着泛着铁锈色的绿墙示威。果然，在我们共同的威胁之下，富有弹性的、未经修剪过的枝杈间突然有了动静，我们可以清晰地看见一个暗黄色的身影蹿了出来，接着出现的是带红圈的齐膝长袜，来回晃动的树枝暴露了他的位置，我们可以跟随着摇摆的枝丫追踪他逃往灌木丛的路径。

"捉弄我吗，你这调皮的小家伙，"亚当·罗加拉说道，"总是捉弄我，总有一天会让你开心个够的。"爬下坑时他告诉我，总有个捣蛋的家伙像这样一次次地逗弄他，这家伙喜欢把钉子、捕鼠器、自行车铃铛还有手电筒电池埋在被人们供奉过的地方，有一回甚至埋了只旧熨斗，就只为了刺激一下这位热忱的发掘者。叔叔愤愤地念叨着那个名字："康尼·卡拉施……"

您说什么？事情是这样的。普鲁士人是我们的祖先，他们与索多维亚人有着亲缘关系，他们采集蜂蜜，还是一群非常特殊的猎人。我想我们得感谢他们的发现，是他们让我们知道杀死一只喝醉的熊比杀死一只清醒的熊更加容易。提前用碗盛好掺着野生蜂蜜的烧酒，那么捕猎已经成功了一半……

可我想说什么来着？

是的，在康尼·卡拉施认识我之前，我就已经认识他了。他就是那个愚弄和欺骗亚当·罗加拉的少年，那个小德克特①，他亵渎了我和叔叔在泥炭地中的比赛。亚当·罗加拉老在背后威胁、诅咒他，康尼·卡拉施，他一次次地愚弄那些乡土学者，如果他们大发雷霆，那一定是因为这个家伙。

在我认识他之前我就知道他的父亲掌管着那座有着白色厚围墙的监狱——勒克瑙市立监狱。它曾是一座骑士团②城堡，城堡临湖而建，有着陡峭的、坚不可摧的城墙。墙壁上镶嵌着彩色的玻璃碎片，我是多么羡慕可以住在这围墙内的人啊！如果可以进去参观一次监狱的话，没人知道我愿意为此付出多大的代价，我甚至愿意献出我收藏的鸟蛋。但就目前的场景而言，康尼·卡拉施在我眼中就只是灌木丛中一个暗黄瘦削的身影。最重要的是亚当·罗加拉在那儿被

---

① 德克特（Deikert），此处应该是以瑞典马拉松运动员西里·德克特（1888—1973）来形容逃走的康尼·卡拉施。

② 骑士团（Orden），欧洲中世纪以来由骑士组建、带有军事性质的组织。

猝不及防地激怒了。城外施洛斯山脚下的沼泽地，我本是要在那片土地的保护下疗养的，被父亲制造的斑斓烟雾搞砸的身体需要在这里慢慢恢复，当然我最后的确康复了。

顺便说一句，其实我自己也很希望身体能够快点恢复，因为在勒克瑙还有周边地区即将举办秋季集市，对我来说这意味着一场前往普罗斯特肯、马齐奈、米卢肯和莫斯托尔滕的旅行，还有斯考曼滕和考比利嫩①。即使在严寒的冬天也能有两件让人津津乐道的事情：一件是自称马祖里走私大王的胡戈·邦迪拉的最后一次逃跑，另一件是我父亲带着龙纹蝰蛇埃拉的表演。

您可以假设是这些旅行为我早年那些特定的经历埋下了伏笔。穿越沼泽和荒原的秋日旅行，先是在桦树林下行走，接着又在松树林下，然后又是桦树林；翻过破碎的沙土路面和麦茬地，走过狭窄的木桥，桥体被收割用的往来车辆撞得面目全非；随处可见燃烧的秸秆，厚厚的浓烟遮盖天空；每个育林区都传来大斑啄木鸟急促的敲击声；蜘蛛网，落满尘土的蓟草，遍地都是牛蒡；涂满柏油的小船从密林深处漆黑的湖泊中升起，这些天都随风漂浮；黑莓灌木丛蓬勃生长，有着圆滚滚、红扑扑额头的流浪汉可以随意地从中探出头来；有鹅群的地方总会有一只爱咬人的公鹅；田庄上的狗一认出我们那些插着摇曳的假花的马匹，就会兴奋地往前冲，拉拽起拴住它们的铁链。

不管在哪里，人们一发现我们就会夹道欢迎，人群来回晃动，

① 普罗斯特肯（Prostken）、马齐奈（Malkiehnen）、米卢肯（Milucken）、莫斯托尔滕（Mostolten）、斯考曼滕（Skomanten）、考比利嫩（Kobilinnen），均为1945年前东普鲁士地名，1945年后均已划归波兰，另有波兰名。

所有人都喘着粗气：放木筏的船工跨过旋转的树干飞奔上岸，目送着我们离开；上学的孩子们冲到室外的空地上，仿佛他们的学校着火了似的；在田埂上捡拾麦穗和土豆的老妇人们直起身子向我们挥手；在松树林明暗相接的地方，林业工人们挥舞着他们的帽子，帽子上的耳罩被绑得高高的。

我的父亲扬·罗加拉表现得镇定自若，他用祝福的目光扫过前来欢迎的队列，他似乎没有意识到人们在向他致敬，也没觉得人们是在向他本人表示问候，因为事物外在的表现在他看来毫无意义，他生活的目的只为追本溯源，探寻那些"冒着气泡""热气蒸腾"的底部，没错，只有在那里人们才能独自寻觅到真谛。您得这么想象他的样子：戴着一顶沉闷的黑色帽子，帽檐下的面孔苍白憔悴，值得肯定的是他拥有炙热的探索精神，但同时他的生活也相当缺乏新鲜空气；白色的领巾遮住了他的无领衬衫；黑色天鹅绒外套上镶着两排珍珠母纽扣；很紧身的深色直筒裤，仿佛总是在哀悼什么。在他的身旁，我穿着褪色的水手服，帽子上的飘带让我看着像是"艾尔萨斯"号游轮上的船员，我的膝上搁着被遮盖住的笼子，笼子里的埃拉躺在平平无奇的花环里睡觉，由于消化不良，它一直很虚弱。从阿特克里温到津欣①，一路上很自然的，所有笨重的马车都纷纷避开我们优雅的双套马车，我们很快就受到了欢迎，有时甚至被打招呼的人们吓了一跳。不管我们驶向哪里的集市，似乎都会遇见正在热情等候我们的人群。还没等我们的马车停下来，街道上的其他生意就陆陆续续全部撤走了，又或者这些生意被突然打断：鸡蛋和黄油没人搭理了；刚刚还一直在享受着人们抚摸的鸭子，转眼就被盖子

① 阿特克里温（Alt-Kriewen）、津欣（Zinschen），均为二战前东普鲁士村庄名。

重新盖进了篮子里；滑溜溜的白鲑、梭鲈和鲫鱼又从人们的手里跳回了鱼箱；苹果徒有光鲜的果皮，土豆泛着新鲜的泥土气息也无济于事，无论是汤汁还是色泽对奶豆腐来说都不重要了，就连蓝莓和越橘都不再受欢迎。只因为我们抵达的消息沿着一眼望不到头的箱式马车飞速传开，街上每个人都在奔跑，希望能找到一个视野良好的位置。他们把我们团团围住，这些人的头上缠着巨大的头巾，脚上穿着毛靴，腋下夹着刺柏编织的鞭子，胸前放着篮子和钱袋。这儿有个人用短绳牵着他的小马驹；那儿有个人气喘吁吁地站着，因为他完全忘记了可以把一袋子沉甸甸的土豆放在地上；有的人用手轻轻地扼住了一只鹅；有的人手里晃着熏制的鳗鱼。不管他们的嘴里正在咀嚼什么东西，不管他们是在抽烟又或者是在嘴里吮吸什么，将他们所有人联系在一起的是一种夹杂着部分胆怯和一些希望的期待。

扬·罗加拉先是沉思着端坐不动，他的肩膀蜷缩着，双手放在有马车车厢那么宽的皮围裙下；而他的眼睛却睁开着，炙热的目光顺着车辙向远处延伸，他略微侧过脸来，表现出乐意倾听的姿态，仿佛他在等候一段旋律或是一则讯息，当然，那是一则仅仅与他有关的讯息；然后他猛地挺直了身体，摘下帽子，让它在空中旋转了一圈，这是个过于优雅的动作，围观的人群中立刻爆发出参差不齐的喝彩声。但这只是他和人们打招呼的一种方式而已，他并没有别的意思，只不过想让自己看起来更像是一位魔术师，没错，一位变戏法的大师。然而他很快就把自己的这一形象推翻了，他跨过高高的马车座椅，把货架和敞开的柜子上的防水油布扯了下来，柜子里摆放着奇妙的、价廉物美的"精神物质"。他亲自将它们唤醒，然后装进试管，灌进小瓶子里，他给这些瓶子全都贴上了亲手写的标签，标签上的每个名字都藏着自己的秘密……

　　包括这个，亲爱的马丁·韦特，您应该获悉一切。只需要一个动作，譬如向上举起马刀挥劈，就足以吸引人们的注意力，他需要赢得人们的注意，同样他的演讲也需要，那是一场低沉的演讲，时不时地停顿，像是一场独白。扬·罗加拉的话语激起了人们从未有过的惊叹，他说真正统治着马祖里的并不是孤独，也不是贫穷，而是以千百种姿态呈现出的疾病。

　　他说出了在他之前或继他之后都未有人敢说出的话，即原则上只存在一种病，它是所有疾病的缩影，人们不得不把它想象成一个专横跋扈的老顽固，以各种各样的形象来赢得人们的敬畏。有时披着发烧的外衣，有时穿着跌打损伤的外套，有时又以蛀牙或者炭疽病的面目示人。但无论疾病有多少种伪装，扬·罗加拉，我的父亲，他已经看穿了它，抓住了它，并揭穿了它的身份，在万千种蛊惑的表象之下隐藏着一个确定的事实——那是一种超级疾病。

　　他已经站在科学的基石上宣告了对它的敌意，他希望能够借助教廷的力量对付它。但是只要他尚未成功，他就不得不采取些特殊措施，很不幸，这些补救措施和超级疾病的伪装面具一样多，但是正如他说的："杀鸡焉用牛刀。①"

　　接下来您得听听他是如何既谦虚又健谈地勾勒出马祖里人的生活的，在他眼中，人们的日常生活始终受到疾病和伤痛的威胁。每个兴高采烈采摘蘑菇的人都要做好某一天会中毒的准备；每个农民都可能会被马蹄踢伤或者遭遇球形闪电；渔民们时刻担忧自己在水里感染上带状疱疹；泥炭工人们随时都可能患上疟疾；致命的旋毛

---

① 原文为马祖里方言，直译就是"宁用一门小榴弹炮，不用一门重炮"。

虫显然时时刻刻都在等着袭击下一位屠夫；谷仓后面生锈的铁钉随时等着让赤脚的男人们感染破伤风；不管他有着多么重要的职位，即便是政府官员都难免于中风和感冒；排筏工人们可别指望着能逃过染上疖子。每一个听了我父亲演讲的人都势必会留下这样的印象：每一个马祖里人都注定会患上某一种特定的疾病，每一个人都注定要忍受相应的病痛。我想说的是，人们所患的每一种特定的疾病，既可能是被环境传染上的，也可能是因为打架斗殴或者遭遇了不幸的事故而导致的。

不过尽管如此，谁都不必过早地绝望，因为他，扬·罗加拉，以科学的手段向疾病发起了进攻，他已经成功地研制出了药物，即使不能完全战胜病魔，但每个人都能用它们来缓解病痛。他将大家的注意力引向了货架和敞开的橱柜，他向人们阐明了架子上陈列的这些东西的神奇功效并当众对此表达了深深的感激之情。如果有谁渴望能就此得到一个合理的解释，那么可以这么理解他的话：他与这些东西已经达成了某种协议，协议的最终目的不仅仅是对抗疾病。他以一种使人们无法抗拒的谦卑姿态向倾听者们坦言，雷酸金已经把最后的秘密留给了他，因此他得以向人们提供前所未闻的特价药品……

不不，没有什么东西能让未来变得一目了然……他提供的药水，将它们混进卷心菜汤里，据说能在短时间内增加人们对神灵的敬畏感；还有一种专门针对哥萨克马刀割伤的药膏——显然他提前料到了哥萨克人会发动袭击，据说这种药膏能让人们破裂的伤口在急速奔跑中即刻愈合。不过在他的特价药品中最吸引人的东西是一种深色的、散发出氨味的粉末。在人们需要的时候它能让走私者们隐身，这东西引爆了人群的一场骚动。说到这儿突然就有人打断了他，起初显得有些胆怯，随后变为了急切的询问，大家都想要知道这些粉末的价格，想知道需要吃多少的量才能达到隐身的效果，人们还想知道如果大量服它们会有什么情况发生，最后人们还想知道这东西能让人保持隐身的时间是多久，需要怎么做才能重新现形……

扬·罗加拉认为这些问题问得太早了，他不耐烦地摆摆手不予理睬，因为接下来，在他的生意真正开始之前，他还得做点别的事情，他必须向人们证明所有的这些滴剂、粉末和精油的真实效果。他开始现场测试，亲自测试。他不慌不忙地撸起外套的袖子，把衬衫的袖口卷起来，然后他向观众们展示了他那布满了紫红色斑点的小臂，这只小臂到处是密密麻麻的被匕首割伤般的齿印，所有离得近的人都可以看得清清楚楚。他的皮肤看上去就像缝纫女徒们练习用的图样，上面没有一丝发炎的痕迹，他让人们注意看那些精致的缝纫图案。他的目光越过听众们的头顶望向附近的森林和沼泽，他悲哀地表示，我们的森林和我们湿润多雨的沼泽目前都不安全，危险一直潜伏着，不管是采摘蓝莓的工人还是林业工人都身处险境。有一种危险的浅灰色或者褐灰色的东西，它们喜欢聚集于蓝莓灌木丛或者在林业工人们的早餐盒上晒太阳。他指的是生性敏感暴躁的龙纹蝰蛇，它们愤怒的时候会鼓胀身体，发出咝咝的声音。

他一说出这东西的名字，我就把笼子递给了他。他脸上的肌肉抽搐跳动，他接过笼子，高高地举起，转过身，然后揭开遮盖笼子的布帘，他把蓝色的帘子顺势在手中翻转了几圈，这串动作又是那么优雅。笼子里的埃拉像往日一样正在酣睡，它躺在那儿，足足七十厘米长的身体蜷曲缠绕着，乍一看都分不清哪边是头哪边是尾巴。对了，它的名字来自我母亲的一位姐妹，她讲话的时候总是伴有咝咝的杂音，让人难以听懂。虽然埃拉已经配合着我们表演过无数回，使得所有质疑我父亲所言的人都变得服服帖帖，但是它好像每次都会忘记表演的重点在哪儿，最后它的一切高超动作都变成了基于原始天性的自然反应。

父亲打开了笼子，向四周的人群展示，让所有观众都能看见。他看起来既不兴奋也没有信心满满，相反他显得非常严肃，紧紧地抿着嘴唇。接着他把笼子放到一只木箱上，把手攥成拳头，然后把胳膊伸进了笼子里。他连续多次碰触蝰蛇，蛇颈下方的鳞片一阵阵跳动，扁平的蛇头滑向后方，一直滑到笼壁上。它贴着笼壁突然伸直了身体，蛇芯子伸缩着探向父亲的小臂，突然它发出一声脆响，用尽了全身的力量张口就咬，一下接着一下。扬·罗加拉脸上的肌肉抽搐得更厉害了，他闭上了眼睛。蛇口中最长的牙齿长在上颚，牙齿向内弯曲，当被它用力咬住时，您得知道这个时候我父亲可以将他的小臂连同蝰蛇从笼子里一起拖出来。他的确这么做了，他将胳膊水平地举在身前，让所有人都能看到那只蝰蛇。大蛇仅借助着牙齿的力量死死咬住他，悬在空中，它晃动着身躯绝不松口。这时父亲果断地用另一只手掐住了蛇的脖子，至此埃拉放弃了，它跌落下来重新爬回了笼子里。

扬·罗加拉并不关心那些由于惊恐颤抖而显得单薄的掌声，他放下衬衫和外套的袖子，用令人震惊的无比精准的动作伸手夹住了一枚银色纽扣，纽扣上的图案是一只雕，又或是鹰，反正是只猛禽，正飞向一个刻画精致的太阳。他旋即从货架上拿出一只小瓶子，阅读上面的标签，为了安全起见。他闻了闻软木塞子，然后当着所有人的面喝下了满满三汤勺奶油色的液体，他不仅喝得郑重其事，喝完后还非常入迷地聆听着什么，仿佛他能感知到在自己的肠胃里剧毒和解药正在激烈厮杀。

他带着满意的笑容告诉众人，他的神奇疗法就如他所预料的那样取得了胜利，接下来的时间里大家都不必为他感到担忧了。

直到这时扬·罗加拉才算是赢得了配得上他成就的掌声。人们拍着手拥上前，默默地思考或是互相讨论着哪一种疾病是他们目前最迫切需要治疗或者预防的。我看管着雪茄盒，不断流进里面的是我们的收入，为了购买药品来摆脱各种小毛病或者病痛的折磨，他们需要相应地支付不同的金额，我监督着人们按照规定的价格付款。治疗龋齿收款25芬尼；医治癫痫症患者收款2马克；为患疟疾的人退烧收款1.7马克；让瘫痪的人恢复简单的行动能力收款2.5马克；花上1塔勒就可以治好风湿性舞蹈病；花上3.25马克的话我们可以让任何见着蝰蛇咬痕的人都露出同情的微笑……

您说什么？出多少钱可以让盲人重见光明？这不在我们的治疗范围内，并不是我们把它遗漏了，事实上这出自一种令人费解的恐惧。不管扬·罗加拉认为自己有多大的本事，他都是带着近乎责备的态度来拒绝给那些截肢的残疾患者复原身体的；他拒绝为盲人恢复视力；如果有谁请求他让死者复生的话，他一定会发疯一样地失去理智。

不要笑得太早，我亲爱的，他心中有底线的，他必须承认它的存在，他对自己在可控领域内的成功相当满意……

他确实成功了吗？我可以向您举出许多的例子，但是最最成功的一次或许是在勒克瑙集市上，对他来说也许不是，对我来说却是的。那是在一场初雪中，在埃拉登台表演之后。

一定是那场初雪刺激了它，使得它在表演结束后没有立即陷入昏睡中，毕竟通常情况下它早就主动进入冬眠的状态了，那才符合它这个物种的特性。它不安地在板条笼子里游走，发出咝咝的叫声，它吐着蛇芯子，皮革一样坚硬的尾尖从板条之间挤出来。扬·罗加拉正在为寻求帮助的人们提供服务，我守在雪茄盒子边上，因此我们谁也没注意到埃拉所处的状态，我们没有看见有几个男孩走近了笼子，他们粗鲁地对待着这只原本就受了刺激的蟒蛇，用小棍子数着它的脊椎骨，又或者试图用木棍儿弄掉它的几片蛇鳞。突然间我们听到了一声尖叫，那声音至今还回响在我的耳畔，叫声尖锐刺耳，戛然而止，仿佛是痛苦地窒息了一样。起初我只见到一个面色发黄的瘦子，一张脸危险地贴在板条笼子上，我还看到另一个男孩逃走了，在密密麻麻的人群中躲了起来。我滑下马车座寻找那阵呜咽声，我意识到是埃拉透过笼子的板条缝隙发动了袭击。太近了，那张脸实在是贴得离笼子太近了，蟒蛇轻身一跃就将它的牙齿咬了进去。伤口不深，蟒蛇没能用尽全力，因为板条太密了，但它咬得果断迅速，牙齿像鱼钩一样钻进了脸颊肉里。

父亲掀开了笼子的盖子，他从笼子的上方抓住了蟒蛇，抓在蛇头的后部。他用力捏了捏，让它的嘴没法继续咬着，它松开了猎物，愤怒地扭动着身躯缠绕住父亲的胳膊。他灵巧地把蛇滑下手臂，稍稍减轻了力道，直到蛇的身体奔拉下去，他把蟒蛇重新放回了笼子里。合上笼盖后他用布帘遮住了笼子，又找来一张毛毯扔在了笼子的上面。

少年的脸上只淌着一点血，但蛇的牙印清晰地保留了下来，那是个尖锐的三角形印记。围观的人们惊惶地看着这一切，而我的父亲却十分镇定，他将机械般僵硬发抖的男孩抱上马车，从货架上摸出治疗用的小瓶子，又从口袋里取出他自己打造的汤勺。他把勺子挤进男孩打战的牙齿间，让男孩吞了两勺神奇的液体，并鼓励地摸了摸他的脑袋。我们中断了神奇药剂的售卖，驾着马车把被咬伤的男孩送回家，周围没有任何人发出抱怨。我就这样遇见了康尼·卡拉施，我们各自不同的命运就这样产生了交集。

我们让他坐在马车高高的座椅上，挤在我俩的中间，又拿出另一条毯子替他盖上。我们下了山朝着勒克瑙湖的方向行进，然后跨过了通往监狱岛的老桥。这座监狱曾经是一座骑士团城堡，它一直都在这座岛上，直到后来人们又在这儿修筑了一道坚固的堤坝，建了这座桥。在那之后我们围绕"岛屿"展开的谈话就再也停不下来了，监狱的白色墙壁上镶满了锯齿状的碎玻璃，墙壁的倒影映照在黑洞洞的湖面上。我们沿着墙壁向前，一直到宽大的木门那儿才停下。扬·罗加拉用鞭子的手柄敲了敲门上的挡板，他敲得很有节奏，不过门后并没响动，他又发现了一只铃铛，于是他伸手去拉，围墙内马上就有一些铃铛开始叮叮当当地响起来，声音越响越大，夸张得像警报似的，我父亲不由得后退了几步，有些惊恐地站在那里。最后挡板终于开了，里面露出一张脸来，睁着两只惺忪的棕褐色眼睛，顶着一顶带徽章的帽子。我父亲踮起脚尖，急促的低语声透过挡板传了出来。棕褐色的眼睛良久地观察我们，最后钥匙终于在锁孔里转动起来。当警卫发现了坐在我们马车高脚座上的康尼时，他急忙关切地把他扶下车，命令似的向我父亲招招手，然后带着他们两个朝着行政大楼走去，那栋大楼外面什么装饰都没有，除了一块铁质的年份牌。我被遗忘了，我从围墙里面关上了监狱的大门。我已经到达了我的目的地，此刻我正站在一直以来我梦寐以求的地方。

您可以相信我，倘若当时存在这样一个奖项，一个关于评选马祖里最漂亮的监狱的奖项，我想我们的勒克瑙市立监狱一定会获奖，不管是从色彩搭配还是从面向湖泊的倾斜式花园的修建方面考虑，这座有着数十年历史的马祖里监狱都当之无愧。我有点兴奋地观察着墙壁，它们凹凸不平，用白石灰粉刷得白白的，墙壁没有任何崩塌的地方，接缝处也没有漫长岁月里积落的灰尘，它们就那么静静地矗立着。可以确定的是这些墙壁当初是保尔·冯·鲁斯道夫[①]让人修建的，他预料到波兰人会使用冲锋梯，立陶宛人和鞑靼人则会试图用弹弓和燃烧弹发动进攻，结果当然是他们全都失败了。内院有一条古老而稀疏的碎石小径，闪闪发光的柏油路面环绕着主楼，路的前面有一段向外延伸的狭长花坛，花坛里种着紫菀和万寿菊，上空正有初雪飘落。我抬头看了看那一排排的铁窗，我在寻找一张脸，我做好了心理准备，等着看到某个不耐烦的表情或是听到一声针对我的恫吓，然而所有的窗口是空空的。我侧过身子，在很狭窄的空间里贴着墙壁绕过东塔的斜基进入了花园，监狱的花园。黏土路面上躺着两只苹果，我赶忙把它们拾了起来，就在那一瞬间我决心要永久地收藏它们。卷心菜长在干干净净的棚架上，晚生的、带着褐色斑点的西红柿挂在奇形怪状的植物上，从脚边的地面一直到湖岸和不远处的草地长着许多已经腐烂的南瓜，白色的雪珠挂在草尖上，整片草坪荧荧发光。为什么没有人来收割它们？

　　四面虽然没有人影，但我感觉自己正在被人注视着，那目光绝不是来自树林中跳跃的乌鸦。一条笨拙的小船扯拉着一块白色的铁皮浮标。在裸露出来的浆果灌木丛后面，一个被墙砖挡住的入口通向地下。我猜测那一定是地下通道，人们怀疑它穿越了湖底，挖掘它的年份很可能是在很久很久以前，那时监狱还只是一座避难用的

---

① 保尔·冯·鲁斯道夫（Paul von Ruβdorf, 1385—1441），生前为德意志骑士团的第二十九任首领。

骑士团城堡。我不敢再往前走了，我紧张不安地扭头搜寻后墙上的窗户，我觉得那里有一张脸正在看着我，但我什么也没看见，塔楼上深邃的窗户里同样空空如也。但我依然感觉自己被人瞧见了，我想我最好还是回到大门那儿去，就那么站在那里即可，让这座骑士团城堡的肃穆从近处笼罩我。是的，那是肃穆的颜色，黑白①相间的颜色，没有选择别的任何颜色，没有红色，没有绿色，甚至也没有古老的蓝色。被称颂的贫穷、独身主义和绝对的服从，大概再没有其他任何颜色像黑色和白色那样与之相得益彰。

您说质朴？无法忍受的质朴？亲爱的，您真的得大点声……

原来您认为，黑色和白色是在表达他们的世界观？好吧，但您也应该记得，德意志骑士团的成员原本都是吕贝克②非常成功的商人，骑士团成立时只有一个目的，那就是护理病人。

黑与白，是的……

总之片刻之后我父亲就回来了，看起来情绪很低落。他把装着尝起来像大黄汁的药水瓶子免费送给了陪同他的警卫，那是用来治疗蝰蛇咬伤的神药，他对警卫简单地说了下使用方法，一天三次，每次两汤勺。之后我们没有再去集市，而是直接回家了，许多人因为等待我们而被大雪困在了集市上。

接下来的几天，他让人把食物送到实验室里，那间屋子里暂时没有再飘出五颜六色的烟雾。只有沉默从他的身上散发出来，这种沉默是如此具有压迫感，让人觉得很不舒服，以至于我们有时都以

---

① 德意志骑士团的标记为白底黑十字。

② 吕贝克（Lübeck），德国北部石勒苏益格-荷尔斯泰因州的一座重要古城，是汉萨城市联盟的中心，历史上曾经是欧洲最富裕、最强大的城市之一。

为他已经死了。但是，每当门被打开，都能看见他正俯身在巴兹尔·瓦伦丁的皮箱般厚的旧书堆前，眼神困惑地凝视着。那些追求着终极答案的问题让他筋疲力尽，他杰出的导师显然也无法解决他的困惑，他周围的地板上铺散着雪花般的纸条，上面满是只写了一半的公式、方程式和炼金术符号。没有什么东西能够使他分心，即使是从柏林皇家枢密院寄来的信件也不能。信中表达了对扬·罗加拉的感谢，因为他们收到了可以彻底治愈统治者"严重的偏头痛"的药方。

五天之后我们被邀请前往监狱。当那名警卫把他的自行车停靠在我们的篱笆上时，我一眼就认出了他。我向他打招呼，把他领进实验室，他非常坚持地要求我的父亲一定要去监狱一趟，临走时又补充，"这个小鬼，"他用大拇指指了指我，"也请您把他一起带来吧。"

我们受邀去喝咖啡，所以我们提早了半小时抵达监狱大门，在门口来回踱步。他沉默不语，脚步显得心不在焉。我的眼神贴着墙角，寻找掉落下来的碎玻璃。到了约定的时间，他把我抱了起来，我用双手敲打门上的挡板，挡板吊在皮铰链上，现在它干巴巴地晃动起来发出声响，效果很明显，警卫还没有确认外面站着的人是谁就直接把门打开了。他行了个军礼，领着我们前往狱长大楼。我们穿过昏暗无光的石板走廊，地面刚刚被擦拭过，脚步声在这里变成空洞的回音。警卫敲了敲圆拱形的小门，然后把门拉开，行了个军礼。他汇报着什么我们听不懂的事情，接着他邀请我们进去。我走了进去，但是没有立即抬头，因为我只觉得有蚂蚁在爬，在我的脖子后面，在我的长裤下面，甚至爬进了我的头发里。

出现在我们面前的是一根表链，一根由结实的扁平状链节组成的纯金表链，上面悬挂着镶嵌着白银的野猪獠牙作为装饰，还有一只小鹿的前蹄标本也在上面晃悠。链子挂在一件深蓝色、已经有些磨损的马甲上方，马甲又盖在一具躯体上，一具能让人联想到吹工拙劣的瓶子的躯体，因为那里有什么东西凹陷或走样了。表链旁边，在同样的高度上，两只满是雀斑的胖手正等着我们，一只黑色的小布袋在手上晃来晃去，那布袋只够装一块手帕或一捧葵花仁，再多的东西就装不下了。最后出来问候我们的人穿着一件灰色毛衣，毛衣的胸口位置有一圈白色的环状花纹，环纹随着均匀的呼吸上下起伏，胸前佩戴的徽章也跟着起伏，那是为纪念勒克瑙五百年庆典而制作的，上面铸着一个眼神空洞的雅努斯①，一张脸留着卷曲的胡须，另一张脸上的胡须修理得整洁干净。

当我终于抬起目光时，我吃了一惊，就像任何人看到眼前的景象都会感到惊愕一样。康尼·卡拉施的父亲长得太像雅努斯留着胡须的那张脸了，额头上同样的皱纹，同样镌刻着愠怒的神情，但也同样表现出沉着、忍耐和带着辛酸的果决。他们的区别只在于年龄，康尼·卡拉施的父亲更年迈，是的，当时我觉得他实在是太老了，老得根本不适合做父亲。他的动作是多么僵硬啊，他多么寡言少语。康尼·卡拉施的母亲则正好相反，她异常敏捷，脑袋圆圆的，显然她非常喜欢说话，每个谓语她都要再重复一遍。

但我必须告诉您，我们被十分亲切地款待了，父亲也获得了非常诚挚的感谢。接着，康尼不得不以一个康复者的身份出现在了我们面前，他的烧退了，舌头不再肿胀，脸颊上只留下了三颗紫红色

① 雅努斯（Januskopf），罗马神话中的门神、双面神，有前后两个面孔或者四方四个面孔，象征开始。

斑点，仿佛是那次经历给他留下的纪念品。他的父母一致认为，是小瓶子里奶油状的液体救了他，瓶子里还有一些剩余，他们想要保留下来并为此支付费用，但我的父亲拒绝了，他答应他们，有机会会让我再送一个密封的瓶子过来。之后我们吃了撒了糖粉的酵母煎饼，就像扬·罗加拉在其他地方参加社交活动的情形一样，在这儿大家也很快交流起了生病的经历，人们坦诚地把自己的伤疤展示给对方看，谈论起死亡的方式时也表现得轻松开放。在彼此都非常熟悉之后，监狱长打开了一只老旧的鼻烟盒，接下来事情超越了他们之前谈论的一切内容，他拿出了一颗从他体内取出的鸽子蛋大小的肾结石让人们传阅。于是所有人都盯着它仔细观察，然后不由自主地陷入了沉思。

康尼比其他任何人都更清楚地感受到我的不安和焦躁，他坐在我对面一张笨重的桌子上，隔着白色的蜡烛冲我微笑。他笑嘻嘻的，大概是因为窥见了我正怀着难以抑制的激动心情打量着这间房间，观察房间里面的各种东西。他大概发觉了我所受到的触动有多深，因此故意装出特别镇静的样子。雪茄盒试探性地在桌子上方移动，他提示性地向我点点头，于是我们起身离开房间，爬上一段擦得光亮的松木楼梯。他领着我走过弯曲的走廊，一路上一切都呈现出近乎冰冷无情的纤尘不染，是的，甚至连阁楼也一样。

这里的一间房间被分隔开来了，分隔它的不是墙壁而是绷紧的绳子。那是天窗下方的一间游戏室，只有几缕经过过滤的光线透过天窗洒进来，一切变得绿莹莹的，是的，那是一种来自海底深处的绿色。他故作平和冷静地邀请我继续往前走，一直走到了绳子边上，但我根本不必走过去就已经知道了他为我准备的惊喜，或者说是能引起我更大震撼的东西是什么。一座白色的监狱在绿幽幽的光芒里等着我们，它像是一个用胶合板和硬纸板切割而成的模型。墙壁和塔楼就那么真实地矗立在岛屿上，毫无疑问，那就是或者应当是勒克瑙市立监狱，或许它只有膝盖那么高，但是里面的东西一样不差，包括人工花坛。

我们跨过绳索，在"监狱"的院子里坐下来，康尼·卡拉施面对我的惊讶显得扬扬得意，他只是在一旁看着我如何感触和比较这一切。我拿眼前的小模型和真实的监狱来回比对，每当我辨认出"监狱"中的某处，喜悦就会淹没我。我可以将手放在"狱长大楼"上，用手指着我们所在的天窗下面，他指了指那个房间，此刻大人们估计正在里面吸着雪茄喝着蜂蜜利口酒，在我父亲的启发下谈论着能包治百病的药品。事情没有止步于此，片刻之后康尼·卡拉施用力一扯"监狱"的屋顶，把它弄松了，我帮着他小心翼翼地掀起了屋顶。屋顶下面，它们或躺或坐，有几人紧挨在一起，另一些人看起来心情忧郁，有好几位的四肢脱白变形，像是刚刚受过折磨似的。"监狱"中的犯人脸孔各异，但它们全都穿着洗得陈旧的帆布服，头戴着帆布圆帽。康尼·卡拉施把它们一个个拿了出来，用审视的目光凝视它们，然后警告性地轻轻摇晃他们。他给每一只木偶都取了名字，他呼喊它们的名字，将它们在"监狱"的院子里排成一队，显然是要集合。

他在院子里召集了大约二十名囚犯，他想让它们看起来像某个人，所以每个人的脸上都被涂涂画画。我知道那个额头后倾、眼睛斜视的人绝不可能是别的什么人，那一定是被称为胡戈·邦迪拉的人，事实也的确如此，它正是胡戈·邦迪拉，这位自称马祖里走私大王的人也被召集来点名了。康尼·卡拉施很高兴能向我介绍它们，所有这些人都是因为违法或者因为天生的肆意妄为——马祖里人所谓的"无礼",而被关到这里来的,它们是不受人们欢迎的多余的人。他把它们逐一拿在手里,说出它们的姓名和它们所犯的过错,就像这样:海因里希·瓦伦迪,偷盗家禽;约翰·斯科达,持刀捅人;奥托·米查兹克,亵渎罪;赫尔曼·霍耶,在国家森林里偷猎;古斯塔夫·科德利克,在国家森林里盗伐木材;米歇尔·斯科夫洛尼克,纵火;戈特利布·诺约克,走私和亵渎罪;路德维希·波希克,罪行不明,与索多玛①有关;奥斯卡·杜姆切乌斯基,偷盗船只;欧根·劳伦茨,过失杀人外加纵火。

我打断了他的介绍,请求他停顿片刻,因为我的呼吸实在太急促了。但我很快就按捺不住内心的渴望了,我忍不住让他把那个杀人犯递给我,杀人犯欧根·劳伦茨,我用扬·罗加拉制服蝰蛇的手法一把抓住它,它的瘸腿在空中乱舞,而我则盯着它的脸。

康尼·卡拉施从我的手中取走欧根·劳伦茨,然后一声不吭地放回"监狱"里。他把那些穿着马祖里帆布囚服的"罪犯"们全都聚在了一起,把它们胡乱扫进了结实牢固的房间里面。小人儿们堆成一堆,脸朝下,腿痛苦地扭曲着。他的这一系列动作非常匆忙,我立刻就意识到他想让我看些其他的东西,那一定是个能把我刚刚见识的这一切瞬间比下去的东西。

我的判断果真没错:在我们将屋顶安回去之后,他拉着我踩在地板上,我们再次经过了凉爽的毫无装饰的走廊,走下了好几个台阶,穿过一条灯光暗淡的隧道,然后他命令似的拍打一扇门。一个非常衰老的身穿制服的警卫为我们打开了门,他原本愠怒的脸在看见了

---

① 索多玛(Sodom),《圣经》里的地名,城里居民均为同性恋者,因此被视为罪恶之地。

康尼·卡拉施后瞬间明亮了起来。他和康尼·卡拉施亲切地握手，两人酝酿着什么阴谋似的窃窃私语。之后我们获准走进位于地下室的囚犯工作间，车间里的桌子一眼望不到头，桌上堆着嫩树枝、树皮卷、成堆的牛皮纸、扫帚、包装袋纸、沾满胶水的罐子和预备好的木质鞋底，以及用来制作拖鞋的皮质贴皮。

我们走了进去，桌子旁边那些身穿帆布囚服的男人们全都扭过头来看着我们，动作整齐的仿佛是被同一根线牵引着似的，没错，就像他们的背后拴着同一根绳子。看清我们的瞬间，原本带着一脸好奇的犯人们显得非常失望，他们又很快把头低了下去，一个个继续忙着自己手上的活儿。不过虽然只是一瞬间，也足以让我认出那些面孔了，那些康尼·卡拉施刚刚还向我介绍过的面孔。人群中有胡戈·邦迪拉和欧根·劳伦茨，除了他俩我还能凭借直觉认出偷盗木材的科德利克以及纵火犯斯科夫洛尼克，他们手里斜抓着闪烁的刀子，那是用来将小树枝切割整齐，然后做阔叶扫帚用的。康尼·卡拉施向着两边挥了挥手，然后径直走到欧根·劳伦茨面前。他和欧根·劳伦茨握手，与他耳语着什么，并且多次用手指向我，接着我也被允许和欧根·劳伦茨握手，我用带着询问的目光看着他那张高深莫测的脸。

他的案子吗？那是我后来才知道的。我首先发现的是，欧根·劳伦茨对勒克瑙方圆数十里的所有湖泊都很熟悉，关于每个湖泊他都能讲出一个故事来，不仅仅是泽尔门特特湖、苏诺沃湖和赫尔塔湖，而是我们这里全部的九十二个湖泊。这些深邃平静的湖水中埋藏着秘密，还有些东西会伴随着黑暗从湖水中升起，随着时间的推移，这些秘密、这些神奇的东西已经被编织成了一个又一个故事。

无论如何，康尼·卡拉施恳求他讲述一个关于某个湖泊的故事。

他大概已经听了太多关于溺水者、隐士和鱼头上戴着王冠的小马驹的故事。但是欧根·劳伦茨轻轻地摇头拒绝了他，他提醒康尼·卡拉施，显然在这之前两人已经商定了一个价格，而康尼·卡拉施此前也支付过类似的费用。他显然非常坚持，除了将他要求的东西给他，没有其他任何条件可谈，那就是雪茄屁股，一捧雪茄屁股，康尼将它们下雨似的洒落在桌面上，那个男人当场清点数量，把它们塞进口袋里，然后才向我们讲起他所知道的关于某个湖泊的故事……

当然了！你说的没错，我当然还记得那故事！欧根·劳伦茨讲的故事，我不可能那么快就忘记的，他的讲述平静温和，就像勒克瑙湖上安稳漂浮的木筏。另外，他在讲故事的时候一直没有中断过手里的活儿……

好了，他从一堆准备好的木鞋底中拿起了一只，让它翻滚着滑过桌面，从一块黑布上滑过去，然后小心翼翼地放下来。而他口中的故事一直没有中断，听着故事的我们已经身在鞑靼湖的松树之间了，我们能看见在那里孵蛋的黑鹳，能听到隐隐约约的叹息声和拖长了声调的嘶喊。无论是谁孤独待在那儿，只要用心聆听得足够久，都会听到那声音的。他让湖底的淤泥里冒出气泡来，让鸭子嘎嘎叫着落在水面上，然后又立刻惊慌地游进芦苇丛中。透着悲凉气息的马队穿越沙脊走来，人影在稀疏的松林间摇摆，在傍晚时分，那一如往常无比辽阔的天幕下浓缩成一个个移动的剪影。队伍周围环绕着骑手，有人坐在蓬乱矮小的马背上，有人骑在鞑靼马上，收起的长矛拖着长长的侧影映照在马头上方。

被捆绑住的那些人跌跌撞撞也走着，一路走下山去，走向湖边，他们是勒克瑙的男男女女。鞑靼人将他们绑来可能是由于失望或者愤怒，因为他们没有找到他们想要的东西——埋起来的银子或者藏进森林的牲口。山下的湖泊在那之前一直没有名字，但是从那天起人们开始称它为鞑靼湖。到达湖边后，这支由鞑靼人组成的队伍突然停了下来，他们达成了一致意见，于是下马，然后把他们那些毛发蓬乱的小马拴在松树上。他们挥舞着精心编织的马鞭，来回吆喝队伍里那些被绑着的人，把他们全部赶进一个鞑靼人用靴子后跟画出的圆圈里。之后火堆突然燃烧起来，他们郁闷地围火而坐，用火烤着他们绑在马鞍下已经被压软了的肉块。

他们沉默且失望的凝视让被缚者们感到不安，尤其不安的是市长的妻子玛丽娅·契卢帕卡，她再也无法忍受了，她找到鞑靼人的小头目开始交涉，然后跟着他和几名陪同人员走开了。他们离开的时间不长，火堆旁存放的木柴在他们离开的期间几乎没有减少。当他们返回的时候，几名骑手在他们的马鞍前举起装有蜂蜜酒的椭圆形酒桶，他们把这些堆放在火堆前。

所有鞑靼人顿时明白了他们缺少的是什么，他们突然明白了为什么他们没有在这里载歌载舞了，因为他们缺少了蜂蜜利口酒。于是他们拔掉了酒桶的塞子，喝着酒来热身，他们唱起了草原上的歌曲，跳起了草原上的舞蹈。这活动持续了那么久，直到市长的妻子和另外一些妇女上前询问自己是否也可以参加庆祝活动，于是她们被松绑了。她们按摩着自己手脚的关节，脱掉鞋子，甩掉过长的套裙，在火堆的光圈里，在不知名的湖泊前，她们与鞑靼人一起翩翩起舞。她们也倒上了蜂蜜利口酒，她们喝着酒，或者说是假装喝着酒，那些被捆绑着的人既没得吃也没得喝，只能坐在沙滩上观看着一切。鞑靼人将一桶桶的酒喝得精光，醉倒在地上，跌倒的时候还试图将女人们也一起拖进温暖的沙子里。

距离日出还有一个小时，浓雾笼罩着这个终将被命名的湖泊。几个穿着裙子的人影同时起身，仿佛约定好了似的，人影从早已冷却的篝火旁爬了起来，来回穿梭，匆匆地向着熟睡的人们俯下身去。清晨的风裹挟着寒冷，烂醉如泥的鞑靼人伸长着手脚瘫软在地上，如果被捆绑着的人中谁还醒着的话，他会看到一只只攥紧拳头的手高高地举起来，然后把什么东西向下刺进去。躺在地上的人突然蹬腿，身体猛然挺直，努力抬起头，接着又抽搐着躺下去。这一切都发生得悄无声息，四周几乎没有任何响动。女人们杀死了鞑靼人，将他们的尸体拖到水边，然后推进湖水里。直到这时她们依旧小心翼翼地保持沉默，尽可能不发出任何声音。她们清理完沙滩上的痕迹，处理好了一切才去找那些还被绑着的男人，她们割断了他们身上的绳子。女人们的动作既温柔又仔细，因为她们不想惊动这些男人，她们希望他们在不知不觉中醒来，然后惊讶地发现自己已经得救了，她们很期待看见那时男人们脸上的表情。但事实上，所有男人都醒着，一声不吭地任由她们割开绳子。

男人和女人面对面站着，就那么很自然地站着，他们的目光都落在对方的身上，用眼神默默地询问对方。湖面上，死去的鞑靼人的尸体正缓缓地随着水波漂浮，有些已经沉进了湖里。

勒克瑙市长奥托马尔·契卢帕卡率先拥抱了他的妻子，与她一起迈着大步爬上了沙丘。其他人依旧四肢僵硬，冷得直哆嗦，一个个迷迷糊糊的，尽管如此他们也都走向了各自的妻子，拥抱她们，然后追随上市长的步伐。

欧根·劳伦茨在黑色的布料上移动一串拖鞋夹子，那是被解救的男人们的队伍，他们与自己的妻子一同返回城里，离开阴沉的湖泊，从那以后，它被称为鞑靼湖。

我就是从那时起打算收集雪茄屁股的，这样我就能听到他藏着的另外九十一个故事了……

好了，现在您可以帮我削只苹果了，不过在这之前我想先喝些什么……

如果茶已经凉了也没关系，谢谢……西蒙·加科，要是他哪一天来这儿的话，他会来的，就像其他人一样。那时候您可以和他求证一件事情，我们从不敢赤着脚在鞑靼湖的淤泥里耕作，在我们还不知道这座湖泊名字由来的时候，我们就不敢这样做。因为湖水会不知缘由地咕嘟咕嘟冒着气泡，发出叹息一样的声音，不知是哪里来的大风总是往这儿吹。你也不能把脚伸进鞑靼湖里，否则转眼就会被一大堆血蛭吸住。我们从不在湖里洗澡，也不吃湖里的鱼。我的祖父，也就是农庄的租赁者阿尔方斯·罗加拉，他让人用马车运去涂过焦油的船。船生锈腐烂了，人们把船遗弃在那里任它自生自灭，还没等到浮冰压垮船舷，这艘船就自己沉没了。和另外四座湖一样，鞑靼湖也是农庄的一部分。大坝连接着监狱岛和大陆，鞑靼湖就位于大坝尽头的一侧岸边。因此这座湖也属于我的祖父，就像农庄上的一切统统属于他一样，虽然他只是个佃农。没有人对此有所怀疑，车马总管、马匹、农场的工人、女佣、狗、马夫，以及一切有生命和无生命的财物都归他管理，他掌管着一切，好像它们真的属于他似的。人人对此都习以为常了，或者说是被迫无奈地习惯了这些，在这个佝偻着身子、性情暴躁的人的强迫下。是啊，他巴不得废除所有人说话的权利……

亲爱的，我没听懂……他到底支不支付租金？当然支付了，他一年结算一次租金，每年他都会连着把自己锁在房间里十天，每年的一月份，总是在一月份，房间里的灯几乎彻夜亮着。他周围的人都知道他在做什么，他在计算要付给那个卧床不起的女人多少租金，那个女人住在很远的地方，在一座遥远的城市里，在柯尼斯堡，他对她的仇恨深入骨髓。据说她对他同样恨得咬牙切齿，因为她坚信他在欺瞒出卖她，而她之所以容忍他，只因为他知道一些只有他俩才知道的秘密。每一次当她收到详细的账单，她就会问一些知识性的、讽刺的问题，最后她会表示自己的健康状况依旧没变，这让他十分恼火，以至于他连续好多天都只能进食布伦纳博白酒①和肝泥肠切片。他就这样来安抚自己，他永远不会向我们寻求帮助，尽管月缺的时候我父亲采摘了含有氢氰酸的金银花叶子，并且已经成功地利用它们制成了一种抗神经激动的药物，这种药方在勒克瑙地区非常有效。他最多只能容忍父亲将双驾马车停放在农庄上的棚子里，让马匹去牧场上，仅此而已。他对科学这门神奇学科的看法就只有蔑视，他指责我们帮助人们发现疾病，指责我们毫无节制地热衷并沉溺于疾病研究，正如他所说的，我们在鉴赏和品味疾病。但这并不妨碍他一有特殊的工作就派人来找我们，不过他从不找我的父亲，他对父亲就只剩轻蔑了。派来的人就那么简单地丢下一句：我们需要人帮忙，事情对付不过来了。

于是为了帮着他们收割、屠宰、打谷子、称重，我们毫无疑义地动身前往祖父的农庄。烟尘的余烬从我们的衣服上吹落到堤岸上，为了避免见到其他人从而引发冗长的问候，以及随之而来的各种问询，虽然我的母亲特别在意这些，我们径直朝着需要我们的目的地走去。

---

① 布伦纳博（Brennabor），一家德国企业，主要生产童车、自行车、摩托车和汽车。文中应该是指同名品牌的一种白酒。

农庄，那片曾经的农庄，它像许多国有庄园一样早就落到私人手里了。黄色的泥土覆盖着破旧的院子，风吹着干草和秸秆在地上转着圈儿。两只吠叫的狗总是上蹿下跳，锁着它们的链子被拖拽着扯来扯去。铁匠铺里传来持续的敲打声。大公鹅们高昂着头立在雾气缭绕的池塘边，它们像往常一样低下脖子，一边攻击我的小腿肚，一边嘎嘎嘎地叫个不停。我总是随身带根小棍子，或是一根嫩树枝，这些鹅会咬住它。

不管农庄上发生了多么值得一提的事情，我们都是有心理准备的。时常有人将胳膊伸进切草机里，或者有人被马蹄踢中了屁股，总有人从摇摇晃晃的车上摔下来，有人被公牛踩伤，有人被生锈的镰刀割伤，有人被刹不住的手推车压断肋骨。您一定理解我，亲爱的。从每一个角度看我们都会有所经历，即使是在禽舍里，即使是在宰杀鸭子的时候。你必须把手上的宰杀想象成某种无声的需要互帮互助的活儿，干活的时候你需要有异常的敏感性和超常的手部力量。

即便按照马祖里当地的标准，老皮乌科也是个杰出的珀莫赫斯科普①。他把鸭子驱赶到一块儿，八十或一百只鸭子，它们总在躲闪他的棍子，棍子上挂着一只椭圆形的套索，他在深褐色的鸭眼前晃动套索，来回摆动、跳跃，然后突然发力套住鸭子的脖子，用力收紧。鸭子无法继续发出嘎嘎的叫声，但仍在用力拍打着翅膀，蹬着腿儿，脚蹼痉挛地张开，在地上划动，无比惊恐地想要逃回围栏。皮乌科用棍子挑出被套住的鸭子，此时我已经站好了，鸭嘴上方的

---

① 珀莫赫斯科普（Pomuchelskopp），19世纪低地德语作家弗里茨·罗伊特作品中的一个暴发户形象，喻指目空一切的怪人。

鼻孔里正往外冒气泡。皮乌科举起斧头，我双手死死按住鸭嘴，让鸭子的脖子伸得够长，尽可能平静地躺在砧板上。斧头嗖一声砸进板子，鸭头滚落到我跟前，鸭嘴张开，好像在努力发出叫声，一层蓝色的薄膜慢慢地覆盖了鸭子的眼睛。我将鸭头摆到一块防水布上，将它们十个一排摆放齐整，相互间保持着均匀的距离，这样容易点数。而他则把仍然温暖的、胖乎乎的鸭子的下半身交给了雷吉娜·齐迈克。她叉着腿坐在一只小板凳上，哼着歌接过鸭子，她找到鸭子的颈动脉，然后用小刀切开，非常内行地放光鸭子的血。她把鸭血盛在陶碗里来回搅拌，防止鸭血凝固。

雷吉娜·齐迈克，她不仅是农庄上最温和、最多才多艺的人，她也是这座农庄上最无忧无虑的女佣。这姑娘对待所有的事、所有的人都只说一句话，"好，随便"，最后的结果都是一样的。她是那么缺乏主见，总是那么无动于衷，以至于她很少抬起头来看看农场，即使这关系到她岌岌可危的未来，即使趁我祖父不在的时候有两个男人强行约定雷吉娜·齐迈克将来要跟谁姓①。她平静地搅拌着要用来做禽血汤②的鸭血，那是她最爱吃的食物，她客气地将鸭身交给我母亲，母亲又将鸭子褪毛、开膛，然后熟练地掏出内脏并一一分类。

就在这个时候，就像刚刚说的那样，农庄的院子里正在发生能够决定她未来的事情。我站在柴堆旁，从我的位置能够辨认出那些竞争者们。普劳泽克，他是挤奶工工头，身材矮胖，脸膛粗糙生硬。在他的身旁，穿着皱巴巴却很优雅的靴子的人是胡戈·邦迪拉，他

---

① 德国女子嫁人后要改随夫姓。
② 禽血汤（Schwarzsauer），德国北部及曾经的东普鲁士的一种传统菜肴，主要食材为鸭血或鹅血。

是马祖里的走私大王，为了查明走私的事情他才被特批出狱。两名对手显然已经达成了共识，他们互相握手。当老皮乌科问那姑娘"你希望谁赢？"的时候，她耸了耸肩，只说了句："随便。"

她帮我母亲干活儿时并未显得格外激动，而外面的两个男人则每人背起1公担①谷子，走向晃晃悠悠的高大梯子，梯子由十六根横木组成，它通向马厩上方的打谷场。他们用一只手抓稳重物，用另一只手扶着梯子往上爬。他们一根横木一根横木地向上爬，梯子颤颤悠悠，被压得弯曲，这个时候必须用手扶稳了，用大腿抵住梯子，让它停止摆动，然后再继续往上爬。一直爬到天窗那儿，到了那儿还不能直接把重物扔下去，而是要让它们顺着背脊慢慢地滑下去，这也是为了不让袋子翻倒，然后摔破在院子里。

您得知道，按照约定，他们每个人得爬五趟梯子，背着1公担重的袋子往返五次。但是看样子他们每次都在增加重量，尽管邦迪拉的靴子能帮助他稳定身形，但是随着时间的推移他已经无法挺直膝盖了，普劳泽克在梯子上发出一声前所未有的大吼，从没有人听他那样咆哮过，那是痛苦的吼叫，绝望的吼叫。他们颤抖着身体，梯子在脚下危险地晃动，救命的天窗似乎遥不可及，某个声音在劝说他们放弃。他们停下来看向对方，目光相互凝视，片刻之后他们仿佛被我父亲的神药强壮了体魄一样，他们又继续往上爬。观众们并不沉默，也没有觉得感动，相反他们显得有些兴奋和紧张。只有皮乌科，这个老珀莫赫斯科普，他头戴褪色的鸭舌帽，一直咧着嘴笑，还忍不住要愚蠢地品头论足几句。雷吉娜·齐迈克每向他的怀里扔两只鸭子，他就向她转告一下比赛境况，他说："你大概会得到

---

① 公担（Doppelzentner），计量单位，1公担等于100公斤。

邦迪拉的耳环。"又或者说："普劳泽克，多么美的名字啊……"

雷吉娜·齐迈克治头看了看正在比赛的两人，她笑了笑，随即又重新看向我母亲，她急着向母亲学习。我母亲正在清洗浅蓝色的鸭肠，她把鸭肠缠在用开水烫过的脚蹼上，打了个结，这是鸭血汤的配菜。她又用鸭肠缠住鸭脖子，用拇指和食指轻轻拉伸，将里面淡绿色的勉强还能看清楚的污秽物挤出来。她还用鸭肠缠了鸭翅，鸭胗不需要缠绕，它们被破开清洗，然后直接扔进了木桶里。

这姑娘给人的印象是如此根深蒂固，她对清洗、烫煮和包裹动物内脏的兴趣要远远大于对自身未来的兴趣。当对手们开始第二轮比赛的时候——第一场比赛并未能决出无可争议的赢家，她依旧无动于衷地坐在小板凳上，压根儿不想去看看鹅群聚集着的泥泞池塘岸上正在发生什么……

亲爱的马丁·韦特，您千万别这样说，那并不是漠不关心，那是顺服，当地人的顺服……

总之那两位竞争者面对面地站在池塘边，他们先是脱掉了短外套和无领衬衫，普劳泽克脱掉了他那印着红白①条纹的工作服，他们注视着池塘，水面上漂浮着小块儿的浮萍，蜻蜓环绕着池塘低飞盘旋。一片片鸭毛被风吹着落到水面上，好像是帆船扬起的白帆，水面没有倒影，池水清亮却不透彻，宛若清汤，一眼望去完全瞧不出深浅。多刺的鲫鱼用力拍打着鱼鳍，它们奋力跃出水面捕捉昆虫，丁鱥鱼的身影却很少。

围观的人们看着两位竞争者，大家交头接耳地说着什么，他们

---

① 当时的挤奶工多来自瑞士。红白两色是瑞士国旗上的颜色，红色象征奋斗和爱国热情，白色象征和平、公正和光明。

中的绝大多数就这样环抱着双臂站在一边，若有所思的样子。

接下来两位参赛者对望了一眼，他们相互点点头，目光越过池塘望向远处。他们弯腰捡起沉重的鞭子，鞭子非常长。您知道的，那是用来驾驭四驾马车的长鞭。接着他们重新直视着对方的眼睛。懂得比赛重要规则的人都知道接下来要紧的是什么，只见这两人低头垂下目光，他们顺着腰带往下打量，当然他们看着的是对方的腰带。没错，他们在测量长短。两人的目光越过池塘，他们再次点了点头，接着开始挥动沉重细长的马鞭。他们先是把马鞭高举过头，接着慢慢放低放平，他们用均匀的力量控制马鞭，迫使呼呼作响的鞭子越来越低，直到最后鞭子的末端会划过水面，锋利、迅速，像一只燕子。待到鞭子的力道足够大，而且时机也显得非常有利的时候，他们就出击了。两人将鞭子完全伸展开，然后又迅即收回来，这一番动作让鞭子卷了起来，或者这样说也许更准确些，完全松弛的鞭子被瞬间收回后打着卷儿在目标物上缠绕了三圈甚至五圈，随着啪的一声响，东西被缠得死死的。他们瞄准的是对方的腿，他们试图让鞭子缠在对方的脚踝上方，一旦用皮鞭闪电般地把对方捆住，那么接下来就很容易将对手拽倒在岸边的淤泥里了。

您可以想象这样的情景，我完全顾不上把灵活的鸭脖子放在砧板上，我必须弄清楚池塘边的决斗结果如何。池塘边响着鞭子啪啪啪的呼啸声，正如我们所说的那样，他们俩表现沉着又带着愠怒，手中的鞭子切割着空气。有时他们的鞭子会互相纠缠在一起，这时他们会走近对方然后解开鞭子，他们喘着粗气，但是并没有抱着很大的敌意，甚至有时会互相帮忙。我还记得，每当池塘边的呼啸声中断，雷吉娜·齐迈克就在她的小板凳上将身体略微前倾，大概是因为她认为那边已经有了结果。因此我觉得她也并非对此事完全漠不关心，虽然我敢断定她绝不会主动说出她心里所期望的比赛结果。

两名竞争者再次分开，走回自己的位置。他们舞动鞭子，突然，普劳泽克猛地挥出了那么准确有力的一鞭。胡戈·邦迪拉的身体瞬间僵直地后仰，他痛苦地挺直了身子。鞭子虽然只缠住了他的靴子，但却死死地缠绕了好几圈，普劳泽克现在只要用力一拽，他的竞争对手很可能就会摔倒。但普劳泽克没有拉拽鞭子，面对比赛的优势他却突然一动不动地站住了，他似乎不知所措，垂下了手中的鞭子，仿佛对他来说比赛进行到这里就可以了一样。

他的目光越过胡戈·邦迪拉的头顶眺望远处，目光的尽头是高低错落的锻造厂，那里有废弃的长满杂草的耙和钻头。突然那边钻出来两名宪兵，他们各自站在一边，显然两人已经互相沟通过，因为他们立即就分开了，从锻造厂的方向朝着池塘走过来。那是两名挎着军刀的宪兵，现在我们所有人都看见他们了，只有胡戈·邦迪拉还没发现他们，他仍然站着，在等待着那能让他摔倒的一拽。我们全神贯注的眼神终于引起了他的注意，他转过身来，但已经太迟了。两个宪兵同时走近他，打落他手中的鞭子，把他的胳膊扭到背后。他们都穿着不合身的制服，胸前的编织绳上挂着一只哨子。宪兵们不愿理睬人群的不满，他们强迫自己不去理会大家的各种抗议，无视人们罕见的咒骂声。他们担心这会危及他们的行动，因为在此之前邦迪拉就曾经利用宪兵和群众之间的冲突逃脱抓捕。他们推推犯人，示意他往前走，他们把邦迪拉夹在中间，准备带他穿过不满的人群从这儿离开，他们完全不顾人们的愤怒和恫吓。这时普劳泽克猛地一拽长长的鞭子，仿佛在释放某种信号，那信号是多么明确，不仅仅是邦迪拉，就连宪兵们也停下了脚步。普劳泽克不急不缓地走着，他笔直地绕着池塘走着，一圈圈地收回皮鞭。他把鞭子均匀地卷起来，就这样边收边走，正好走到了邦迪拉的身边。他在邦迪拉身前弯下腰，聚精会神地从他的靴子上解开绕住的皮鞭。他弯着腰，一圈圈旋转着解开鞭子，然后他保持着弯腰的姿势抬头望向邦迪拉，表情极度忧伤。然后，像是必须了结某桩事似的，他只说了句："我放弃，谁知道会是这样，我不需要运气。"他猛然转身向着马厩走去，鞭子的末端拖在他的身后，他从养着家禽的院子旁走过，没看雷吉娜·齐迈克一眼。雷吉娜·齐迈克也不需要询问到底为她决出了怎样的未来了……

别急，亲爱的，请您再耐心一些。这件事您也得了解，因为它也是其中的一部分，因为我自己就是这样的，我经常从那些毫不起眼的地方获得至关重要的洞察力……但我想说什么呢？……群众，对，就是农庄上我们的那些同胞，是的，这就是我想说的。农庄上的工人、女佣和马夫，大家突然开始鼓掌，那是一场经久不息的掌声。掌声是献给两个男人的，所以声音朝向两个不同的方向，一边的掌声跟随着普劳泽克直到马厩，另一边的掌声跟随着胡戈·邦迪拉直至犬舍。突然间，掌声停止了，声音突如其来地消失，出其不意得就像一根断裂的传动带。

阿尔方斯·罗加拉，我的祖父，他骑着马穿过敞开的大门进来。宪兵们向他致以问候，他却连头都没抬。他缓缓地走近，鞍前横着个软绵绵的东西，那是他死去的猎犬"格雷夫"的尸体。他在众人面前停了下来，将狗扔在地上，蓦地从沉思中苏醒过来，发觉当下只有他能终止眼前的一切。

他做了一个不容有异议的手势，人群随之散开来，人们返回各自的岗位，只有一名马夫除外，祖父用眼光示意他留下来。祖父被搀扶着下马，抬脚踢了踢死去的狗，说了句"埋了它"，然后就一瘸一拐地向我们走来，走向养着家禽的院子。

原来这条狗让祖父失望了，它在鞑靼湖畔的芦苇滩捕猎时让他失望了。有几只被打中的骨顶鸡跌进了芦苇丛里，他让狗去找它们然后叼过来，可是每当湖水淹没它的腹部，它就乞求地扭过头望向祖父，它竖着身上的毛，拒绝服从命令。是的，发生在鞑靼湖……

您的意思是？不仅如此，祖父还花费时间向我们做出了解释。他是在这条狗第二次拒绝命令时开枪打死它的，但他把狗的尸体带了回来，让人把它埋在锻造厂后面的荨麻里。出于对别人的不信任，他在事后又亲自去了一趟埋狗的地方，他用靴子踩踏坟头的泥土。那是一种深深的、几乎是自我折磨的不信任感，这种感觉控制着他，强迫他严格地检查自己下达的命令是否被执行。无论是在田野上还是在森林里，抑或是在农庄上的屋舍里，他都必须亲自去看看，他甚至认为他必须操心我们的津贴。每当我们将鸭血灌进奶罐，将滑溜溜的鸭杂倒进碗里的时候，他都坚持要在场监督。

我母亲从不把报酬留在他那里或者记在账上，我们把属于我们的那份当场拿回家，哪怕只是满满一罐鸭血和一碗鸭杂，那可是禽血汤的基本食材，味道香滋滋的……

来一杯杜松子酒吧，此刻我多想邀您喝一杯杜松子酒啊，这样我好在喝完后向您一一介绍马祖里禽血汤里的所有调料。但我明白，亲爱的，您必须离开…… 烹饪方法以及其中所有的变化在《烹调法大全》里占了两页半还多，我们曾经把这本书展出在我们博物馆的饰品陈列室前面。在隔壁的房间里，我们在其中收集了一切能够找到的有关吃喝以及劳动习惯的资料……

是的，我知道，您必须走……亨丽克也为这本书出过力，她曾经参与搜集过她所了解的那部分内容。

如果我知道我们的人在哪里就好了，卡罗拉、西蒙·加科还有马里安，要是我知道他们去了哪里就好了。在这里什么也查不到，也许这里的人们也只是假装什么都不知道吧，因为他们想保护我。至少我现在知道亨丽克在哪里了，为此我要感谢您……

这真的是您想要的吗？也许您更有办法查清楚他们究竟去了哪里，是什么让他们暂时没法来探望我。在他们将我从火场带离以后，我真的不需要假设他们受伤了，假设他们出了什么事情……

您说什么？烦躁不安吗？不，不，您不用担心，这只是寻常的兴奋，我依赖这种感觉，它出现得很自然，这感觉一直伴随着我。

哦，我不怀疑这一切，因为现在您几乎是不得不返回这儿探望我了……

我知道您得走了。我知道您不想代我问候亨丽克……无论如何我都非常高兴，我非常期待您再次光临。您不必遵守关于探视时间的规定。

第二章

近点，亲爱的，您离床近点儿，这样我就更容易听懂您的话，我也不必费劲儿地说话。这样更轻松些……

如此说来，亨丽克不愿意接受现实，她不能也不会接受她失去的一切。对此我并不意外，我已经预见到了。在我们之间，是啊，如果她没表现出这样的态度，我反而会感到惊讶吧。在我们建立博物馆的那些年里，我们不仅怀抱着同样的热忱，也被同样的信念鼓舞着，这个信念来源于马祖里，这片黑暗、神秘的土地只有在无人记起的时候才会被彻底抛弃，才会真正意义上消失在这个世界上。或许您现在已经体会到我和亨丽克之间的那些共同点了，亨丽克和我，我们所希望和期待的东西是多么相似。每当我们的博物馆被迫面对她哥哥的讥讽，又或者遭到伯恩哈德的嘲笑和那些带着政治意味的指责时，我们的相似之处就体现得尤为明显。我和亨丽克，我们之间从来不需要沟通，我们不需要征求对方的同意，也不需要请求对方做什么，我们总是不约而同地站在同样的立场上，尽管我们分开了那么多年，尽管我们的经历毫不相同……

是的我理解，我理解她无法接受她所失去的东西，我也理解她的失望和您所说的那种仿佛身体被石化般的悲痛，毕竟在一切被摧毁的那一瞬间，她曾经为此付出的辛劳也都付之一炬了，她为之收集的那些成果全都化为了灰烬，随风飘散。

您能再说一遍吗？不，我不能把她也卷进来。亨丽克不知道最终的原因，或许她也不会理解这些，有时候我们只有蒙受巨大的损失才能有机会重新洗净双手……

亲爱的马丁·韦特，我承认您说得对，此事还有待证明。只要您有足够的耐心，我将向您提供证据，我会向你证明我已经别无选择。没错，那是必须存在的证据。

但我要告诉您什么呢？我已经整理好了思绪，我已经想好了……那年冬天，没错，就是那个冬天，我第一次意识到了一些东西……

正如我之前说的那样，最开始的时候，到处都是五颜六色的浓雾，那些人为制造出来的浓雾，我从迷雾中走出来，大脑还是晕晕乎乎的，我一路出来，然后发现了马祖里，发现了那片始于石灰粉刷的狱墙、止于农场的土地。然后是这个冬天，想象一下，那是一片被皑皑白雪覆盖的雪原，屋舍和森林矗立在沉积的大雪中，屋顶和树木都变矮了，您抓起一把积雪让风把雪像沙子般吹散，您把几只疲惫的乌鸦抛向天空，您给予了这个肃穆的冬天一切，一切它理应具备的东西。坚硬剔透的冰面、寒风的吟唱、冻僵的芦苇和牧草。鲈鱼和白鲑在渔民的箱子里冻得结结实实，像玻璃一样仿佛一碰就碎。晾衣绳上挂着的衣物也冻得硬邦邦的，发出吱吱嘎嘎的声音，收衣服的时候会有破碎的冰碴子掉下来。霜冻贯穿了地窖的保护层，这使得储存在里面的马铃薯变得特别甜。冷杉雀和长尾山雀被冻死了，从树上掉了下来。

现在您想象一下，有六驾雪橇，它们前后排成一排，无声无息地滑行在光洁无痕的雪地里，它们就这样穿越田野和草地，滑行的轨迹与勒克瑙湖平行。驾驶雪橇的人们用衣服裹着脸，他们正在驶向尤希肯湾，在那里，博雷克山脉上的松柏蓬勃生长，松林一直蔓延到湖边，小格拉耶沃的木屋就位于隆起的山坡上。

给这些爬满青苔的小屋们取名小格拉耶沃的不是当局，名字是我们自己取的。他们撤退后就在这里隐居，因为他们没别的去处了，只能生活在这个地方，这里全是他们的人。这里聚集着波兰的农场工人、排筏工人和林业员，他们一代代都住在这里，在我们的森林里挖掘树墩，在这方面谁都不如他们经验丰富。我坐在最后一驾雪橇上，望着眼前臃肿、厚实的背脊，背上挎着深灰色的枪管，我看到马儿被长长的缰绳牵引着，带领我们翻山越岭，马儿口中吐着白气，身上汗水淋漓。

我的祖父阿尔方斯·罗加拉和我们在一起，林区主管布拉斯克当然也在，锯木厂的海达克也骑马来了，还有勒克瑙市的财务主管图赫林斯基。康尼·卡拉施的父亲坐在我们前面的马车上，他身材魁梧，身形像是一个布袋子，他终于向我们妥协了：好吧，随你们便吧，不过不许胡闹，否则可能会挨揍的！康尼的妹妹埃迪特不许穿带着毛皮衬里的齐膝短裙。

雪橇朝着博雷克山脉行驶了一段路程，我们途经了一片被大雪覆盖的育林区，到处是齐腰深的积雪。雪橇队伍在森林中的一块空地上拐弯，然后加快速度沿着下坡的方向驶向勒克瑙湖，驶向小格拉耶沃。他们在等着我们。孩子们趴在窗户后面期待着我们的到来，窗户上满是冰挂，都快看不清窗外的人了。康尼冲几个孩子招手，女人们站在开得很小的门缝后面等我们。再往下看，在结了冰的水井边上，溢出的水已经冻成了一座驼峰，男人们身穿笨重宽大的短外套，头上戴着皮帽，脚上蹬着毛靴，手里抱着木桩或看上去像木桩的圆木。雪橇排成两列迎面驶来，最后停在了水井前面被人踩过的空地上。没有人打招呼，甚至连个简单的抬手动作都没有，大家只有目光的交流，那是蔑视和怀疑的目光。这时有一个人走近了布拉斯克的雪橇，那是一个动作缓慢、肤色苍白的男子，约翰尼斯·豪泽……

惊讶吗？亲爱的，您不必感到惊讶，我们的生活就是这样的。在我们这里人们会有着类似科诺帕茨基、皮阿塞克或索博特卡这样的名字，而在小格拉耶沃这儿他们有着像古特克尔希、尼德穆勒或豪泽①这样的名字……

总之，我仍然可以看到约翰尼斯·豪泽站在那里，在乳白色的太阳面前，勾勒出一个佝偻的轮廓。他大概不是那些男人中年龄最大的，但他是这群人的发言人或秘密首领。此刻他面无表情地接受最高护林员的指示，对此他没提出任何问题，只是点点头，然后把他的马车支杆藏在背后，以示顺从。然而有一回他笑了，他把头向后一仰，疲惫地回应了康尼的挥手问候，他眨了眨眼睛，这是默许的意思。"我的朋友约翰尼斯。"康尼低声对我耳语。

约翰尼斯·豪泽专心听着，直到对方打着手势示意他离开。他走回属于他的人群里，和人群一起看着雪橇重新启动起来，掉转车头，然后嘎吱嘎吱地爬上山坡。他望着我们，直到我们离开了他们的听力范围，他才将人群聚集在自己周围，带着他接受指令时的那副漠然的表情对人群说话。我仍然能够看见他们把自己分成小组，

---

① 科诺帕茨基（Konopatzki）、皮阿塞克（Piassek）和索博特卡（Sobottka）是波兰语人名，古特克尔希（Gutkelch）、尼德穆勒（Niedermüller）和豪泽（Hauser）都是德语人名。

在稀疏的丛林中摇摆着艰难行走，一路跟随我们的车辙印。

我们驶向约定好的位置，狩猎可以开始了。

从我记事起，每到冬天它就会带领臣服于它的狼群翻越边境。每年冬天，一旦确认了消息，这支由双方队伍混合组成的狩猎团就会出发，主要目的就是为了干掉它，那只苍老的独眼头狼，人们对它有敬畏也有愤怒，于是给它取名"Zatangä czerno"①，虽然它并不是黑色而是灰色的。狼的体型中等，全身伤痕累累，一身的皮毛让人联想起被烧焦的林地。狩猎的人们曾经一次次地将它包围，用猎枪瞄准它，猎枪开火了，他们发誓一定击中了它，他们坚称自己目睹了它最后的一跃，还有些人声称自己亲眼看见了它栽倒在雪地里，周围溅起大片的雪花。但是不管他们如何幻想，如何称赞着自己打中了猎物，始终没有人能拿出它那身破破烂烂的毛皮来作为有力的证据，于是它的身影在第二年冬天再次出现就变成完全可以预料的事情了。正如人们认为的那样，它从边境对面的森林里过来，从波兰的苏瓦乌基②过来，率领它的狼群们围捕森林中的猎物，它们的出现让道路变得很不安全，它们甚至会围攻地处偏僻的农庄。

据我祖父的统计，这已经是第八次甚至可能是第九次围猎了，参与者中有几位——布拉斯克·卡拉施，图赫林斯基——他们是最早加入围猎的人，对于他们来说这头年迈的头狼的出现象征着冬天的高潮，人们总是面对同样的挑战，总是做好同样的安排，然后准备好一切整装出发。

———————————

① 马祖里方言，黑色撒旦的意思。
② 苏瓦乌基（Suwalki），波兰城市名，位于波兰北部的波兰-立陶宛边境，现属波兰的波德拉斯省。

您说什么？当然了，同样一成不变的还有每晚的交谈，人们在晚间的交谈中再次庆祝狩猎过程的每一个瞬间。

于是我们驾着雪橇前往指定的汇合点，一开始我们排成一排穿过积雪很深的森林，之后雪橇一驾接一驾地分散开来，消失在开裂的树木和被大雪压弯的杉树后面，是的，大家驾着雪橇一个接一个地消失不见。最后我们沿着一条辅路滑行，过了很久，直到博雷克山脉在我的眼前慢慢变得开阔起来，最终变成了茂盛的灌木丛林。远方是被大雪冰封的施洛斯山和七棵松树，在下方朝向地狭的方向，在那片沼泽地里，亚当·罗加拉挖掘出的冬日梯田和平原清晰可见，他设计得那么细致，即便是被大雪覆盖着也能看出他的设计有多么精密。

我们藏身在灌木丛中，我和康尼，我们从裹着的毯子里钻出来，沿着森林的边缘寻找。我们穿过冰封的沼泽，穿过湖泊前被踩踏过的芦苇带，穿过一丛丛白色的灌木林。没有任何动静，还是没有任何动静。康尼的父亲将猎枪搁在膝上，他一动不动地坐在那里，看不出任何激动的情绪。或许他早就抱着听天由命的心情了，因为每次失败的狩猎他都参与过，大概他相信这一次依旧不会成功。他只是把皮帽的一只护耳翻了上去，双手插进鼓囊囊的连指手套里。瞧他坐在那里的样子，就像是在告诉我们他不想别人和他说话，于是我们把毛皮毯子盖到身上，只留下一道能够看清外面的缝隙，以便我们能透过它顺利地观察这片宁静沉默的世界。

亲爱的马丁·韦特，我不想说太多，可是如果有人没有亲身经历过属于马祖里冬天的那份宁静，那么在谈起宁静的时候他根本没有发言权。那份宁静不仅仅是缺少了最常见的各种声响，就连最细微的嗡嗡声、潺潺水声或是涓涓细流的声音都没有。置身于这样的宁静之中，您会觉得自己身处世界的边缘，仿佛被遗忘被抛弃了。您会觉得在这样的空司里，时间凌驾于万物之上，我们所有的努力，所有的叛逆，都无法阻止时间的流逝。但我们无法离开，我们不能离开雪橇，不能离开灌木丛中我们的观察点，我们必须监视森林的边缘，留意那里会不会突然飞出一个伸展开的灰色身影，又或者会不会突然有个满身伤痕的背影低伏在雪地上，然后一溜烟儿地蹿进棕色的芦苇带。

康尼的父亲终于将皮帽的另一边护耳也翻了上去，他从手套里抽出了一只手。这个动作对我们来说就是行动的信号，我们从毯子下面钻出来，站起身仔细地聆听周围的动静。我们先是仔细去听博雷克山脉那边传来的动静，此刻可以听到山脉深处传来了叫声，很奇怪的叫声，像是一种吟唱，那歌声宛若疲惫的哀号。我们还能听到嚓嚓的敲打声，一种木头互相敲击发出的声音，大概是他们在用木桩敲击树干。敲打声中传来了第一声枪响，声音很细微，几乎没有任何回音。马儿们竖起耳朵，佯作谛听的样子，它们抬起头等待着命令的下达。康尼的父亲镇定地打开他猎枪的保险栓，食指扣住扳机。呼叫声并没有靠近，它们遵循着某个快速的节奏，那是一种像波浪一样绵延起伏又迅疾散开的节奏，枪声噼里啪啦响起的时候这个节奏依然没有改变，听起来沉闷得像是在雪地里放鞭炮。松鸦飞起来，大斑啄木鸟压低身形从湖的上方掠过。此刻我只觉得两只脚都麻麻的，但那不是因为寒冷。我们在雪橇上跳上跳下，敲打弯曲的铁质扶手，突然有人高高地举起一只胳膊，因为有什么东西四散开来，奔跑逃窜，那些身影很容易就成为人们的目标，不过那并不是康尼的父亲一直沉着冷静地等待着的目标……

事情就是这样的，就像您说的那样。激动之余我们瞥见了更多的身影，到处都是喊叫声、嗡嗡的敲击声、子弹的砰砰声，这让我们变得更加兴奋，原本僵硬的身体突然就活了过来，我们伸展四肢，弯了弯腰。同时这一切也让我开始心生疑虑，尤其是在这弥漫着火药味儿的晨曦之中。我们变得不耐烦起来，只觉得身上刺痛，因为我们怀疑自己被排除在了这场行动之外。我们想到了森林深处，噪音已经唤醒了那里的一切；我们想象着围猎的现场，在那里，那只领头的独眼老狼被子弹的闪光晃瞎了眼睛，它嘶声咆哮，四处驱散它身后慌乱的狼群，让它们赶快各自逃走；狼群从人们抢起的木桩下钻过去，巨大的枪声震落了树枝上的积雪，狼群在散落的积雪中四散奔逃。他们为什么把这么偏僻的驻守点分派给我们呢？

您可以想象一下，当我们意识到狩猎的嘈杂声正在减弱和远去时，我们是怎样的心情。那时我们什么也做不了，只能呆呆地站着，侧着耳朵追寻逐渐消失的声音，只觉得无比失望，仿佛受到了愚弄。在射击者和围猎者们不断移动的包围圈里一定发生了什么事，在那儿，在我们想去的地方，只剩下零星的枪声和叫声，声音从那边传过来，听着很像是某种命令，某种以吟唱的方式下达的命令。是的，这命令似乎对远在角落里的我们也同样有效。康尼恳求着，他请求追随狩猎的队伍。可他的父亲摇了摇头，这位父亲一直死盯着博雷克山脉的侧面，他看了那么久，直到夕阳的余晖洒在大地上，树林、灌木丛和雪白的丘陵都笼罩在黄昏的光幕里，直到一切光影黯淡下去，最终融合成一面漆黑的深蓝色墙壁，他才发出了撤离的信号。可那时已经万籁俱寂了，狩猎似乎真的结束了，没有了敲打声，没有了喊叫声，我们默默地穿过博雷克山脉，前往集合地点，失望的我们满肚子都是怨气。

就这样，我们驶向集合地，前往法国山，那是博雷克山脉里一座低矮的圆形山丘，山上的树木并不高。一名法国士兵选中了这个地方并在这里度过了他人生的最后岁月，他是一名小号手，您得知道他曾经陪伴他那战无不胜的皇帝①出游莫斯科，归途中在冬日里的布日兹纳②泡了个澡。他是个很友善的冲锋号手，据说他出现在勒克瑙时身上连件大衣都没有，他病恹恹的，脚上缠着破布。他挨家挨户地敲门，想用他的小号交换面包，他尝试了很久都没能成功，直到他敲响了残疾铁匠家的门。大概是因为惺惺相惜，除了面包，铁匠还送了他一把斧头和小号用得上的铁钉。法国兵走进博雷克山脉，他给自己建了一个小屋然后住了进去。残疾的铁匠经常去拜访他，铁匠自己也曾经做过波斯尼亚人的冲锋号手。据说在风向合适的时候，勒克瑙人要不是惊吓过度，就都能听到风中传来的阵阵小号声，仿佛是一个人在给另一个人发出信号，听见的人们都会不安地颤抖。

　　亲爱的，这把小号今挂在我们的博物馆里，是的，这把拿破仑的冲锋号也被收藏起来了……

　　但我们已经在赶去集合点的途中了，在赶去法国山的途中。那里生着一堆火，此外还有其他的火光照亮了林中的空地，有人用蜡烛，也有人用简单的松木火把。它们冒着烟噼啪作响，散发出松脂的香味。我从树林间匆匆掠过，看见人们驾着雪橇围成了一个半圆。我还看见男人们互相对峙着一动不动，火光照亮了他们警惕的脸，空气中弥漫着挑衅的味道。我们把雪橇停在了相同的位置然后跳下车，我们的目光在对峙着的男人们脸上扫来扫去，直到发现两具已经失去了生命的躯体。有个躯体躺在雪地里，在火堆旁边，那是狼

---

① 指拿破仑。
② 布日兹纳（Beresina），波兰地名，位于上西里西亚。

的躯体，四肢伸直，仿佛保持着跳跃的姿势。在另一边放着一块木板，上面躺着一个男人的躯体。他们躺在那里，就像他俩都是这次围猎的战利品，狼和男人，他们的躯体几乎平行地摆在一起……

您瞧，我也是一样的，我当时也没弄清楚究竟发生了什么事情，又或者正在发生着什么事情。在这个由雪橇围成的半圆里，火光映照下的地面影影绰绰，绝大多数的人都只是带着挑衅的神情对峙着，也有几个人在低声地交涉，或者更准确地说是在努力地压抑着怒火争论什么。其中一方是布拉斯克在讲话，代替小格拉耶沃讲话的是两个长得像兄弟的男人，他们的脸很宽，但是脸上没有肉，瘦骨嶙峋，他们每个人的脖子上都围着一条没有染色的羊毛围巾。他们一直在反复交涉着什么，发出很压抑的控诉以及非常粗暴的辩护。就像之前说的，起初我并没有听懂这些压抑的控诉和粗暴的辩护。后来他们一起走近尸堆，举着火把的男人和我方的人员都跟随着他们，我们的人将猎枪松垮垮地背在肩上，枪膛朝下。负责处理这件事情的那些人跪在雪地中那个一动不动的男人身旁，他们开始对他进行检查，先是那头蓬乱的头发，然后是后脑和脖颈。他们脱了他厚实的短上衣，然后是两件毛衣，最后是两件粗糙无领的衬衫，直到他上身完全赤裸躺在雪地上。围观人组成的圈子越缩越小，现在他们也不再满足于只是用眼睛看了，他们开始动手检查身体，检查腋下，然后把身体翻过来。那是一具淡黄、瘦削的身体，肩胛骨下有两个月牙形的伤疤。没错，人们将他的身体翻转了过来，他们用手到处摸索着，一直触摸到胸椎的位置，这时他们把手举到火光下，他们在寻找血迹……您说什么？

确实，这是他们的主要目的，可他们没能发现伤口，就连子弹擦过的痕迹都没有。可是，虽然现在证实了他不是死于枪伤，我们仍能感觉到他们的怀疑，他们脸上那种惶恐愤怒的表情并没有消失。围着尸体的人墙并没有散开，他们似乎在期待着什么，而他们自己也许还不知道他们所期待的究竟是什么，因为毕竟是他们中的几个人在一块林间空地上发现了这个人，并将他带来了这里，人们也确认过了他没有外伤。反正，当我在死去的头狼前蹲下身子，当我触碰它的毛皮和被子弹打烂的狼嘴，并在其中找到了我父亲急需的碎牙时，我感觉到了他们的期待有多么强烈。后来我蹲在那里，我看到康尼挤进包围圈，他认出了死去的男人，惊骇地慢慢站起来，好像要努力抗拒什么似的。他将他的重心后移，是的，他保持着这个惊骇的姿势再次望向雪地里的那个人，然后再望向布拉斯克，后者只是狠狠瞧了他一眼，看起来不屑一顾。这一下康尼似乎什么都明白了，他拒绝听取任何的解释。他发出一声听上去像是呻吟的啜泣，然后扑向我们中地位最高的领头人，他挥着拳头砸向那人宽大的毛皮大衣，满是愤怒和茫然，与其说是为了麻痹心中的痛苦，不如说是在漫无目的地宣泄。

康尼·卡拉施，伟大的康尼·卡拉施，我之所以躺在这里，也许不能只怪他，主要还有其他的人。是的，是他最大程度地影响了我最终的决定。当时康尼完全可以用拳头捶打一张被风吹得翻飞的床单，但是布拉斯克宽松的大衣承接了他所有的拳头，没让它们捶到其他目标。布拉斯克没有反抗，只是惊讶地望着攻击者，他居高临下，带着一脸的讶异，然后用一个幅度很大却很轻巧的动作把康尼放倒了。康尼蜷曲着身体缩作一团，他跌倒在雪地里，呜咽起来。他哽咽着重复："是你们开枪打死了约翰尼斯，是你们开枪打死了约翰尼斯。"他双脚刨着雪地，完全听不见他父亲的命令，他父亲命令了几次他都没听到。他继续重复："你们开枪把约翰尼斯打死了。"

他似乎根本没发觉他父亲将他抱了起来，提着他的脖子，像提着一只兔子。他父亲尝试平复他的呼吸，摇晃着他的身体，然后强迫他抬起脸来。当康尼抬头望向他时，他挥手就抽，先是用手掌，第二次用手背，抽得又狠又准。站成一圈的人全都看到了，康尼的脑袋随着啪啪声被抽得来回摆动。康尼任由他打，只拿双手护住脸，不愿意站起来。

他们将康尼抱去雪橇那里，把他放下来，随意地拿被子盖住他。这下再也听不到他的呜咽了。我紧紧地攥住碎掉的狼牙，钻出人群，奔向雪橇，跳上车，在被子下面找到康尼，用手碰了碰他。他吓了一跳，从我身边移开，缩在一个角落里，紧紧地蜷缩着。我任由他躺在那里，不再管他。我必须关注火堆旁的情况，我得知道他们是如何在篝火前分开的，我得知道他们是如何消除怀疑和偏见的。从我的位置能看到他们保持着相当远的距离继续着争论，他们互相提防着对方，只拣重要的内容讲，绝不多说一句话。然后图赫林斯基的雪橇驶近了火堆，将人和狼的尸体装上车，他们被装在同一驾雪橇上，并排竖着放在一起，被子盖住了那人的身体。他们用雪盖住火堆，借着火把的光亮踩灭了零星的火苗。为了让小格拉耶沃的人都能跟上，图赫林斯基的雪橇走得很慢，它缓慢地拐进林间大道，两侧的火焰飘忽不定。

不，他说的话不多。只有在登上雪橇的那个时候，康尼的父亲才拿鞭柄捅了一捅被被子盖住的身躯，他说："波兰朋友。"然后我们默默地行驶在黑暗中，冻住的车辙刮伤了马蹄。在农庄下面，在人们将雪橇拐向大坝之前，他突然又说道："波兰朋友。"就好像这一路上他满脑子里都没能想到别的什么话似的……

顺便说说，博物馆里我们的狼，那是一只填塞了东西的样本，它用狡猾的石膏舌头问候每一个踏进马祖里动物展区的参观者，它看起来瘦弱短小得多，那身皮毛的有些部位已经被学校的孩子们用手摸得无比光滑了⋯⋯

您什么意思？一个逝去的世界？原来这一切让您觉得像是个逝去的世界，一个被遗忘了的死去了的世界。您是说被幸福地战胜了？亲爱的，我不懂，对我来说没有逝去的世界，没有被抹去的时代，那么简单地从历史的日历上撕下来。我宁愿相信所有过去的时光都在延续，因为那是无法被治愈的时光⋯⋯

没错，逝去的依然存在于我们身上，以痛苦或某种机缘的形式存在着⋯⋯可我想说什么来着？

在狩猎回家的途中。在大坝的末端，雪橇停了下来，鞭子的手柄指着我们小木屋的方向。冻住的木道在冰面上翘起来，完全扭曲了。我跳下车，等着什么告别的话，可我听到的全部内容就只是一声清脆的鞭响。也许康尼还向我挥了挥手，但我不知道，我没能长久地目送雪橇离去，因为我父亲激动地冲出来将我拖进了屋子。他立即向我伸来他那在满白色灼伤痕迹的手："快说，你到底有没有拿到那颗小牙齿？"他甚至都来不及仔细端详或闻一闻我的战利品，破碎的狼牙叮当一声落进一只研钵里，他把狼牙完全捣碎，然后在里面加入了精确分量的蓟草种子，这颗牙齿的秘密很快就会展现在世人面前。整个冬天我都没能再见到康尼，渔夫们在监狱外面用斧头凿开冰面，从冰窟窿里拉起他们的渔网，但是他没有出现；冰帆运动员踩着锋利的冰刀在蕈克瑙湖面嚓嚓展示他们的技艺时，他也不在那些紧紧裹着衣服的观众之中；后来，到了冰雪融化的时候，我们脚踩沿着湖岸漂流的浮冰，我们互相冲撞，在浮冰上跳跃，但康尼·卡拉施的身影依旧没有出现。

……这绝无可能，可是不管我多么频繁地上门拜访，他们就是不肯放我到监狱里去看看。看守的人们沉默不语，他们直接用手势打发我离开。一段时间过后我放弃了尝试，但是我始终没能忘记他。我想念他，因为我已经习惯了他的存在。我期待从他那儿听到闻所未闻的消息，还有那些超越一切的奇思妙想，以及只有凭他的直觉才能发现的东西。是的，只要他在某个地方停下脚步，或者只是站在那儿比往常更久地倾听一会儿，他就能捕捉到那些不同寻常的信息，然后和我分享。有时候我想，他大概是病倒了；有时候我又想，或许他的父亲因为他从前固执地胡闹，把他长久地软禁起来了，或许他现在正在和欧根·劳伦茨一道扎着扫帚，他一边帮欧根·劳伦茨切好小树枝，一边让欧根·劳伦茨讲述另外九十二座湖泊的故事。

请您相信我，如果康尼·卡拉施就那么一直失踪下去，如果他父亲将他永远从我们的视线中带走的话，或许我俩此刻就不会在这里了，我也就没必要通过回忆来为自己辩驳了。

但是他又现身了，康尼又露面了。他的肤色比往常更加苍白，但依然带着对一切都充满遗憾的表情，他看什么都是那样的表情；他还是那样喜欢突然中断一场游戏或交谈，然后去追随一个新的灵感，他总是对突然产生的灵感抱有很大的热忱。当然他还保留了从前的那种习惯，他依然会悄悄地突然从哪儿不经意地钻出来，有一次是在被推迟的勒克瑙百年庆典上，在尤希肯湾，那次因为我的叔叔亚当·罗加拉没能及时完成他的剧本《野蜂蜜——马祖里灾难日场景》，所以我们庆典被推迟了。您必须知道，我们的建城纪念持续了整整一年，庆典演出是结尾最隆重的部分，人们试图生动地再现我们在马祖里的生活，无论我们来自怎样黑暗的世界，无论历史为我们准备了哪些考验，无论我们是如何被刁难、被掠夺、被迫害，这一切的一切都没能阻止我们逃脱命运的束缚，我们姑且把它们称为命中注定的磨难吧。

现在请您想想尤希肯湾，想想那里的梭鱼草，随风起伏的灯芯草，茂盛的芦苇滩，到处都弥漫着菖蒲的气味儿；大麻鳽扇动着翅膀；在湖湾深处，在崎岖陡峭的岸边，由于山体滑坡或者是爆破，大概率是由于滑坡，那里形成了一块半圆形的空地，后来这里成了一个简单的露天剧场，剧场面向勒克瑙湖，绝大多数的季节里湖面都是平静如镜的，只有秋天的时候湖水会泛起波纹。露天剧场上没有石凳，当然更没有木板凳，但有挖掘出来的土堆，坐在上面能够清楚地看见铺着厚厚的绿色草皮的宽敞舞台。杨柳在舞台上投下浓荫，舞台略微向着斜侧方倾斜，人们只能从芦苇荡的一侧踩着两个略微凸起的小台阶登上舞台。六月，大自然为这个舞台提供了丰富的布景，包括蜻蜓、凤头䴙䴘和野鸭。

无论在哪里，勒克瑙的观众总是到得特别早，有些观众实在到得太早了，距离节目开始还有好几个小时的时候，半圆形的空地上就坐满了人。人们互相交谈着坊间新闻，互相交换食物，不时有在看台上跑错了位置的小孩被领回家长身边，这些孩子在芦苇丛中跑来跑去，一起观察芦苇丛中的水鸟，他们期待着演出的开始，期待波光粼粼的勒克瑙湖变得更加绚烂多姿。

我们这些演员在亚当·罗加拉的监督下换上演出服，不过更换演出服并不能当着观众的面，我们躲在一个狭窄隐蔽的滩涂上，那里有条崎岖小径穿过芦苇通往舞台。我们被套上演出服，接着被反复地叮嘱，每到这个时候爸的叔叔就会变得越来越激动，他把我们集合到一起给我们分配角色，没错，在这个地方，他不仅仅是作家，同时还要扮演导演的角色。

您可以想象一下滩涂上一片乱哄哄的景象，有身穿长袍、腰间佩戴着长剑的先生们；有穿着麻布衫的短腿索多维亚人；有披着兽皮的立陶宛弓箭手，兽皮上满是窟窿；有手持弯刀的鞑靼人；有瑞典的火枪手；有波兰的长矛兵，他们打着赤脚，一脸自负的表情；还有蛮横无理的来自不同时代的文明人，他们必须为自己做的一切承担后果，所有人都应该为自己做的事情承担后果，到处都是这样的，在马祖里这儿也不例外。亚当·罗加拉穿梭在各个时代之间，他给演员们化妆，让演员们在舞台上生动地再现我们经历过的、充满灾难的历史。他亲手替我将腰带系在粗糙的麻布衬衫外面，给康尼的妹妹埃迪特做示范，指导她在舞台上应该如何抚摸那个形状奇怪的布偶，它看起来像一只怀孕的海狸。

突然，我又看到了康尼。他用双手分开两边的芦苇，望着舞台上正在上演的一幕幕有关马祖里的真实历史纹丝不动，他没有从芦苇中走出来，他甚至都没有朝我们俩打个招呼，向我和埃迪特。虽然他申请参加演出，但是他被拒绝了，亚当叔叔不同意。他很失望地笑了笑，他对我们再没有其他的表示，我朝他大喊，他向我挥了挥手中的芦苇，迈着轻快的步伐离开了。他的步伐稳健，有如一只苍鹭。埃迪特耸耸肩："不来拉倒。"她朝我做了个不满的手势，想让我去帮她擦掉光腿上的淤泥，这是她可以忍受的唯一的触碰。她不许我牵她的手，我也不可以用胳膊搂住她的肩膀，她甚至不许我查看她扎在一起的玉米色的发髻有多重。可我们在戏里饰演的是一对兄妹，我们是一位索多维亚人侯爵的孩子，我们是魁梧阴郁的瓦多尔的孩子。可她那时候就是这样的，很长时间都这样，她很高傲，排斥所有人，情绪总是反复无常。是的，在她成为我妻子之前，我的首任妻子。

可您必须得看看我们的演出，在尤希肯湾举行的演出，在我们绿莹莹的露天剧场里。亚当·罗加拉让我们登台，他带领着我们，带领着索多维亚人和十字军骑士由崎岖小径走向舞台，舞台周围聚集着许多水鸟，绿头鸭们尤其喧闹。被烟熏黑的石头、被烧焦的屋梁、被踩坏和破坏的家具，毫无疑问，这一幕灾难发生在施洛斯山里，那是瓦多尔的施洛斯山，它在泽尔门特湖畔，这座伟大的施洛斯山脉惨遭蹂躏，但始终没有被征服，那一年是 1283 年。最先登上舞台的是死去的人们，他们是死去的索多维亚人，演员们叠成一座小山，用这样的表现形式来证明我们坚决守护这座施洛斯山的决心。死去的十字军骑士身穿被烧焦的、沾有红色血斑的大衣躺在地上，他们的身体构成了一个象征性的壁垒，由此生动地展现了过于执着的侵略行为所造成的后果。按照导演的想法，在有些地方索多维亚人和十字军骑士死后紧紧相拥。比如一个人的脖子上挂着皮靴，一个人的双手紧紧按着胸口，两名死者背靠着背坐在地上，就像刚刚结束了一天的劳动一样。总之人们非常喜欢这些扮演死者的演员的表演，他们赢得了第一批掌声。

在所有这些扮演没有了生命的或者奄奄一息的角色的演员中，就有我和埃迪特。我们坐在温暖的草皮上，心中畅想着。舞台上的孩子们沉浸在游戏中，埃迪特玩着她不成形的布娃娃斯科曼塔，我玩着一盒搭积木用的零件，那里面都是光滑苍白的小骨头，但绝大多数是鸟类的骨头。我们满怀最纯真的童趣，玩着游戏，我们自顾自地玩儿，作为孩子，我们不需要因为那些令人印象深刻的、被永恒地定格在历史中的死者而心生恐惧。您可以自己揣测导演让我们这么表演的意图。按照导演的设计，只允许瓦多尔表示出一种被误解的不满，这位阴郁的索多维亚人侯爵，是由图赫林斯基扮演的，他是我们的财务主管。他在舞台上转着圈儿，悲叹着失去的同伴、女人和臣民，同时也悲叹着失去的土地。远强于他的骑兵团毫不费力地从他的手中夺走了一寸寸领土，敌人们空手而来，待他们离开的时候这片土地到处都被复仇的欲望充斥着，他这样表述着。在舞台上他唯一的听众就是叙古斯，索多维亚人最出色的弓箭手。日日夜夜的守卫让叙古斯累坏了，他坐在一根烧焦的屋梁上，时不时地叹口气，这让他看起来像在打嗝儿。

在绕着舞台发表完悲伤的感慨之后，瓦多尔转而咒骂起来。他昂起头，对着地平线的方向发出恶毒的诅咒，直到身子失去了重心。他诅咒"身披白色长袍的该死的歹徒"，他们强行带走了他幸存下来的人民，所有活下来的人都被赶出了领土，人们被迫一路逃亡，向北直到萨姆比亚①。然后他开始嘲笑那些十字军的胜利，他请求敌人把他剩下的一切全都带走，他让敌人们继续攻占继续掠夺。弓箭手叙古斯听后上前拥抱他，这很符合角色要求。瓦多尔对着他低声耳语，他的声音非常清晰，他提前预言了我们的历史。他说："叙古斯，许多人已经为了胜利战死在我们这里，这回也让他们赢吧，真正的赢家将是这片荒野。"

这大概是下一位出场的忧郁的骑士团首领的提示词，我记得他叫鲁道夫。他披着斗篷出现在施洛斯的废墟前，他要求与伟大的——他的原话是："要求与勇敢无比的瓦多尔对话。"瓦多尔立即重新摆出威严的姿态，接待这名地位最高的敌人，只可惜不能为对方提供蜂蜜利口酒。亲爱的，地位最高的人们是如何待客的，您知

---

① 萨姆比亚（Samland），1939—1945 年为东普鲁士柯尼斯堡州的一个县，1945 年之后归属俄罗斯。

道的，他假模假样地询问对方，询问对方究竟为何来访。

原来是理智，据说是理智让这位骑士团的首领来到了这里。因此他并不想坐下来，他想先站着分析一下眼前的形势。茅舍被烧毁了，到处生灵涂炭，人民背井离乡，逃亡中的人们通常只有一个同伴或者两个孩子，他觉得在这种情况下，臣服是最好的选择。

但他没料到瓦多尔生性机敏，富有远见。像大多数索多维亚人一样，他的感官不止有五个而是有七个。他嗅出了这是个陷阱，他沉思良久，然后他拆解了我搭建的东西，拿出了里面的小骨头，他询问骑士团的首领那是什么，然后非常礼貌地告诉无比震惊的骑士团首领，他不会投降。接着他立刻陈述了他这么做的理由，还是一样的礼貌，他说："我们没有权利阻止骑士团走向注定的灭亡，不过为了你们最后能够灭亡，你们首先得赢得一场胜利。所以，来吧，来拿走彻底赢得这场胜利所需要的东西吧！"骑士团首领听了他的话后显得非常忧虑，但更多的是困惑和茫然，大概在这之前还没有人为他这样分析过历史。在他因为困惑而沉默的时候，阴郁的索多维亚人却怀抱着喜悦的心情设计出了未来：先是一块空荡荡的土地，对谁都没有用处；然后，为了保住这块土地，努力从马索维亚①让陌生人移民过来；他还预言了波兰国王的不满，于是有了针对骑士团的几次暴动和起义；他还没有直接向对方预言坦能堡②，但他谈到了一

---

① 马索维亚（Masovien），即现波兰的马佐夫舍。

② 坦能堡（Tannenberg），又译坦嫩贝格，曾属东普鲁士，现位于波兰境内。历史上曾发生过两次坦能堡会战，第一次发生在1410年，会战中波兰-立陶宛联军重创了德国的十字军骑士团，使其从此一蹶不振；第二次会战发生在1914年8—9月，在第一次世界大战初期，这是一场交战双方都损失惨重的战役，最终德军给了俄军毁灭性的打击。

场将载入史册的大战。

说完，瓦多尔就向我们——他的孩子们，转过身来。他轻轻地抚摸着我们，连骑士团首领都感受到了他对我们的爱。首领问我们愿不愿为骑士团的彻底胜利让路，我们站起来，用力地点了点头。于是他亲吻了我们，然后爱怜地用他的短剑刺死了我们……

您说什么？我们是否能忍住不动？不仅如此，亲爱的马丁·韦特。按照导演的指示，我和埃迪特必须愉快地面带微笑地倒在地上。我们的表演是那么成功，那么有说服力，以至于有几位观众大吼着向舞台上的骑士团首领发出威胁。不过还有一段表演您也得听一听：突然，叙古斯，那位弓箭手，愤怒让他满血复活了，他抓起几支箭，冲进芦苇，看起来他怀疑里面藏着敌人，这样一来他就将舞台留给了两位主角。

他们就这样对峙着，威严，悲壮，伟大。他们按照作者的要求，把双手握在剑柄上屏住了呼吸，他们正在用心体味着这场经典的悲剧渲染出的气氛。我抬头冲他们眨眨眼睛，但是这两位身材高大的对手始终没有停止用意味深长的目光进行较量，他们谁都不眨眼，也不吞咽口水，甚至没有人去挥手拍打狡猾的尤希肯蚊子。这种长时间的、被延长的目光交流是导演要求的。毕竟这是两个时代在互相对视，是的，那是两个更迭的王朝。

观众们不安起来，前面有几人十分激动，跳起身，要求道："快杀死这个混蛋，杀死他。"可瓦多尔克制住自己，既不因此丧失理智也不因为受了打扰而脱离角色，他走向了亚当·罗加拉为他制定好的死亡的结局：他被要求在与鲁道夫进行决斗的时候，只给出必要的反击。他不停地后退，一直退到我们的身边，接着他俯身迎向敌人，去面对那至关重要的一剑。在他跌倒的那一刹那，我相信我认出了躲在一棵树干有着空洞的老柳树里面的康尼·卡拉施，他正躲在一个洞口后面，带着嘲讽的表情观看我们的表演。

总之，我和埃迪特，我们在热烈的掌声中收拾好舞台，穿过芦苇跑向滩涂。我们回到那里，人们帮我们脱掉索多维亚人的麻布衬衫，将我们变成穿着蓝白色衣衫的马索维亚孩子，对，殖民者的孩子。我们重新变回了一对姐弟，怀里依旧象征性地抱着夸张的玩具。埃迪特必须操作一根微型捻杆，我必须用一把微型木犁犁地，我们的动作必须小心翼翼。周围的场景是这样的：有一棵龟裂的巨树，当然那是一株橡树，至少有八百年的历史，树枝嘎吱响，这对异教徒的神灵佩尔库诺斯①来说是足够葳蕤的，他喜欢选这种树作为栖息地。于是我们与父亲施特凡·普利茨劳和母亲安娜·普利茨劳一同登上舞台，我们来到树前，在那里坐下来，我们抱着不同的感受吃着早饭。人世间的忧伤带给施特凡·普利茨劳的感触似乎特别深，因此，无论是熏白鲑，还是烤得松脆的胡瓜鱼，又或者是腌肉和炒土豆，他都吃得很没有胃口。每样东西他都只咬一口，然后就又扔回足够深的篮筐里。他是痛苦的，他有他的艰难。

接下来他不停地绕着这棵树转圈，然后看起来似乎是很偶然地发现了一根很长的麻绳。绳子有可能是佩尔库诺斯的，那个异教神灵，但这并没有阻止普利茨劳敏捷地抬手，轻轻一拽就把绳子拉了下来。他一米一米地测量，似乎在边量边思考，这么一根绳子，除了能让人吊死在上面，还能有什么用场。忽然，他脸上全部的困顿和沮丧都消失不见了：他带着一种忐忑的，却又很幸福的表情走到我们面前，他命令我们将他绑在皴裂的树上。我们不能质疑，更不能

---

① 佩尔库诺斯（Perkunos），波罗的海东岸三国的天神和雷神。

反驳，我们只能满足他的愿望。于是我们把他绑到了树上，用绳子在他的胸口、腹部还有双腿上缠了一圈又一圈。我们把他的手臂绑在了背后，在他的手腕上打了一个安全扣。我们捆绑他的时候，他发出了一声欣慰的叹息，然后向我们以及所有想知道缘由的人解释了他为此感到心满意足的原因。

施特凡·普利茨劳是马索维亚人，一名外来的殖民者，是骑士团把他们派到马祖里的荒原上的，是骑士团租给了他们农田、草场，也是骑士团把森林划分成块儿分给他们，所有这一切都不需要付钱，他们所要做的就是定居在这里，然后开垦土地。最初的十年不需要缴纳赋税，而且他们还承诺，人们可以保留自己的宗教信仰。他觉得他这个波兰人必须为此而感谢骑士团，现在他的波兰同胞们再次到来了，来到了这片属于骑士团的土地上，他们来这里最主要的目的并不是交流耕种土地的方法，而是想要弄清楚每个人可以从中拿走多少收成。这是一种尝试，他们这么做势必会与骑士团产生冲突。沉着冷静的新闻记者会把这称为动乱，这是一场不宣而战的战争，为此施特凡·普利茨劳也不得不做出决定，是和骑士团一起反抗原来的同胞，还是与原来的同胞一起反抗骑士团。因为他所拥有的土地，勒克瑙湖里的鱼和松林里的野生蜂蜜，这一切都要归功于骑士团。他犹豫了很久无法做出决定，他并不喜欢其中的某一方，但他也不能仅仅出于感激而效忠于另一方。

您说什么了吗？说得对，很明显这就是一场危机，一边是家乡，另一边是忠诚，所以他结束困境的方法是让我们将他绑在那棵神秘的树上，直接把选择权交给了未来……

和您想的不一样，他是这样解释的："谁能解开他的束缚，他就站在谁那边。"

　　我们没有等很久，埃迪特刚把镰刀挥舞起来，我刚用小木犁在地上刻下了我名字的首字母，一群衣衫褴褛的士兵就牵着身披黑蓝色鬃毛的骏马出现在了我们面前，他们握着挂着三角形旗帜的长矛站在一根柱子下面，柱子上方是琴斯托霍瓦①的圣母像，她宽容地俯瞰着身下的一切，所有人都看得出来这些士兵是多么需要休息一下。虽然我们就站在他们面前，但让人吃惊的是过去了很久，他们才发现了我们。是的，有时候舞台上的戏剧表演就需要这样的效果。

　　他们并没做出什么很不友好的行为，他们只是掏空了我们的口袋，将篮子里的东西吃得精光。当他们中的一位发现了远处的地平线上有飘拂的白色大衣时，他们开始讨论在接下来的路途中谁会对他们更有用，是我还是埃迪特。在明确了我们的身体状况后，他们决定选择埃迪特。一名土兵很富有同情心地用皮鞭捆住了她的小手，这时被绑在树上的施特凡·普利茨劳挺了挺胸膛，他用力一挣，接着扭动身子呻吟着抬头望向吱吱作响的树枝，他大概是在恳求佩尔库诺斯的帮助吧，可惜他没能成功，他被捆得太紧了，完全挣脱不掉。

　　他们带着武器，带走了麻袋和篮子，最重要的是他们带走了埃迪特，他们很及时地逃进了可以藏身的芦苇荡，所以没有被那些穿着白衣的人们发现，他们保住了那些战利品。

　　骑兵大人们冷淡又不失礼貌地向我们打招呼，将我们的口袋——当然他们只是在寻找武器——翻过来，然后若有所思地打量着满地被啃得干干净净的骨头和鱼刺。他们抬起头好奇地望着树梢，

———————————

① 琴斯托霍瓦（Czenstochau），波兰南部西里西亚省的第二大城市，以其光明山修道院里珍藏的黑圣母像闻名于世。

大概是想寻找悬空挂着的瓶子，显然他们什么也没找到，看起来非常失望。

蓦地，他们中有一位认为自己看见了远处的地平线上出现了一整支波兰军队，他们立刻清点那危险地朝着自己拥来的军队人数，那支队伍看起来非常悠闲，为了不和他们发生正面冲突，骑兵大人们决定把自己藏进芦苇荡里。不过还没等他们在芦苇丛中躲好，他们就发觉了有什么不对，一段时间以来他们一直缺少一名侍童，做最低贱工作的那种侍童。

于是就有了这样的结果：一位骑士将他的手坚定地搁在了我的后脖子上，全神贯注地看向安娜·普利茨劳——我戏里的母亲，然后轻轻鞠了一躬，一脸愧疚地将我带走了。

现在他们必须得看见施特凡·普利茨劳了，看看他如何同捆着他的绳子搏斗。他大口喘着粗气，使劲儿地挣扎；他试图从某个地方伸出一只胳膊来，同时又努力地蜷缩自己的膝盖，试图把麻绳弄松。但是无论他怎么挣扎都无济于事，换句话说，即便是见到了那群骑士，他依旧没能获得挣脱束缚的力量。命运在某种程度上就此注定了：无论是衣衫褴褛的一方，还是身穿白色长袍的另一方，他们谁都不会见到施特凡·普利茨劳站在自己那边了。记忆中的故乡已经变得疏远，可他又未能被理智的新任领袖彻底说服，于是他放弃了加入他们中的任何一方参与战争，他决定以一种十分特别的方式来表达自己的抗议……

亲爱的，您不必为此烦恼，因为您永远都不会猜到的。

由于他已经在令人讨厌的象征主义中明确表示他不再属于任何一个团体，不再属于任何一方，此刻他认为他必须证明他所拥护的东西是什么，因此他先是哼唱了两句，紧接着他无比热烈地唱起

《马祖里之歌》。在他所在的那个年代其实还没有《马祖里之歌》，但这并不影响他放声歌唱，他用大胆嘹亮的歌声穿越了数百年，他无所畏惧地借用未来才有的音乐尽情唱着，这种时候我们绝不会让一个演员在舞台上这么独自唱下去，于是观众们齐声唱起副歌来："祖国啊，马索维亚的沙滩，马索维亚万岁，我的祖国……"

而施特凡·普利茨劳，当他开始唱起第二节——"小树林发出阵阵呼啸"时，一只昆虫嗡嗡地向他飞来。它很狡猾，全身是紫铜色，看上去像只拖鞋夹子，看起来这只虫子对他的歌声并不感兴趣。当他忘我地张大嘴巴正要唱"呼啸"一词时，虫子一下撞在了他那被尼古丁染成了褐色的坚硬门牙上。随着吧的一声响，他惊愕地合上嘴巴中断了歌唱。不，他没彻底停下，他还在嘟噜着继续唱，这时虫子又嗡嗡飞近，很痛地撞在了他的喉结上。这下他彻底中断了演唱《马祖里之歌》，他眯起眼睛，十分恼怒地望向附近的银白色杨树，树丛里发出可疑的嗡嗡声。他一直盯着看，看了很久，直到那虫子在他长着疖的颈部又咬了一口。施特凡·普利茨劳深吸一口气，他火冒三丈，愤怒得血管鼓胀起来，他一使劲儿，麻绳变得更紧了，他颤抖着身体轻轻地扭动，然后绳子就这样断了。多纤维的麻绳从中断成了好几节，大概有十几节的样子。是的，这让观众惊得张口结舌，随即人群中爆发出响亮的掌声，这让施特凡·普利茨劳从一种尴尬掉进了另一种尴尬，于是他仓皇地离开了舞台，在《马祖里之歌》的伴送下，观众们目送他离开，人们相信是这首歌给他注入了巨大的力量，这才使得他能够挣断绳索。

是的，康尼就这样用他的方式参演了一场与马祖里命运息息相关的舞台场景，他就这样给这个极度压抑的演出带来了意外的转折，用他那根橡皮带和拖鞋夹子。没错，他是为报复不让他参演才这么做的。他甚至阻止了我获得最后的热烈掌声，以及亲临现场接受观众们抛送的礼物。总之，阻止这个词都不够准确，事实上他把我从演出中赶了出来，他把我赶走，让我没能参演大瘟疫那场戏。

由于勒克瑙遭遇了瘟疫袭击，亚当·罗加拉实在没办法，只能用舞台上的布景来表现这种疾病，他所展示出的感性和勇气在那会儿是很难得一见的。人们有的坐着，有的跪着，还有的站着，大家很好地分散在舞台上，各自从事着自己的工作。鞋匠坐在三脚架前，修车师傅面对着他的担架，农民手握他的连枷，而我蹲在地上尽情地尝试着吹响一只小牧笛，它是我亲手用一根嫩柳枝削成的。这次的场景里我没有姊妹，为什么呢，这只有作者知道了。我们必须尽可能装得天真无邪，反正当一只有一人高的"老鼠"登场时，我们不可以对它的出现做出任何反应。它以人们几乎听不见的声音吹了声呼哨，然后蹿上舞台，那是一只长有疥疮、皮肤相当粗糙的老鼠。老鼠的耳朵有点大，胡须上翘，像铁丝一样硬。老鼠吹起口哨，它低声窃笑，它从一个人身边蹿向另一个人身边，然后又扭过头来看着刚才的人，它露出同情且讽刺的表情，人不知鬼不觉地表演了一场舞蹈，其中有几个舞步是从玛祖卡舞借鉴来的。我们不能抬头看老鼠跳舞，尽管有几位观众在提醒我们瞧瞧这只自以为是的大老鼠，因为我们那时必须全身心地投入到表演中。直到最后一股炙热的气息吹在了我们的后脖子上，那是死亡的气息，瘟疫的气息，老鼠故意冲着我们吹出了这口气。我们中的大多数人，是的，当然不是所有的人，大多数人被那气息吹拂过后都必须在舞台上轻轻地向前跌倒，像是被收割了生命一样死去。那股气息也吹中了我。

怎么了？

不，那您可就低估亚当·罗加拉了。那不是一只来自异国的老

鼠，那是一只巨大的普通的老鼠，它扮演死亡的信使。顺便说一下，
老鼠的扮演者是我的老师海因里希·亨斯莱特，这具有令人不安的
隐喻意义。但您必须先听我把故事讲完。老鼠刚刚尖声吹着口哨蹿
进芦苇丛，约翰·冯·罗加拉就一脸傲慢地出场了，他是我的远房
亲戚，那个假的大主教，他一身红衣，是的，陪伴他的是两名喝醉
了酒的仆人，他们拖着半袋子东西。这位先祖以一种几乎令草木都
为之动情的声音为死去的人们祈福，然后恐吓活着的人，他宣读了
一封抄来的罪孽登记册，声称这场瘟疫是第一个惩罚。他警告人们，
然后开始作法，他在墙上画图，然后向幸存者们解释如何能够拦截
瘟疫，如何能够说服瘟疫远离这里。他这样解释道：你们只有放弃最
亲爱的、最昂贵的和最宝贵的东西才有可能逃离瘟疫，比如放弃所
有的金币，当然有必要的话也可以用加工过的银制品来代替。不得
不说说那些幸存者们，他们纷纷拥向他，他的布袋子吞下了所有的
硬币和耳环、项圈和烛台。这位假扮的红衣主教甚至都不耗费时间
来做个计算，计算一下这些贵重物品的数量是否足够多，足够人们
抵御瘟疫。他只顾着呵斥他那喝醉酒的仆人，让他们不要眨眼睛，
不要在布袋里乱摸。

可是，后来，亲爱的，后来在戏里的我的父亲，某位德沃拉克，
他在我们的计量办公室工作，他把我抱在怀里，他抱着我，我当时
头晕目眩、浑身无力。他抱着我走向约翰·冯·罗加拉，当罗加拉
询问他抱在怀中的是什么的时候，德沃拉克只是咋咋呼呼地说：
"嗨，能是什么，是孩子，如果可以的话，我要说，那是最最珍贵的
东西。"

我躺着，老柳树就在我面前，康尼就埋伏在那里。当两只手指
从树丛里抬起，大拇指和食指叉成 V 字形时，我的目光正对着柳树

的树干，于是我看见了那只眯起的眼睛，然后从黑暗深处传来鸣叫声，那东西飞得有点晃悠，但比昆虫快很多。它击中了我的颧骨上方，那里立刻传来了火辣辣的剧痛，这时即便是导演规定我必须装死，我也没法继续演下去了。

我驱赶着老鼠，驱赶这瘟疫的气息，驱赶死神。我跳起身，一只手按住发烫的颧骨，在观众的惊愕中，正如您所想的那样，在观众们的哄笑声中我奔向康尼·卡拉施，他此刻正从树丛中钻出来准备溜进草地。我不再听从任何命令，不再遵守演出的秩序，舞台的指令被我抛到脑后。此刻我只能感受到疼痛对我的引导，起初我在芦苇滩的边缘尾随康尼，接着我穿过在风中摇曳的灯芯草丛，我们在林地上奔跑，脚下溅起带着污泥的水花，脚底叽叽作响。他并没有惊慌地逃避我，相反他很镇定，也很自信，看起来他只做他觉得必要的事情，其余的事情绝不多做一件。

他逃往滩涂，马祖里的各个时代都汇聚于此。我从摇曳的芦苇丛中辨认出他走过的痕迹，他一路上发出咔嚓声和沙沙声，于是我就这么一直跟着他，我跟随他走到了倾倒的白杨树那里，它横躺在水里，树干滑滑的，上面覆盖着各种藻类，露出水面的丫杈上还长着叶片。

康尼站在丫杈之间，他跃上了被淹没的树干，他决定不再继续跑了，他在那里等着我，藏在树叶里，但他藏得不好。我顿时心生一计：我要捉住他的腿，然后把他从湿滑的树干上拖进水里，我打算把他一次次地按进水里，直到他把橡皮带和拖鞋架子交给我为止。有了这个计划后我涉水来到他躲着的地方，有两只蜻蜓在我身边飞来飞去，但它们没有吸引我的注意力。然后，就在我打算出手抓住他的时候，我突然感觉自己的脚踩到了什么柔软的东西，也许那是一只溺死的猫。我猛地挺起身子，向周围挥舞着手臂，试图稳住身体的平衡。康尼突然抽出膝盖一下子撞向我的下巴，我的身子往前一扑，上半身挂在树干上，下半身浸没在水里。

他是不是将我伤得很重？您只要相信我说的话就好了。无论如何，露天演出对我来说是彻底结束了，本来我还有两场与命运有关的戏份，扮演没有台词的儿童，那两个场景分别是第一本马祖里的《圣经》被印出来，以及柯尼斯堡至勒克瑙铁道的落成典礼。我的两颗门牙晃动，我在出血，舌头也在冒血，他曲起膝盖顶得那么重，出其不意，我在芦苇丛中的树干上躺了一段时间才醒过来，我摸索着水底，找到了从这里离开返回去的路。

我眨巴着眼睛抬起脸，我在树枝里没有看到康尼，而是看到了埃迪特，那个赤着脚在舞台上扮演我姐姐的女孩，她淡淡地看着我，好奇地打量。她坐在浮出水面的那段树干上，没有回应我的微笑。她撩起麻布衬衫，双腿轻轻拍打着水。我被揍得有些犯晕，我压根不知道我为什么要涉水跑去她的身边。也许我是想拖她下水，把她按在水下，连同她那玉米色的发绺，当她摆着某些姿势的时候，它们就像人工安装的假耳朵一样耷拉下来。我估计她是猜出了我对她有何企图，因为她突然站了起来，在树枝上寻找牢固的可以攀附的地方。

芦苇荡中的这份热气，那一股股跳动着带着电流般的空气，它们促使我在脑海中形成了一个新的小小的计划。也许您明白这种必须自我拯救的感觉和愿望。我希望随便做点儿什么，做点儿什么都好。她湿漉漉的腿离我很近，我集中精神，已经准备起跳，这时我看到了那只黑得发亮的水蛭，它一直在使劲儿吮吸，有三分之一的身体已经钻进埃迪特的腿里，但是她没有察觉到。看看你的腿，我说道，我让她看看自己的腿。她低头往下看，没有吓坏或惊叫，是的，她甚至弓起腿来，贴近了打量那只蜷曲的水蛭，看得十分仔细。她忽然伸直那条腿，伸向我，命令我把它弄掉。

她就是这样的。我抱住她的腿，用两只手指夹住水蛭的身体，一边按压一边往外搋，但还是没能阻止那条亮油油的身体断在了她的腿里。一道细细的血丝流向脚踝，血丝是从那个黑点流出来的，那是水蛭的头，此刻还钻在她的腿里。埃迪特双手抓着树枝，从上面凝视着我。当水蛭断掉的时候，她轻蔑地摇摇头，像是在责怪我太不小心，一切都是咎由自取似的。她居高临下地要求我，让我帮她把水蛭黑色的残体吸出来，但是她又说：你要是敢咬，你就惨了！

我抱住她的腿，把她的腿抱在我的胸前，在她命令惯了地点头的那一瞬间，我猛地一搋，这一下让她猝不及防，只搋了一下就够了，她跌进我身旁的水里。我毫不费事地将她按下水，一次又一次，我牢牢地抓紧她，直到她的发绺湿透，直到她的麻布衬衫吸足了水，直到她被我扼得透不过气来。当她湿漉漉地钻上来的时候，她的眉毛被粘在了一起，她大张着嘴巴，露出惊讶和害怕的表情，您真得亲眼看看那张脸的……

好啊，亲爱的，我现在很想喝点茶。要是茶罐里的茶不够，您可以按铃叫护士，玛格蕾特护士。虽然她在答应您的请求时会表现得快快不乐，可她泡的茶要比通常医院里的茶浓一些。顺便说一下，再过两年她就会结束这份工作，她告诉我，到时候她会得到养老金，她将回她的家乡去，回到距离这里34公里的布伦斯霍姆去。山楂树篱笆后面有五幢房屋，以及两座纪念她亡夫们的纪念碑，她的两任丈夫都是溺毙的。她不理解我所做的事情，昨天，在她更换绷带的时候，她指责我让这里的人丧失了经济基础，您能理解吗？另外她好像觉得，我是想剥夺人们回忆往事的权利。她从第一天起就一直在谴责我。

可我想说什么来着？关于康尼的妹妹，没错，关于埃迪特，她只比我小七天，身材有些丰满，但也只是稍有些丰满，有一天她将出乎所有人预料地成为我的妻子。埃迪特，她短暂的优势源自她对一切都不放在心上的态度，无论是对一个承诺还是对一桩行为的后果，她都感觉自己没有任何责任。埃迪特，她将她的球抛进黑暗的监狱地下室，据说勒克瑙湖下的秘密通道就始于那里，然后她打发我下去找球。她让我告诉她，在下方那个弥漫着腐朽的真菌味儿的潮湿通道里，是什么东西让人感到害怕；或者她在施洛斯山脚下升起一堆火，用火煮蝌蚪和黄翅蝶，她把刺柏果子扔进汤里，把蒲公英剁碎了放进去，然后仔细地观看我喝下这东西；有一回她让我从一座木桥上起跳，跳进一座漂着浮萍的岛屿中央，浮萍让人看不出池塘的深度，那植物缠住了我，塘底还满是淤泥，但我还是成功地游到了岸边，可她不在等我，她早就走去铁匠铺了，估计是因为她对替马打马掌更感兴趣。是啊，这就是康尼的妹妹。

顺便说一下，她是唯一可以进入我父亲实验室的人。虽然他不能容忍她自己摆弄平底锅、研钵和滤器，黑橱里的六十八个抽屉对她也是锁着的，可他显然丝毫不反对她坐在有凹槽的小板凳上，双手放在大腿中间。一旦多种颜色的雾气从坩埚和平底锅里升起，她就发出欢呼声。

什么？她是否同样会感到眩晕？甚至比我还频繁的那种？噢，她爱这短暂的晕眩，她巴不得体验这样的感觉，她经常对我父亲说：来点硫黄吧，我好想有点晕乎乎的感觉。埃迪特十分渴望晕过去，每次醒过来时她都无法控制地打嗝，但她偏偏能够忍受这些。所有她需要的东西，她所愿望得到的东西，她想尝试的东西，她都会努力争取。

比如说，您想象一下我们那所漂亮的白石灰粉刷的狱墙吧，在一个夏天的夜晚，在勒克瑙这么一个白茫茫的恬静的夜晚，一切都静止了，没有沙子纷纷地落下，白桦树叶不再反射着跳动的阳光，当夜幕降临的时候只有小小的管状斜齿蝙跃上岸边，也许一只猫正坐在岸边一块温暖的石头上，当然了，四周还有飞来飞去的蚊子，他们在空气里嗡嗡地叫着。就在这样一个夜晚，一个没有任何期待的夜晚，人们无所期待，没有留声机在播放音乐，小岛上没有燃烧的篝火，也没有口渴的樵夫们像往常一样围着篝火坐在一起……

我站在砖头砌成的桥墩的阴影里，水淹到了我的膝盖，虽然湖水温温的，可我浑身颤抖。我望向监狱花园后面那个不规则的长方形，望向花纹粗糙的大门，那扇大门应该在这个晚上打开，虽然这违反了所有的规定，违反了之前的种种经验。它已经被打开了好多次，至少在我看来是这样的，但是还没有任何人被从大门里释放出来，没人能从里面溜出来，沿着卷心菜地和西红柿地悄悄逃去水边，那时我已经在怀疑埃迪特向我许诺的事情到底还会不会发生了。我看不见她的人影，尽管如此我还是知道她正像我一样在观察这扇门，从她某个完美的藏身处，她躲在木板圈住的肥料堆后面，她今天不再穿着齐膝的白袜和有纽扣的皮鞋，而是像我一样光着脚丫。监狱里的灯熄了，只在入口上方，在道路这一侧，高挂的灯笼还亮着。没有看守在这里巡逻，不必担心狗的问题，因为埃迪特的母亲无法忍受狗的叫声……

亲爱的，您说得对，田园风光目睹了一切发生……总之我和埃迪特一直坚持到有人小心翼翼地打开了那扇沉重的大门，非常意外地，大门没有吱嘎作响，门里探出一颗脑袋和一个肩膀，紧接着出现了一个身子，穿着洗得褪了色的囚服，一切都和我预料的一样。那个囚犯，这下可逃出牢笼了，他锁上门，又立马用背抵在门上，侧耳倾听，他贴着门张开双臂，不过他看起来有点犹豫和恍惚，估计是想到了各种可能发生的事情，所以感到心神恍惚；他像被钉住了似的呆立良久，然后才从门口逃开；他从花圃上方跳过去，低矮的柳树投下浓郁的树影，他跑向那里，他在那儿将裤腿挽到膝盖，望了望小船停泊的方向，但他放弃了乘船逃跑的想法；他蹚进水里，沿着岸边走到桥上，走向我的方向。一条斜拉的铁丝网呈对角线张开，从监狱的花园一直逼向湖中心约 10 米的地方，这张网依然将他和第一个桥墩隔了开来；他几乎无声无息地绕过了铁丝网，一下子就沉进了水里，正当我准备从我藏身的地方走出来时，他又呼哧呼哧地在第一道杂草密布的浅滩前钻了出来；他匍匐着前进，朝着滩涂的方向。那是欧根·劳伦茨，当他站起身，脱下囚服拧干衣服上的水的时候，我认出了他，欧根·劳伦茨。

所以埃迪特并没有承诺太多东西，她不仅成功地诱使他逃跑——这位杀人犯，同时也是位沉着冷静的说书人，她还信守承诺地为他打开了最后一扇通往自由的大门，那扇门的钥匙在暮色降临的时候总是挂在警卫室里。不，她没有向我许诺太多，还没等欧根·劳伦茨爬上斜坡，爬上桥，我就看到她翻过了监狱的花园——不是沿着湖岸，而是在浆果灌木之间，穿过两旁的果树，直到铁丝网挡住了她的去路。您得把那张铁丝网想象成一堵延伸开来的墙壁，埃迪特十分敏捷地滑了过去，好像设计者把铁丝网的铁丝修成对角线完全不是为了对付她一样，然后她按照约定等待着，是的，她在等我。我们彼此点点头，没有接触，没有交流，我们激动地跟随欧根·劳伦茨，他已经走在桥面上了，他身上不断有水滴滴落，痕迹一直延伸到观景室，一路滴到了桥中央。

过完桥，他先下桥去到船坞那边，船坞停在勒克瑙湖的桩子上，那是一座低矮的木建筑，漆成了褐红色，有一个用铁链拴住的大坝，船只被均匀地用缆绳系在码头上，有褐色的渔船，还有蓝白色的独木舟。他溜进船坞，翻来覆去检查了很长时间，他多次碰倒东西，桨或辅桨。虽然他也觉得这里不适合用来藏身，但他还是在里面找到了某种此时此刻他最需要的东西——一捆衣服。他显然发现了法伦船只出租公司的员工工作服，工作服上满是油漆斑，此外还有一件马甲和一顶防水保暖帽。当他走上外面的大坝时，他已经将保暖帽戴在头上了。他脱掉身上湿透的囚服，又脱了长裤，将它像环节香肠一样从两腿往下褪，然后一个衣着得体、没有丝毫可疑之处的市民就出现在我们眼前了。欧根·劳伦茨将他的囚服抱上岸，他将衣袖和裤腿打成结，往里面灌进湿沙、碎瓦、啤酒瓶，然后他将这个软弱无力、奇形怪状的"囚犯"拖上来，将它悄无声息地沉进了湖底。

没等水里冒出泡泡，他就捞起一块轻便的方木离开了船坞，转身融进了岸边漆黑的夜色里，他朝着公共浴场走去，不过他没能甩掉我们。

虽然他检查了全部的更衣间，不过您别觉得他会留在公共浴场里，会在被改造成更衣间的废弃马戏团马车上安全地过夜。他的谨慎使得他一路走到半岛上，他爬上小山丘，篱笆围起的小山丘，它的圆顶上寓意深刻地并排生长着三棵橡树，我们称它们"三根小宣誓指"，虽然我们谁都不了解誓言的内容。这里伫立着一尊矮胖的纪念碑底座，有一人高．是近来用砖头砌的，用来安放沉思的冯·君特将军的立像，他是最受欢迎的波斯尼亚指挥官。最早的设计被勒克瑙市的父母官们退回去了，因为将军的形象与那个艺术家，某位叫罗辛斯基的人，长得太像了。

于是，欧根·劳伦茨翻过箭形的铁栅栏，他绕底座转了一圈，然后翻身跃上去，又开腿站在基座上，目光越过湖面眺望黑暗笼罩着的监狱；然后他蹲下身，敲敲底座，底座一侧有块铁板，只用翼形螺钉固定着；欧根·劳伦茨取出铁板，把头伸进孔里，再次回头看看，然后就钻进了底座里面，波斯尼亚将军就这样迎来了他的第一位房客。

亲爱的，情况就是这样。在他从里面拿铁板封住孔之后，我很想向他道个晚安，可埃迪特摆手拒绝了，她完全不想要那份她理应得到的感谢。当我们沉默不语、各自激动地小跑回家时，在我们共同的计划之外，她早就制定好了第二个计划了，那是一个只属于她一个人的计划……

不，没有吃的，也没有水果，只能喝东西，一直喝……

您知道，医生最后一次查房时我听到了什么吗？

是这样的，诸位，他们中的一人在转身时说道，这种程度的烧伤有典型的特点：生物体可以在伤口里干渴而死，也会在伤口里溺毙而死。谢谢，这种瑞典汽水很提神，您该试试……

是的，就这样，欧根·劳伦茨睡在了为伟大的波斯尼亚将军预留的纪念碑底座里。您得知道，半岛上有歌鸲，那是我们本地的夜莺，它们会为他歌唱，但最多只会唱到后半夜，因为过了后半夜它们通常会在老树篱笆下沉寂下来。无论如何，他不会比我睡得更不安稳。我是第一个用早餐的，我拿勺吃着板肉面汤，之所以吃得吧哑响，是为了让我那寡言少语的母亲感到心满意足，她几乎能为内心的所有情感找到对应的手势，那些手势要比所有词汇更有力、更有助于传达她的心意。比如，我提出今天带四片夹有乳脂和油渣的面包去学校，她的回答是轻轻地拍了拍手，她这是在表达同意以及惊讶；紧接着她张开手指旋转，而且看上去像在擦拭一只容易破碎的球，但在她的手势语言里这表示快乐。

面包一塞进书包我就出发了，比我平时的出发时间要早许多，我经过白色监狱，越过桥，中间的桥墩旁野鸭和骨顶鸡在争执不休地开着大会。我继续走向公共浴场，在那里，在检查过木板墙是否有漏洞之后，我将自己锁进一间更衣室里。我掏出乳脂面包，一片片分开来，洒上细粒的粉末，散发着氨味的粉末，虽然洒得不是太厚，但很仔细，那是我父亲的发明，是用来帮助陷入困境的走私犯隐形的。我沉思着将剩下的粉末倒进勒克瑙湖，令我奇怪的是湖水没有受热沸腾……

别急，亲爱的，您耐心等着好了……

早上的太阳很刺眼，纪念碑底座看起来是多么无辜、多么纯洁啊，就像我母亲说的，清清白白的。当我开始吹起口哨时，情况也没有发生改变，我吹着口哨攀爬铁栅栏，将书包放到底座上，在可以移动的铁板前蹲下来。直到我敲打铁板，石制藏身处才有所动静，我听到一声嘟哝，然后是嚓啦声，急匆匆的，像一只刨地的兔子，第二次敲时然有个声音说道："进来，请进。"铁板被从里面向外推开了，欧根·劳伦茨的脸露了出来，睡眼惺忪，有点扭曲。他的眼里水淋淋的，他匆匆地用眼神询问了我一下，从我身旁望向半岛上空，那里没有人在跑，或是在匍匐爬行、在蹲守。他又转向我，发脾气道："来做客是不是太早了点？老是这样吓唬人！"

我从纸里取出乳脂面包片，递进底座里给他。他闻闻面包，张口就咬，闭上眼睛嚼着嘴巴。忽然，他抓住我的手腕，说：你想进来就进来吧。于是我的书包从洞口飞进去，紧接着我也钻进幽暗的空间里，背靠着石头坐下来。我无比激动，无比快活，我看着他吃，我期待着他在药力神奇的作用下随时化作一根小烟柱，或者缩小成一个不起眼的豌豆，然后在地上滚开，谁都抓不住它⋯⋯

您说什么？这个问题我预料到了，可在他身上，在欧根·劳伦茨身上，粉末失灵了，他没有隐身，估计是由于他不是走私犯，所处的困境也不够大。可是，或许您还有更好的解释。

不管怎样，既然我不能见证他的隐身，我希望至少听到一则湖泊的故事，可他这天早晨显然没有心情，他不停地讲有关农场的事情，讲农场上的魔鬼，讲他要去农场上拿回他的权利，他讲得那么激动，就像他必须不停地回忆一项任务似的。他边回忆边在脑海里整理某种东西，那是他经历过的一切，对，所有纠缠在一起的思想，他唤醒过去的事，用往事来为他接下来的计划辩护，或许他也得这样劝说自己，鼓励自己。我任由他这样讲下去，因为渐渐地，随着他越讲越多，我也越来越理解他和他的故事了。

原来欧根·劳伦茨是名制陶工，一个到处行游的砖砌炉灶安装工，他也制作盘子、杯子和暖水壶，人们要求什么他就做什么，但他最喜欢做砖砌炉灶，那是艺术味浓郁的彩色怪物，绿色和蓝色，一直通到天花板，他自己给瓷砖涂底色、上釉，然后用少女的头发来作画，用女人的头发，我们的博物馆里也有这么一座著名的马祖里砖砌炉灶。为了让他能够在农场上翻新器皿、维修砖砌炉灶，他获准住在水边的小房子里，我们称那房子为"可怕的房子"，因为男人在里面都无法直起身来，床铺短得睡觉时必须收起双脚。欧根·

劳伦茨可以住在这里，在这蚁巢一样的房子里，在桤树下面，距离牲口饮水处不远，我祖父容忍了一个不是他妻子的女人搬去和他一起住。

他在房子旁边建了个微型工场，女人在那儿帮他，她这是在感谢他，因为他能给她一个家，但只在最初的那段时间，只有当他在家的时候。一旦他被叫走去改进或装饰炉灶，她就消失了；据说她是去拜访什么人了，但她只是搬去了勒克瑙，去了军营外面的一种酒馆，酒馆在骑兵营房旁边，兵营里驻着四十六名骑兵。欧根·劳伦茨很快就知道了这件事，他知道了他不在家时她待在哪里，他默默地容忍了，继续将他的收入交给她。她于傍晚离开，第二天早上才返回，对此他保持着沉默。

不管什么天气他都要打开窗户通风，因为就像他自己说的，他不想"被马臭味儿熏晕"，他用这样的方式让她明白他无声的抗议。我理解，她有时一离开就是数礼拜，甚至数月，而不管她何时回来，他都默默地收留她，时间都是由她自行决定，她有时午夜才回来。

后来，有一年夏天，他又一回单独过了几个月，在从黏土采掘坑返回时，他发现他为她烧制的蓝碟子少掉了。他从窗外就看出来了，他推开门，在他的床上发现一个小孩，一个小女孩，女孩长着黑头发浅色眼睛……

不，不，欧根·劳伦茨知道，他知道他不是女孩的父亲。女人也知道他知道——我是这样理解的。喂过孩子后，他走去骑兵营房附近的酒馆，闲坐在那里，不理睬任何骑兵的挑衅，专心地等着女人。她没有出现，她再也没有出现，一段时间后他放弃了寻找，他给孩子取名梅塔。

他将她留在了身边。他陪她熬过了种种疾病，他将她背在背上，带去遥远的工作场所。当他自己用黏土制砖，烧成浮雕一样的彩色瓷砖时，他让她玩彩色的黏土。他在家里教会了女孩一年级的课程，于是女孩后来在学校跳了一级。他主要喂她吃面团汤，梅塔长得结实灵活，对每个人都特别友善。我理解她叫他"欧根师傅"，并在课余时间向他学制陶艺，她热情洋溢，具有对一个孩子来说不可思议的毅力，是的，她坚忍不拔……

梅塔十二岁或十三岁了。晚上，常有农场上的少年下到这里来，他们坐在加固湖堤的桩子上，拿扁石头打水漂，偷偷望向屋子。女孩看着他们玩，但她不上去，对少年们的呼喊表示不解。

为了让她离开家门，欧根·劳伦茨派她去黏土坑或牧场，让梅塔在那儿从铁丝网里拔马鬃毛，他用它们来绘制特殊的瓷砖，或者打发她去采石砾场的池塘，让她在那里的温水里洗澡。她每次外出回来得都比他预期的早，这让他心里暗暗高兴，回来之后，她像是错过了什么似的，干起活来更有激情。有一回他碰巧跟在她身后，他看到我祖父骑马穿过采石砾场，女孩惊慌地从池塘里爬出来，他勒住马，一直等她套上她的轻便女装，他才骑马走到她身边，命令了她句什么，将她抱上了马。

欧根·劳伦茨事事都有安排，对梅塔他也早就有计划了。有个叫威廉·日耳曼的家伙，他是森林管理助理，住在小格拉耶沃，有积蓄。梅塔，她当时或许十五岁了，只觉得日耳曼的语言有趣，别的她就根本不知道能和他做什么了。欧根·劳伦茨尝试向她指出威廉·日耳曼的"内在优点"，但他的所有努力都不管用。她只说："他最有趣的就是他的暴躁。"据说一年秋天，威廉·日耳曼逃跑一样离开了小格拉耶沃，买了一张从勒克瑙前往罗明屯的车票。不过，人们都说，主要原因不是因为他对梅塔失望了，而是因为前不久我祖父阿尔方斯·罗加拉在晚上造访了他。

同年秋天，当欧根·劳伦茨从黏土坑返回家时，他听到了茅舍里的声音，熟悉的声音，于是他头一回躲到桤树后面偷听。梅塔在哭泣，只有阿尔方斯·罗加拉，我的祖父在说话，用一种不容反驳的腔调，轻蔑地颐指气使地说话。

开始祖父想知道事情发生在什么地方，是在采石砾场、鞑靼湖畔还是在马厩上方，然后他威胁地向她报出了农场上男孩子们的名字，他们和他一样可以轻易地做到这一点，然后他谈起了梅塔的母亲来。直到那时欧根·劳伦茨都只是惊慌地、伤心地听着，除了听着，他没打算做别的什么，虽然他越来越难以忍受姑娘的呜咽。可是，当阿尔方斯·罗加拉在临走时说道，农场的牲口棚里可惜再也没有空位置了，她必须在这里把孩子生下来时，欧根·劳伦茨拿起了他的石锹。他挡住阿尔方斯·罗加拉的路，没等他出手，我祖父的编织马鞭就抽在了他脸上，这让他一时间无法看清东西，但他还是弓着身子出手了。他砍断了我祖父的锁骨，砸碎了他的膝盖，然后手持短柄石锹冲进屋里，砸碎和毁掉了绝大部分他亲手制造的东西。姑娘消失了，再也找不到了。可还没等到勒克瑙湖结冰，也就是几礼拜之后，渔夫们的拖网就拖出了一只鞋和一只长袜，它们属于梅塔。

在法庭上，欧根·劳伦茨一次都没有替自己辩护过。而我祖父，阿尔方斯·罗加拉却想发言。他做证说，他躺在荆棘丛中动弹不得，听到茅屋里传来的"暴怒的殴打"和"极其愤怒的声音"……

是的，亲爱的，那天早晨，我躲在纪念碑底座里，听到的是这件事，而不是一则有关湖泊的故事，但我不得不承认，当时比欧根·劳伦茨的认罪更让我激动的是他消灭四个双倍厚的乳脂面包时的津津有味，面包里洒了差不多有半袋子能让被困的走私犯隐身的粉末。我根本无法将目光从他身上移开，我万分紧张地紧盯着他，之所以那么惶恐，也许是因为粉末的效果没有出现。他怀疑起来，问道："你干吗一个劲地盯着我，你在盯什么？有什么好看的?"忽然，他将耳朵贴住石壁，用一个手势命令我不要动。

我不必犹疑。先是有什么金属物体在敲击底座，然后我们听到跳跃的声音，随后是一声与人沟通的喊叫声，随之而来的静谧证明了我们的怀疑，因为我刚把书包推到大腿上，我们就听到了"举起手，走出来"的命令。欧根·劳伦茨率先钻出去。他们在洞口将他的胳膊扭到身后，戴上了手铐。我在离开藏身处之前，先将书包递给他们，他们笑着接了过去。两名宪兵扶我站起来，动作熟练地抓住我的上臂，但我几乎感觉不到他们抓着我，我几乎忘记了他们的存在，因为铁栅栏前站着埃迪特，不，她不单是站在那儿，她是在单腿蹦跳，既高兴又激动，一根手指按着嘴唇，跳跃着，是的，她沉重的发绺左右甩动，松垮垮地垂挂着。欧根·劳伦茨失神地望着她，她迎视他的目光，带着挑衅，埃迪特，我的首任妻子，她笑着迎上他的目光，拍着双手。慢吞吞的讯问结束后，他们让我回学校，我倒退着走，直到身体隐没在灌木丛中，树篱把我藏了起来。我等在那儿，直到他们也动身离开：宪兵，犯人，宪兵，在他们身后埃迪特迈着舞步小跑着，她打着哑谜样的手势放纵地跟在队伍后面欢闹。突然，在与公共浴场平行的位置，她失去了继续陪同押送犯人的兴趣，这符合她的性格，她脱离队伍，蹦蹦跳跳地消失在树林后面……

您看，亲爱的马丁·韦特，这您也得知道，只因为它们是我生命的一部分，是的，为了回答您的问题，我必须讲述这一切，之所以说了这么多，是因为仅靠临时拼凑的理由根本得不出什么结果，至少得不出您想要的推论。如果没有另一些人走进了我们的生活里，我们就不可能理解后来发生的一切。他们在我们的小镇上遭受了哪些痛苦，他们赖以为生的东西是什么，他们的快乐源自何处……他们对一切施加着难以察觉的影响。

是的，我听到了脚步声，这是玛格蕾特护士。估计她是送晚餐来了，但您不必因此离开。要是想的话，您甚至可以吃片面包，普普通通的面包，没烤过的吐司面包片……请进，护士，进来吧。我可以向您介绍我的一位年轻朋友吗？马丁·韦特，他是我女儿的未婚夫，我们这样说吧：准未婚夫……

您说什么？我妻子来了？终于来了。那当然了，护士，我在等她，我一直在等她……

您现在不可以走，亲爱的，恰恰现在不可以走，我坚持要求您认识一下我妻子，您一点也不妨碍我们，因为我们要商量的事情……

您在哪儿？马丁？

第三章

倒进盥洗盆，请您将灰烬全倒进盥洗盆，冲干净，请您将袋子放进床头柜里。对，这是西蒙·加科通过我妻子寄给我的，一只装灰烬的袋子，本来是潮湿的，现在已经烘得有点干了。灰烬，是他从我们博物馆冷却后的火灾现场抓起来的——具有波斯尼亚人习惯的西蒙。这是他的告别礼物，是他从养老院寄来的最后一件东西，据说现在他在那里与一位曾经的艺术保护者同居一室……

亲爱的，正如我已经说过的，您本来不必动身的，不必那么急匆匆离开，因为几乎没什么您不能听的东西。估计您在走廊里遇到我妻子了，您前脚刚走，她就进来了，她待的时间不长，大多数时候她都沉默不语，坐在那张访客椅上。不管怎样，她打消了我的一个顾虑。她又住回了陪伴她成长的房子里，在石勒苏益格，她搬去她父亲家那狭窄的木框架房子里去了，房子原是为一位管风琴手修建的，一直由管风琴手居住着。在那里面，他不是第一个试图创造节俭记录的人。上了年纪也不妨碍他搜集证据来证明自由始于个人的节俭，他要用日记证明一个人靠多么少的东西就能活下来……

怎么了？没错，已经很久了，他已经退休很久了。好了，现在他们又要住在一起了，而西蒙·加科，就我对他的认识，他将用木头雕刻和绘画幻想中的鸟 全部的鸟类，漂亮、邪恶、好斗。我已经看到它们被用绳子吊在他的屋顶下方，或准备扑向橱柜，夸张地扑向窗台……

用灰烬告别，满满一袋冷却的灰烬，现在什么也不必说了，结解开了，相聚的时间结束了……

但我当然知道它是什么时候开始的，您可以认为这对我来说是理所当然的。谁会相信他自己必须持续地为自己辩护，我相信这一点，我很早就开始磨炼自己的记忆力。

西蒙·加科，他第一天来到我们班级时，就受到了我们的嘲讽，不过不是因为他的成绩，而是因为他身材矮胖，胳膊很长，罗圈腿，弯得像鞑靼人的弯刀。我们说：他们压弯了他的腿①。我们大概还对他说了些别的，比如狒狒，他都忍受了，只恼火了一阵子，他从没尝试过用暴力来自卫。

虽然，当他迈着罗圈腿走在我面前时，我也讲过一些话安慰他，但是直到他带着一个包裹出现在班上的那天上午，我们之间才真正建立起私人的关系。那是个引人注目的长条形包裹，拿油纸包着，用丝线系着，他十分小心地将包裹抱上讲台，放在那里，警告大家谁也不能碰。他坚持看护着它，直到我们的老师海因里希·亨斯莱特走进来。康尼是老师最宠爱的学生，他按船上船员说话的方式汇报道：全体船员集合完毕，等等……

如果您认为，亨斯莱特是在海军里服的兵役，那您猜对了，顺便提一下，他是在"约克"号大巡洋舰上担任皇家信号手。对于我们——他的学生来说，这不是完全没有影响，除了少数人几乎全班都会莫尔斯电码，会用旗语交谈。总之他接受了康尼的汇报，发出

① 原文为马祖里方言。

"苏菲-安东"的信号，这等于是说："坐下，你们这些蠢货。"之后他好像才注意到西蒙·加科和他又大又笨，但很轻的包裹。当问到这包裹是送给谁的、里面是什么的时候，西蒙回答："是我做的，独自一个人做的。"

他获准解开绳子，掀开油纸，抱出一只白色的快艇模型，让它在班级里行驶。海因兰希·亨斯莱特盯着那个比例精准的模型，伸出右手来摸西蒙，将他拉近身边，近到他可以随时把一只胳膊搭在西蒙的肩膀上，他自言自语地低声重复那些表示震惊和钦佩的话。它们听起来意义不大，因为他总是在重复相同的感叹，他说："真是杰作啊！"后来他低声念叨着同一个名字——"霍亨索伦"，这是另一艘快艇的名字，同时用手指滑过模型，十分虔诚，让每个人都能看出他在检查某种东西，在与他的记忆核对。毫无疑问的是算数课会被取消，白色的快艇上竖着黄色的烟囱，这画面实在是太让人难忘、太有诱惑力了，它勾起了亨斯莱特的回忆。

他蓦地挺直身子，发出"南妮-路德维希"的信号，意思是让我们围绕讲台站成半圆形。然后他当着我们的面夸奖西蒙·加科。他轻抚西蒙用糖水梳理过的、中分的头发，要求他给全班讲讲，他造的是什么，以及有关他的建造的"想法"。这似乎正中西蒙的下怀，他在打过蜡的地板上转动右脚跟，眨眨眼睛，然后他说出了他所知道的，那是帝国游艇"霍亨索伦"号，排水量为4180吨，如果他把游艇里的所有东西都取出来的话，它的速度可以达到21.5个节。游艇两侧有两条救生艇，两条就足够了，皇室的三角旗飘扬在主桅的顶端。这里是顶层甲板。皇帝总是站在那里参加阅兵，是的，是皇帝本人。西蒙讲不出更多的东西了，他只是提到这艘游艇的所有部位都是按照尺寸制作的，包括船锚和舷梯。

海因里希·亨斯莱特发现快艇上的甲板是可以取下来的，他向里面的舱室和大厅望上一望，虽然家具不是按比例布置的，但是想象力丰富，有沙发、椅子和供皇帝使用的踩脚毯。为了能看清楚，全班人必须走得更近一些，全班同学都被要求设想一下，皇帝是如何搭乘他的游艇出游的，也许是去地中海，也许是去北海。全班不得不一起想象着，想象着皇帝站在甲板上，比如在北海和东海之间的运河开航典礼上，皇帝站在那里接受成群的舰队的问候……

被感动了？一场无比感人的课？您可以这么说，但我们的老师还不满足于此。他反手拿着鹅毛笔指着舱室和大厅问全班的人，他们觉得皇帝会在那无数的房间里做些什么。大家回答说："他可能会坐在沙发上，坐在那里思索；他在大厅里发号施令，然后让全部敌舰咕嘟嘟地沉没；他坐在桌旁，在那儿吃甜菜胡瓜鱼汤，还是双份的；每次胜利之后他会在舱室里与皇后一起好好休息。"海因里希·亨斯莱特同意这一些看法，但他还希望和我们分享一些他的猜测，于是他指着一个屋子，认为那是皇帝与他的海军上将们开会商讨时用的房间；然后他又指着另一个房间，认为皇帝会在里面为完成检阅做准备工作；还有一间小房间，皇帝在里面忧心着我们所有人，一个也不例外。要不是突然听到奔跑的脚步声，谁知道他还能这样激动多久，没错，走廊里回响起脚步声。校役高利茨没敲门就拉开了门，他把帽子拿在手里，让亨斯莱特去校长室，他很着急的样子，让他赶紧走，然后没等亨斯莱特做出回应，也没等着因为不敲门就闯进来受到呵斥，他就又匆忙地跑去了下一个班级。亨斯莱特咬牙切齿，让康尼负责监督班级秩序。

我们仍然站在皇家游艇的模型前，个个都想亲手摸摸它，每个人都在用指关节和手捂盖数数、触摸和敲打，而西蒙，那个制造者，他甚至来不及回答我们的问题。他再三警告大家要小心，因为有几位同学查看游艇时动作太粗鲁了，但他还是很开心，我很少见过西蒙·加科像那天那么开心过，是的，在那天他用"霍亨索伦"号模型给我们全班带来了惊喜。他透露了他制作游艇的机密，当然是得意扬扬地。他向那些想效仿他的人指出了存在的特殊困难，并免费给他们出了一些主意，头一回有人主动送给他麦芽止咳糖。

突然，我们听到了飞机声，或者类似一架飞机的嗡嗡声，声音很远，像是飞机飞行在高空，原来是康尼努起嘴唇制造了这噪声，他站在教室的最后一扇窗前，我们的长椅就摆在那里。他穿过中间的过道走上前，于是嗡嗡声更大更可怕了，他张开双臂扮作机翼，僵硬得像只咕咕叫的鸽子，他的右手里闪着黄铜色的光芒。那是一个铜杵，被他拿在右手里，铜杵本来是我父亲的一个研钵上的，整个夏天我都将它放在书包里随身背着，虽然不知道有什么用。康尼就这样拐弯过来，开玩笑地绕讲台一圈，然后上身斜倾，发起攻击。看来他并不满足于此，他忽然降低胳膊，给了铜杵一个动力，长长的铜杵砸在游艇上，穿艇而过。烟囱折断了，飞离讲台；吊架上的救生艇翻倒了，导索孔吐出锚链；大厅和舱室被砸碎了，立柱被刮走了，甲板断了，碎成一片。被铜杵击中的杀伤力简直不能比这更大了。

亲爱的，您可能会感到奇怪，但班上只有少数人发火了。大多数人拍起巴掌，兴奋地直跳，为这了不起的破坏行为恭喜康尼，是的，他们向他表示祝贺。大家保护着他，不让他被人群碰撞推搡。

西蒙·加科呢？他的脸色突然变得苍白。他全身哆嗦，只发出了一声干巴巴的、单调的哭号，他把双手伸向废船，轻轻抚摸他被撞得粉碎的作品。他哭个不停，开始收集残骸。他将烟囱、救生艇和甲板上剩下的一切放到油纸上，系成一只奇形怪状的袋子，拎着它，艰难地走向他的长椅。

我藏起我的铜杆，我不得不在其他人面前将它保护起来，他们都想借走它，将它迅速砸向被发现的新目标。亨斯莱特的返回结束了扭打，我们溜回自己的座位上，站在那里，目光随着他从门口移向讲台，如果是在从前，他会像往常一样在讲台发出落座的信号，但这一次他没有这么做。他僵硬地站了很久，目光越过我们的头顶，脸部肌肉颤抖，他的呼吸声连坐在最后一排长椅上的人都听得见，他没有发觉白色游艇已经消失不见了，直到那时还没有发觉。他发出了一声令人难以置信的声音，平常他讲话的时候就像是一个被吊在桅杆顶上的人在朝着后甲板呐喊，可这次他极具挑衅地压低了声音，这反倒使他的话听起来震耳欲聋，他说：战争，这就是战争，大家都可以回家了。

宣布完这则消息后他放松了一些，换了条腿支撑自己的身体，接着他允许自己做了他从前在班上绝不会做的事情，他点了鼻烟。他继续往下讲，但不是对着我们讲，更像是在自言自语。他谈起什么都不想做的皇帝；谈起刚刚号召人们"手执长剑参加战斗"的沙皇；他也讲俄军，据说它由顿河哥萨克骑兵和彼得堡龙骑兵组成，这支军队正陈兵于马祖里边境。他讲这些的时候充满信心地微笑着，他多次提到我们的沼泽地，我们值得信赖的沼泽地。

您可以想象，听到这些消息的我们多么坐立不安，我们的心仿佛被他系在了一台通了电的电线上。没有什么能抑制我们急切的心情：我们要冲向桥梁，冲向博雷克河，冲向勒克瑙两条尘土飞扬、通往城外的公路干线，以免错过那场战争。有几个已经在拿他们的书包了，这时西蒙·加科号嗨起来，他抓起包装袋，拿去讲台，他将袋子打开，然后无声地控诉着一切，就只是把袋子打开了，却并没有指名道姓地责备谁，也没有告发我们中的某个人。亨斯莱特盯着残骸，望望全班，又咬牙切齿地看着游艇，手指缓慢地噩弄着藤鞭，显然他心里已经有了目标：哎呀，是谁啊，是哪个混蛋干的？康尼马上就主动承认了。他不得不走上前去，由于打破游艇用的是我的铜杆，所以我也不得不到教室前面去。所有的解释都不起作用，小藤鞭一抡，发出尖锐的响声，第一鞭打空了，因为他的手抽搐了一下。可接下来一鞭子打中了，指尖上留下火辣辣的鞭痕，指盖肿了起来，我们痛得原地直跳，而藤鞭只是自顾自地继续呼啸。

我不知道如果放在平时海因里希·亨斯莱特会想出什么惩罚措施，也不知道他会惩罚多久。我们被打了不足十下就脱身了，这绝对要归功于刚刚被宣布的战争。

不，我必须更正一下，我们，我和康尼，我们还受到了另一个惩罚。亨斯莱特不会就这么放过我们的：在解散了全班之后，他命令我们多完成一个家庭作业，他让我们把一句话写了一百二十遍。没错，一直写同一个句子，那是一句提醒也是一句恫吓：不得毁坏他人财产。写完了之后他才放我们离开。我们冲到教室外面，在这个炎热的、已经疲惫不堪的中午，去寻找已经被宣布的战争。

钟声响起，两座勒克瑙教堂的钟声响起，这对我们来说毫无意义，我们必须继续前进，去有事情发生的地方，于是我们手拉手走到湖边，走到桥头。康尼将我们的书包藏在一艘被架起的船上，这样我们就更容易爬上斜坡，爬上桥去了。在那里，年龄较大的士兵们，估计是战时的后备军，正在用耙子、犁、马车轮子、舵杆和生锈的管子布置路障，这些东西全都纠缠勾结在一起无法解开，是的，那是一道连十二匹马都无法拉开的障碍，他们将一辆马车的前轮滚到唯一的缺口前，在轴上横起一根树干。现在，敌方的每一位观察员都可以汇报说有一门 10 厘米口径的野战榴弹炮正在守卫着桥梁。勒克瑙炮兵拥有四门可以使用的野战榴弹炮，这些大炮经由我们身旁的缺口被拉去了西面，朝着迪帕尔湖①和阿雷西城②的方向，我们的骑兵也穿过这个缺口出发了，还有一队携带着辎重和工具的工兵，大家全都情绪高涨，相互鼓励。我们不得不担心，战争或许打不到勒克瑙这里。

钟声也骤然平静下来，只发出袅袅的余音，再也没有士兵经过，战时需要的后备军坐在栗子树荫下抽烟，湖水平静地倒映着那座笨拙又坚固的桥。在那一刻，我觉得整个城市似乎都在屏息聆听，是的，就那么一动不动地，不确定地，聆听着自己的未来。没有人坐在停在下方的小船上，没有脸探出窗外，没有车轮辘辘滚动在城市的柏油路上——勒克瑙从未如此安静过……

我没听明白您的意思，亲爱的马丁·韦特……

俄军距离我们多远？他们有多少兵力？喏，就在边境后面，距离勒克瑙不足 20 公里，有伦宁坎普③的维尔诺④军、顿河哥萨克骑

---

① 迪帕尔湖（Dippelsee），位于波兰的瓦尔米亚-马祖里省。

② 阿雷西城（Arys），波兰名为奥日什（Orzysz），现位于波兰的瓦尔米亚-马祖里省。

③ 伦宁坎普（Rennenkampf，1854—1918），保罗·冯·伦宁坎普（Paul von Rennenkampf），俄罗斯帝国军人，骑兵大将，靠在中国吉林镇压义和团运动成名，第一次世界大战爆发时，伦宁坎普指挥西北战线第一集团军，入侵德意志帝国东普鲁士，坦能堡之战中被德国第八军司令官兴登堡击退，后被罢免军司令官的职位，1915 年退役。

④ 维尔诺（Wilna），现为立陶宛首都。

兵、芬兰防卫团、奥伦堡①骑兵部队，我们一一认识了他们。顺便说一下，我们的博物馆里存有他们行军计划的副本。

可我想说的是寂静，对，笼罩在城市上空的令人紧张的寂静，在那个惨白的八月天，一切都因为期待而屏住了呼吸。期待满足不了我们，我们穿过无人看守的缺口溜出去，从监狱旁跑过，翻过农庄跑向施洛斯山。那里没有亚当·罗加拉，没有细腻的泥炭土从挖好的梯田边甩出来，两只鹳在沼泽地里啄食青蛙。远处，在银色的杨树下，穿过鞑靼湖和勃克瑙湖之间的浅滩，士兵们在向西行进，尘土飞扬，包裹了他们，偶尔有刺眼的光照向我们。最前面的队伍已经钻进了庞大的国家森林，它远在湖泊之外，那里的光线并不那么刺眼。我们注视着他们，直到尘埃落下，工兵的辎重队也消失不见，然后我们才开始忙我们手上的工作。

在七棵松树旁，在露出地面的树根的保护下，我们用石头堆起一道壁垒。我们用烧焦的梁柱残骸支撑着堤坝，在其中留了射击孔，石头和梁木中留下了久远的烧焦味，这让我们感觉自己已经经历过了战斗的洗礼。

这是一个由锡箔制成的日子，到处噼里啪啦，沙沙作响，令人眼花缭乱，眼前闪闪发光。站立的人们因狂喜而颤抖，空中闪烁着刺眼的光芒。那一天，指针似乎止步不前了，仿佛时间停留在了中午，那是一只灼热的烤炉，松树的树皮，甚至刺柏浆果，都在炉中炸裂。不容错过，我亲爱的，这一天对我们来说简直是不容错过的。

无论如何，您必须知道，我们不仅堆起了壁垒，我们还立即试

① 奥伦堡（Orenburg），俄罗斯地名。

用了它。我们进入守卫阵地，打退了俄国炮兵和彼得堡龙骑兵的联合进攻，虽然损失惨重。我们很满意，我们很高兴也很疲惫，我们紧紧地握着对方的手。后来康尼掏出他的多用小折刀，相当郑重地打开。当我们赤裸地面对面站着，用目光征询对方的意见时，我不寒而栗。我准备好了，我面对着他弯起胳膊，感觉到了刀尖刺入，我看到我的血液黏稠地、缓慢地溢出来，只流出不多的几滴，他将刀尖久久地扎在里面，直到它染上了血。之后他十分好奇地看着我如何划破他的上臂，他胳膊上有块注射疫苗时留下的伤疤，我的刀尖就扎在那块疤痕的下方。我把刀尖浸在血里，鲜血汩汩地循着道路似的顺着他的胳膊往下流。当这一切完成后，我们将手叠放在一起，互相凝视着对方，激动得说不出话来，我们只是站在那里，站在施洛斯山的空旷处，在七棵松树下……另外，伯恩哈德，我儿子伯恩哈德，有一回谈起此事时说：这下你明白了，血液是最劣质的墨水。无论如何，他刚刚——在过了很长时间之后，给我写了一封明信片，他祝我早日康复，护士将明信片上的内容读给我听了……

您说什么？这事亨丽克没有告诉您？伯恩哈德生活在不来梅，他从事着社会救济工作，他和一个朋友在一起，他从十二三岁起就没有离开过这个朋友……

就这样，我们在施洛斯山上达成了约定，在回家的途中，您该看看我们回家途中的样子的：我们一直将胳膊搭在对方肩上，互相贴着屁股，我们走得那么近，兴高采烈，满怀自信。我先陪康尼去了监狱，然后他将我送到我们家屋门外，最后我们在半路上分手，我们倒退着走，挥手告别了好几次。

最终的变化来自战场。

对我的父亲扬·罗加拉来说，战争也是一桩可以带来希望的事情。色彩缤纷的烟雾不断地从他那间所谓的实验室里缓缓飘出，所有房间里都浓烟弥漫，孟加拉人的魅力之云飘浮在我们小屋上方。日日夜夜，他在他神秘的科学厨房里烹饪，总有东西被烧煮，咕嘟咕嘟翻滚着，或者融化。偶尔有可以忍耐的爆炸声回荡在我们耳畔，气味在闪烁的光亮中释放出来，让我们做着彩色的白日梦。我刚将我的书包挂到钉子上，他就命令我从湖里捞出空瓶子、罐头和各种容器，从湖里，也从"酆易森饭店"和"马索维亚酿酒厂"的垃圾堆里，我用小车将他需要的东西推过来，在一个大圆木桶里冲洗器皿，帮他用罐子装好深色的、黏稠的、状如果冻且不透明的万灵药。因为他觉得大自然原则上是混浊的，治疗用的万灵药也必定像大自然一样混浊。不管制造时多么匆忙，他都始终注意这一点。我们拼命地努力工作，仿佛我们不仅要给一支部队，而是要给所有参战的军队供应药品，因此，墙边、床下、地下室还有地面，药品堆得到处都是，这些药可以消降创伤热①、治愈刀伤，是的，甚至让遗留着子弹的伤口变得不那么痛苦。

空间越来越窄，我母亲深受其害，她怀疑地唉声叹气，父亲自以为是地回答：你以为一旦他们开战会需要多少？这么大的军队，需求量是空前的。面对这种争论，我母亲别无他法，最后只能很不情愿地将她的腌菜瓶也拿了出来，用它们装罐万灵药……

您说中了，他是一个不达目的决不罢休的商人。因为在勒克瑙还没人见过一位俄国兵，地平线上也没人听到隆隆声，除了返回的鹳鸟和教堂钟楼上的瞭望哨，人们看不见其他任何与战争相关的东西。已经出现怀疑的声音了，质疑的情绪在不断扩散。我父亲投

①　创伤热（Wundfieber），指受伤或施行手术后出现的热度。

资了那么多，他用物理学为他带来的自信来应对每一个疑问。把东西搁在火上，他说，先是咕嘟作响，然后沸腾，接着就煮过头了。

我在沸腾的那一刻睡了过去，是的，我陷入了中度昏迷，我躺在床上，光着脚，只穿着一条运动裤，埃迪特躺在我身旁，她开心且放松，几乎处于幸福的濒死状态，她来找我们，主要是想让自己"微醺"。她蹲在那里吸进的蒸汽浓郁厚重、绿得发亮，这使她头脑昏涨。我们刚刚把她抬到床上安顿好，我就因为恶心感到一阵天旋地转，我控制不住地呕吐，跌跌撞撞地向她走去，摔倒的时候还在寻找她的手。

我们就这么躺着，年轻的我们仿佛在为一场可能成为全镇话题的葬礼做准备，我还记得，当时我梦到了佩尔库诺斯，那个异教神灵，橡树的情人。他从一顶王冠里探出身来，努力伸手拨开笼罩在我们房屋上方的紫色、褐色和绿色的烟雾，他试图用扇子把烟雾扇向自己，作为饰品，也可能是作为迷彩旗。在他收集这彩色的雾霭时，远方降下了一场夏日的雷阵雨，是场短暂的降雨，只落下零星的雨点，然后我的梦里就擂起鼓来，猛烈而没有回声，就像冰雹敲打一面撑开的伞。小心翼翼地舒展四肢，眨眨眼，再躺回去，从昏迷到清醒总是需要一个过渡期，我们总是一前一后地醒转过来。

俄国人来了。经过一些小规模的战斗，大概这就是人们所说的那些后备军的努力吧，他们在地平线上迅速地开几枪，然后立即撤退。他们攻下了勒克瑙，他们占领了勒克瑙，可占领意味着什么呢？军队有规则地行进着，他们乘着火车、辎重车和所有能想到的交通工具从东南方向的森林钻出来，然后慢腾腾地向我们靠近，没有一支战时后备军能够阻挡他们，这支军队无法抵抗地向我们逼近，包围我们，他们只留下了一些几乎没有人员损失的队伍，继续慢腾腾地前往迪帕尔湖、阿雷西城。

首先是西伯利亚步枪团从堤坝上走过，他们穿过农场，然后是骑兵、负责防御工事的武装士兵以及普斯科夫①战时后备军。我们坐在堤坝上的铁栏杆上，仔细地观察他们。我们观察他们的机关枪部队，他们的榴弹炮，也观察骑行在他们前面的军官，军官们无一例外地挎着皮制地图袋，他们视每一声呼喊为问候，并迅速地做出回应。军官们的表现自信、亲切。与他们不同，士兵们向我们展示友好的方式非常低调，有些士兵向我们喊了一句德语，有些士兵冲我们眨眼，似乎他们想让我们放心，同时也想让自己放心。

骑兵座下的马匹汗流浃背，特种部队带着包裹好的装备，六匹马拉着大炮从我们身边走过。他们服从命令，这些命令是在一个被精心保护且与世隔绝的遥远的司令部里下达的，而且都没有加密，是的，只是因为对自己非常有把握。然而，身穿白色制服夹克的将军似乎并不认同这种自信，他坐在一辆敞篷汽车的后座上，愁眉苦脸，被灰尘和热气折磨着，当他经过我们身边时，他的眼皮几乎闭上了，似乎对护送他车辆的四名哥萨克骑兵视而不见。继他之后辘辘驶过的是军厨，然后是芬兰团，最后是穿着不合身的军装、踩着挤脚的新靴子的年轻士兵。

我母亲站在窗前，藏在窗帘的后面观察着士兵们的队伍，她在吃饭时沮丧地说：“都不见停下来，但愿他们不会包围我们的皇帝。”另一边，扬·罗加拉，我的父亲，把东西吃得一干二净，食欲非常好……

---

① 普斯科夫（Pleskau），俄国西北部的一座重要的工业城市，也是俄国最古老的城市之一。

你说什么？这是真的，亲爱的，今天的人们不得不这样认为，我可以向你保证，勒克瑙第一次被占领时没有遭到破坏，甚至在最初几天也没有人被逮捕，没有土地被征用。他们只是以他们的数量淹没了我们，就像小河在流淌时将它的水流分给了枯竭的支流，他们留下普斯科夫战时后备军和顿河哥萨克人的几支队伍来占领勒克瑙，为了符合礼仪，他们在我们开放的集市上宣布，从今往后勒克瑙由俄国人管理。警察被允许保留他们的制服并继续执勤；市政府邮差不必交出他的自行车；守夜人收到书面形式的证明，证明他的工作是有价值的。占领军只占用本来就空着的房屋，他们把军营迁了进去，接管了粮草办公室和马厩。只有市警备司令及其司令部认为他们不能放弃勒克瑙湖的美景，他们租住进了"路易森饭店"。

变化？我们从哪里能感觉到呢？曾经限制我们世界的是一位遥不可及的皇帝，现在限制它的是一位同样遥不可及的沙皇。对于我们而言，两者都是令人生畏又熠熠生辉的传说。

但还是有东西在发生变化，慢慢地，随着日子一天天过去，我们被迫意识到一件事情，那就是一些长久以来一直适用的规则已经不再适用于当下了，我们察觉到了一种陌生的感觉：无论我们做什么，都会遭到反对，他们来了。

突然有几名哥萨克人骑马来到监狱门外，领头的是一名军官。他们让人打开大门，与康尼的父亲不耐烦地交涉了一番，之后将一张桌子和一张椅子搬到了监狱大院里，就在向日葵旁边。军官坐下来，他的马鞭做工精致，马鞭上的七根流苏缠在他的手碗上，他让鞭柄像一根长长的食指一样突出来，画图似的用它表明他的意思，他让翻译站在他的左侧，老狱长站在他的右侧。当监狱里传来欢呼声时，军官非常冷漠地等待着，犯人们被哥萨克人从囚室里放出来，然后赶去大院，他们一个个迫不及待地想向他道谢，此时他的脸上依然没有表情！鞭柄轻轻一动，犯人们愣住了，纷纷后退。

他们必须在监狱大院里集合，他们必须排队，呈波纹状站成一排，叫到谁的名字，那名犯人就得走近桌子，摘下囚帽，保持沉默。康尼的父亲站着宣读名单，念着犯人的名字、罪行和量刑尺度。口译员翻译给军官听，军官没有点头也没有摇头，只是打量着犯人，表情生硬、毫无怜悯，然后鞭柄一抖，他做出了判决。如果鞭柄朝下，犯人会被带回囚室；如果鞭柄垂直，服刑时间到此为止。

对，像传说中一样。

我们站在监狱的内院里，您能想象到的，我们惴惴不安，在审议和闪电般的审判之后，判决结果一次次让我们感到震惊和困惑，它们频繁地与我们的期望相悖。任何预测都是不可能的，就在刚才，一个因走私和侮辱陛下而坐牢的人，居然能够快步离开监狱；下一位，一个除了侮辱陛下没有其他罪责的人，却必须返回囚室。我、康尼和埃迪特，我们不能理解这一切。我们不理解为什么纵火犯获释了，偷家禽的小贼却不得不被带走继续服刑，我们无法理解法官深奥的智慧，法官释放持刀殴斗者，让他恢复自由，又匆匆垂下鞭柄，维持对国家森林偷猎者的原判。

是的，您说对了，我们的激动主要是因为欧根·劳伦茨。他排在队伍倒数第二个位置，他移步向前，没有抬起目光，与哥萨克军官表现出同样的冷漠。当他终于站到桌前时，口译员不得不两次要求他摘帽。康尼的父亲，被太阳照花了眼睛，被无声的抗拒累坏了，他结结巴巴地阅读监狱登记簿，口译员笔录下他的话，解释罪行和量刑尺度。这时康尼的父亲又一次令人吃惊地插嘴了，大概他觉得自己必须对此案发表些他个人的意见，但这只招来了军官的不满和讶异。鞭柄有力地挥起，表示宣判和斥责，口译员不得不对欧根·劳伦茨说，他现在自由了，他可以拿上他的包裹回家了。

欧根·劳伦茨没像其他人那样道谢，他茫然地站在那里，好像这释放对于他来得不是时候，好像它与他酝酿了很久的计划相冲突。后来，当他在监狱里消失很久之后，我也不敢预言他会不会带着他的包裹重新出现，或者他会不会让人把他重新关进他的囚室里。

他又来了。就在军官命令康尼的父亲去司令部，去"路易森饭店"，立即就去的时候，他拎着一只烟褐色包裹走进院子里。他一只手里拿着根多节的手杖，看都不看地从看守身旁走过，为自己打开了那扇仅有缝隙的大门，然后猛地转身走进墙的阴影里。这时我已经跟上了他的脚步，他从墙边走上了堤坝，然后到了那棵杨树下面，他的蚁巢曾经坐落在那里。他把包袱藏在荆棘丛生的藤蔓下，把草和树枝盖在上面，在湖里洗了把脸，然后走上农场，是的，他爬了上去，仔细地绕着它转。他出现在锻造厂的后面，盯着对面的住宅；他在马厩旁站得最久，像个木桩一样一动不动，仔细地观察，仿佛在思考里面主人的生活习惯……

不要不耐烦，亲爱的马丁·韦特，让我们按事件的先后顺序来讲吧。在我观察欧根·劳伦茨的时候，我父亲发现了我，他坐在他时尚的双驾马车上看到了我，他停下来喊我，我不得不从藏身的两排满是凹痕的奶罐中间走出来，爬到马车高脚座上找他。我不得不停止尾随，坐到一个叫扬·罗加拉的人身边，他给我留下了坚定而庄重的印象，他身上散发出一种无可辩驳的必胜的信心，也有一些势在必得的威严。我想，当年这位老商人就是这样开始他一生的生意的。他的斥责并不那么严厉，他说："齐格蒙特，即使是战争也没有理由让你这个年龄的人不待在家里。"

我找不到别的说法，不得不承认这些俄国士兵是亲切的，他在农场的院子里向他们表示问候，还有那些在门前避开我们的俄国勤务兵，他也只是亲切地问候他们。一辆农用马车从我们前面的桥上通过却被拦下来接受搜查，刺刀捅了进去，事实证明几捆稻草是无辜的，在这之后车辆才被允许驶向勒克瑙。与之相反，我们的双驾马车停都没停就驶过了双重岗哨，是的，直接驶过去了，虽然在我们的货厢里，在受尽了风吹日晒的防水帆布下，它们层层叠叠，堆积如山，形成一个可疑的轮廓。

哥萨克骑兵小分队骑着马走在湖边的长廊上，他们约束着马匹，直到燕麦刺着了它们。马儿突然加快步伐，开始长途奔驰，骑手们把身子歪向一侧，在马腹下翻了个个儿，接着他们头朝下骑在马背上，朝我们迎面走来，咂着嘴和我们打招呼。

我们穿过空荡荡的市场，沿着公路向火车站进发，火车站被哥萨克人保护着，载有马匹、枪支和物资的火车已经抵达那里。还有一队年轻的俄罗斯平民，他们发现了车站广场上排着的队列，这些疲惫的平民充其量只是拖着一个纸板箱，后来他们被送去军营穿上军装。我们被飞奔而来的哥萨克骑兵追上然后打发回来，之后我们遇到了他们的队伍，虽然我父亲没能通过最短的路径到达目的地，但这并不意味着他会灰心丧气地赶车回家。当其他人早就放弃了的时候，他的执着却迫使他坚持下去，我们来到了驻军的后方，来到了军队医院的后方。一开始哨兵拿不定主意，坚持向我们索要证明，我父亲以艺术家的热情扯开盖在箱子、货架和一排排瓶子上方的防水帆布，把他可以移动的奇迹药房展现在对方面前，于是他终于获胜了。随后他抑制着胜利的喜悦请哨兵按清单检查他携带的药品，警卫摇了摇头，打开了大门。

亲爱的，也许您现在正在微笑，但我可以向您保证，扬·罗加拉上车时对他的双驾马车充满信心，相信在接下来的几小时里他会签下自己平生最大的生意，这单生意很可能是由一位俄国外科医生签署的。用他的话说，皇家军医因极度的愚蠢拒绝了他的东西，所以现在他希望从沙皇的军医那儿获得认可，他认为俄国军官总体上没那么跋扈。

您必须看看他想介绍给敌人的货物，他的清单里根据药品的长期效果和短期效果罗列了一百四十四项内容，每一项都解释得非常清楚。最开始记录的是一些比较普通的药品，譬如治疗因跑路而受伤的脚的药膏、抵抗疾奔的狼群的药、治疗感冒和发烧的药，这些药针对的是部队行进中的常见疾病。接下来的药更有趣、更大胆、更闻所未闻，它们太过于神奇，想必能让那些军官吃惊地从椅子上摔下来。这些药中包括能立刻治好榴霰弹伤的专用药，包括治疗刺刀和长矛刺伤的速效精油，包括治疗迫击炮弹伤口的药物，此外还有一种能治疗烫伤的药膏，这大概是他的货单上最吸引人的东西了，他要用这些便宜的补药治疗战场上的绝望。

亲爱的，请您自己想想看，这些货物会在一位具有丰富想象力的军官脑海里唤醒哪些画面。用一支准备得很好的军队攻击他的对手，无论如何，这支军队是很难被消灭的，因为谁都不能对这支军队造成任何伤害，敌人先是感到惊讶，最后变得胆怯，于是甘愿放弃。

不管怎样，我们在野战医院门外拴好马，活动双腿，寻找着身份最高的俄国军医，但最后只发现了两名护士。得知我们在打听军医的房间，她们用不理解的目光看着我们。我们慢慢走在医院走廊里，经过一道道敞开着的小门，我们冲伤员们点头，他们穿着无领

衬衫躺在干草袋上，我父亲不时地朝人们眨眨眼，那份鲁莽的自信
没有逃过我的眼睛。

有个房间里的人在讲德语，我们走进去，听到他们报告说，俄
军至少捉住了二十名德匪兵，他们属于战时后备军，在普罗斯特肯
附近受伤了，维多利亚·维克多罗娜①亲王夫人的移动野战医院对他
们施行了急救。我父亲告别时也鼓励地冲他们点点头：等着吧，你们
所担心的日子就快到头了。

我们按照战时后备军成员的建议，顺着走廊往下走。那儿，在
一个阴暗的角落，墙壁上果然还挂着一张威廉大帝的照片，一张签
名照。有一道镶着磨砂玻璃的门，上面挂着两块手写的禁令牌，牌
子上用德语和俄语写着：药物间，入内请敲门。里面的一个声音突然
停了下来，哼唱到一半的曲子戛然而止，只听咣当一声，储物柜的
门飞快地关上了，我们再次敲门，回答我们的是一声诅咒，一名怒
气冲冲的沃坦②向我们迎面走来，是的，那是一个男人，他的模样像
极了我想象中的雷神和掉气很差的老板：明亮如水的眼睛，灰白的胡
子，颈部肌肉极其发达。制服的扣子扣得乱糟糟的，这个身材魁梧
的男人还在那外面套了件灰白色大褂。一见我们，他的脸色就暗淡
下来，蓬乱的眉毛皱在一起，他咒骂了我们一声，虽然我们没听懂，
但这依然让我们生出了许多预感，我和扬·罗加拉的脸火辣辣地发
烫。咒骂完我们，他轻松地转过身来，向安静地坐在一张行军床旁

---

① 维多利亚·维克多罗娜（Wiktorija Fjodorowna，1876—1936），萨克森-科堡-哥达
公国的公主，维多利亚女王的孙女，二婚时嫁给了俄国的基里尔·弗拉基米洛维
奇·罗曼诺夫亲王。
② 沃坦（Wotan），理查德·瓦格纳的歌剧《尼伯龙根的指环》里的一个角色，是日
耳曼民族传说里的战神和死神奥丁神的变体。

的两位护士做个手势，让她们去他跟前，他耳语般地与她们交流，然后用一个邀请的手势结束了他们的谈话。扬·罗加拉手里拿着黑色的帽子，他说出了来访的目的，提出了他的建议，一名护士担任翻译。我父亲展开货单，报出了几个神秘物质的名称，解释它们的效果，穿白大褂的那人一直站在窗下，起初他只是觉得好笑，到后来越来越觉得尴尬。父亲从容地提高了报价，药品越是神奇，他的解释就越接近现实，他讲得绘声绘色，眉飞色舞，他努力避免任何难堪的自吹自擂。最重要的是他没有过分强调这些药物对俄军继续前进的重要意义，这让他的话听起来更加可信，但结果却是负责药品监管的最高管理员因为感到不安再也无法忍耐了，他想看看样品，他要求做个证明，或许只是个小小的示范。

我父亲走向他的双驾马车，将几种代表性的万灵药装进一只小篮子。我等待着，嚼着一颗薄荷糖，观察到一位护士睁大眼睛、面露恐惧。俄方军医显然安排了什么计划，然后低声地命令她离开。我坐到行军床上，我的牙齿咬碎薄荷糖时的咯嘣一声吓了我一跳。穿着白大褂的高大军官用他那长着金黄色体毛的大手指敲击着窗台。

扬·罗加拉终于回来了，有些优雅地举起小篮子，放到一张折叠桌上，他把小瓶子、盒子和玻璃瓶放在一起，排成一目了然的阵形。他严格地按照单子排列药品，军医从一种药走向另一种药。军医闻了闻容器，摇一摇，拿起来对着光线，尽最大的努力表达出他的兴奋，那是一种有点过于机械的兴奋，但这一点我们觉察得太迟了。

门忽然被拉开了，两名武装士兵，拿着刺刀，阔步走向我父亲，几乎同时，他们伸出一只手按住了父亲的肩。军医脱去他的大褂，所有的兴奋顿时消失不见，转眼对我父亲就只剩下愤怒和嘲讽了，然后他站在距离我父亲大概 20 厘米的位置告诉我父亲，他被捕了，他是破坏分子，是间谍，他想以极其阴险的方式危害全军的健康，合适的惩罚只能交由参谋本部决定。交通工具，包括货物，都被没收了。他做了个示意，两名士兵带走了我父亲。

我做了什么？我跟在后面跑，由于我没有被捕，我跟在后面跑，是的，顺着走廊跑下去，一直跑到室外的大门口，那儿的士兵赶我走开。"去找亚当叔叔。"我父亲对我说，他没法再多说什么，士兵们禁止他与任何人交谈……

不，我不喝茶，现在我还想吃些您给我带来的葡萄……亲爱的，您不必每次都给我带东西……谢谢……

好吧，我跟在士兵们身后，当然保持着足够的距离，一直希望扬·罗加拉会掉过头来看我一眼，但他只是与士兵们同步走着，既震惊又麻木。他任由他们将他带进"路易森饭店"，带进参谋本部。因为坚信他们马上就会将他释放，所以我一直等在卖冰棍的女人挂着旗子的车子旁边。可是，无论是他还是士兵们都没有走出来，于是我不得不去河边，去勒克瑙河的大弯道上，去找亚当叔叔。

河水起着旋涡，潺潺流过，隔开了他的狭长庭院，他的房子远远地坐落在后面。那是一个人工打造的斜坡，上面有一座大房子，有茅草，有白墙，地板上有一层闪光的柏油。亚当叔叔独自住在里面，自言自语，情绪阴晴不定，没有人知道他是否在想念他的妻子，她在他们结婚第一年就去世了。不管什么时候去找他，我从来不走正门。每次我都蹲着身子从厨房的窗户下蹑脚走过，往接雨水的桶里扔一块石头，双脚向前，从打开的地下室窗户挤进去，然后踩着地下室的楼梯悄悄上楼，偷听出他的位置，踮着脚尖走近他，吓他一大跳，吓得他必定要连吐三口口水才肯与我打招呼。

地下室的窗户关着，突然就关上了，我不得不去正门，门是纯净的淡蓝色，门上有细致的雕刻，我连敲带擂，拿小石子砸天窗，直到我焦急地呼喊他的名字，亚当叔叔才为我打开了门。

没错，那位激动的学者，我们过去的鼹鼠……

这回他也很激动。我刚接受了他那湿乎乎的、胡乱的吻，他就闩上小门，拉着我穿过门厅，穿过那许多房间，房间里塞满了属于我们历史的证物，塞满了搜集到的和修补过的马祖里传统文献。他将我拉进他的卧室，是的，显然有一阵旋风卷过了那里，巨大的床斜放在房间里，一条条踩脚毯垃圾一样堆在踢脚板旁边，刻有凹槽的椅子被推翻了，就连那只彩绘箱子，他一直锁着的箱子，也不在老地方了，而是竖在墙角。两扇落地门从没在我面前敞开过，此刻也大开着，门的周围，他这间家乡博物馆的财物摊满了地板，地上有火石打火机、青刀铜和铁制武器、地图和版画、被不安分的手指磨薄了的硬币、古老的厨具、首饰夹、镰刀、漂白得很漂亮的动物骨架、一只装着略微烧焦了的文献的玻璃柜，所有他向别人讨来、挖掘、购买或从感伤的旅行中带回来的东西，都被纳入了他的私人博物馆。

我差点忘了我要转告的事，于是我向他讲述了发生的事情。他沉着脸点点头，似乎预料到了此事或类似的事情。"终于来了，"他说，"终于来了，孩子。"说完他自言自语了一会儿，然后决定先做最重要的，再做次要的。他下楼走进他的秘密地窖，腰身微躬，就着牲口棚灯笼的光线在那里忙活起来，我从落地门把东西递下去给他，他把那些东西摆放好。他谨慎地接过所有物品，他给它们取名，他说："喏，弯刀。"或者，"看看这个，一面老镜子"。他一边收起它们，一边继续说道："在这儿你是安全的，这可是头一回我允许你等在这儿，等一切过去。"他时不时地警告我，催我加快速度，因为我一次次中断手里的活儿，仔细听他讲话，聆听下面的动静，看着他把它们藏到安全的位置。他的声音里带点幸灾乐祸，时不时有种暗藏胜利的喜悦。显然，他相信自己摆脱了目前占有优势的对手，破坏了他们的全部计划——仅仅因为他暂时藏起了带有我们历史印记的物证，他相信它们能证明过去的一切。

您说对了，是的，这是为了让它们在可能的时候"开口说话"……总之，我们一直忙活到珍贵的财产藏满整个地窖，之后我们关上落地门，摊开掩护用的踩脚毯，将床推到上面，将箱子搬到床前。于是这些承载着我们马祖里过去的历史证物，这些"纯粹的证物"——这是亚当叔叔对它们的称呼，它们安全了，不会再遭掳掠和毁坏了。他锁上房子，将钥匙放到接雨水的桶下面，他一脸严肃，用一只胳膊箍住我的肩，于是我们出发前往参谋总部，前往"路易森饭店"。

途中，还在途中我就感觉到城里发生了变化，当我看到许多走在街上、张贴告示的小队人马的时候我就意识到了，他们两人一组，往树木和墙壁上张贴告示，上面是宣告、呼吁和警告，用的是德语和俄语。这些通告闪亮刺眼，仿佛在要求你一次次停下脚步阅读它们，亚当叔叔不放过每一张告示，他把俄方警备司令维廷霍夫要说的话读给我听。

原来不可以打信号了，无论是灯光、旗帜还是别的什么信号；他要求潜伏在勒克瑙的十四名战时后备军成员交出他们的武器；他还警告人们不要向俄方士兵提供烧酒，违者会受到惩罚；警备司令规定自己有权征用马匹和自行车；他们还规定了卢布的兑换价格；有一张告示实际上是在呼吁我们的波兰人，说人们已经被"奴役"

了一百五十年，此刻应该感到自由，对生活充满信心。

亚当叔叔痛苦地将内容读给我听，他似乎也预见到了这些："哎呀呀，现在都到这地步了，现在他们都教训起我们来了。"可是再多的痛苦也不妨碍他撕下这些告示，他把它们藏到衬衫下，他准备把这些收藏进他的家乡博物馆。

他会讲流利的波兰语和一点俄语，参谋本部前的哨兵放我们过去了，我和亚当叔叔头一回从内部见到了"路易森饭店"。这座勒克瑙最豪华最昂贵的酒店是为途经此地的较高级官员准备的，也是为粮商和锯木厂老板们准备的，甚至曾经有位皇帝也差点在这里过夜。亲爱的，您可以想象，眼前的一切多么矛盾：红地毯和军靴；笨重的沙发椅、沙发和总司令部的地图、文件箱；大钢琴和琴架上的战地电话机；巨大的浴缸和系着旗帜的哥萨克长矛；宁静的暮色和耳畔乱哄哄的命令。

我们站在大厅中央，樱桃木门的后面有一群人，他们在思考着新的号令和规定，信使们消失在门后，传令兵推搡着往前走，所有人都在制定将勒克瑙变成可靠财富的计划。

一位哨兵主动同我们说话，亚当叔叔要求，而且是以市民的名义要求，立即与警备司令维廷霍夫谈话，他说他有急事，事关占领军的蛮横行径。这些话听在哨兵耳里就像水滴从鹅身上滴落，他不为所动地鞠躬，指示我们走楼梯上去，去名叫"约翰尼斯堡"的房间——"路易森饭店"的房间没有编号，都是用地名来给房间命名的。

是的，虽然您很难相信此事。哨兵留下我们与警备司令单独待着，司令是个看起来无可指摘的男人，一副心灰意冷的模样。相对于他的年龄，他的军阶要低得多。他坐在一张绿色沙发里，我们站着向他讲述我们的苦恼，他不无兴趣地听着，一边玩着用绳子放下来的百叶窗。

于是亚当叔叔要求立即释放扬·罗加拉，他还陈述了他提出这样要求的理由。他的意思是，这样做不仅仅是为了维护他的权利，他也希望警备司令慷慨大度一些，他让警备司令考虑一下，只要做这么一件简单的事情就能赢得民心。"请您释放这位幻想家，因为扬·罗加拉他不是破坏分子，他只是个成功的幻想家，这么做会让您得到我们许多人的支持的。"警备司令站起身，替自己点上一支烟，打了个手势，可以看得出他内心的纠结⋯⋯

不，不，不是这样的，并不是要做榜样，警备司令更多是在执行总司令部的命令，因为德军在卡利什①丝毫不讲公正。沙皇和沙皇的叔叔下令在被占领的城镇里征收占领税，是的，在勒克瑙也征收，在二十四小时内需要筹集 3 万卢布。为了让市民们足够严肃地对待这一要求，他们抓了一些市民关在了警备司令部，比如市长利希科尔和警察下士米莱夫斯基、林区主任布拉斯克、锯木厂的海达克、监狱长康尼的父亲、市出纳员图赫林斯基，最后还有我父亲扬·罗加拉，既然他们已经抓到他了。就像前面说的，勒克瑙总共有二十四小时的时间来赎回它的市民。

老司令耸耸肩，他似乎不同意这道命令，他不得不拒绝我们同扬·罗加拉讲话的愿望，这让他感到抱歉。他拉起百叶窗，邀请我们走到窗前他的身旁，他低头俯视集市，在那里，我们的市民挤在最新张贴的公告前，你推我我推你，他们可能是在惊愕地提醒对方注意占领税的额度。他们肯定在互相提醒对方注意，如果不能按期

---

① 卡利什（Kalisch），波兰地名，位于大波兰省。

筹齐这笔钱，会面临什么后果。我感觉他们非常沮丧地四散开来，然后步伐越来越快地往家里赶去，他们的脑子里大概在琢磨着数字和其他必要的事情。

告别，您该经历一下这场告别的。在警察司令抹拭松弛的眼袋时，亚当叔叔走向房间中央，挺直腰身，他迟疑了一下，突然说道："现在您有机会认识勒克瑙了。"我们轻轻鞠个躬就出来了，心不在焉地从哨兵旁边走过，经过了大门口的哨所……

亲爱的马丁·韦特，我无法证明这些。要求的赎金对于勒克瑙绝非小数目，因为被占领前夕，凭着对危险的可靠直觉，是的，这些机构一再证明了它们具有这种直觉，我的意思是城里的主要银行和市储蓄所在战争爆发前就将它们的钱藏去了安全的地点。勒克瑙的人知道这一点，他们大概也预感到了，他们必须从藏钱的地方取出要求的数目，是的，从秘密的藏钱地。没错，因此亚当叔叔相信，必须警告他所认识的每个人，告诉他们必须慷慨解囊。他表现得好像他感觉自己有责任来负责赎金的筹措似的，他买了些线格纸，按顺序编上号码，画上一根分隔线，线的左边是名字，右边可以清楚地看出是记录的数目。他这么做不是出于迂腐，也不是想要向上汇报，只是因为他坚信必须给捐款的人树立必要的榜样。"困厄，"他说道，"令人慷慨。"

接着我们就动身去为勒克瑙筹措赎金了。如果要赎回人质，我们必须筹集 3 万卢布，在当时这相当于 7 万马克。我们见门就敲，我们跑遍私宅、商店、工场和小酒店，我们连神甫室也没有漏掉。我们从医院里叫出磨坊主，将单子递进机动艇交给渔夫，我还记得亚当叔叔一点儿都不害怕，他甚至让人在监狱里传阅这个名单。顺便说一下，事情很成功，募捐的消息先于我们自己传了出去，有些人只嫌不能更快地表现他们的爱国之情，他们主动迎上我们，或者在家门外等我们，准备捐款。另一些人将我们带进他们的家里，拿出贵重的物品来代替金钱，然后请我们给那些东西估价，有戒指、表和银餐具。有时候也会发生这样的事，比如我们一走近，钥匙就在锁里咯嗒一声断掉了。或者人家放我们进去，却只为了眨巴着眼睛发个誓言。

只有做中期结算时我们才休息了一下。我们坐在一个码头上，在绿地的长椅上，我们将名单搁在膝盖上，铅笔在名单上移动，可那些数字增长得很慢，反反复复算了三遍也消弭不了我们心中的失望。当枯燥、繁忙的一天结束时，勒克瑙人总共才捐了1.6万卢布。因此，我们别无他法，只能在暮色中施以警告，强行讨取捐款。事实证明，有些拜访简直就是错误，比如市长的一位全城皆知的敌手捐出了他整整一个月的收入来赎回被关押的人，而我的祖父，他可是有个儿子要赎出来啊，可他只是耸耸肩，捐出了他从随身携带的干瘪钱包里找到的零钱，里面的铜币多于银币。

是啊，去农场上看看，这本身就是一种体验。当我们在傍晚时分相对而坐的时候，我的祖父把霰弹枪搁在大腿上，眼睛没有看着我们，而是一直望着窗户和窗后的果园。他在回答的时候也不看我们，他冲着窗玻璃讲话，冲着我们的身旁讲话。这样一来，漫不经心或事不关己的感觉就更加强烈了。

亚当叔叔将捐款名单放在桌上，值得炫耀的数目写在上面，但我祖父不理不睬。亚当叔叔开始为他阅读名单，读得有声有色，他的每一处停顿都经过了深思熟虑。阿尔方斯·罗加拉则摆出那样一副神态，好像他是在被迫聆听一篇外语文章似的。他怎么能坐得住啊！他是怎么做到的，能够这么随意就撇开了这些他不喜欢的事情，把它们全都抛到脑后！后来，在叔叔坚持念诵名单的刺激下，他终于掏出他的钱包，将硬币下雨似的抖落在桌上，就好像他想让我们意识到，我们勒索了他似的。他敏捷地截住两枚滚走的银币，打着厌烦的手势把剩余的钱币交由我们支配："好了，自己拿吧，你们这两个贪婪的家伙。"

亚当叔叔没有收起那些钱，只是将它们拨到自己身边，清点数目。然后他难以置信地直起身来，是的，他愤怒地，不敢相信地，将硬币扔回我祖父脚前。我正在观察所有那些滚走的硬币，霰弹枪的枪管突然就在我们头顶举了起来。我们弯下身子，将脸贴在桌板上，我尽力从眼角观察我祖父，看到他坐在那里，持枪瞄准，他在瞄准一个缓缓移动的目标，一边轻扭着臀部。

他越过我们的头顶射击了，是的，子弹穿过窗户，爆炸的冲力让我的腮帮子一阵疼痛，火光照花了眼睛。他只走近了窗户一小会儿，当我们站起来时，他又转身离开了，一句话没讲，边装子弹边离开了房间，在我们面前穿过走廊，毫不紧张地穿过门厅，走向通往花园的门。我们看到他站在梨树下，他拨开灌木丛，一边听着，一边用枪托敲打着丁香树篱笆寻找蛛丝马迹，他在回想着弹道和对方的逃跑线路，这一切只因为他无法接受没能射中目标的事实。"一个俄国人吗？"亚当叔叔问道，"你教训了一个俄国人？"而我的祖父，越过黑麦地四处张望着："有人想在此伸张正义，为了做到这一点，他尾随你，威胁你，甚至告诉你现在是解决旧账的时候。在我看来，什么都可以清算，用枪。"

亚当叔叔放弃了继续追问，我也小心翼翼地避免说出我知道的事情。我焦急地想着欧根·劳伦茨，此刻我正和他一起经受着折磨，我在脑海里祈祷他静静地躺在地里千万别动，对，不要引起麦秸的骚动，他似乎理解了我，医为麦秸并没有突然摇晃起来。当我们在弯曲的公园长椅上坐下时，当然我们这样做不是要等欧根·劳伦茨。我们坐下来，因为在西方，在迪帕尔湖、阿雷西城的方向，地平线上开始着火了，那里正在表演一场大型的灯光魔术。

在滩涂后面，在黑洞洞的国家林场后面，那里仿佛在电闪雷鸣，或红或黄的火焰像震颤的闪电，向天空喷着火雨，雨点落下，仿佛一个个小太阳。火苗筑成了墙壁，白色的星星跃过了墙壁的上方，紧接着跳动起来，然后炸裂。天空在摇晃，远方的地平线处正在遭受着猛烈的炮击，爆炸声四面响起，大地摇摇晃晃，地面都被削薄了。我们在低沉的隆隆声里坐了很久，坐在喧嚣声中，感觉长椅也在震动，热浪从我们头顶飘过去，但这可能是一种假象。反正在充分感受了火球和热浪对我们造成的影响后，我祖父说道："哎呀呀，天哪，偏偏在收割的时候，好像其他季节就不能打仗似的。可我们的队伍会成功的，他们有优势，因为他们是在为自己的家乡而战，是的，为家乡……"

您说什么？一个糟糕的词？一个病态的词？……伯恩哈德也这么说，我儿子伯恩哈德，他理解不了这个词，它对他毫无意义，对他本人毫无意义，当别人说起它时，他只能从中感受到灾祸和罪恶……

我理解，亲爱的，我理解您。您想像伯恩哈德一样，把某种傲慢的狭隘主义归咎于自己的家乡。你想把对外国人的仇恨归罪于它，归咎于狭隘自负的定居生活。您想把它理解为一种神圣的禁锢，在这种禁锢中，人们必定无法逃脱自己做出的选择，然后拿一块刨平的木板挡住脑袋。

我知道，我知道的。家乡，那是个凝视自己的地方，是心灵开始沉静思考的地方，在那里，朦胧的情感或许可以取代语言的力量……

亲爱的马丁·韦特，为了不让您误解我，我承认，这个词已经落入俗套，它被误用了，被误用得那么严重，以至于今天的人们几乎无法毫无风险地说出它。我也承认，在水泥打造的风景里，在混凝土的贮仓里，在预制件建成的冰冷窠窝里，它是没有价值的，所有这些都是可以承认的。可是，既然已经这样了，又有什么理由来反对，反对将这个词从它的负担中解放出来？为什么不把它的完整性还给它呢？

我这话什么意思？我猜您在微笑，但我要迎着您的微笑说的是：家乡，对我来说，这不仅是死者安睡的地方，也是各种各样的安全感的角落，那是一个让人得到保护的地方，在语言里，在感情里，是的，哪怕是在沉默中也能得到保护，在那里人们能够找到认同感，恐怕人人都想有一天会这样吧，所有人都渴望被重新认出来，它意味着被接纳……

可我感觉您有不同的看法……

什么事？您得讲大点声！

小广告？原来在您眼里，家乡由本地副刊里的小广告组成？还由什么组成？

不，不，您别侮辱我……

我理解，一桩趣事，一桩夸大其词的、自鸣得意的趣事……您知道，这并不让我感到意外，因为这一切我都听说过，早早地就听康尼·卡拉施说过，都听厌烦了，他一直想向我证明，家乡是最舒适的地方，那里有着盲目的统治，那是一种最自负的盲目……

可我想给您讲什么来着？战争，对，战争的位置突然移动起来了，它向勒克瑙滚来。可还没等我们计算出它什么时候会到达我们这儿，它又折而向南向东云了，这不仅让我们，也让占领军们不知所措。四月的一场战争，根本没法相信有关前线确切进展的消息，敌我双方互相咬住不放，转眼又分开，大家犹豫不决，不停地更换阵地。刚刚还在大费周折地向一位对手进行试射，转眼他又出现在背后了。反正司令官不再相信什么前线消息，一天早晨，他只留下一个空荡荡的"路易森饭店"，所有的财物都不见了，连人质都被他们带走了。

您可以想象到，我忙得不可开交。我必须搜集子弹壳、榴弹碎片和制服纽扣，最主要的是我在忙着丰富我的私人公墓，在施洛斯山上，在七棵松树下。

我经常跑出去，几乎不再理睬野战炮的隆隆声，也不再循着闪烁的步枪火力行走，我从刺柏下的藏放处取出我的铲子，悄悄潜去施洛斯山的山顶。我先是跪着比较我们用砾石围起的公墓，它们紧挨在一起，大小相同，但康尼的公墓里插的桩子更多，桩子上挂着硬纸板、小卡牌，上面的内容说明了这里埋葬的是谁、是什么：鸽子、青蛙、蜗牛、猫。我们使用同一支铅笔，从同一只纸箱上剪下小小的硬纸牌。我们将纸箱保存在洞窟里，在峡谷附近。我们约定，对我们埋葬的所有东西，既不说明发现地点也不说明它们的死亡方式，只用方体字母标明种类。

我一眼就看出来，康尼，他又一次超过我了，一块较大的硬纸牌上的内容让我知道，有一只凤头鹛鹛被埋在了地下，那是一种长着尖喙、身躯细长、呈流线型的鸟儿。我只将细沙刨了一指深就刨到了黑色的骷髅，找到了珍珠灰的脖子，看见了光束形的羽冠。一只凤头鹛鹛是我没法比的，就连我从农场拖过来埋葬的死掉的雄火鸡鸡仔，都不及凤头鹏鹏这么有价值。

我用沙子盖上鸟尸，躺下来，将下巴搁在交叉环抱的胳膊上，山下的平原上沼泽在沸腾，一阵暖风从我头顶的松树间吹过，我阅读硬纸牌上的文字，比较着死去的东西。我只有一次超过了康尼，那是在埃拉——我们的龙纹蝰蛇死去的时候。但我的领先没有持续多久，因为康尼借助一只死鼬超越了我，那只鼬是被马蹄踩死的，是的，被一名哥萨克巡逻兵的马蹄。

如果我可以这么说的话，您知道什么得分最少吗？猫。我们到处都能发现猫，淹死的，打死的，被铅弹射死的。鸟儿的得分要高得多，就连老鼠都会让比分跳跃性增长，更别说鸡貂或小松鼠了。所有东西都有得分，鱼鹰的得分与短毛猎獾狗一样，鼹鼠的得分不比彩色啄木鸟低，得到这些动物的尸体就等于赢得比分了，不管我们是否已经成功地将评分用的标本埋在了施洛斯山的沙土下面。

最高得分吗？我们将它判给了黑鹳，它们在鞑靼湖畔孵蛋，它们也是受到保护的物种。

不管怎样，我躺在施洛斯山上，统计分数。在泽尔门特湖上方，不是很高的地方，盘旋着唯一的一架飞机，我能看清两位飞行员的轮廓，但认不出国徽。估计他们是在观察湖对岸行进的队伍，或是在观察让国家森林浓烟滚滚的榴弹炮的效果。从峡谷底部，伴随着生硬的响声，一只松鸦警告似的向我飞来，大概是想落到一棵松树上去，发现我之后，它又摇摇晃晃地飞走了。我匍匐着去往施洛斯山险峻的石壁，我不怀疑，在下面的峡谷里，在乱蓬蓬的绿色丛中，在所有被折断、砍断的树木之间，我会发现康尼。可惊扰了松鸦的不是他。

在横七竖八地倒伏的树木的掩护下，好几个士兵坐在低矮的云杉之间。他们围坐成一小圈，在吃东西，他们无精打采，勉强坚持着，好像是在吃硬面包。只有我和飞行员能看见他们的藏身处。在那下面他们感觉自己很安全，五名俄国兵，卷起的被子斜背在肩上，捆起的行李卷摆在身前的地面上。

有个人没有坐着，那是个大胖子，制服上装的纽扣系得一丝不苟，腰挎军刀，胸前挂着望远镜。我从两块肩章上认出他是军官。士兵们多次想将自己的面包递给他，满怀敬意，但军官要么摆摆手拒绝，要么穿过低矮的云杉走出藏身处，出神地端详爆裂的、扭曲离奇的树木。

每当他离开他们一会儿，就有一名士兵悄悄尾随在他身后，显然是在担心，只为确保他不会出事。当飞机拐了一个较大的弯回来，将影子投射在施洛斯山上时，他们围住了他，好像他们必须保护他似的。这些士兵，他们没有武器，没有枪支。他们在逃跑。

我迟疑不决，趴在那里，考虑我是否应该跑去农场还是跑去阿雷西公路，我们的战地后备军正从公路上返回勒克瑙。一方面我想报告我的发现，另一方面我想监视外国兵，吃完后他们在杉树下面躺下了，除了军官。他吸着烟，靠到一棵斜吊着的树干上，倒出他地图袋里的东西，他阅读着，每读完一页就毫不例外地撕掉，然后他拔出自己的大口径手枪，举起，一秒钟也没犹豫，射向自己的头颅。他匆匆地开枪了，枪响之后他膝盖一软倒了下去，身体歪向一侧，转身，转身时跌倒在了森林的地面上……

不，亲爱的，我没吓坏，我也没有跑开。没等士兵们跳起身，扑向他，向他俯下身去，我就已经做好了决定，一个闪电般迅速形成的决定，形成于他死亡的瞬间——我要埋葬这位俄国军官。我要将他运上施洛斯山，虽然具体怎么做我还没想好，我要给他挖座墓，在沙里插根桩子，系一块硬纸牌，牌子就只写：俄军上尉，或少校甚至上校，其他什么都不写。那么在这之后，等康尼张口结舌地见到这个卡牌之后，他应该自己决定这里埋的东西可以打多少分。就算他在这里的沙土里埋葬整整一个黑鹳家族，比起我所埋葬的，他还是落后了，这一点我非常肯定。

可士兵们暂时还蹲在死去的军官周围，他们触摸他，轻轻拭净他脸上的泥土和苔藓，在他的身体上方断断续续地说着什么。看起来他们出现了分歧，他们很沮丧。一位大胡子士兵在亲吻军官的额头，然后他们将已经属于我的死去的军官抬进了他们的藏身地。我预料他们要将他埋在低矮的云杉之间，决定等他们一离开，就将军官的尸体挖出来。可是他们没有埋葬他，没有，他们在死者上方将手握在一起，相互承诺着什么，强调着什么，之后他们砍了两棵胳膊粗的云杉。他们拿军刀砍掉树枝，强行从树干上砍掉树枝，他们将树干搁在地上，将帐篷帆布割成一条条的，然后他们将那些布条绷紧、编织、打成结，就这样他们做成了一只担架。他们把军官移上担架，把担架抬了起来，但只是先试一试。布条虽然在往下沉，但足够结实，树段足够长，可以搁在肩上，在确认了这些之后他们又将担架放下了。他们中的一位，那位大胡子兵，像是自动接过了指挥权。其他人都听他的，看他的手势行事，当他警告他们该出发了时，没人反驳。他们背起自己的行李，抬起担架，从云杉之间钻过，很快就出现在沼泽边缘，在亚当叔叔挖的平台旁边……

没错，我也对自己这么说过。他们曾经多么热爱这位军官啊，至少他们尊敬他，愿意将他抬走，显然不是抬去一座风景幽美的公墓，而是要一直抬到边境，抬回家。五名士兵，他们等不及天黑，大白天就抬着他们的担子出发了，没有掩护，走在所有敌人的视野范围里。如前所说，他们踉跄地沿着沼泽边缘行走，大胡子兵走在前头，提醒抬担架的注意泽坑，注意腐烂的树墩和冒着气泡的淤泥塘，地面坎坷不平，军官的尸体在担架上晃动，胳膊下垂，伴随着脚步的节奏摆动。我看出来，他们想横穿沼泽，抵达泽尔门特湖，然后将自己托付给山林，那是博雷克山脉的一条支脉，从这里到湖泊，山坡上生长的白杨和桤树多于冷杉和松树。我还没有放弃我的计划，因此我借助着灌木丛的掩护尾随着他们，借着尖利的荒草的掩护。由于他们是直着身子行走，在闪烁的荒野中老远就能认出来，我不必跟得太近。远远望去，他们的队伍显得多么庄严啊！

他们在泥炭池附近停下来，大胡子兵在找桥，但他只发现两根弯曲的树干，那是一座晃晃悠悠的桥，是的，他们若想抵达湖岸，就必须从上面过去。我还记得，当他们中的两位抬着担架在颤抖的桥面上努力保持平衡时，飞机迎着阳光出现，掉头向他们飞来。那是一只轻盈的、多条腿的飞行蜘蛛，它的影子在湖面和芦苇荡移动，距离泥炭池越近，它好象就越长越大。当它飞过他们头顶时，一名抬尸兵失去平衡，跌倒了，他也将倾斜的担架和后面的人一起拖倒了，溅起的水花闪着金褐色的光泽。飞机在施洛斯山上方拐弯，又悬浮在了泽尔门特湖上空。

这下好了，我想，这下死去的军官终于属于我了，但我搞错了。抬尸兵钻出水面，划着水游向树干，他们只是解下了身上的行李，在打捞出担架之后，他们又不停地下潜，直到在水下找到死者。他们用胳膊托住死者，将他运上岸。

他们倒去他靴子里的水，擦干他的脸，用手指将他的头发向后梳，然后重新搬上担架，继续前行，沿着芦苇地带，朝向博雷克山脉，依然是胡子兵在前面带路。他们一次都没有回头西望，那里的森林开始燃烧。他们钻进博雷克山脉，钻进它的清凉里、它的昏暗里，他们与弯弯曲曲的道路保持平行，总是只确保前方的安全。但我尾随时没有掉以轻心，我从一丛灌木跳向下一丛，从一棵树跳向另一棵，充分利用每一个掩护。密密麻麻的蓝莓树挡住了他们，他们的脚被缠进枯死的枝干，他们越来越频繁地将担架从一个肩换到另一个肩。当他们抵达法国人山丘时，他们放下担架，自己钻进了草丛，只有一名很年轻的士兵例外。他留在担架旁，低头凝视死去的军官很久，然后转向其他人，提出一个解释或建议。我估计他在建议他们将死者就地掩埋，就埋在这山丘脚下。一阵争执后他也钻进了草里，显然是失败了。

您熟悉这种感觉吗，您感觉有人在观察自己，却不知道这感觉从何而来？皮肤在起反应，脉搏加快，您呼吸不均，您张望、倾听，但都是徒劳，您只知道您的不安是有理由的。总之，在搞清楚谁在盯着我，搞清楚他人身在何处之前，我就知道自己被人发现了，这一切都源自掠过皮肤的战栗，还有那逐渐增加的压迫感和一种突如其来的不适。我花了很长时间才找出观察我的人，因为康尼爬上了一棵高大古老的冷杉树，贴在树干上，他爬上了我们用来观察的冷杉树，是的，从那棵树一直能望到小格拉耶沃，越过勒克瑙湖，直到监狱。他的手势明确无误，他指指自己，再指指我，最后指指堆放在通往小格拉耶沃的道路两侧的木柴。于是我后退着离开藏身地，绕过法国人山丘，蹑手蹑脚地前往劈开的木柴堆，蹲在那里等他。

他来没来？虽然他必须先从冷杉树上爬下来，不知不觉地经过休息的士兵们身旁，然后才能到这里，但是我没有等太久。康尼拉着我在森林的地面蹲下来，他自以为他知道我为什么尾随这些士兵。

他决定不告发他们，谁都不许告发他们，我也不许告发。"他们没有武器，他们是在回家，带着他们死去的军官回家，"他威胁我，"你要是告发他们，有你好瞧的。"

像习惯的那样，他担任指挥，他要求我陪他，我们下山前往小格拉耶沃的茅舍，茅舍的屋顶上长着小白桦树，布满了青苔。我没有向他透露我的计划，我任由他认为我尾随士兵，只为一有机会就去向一支战时后备军巡逻队告发他们。在茅舍那儿我还在想着死去的军官，想着他属于我，我要将他埋葬，埋在施洛斯山上的七棵松树下面。

小格拉耶沃似乎被遗弃了。井边没有水桶，没有人劈柴，涂抹了沥青的小船与往日不同，没有光脚的孩子们在船里摇晃，一切都是无人问津的样子。灯芯草之间的鹅群；两只小猪拱出一棵松树的根啃食着；系在柱子上的一只只渔箱似乎也被放弃了，箱子里拥挤着丁鲹、鳗鱼和多刺的鲫鱼。康尼喊叫着，没人回应。

您说什么？不，不是藏起来，我们不想让俄国兵在小格拉耶沃一直藏到天黑。康尼希望在波兰林业工人当中找到一名向导，让他将逃跑的士兵及其死者一直带到鞑靼湖，也许可以把他们一直带到延伸至边境的森林边缘。康尼敲敲茅屋，他的神秘朋友约翰尼斯·豪泽曾经住在里面，因为没人回答，他直接推开门，我们吓了一跳，谁见到那意外的画面都会吓一跳的。屋子里空气污浊，他们在里面做饭、睡觉，约翰尼斯·豪泽的孩子们、祖父母还有妻子坐在屋子里，身着他们做礼拜时穿的服装。他们坐在那儿，安静顺从，身前和身旁摆满收拾好的包裹和纸箱，他们在屈从地待命，对我们的到来都没觉得有多奇怪。

看得出来他们已经这样坐着等了很久了，这样呆滞，这样镇定，准备忍受战争强加于他们的一切。康尼只同安娜握了下手。安娜，我认识的她总是打着赤脚，开开心心，衣服脏兮兮的。此刻她穿着过膝的长袜和白鞋，脖子上戴着根琥珀项圈。然后康尼转头看向她的哥哥和祖父："是这么回事，有几个被打散的俄国兵，没有武器，抬着他们已经死了的军官，他们想去边境，需要一名向导，眼下他们躺在法国人山丘下休息。"没人愿意带路。

我感觉，康尼强烈要求他们为士兵们带路，这让他们害怕起来。他们拿起行李，紧紧抱住，他们在小板凳上更近地挪到一起，好像这样就更容易拒绝他的请求了。

他不放弃。他将我拉出去，指指另一间茅舍，我们又发现那里面聚集着孩子很多的家庭，古特克尔希一家、尼德穆勒一家和普劳泽汪一家。他们全都穿着他们的礼拜服装，心甘情愿地，全都做好了会被战争绑架的心理准备。康尼信誓旦旦地力劝他们，但没有人听他讲。我们四处遭遇无声的拒绝。我看见了，我们一走出他们的茅舍，他们就如释重负了。我们走去他们的水泵，我们汲水，将我们的嘴唇伸进冷水水柱里。在水泵这儿康尼突然说道："好吧，既然没人愿意，那就我来，那我就带他们去鞑靼湖。"

您必须想象一下，在那个时代，对于他这样的一个少年，这意味着什么。他要负责将那些溃散的敌兵领回去，走只有他认识的路，从众多的哨所之间穿过去。他之所以接受这个任务，只因他找不到其他人，估计他都不能为他所做的事找出理由来。尽管他也很愿意我陪他，但他没有坚持。他独自返回法国人山丘，仔细观察了士兵们很长时间，才向他们走过去，主动提议给他们做向导。

已死的军官大大妨碍了他们逃跑。如果康尼足够坚决地反对，比如指出一路上满是沼泽，他们很可能就会留下尸体。但他马上认识到了死者对他们有多重要，为此他同意由抬担架的人决定逃跑速度。我躲在木堆的掩护下看着他们艰难地出发。我没法说出来，我愿意付出任何代价来陪伴他们。

亲爱的，您别以为此时我已经放弃了我的计划——把军官的尸体埋在我的私人公墓里。埋葬一个人体的位置，虽然有点粗略，但已经量好了，硬纸牌已经剪好系在桩子上了，我只需要一位阵亡者，可能的话要有较高的军阶，一个罕见的军种，只因为这会带给我更多得分。

我决心要超过康尼和他已经埋在地下的一切，先从繁茂的荨麻里解救出一辆旧的木质手拉车，在铁匠的帮助下校准了车辕和轮辋，给车毂涂了润滑油，然后我慢吞吞地走起来，沿着尘土飞扬的公路，那些因干旱而龟裂的道路——如果可以这么说的话，这些路指向战场的方向。伤员们，您知道的，伤得较轻的人们告诉我，那里刚刚发生过那么一场短暂激烈的交火，它们加起来就构成了这场马祖里争夺战。我顺着他们伸出的胳膊，找到的大多是位于山巅的、具有装饰作用的小树林，只有冲锋才能占领它们。我走到铁路的跨道上，或是走进制砖厂，令人吃惊的是这些地方常被选为交火地点。那里有多少可以用车运走的东西啊！子弹袋、被子、刺刀、损坏的野战电话，每个人都期望得到它们。还有军队留下的厨房、团部的住宿帐篷、曲射火炮、移动式面包烘焙房，甚至满载阅兵制服的车辆和驮着装有银餐具的马鞍袋的马匹也乱停在四周。只是找不见阵亡人员，他们都被埋掉了，埋在圆形的山顶上，埋在桦树下，埋在空旷的田野上。我从灌木丛里拖出我的小车，运走我偶然得到的战利品，从马蹄铁到硬面包片。

然而，当我几乎不指望打败康尼的成绩时，在一个勒克瑙秋天的下午，一架飞机冒险飞过我们的小镇，这是一架轻型俄军飞机，它与湖岸平行飞过，显然打算飞越大桥。我们，我和西蒙·加科，站在堤坝上，在农场下方，我们兴奋地看着飞机越来越低，从桥面的路灯柱子间穿过，在湖泊上空折返，爬升着返航。这是一架仅用胶合板、胶水和几根铁丝制成的飞机，发动机友善地嗡嗡响着驱动一只浅棕色的木制螺旋桨。飞机从监狱旁飞过，将它的影子投在勒克瑙湖上，投下一个很容易识别的、有翅翼的影子，然后它掉头，第二次飞近桥面。这下它开火了，先是零零散散、干巴巴地开火，就像干柴着火了一样，但随着滑翔时间的持续，火力渐大，逐渐变成了由狂暴的小爆炸组成的飓风。人们可以认为不仅是卡宾枪和机枪，还有勒克瑙湖的所有芦苇都加入了这场有奖射击。子弹从轻型飞机上锯过，它们切断了一块机翼，从机身上撕下了几块木头，帆布被撕成了碎片，但飞机只在方向盘脱离机身时才旋转着冲下来，一梭梭子弹连续射中螺旋桨，一下子就把它射断了，飞机只剩下一个机翼，它翻滚，摔碎在水面。

大型的灯光设备，就像您所能想象到的。一切就像一场闻所未闻的水上游戏，泡沫和水花晶莹剔透，水花溅起，有大树那么高，泡沫仿佛水银，漂浮在沉没的残骸上方。飞机的机身，看着它漂浮、晃动的样子，我不禁想起一个巨大的浮标，对，系在钓竿上的巨大浮子。飞行员的座位上是空的。

由于我的木筏只载得动我，我不得不将西蒙·加科留在我们的码头上。那是一条速度很快的木筏，它用一个鸡舍的门制成，门下方用皮带绑了几只铁皮桶，船桨是用很宽的双层胶合板粘贴在一起做成的。一艘艘船只从租船商的跳板、划船俱乐部的房屋、捕鱼高手的木跳板出发，赶往坠落地点去打捞飞行员或残骸，残骸还在水里漂浮着，不像浮子一样向上倾斜，它们是平躺着漂在水面上的。

我是最先赶到现场的。我缓慢又开心地划着我的筏子，绕着残骸转了一圈。没什么好打捞、抢救或运去一旁的东西，我只捞出了几块机身外壳的碎片，我想把它们晒干，然后作为生日礼物送给亚当叔叔，这些可以给他的家乡博物馆做素材。在帮助小船上的人拿一根麻绳缠绕住残骸之后，我将木筏划进了灯芯草丛，任其漂流，左右摇晃。我看着他们，在鼓励的呼喊声和短促的划桨声中，他们拖着缓缓下沉的残骸。

不，马丁，他们成功了，他们将残骸拖进了浅水滩。

但是，现在请您想象一下这样的画面：阳光反射在摇曳的灯芯草丛中，木筏下方水声咕噜，潺潺不绝。忽然，一只海豹状的圆形头颅钻出水面，带着典型的双目圆睁的吃惊表情，它就这样从没有危险的勒克瑙湖里浮了起来。是的，我不得不相信那是一只海豹，因为在此之前我从未见过飞行员，他穿着连体飞行服，戴着扣紧的飞行帽和让我觉得非常陌生的飞行眼镜。小小的水浪无法将他软绵绵的身体冲上陆地。我将他系在我的筏子上，拖着他穿过灯芯草丛，然后把他拖进了芦苇荡。我滑下水，将死去的飞行员一直拖到倒伏在地的桤树旁边，我几乎一直把他拖到岸边。我毫不怀疑他是属于我的，他的身体将占据我已经测量好的位置。

他的个人证件？他的身份牌？好吧，我对它们不感兴趣。在证实了他身上没有携带武器之后，我将证件、信件甚至钱都塞回他的口袋里，一只装有指甲钳和剪子的轻便盒子也给他留了下来。不是白天，我要在傍晚将他运去施洛斯山，用我的手拉车运送，我会用碎布包缠住轮辋。您可以想想这是为什么，您可以想想我是多么及时地悄悄溜过农场的铁匠铺，溜进那些已经生锈的无用的杂物中央，钻进堆积的老旧的铁、犁和轮胎之间，然后开始等待。我的目光一直盯着手拉车。奇怪，我那么紧张，可竟然睡着了，也许正是激动的心情让我变得如此疲累，也或许是铁匠铺里传出的均匀的锤击声以及像烧焦东西一样的兽角气味儿让我昏昏欲睡，反正我做梦了，我梦到我的祖父让我自由地挑选农场上最有价值的东西，并认定它是我的个人财产。

您不必紧张，亲爱的，对我来说，农场上最贵重的物品是我祖父的一件马甲，是他让人用他的第一只猎犬，用霍戈的皮缝制的。为什么？因为人们都说，谁拥有这件马甲，就可以及时识别出种种危险。因为即使是被水泡过了，一旦有什么令人不快的东西接近，皮上的毛还是会竖起来。

可是，我想说什么来着？对，我被附近的一声清脆的响声吵醒了，那是一种铁器相互碰撞的声音。一个人正穿过齐臀高的蓟草，从我藏身的地方逃向谷仓，他的身体紧贴着木壁，他被钉住了似的站在那里，是欧根·劳伦茨。我扶着铁器站起来，朝着他吹口哨，可我吹得太早了，因为当他望向我时，阿尔方斯·罗加拉已经从铁匠铺和谷仓之间走了出来，他只穿着马裤和硬邦邦的麻布衬衫，一根绳子充当腰带，腰部挎着猎枪。如果他立即发现了我的祖父，兴许就可以逃走了，可是，在他望向我再重新望向我祖父时，他大概觉得已经太迟了，他只是举起双手，让它们像弓一样贴着谷仓壁移动，他眯眼盯着那个雇用了他的男人，对方正一瘸一拐、步子缓慢地向他走来。我在等待着枪声，可祖父在手拉车旁停了下来，他轻蔑地笑笑，并不着急。我完全可以理解欧根·劳伦茨，他突然垂下双手，挺挺胸说道："动手吧，可以了结了。"

在缓步走近他的时候，在那不长的几米距离里，我的祖父似乎修改了他的决定，他似乎冒出了一个新的想法。他绕过了我的小车，敲敲横木，同时眼睛一直打着欧根·劳伦茨，他占有似的将一只脚搁上小小的载物台。"为什么不呢？"他说道，看起来更像是在自言自语，而不是在同一个受了恫吓的人说话，"你为什么不要求公正呢？在我这儿每个该死的家伙都会觉得厌烦。哎呀，为什么你不觉得自己也该得到公正的对待呢……"

您说什么？

不，亲爱的，相反，我祖父坐上手拉车，招手让欧根·劳伦茨走近，命令他拿起车柄，以防万一地用猎枪的枪管捅捅他的背，吁了两声后，他们摇摇晃晃地走了起来。

没了手拉车我就无法将飞行员的尸体运去施洛斯山，于是我推迟了计划。我钻出了藏身的地方，我把我的小棍子抡得呼呼响，在荨麻间抽打出了一条小路。我尾随这辆辘辘作响的手拉车，它在农场上方拐弯，一颠一颠地驶向土路，然后又费劲儿地沿着土路向下，手拉车咯吱咯吱地响着，欧根·劳伦茨咬牙切齿，他忍着怒火拉着车。车子从农场外围绕过，然后驶向主路，在那儿欧根·劳伦茨终于可以大口喘气了。小车下滑到堤坝上，吱嘎吱嘎地在片石嶙峋的堤面上颠簸。没有叫喊声，整个行驶途中我都没有听到叫喊声，我始终认为这是个证据，这证明欧根·劳伦茨知道，他知道他要把自己，而不是我的祖父送到哪里去，他心里藏着那么多关于湖泊的故事，这个倒霉的人。

他一次都没有向他的乘客转过身去，这恐怕是他向对方表明他的蔑视的唯一方式，虽然枪管在背后指着他。他不转身，似乎在专心地努力控制自己的步速。一个不明情况的人可能会对这两个男人间的关系做出这样的判断：车杠旁的人是在主动拉车，而坐在车上的人需要帮助。总之他们颠簸着行驶在大坝上，没有引起别人的注意，只有几个老人停下脚步谈论着他们看到的情况，他们手中是盛满蓝莓的篮子和盆。

就这样，他们向监狱走去，走向白色的勒克瑙市监狱，那座马祖里最漂亮的监狱。

我任凭痛苦和失望的情绪将自己包围，我根本不想看到欧根·劳伦茨是如何穿过监狱大门的，他可能被污辱，也可能被嘲讽。我一路尾随他们直到与我们的房屋平行的位置，然后我放弃了追逐，扭头离去，花园的篱笆围栏上留下了我挥舞棍子的清脆响声……

我可以求您点儿事吗？我想躺得高一点，上身更高一些，显然我的身子一直在往下滑……

小心，您最好从我的身后托住我的腋下，就是这样，对的，现在调高些，把我撑起来……

谢谢，这样就更好了……

此外，您应该知道，我的父亲已经做了所有的尝试，只为能够调制出一种神奇的治疗烫伤的药膏。亲爱的，您会吃惊的，他使用的基础成分是新鲜的亚麻籽油。如果加入相应比例的石灰水和鸦片酊，他就会成为传统烫伤膏的发明人……

继续刚才的话题，我放弃了，我放弃成为欧根·劳伦茨返回监狱的目击者，我转身回家。是的，怒火四处乱窜，无法宣泄，我用棍子在篱笆围栏上使劲儿敲打，发出哒哒的响声。我打量着向日葵沉重的头颅，眼神像极了刽子手，我的小脚凳在哪儿呢？要将它们斩首的话，我必须站在我的小脚凳上。鸡粪的浇灌让我们的向日葵长得那么高，母亲窗外最高大的那株向日葵可以被看作温度计：如果向日葵的头颅宁静而忧伤地低垂着，那就是晴天；如果花朵摩挲着玻璃，发出沙沙的噪音，那就是天气有变；如果它呆呆地站着纹丝不动，也不敲打窗户，那我们就要等着迎接风暴的到来了，或者我们已经在经历它了。

我爬上小脚凳，目光从向日葵绿色的脖颈上移开，此时，在玻璃窗后面，在我父亲所谓的实验室里，一团有节制的，或者说是一团受到控制的火苗一亮，火焰的中心是苍白的鲤鱼蓝，被撕碎的火焰边缘是鲜艳的红色。紧接着万灵药制造者的办公桌上蹿起一束闪耀的火团，像是一只被逼进狭路的老鼠在慌张地寻找着道路。此时此刻，不需要彩色的烟雾在我眼前盛开，不需要等着硫黄味儿挤出缝隙，见到那奇怪的火光的一刻我就明白了，我父亲回家了。我冲进屋，没有敲门就冲进了实验室。他站在那儿，精疲力竭，火光照耀着他，他的眼窝深陷，胜利的信心令他的双目炯炯有神。

请您别误以为他那烟气缭绕的、把空气熏得臭烘烘的"科学"会给他时间慈父般地拥抱我，哪怕是匆匆抚摸一下我的头。刚被俄国人释放回家，他就又被一种速效酊剂的公式迷住了，他只对我说了句："看看吧，齐格蒙特。"然后他就使劲儿摇晃起一支试管，让那看似无害的液体冒着泡沫溢出来。至少他没有赶我出去，他沉浸在狂热的探索中，一步一步追随着物质的真相，他让我给他当助手，让我用脚踩那些晒干的茶藨子药草，那是五点钟采摘的，他还让我研碎石松和带褐色的小孢子，另外把大白头翁磨成粉，他的要求很多，我几乎来不及做……

您说什么？

你已经猜到了。在短暂的囚禁生活中，他认为自己发现了一次又一次迫使俄军痛苦撤退的原因，那就是俄军士兵的礼貌，他们无法像对待敌人一样对待那些已经被宣布是他们敌人的人。萨姆索诺夫本人，这位谦虚的将军，他在这方面树立了一个榜样，而军队仅剩的最后一名炮手也在效仿他。我父亲的商人气质太浓重了，他一旦觉察到了别人的弱点，就会从中谋求自己的利益。他在研制一种药物，早上喝咖啡的时候把药剂放进咖啡里一起服用，接下来的至少十二小时里，药剂会让人陷入一种不受控制的暴怒情绪……

您是说"罗加拉的愤怒药水"吗？我想我父亲会认可这个名字的……

反正我从没见过他像那次一样急不可耐，他连尝一口新鲜酵母煎饼的时间都没有，拿起勺子就吃我母亲放在他工作台上的酸奶。母亲很高兴，虽然她依旧沉默不语，她还不知道他在俄军司令部的经历以及他被释放的具体情况。父亲生硬地请求我们，他希望我们允许他晚些再谈他的冒险经历。这次的被迫离开让他发生了变化，这种变化不仅体现在我们可以不受训斥地直接走进他的实验室了，还体现在另外一件事上，那就是他可以容忍我们在他从事神秘的研究工作时待在他的身边，他还会自言自语地将各种物质的潜在能力告诉我们。这回他询问的对象不是巴兹尔·瓦伦丁，而是老医生伊萨克·霍兰①。他遵照医生的要求烧煮东西，接着让它们冷却，然后把它们混合在一起，锅里咕嘟起泡。他酿制了一种酊剂，他相信这东西能唤醒所有的征服者，至少它可以激发人们心中的怒火，赢得这场胜利所需要的怒火。酊剂的颜色很暗，对着光线，它散发出淡淡的紫罗兰色。

一名受试者，现在他需要一名受试者，他自己必须保持清醒来观察实验效果，同时他觉得我母亲不合适，因为她是个女人，因此

①　伊萨克·霍兰（Isaak Hollandus），中世纪弗拉芒炼丹术士。

他毫不犹豫地选择了我。我母亲的抗议对他不起作用，他会将我变成一个"疯狂的齐格蒙特"，我可能会像个"暴怒的傻瓜"一样在房子里乱跑，但这可怕的想象也动摇不了他。他坚持他的选择，他认为我足够优秀，优秀到可以做他科学的牺牲品。我必须去沙发上，去那光秃秃的、铺着糟糕坐垫的禅修沙发上；我必须端端正正地躺好，然后闭上眼，虔诚地张开嘴巴，张得大大的；接着我吞下了他用科学的名义酿造的液体。他仓促酿制的愤怒药水味道不坏，那口感先是让我想到一种微辣的酸汤，回味的时候又让我想起一种柯尼斯堡肉丸子。

母亲双手不安地握在裙子下方，我的父亲，这位实验的总设计师在一旁测量着我的脉搏，他聆听我的心跳，举着手电筒刺激我的虹膜做出反应。有时他又拿趁手的东西推搡我，比如小研钵、碎裂的试管或者一只盛剃须泡沫的小碟子。他期望我发怒，他希望我随心所欲不受控制地冲它们宣泄怒火。

我是什么感觉？我感到无精打采，但是很惬意舒适，我的舌头发麻，双腿也失去了知觉。他拿来引诱我发泄怒火的小玩意儿并没有遭遇不幸，我暂时还看不见它们……

我理解，亲爱的马丁·韦特，您得上课去了，去室外研究所。我今天也不想耽搁您更久……请您讲大声点……

您必须去您的藻类养殖场，是的，我理解，那些不起眼的藻类，估计有一天会有很多东西非常依赖它们。亨丽克告诉我，是的。现在我明白她是从哪儿知道的了，她告诉我，藻类可以在仅能养活一头牛的土地上生产出六十头牛加在一起才能生产出的蛋白质……

但这件事您也得知道，实验正在进行中，有人敲了敲窗户，接着是敲门声，由于我们没去开门，客人就直接进来了，是行事果断的埃迪特，她熟悉我们这里啊，和她一起来的还有她那显得束手无策的母亲。她刚踏进门就向我们伸出了软绵绵、胖乎乎的手。没有精神的我却把双方的问候听得清清楚楚，那问候是多么温暖、真诚，狱长的妻子从未这样以平等的身份问候过我父亲。她将一小束薰衣草塞进我母亲手里，让埃迪特递给我一副用旧的，但棋子依然完整的游戏棋。大人们在矮板凳上坐下来，埃迪特走向禅修沙发，她站在我身边，立马问我是不是感到头晕，接着她恳求道："我也想这样，我也想头晕。"她母亲出人意料地扯着嗓子训诫她，这才让她安静下来。

我父亲回来的消息迅速传开了，她这次来是为了打听狱长的事情。她先是保证，如果能从父亲口中得知任何消息，她都会表示万分感激。她礼貌地拒绝了一块面饼，既不想喝甘菊茶也不喝酸奶。她的哭泣和那份无比纯粹的期待让我父亲心软了，尽管正如他所说的那样，那是"一个十分不利的"时刻。他边说边从埃迪特母亲束紧的身体前走过，他向我走来，仿佛我才是那个等待着他答复的人，接着他非常大概地说了一下他在俄军司令部的生活。

饭菜很好，但准备的荞菜太多。住宿的床铺无可挑剔，虽然半夜响起的电话铃经常打断他们的睡眠。除了给市长利希科尔，一名俄国野战军医也给市出纳员图赫林斯基和狱长做过医疗检查。另外，维廷霍夫司令坚持每天早晚前去问候他们。

如果我没有理解错的话，在期满之前两小时，在截止日期前两小时，一辆马车停在了司令部门前。亚当叔叔跳下马车，背起一只背包，然后让两个无所事事的勤务兵把一个巨大的洗衣篮搬下来，搬进了司令部的大厅。他让人去找指挥官，当维廷霍夫穿着敞开的制服出现时，亚当叔叔像母鸡似的竖起羽毛坐到洗衣篮上面，然后以一种他认为合适的言辞说道："勒克瑙派我来向你证明，我们的同胞对我们有多大的价值。"说完他把装满钱的背包递给了指挥官，以轻蔑的手势将洗衣篮交给他，篮子里装满首饰、餐具、表，甚至还有几颗银锭。这些东西的价值超过了之前要求的 3 万卢布的征税数额，粗略地迅速计算一下就已经得出这样的结果了，但接下来还是必须精确计数、估算和摞算。人质们被喊了起来，他们被带到大堂里，然后被要求一边喝着葡萄酒和啤酒，一边观看财物计数，这么做是为了让他们目睹这一切，这样人质们会明白自己在同胞心目中有多么重要。当两位负责统计的军需官落座时，人质们站到了他们身后，那情形就像是围着牌桌看热闹一样。

不，您大错特错了，根本不是时间的问题。相反，当两位同等军衔的军需官走进房间时，我父亲就相信自己发现了什么。这两个军官十分紧张，那是一种惯常的紧张，这种情绪很难掩饰，他们相互之间的一举一动都中规中矩的，这反而让人窥破了他们内心的紧绷感。后来他觉得，那两名军官或许积怨很深，他们相互瞧不起对方，但又想努力掩饰，于是他们发生争执时都在尽可能地保持冷静。总之他们在税款前坐了下来，相互点数纸钞和硬币，一切顺顺利利，不存在意见分歧，因为卢布汇率是固定的。但是当涉及给贵重物品估价时，敏感的证人们还是能听出来，他俩相互间是什么感觉：保罗·谢尔盖维奇，他们中的一人叫这个名字，他对每样物品的估值基本上都低于他的同事亚历山大·费奥多罗维奇。保罗·谢尔盖维奇精通贵金属和合金，看样子他一眼就能评判镶嵌的石头的价值，当需要确定历史价值时，他甚至表现出对各种时代风格了如指掌的架势。一根普通的小链子、一枚锻打工艺制作的圆形雕饰、一只带金色弹簧盖的表或一把镶嵌红宝石的观赏调羹，每一件都能让这位保罗·谢尔盖维奇进行深入的分析，同时这也为他提供了微妙的调侃和咬文嚼字的机会，对此，亚历山大·费奥多罗维奇没有不耐烦或粗暴的反应，他抽着烟，拒绝同意确定的价值，直到双方达成妥协。

您可以想象，这样拖拖拉拉地盘点货物，到凌晨四点时他们的进展如何。已经完成估价的物品不到所有贵重物品的五分之一，凌晨四点左右，司令接到了立即出发的命令，撤退，立即撤回边境后面。维廷霍夫司令，我父亲这么讲道，他十分礼貌地请求人质们同意，只要还没有算出缴纳数目，他就不能释放他们，毕竟他不能辜负最高部门的信任。由于余下的事情被看作只是形式，他邀请人质们一同参与已经安排妥当的司令部的撤退行动，他让他们坐在一辆舒适的车子上，一辆四驾马车上。他们果然得到了一辆舒适的车，坐垫是双倍的。陪伴他们的看守人员徒步行走，他们上好的刺刀摇摇晃晃，透过刺刀我父亲在邻车上认出了两位互相为敌的军需官，他们在撤退途中也保持着敌意，他们把物品一件件地从洗衣篮里取出来，继续争论他们的价值……

您说什么？

亲爱的马丁·韦特，我有什么好反对的呢？耐心的听众才是好听众，他总是能预见将会发生什么事……

是的，您说得对：无论是在边境这边还是那边，两名军需官都无法达成一致，这意味着人质必须跟随旅行的指挥官。在指挥官的特殊照顾下，他们先是一起在波兰做战略运动，继而抵达俄国，在那里人质们又被运往内陆。两年半后人们收到的第一个生命迹象来自市长利希科尔，是从乌拉尔一座动荡的城市里发出的。我这么说其实是在给您提前透露消息了，因为当时我父亲并不能这么讲。

至少他安慰了埃迪特的母亲，他表现得非常值得信任，他向她保证，她丈夫几乎啥都不缺，就连治疗他胆囊的药物也丝毫不缺，因为指挥官的关怀涵盖了一切。是的，他自己的获释最终也要归功于这一关怀，因为在普罗斯特肯，也就是说他们已经到边境上了，维廷霍夫指挥官发现，如果四驾马车上少坐一个人，那么人质们会更加舒服，于是他要求扬·罗加拉留下来，然后祝他能够顺利地返回勒克瑙。

这一切都是我在浑身无力的状态下听到的，尽管埃迪特忙碌个不停，我还是听到了。她坐在我身边，显然还试图拿我做实验。她用手电筒晃我，把光照进我的耳朵和鼻孔里；她汗淋淋的手游移在我没有知觉的双腿上，敲打我，掐我；她解开我的衬衫，数我的肋骨。有一阵我想过将一只已经开裂的茶碟砸碎在她的头顶上，这一定会让这位热衷探究神秘的女科学家喜出望外，但是我放弃了。我担心没有力气抬起我的胳膊，我感觉就像过去我们这里的人常说的那样，我真的就像个木脑袋……

是的，朋友，我理解，您必须走了，去您的藻类文化那里……可我还要建议您一件事，请您向亨丽克问问她的家乡。您会收获惊喜的，您会惊讶地从她那里了解到，家乡也可以是你自己从未去过的地方。那些她缺少的回忆，她用想象来填补它们的位置，她搜集各种资料来弥补对过去的认知。也许，家乡在她那里，保留了比我们这些出生在那里的老人更为纯净的形象。

您怎么看？纯洁是不可信的？

不是的，您知道的，我是多么盼着您来。

第四章

……好吧，如果您觉得家乡这个词是一种高高在上的狭隘的发明，那么我想以我的经历告诉您，这个词的诞生更像是源于一种多愁善感的情愫。我们面临着时间的挑战，留给我们的是非常有限的短暂时光，我们试图把那些能够证明我们存在的物证放置在一个可控的期限内，同时也要限定在一个非常局限的范围内，那就是在"家乡"这块土地上……

您应该尝尝点心，医院的点心，亲爱的，这是我特意为您留的，应该是一块巧克力煎饼，是医院制作的。

花儿？您会感到惊讶的，但这些紫菀是我儿子伯恩哈德寄给我的，他甚至抽空断断续续地给我写信了，用的是近乎艺术化的措辞，看得出信写得很匆忙。无论如何，他在信中祝我早日康复，同时也祝贺我毁掉了"礼拜库"，是的，他这么称呼我们的马祖里家乡博物馆，他祝贺我做了那些事。是的，他将那称之为一次理性的突袭，因为他显然认为他的论据也发挥了作用，他这样祝贺自己："儿子们之所以存在"，他真的是这样写的，"是为了让他们的父亲重新成为儿子"。恐怕您会同伯恩哈德非常聊得来……"礼拜库"，有一回他这么说道，在那里面，蕴藏在历史中的乌烟瘴气是如此浓郁，几乎取代了任何供暖设施……

和亨丽克一样，他也不是在勒克瑙出生的。您能想象到吗，他对历史的兴趣就像对"一个夹在胳膊下的老人"的兴趣一样①，他经常这样形容自己。比如，哪怕只是提到兴登堡②这个名字，他都会立马站起来，一声不吭地走出房间，他最多只会抛下一句："我总不必留下喝你们的茶吧，不是吗？"

兴登堡……

几天后，将军在解放区各个城镇的胜利巡视中也接触到了勒克瑙。那之后没几天，我需要准备一套新的水手服。于是我洗了澡，换上干净的内衣，与我母亲一道不紧不慢地步行前往施特鲁佩克-绍斯米卡特商店，那是集市上最好的勒克瑙纺织品店。在位于集市中央的7071纪念碑前，母亲明显放慢了脚步，她把自己的行进速度切换到"中速前进"③。不久前，我们的那位解放者，他曾经在这里驻足。上一次勒克瑙湖面漂着浮冰时他还只是个默默无闻的普通人，而现在他的故事已经成为勒克瑙沉重的传说了。他曾经站在那里，剃着平头，低垂着眼帘，胖乎乎的手托着宽檐帽，表情相当漠然，身穿喜庆礼服的市民们向他致辞，两支合唱团为他献唱，一支男子合唱团和一支女子合唱团。市民们举手向前，向他赠送礼物，其中有条白蓝交织的马祖里壁毯，还有一只藤篮，里面放着易储存的腊肠。最特别的礼物是一个系着小彩带的羊皮纸卷，里面是勒克瑙荣誉市民证书，像接受其他的礼物一样，他依旧十分漠然地收下它，然后把东西转交给了他的副官们。他们将所有这些礼物分放到敞开

---

① 喻指了无兴趣，因为下一句说"他经常这样形容自己"，故采用直译。

② 兴登堡（Hindenburg，1847—1934），保罗·冯·兴登堡，德国陆军元帅、政治家、军事家、魏玛共和国的第二任总统，1933年他任命希特勒为德国总理。

③ "中速前进"（Halbe-Fahrt-voraus），海员用语。

着车门的汽车后座上，东西摆放得井然有序，看得出他们在这件事上很有经验。

唱的什么？您真的对此很有兴趣吗？好吧，可以肯定的是《天堂的礼赞》……还有这首《始终保持忠诚和诚实》……这首肯定也包括在内，《我们开始祈祷》这首我不确定有没有唱，接下来唱的是《上帝面前的大力士》。但我必须提一下，我的父亲没有错过这场即兴的胜利庆功宴，他没有放弃这个机会。身为商人，他明白与胜利者交好的价值，于是他不顾章程，不等人批准就径直走上前，将一只擦得发亮的小瓶子递给指挥官，他没露出任何惊讶的表情。瓶子里盛着一种万灵药，它能促进血液循环，同时能促进人的慈善之心。指挥官和他握了握手，接着小瓶子也被放进了汽车里。我们的这位解放者接受了属于他的胜利欢呼，汽车里装满了人们送给他的礼物，他做了一番简短的致词，听起来就像在朗读集市上各个商铺的名字。

不，我想象中的胜利者和解放者不是这样的……

我们正在前往施特鲁佩克-绍斯米卡特商店，那里将有一套崭新的水手服等着我。居住在内陆却固执地热衷航海，这种爱好几乎无可避免地让水手服成了勒克瑙少年最爱的着装。施特鲁佩克先生亲自为我们服务，对待顾客他一点都不殷勤，相反他是个有些刚愎自用的售货员，他厌烦那些犹豫不决的顾客，但又认为那些抱着明确想法的顾客是在挑衅自己，他有着极强的控制欲，总是希望由自己来决定每一位顾客适合穿什么样的衣服，就像他说的，穿上他挑选的服装人们就能"完美地展现自己"。他让我们穿过整个店堂来到他面前，我已经吓出一身冷汗了，我母亲口中的词汇也变得匮乏。施特鲁佩克先生用一种贪婪的眼神看着我，他咂巴着舌头，我这么描述并没有丝毫的夸张。无论如何，有一点是不用怀疑的，那就是早在我们穿过店堂朝他走来的时候，他就已经在心里替我选好衣服了。

真是个幸运的巧合，他给我的建议也是水手服，他完全没管我的母亲，他没有问："这位亲爱的女士，请问您想要挑选怎样的衣服呢?"而是直接斩钉截铁地说："这个小伙子最适合做一名水手了。"这也符合我们原本的打算，因此我和妈妈都点头同意。我被带去了专门为少年挑选衣服的区域，那里有一根擦得锃亮的木杆，上面挂着许多的水手服，数量之多，即使不能让一艘城市级别的战列巡洋舰的全体人员都穿上制服，至少也可以供给一艘驱逐舰的全体人员了。

不，朋友，您初次来访时我就告诉过您的，我不介意您吸烟……

施特鲁佩克先生让我站上一把椅子，椅子周围有三面一人高的镜子，他轻蔑地脱下我身上的便装，强迫我穿上几条海军裤，我第一次弯曲膝盖的时候它们都快撑得裂开了。他给我的衣服打好结，然后选了一条特别宽的领带做装饰，又帮我抹平折痕。他在做这一切的时候总有一只布满了浓郁毛发的手是空着的，他用这只手摸索着四处检查我身上的衣服，特别是裤子的裆部。做完这一切后他让我应募去一支舰队，这让我母亲开心极了。三根印着金色字母的帽绳帮助了他，那上面是舰队的名字，"戈本号"巡洋舰、"鸡貂号"鱼雷艇以及九号潜艇。瞧他打量我的样子，他似乎真在考虑哪一艘舰船最需要我。我还记得，就在他试图考察我是否有资质担任一名潜艇驾驶员时，第一颗迫击炮弹在勒克瑙集市上爆炸了。

没错，您的理解完全正确，一门俄国曲射火炮的炮弹在勒克瑙爆炸了。整个军团从东北方向发动了进攻，这是一支得到了充分休息且意志坚定的部队，他们几乎没遭遇抵抗，整支队伍前进得非常快，其他的小目标都被他们甩在了身后。在短暂猛烈的炮火攻击后，他们占领了我们的村庄和城市，这一切大概是因为原本犹疑不决的萨姆索诺夫给指挥官下达了命令，允许他遵从自己的判断展开行动，总之他们一下子就出现在了勒克瑙城外，这让我们倍感意外，他们自己大概也没想到一切会这么容易。

您是不是以为，当瞄准了纪念碑的榴弹爆炸以后，施特鲁佩克先生会立马关店谢客。可他并没有这么做，他只是走近窗户，望了望被爆炸的热浪卷起的碎石和尘土。他略微扭转身去，目光越过库查齐克的咖啡馆俯瞰勒克瑙湖，那里同时蹿起了四根细长美丽的水柱，仿佛是海洋画家的不朽之作。第二发炮弹在一群将头伸进水里觅食的天鹅中间炸响了，通常第二发总是打得很远。然后他转身向我们走过来，说了句："看来是第二次进攻。"他将搭配好的帽带系在我的帽子上，他安排我去"鸡貂号"鱼雷艇，接着他不慌不忙地开起发票。不过他只把我们送到了门口，随即在我们身后锁上了门。我被允许直接将制服穿在了身上，那是我的第一身水手制服，在勒克瑙河大桥旁的一场激烈鏖战之后，他们差点就成功地将穿着制服的我处决掉。

您问我们是不是第二次被占领了！可没有什么能保护我们逃过这些啊，在湖边用柳树丛和白杨树枝伪装起来的重型野战炮兵连也无法拯救我们。康尼已经坐在了一只空的弹药筐上等我，没办法，我只能让母亲先回家去，在此之前我向她连连保证，不会穿着新衣服嬉戏打闹，这样她才放心离去。康尼已经觉得无聊了，因为一直没有人开枪，除了一个在野战电话机旁站着的警卫外，其他人都在扎营，用勺子吃着罐子里装的血肠。他冲我挤眉弄眼，悄悄地用手指指电缆线，那根缆线接着一部战地电话机，它穿过灌木丛，斜向上爬上一棵椴树，然后穿过树冠延伸至城市的方向。那是一根十分重要的缆线，一根联络线，通向某个中心地带，一个受到特别保护的藏身地，在那个地方正有人做着伟大的决定。他不必进一步询问我的意见，我们沉默不语，接着默契地站起身，怀着相同的意图。我们离开阵地，昂着脖子，沿着柔软的、有些地方还冒着电火花的缆线一直往前走。如果有士兵看到我们正在做的事情，那他一定有理由认为，我们是在追踪某个突然出现的目标。

就这样，我们抬着头，集中注意力，沿着缆线一直走。它很快就远离了湖岸，绷紧在一条土路的上方，钻进了一丛树篱，然后沿着马索维亚酿酒厂的藩篱蜿蜒，有相当长的一段缆线与花园外围的铁丝网纠缠在一起。从亚库布齐克的湖边小屋开始，电线又向上钻进树冠，当它垂挂着悬空钻出来时，耸立在我们面前的是巍峨的勒克瑙水塔。

"在那儿，"康尼说道，"一切都聚集在那边。"我们蹑手蹑脚地走向水塔，塔的周围插满了禁止入内的牌子。在我们头顶很高的位置，缆线被一个铁窗框夹住，通进了屋子里面。周围没有出现警卫来驱赶我们，于是我们溜进了凉爽的水塔内部。我们竖起耳朵仔细倾听，沿着被踩得发亮的旋转楼梯一路往上，直到缆线又一次出现在我们面前。在它的指引下我们来到了一个水箱面前，水箱不高，但非常宽。我和康尼互相提醒对方要注意滴水的声音，我们相互鼓励，然后顺着铁梯爬了上去，想看看是什么东西漂浮在勒克瑙的蓄水池里。在走道上我们绕着水箱转了一圈，重新找到了电缆线，它沿着抽水管上方继续向上延伸，最后钻进了水塔多窗的穹顶里……

您说对了，亲爱的马丁·韦特，那是一个炮兵观察站。我们的面前出现了两名士兵，他们没有发现我们。其中一个士兵正拿着潜望镜观察米卢肯方向的铁路堤坝、田间小路和两侧的森林，另一位蹲在他的曲轴箱前，面前摆放着准备好的铅笔和纸。康尼扯了扯拿着潜望镜的士兵的衣袖，他被吓得不轻。以防万一，为了得到他们的信任，康尼说："我们是从下面上来的，他们正在吃血肠。"多亏了这句话，我们没有立刻被杀。两个哨兵对视一眼，然后曲轴箱旁的那位打开了他的面包袋，两人吃了起来。当他们的牙齿咬进抹了猪油的面包时，我和康尼被允许摆弄那副潜望镜，我至今都记得我们当时的震惊和不知所措：那里面是双眼望不到的地方，带着十字线条的清晰玻璃穿透遥远的距离将一切拉近到我们面前来。望不到头的行军队伍正朝着勒克瑙移动；破旧的小车上架着机关枪和被蒙住的大炮；骑兵在田野上踏着碎步前进，在一片片森林的遮蔽下，一条灰色的地平线蜿蜒起伏。我还记得，我把视线从兰科夫庄园的果园移开，它在镜头里缩得那么远，只能看白色的山墙。也从庄园出发，顺着马劳尼小河向前，接着转向被烧焦的铁路路堤，突然有四朵一模一样的白色小云团从铁轨旁升起，爆炸的气浪还没有到达我们这里云团就消散了。他们的迫击炮架在那儿，碰运气似的往勒克瑙方向射击。我向士兵们报告我的发现，他们毫不在意地点点头，显然他们早就知道了。

非常正确，第二次攻占就是这样开始的，我前面也提到过。您必须知道，原则上讲第二次攻占要比第一次更糟糕，不管怎么样，当事后回忆那时的经历时人们都会这么想……可我想说什么来着？当战地电话突然叮零零地响起时，士兵们将我们赶了出去，他们把吃剩的猪油面包片递给我们，用大拇指朝着地面的方向指了指。我们会意地走下楼去，不过我们只往下走了一层。我们背抵水箱，周围是小小的窗户，这个位置大概在士兵脚下 8 米深的地方。我们立刻坐了下来，因为刹那间朝岸边的重型曲射炮就开火了，两位哨兵在引导大炮发射的方向，让炮火朝向那支行进的军队，炮弹冲向人群和马车。大地被撕裂了，地平线上灰蒙蒙的，车子被掀翻在空地上，人们被无情地歼灭，他们的身体被抛得远远的。机枪队还有骑兵队，整个大部队全都一哄而散，所有人都在疯狂逃跑寻找掩护，所有人都在努力躲避两名哨兵为他们准备的这场从天而降且无比精准的致命轰炸。许多人逃进了修剪整齐的兰科夫果园，又或是逃往山丘上的小片森林里。然而没有什么能逃过哨兵的眼睛，他们把火力逐一引向敌人的藏身之处，然后进行全面的炮火覆盖。那些树，我必须承认，我当时为那些树感到难过，它们一棵接一棵地折断或被瞬间削去了树冠，它们中有结满果子的果树和够得上成为传说的马祖里橡树。所有树都被连根拔起，折断、扭曲、炸得粉碎。

迫击炮在铁路路堤的掩护下发起了还击，他们的阵地上空频繁地升起一团团白色云团。远方炮声隆隆，到处都是炸弹的呼啸声，一切都毁了，这下"路易森饭店"暂时没法提供可以观赏湖景的房间了。

然后，亲爱的马丁·韦特，康尼走到我站着的窗户前，我从他伸出的手臂看过去，那只胳膊无声地、几乎没有丝毫颤抖地指向一辆快速奔驰的马车，它正沿着陡峭的田间小路往下逃去马劳尼河，马车奔向木桥，那是一辆飞奔的双驾马车，它的车轮似乎正逆着行驶的方向辘辘地转动着，轮子与地面只有轻微的接触，这画面看着仿佛是部老式电影。

那个勇敢无畏的男人站在座位上紧紧地抓着缰绳，他一面尽力缓冲迎面而来的各种撞击和颠簸，一面不停地挥鞭驱赶属于我们的那匹灰白色马儿。他大概已经在估测那座没有护栏的桥的宽度了，这时一颗炮弹落在马劳尼河的斜坡上，炮弹的口径不大，只见沟壑纵横的山坡上泥土飞溅，仿佛大颗大颗的雨珠散落在桥面上。我目睹受惊的马儿在硝烟弥漫中腾跃而起，又迅速被车夫控制住，他没有试图将这辆失控的马车领回田园小路，而是沿着黑色的河水一路奔驰。

我明白了他打算做什么，我直接用目光追踪他的逃跑路线，是的，我知道他想突破重围前往连接勒克瑙和马格拉博瓦的公路，那条公路的路基被垫高了，道路异常坚硬。公路旁的壕沟里趴着战时后备军的队员，面对蜂拥而来越来越近的军队，他们最大的愿望就是节约子弹。他在寻找另一条路，他沿着小河一路往前，从而不可避免地靠近了果园所在的方向，果园里依旧硝烟阵阵，原本生长着名贵树木的地方已经被夷为平地。但一个短距离的射击，或者说是一次特意瞄准他的射击，迫使他再次改变了逃跑路线。有一支冲锋枪显然也注意了他，当他试图在一块被炸平的土地上改变方向时，曳光弹紧贴着他的马车细密地射击出了一条弧线……

您可以相信我，从第一秒我就知道了，但我不敢说出来。我什么都没说，直到康尼最后说道："是他，齐格蒙特，我认得他，那一定是他。"他指着外面那个男人，他夹在两军的阵地之间，陷在炮火之中。他赶着他那辆漂亮的双驾马车，在双方争夺的土地上寻找一个可容其通过的突破口，嗵嗵的爆炸一再分散他的注意力，他一次次被熊熊燃烧的树木逼退回去，车轮在松软的沙地上画出杂乱的图案。我看到他第二次沿着倾斜的乡间小路驾车往马劳尼河的方向冲过去，这一次他下定了决心，紧紧地拽着缰绳。瞧啊，看看那座桥，铺在桥面的5英寸宽的木板依然完好无损，相对于车轮的宽度，这些木板足够用了。周围的抢炮声此起彼伏地响个不停，他驾车朝桥面奔去，马车抵达了桥头，我相信我仿佛已经听到了马车疾奔过桥面时响起的空洞的马蹄声了，可就在这时，马车爆炸了。它被一枚手榴弹击中，在小桥上轰然炸开。

起初只有五彩的火光闪现，就像我经常在父亲的实验室里看到的那样。接着一根烟柱腾空升起，同样是五彩斑斓，尽管马劳尼河上明显有风吹过，但这根烟柱，是的，亲爱的，即使您不信，但它真的是纹丝不动，就像是被锚固定住了一样。然后它开始变成另一种形状，这是康尼后来经常向我描述的，那根烟柱变成了一朵七彩的云，它升得非常快，仿佛一只被解开了绳子的气球一下就飘了起来。我想说，这团沙发一样的云彩，是那位掌控着各种物质和酊剂、各种酸和气体的大师为他自己设计出来的。今天，此时此刻、此情此景之下，当我回忆此事，我想这个结局是适合他的，我的父亲找到了属于他自己的独特的死亡方式。

我毫不怀疑，勒克琛为数不多的守军，还有掩体里的俄国士兵，在今后很长一段时间里都会对这个孟加拉烟火[①]式的死亡结局感到困惑，一些相关人员的记忆里肯定包括下列内容：车辆在刺眼的闪光中解体后有烟雾和气味儿扩散开来，接触到它们的人表现出各种不同的反应，差异很大，有的人开始习惯性地呕吐，有的人患上了咽喉炎……

您说什么？是不是所有东西都解体了？是不是一切都化成了七彩的云朵？从您的问题推断，您此刻正在微笑。我能告诉您的只有：康尼用一只胳膊箍住我的肩，将我从窗前拖开，他推着我沿着旋转

---

① 指艳丽的多色烟火，其名称来自印度。

楼梯上到穹顶，哨兵们仍在分配任务，康尼不等他们发出责备，他的口中只是拼命地喊着一句话："被击中了，他的父亲被击中了!"

他代我向哨兵们请求，请他们允许我从潜望镜里看上一眼，他推过来一只箱子，好让我站上去。我靠近潜望镜，我的视线沿着马劳尼河一直移动到马祖里最伟大的万灵药制造商死去的地方：两匹马儿躺在那里，那灰白色的马儿，当它们戴着塑料花碎步小跑的时候，花儿曾经摇曳得那么欢快；马车被炸碎的前轴还横在地面上，剩下的一只轮子在一旁诡异地轻轻旋转；除此之外再没别的啦，我的父亲，还有他那些神奇的货物，所有的那些瓶瓶罐罐、玻璃杯、坩埚、小壶，它们全都不见了，即使是晚些时候再上前去查看的人们也再没能找见它们了；在爆炸的一瞬间，所有的东西都挣脱了束缚在沸腾的热浪中蒸发了。

您知道当我还在遥望事故地点的时候，其中一位士兵在我的身后对康尼说了什么吗？他说："我们早就看到他了。他的马车颠簸得那么厉害，可他居然控制得那么好，连礼帽都没有掉下来。"这一点我们根本没有注意到。

反正，在我看过之后，康尼又透过潜望镜查看了事发地，他看得很仓促，因为那位士兵把他推开了，随即我们被赶出门，士兵们还在我们身后喊了几句恫吓的话，但对我们没起任何作用。

突如其来地，虽然我目睹了父亲的死亡，但悲伤却并没有随之而来，我没有感受到心中有任何痛苦的情绪，我甚至都没有为此感到沮丧，唯一的感觉是一种怀抱着恐惧的期待。再没有其他感觉了，我想这一定是因为他死亡的方式，这是一场被各种化学物质照亮的告别仪式，不仅仅是我这么认为。康尼说我们必须立即回家，必须让我母亲知道在马劳尼小河边、在兰科夫果园附近发生的事情。他说服了我，我们穿过阵地奔跑，就连笨重的曲射炮更换阵地都没有耽搁我们。直至来到监狱前面，我们才蓦地停下脚步回头看：水塔匀称丰满的身躯被炸裂了，塔基倾斜了一个角度，以一种非常缓慢的姿态歪向一侧，然后彻底倒塌，撞击地面的瞬间掀起雪崩般的尘土，铺天盖地地落入湖中……

亲爱的，我赞同您的说法，自古以来最困难最棘手的任务之一，就是转达一则后果严重的重大消息。现在请您想象一下我的母亲，她正在削长筋的豆角，大腿上搁着一只珐琅碗，飞快运作的小刀紧贴着她的大拇指。一见我她立即愁容满面，新买的衣服又得洗了，脏兮兮得不成样子。她把目光从豆角上移开，抬起眼看我。她迅速地扫了我一眼，眼神中满是责备，接着她开始接受一串消息的轮番轰炸，这些消息让她震凉了，它们被简化得那么厉害，都无法形成一个具体的意义：一场事故——完全命中——只有一道火舌——准确击中了他——万灵药一同爆炸了——之后是一根烟柱——像只木塞起子——一团七色云彩——消散了没有了——飘到天上去了——直接飘上天了……

我们对她的轰炸越是猛烈，她听得就越是茫然，她甚至没有要求我们停顿一下，好让她消化那些信息。康尼总结了发生在我父亲身上的事情，他说："夫人，在我眼里，他飞去了天上。"她听后脸上重新燃起希望的神采，回答道："是的孩子，是的，大概就是这样的，他飞到天上去了。"她干脆拒绝相信我们带来的消息，我母亲就是这样的，她不能也不想承认他的死亡，她相信他的结局是一场大胆的魔术，是一场在野外进行的精彩实验。总之，我们的话既没能让她突然感到悲伤，也没能让她瞬间变得痛苦不已。她用脱脂牛奶安抚我们，哦不，是用一种提神的蘑菇水，那是她从一个大石罐里盛回家的，石罐底部漂浮着一朵褐色的长着毛的酸味蘑菇。

她相信我父亲会回来，她对此深信不疑，您从下面的事情就可以看出来：她煮饭时会带上他的那份儿，摆餐具也会留有他的位子，她继续清洗、熨烫、折叠他的衣物。在勒克瑙重新被占领了几天之后，当小队人马来到家里登记所有的男性居民时，她坚定地宣称她的丈夫出差去了，去帮人治疗特殊的疾病了，是的，反正他经常一出去就是好几天。

至少有一个礼拜的时间她都在家里传达这样的信念，她用热皂液清洗他实验室里的所有研钵、坩埚和试管，以此向他证明她的忠诚。可是后来，父亲又一次缺席了，那顿饭为他准备了他最爱吃的东西——腿骨加鸡蛋和烤板肉。这时，不安的情绪将她攫住了，她的呼吸变得越来越急促，脖子上出现红斑。平时她的双手异常稳健，如今刀叉却好几次从她的手中掉落。我开始经常看到她展露出苦思冥想的神情，她变得面无表情，双手绞在一起，她频频地点头，脑海里大概想象着各种各样的可能性，她狐疑不决，她反反复复地思索，但每次得出的好像都是同样糟糕的结论，于是她的反应是不满地摇头，然后站起身，走到窗前，做深呼吸。再后来苦思的结果终于让她无法忍受了，她需要确信一些事情，她必须做出行动。

我们出发前往农场，占领军正好又在那里征用剩下的东西——剁碎的干草、饲料和土豆，他们也征收车轮那么大的圆形干酪和熏制的肉。他们直接将牛拴在他们的货车上，一位军官数着数从一辆车走向下一辆，他评估着车上装载的东西，记录下每一样货物，计算它们的卢布价值。他警告地将一张又一张纸递给那位挤奶工工头："好好保管，这是凭证，要跟保管现金一样保管好。"顺便说一下，我们的博物馆里也有这么一张凭证，盖过戳也签过字。

没看见我祖父，征用时他从不在场，他骑马离开了，又或者在昏暗的马厩里随便找了件事做，因为他非常看不惯"虱子吸血"的景象，他不能控制住自己。换句话说，面对那样的景象他没法保证能够克制自己的冲动。我们在谷仓里找到了他，在那儿，他孤零零地站在晃悠悠的锯木架前，一只手压在树段上，另一只手拉着弓锯，他气喘吁吁，脸上写满了愤怒，好像他被宣判了要做什么苦力似的。他不抬头，也不理会我们的问候。当锯带卡住再也无法拉动的时候，他一声不吭，一瘸一拐地从我们中间穿过去，取来铁楔子，抢起大锤将楔子敲进锯缝，然后愠怒地继续埋头干活儿。他竟然能对其他人视而不见，这已经有点奇怪了。有些人耸耸肩离开，不再想着回来。可我母亲总是自顾自地决定她什么时候该生气，什么时候不该生气，特别是因为我祖父，是的，尤其是因为他。于是我们拿出我们自己的意志力来反击他的意志力，我们站在那里，遮住他门口的光线。

当征用小分队在呼叫和鞭打声中离开农场的大院时，他抬起脸来，他不得不理会我们的存在了，但他只是犹疑地瞟了我们一眼，之后就再没别的反应了。他的注意力在那辆吱吱作响的车队上，它劫走了他凭借计谋和执着的努力搜集来的各种东西。"如果你们想强取豪夺，"他嘟囔说，"你们去别人家吧，或者去找那些吸光我们血的人。"母亲用她站立的姿态和头部动作表明，我们这次不是来强取豪夺的。既不是为了土豆也不是为了面粉，更不是为了熏肉，如果是为了这些，我们会随身带上包裹和麻袋，这次来主要是为了某件更加重要的事情。我祖父将一根树段搬上架子，怒冲冲地锯起来，他骂骂咧咧的，因为一处节疤导致皮带跳脱了，他就是这样等着我们提出请求的……

我正想告诉您，亲爱的马丁，那些问题我们都仔细想好了。首先我们只想知道，我们是否可以拖欠一段时间房租，我们指的是湖畔那座用白石灰粉刷的小屋的房租，它隶属于农场，在我们搬进去之前租住在里面的是挤奶工、铁匠或饲料师傅，反正都是替我祖父干活的人。这个问题就足够了，它让他无比吃惊，以至于不再发怒，而是沉思地拉着锯子，好像他在倾听着锯带唱歌。他结结巴巴，只问我们从哪儿知道农场上会新来一名饲料师傅，他已经将白石灰粉刷的那间小屋提供给对方了。现在，"因为他恐怕已经死了，"他说，"他死得无影无踪。"因此我们必须在十四天之内搬出那里。

这下我们了解得够多了。我母亲请求他将期限延长三个月，他拒绝了。农场急需饲料师傅，他有五个孩子，房子归他使用，就这些。之后我母亲请他给我们介绍一个住处，住着两名挤奶工的小屋也行，他们正在勒岑①的工兵队服役，他又拒绝了。他预料胜利即将到来，两名挤奶工很快就会回来的，他正设法让农场恢复原样，他少不了那两名挤奶工。他减轻了力度继续锯着，他帮我们出了个主意，他让我们去勒克瑙户籍登记处打听，毕竟有很多居民被迫逃走了。在最后一刻，那些有理由逃走的人，有的带走了家具，有的没带走，重新有人住进去的话，这对空房子也有好处。我不得不说，当他给我们这个建议的时候，他还处在自己的各种东西被军队征用的糟糕情绪里。锯子有力地锯着，黄闪闪的锯屑溅到我的两腿上。他用他的工作做掩饰，于是我们被打发走了。

您是说反抗？抗议？您这话说得多么轻松啊，好像我们的抵抗能有多大希望似的。当时连询问都没有意义，对于大多数人那是没

---

① 勒岑（Lötzen），波兰地名，即吉日茨科，位于瓦尔米亚-马祖里省。

有意义的。您应该看看，看看我们离去时是多么匆忙不安；您应该
去看看那些房子，那些可以观赏森林和湖景的房子，它们漂亮舒适，
留有部分的家具，它们属于那些逃走的商人和高官们。每一次，每
当我们看上一幢房子时，当我们坐下试试，尝试着望向窗外或打开
留下的橱柜的门时，那份难堪，那醋一样酸涩的泥土的气味儿就会
扑面而来，毫不奇怪，我们没能找到一栋能让我们住在里面感到舒
适的房子。从进门的一刻起我们就意识到，这些被遗弃了的住宅，
它们不是为我们修建的，地板、墙纸，到处都在提醒我们这件事情，
尤其是那些遗留下来的家具，无时无刻不在告诉我们——这里不属
于我们。

借来的，我母亲感叹道，她感觉一切都是被借来的，她懊恼地
还回她从户籍登记处拿到的每一张安置证。我估计，在我们开始到
处乱走的时候她就已经知道，我们不会搬进任何一栋被遗弃的房子
里，因为我们无法怀着只是在这里暂时落脚、在某个期限到了以后
就必须离开的感觉生活下去。她之所以还外出查看那些屋子，只是
为了不必在这十四天里无所事事地干等着，这是他，阿尔方斯·罗
加拉留给我们的期限……

我们是否非搬不可?! 农场上的那人从不会收回他说过的话。我
告诉过您吗，我有没有告诉过您，他每天至少要证明一次他的话有
多大权威? 他会不会将我们赶出去? 他只在乎结果。对于我们，尤
其是对于我，这些结果是无法预见的。亲爱的，或许您也会产生这
个看法，如果我们能继续住在湖畔用白石灰粉刷的小屋里的话，我
就不会毁掉我们的马祖里家乡博物馆了。

可是他们来了，在限期截止后的那个上午，在一个不寻常的日
子，我的祖父、饲料师傅和他的一家，两名仆人和一辆捆绑着床和

桌椅的车子来了。他们到来的那一天，萨姆索诺夫的各个师确定战败了，伦宁坎普的第一集团军开始后撤，以免被包围，由纳希切万①可汗指挥的骑兵团的部分队伍负责护卫两翼，这一天他们从农场驶来，脱离了撤退的士兵的队列，从我们的窗户旁辘辘驶过，我们就躲在这些窗户的背后。由于房子已经属于他们，因此来人根本不需要敲门，他直接用靴子踢开门，威胁地向我们走来，就好像他想发泄似的，但没有自己动手，而是向两个仆人示意了一下，那两个佝偻的男人站在那里像是站在刺骨的寒风中一样，他们搬出我们的东西，将所有没用钉子钉住的东西拖到路边，扔在那里。饲料师傅没有帮他们，他蹲在自己的车上凝视着，看着他们清理房屋，既没有幸灾乐祸，也没有心生怜悯，他的孩子们已经在吵吵闹闹地抢夺所有可以搬走的东西了，其中包括我的那只小脚凳。

我没法从他们那儿把它夺回来。我坐在我们的东西上，它们慢慢堆成一座小山，我在潮水样后撤的士兵面前护住它们，这些军队曾一度威胁到了阿伦斯泰因②，现在却垂头丧气，他们服从着前线指挥部的命令，奔赴后方很远处的战线。他们马不停蹄地行动着，抢夺一幅画、一只沙发枕；当其中一个人引开我的注意力时，其他的人则伸手抓走盛有蜜饯的玻璃瓶；龙骑兵们优雅地用矛尖挑走手帕、护耳和靴子。他们的兴趣，我该怎么描述呢，他们的兴趣很广泛，

---

① 纳希切万（Nachitschewan），地处欧洲的外高加索南部，北邻亚美尼亚，小部分国土与土耳其相邻，现为阿塞拜疆的飞地。《圣经》中认为纳希切万是大洪水过去后诺亚建造的第一座城市。因其地理位置重要，历史上曾是重要的商业中心，被几番争夺，几易其主。

② 阿伦斯泰因（Allenstein），波兰北部城市，波兰名为奥尔什丁，系奥尔什丁省省府，位于马祖里湖区的韦纳湖畔。

不仅仅是堆放实验室财物的箱子，平底锅、翻开的古书、研钵和坩埚，这些全都适合成为他们的纪念品。

我依稀记得，我们的物品堆成的小山变得越来越小，母亲坐在向日葵中央的长椅上将一块手帕打成结，我的祖父催促着两名仆人动作快些，他鼓励地看向乃在凝视一切的饲料师傅，想让他做些什么，就在这时潮水样后撤的士兵队列中突然出现了骚动，队伍突然被什么堵住了，许多人把身子歪向一边，向前张望。开始时除了两侧有栅栏的货车外没有发现其他什么东西，货车不顾拥挤的士兵、马匹和车队，试图逆着人流往前开。是的，前面还有一条大坝，迎面冲上来的人群被它拦着没法继续一拥而上，它把人流推回去，队伍被从中间劈开，人群分向两侧。

亚当叔叔坐在一辆租来的货车上，货车带着围栏，他开着车把第一集团军的队伍分向了道路两边。是的，他卷起舌头，吹出刺耳的口哨。他在我们面前停了下来，他浑身是汗，一句话也说不出来。

我把东西递给他，他留在车上，负责装运货物。我们率先安置大件的物品，然后将那些没用的东西塞进橱柜和洗衣篮里。没有人帮我们，我的母亲也没来帮忙，她呆呆地坐在那儿，向日葵包围着她，她把手帕打成结，然后又把结解开。

我们将装着实验室财物的箱子一起抬上车，最后又合力把我母亲拖上了车。事实证明这是最困难的事情，她的双腿显然失去了知觉，整个人看着就像是被大雨淋湿的布袋里装着的 1 公担土豆。然后亚当叔叔走向我的祖父，他刻意让饲料师傅和两个仆人也能听见他说的话，他没有提高音量，而是直接说道："文盲，木槽嘴的文盲！"

我很想知道是什么引起了您的注意。骂人的脏话？你是说那些咒骂吗？是我们咒骂时使用的丰富词汇吸引了您吗？亲爱的，尽管这让您感到惊讶，虽然有些词儿，在我们这儿听起来像是诅咒，但是在一些特殊情形下它们也可能是在传达温情，我不得不承认，这在当地是一种非常常见的沟通方式，传达温情的方式。我们这里有许多事情都是这样紧密相连的……

您说什么？这让我很难相信。您怀疑亨丽克在从事词汇和谚语汇编？重新整理这个汇编？我得亲眼看到后才会信……

如果您应允的话，请允许我请求您，如果您同意的话，请为我说得详细些。这对于我不仅仅是一则不经意的消息，这是某件事的开始，或是对某件事的回答，我们会了解到的。

可我想给您讲什么来着？对，搬家。亚当叔叔开着装有围栏的货车，逆着后撤的潮水般的人群往前开，他将我们的物品装上车，他把我们接进了他的房子里，接到勒克瑙河的河湾处用芦苇盖的房子里。而且这可不是暂时的，而是像他在感人的欢迎词里所表达的那样——只要这里的石头还垒叠在一起，就没有人能透过缝隙偷看我们。

于是我们搬进了我们的卧室，两间卧室都朝向河流，屋子不大，容纳不下我们的全部家当。这里的每个房间都被用作了家乡博物馆的一部分，包括留给我们的两间卧室，里面也都陈列着亚当叔叔满怀热情收集的无数"证人"和"证词"。于是我们将无处安放的物品摞起来，部分放在谷仓里，部分搁在地面上。我的母亲不得不适应这样的环境，她的床被魔鬼琴①、低音鼓②还有编织的冠状头饰包

---

① 魔鬼琴（Teufelsgeige），又名乞讨琴，中世纪欧洲的一种弦乐器，用于复活节游行、闹婚之夜，因琴头饰有魔鬼头或小丑头而得名。

② 低音鼓（Brummtopf），又译摩擦鼓，中世纪欧洲流行的一种摩擦鼓类乐器。

围着，这些东西在我们这儿是为一种舞蹈准备的，用它来伴舞总是大受欢迎。我也得适应我的屋子，首先是挂在那儿的马祖里新娘服，衣服的布料稍微有些褪色，但是摸上去很柔软，这些服装都做过防蛀处理，它们挂在那里，衣袖被撩起来，有些夜晚我总觉得它们像是要来抓我似的。我无法忘记那张雕琢精细的有着球形垫脚的床，无法忘记画着彩绘的五斗橱，同样也无法忘记带有装饰的洗衣板和轧板。您得按照我的描述想象一下，我的床上方有一块搁板，上面挂着旧厨具、捣卷心菜和各种调料用的器具、花卉形或六芒星形点心模具，用果树木头制成的……

您曾经在一座博物馆里睡过觉吗？您在里面居住过吗？

您看看！

可我习惯了那些碟子、勺子、搁板，我甚至与用皮革装饰的木屐交上了朋友，它们就像形状古怪的小船模型，占据了一整张架子。我会长时间地坐在一张本板凳上，那是个颇具年代感的凳子，它的背板是用锯子锯出来的。只有那个旧熨斗让我无法忍受，它的铁盖子上带着锯齿，这让我不禁想到龇着牙的尖狗嘴。

放在我屋子里的那些东西，它们把我团团围住，它们无声地告诫着我、激励着我，同时又与我保持距离。我屋子里的东西当然也只是亚当叔叔认为重要的、能放在他的博物馆里证明马祖里悠久历史的物品中的一小部分。而那些珍品——珍贵的出土物、各种发现和证据、历史遗留下来的美食，它们被摆放在大厅里，被悬挂在宽阔的、可惜光线暗淡的走廊上，它们堆满了厅堂、车间、厨房以及秘密的地窖。亲爱的，您可以认为，屋子的每个角落里都被证物占据着，它们卡在角落里，占着桌板，布满墙壁。就算您只是想要吃一口乳酪，您也得做好各种心理准备，因为您从储藏室架子上拿取的罐子很可能是索多维亚人的骨灰坛。

我们搬进了这里，我们把这里当成了自己的家，可我们却并不知道亚当叔叔是从哪儿得知我们必须放弃我们的湖畔小屋的，那座用白石灰粉刷的小屋……

您觉得有什么启示？我们在这座大房子里的第一天是如何度过的？

好吧，假如您很感兴趣的话。我母亲打开了行李，然后归纳东西，清理物品。她熟悉了一下厨房的环境，然后就一个人长久地坐在河湾旁望着流过的旋涡发呆。我直接找去了车间，亚当叔叔坐在窗户边上，身前系着条弄脏的、曾经是蓝色的围裙，他戴着镍钢眼镜，那双眼睛总是透出惊讶的神色，他喃喃自语地整理碎片，灵巧地修复着木制和皮制藏品。他把它们黏合、打磨、抛光，我敢说再找不出比他刮得更精细、捶打得更轻巧的人了。他不是在清洁、修改或者修补东西，就是在写标签，写各种物品的名称，记录它们发现于何地何时，估算它们的年龄。虽然他不和我说话，不对，有一回他和我讲了什么，他越过办公桌指着我说："过去的时光啊，慷慨的时光。"所以虽然他几乎不和我说话，但我有一种感觉，他是欢迎我的，不只是容忍我待在他的身边。

不过有一回他警告了我，那是在我鼓掌的时候。他在修一只巨大的彩绘盘子，把盘子装满食物的话，足够整整一家人填饱肚子。他将裂口拼凑黏合得那么巧妙，涂上深蓝色后我几乎没能发现裂口。当我开心地鼓掌时，他用眼神斥责了我，然后轻轻摇了摇头，他没有给我解释这是为什么。

从前，当我们一起在施洛斯山脚的沼泽田里挖掘时，我很快就会觉得疲惫，然后无聊地随意挥动我那把蓝黄色的游戏铲子，可是在这个车间里，一种意想不到的紧张感和撩拨人的好奇心却紧紧攫住了我。也许我已经预感到了，预感到了正在发生什么与我有关的、甚至关系异常重大的事情。也许我本能地觉察到亚当叔叔是在进行一场对抗，他在对抗时间。是的，对抗那些平静的否决和无声的衰败，对抗默默无闻的终结。但也有可能让我感到心潮澎湃的只是很简单的事情——他通过修补那些物品的伤痕，重新赋予那些东西可以证明它们起源的力量。因为他所期望的是某种见证，某种"纯粹的见证"，正如他所说的。是什么让我们在变幻无常的日子里保持坚忍，是什么唤醒了我们对永恒的渴望。但这还不是全部，他最大的期望是，见到这些物品的人能够发现自己与其之间存在的缘分，两者之间随之产生一种共鸣，继而迫使那位观察者脱口而出：这就是我们的生活，我们就是这样活着的，这样面对灾难和困境，这样为自己创造快乐，这样对抗死亡……

第一天晚上我激动得睡不着觉，您能理解吗？我坐在黑暗里，坐在一张历史悠久的木板凳上，窗户打开着，钩子钩得很紧，我望向勒克瑙湖的对岸，侧耳倾听，我望向旷野，纳希切万可汗的一支骑兵部队正在那里露营。哨兵们从微弱的篝火间穿过，去往岸边的树下巡逻，去桤树那儿，动物们站在树下。我望向阿雷西城和迪帕尔湖的方向，那里总有事情发生。有人在发射照明弹，但它们没有像往常那样唤醒炮兵。为了防止夜里肚子饿，我在床下存放了一棵芜菁甘蓝，我用康尼送给我的刀子切下了一片。我还记得当我边啃边返回窗边时，我在下方的园子里发现了两名士兵。其中的一位在拍打窗户，敲着园子的大门。由于没人开门，也没有灯光亮起，他走回他的队友身边，那人让他绕过房子去大门口。于是他马上又在那里敲着门喊起来，只见他抬脚踢闩着的门。我从黑暗的走廊溜进车间里，经过桌子和搁板，摸向宽敞的里间，亚当叔叔睡在那里的一张长凳式床架上，那是一张可以拉出来的长凳式床。他已经醒了，由于敲门声不停，他已经穿上了一条裤腿很紧的裤子。"俄国人吗?""俄国人。"我回答。有可能是这个消息促使他系上竖领，套上马甲，再在外面披上一件黑色外套。直到把衣服穿戴整齐之后他才走进门厅，起初他只是推开了门上方的一扇小窗……

不不，不是搜家。我们的任务是安排住宿，安排一晚的住宿。我们是从吵嚷的士兵那儿了解到的，他正在为他体弱多病的陆军上尉寻找住处。当亚当叔叔打开门，请他和那位略显不安的、绕过屋角走过来的军官进屋时，他友好地轻轻拍拍我们的肩。门厅、走廊、大客厅，到处都点起了灯。先进来的是陆军上尉，他很礼貌地向亚当叔叔鞠了一躬，那是个神情沮丧、面容疲惫的人，尽管夜里并不冷，但他还是打着寒战，经过我身旁时他往我手里塞了一枚硬币。跟在他身后的是他的勤务兵，那是一位老得令人吃惊的士兵，他从很多个包裹和一只木箱子下抬起头来，咧嘴笑笑。陆军上尉的脚步原本就非常缓慢，丝毫没有军人的气质，见到我们家乡博物馆的收藏之后，他的脚步就更加慢了。他在古老的武器前停下脚步，在一只装着古代硬币的玻璃箱前俯下身子，阅读着草人、木偶和碎布布偶玩具上的标签，他一直板着脸，让人捉摸不透他对什么感兴趣。他用指尖敲了敲一位十字军骑士的链子甲，在马祖里最古老的两把镰刀前使劲儿地摇了摇头，那些悬挂着的精美的颇具历史价值的工具只是被他轻描淡写地扫了一眼……

您说什么?

噢对，是他的勤务员做的，在他们走进来之前。他几乎没有解释这么晚来访的原因，开口就问屋里有多少人。有个女人住在这里，这似乎让他们放宽了心。

于是，在大客厅里，亚当叔叔和陆军上尉在绘有彩绘的三角橱和农用橱柜前坐下来，两人都沉默不语，我和勤务兵站在他们的椅子后面，相互鼓励地眨着眼睛看对方。上尉示意了一下，于是勤务员把一块餐布铺到圆桌上，从木箱里取出玻璃杯和一瓶红葡萄酒，倒上酒，两人就这样喝起来。军官给自己点燃一根海泡石烟斗，疲倦的身体向后靠着，目光停留在砖砌炉灶前升起的轻烟上，那是个年代久远的炉灶。

他们一直保持着沉默，沉默中两人显然互相产生了兴趣。后来我们曾经回忆过几次那一瞬间，当时陆军上尉问，是什么让一个男人为了过去的失败和短暂的坚守搜集了这些证物，并将一切布置进这么一座家乡博物馆里的？那时候我才第一次知道为什么亚当叔叔要挖掘我们的过去，正如他所说，他被赋予了一个使命。在一个梦里，他被委以重任，他被派去探询马祖里的坎坷历史，收集证词和遗迹，以及具有特殊意义的证物，让每个人都看清楚，他们是被铸造在同一根链子上的，这根链子通往时间的深处。为了让陆军上尉弄个明白，亚当叔叔谈到兴起时把那个人的名字也说了出来，那个对他委以重任的人，他是普鲁特诺——韦德伍托[1]的兄弟，一个充满传奇色彩的人。最初他大概是众神和劳动人民之间的一个相当成功的斡旋者，无论如何他自认为是克列维[2]，是首席牧师，他一天中的大多数时间都在倾听中度过，只因为花朵的绽放、闪电和浮冰会向

---

① 韦德伍托（Waidewut），传说中普鲁士的首位国王。
② 克列维（Kriwe），东欧传说中的异教首席牧师，或异教教皇，住在洛姆瓦，负责掌管全波罗的海地区的宗教事务。

他启示必要的一切。我们的人民按照他的名字自称"普鲁齐"①，也就是"普鲁特诺的儿子们"，这证明了他有多么受人爱戴……

您说这是虚构的？亚当叔叔是不是虚构了这个梦？绝对不是，亲爱的马丁·韦特，他真的梦到过，我必须相信他。我得告诉您，他在梦中与普鲁特诺保有长期的，几乎是定期的往来，他会受到普鲁特诺的夸奖和怪罪，获得建议又或是遭到训斥，他也与克列维争吵过。

那位陆军上尉，我想您该亲身经历一下的，他非常开心地一口气喝光了杯中的酒，又立即让勤务兵重新斟满。您该亲自感受一下他的宽容和诙谐，他以此感谢亚当叔叔给他的回答，这个看起来明显有病在身的人，他还佩戴着一枚高级别的勇敢勋章——圣乔治十字勋章②。

假的，他用轻蔑的手势回应，听起来就是个既忠诚又高傲的虚构出来的故事。为什么？为何每一天都在迫使我们明白，明白离别才是一切的终点。可是在这里，在这座家乡博物馆里，虚构出的记忆和过往却得到了滋养。

现在您得看一眼亚当叔叔，他先是将杯子从身边推开，然后戏谑地看看表，接着跷起二郎腿，自嘲般地笑了笑。他解释说，他对客人没有什么可说的了，但他表示有一点是绝对肯定的：从加泰罗尼亚③的田野直到伯罗的诺④，当敌人心存疑虑的时候，家乡就已经赢

---

① 普鲁齐（Pruzzi），普鲁士名称的由来。

② 圣乔治十字勋章（Georgskreuz），由俄国女皇叶卡捷琳娜二世为纪念伟大的殉教者圣乔治于 1769 年设立。

③ 加泰罗尼亚（Katalonien），西班牙的一个自治区，位于伊比利亚半岛东北部，自治区首府为巴塞罗那。

④ 伯罗的诺（Borodino），又译伯罗地诺、博罗季诺等，前苏联欧洲部分中部的一个村庄，1812 年拿破仑曾在这附近击败保护莫斯科的部队。

了，那是我们对家乡肆无忌惮的执着的爱恋，那是被点燃的爱，所以马祖里绝对会赢得胜利，不是勉强地胜出，而是出色地打赢这一仗，因此陆军上尉最好现在就做好这样的思想准备，这么做准没有错。后来亚当叔叔的话确实应验了，"你们会输的，很快，最迟年后，因为这块土地不欢迎你们，因为马祖里不欢迎你们。我们的沙子、松树、湖泊，这里的一切都不欢迎你们，汲水井和长满森林的山峰不欢迎你们，沼泽、田野和泥潭一样不欢迎你们"。

您一定猜不到，听了这番话后陆军上尉同亚当叔叔干了一杯，然后报出了他的名字，我想他说的是普列扎诺夫，他还提到，他出生在拉脱维亚。没错，他为亚当叔叔干了一杯，他刻意放慢了动作，就像在隔着玻璃窗为一个人干杯，他遗憾地说："我们会帮助你们的，帮你们从这种自鸣得意的希望里走出来。对家乡的信仰吗，我们会让你们看看它究竟值多少价钱。我们会让你们睁开眼睛看清楚的，沙子并不属于你们，谁踩着它都一样，这里发生的一切都是为了帮助你们更好地发展。"他说如果我们重视友谊，重视邻国间的和睦关系的话，那我们就必须与他们合作，必须从这种田园生活和小家子气的宗教思想中解脱出来，宣扬这些思想的人都喜欢标榜自己对家乡的热爱……

我预见了这一点，亲爱的，这位陆军上尉也说出了我儿子伯恩哈德的心声……

无论如何，他们站着喝完了最后一杯，我当时以为那晚就到此结束了，这时军官解开了他的军用手枪，放到桌上，那是一把形状古怪的手枪，他一动不动地低头看着枪，同时请求亚当叔叔，让他看看他的收藏中最珍贵的东西。亚当叔叔犹豫不决，因为每一件藏品都有其自身的价值，他说每一件物品都有它的珍贵之处，不能给它们划分等级。"那就选个最古老的物件吧。"陆军上尉说。亚当叔叔想了想，然后将小小的胶合板拿了进来，板上的玻璃下面躺着他拥有的最古老的收藏———一封财产转让证明，这份证明以"糟糕的马格德堡法"为依据，由骑士首领海因里希·冯·普劳恩出具，时间是1411年。陆军上尉俯身细细端详，他让人给他念了几句话："我们谨此授予你们……"① 他抓起手枪，用枪托砸碎玻璃，从木板上揭下证明，递给他的勤务兵说："彼得，我烟斗的火不够旺了。"

我双手抱紧了椅子靠背，注视着亚当叔叔。他纹丝不动，没有丝毫颤抖，只是专注地看着勤务兵毛毛躁躁地折起证明，把它团成一团，没错，团成了引火纸。当勤务兵用一只很普通的打火机点燃骑士首领的财产转让证明，将徐徐燃烧的文件举在烟斗头的上方时，亚当叔叔没有抗议和干涉。陆军上尉使劲儿猛吸烟斗，我能听见他的嘴唇吮吸时发出的吧唧声，然后他从士兵手里接过剩余的纸团，丢进一只烟灰缸，纸团在里面熄灭了。仿佛是不得不为这场示范感到遗憾似的，他平静地问亚当叔叔："您觉得您的藏品最终表现出了什么价值吗？"

"是的，"亚当叔叔同样平静地说道，"我注意到这样一张古老的纸依然能够唤起人们的恐惧，当它燃烧的时候，您的手开始颤抖……"

您说什么？

您想错了，这一事件并不是他们不在我们家中留宿的理由。我们一起走进我的卧室，勤务兵卷起我的被褥，在我的草褥上替他的主人铺了一张床，而他自己则把他的军大衣铺在地上，选了一只包

---

① 原文为11世纪中叶至14世纪中叶使用的中古高地德语。

裹做枕头。我们互祝晚安，是的，我们这么做了，之后我躲在门后偷听，从钥匙孔里偷看，直到他们从里面遮住了钥匙孔。

亚当叔叔率先离开了，我在黑暗的走廊上摸索着，在我母亲的房门口听了一会儿，但我只听到单调、机械的抽泣声，我继续走向车间，在黑暗中问道："哪里，亚当叔叔，我睡哪里?""睡我这儿。"他回答道。

我向前摸索，钻进他的被窝里，翻身躺好，感觉到他硬邦邦的膝盖顶着我的小腿肚，他的呼吸异常平静，吹着我的耳朵后面。有一回他从我身上探过来，查看我是否也有足够的被子。他的下巴碰到了我的脸，他低语道："你见识到了，孩子，最珍贵的东西始终只对你自己有用，你不能把它拿给任何人，拿给别人看的话，一份副本就足够了。"我转过身，他意识到了我想问什么，低语道："你会看到的，快睡吧。"我兴奋地贴着他瘦削的背，我只有一个愿望——梦到普鲁特诺和那个与我同睡一个被窝的男人。

您说对了，亲爱的:原件无一例外地都放在地窖的一只铁箱里，一直存放在那里，哪怕是在和平时期，哪怕它们看起来没有危险，亚当叔叔用他自己的理由解释这样做的原因，"原件一旦消失，过去也就随之消失了"，他是这样解释的。

这位孜孜不倦的研究员一次次将我拉进他的秘密地窖，特别是当我方和俄方的炮兵在勒克瑙上空对战的时候。沉重的炮弹在空中呼啸，大地仿佛被远处的海浪冲击得摇摇晃晃，在其他人听着炸弹撞击地面的声音时，我在认真聆听他的各种讲解。我看着他在烛火摇曳中拉开帷幔，为我展现出一副承载着苦难却依然可以忍耐的生活。他教会我将它视作我自己的人生。他为我翻译文献，解释它们。他让我拿起工具、珠宝和武器，掂量它们的分量。他强迫我解读挖掘出的石器，不仅仅这样，亚当叔叔还要我解读一切东西，因为就像他所说的，所有信息都得依靠人们去解读。他所知道每样东西的故事，它们的来源、意义及其命运，我对这些百听不厌，就像欧根·劳伦茨能给勒克瑙周围的九十二座湖泊都讲个故事一样，亚当叔叔也是样样都能讲得头头是道，是的，各种传说和轶事，又或者是"讽刺故事"，人们之所以能够记住它们，是因为它们总是不断重复，有固定的套路。如果是轻便的物品，那么他讲述的时候我必须拿着它……

举个例子？我该给您举什么例子呢？那好，请您设想一下，亚当叔叔向一只铁箱俯下身去，在里面摸着，他断断续续地自言自语，动作幅度很大，差点打翻烛火。我满脑子充斥着关于远古时代的知识，坐在他斜背后一只锁着的箱子上。像平时一样，他先是对着那些东西嘀咕，对，他嘟囔着，与它们重新建立联系，因为他不满足于只是将证物搜集到一起，他必须和它们讨论，他喃喃自语，仿佛必须说服它们相信什么。他忽然呆住了，猛地转过身，双手递给我某个东西，某种闪光的东西，用白银锤打成的一只项圈，项圈内侧的刺被磨损掉了，这些刺是为了让佩戴的人更容易顺从。我抚摸项圈，他旁观了一会儿，审视我的面部表情。他的每则故事都是这样开始的，直截了当，像是一场突袭，这则故事也是一样的……

莫斯托尔滕，在莫斯托尔滕，农民雅各布·洛皮安，很久以前，当秋风怒吼，当它怒冲冲地扯掉云杉的树冠时，农民雅各布·洛皮安粗略算了下沙质土地的产出，他失望地走出门，听到狗吠，于是与狗一同吠叫。年轻的农民雅各布·洛皮安的吠叫无人能及，惟妙惟肖，变化多端，效果显著，他能够让所有的狗应和他，使整个地平线都吠叫起来，他想控诉谁就控诉谁，他想疯狂发动攻击就疯狂发动攻击。

这年秋天，猎人正率领他的人马在莫斯托尔滕巡逻，异常失望，因为野兽都躲在森林深处寻求庇护，巧妙地避开了猎人的围捕。没有一群猎犬能将野兽赶到旷野，猎人正在和他的手下商量，这时下层树林里传来一声狗吠，狗群听到后异常激动，它们不等下令就冲进森林里排成一行，它们没有乱叫，而是非常有纪律，表现出绝对的服从。猎人无比惊讶。是的，这回他不得不感到吃惊。他的手下是如此措手不及，只见兔子成群地奔逃出森林，鹿、驼鹿和熊紧跟着冲出灌木丛，而他们的箭都还没有准备好。后来箭声嗖嗖地响起，在长途奔袭之后猎人命人寻找是哪只狗带给了他这么大的好运气，是的，此前的狩猎他们从没跑过这么远的距离。

他们从一丛灌木里拖出了农民雅各布·洛皮安，他们命令他叫给他们听。众人将他包围在中间，仔细听着，就像学徒听师傅讲话一样，此时他们遭到打击的自信又在恢复了。雅各布·洛皮安的吠叫给猎人留下了深刻的印象，他建议对方替自己效劳，报酬是保证酒和每天两餐肉。农民提出别的条件，他要求准许他啃"有许多肉的骨头"。猎人同意后他就加入了他们的队伍，跟着他们在我们的土地上穿越了很多年，在多次成功的狩猎中他都吠叫了，比如说在基姆欣和谢勒肯，在阿希拉肯和克姆希嫩，在普斯本、奥尔克和塔莫韦希肯，他也在切尔青、斯基尔布斯特和威尔皮希肯吠叫了，最后还有尤卡和普皮能。

在莫斯托尔滕的家乡，时隔这么久，大多数人已经忘记他了，还记得他的只有他妻子，她靠拔羽毛和纺织糊口；还有一个名叫纳波拉的男人，是他青年时代的朋友，他是一名剥兽皮的工人，住在一座围着木栅栏的荒芜庭院后面，庭院里的一切都溃疡似的胡乱堆放着。一天早晨，剥兽皮工人在花园里发现了一条身有斑纹的巨大猎犬，那是一条四肢受伤的老狗，正躺在牛蒡丛中等死。纳波拉打死了狗，将满身牛蒡籽的它拖回了自己的工棚。他将它洗干净，从它的毛皮里收集了漫长的流浪时光中附着在它身上的所有东西，后来他吓了一跳。他发现用白银锤打成的沉甸甸的项圈，发现它内侧的刺由宝石组成，他吓坏了。他抬起狗的头，将它安放在他的皮裙上仔细打量，之后他套上车，将伊达·洛皮安从她的纺车旁接过来，带她来到死去的猎犬面前，然后要求她不带任何情绪地仔细回忆，冷静地查看。经过没完没了的检查，他们确定是雅各布·洛皮安回家来了，现在重要的是将他体面地埋葬。

他们不必偷偷埋葬他。莫斯托尔滕的居民无条件地信赖他们，他们高兴地跟着送葬的队伍，所有的狗，包括猎犬和看家犬，都被用短绳牵着跟在队伍后面。当伟大的吠叫者被放进墓坑时，可以听到低声的呜咽。伊达·洛皮安典当了项圈，靠它的帮助为自己赎了身，她不必再拔羽毛和纺纱了，她搬进了一座由圆木板建成的终老财产①，在那里舒适地生活到去世，她死后被葬在长有斑纹的猎犬身旁。

那只项圈？它消失了一段时间，然后又令人吃惊地出现在勒克瑠的一家当铺里，它装饰过银匠施莫特的橱窗，不过时间很短，有一天它又在一位流浪汉微薄的遗物中被发现，之后很长一段时间它为莫斯托尔滕的林区林务官所有，他的孙子，一位骑兵少尉，先是将项圈赠送给他情人的狗，然后又索要了回去，按照纯粹的银子的价格卖掉了。

_____

① 终老财产（Altenteil），指老年农民将庄园移交给继承人之后保留下来的住房等。

卖给了我，亚当叔叔微笑着说。

亲爱的，我想不需要我告诉您了吧，每件作品背后都藏着两个故事，那就是关于它的出处，以及亚当叔叔将它弄到手的故事。要是您认为很多其他藏品也是这样得来的话，那么您并没有猜错。许多物品的来历被谨慎地记录下来，他们确实是被偷来的，但是这并没有让亚当叔叔有负罪感，相反他感到快乐，因为他坚持这一观点："一切具有伟大属性的东西，都得被没收，因为它们属于公众。"

总之在那些日子里他专为我讲述他的各种藏品，他带我来到一切开始的地方，把迷雾从这块土地上拔开，他借助收藏的凭据和证物将我引入马祖里的远古时代，直到我在里面感觉到了自在和从容。我必须承认，我当时感觉自己得到了特殊的照顾，对，我得到了照顾。惊讶之余我开始注意到它们与我存在着关联，那些文献、那些珍贵的文物，他从未把它们据为己有，他总是让所有人一起拥有它们。对，就是这样的，当他沿着一条道路缓慢地领着我上行时，我看到在路的尽头站着一个男人和一名少年，他们手牵着手，他们在等我们，他们站在那里只为了等候我们，虽然我没有完全认出他们，但是我知道，满怀期许地站在那里等候着人的正是我们自己。那段岁月里，严寒将绿头鸭们冻封在勒克瑙的湖水中，无休无止的大雪掩埋了路标，在马祖里的冬季战役被打响的那几个礼拜里，我成了亚当叔叔所信赖的人，成了家乡博物馆里他的助手……

没错，亲爱的马丁·韦特，我完全可以对您讲，我忽然感到我对我们的家乡博物馆有某种责任，我给予个别物品特殊的照顾，尤其是我希望自己能给这个博物馆带进来某些东西，为博物馆增添某种亚当叔叔也认为具有"属性"的东西……

您说什么？我最先送进来的是哪件文物？至少我知道，我最先想带进来的是什么，虽然我没有成功。是纽扣，制服的纽扣，那年冬天占领勒克瑙的所有部队的纽扣，包括普斯科夫战时后备军、西伯利亚步兵，还有龙骑兵和一支鞑靼军队的。

我还记得，就在那一天，老皮乌科在一场暴风雪中从农场赶过来，不像我们希望的那样背着熏板肉或面粉，而只背了粗粮，满满两袋粗粮，那还是我祖父嘟嘟囔囔、很不情愿地拿出来的。我们从他肩上取下袋子，将这个怪老头拖进厨房，在那里，他歪着脖子喝了蜂蜜利口酒，接着才脱下他发白的、灌满水的靴子，解开潮湿的缠脚布，绞干水。他将布挂在铁灶上方的一根绳子上，将紫红的双脚搁到木箱上。他是从冰面上过来的，快到勒克瑙湖入海口时掉进了冰窟窿里，幸好是在沙滩上方，那里的深度只到膝盖。他必须从冰上走，因为在城里，按他的说法，"魔鬼坐在航道上"，谁敢走动就拿子弹朝谁射击。甚至在城外的冰面上也有几颗子弹从背后袭击他。

我们一起喝着稀汤，我们默默地吃着，外面的风雪停息了，大河湾在暮色中逐渐露出清晰的黑色。我们能够听到枪声，远方榴弹炮的爆炸声。母亲和亚当叔叔离开了我们，我和老皮乌科，我们趴在窗前，呼吸急促地打开冰凌里的瞭望孔，观察河对面，那里白雪皑皑，地面平缓地上升，被勒克瑙公墓的围墙隔开了。公墓齐腰高的围墙后面有些动静，似乎在准备着什么。那里在构筑战壕，人们将迫击炮运进阵地，按照计算好的数量在墙上开孔，以此确保两挺重机枪有理想的射击区域。谁都看得出，公墓围墙前后的策划是针对大桥的，大桥横跨勒克瑙河，宽广、坚固，主桥墩前面有钢犁保护，防止流冰的破坏……

我不明白的是……

原来如此，当然是俄国人，是俄方占领军，他们在这儿安排了一些防御阵地，有利地分布在公墓的高处，这样可以控制河流和洼地，尤其是控制桥面通道。

雪是颗粒状的，公路干线结冰了，信号弹颤抖地落下，地面被照耀得闪闪发光。天空一直没有黑下来，通往公墓的小土丘消失不见了。自从我认识老皮乌科以来，他饭后总是忍不住把牙齿咬得咯咯响。那回，当我们紧挨着蹲在一起等候梅克伦堡人和汉萨同盟的战时后备军时，他又咬牙了。我们已经知道，他们在塔鲁森和沃斯采伦①附近持续猛攻了非常久，俄国人别无他法，只能撤退。

他们来了。最先来的是一支骑马的侦察巡逻队，有三名骑兵，他们小步骑上桥，都快过桥了，这时墙边的枪口喷出无情的火光，士兵们被掀下马鞍，马跌倒了，仅有一匹例外，那匹马跨过低矮的栏杆，跃进了勒克瑙河。之后就安静了，对岸没了其他动作，也没有出现信号弹。老皮乌科咬着牙，低声说道："他们很快就会还击的。"

我俩都不知道第一批炮弹是从哪儿射出的，只看到它们突然炸落在公墓上，我们眼前是雪、污泥和树枝组成的喷泉。估计他们是从河边的园林里射击的，直接近距离的射击。重机枪从墙上的缺口还击，爆炸时成橘黄色，哒哒哒地扫向河岸。

炸弹将公墓的围墙炸塌了一截，尘雾散去后我们可以认出牲口商人塞加茨的巨大墓碑，那是一尊高约 3 米的天使雕像，皱着眉头，紧抱着一只双耳陶罐，就像一位受到威胁的出纳员怀抱着账册一样。

---

① 塔鲁森（Thalussen）和沃斯采伦（Woszellen），均为东普鲁士地名，现位于波兰的瓦尔米亚-马祖里省。

桥面，当炮弹连续扫射公墓旁的防守阵地时，他们弓着身子从桥面掠过，扑倒在地，然后继续跑，虽然有几个人没能跟上。过桥后他们立即滚身滑进河岸的庇护所里，我们看着梅克伦堡人和汉萨同盟的战时后备军如何一个接一个地躲进河岸的掩体，然后又立即继续前进，散开，组成一根人链，有几人跌进了冰封的河里，他们被用卡宾枪拖上了岸，随即扑倒，躲避火力。他们占领着直到大河湾的河岸，许多人的靴子踩在冰屑里。在桤树后面，他们要么蹲在地上，要么贴身靠在老马槽附近被掏空的河岸上。

他们的小号手并没有一动不动地趴在桥上，又或者趴在深色的树丛下面，他在桤树的掩护下潜伏着，我认出了他的小号，当他站起身时，皮乌科抓住了我的双肩，高兴地一个劲地摇晃我。

他吹的什么？通常是普通的信号，号声一响他们就爬起来，边跑边朝公墓墙的方向射击，他们朝着墙的方向奔跑，他们跑过了没有积雪阻挡的人行道，然后跌跌撞撞地踩进水里，他们的长大衣很碍事，他们挎在肩上的行李、枪支和满满的弹袋几乎要把他们拽倒。他们踩着积雪发起攻击，推挤着，踏着沉重的脚步，挥舞着手中的枪。他们在山丘上爬得越远，就越能感觉到他们队伍的人数越来越少，只有一挺机枪在扫射，枪口的火力也变弱了。一开始根本看不出，那些矮胖的、用衣服裹着的身躯哪些是被绊倒的，哪些是被子弹撂倒的，他们都只是从膝盖以上的位置跌倒，因为雪一直埋到他们的膝盖。但我慢慢看出了区别，知道一个人在脸朝下栽进雪里之前呆立在原地意味着什么，或者，当一个人把枪用双手抛向前方的时候又意味着什么。

第二波紧接着第一波而来，士兵们冲向围墙的时候雪面被溅起粗大的斑点，地面拱起来，黑黝黝的，像是解冻时起伏不平的田野，冲在最前面的是个没带行李的士兵，他一只手抓着野战铲，另一只手握着枪。众人在他的命令下投出手榴弹，它们在墙前的雪地里爆炸，爆炸很沉闷，像爆竹一样没有什么危险，至少在我们看来是这样的。众人在他的命令下竖起刺刀，他手中的铲子突然一扬，接着跌倒在雪地里，他的身躯一动不动地躺着，但是其他人都没有停下来，他们往山包上爬，穿过墙里的缺口拥进去或让战友们将自己顶上去。他们先是站在那里向阵地上扫射，接着才大叫一声跳下去。他们赢了，梅克伦堡和汉萨同盟的战时后备军在公墓前后的阵地上都打赢了。

我们站在窗口处观看进攻，这样的行为肯定是鲁莽的，但我们直到后来才觉察到这一点。事后我们数着屋门上的擦痕和裂痕，标记门柱上的弹孔，这时我们才醒悟过来，当时有多少碎片和流弹在朝我们飞过来。反正，勒克瑙最后一场战斗的嘈杂声暂时远去了，向南而去，那里的公路干线通向边境森林，是的，通向冬天边境处的森林里……

谢谢，但您不必提醒我。那个将某种东西收进博物馆的愿望，某种自己的、由我做主的东西，这个愿望诞生在老皮乌科将他烘干的裹脚布艺术性地缠住脚踝、蹬进靴子里的时候。靴子的贴皮已经从鞋底掉下来了，垂头丧气地趿拉着，他好几次使劲踩脚，想让那讨厌的贴皮挪开。他望着窗外，望着斑斑点点的雪地，望着被遗弃的战场，与其说是对我说，不如说是对他自己说，"那些不再需要靴子的人，我们可以继续穿他们的靴子"，他观察到这些。他已经准备向领地走过去了，他紧张地望着窗外，低语道："只要绕上一小段路，就可以穿上多么精致的靴子了。""扔在雪地里，没人穿。为什么不去呢？"我问道。他想了想说："两个人一起，我会感觉更自在。"

趁他与亚当叔叔告别，我溜出去，在雨水桶旁等他。我将绿色短上衣披在水兵服外面，戴着手套的右手抓着康尼送我的刀子，我按着刀子，在考虑我能用它切下什么来然后拿回家，这时纽扣自然而然地出现了，制服纽扣。将来有一天，它们会被磨得光光的，被漂亮地压在玻璃下面，它们将证明，有哪些从远方来的部队曾经短期占领过勒克瑙。纽扣，当老皮乌科终于出来之后，我对他说，你取你的靴子，我取我的纽扣。他听后笑笑，只说了句："它们放在存钱罐里会叮当作响，很好听，是不是？"

没有从桥上过，我们没有从桥上过去。桥面上，人们正在将一具具蜷曲的身体抬上一辆铺了草的雪橇。我们撑着亚当叔叔的小船过去，躬着身，像冲锋部队一样，我们跨过人行道，吃力地爬上缓缓上升的雪地。第一批士兵就躺在那里，那个土灰色的小山丘上。我们从一个人跳向另一个人，大多数人都躺在那儿，一半脸埋在雪里，缩起膝盖，胳膊贴着身体，像是在咬牙做俯卧撑；有几个人仰面朝上，嘴角有血丝，手指僵硬，保持着扣动扳机的动作；还有一个人跪着，将头埋进了雪里；另一个人伸展着四肢躺在地上，像是游泳时被冻僵了一样。

我看着老皮乌科如何挑选他们的靴子，他摸摸靴筒，检查鞋跟和鞋底，和购买东西时的样子一样。他真够挑剔的啊！他从一个人跳向另一个人，连声叹气地表示着失望，这双他觉得穿得太破了，那双又太紧了，有一双他觉得靴筒太皱了，另一双靴子的鞋垫似乎还在嘲笑他。他压根儿没料到，他还必须在这些靴子中间进行挑选，它们全都跟着主人急行过数百公里，踩踏过马祖里的鹅卵石和马祖里的坚冰，穿越过雪地和冰封的沼泽，急行军，他们先从人数上蒙骗对手，再在意想不到的地点发动灵活的袭击，最后在决定性的包抄中战胜对手。

我们边找边走近墙壁，焦味弥漫，我们听到雪地里有轻微的呻吟，是虚弱的呼救声。但我们没有停下来，我们相互催促，直到皮乌科忽然在一位士兵面前坐下来，士兵身旁躺着一把野战铲。老皮乌科向他弯下身去，当我从一只缺口挤过去时，我还听到了他尖锐的口哨声，带着惊奇。死去的军官显然能向他提供他希望得到的高品质靴子。躺在我面前的是重机枪组的人员，炸弹将他们炸成了一摊，一个人的额头被撕开了，我割下他的第一只金属纽扣，是的，将它割下来。我不得不趴在他身上，低头望向下面的积雪，老皮乌科正在那里随意地发着牢骚，因为他无法从军官脚上剥下靴子，这让他感到恼火，就好像军官欠他一双靴子似的，仿佛他只想夺回他的财产。老皮乌科伸出腿，连扯带拽，在积雪里拖着尸体，甚至转了半圈，优质的靴子似乎卡死了，可能被冻住了。他将靴子夹在大腿之间，以死去的军官为支撑，这下那鞋好像让步了，稍微扭了一下就脱了下来，老人胜利地朝我举起第一只靴子，那是他的第一场胜利。

我当时在想什么？

您真的无法想象，当我躬身从一个人走向另一个人，从外套、从制服上割下纽扣时，我在想什么。我想要保护一条线索，搜集一桩事件的不显眼的物证，抢救某种有朝一日会证明一个真相的东西，一个历史的真相。桥旁的战斗应该在我的帮助下变成让人铭记的事情，这就是我当时想到的。我不理会被砍碎的脸，被扭歪的身体，我不管那些炮弹留下的东西，只割下和收集我需要的东西。没过多久我就搜集到了足够多的纽扣，在我直起身子或者弯下腰的时候我能听到我的口袋里叮当作响，我想象着亚当叔叔在适度地批评我后又朝我挤挤眼睛夸奖我的样子。

在塞加茨的天使雕塑下面，我正蹲在那里，两名男子从背后抓住我，击落了我手中的刀子，是很魁梧的男子，怀里抱着枪，此时任何借口和挣扎反抗都没有用。一个人拿枪托捅我的背，我失去了平衡，一个跟跄撞在墙上，跌倒在他们脚前。就在距离墙壁缺口前不远的地方，几个人正从那里将老皮乌科逼过来，他们在打他，我可能得这样描述，我听到了殴打声和他断断续续的抗议声，我看到他双手朝后护着颈背。我不明白他们要对我们做什么，我不理解老皮乌科，他突然抓起我的手，用力按住，不由自主地咬牙切齿，我还记得，我正抬起头看他，他们枪口的火焰就在我们面前炸开了，我感觉额头上被重击了一下，是的，像是被一块石头击中了，事情的经过就是这样的……

要不是缠着绷带，亲爱的，我可以让您看看留下伤疤的皮肤，疤痕处已经变得光滑，那是一场失败的处决给我留下的纪念。现在，差不多在同一个位置，当我们的博物馆终于被焚毁了，当我想抢救索尼娅·图尔克的遗物时，一截焚烧的栏杆击中了我……

老皮乌科？皮乌科？据说他将我拉近他的身边，他跌倒时趴在了我的身上，也有人说他直接扑到了我的身上。我什么都无法证明，据说他还对枪决小分队放出狠话和诅咒，这些我同样无法证明。

不管怎样，当我苏醒过来的时候，您知道我是在怎样的情形下醒过来的吗？我的班级，我的全班同学，他们都在战地医院里，大家围在我的病床周围，全班人在我们的亨斯莱特老师的指挥下唱道："在我们的船桅上，黑白红三色旗骄傲地飘扬。"在这种情况下没人会继续闭着眼睛昏睡的，哪怕他的昏迷持续了不是四天，而是整整四十天。是的，我指的就是我自己。我张开了眼睛，与我同病房的战时后备军的伤兵们的掌声刚刚平息，全班唱起来："我们守卫锅炉和机器。"我从湖水下的朦胧里看到亨斯莱特的脸朝我靠近，戴着一顶泡叶藻做的假发，细细的箭草做胸毛，一个温和的尼普顿海神，他将一小束鲜花放到我的被罩上，退后去，发出"威廉-布鲁诺"的旗语——欢迎上船。当他们列队经过我身旁，匆匆拉拉我的手，将小礼物放到我的床头柜上时，我认出了康尼的脸，还有西蒙·加科的脸，我还认出了罗耶乌斯基和瘦弱的马舒赫。西蒙送我的是只带通风孔的烟盒，康尼成功地将他的刀子第二次送给了我，他在塞加茨的墓旁找到了它，他把它从被罩下面快速地塞给我。告别时全班当然要唱《马祖里之歌》①，唱"湖里潮水猛涨"，三段全都唱了。

您指那些纽扣吗？我已经割下的那些制服纽扣，我没能找回它们。无论是在我的上装口袋里还是在公墓墙下，在我跌倒的地方，没有，一颗纽扣也没有。我将一切藏在心底，连亚当叔叔都不知道为什么我在战斗结束后离开房屋。由于老皮乌科再也不能承认什么了，说起我俩，人们都说我们是"一个错误决定的牺牲品"。

不管我曾经如何，我必须告诉您，我享受在驻地医院里的头六个礼拜。战时后备军们给我果酱，为我讲述他们的战争经历，护士们给我零食和爱抚，他们把我宠坏了。供探访者坐的小板凳甚至不会凉下来，坐在我旁边的除了我的母亲还有埃迪特的母亲。班上的同学估计是约好了探视顺序，大家先后来过，我不得不一再地向他们描述墙边的经历。埃迪特、海因里希·亨斯莱特和震惊的亚当叔

---

① 《马祖里之歌》（Masurenlied），由东普鲁士诗人弗里德里希·德维歇特（Friedrich Dewischeit，1805—1884）作词作曲。

叔也来了，我目睹了两个没有太多共同点的男人在我的床前定下的约定——等我出院后亨斯莱特的班级要参观一下家乡博物馆，而且特别强调要在上课时间。

但是，如前面所说的那样，见到堆在我床头柜上的礼物，我的自信也随之增长。所有医护人员和战时后备军们都在赞叹我收到的礼物，最让他们赞不绝口的是我的祖父为了祝我康复让人寄给我的马甲，那是用他的爱犬霍戈解剖后留下的皮毛制作的，每当有危险靠近，这身皮毛都会有所感知，从而竖起毛发。他竟然舍得把它送人，他竟然舍得将这东西送给我！他那位驼背的仆人送来的这身马甲穿在我身上还有点大，但我希望随着时间的推移我能将它撑起来。他的一位仆人将它递给了我，当它神奇的能力在我们的病房里传开之后，一位来自阿尔托纳的后备兵对此表示怀疑，他嘲讽了那么久，直到我让他试穿了这件对危险异常敏感的衣服。

您瞧，我就知道您会询问。我可以向您证明，马甲没有抛弃这位心怀疑虑的后备兵。他频繁地将自己同一位护士锁进药房里，从没被医生或卫生员撞见过。他先是想用一只怀表交换霍戈的神奇毛皮，在我出院那天又出了高价想将它弄到手，对这些我都不觉得奇怪。我摆手拒绝了，我将毛皮卷起来，放在装礼物的硬纸箱上：非商品，不出售。

虽然如前所说，我很享受在驻地医院里的六个礼拜，但我还是迫不及待地盼望着回家的那一天，我浑身上下有种跃跃欲试的快乐，没错，一种我此前并不熟悉的快乐。这份快乐，当我站在亚当叔叔的车间里时，我发现我之所以感到快乐，是为了所有塞满我们生活的那些事物。在我能蹲在堆得像塔一样的面饼周围之前，我先得顺着走廊走下去，通过卧室和侧房，只为了证实老乐器还在它们原来的位置，被弄脏的玩具，摆放古旧厨具的搁板，就连不受欢迎的尖嘴熨斗也在原位。对我来说重要的是得知它们全都安然无恙，它们似乎在互相交谈，却保持着安静和沉默。我感觉必须在它们面前露个面，我很开心，随手冲着褪色的马祖里新娘服就是一记重重的勾拳。我回家后油然而生的这种感受，我该如何描述它呢？那是一种发自内心的归属感，就是这样的，连接我们的是一条纽带，我属于这里。

亲爱的马丁·韦特，如果您分析各种经历，如果您细数最后迫使我毁掉我们埃根隆德的博物馆的种种原因，您就得知道这些。我很早就发现了归属感带来的满足，一切都很熟悉，没有秘密。当我将第一样东西拿进我们的博物馆里时，第一个我自己拿来的文物，它让亚当叔叔那么兴奋，他将他偏爱的一个位置给了它，当时我觉得像是经历了一场毕业考试。

那是什么？

一顶草帽，是我在老皮乌科的卧室里发现的。很显然是他用未脱粒的、长度不一的秸秆亲手编的。一顶草帽，您得将它想象成四面的双棱锥，它渴望能被挂在一位少女的闺房里，在最轻微的风中旋转，以几乎无法察觉的动作为她驱散厄运。如前所说，草帽还挂在他的家里，看来他还没找到一个合适的女人，一个他急迫地想阻止"邪恶"靠近她的女人。而我，我感觉自己被认可了，被接纳了，被获准得知种种内情。

显然这不可能没有后果，我是说这种令人兴奋的纽带，这感人的归属感。当亨斯莱特按照约定带着全班前来参观博物馆时，这一点就已经表现出来了。那是一次首展，亚当叔叔之前从未向这么多人公开展示过他的收藏。从这个角度看，这是一场首演。

当我的同学们由亨斯莱特率领，推推挤挤地出现在我们的屋前时，我不耐烦地站在窗旁。他们对此似乎根本没什么期待，只顾各忙各的事情。有的人将胳膊搭在一个人的背上，指给另一位看什么是发汗热箱①；有人被挠痒痒；有人受到惊吓。和平时一样，这回也没有谁的后背能安全地躲过罗耶乌斯基丢来的粉笔，那是他的恶作剧。问候全班时我站在亚当叔叔身边，他致欢迎词，我在一旁点头。当他讲到"过去的汲水井"时，我梦游似的抬眼望着天花板。井底有着与过去生活相关的证物，我没跟班上同学的暗中交流，更没有回应他们的讥笑。可是，当问候结束，亚当叔叔邀请大家进屋时，我踢了一下罗耶乌斯基的小腿，从瘦小的马舒赫手里夺走了他心爱的玩具，那是一盒安全的火柴。亨斯莱特走进门厅时佯装出兴趣盎然的样子，我熟悉这张脸，他的模样意味着，他已经事先对我们的博物馆下了结论：它不会有任何用处，也不会有什么害处。不过我不禁注意到，他对亚当叔叔的态度有点过于拘谨了。

亲爱的，您可以通过回忆您自己的同学来准确地在脑海中勾勒出我同学们的模样，因为世上的同学都是一样的，他们有着同样的古怪想法，他们的书包里装着同样的东西，他们的气味无法区分，一旦有人站在他们面前讲话超过十秒钟，他们就会开始开小差。您可以想象一下，在我们散落着细沙的门厅里有多么拥挤，二十二名同学挤在亚当叔叔的周围，他的讲解并不比以往更富有感情，他努力从"马祖里过去的汲水井"中引申出各种有趣的、真实的故事。

正如我所说，他没有比平时更多的感动，他的声音没有起伏，

---

① 发汗热箱（Schwitzkasten），古代供发汗浴使用的一种木箱，上有开孔，供浴者将头伸在外面。

虽然它在颤抖。他的声音在他不停的独白中变得沙哑起来，是的，你不得不听他说话。亚当叔叔一点也不胆怯，为了让每个人对我们马祖里的起源有个概念，他首先把我们带回到遥远的、不太吸引人的远古时代。笨拙的冰川从魏克瑟尔河①移近，缓缓地，越来越近，直到太阳升起，万物开始融化，一场伟大的融雪，融化的冰川带走了所有的黏土和黄土，为我们马祖里留下了一层广袤的沙土地，那是适合松树林生长的土地，也是适合吸纳汗水用来当作练兵场的土地。然后湖泊形成了，近三千三百个马祖里的湖泊，它们流淌着，奔涌着，汇聚到一起。亚当叔叔向我们证明了那些湖泊的独特性，它们是独一无二的，因此我们现在认为天鹅、鸢、黑鹳和鱼鹰不久就会在这里繁殖，这是理所当然的事。

我熟悉亚当叔叔描述的整个创世史，那被露水打湿过的连环图，浅显易懂的图纸上措绘了马祖里的过去。在亚当叔叔绘声绘色地讲完冰河纪及其引发的后果之后，我习惯性地等待着他开始讲述第一位普鲁士猎人的出现，虽然猎人的装备落后，却将在众神的帮助下夺得这片土地。

然后它响了起来。闹钟的铃声居然响了起来，并不清脆悦耳，闷声闷气的，像是隔着一扇橱柜的门，但这已经足够让我的同学们喜出望外了。闹钟的噪声纵横交错地游走在门厅里，同学们的热情始终无法消退，他们嬉闹着，蹦跳着。我慌张地抬头望向亚当叔叔，他眯起眼睛，呼吸加快，愤怒的脸上透出不安，看上去像在试着做鬼脸似的。每当他露出这样的表情，就让人有理由害怕。幸好亨斯莱特知道他该做什么。他挥舞着手，有时也扬手拍打一下，将挤在

---

① 魏克瑟尔河（Weichsel），又译维斯瓦河，是波兰最长的河流。

一起的全班同学分开，从人群中开辟出一条通道，他伸手去抓，抓到一个正被一只手传给下一只手的鞋盒，里面有只旧的厨房闹钟在响。他轻轻地摇摇头，将纸盒递给亚当叔叔，亚当叔叔没接过去，他都不愿往打开的纸盒里望上一眼。是的，他在颤抖，他就这样站在那里，仿佛一尊愤怒的雕像，看样子他是在等着赔礼道歉。我感觉海因里希·亨斯莱特好像也突然意识到了什么，仿佛接到了一项迟到的委托似的，我的老师走进了我的同学中间，不加选择地敲打他们的脑袋，他愤怒地教训了他们一通。最后，他先是确认了一下亚当叔叔在观看他对学生的惩罚，然后将两名学生的头砰的一声对撞在一起……

我对您讲过吗？我期盼着我们班的同学能来参观博物馆，已经盼了好几天了。是这样的，我盼望了很长时间，盼望能够站在亚当叔叔身旁，带我的同学们参观博物馆，不时地做下解释，补充一下故事的内容，比如由我来单独讲述草帽的意义。

不管怎样，我还是有机会的，因为亚当叔叔终于重新讲了起来，从昏天黑地的创世史讲起，然后我们的"若明若暗的马祖里"诞生了。不过他讲得有点结巴，声音比一开始低了点。他用令人难忘的话语描述人类在我们这片土地上的生活，加林迪亚①的采蜜人和索多维亚的渔民富裕地生活在一起，人们自给自足，同时也在保护自然荒野。除了我之外，没有人发觉他为这些简短的介绍做了太多工作，他做了很多概括，描述得非常快：骑士团先是赢了然后又输了；波兰殖民分子，马索维亚人，很快地适应了新的环境；从马索维亚到马绍尔再到马祖里，我们家乡名字的发展他也讲得非常跳跃。顺便说

---

① 加林迪亚（Galinden），波兰地名，原为东普鲁士的一个州。

一下，马祖里是个还很年轻的概念，直到上世纪初才出现在行政当局的报告里。他生气了，他失望了，愤怒了。他省去了那些慢条斯理的玩笑，往常他总用它们来点缀他的马祖里简史。平时他爱用一些谚语来恰如其分地概括我们家乡的特征，这回他一句谚语都没讲，这让我感到遗憾。

亚当叔叔请我的二十二名同学穿过我们的家乡博物馆参观了一圈，他将他们聚集在木制物件前面，把他们带到武器墙边，领他们参观劳动工具和令人惊叹的古老饰品。他讲解着，越发热情地让这些文物为自己所处的时代讲话，我则钻进了边上的人群里，钻进了那群对此不感兴趣的调皮鬼们中间，我警告他们，恫吓他们，没收他们的纸牌、活页册、橡皮圈，督促他们至少意识到自己身在何处。我这么做时动作粗暴，却又悄无声息，我的每一个动作都应该产生明显的效果，但我又不能让场面失控，不能让谁因疼痛大喊大叫或者发怒，因为再次打断亚当叔叔的讲解会造成难以估量的后果……

您说什么？

对，对，完全可以这么说。我在一定程度上阻止了他们吵吵闹闹，虽然您认为这是不可能的。为了约束各自捣乱的举动，为了促使大家专心听讲，哪怕只是假装听着，我不得不变得相当粗暴。最难对付的是我的死对头阿尔宾·亚库布齐克，他是个大高个儿，几乎班上所有人都欠他的，对，欠他的债。我已经对着他的膝盖后面踹了好几次了，但还是不能阻止他触摸文物，他用罗耶乌斯基的粉笔到处乱画，将晃动的厨具变成瞪着眼的或者其他看着很狰狞的生物。他用同样的方法将一张结实的三角橱变成了一张难看的图纸。亚库布齐克，他专搞恶作剧，偷偷做些他觉得搞笑的事情。当我为此难过的时候，当我绝望地想要维持场面安静的时候，他却沾沾自喜。我感到难过，不仅仅因为他们是在假装对亚当叔叔的博物馆感兴趣，又或者连假装都没有，更是因为他们普遍对那些收藏所表现出的无动于衷，似乎它们都与他们毫不相关，任何藏品都吸引不了他们。亚当叔叔站在锃亮的瓷砖前讲解的有关马祖里砖砌炉灶奇迹的内容，对他们来说纯属是浪费。他讲述漂亮的、骨制保龄球的故事，也是纯属白讲。当我看到在他描述乡村的春季传统时，比如首次驱赶牲畜到高山牧场上，比如防雷暴防盗窃的措施，当他为了解说表演示范的时候，我的同学们却将脑袋凑到一起，他们在打赌，互相挠痒痒或者做着其他无聊的事情，这让我有种如鲠在喉的感觉。

亚当叔叔似乎已经消化掉了最初的不快，如前所说，他的热情越来越高涨。是的，我觉得他的讲解需要这样的情绪，这样兴致勃勃的讲述才能引起人们的兴趣和启发。当他一扯摩擦鼓上方的鬃毛鞭，推推地面的魔鬼琴，发出嗡嗡声和沙沙声时，他引起了他们的兴趣，博得了他们廉价的关注。嘈杂声，这样的声音可以吸引到他们，继而引发人群中更加刺耳、更加持久的、自顾自的嘈杂声。举个十分典型的例子，他们全都争相拨弄这些简单的乐器，让它们发出最大的声音，完全不理会亚当叔叔要对他们讲的有关我们狂欢节音乐的内容。

不舒服，我突然不舒服起来，因为和着魔鬼琴的节奏，从康尼站着的角落里走出了一对盛装打扮的新人，一对举行婚礼的马祖里新人，我的敌人亚库布齐克扮作高挑的未婚妻，瘦小的马舒赫只够到他的胸口位置，他打扮成了土著，看起来像个有点受罪的未婚夫。他们未经允许，悄悄套上这些服装，我的同学们欢呼着为他们让开一条道，他们当着亚当叔叔的面跳起克拉科夫舞①，或跳起一种他们认为是克拉科夫舞的舞蹈。乐器制造着噪音，木地板嘎吱嘎吱，灰尘从地板的缝隙和凹槽里升起。我盯着跳舞的人，感觉扬·罗加拉将他的硫黄乳倒进了我的胃里，我承认，我恨他们……

为什么？您问为什么？

我会讲给您听的，亲爱的：虽然那只是褪了色的服装，我觉得它们贬值了，失去了魅力，沦为了难堪的小丑服，同时我觉得那些曾经为了这身服装省吃俭用的人也遭到了嘲笑。告诉您吧，我之所以忍受这一幕，只因亚当叔叔令我吃惊地感到开心。一开始他只是目瞪口呆，不知所措，根本不确定他该如何接受同学们的突发奇想，可他突然出乎我预料地开始笑起来，鼓励我的死敌和瘦小的小马舒赫跳快些。亨斯莱特走近亚当叔叔，轻轻地推了推他，这对高矮悬殊的夫妇也让他感到开心。

反正这没有让我二心，我鄙视我们班上这些穿着不合身的宽大衣服、走路趿拉的瘦高个儿。当要给他们介绍"家乡的动物"时，他们拔出海狸标本口中已经开始碎裂的门牙，剪断又烫焦的猞猁的尾巴尖，他们对为了保护野牛毛而放在毛里的樟脑丸产生了兴趣，拿起它们互相投掷。

在挂着索多维亚人骨灰坛的搁板前我还给了他们一个机会，一个表明至少有东西与他们有关、让他们感到羞愧并为此沉思的机会。我从近旁看着他们颤洋洋地走近，看到他们发现了骨灰坛，然后取下两三只玩起来，他们将头深深地伸进去，对着里面学牛叫，或者

---

① 克拉科夫舞（Krakowiak），又叫勇士舞，一种快速的波兰舞蹈，起源于克拉科夫地区，由若干对舞者共同表演，模拟马的奔跑、跳跃及踏步等动作。

刺耳地往里面吹口哨。那回，在初次参观故乡博物馆的时候，我的同学们，他们真过分啊。我还记得，我因为生气和鄙视他们而浑身发抖，只盼望那个时刻快点到来，好在他们背后将门锁上……

是的，马丁，我也奇怪，亚当叔叔最终忍受了噪音和他们那些令人感到可悲的快乐，他没有对触摸物品的行为提出异议，可事实就是这样的，看到讲解快要结束了我如释重负。我们已经第二次站在车间外面了，我的几个同学开心地推推我，建议将我也做成标本，放在"家乡的动物"展区里，让我作为马祖里的怪胎站在那里。是的，当亚当叔叔一声大喊使大家都静了下来时，我已经充分做好了和他们告别的准备了。那声喊叫尖锐刺耳，不针对特定的某人，但所有人都掉头望向他，没被吓坏的人都顺着他伸出的胳膊和满是责备的食指望去，它指着摆放易碎物品的搁板。那里摆放的是彩绘暖瓶，陶碟陶瓶，也有我们这儿吹制的最早的玻璃瓶，它们站立得不是很稳，瓶身斜颈，里面有无数的气泡一闪一闪的。他的食指不是随意指着哪只瓶子，它控诉地指着唯一一只盛有东西的瓶子，一个装有灰暗的琥珀色液体的瓶子，可以看见一个新鲜的泡泡正在破裂。标签上的原文写的是"马祖里药物瓶，18世纪中期，发现地点为奥拉肯附近"，那上面用铅笔标注着：蜂蜜利口酒。

"谁？"亚当叔叔叫道，手指一直指着，没有收回来，"是谁干的？"

如果我对您说，没人主动承认，即使多次逼问也没有，您应该不会对此感到意外。我担心亚当叔叔，我痛恨我的班级，我忽然听到自己用平静的声音说："是亚库布齐克，是他，我亲眼看见的。"虽然我知道肯定不是他干的，因为他一直在摸收藏的硬币，但我指控了他。亚当叔叔点头让大高个过去，他一脸惊诧，轻轻地摇摇头，不情愿地叹口气，走近，很近。然后亚当叔叔挥手抽去，带着怒火给予他的力量，抽得我的同班同学亚库布齐克的头扭到了背后，前倾的身体飞速跳起，往后跌倒。亨斯莱特老师扶住了他，没让他跌倒。亚库布齐克的双腿一下子无法站稳，亨斯莱特老师抱住了他的学生，愕然地凝视着亚当叔叔，亚当叔叔表情扭曲，他在努力克制自己。其他人也惊愕地站在那里，大概是在想自己会遭遇什么。

亨斯莱特老师认为必须要确认两件事：第一，亚当叔叔太过分了；第二，这一巴掌会造成伤害。亚当叔叔听后激动得眼皮直跳，只说了一句话，并多次重复那句话，他说："滚出去，快滚，滚出去！"

由于亨斯莱特必须扶住高个子的亚库布齐克，他无法发出"改变航向"的信号，但他不辞而别，率先走了出去，带上了其他人，我的同学们。是的，他们慢腾腾地往外走，边走还边威胁我，或给我一个敌意的手势，我尽可能地一一给了回应。等我们班离去后我以前所未有的速度迅速关上门，然后跑回去支援亚当叔叔。他不在客厅里，也不在我经过的任何一间卧室里，我在他睡觉的夹室里找到了他，他在床上，脸朝着墙。他的肩在颤抖，他在抽泣。我在床上坐下来，将我的手伸向他，又缩了回来。片刻之后我走进车间，在他脏兮兮的工作台后面坐下来，我决定在那里等他。我面前……

对不起，您说什么？

很可惜。可是一旦您决心踏上旅途，那您就得这么做，这是没法更改的……

是的，亲爱的马丁·韦特，您看，我们的远古时代，它支配着我们每个人，直抵内心深处……但愿他们不久就能把我头部的绷带摘下来……我想检查我给您画的肖像，我在暂时的黑暗中画的肖像……如果那是真的，如果确有其事，亨丽克又重新开始了词汇收集……

也许您下回可以给我多讲讲这方面的事。多谢了，我没什么愿望，十分感激您……或许有吧，我有一个请求，一个很重大的请求。我还没听到马里安·耶罗明的任何消息，织毯师傅耶罗明，他曾经是我最钟爱的学生。亨丽克，如果真有谁知道他在哪里的话，那就只有她了。任何时候，都必须关心耶罗明，关心我们这位上了年纪的神童。

对，没错，他也来自勒克瑙，他很早就作为神童在我这里干活了，一直干了这么多年……

讽刺，您这么认为吗？这听上去有讽刺意味吗？耶罗明只是证实了索尼娅·图尔克的担忧，那位最伟大的马祖里织毯大师，我的一切几乎都要归功于她。事情是这样的，当我将耶罗明的第一个设计拿给她看时，当时她已经半瘫痪了，她坐在椅子里，任凭我们帮助她，当我将那张绘有三根嫩枝、一对鸟儿的画纸放在她腿上时，她花了很长时间鉴赏它，然后断言："非常正确，齐格蒙特，小马里安是个神童。但愿他能有更大的出息，因为神童的能力往往只表现在最初年幼的时候。"

是的，我知道您得走了。我会想办法睡上一会儿……

可我对这事感兴趣，在您走之前，您还得给我说说……

不，您不必顾虑我……

好吧，世界学代替乡土学，您认为世界学对我们大家都会有帮助。我不知道经验对您有多重要，但我见识过一些人，他们将希望寄托在世界学上，后来又自动回到了乡土学。也许我们必须意识到，世界学始终都只是乡土学，可能就是这样的。不管怎样，亲爱的，我期待明天。

第五章

今天我会让您感到吃惊的，虽然我没有离开这个房间。我知道，您父亲是位兽医，您自己曾经常去诊所里给他帮忙。我也知道，您父亲有"迷人的目光"，它让本地的动物性情温和。您有两个哥哥，他们都是药剂师。还有什么？对，我也知道，他们中的一个遭遇了严重的事故，在城外的峡湾里，然后……

您说什么？

好吧，这件事并非我直接了解到的。虽然提到了那艘沉船，也提到了您父亲的自尽，但没有谈到骗保的事情。这里的主治医生，他显然认识您父亲，您上次来访后离开的时候他看到了您。他问我您是不是那个"小韦特"，他唤您为"小韦特"，反正我知道的事情都是从他那儿获悉的。

亲爱的，您可不该这么惯坏我。虽然坦率地说，我能够喝下大量的茶和果汁。您现在就往我的尖口杯里倒点儿吧。这里的人对我的现状表示满意，移植的皮肤似乎适应了它们的新环境，是的，他们给我贴上了新的皮肤。我可不可以请您把我再抬高一点，上身高一点儿，我要试着撑起来，这样更舒服。躺在这垫子上人会往下滑，这么简陋的家，马祖里没人适应得了，只有法国床还能勉强与马祖里的床比一比，您的微笑也丝毫改变不了这一事实。因为在我们这儿，羽毛不是剪下来的，而是用手指撕下来的，它们粘着小块的皮肤脱离羽柄，在收缩的过程中凝结了，非常好看，永远那么蓬松，每根小羽毛都完美地旋绕着。另外，埃迪特，我的首任妻子，之所以被说成是"中邪"了，起因就在于撕羽毛这件事。

那是怎么回事？我说出来，您自己判断吧。

没记错的话那一定是在一个秋天，康尼邀请我乘坐渔务官阿尔伯特·杜迪的摩托艇去巡查，没错，是在秋天，因为勒克瑙湖上方飘着燃烧秸秆形成的黄绿色烟雾，那是一种看起来很不自然的、有多种颜色的浓烟，曾经只有我父亲能在他的实验室里造出这样的烟雾。您得知道，自打他们的母亲去世之后，是的她死于血液中毒，她死后康尼和埃迪特就住在渔务官家里，他是失联的狱长的堂兄，有三个未婚的女儿。最让他受累的是他的性格，它们在他身上表现得非常明显，他不仅处事公正，心地也非常善良。勒克瑙湖、泽尔门特湖和苏诺沃湖，还有数公里长的勒克瑙河，统统归他管理。由他来确定捕捞的配额，他把对水鸟的狩猎权租给人们，在夏季偶发的鱼类死亡事件之后他负责重放鱼苗，他郁闷地没收捕鳗线、隔板、捕鱼笼和支放钓具的"强盗钓手"。他将没收的物品堆放在一间船坞里，经常忘记上锁，恐怕是因为他暗地里希望物品的主人们会入室行窃把它们偷回去。

可我想讲什么来着？对，巡查。我坐在渔务官的摩托艇里，坐在康尼身旁。他根本不必向我强调需要及时来码头，因为原则上我一直是到得太早了，我去哪儿都容易到得太早。如果要去垫有防撞编织垫、不让船舷受损的木栈道，换句话说，如果要踏上伸进芦苇里的跳板，我必须经过渔务官的房屋，那房子跟我们的房子一样是用白石灰粉刷的，周围同样有一圈柏油。还没靠近我就听到了角落的房间里传出的歌声，房间朝湖的窗户开着，我不由得停下脚步，专心倾听，因为唱的是宗教歌曲。我透过窗户偷看，杜迪的三个女儿坐在炉边长凳上，周围是装有各种羽毛的桶，她们的腿上搁着一只筛子，她们边撕羽毛边唱着歌，杜迪夫人坐在她们对面，定着调子，她坐在高高的扶手椅里，她也在撕着羽毛，虽然动作有些漫不经心。如果有一阵风吹进这里，一场突然袭来的东北风，我想纷飞的羽毛会胜过任何雪花飘舞的场景，或许你的衣服上还会被插上千根羽毛管。此时这些羽毛管上的羽毛已经被撕下来了，它们安静地、光秃秃地躺在一只铁皮盆里……

太多羽毛了，您这么认为吗？亲爱的，要是您知道在当时床意味着什么，要是您知道人们是如何撕羽毛来填塞床铺的就好了！对于一名马祖里姑娘来说，她的首要任务就是撕下五十只鹅的细绒，把它们填塞进新娘的床铺里。床垫，枕头，自己用的被子堆成了一座中等高度的小山，它们都需要填塞羽毛，把它们都塞满后还得继续为客人的床撕羽毛，好让客人舒服地在里面打盹儿。做完这些她们还要为盼望中的有一天会到来的孩子们撕羽毛，也许还要为兄弟，最后是为父母，他们的床用旧了说不定什么时候也得换掉。撕羽毛，羽毛混在一块儿，一旦起火，人们率先抢救的是他们的床而不是装着积蓄的匣子，所以说撕羽毛这事儿绝对不只是在打发时间。

总而言之，杜迪的女儿们——丽斯贝特，埃尔斯贝特和朱丽叶，在她们薄嘴唇的母亲的监督下边唱歌边撕着羽毛，虽然我多次从窗户偷看，但我没能发现埃迪特，她那时可是被收留在那里的啊。与屋里的住户不同，她应该很容易被认出来。她没有坐在炉边长凳上，她既不在为她自己的床，也不在为渔务官的床撕羽毛。我听她们唱了一会儿，很震惊，因为杜迪的女儿们突然热烈地唱起一首选中的新歌，然后我蹲下身子，跳到通往仓库通向码头的芦苇道上。芦苇丛的前面，像平时一样，水鸟们在唠唠叨叨地争执不休，为了粗暴地说服对方，那只经常张口咬人、拍打着翅膀的水鸟被它的同伴按到了水下。大苇莺也在破口大骂，木栈道的前面，"信天翁二号"浮在深色的水面，系着粗得夸张的缆绳。这是渔务官的值勤船，船身有三块座板，中间是装柴油的木桶。两只小海鸥飞离木箱，将它们的灰白色粪便喷在座板上。上锁了，我看到门上斜挂着拳头大的挂锁，仿佛有人最后还将它拿在手里，想确认锁好了、锁牢了似的。仓库旁的跳板晃晃悠悠的，每走一步就不小心踩进水里。我正努力保持着平衡从上面走过去，忽然听到有人喊我，不是喊我的名字，那人将嗓门压得低低的，好像有什么阴谋似的。我在晃悠的木板上停下来，将耳朵贴着船坞的墙壁。

　　喊叫的人是埃迪特，她停止了呜咽，胆怯地问有没有人。由于我没有马上回答，她将脸移近了墙壁，轻声问道："康尼，是你吗，康尼？你为什么不吱声，康尼？"现身之前，我先四下张望了一下。当她知道站在墙外的是谁时，她的声音立即变得坚定了，命令似的，她没有请求我，而是要求我取掉船坞地板上的一块板子，是的，她将它画了出来。"快，"她说道，"快点啊，我必须从这儿出去。"我按下木板里的一个节疤，将埃迪特引到孔洞旁，迅速看了看她的眼睛、嘴巴和她的耳朵，她的目光和嘴唇不耐烦地重复着同样的要求："快动手啊，还在等什么？"

　　我问她为什么被锁在仓库里，她像往常一样用威胁的架势回应我："你会看到这样做的结果的！"像每回一样，这次我本来也会满足她的愿望。我正要钻去仓库下方，可是康尼拉住了我，他拿一只手指按在唇上，冲浮码头那边点点头。我们默默地离开埃迪特的监狱，不理睬她的恳求和威胁，面对她的呜咽也不退让。我们爬进船，蹲在干净的船底板上，康尼问我如果他去哈帕兰达我愿不愿意陪他一起，之后他给我讲了为什么渔务官将埃迪特锁了起来⋯⋯

为了惩罚。您说对了，马丁，这已经不是头一回了，埃迪特拒绝撕羽毛。每回将桶搬进了客厅，分配了筛子和铁片，埃迪特就开始发抖，然后挪向门口。在长久的劝说后，她虽然会在炉边长凳的边缘处坐下来，却从不将手伸进桶里。当杜迪的一个女儿笑着将几片羽毛洒落到她身上时，她的手就慌张地缩回去。一旦别人试图将盛有羽毛的筛子放到她的腿上，她就会跳起身，像是透不过气来似的。她在纤细的毛茸茸的羽毛前闭上眼睛，是的，她不碰羽毛。

就像任何劝说都不够甜美，任何暴力都不够刺激，不足以说服她撕羽毛一样，也没有什么能让她跟着杜迪家的人一起唱赞美歌，虽然她会唱数量惊人的其他歌曲，比如家乡之歌和士兵之歌，她很喜欢唱它们。渔务官的妻子十分虔诚，她很快就认识到了摆在面前的是怎样的情况，她知道只有什么方法才管用。由于只有用花样繁多的惩罚措施才能对付中邪，埃迪特先是被禁止吃饭，见这不管用，她又被禁止说话。可我的首任妻子还是不肯从羽管上撕绒毛，她不得不当着杜迪女儿们的面，在不能既保证公正又维持善良的渔务官面前弯下身去，等着挨打。她的屁股满是鞭子抽打的痕迹，但是这也不能唤醒她的理智。于是接下来她被同时施以多种惩罚，不许她吃饭，还把她关进散发着柏油和干海藻味的仓库里。康尼为什么不救她呢？我不知道，我无法告诉您，也许他当时就在想着一个无情的解决方案，他想和勒克瑙断绝关系，将他全部的希望转移到哈帕兰达，他可能在一张照片上见过它，是的，瑞典的哈帕兰达，照片里耸立着这个国家最北面的灯塔。不管怎样，我都打算从船坞里救出埃迪特，我想取下她说的那块木板。渔务官上船前透过我弄出的洞口朝仓库里张望，他喊话鼓励埃迪特，这时我暗下决心，我得把她救出来。他发动柴油机，懒洋洋地拿起舵柄，然后我们就突突突地行驶在勒克瑙湖面，出去巡查了。

平时我和那些人一样，大家一望见"信天翁二号"就飞快地收起钓钩，抓起盛着战利品的篓子逃跑，而现在，我的视角变了，我看着其他人一见我们就逃。桥下面就有两名光着脚的少年和一名少女，他们站在桥桩的阴影里钓河鲈，没用钓竿，只用线轴和钩子。渔务官恫吓他们，向我们挤挤眼睛，一边放慢动作冲着逃跑者的背影喊唬人的话，他们虽然放弃了钓具，但不愿放弃装鱼的大果酱桶。他们在狭窄的船道里逃避我们，他们顺着湖岸逃跑，从勒克瑙船协的码头上逃跑，那样子逗得我们直乐。渔务官从不试图追赶和举报逃跑的人，即使有人在公共浴场里捕鱼，有个"强盗钓手"躲在那儿的厕所里钓勒克瑙河里的大头鲡和银色鲌鱼，他很容易被当场逮住。

湖面上有一道亮光，光线并不是一动不动的，那是一个轻盈摇摆的闪光的钟形罩，我们从它的下方驶过，到处都有发动机沉闷但稳定的跳动声，这声音既通知了野鸭和笨拙的骨顶鸡们，也通知了巴兰的渔民和勒克瑙河河口安静的钓鱼人，他们的小船似乎飘浮在缓缓升起的因燃烧秸秆而形成的烟雾里，只有两根插在浅水滩的杆子还露在外面。我们突突地向他们驶去，我们靠近钓鱼人自己打造的船，让年龄稍长的男人给我们看钓线，数支起的钓竿，鉴定他们的猎物。有两名钓手的船上带着猫，猫身上生着虎纹，它们透过微微发光的眼缝观察舞动的小木棍。一根细线从一条船上伸进缓缓流动的水里，渔务官坚持要知道线上挂着什么东西，他将线拉紧。几经犹豫后一位老者一截一截地把线收了回来，他指给渔务官看一副假牙，是的，一个微笑着的人类假牙。那是他妻子的假牙，放在勒克瑙河的水流里接受大自然的清洗。

我们驶过半岛，捞出一只死掉的野鸭，冲排工们挥挥手，那些穿着七分裤的杂技运动员们，他们人手一根撑杆，有几个人在我们面前将撑杆当枪一样比画。我们减速时船头的波浪冲得树段轻微摇晃，然后，在勒克瑙湖的最深处——渔务官本人的测量结果是74米深，我们逆风驶向对面的练兵场，在那儿，在巴兰湾起伏的灯芯草地带前方，渔民们将他们的渔网围成弧状张开在那里，那是一张小网眼的翼形长网，渔民守着捕鱼兜，拿着棍棒、木锤或桨在网的中间拍打水面，渔网的尾端被拖向岸边。光是看着水波荡漾、水花飞溅的场面，就让人感到开心。受惊的鱼儿猛地一蹿，试图逃进更深的水里；大鲤鱼和梭子鱼的背鳍划过水面；河鲈躬身跃进空中；斜齿鳊，它们就像生活在我们湖泊里的麻雀，密密麻麻地挤作一团。网的两翼强迫鱼儿们钻进捕鱼兜里，接着人们再用两个手动转环收回捕鱼兜，把它打开。渔民们站在水里，湖水没过膝盖，水中是活蹦乱跳的鱼。渔务官与年龄最大的渔民交换嚼烟，他们互相交流经验。在迫不得已地收下几条送给我们的丁鱥之后，我们沿着农场的岸边往下游巡逻，驶向小格拉耶沃湾。

这是什么时候的事情？那一定是在战争的第三年或最后一年，我们的菜谱已经有了二十四种变化，奶牛已经拒绝产奶了，就像我祖父说的那样，不管怎样，如果人们不仅要吃，还想吃得丰富多样，那就得精明些，当然还得有运气。

当时我没有思考过这个问题，但今天我在思考，我想知道小格拉耶沃的人是如何度过那段时间的，古特克尔希一家和豪泽一家，战争持续得越久，他们生活得就越不引人注目。

于是，我们驶进杂草丛生的小格拉耶沃湾，滑过被固定住的木排，准备在主桥的长堤上系上安全绳，是的，它将那些摇摇晃晃的私人码头远远比了下去。岸边只有一块巨大的头巾，两只胳膊在一张石板上揉搓，使劲地冲洗衣服。远方，博雷克山脉里的叫喊解释了为什么没有孩子们迎接我们，他们在蓝莓地里。狗没有吠叫，半个舰队那么多的鸭子和鹅也没像平时一样浮在水面上，把影子倒映在水中。我们钻出船，跨过从码头上牵出的星星一样分散开的绳子，当我们收回第一根吊着木制鱼箱的绳子时，那个洗衣服的女人连头都没抬一抬。

渔务官自己动手将滑滑的长满海藻的箱子拖上来，从一根钩子里拔开扁销，拎起半面盖子。里面仅有一条有气无力的鲤鱼，显然没给他机会放生更多的鱼。我们将一只只箱子拖过来，帮他做准备工作，渔务官自己打开留着换气孔的容器，将法律规定的应该属于湖泊的那部分还给湖泊，箱子里只有少量多刺的河鲈和鲫鱼，没有梭子鱼，更没有鳗鱼或梭鲈，深水里的箱子都是空的。

失望，渔务官特别失望，他似乎无法接受箱子里只有这点鱼，他若有所思地将它们放回去。他沉思着登上船，让康尼发动发动机，可平时那么可靠的柴油机这回发动不起来了，它也不服从渔务官本人的指令，只是干巴巴地吼叫，却并不转动。我们必须进城，我和康尼接受委托去城里接机械师傅巴特库斯过来。

您说得对，我们并不兴奋。由于没有别的办法，我们开始推船，把船推向湖岸。岸上的女人举起头巾，十分友好地向康尼打招呼。我们爬上起伏不平的斜坡，在小格拉耶沃，一扇扇门突然打开一条缝，门里有人打着响指想引起我们的注意。康尼不时地抓住一只门内的手，他喊喊喳喳，然后遗憾地摇摇头，拖着我继续走。我听不太懂他们在说什么，不过但凡是门打开的地方，我立即就能闻到浓浓的鱼腥味。我能闻到干燥的、烤过的梭子鱼和在飞溅的板油锅里煎炸的河鲈的气味儿；我还闻到了用酸醋和四分之一只洋葱腌制的鳊鱼；闻到了煮好的梭鲈；闻到了鱼肚里塞着甜甜的水果干的鲤鱼，它被放在一块铁板上焖；还有宽头鳗，上面浇着颤动的肉汁。我渐渐醒悟了，他们是在邀请我们，他们要我们尝尝在蒸、煮、焖的东西，无论如何，这些菜肴以一种神秘的方式备好了，这让人不得不以为那天是小格拉耶沃的食鱼节。

不行，我们不可以耽搁，我们必须爬上斜坡前往博雷克山脉的末端，我们顺着土路往前，路两边是参天的松树，树根延伸到了路面。和以往一样，我们将胳膊搭在对方的脖子上，这样走起来阻碍更大，但却更开心，我们保持着这种行走姿势，直到我们抵达博雷克山脉的大育林区。我们在这儿掏出自制的投掷球，那只不过是随便缝了几下的破布，里面装着沙子。我们边走边进行打靶或抛掷练习，我们用沙袋轰砸枝干和树根。

我还记得，有一次投掷的时候我用尽了全力，我身体的扭幅那么大，以至于球离开了预计的飞行轨道，斜飞过密集的育林区上方，最后无声无息地落在了林中的地面上。要不是康尼说，"快去取回来，我等着你"，我几乎不会钻进育林区将球捡回来。坚硬的草非常刺人，凝结着树脂的枝条抽打在脸上，野生灌木丛在我的皮肤上划出一道道口子。康尼极不耐烦地让我拿胳膊挡在眼前，记住前进的方向，于是我从密集的云杉之间钻了过去。满眼的绿色很快就逼走了身后道路的灰色微光，风在这儿停息了。几乎无法确定是从哪儿传来了沙沙声和咔嚓声，虽然在我面前敲击的只是一只啄木鸟，却好像整个育林区都被敲击树干的啄木鸟包围了一样。一棵已经死亡却并未倒下的枯树前躺着一条蝰蛇，它的花纹和我们的埃拉很像。我绕开蛇，开始仔细地寻找……

差不多就这样，亲爱的。就像您在航海的时候试图找到一串掉进海里的钥匙，我想你不会再找到它们的，就像我不会再找到我的球一样。

反正，我正在寻找着，却突然听到沉闷的掌声，有人在拍手，离得不是很远，我清楚地听见了兴奋的叫声。

我跪在地面上，四肢着地，绕着圈儿爬行，是的，圈子越绕越大。然后我在林中的空地上看见了他们，空地很显然是他们自己开辟出来的，我看到了马祖里走私大王胡戈·邦迪拉，坐在他周围倚靠着背包的，是一群优秀的走私犯。

但是，我想说的是，他们的兴奋，对。他们的兴奋是胡戈·邦迪拉带来的，他脱得只剩一条晃动的内裤，他正在打开一只纸板箱，取出一顶边境宪兵帽，用讽刺性的投降动作向帽子致敬，然后他突然将帽子戴到了自己的头上。走私犯们纷纷拍手，还想继续看。胡戈·邦迪拉又从箱子里取出一件叠得整整齐齐的制服，先是将它展示一圈，然后踮着脚尖，把它用力贴在了身上，最后迈着轻盈的舞步走过林中的空地。走私犯们用巴掌拍打森林地面，没错，观众越是闹腾，胡戈·邦迪拉表现得就越阴沉、越粗暴。他一言不发，仅仅通过目光中的愤慨，就能表现出他对世界急速增长的不满。裤子很合身，皮带像是为他定做的。当他挎上军刀，把左手别在背后，右手手指插进胸前的纽扣襟里时，有几名走私犯跳了起来，纯粹是为他们中竟然有人能这么成功地扮演边境宪兵而感到兴奋，这个人将人人都很熟悉的边境宪兵比了下去，他的表情和天生的威严都超越了对方。

康尼，康尼突然趴在了我身边，向我眨眨眼，热情洋溢地谈起胡戈·邦迪拉的诡计，这对一个圈套套在了我脖子上，两条大腿骑马似的将我夹住了，是的，我被按紧在地面上。康尼扑向那人，想将他从我身上推开，可就是做不到，即使康尼不考虑自身安危，从背后攻击他，想要战胜他，我还是无法脱身，夹住我的双腿就是不放松。可是，后来康尼不得不逃跑，空地上的人听到了我们的搏斗声，赶过来帮助控制着我的人，那是他们的人。我不得不脸贴地面趴着，直到胡戈·邦迪拉他们在简短的商量后做出决定。他们将我推进他们的包围圈内，邦迪拉远远地讯问我，他什么都想知道，尤其想知道我是哪个罗加拉。我父亲的名字似乎唤起了他们的信赖，那位神秘物质的统治者似乎和他们很要好。

别这么不耐烦，我正要对您讲呢。胡戈·邦迪拉从一名走私者嘴边抢走瓶子，连喝几口还在晃动的蜂蜜利口酒，他瞟了我一眼，估算着以我的体格能喝下多少，然后将剩下不足四分之一的瓶子递给我，命令我喝光，就像他说的，一口一口地喝，而不是一饮而尽。我别无选择，我喝了，在邦迪拉严厉的鼓励下，喝那种黄色的、有蜜香味的烧酒。这群走私者显然正在准备出发，有人在地里飞速挖出他刚刚埋进去的东西，有的人正将硬币缝进上装衬里，他们卷起大衣，系上腰带，重新分配他们背包里的东西……

他们走私的是什么？布料、烟、调味品，也有肥皂和药物，您可以想象一下，当他们打开背包，交换和归整他们的货物时，森林中的这片空地上聚集弥漫着多少种气味儿。

蜂蜜利口酒，它先是让我双腿发软，然后我眼中云杉的树冠开始慢慢旋转，我脚下的空地被轻轻抬成倾斜的平原，我的太阳穴上仿佛缠上了铁丝，我被按向森林的地面，我只觉得走私犯们飘浮在空中，育林区在左右摇晃，那感觉就像在航海一样。那些人毫不费力地背起他们的背包，好像它们都是充了气的气球一样，然后他们放开一根缆绳，将它当作柔韧的栏杆，在邦迪拉的命令下这根活动着的彩带吃力地从我身旁经过，然后消失在灌木丛里。

不，不是全部，我没有将瓶子里的酒全部喝光，但我喝得够多了，我头一回品尝了我们的蜂蜜利口酒，只觉得视觉和听觉都被扩大了，既敏感又麻木，如果此时有百鸟齐鸣，那我一定能把其中每一个错误的音节都听出来，但另一方面我的感官又变得迟钝，即使被截去一根手指我恐怕都感觉不到疼痛。不管怎样，直到今天我还是不得不相信，是两只乌鸦将我领回勒克瑙湖的，两只秃鼻乌鸦，它们飞落时不是很灵活，一开始只是瞪着我，绕着我走，以乌鸦特有的姿势，比如突然的跳动。它们离我很近，我甚至想去抓住它们。我跟随它们走过林中空地，穿过育林区，它们在我面前从一棵云杉飞往另一棵云杉。当我穿过了最后一根树枝的时候，我看到它们拖着一只翅膀在土路上一跳一跳。蜂蜜利口酒在我的后脑里闹哄哄的，我的感觉遍及每根头发的发根。我不放弃，我想捉到其中的一只乌鸦，我一次次估测尺寸，试图在它们跳跃时捉到它们，或者，只要蜂蜜利口酒允许，我立刻就可以一个冲刺捉住它们，可每回都被它们逃脱了。它们领着我经过小格拉耶沃来到野梨树，那些树木长满了节疤，枝繁叶茂，几乎遮蔽了所有阳光，这曾经让我感到害怕。此时它们挤在一起栖息，树枝低头窥望我，看着我攀爬在泥泞的堤坡上，我没有跌倒，我蹚进湖水，用湖水洗我火辣辣的脸和脖子，然后我在浅水里继续走，朝着农场的方向……

您是问渔务官吗？"信天翁二号"是不是已经停在码头上了？

没错，他们还没有回来，我在野梨树下能望见芦苇里的通道，于是我决定从湖的一侧向仓库前进，我打算去埃迪特那个无窗的监狱那边。是的，我的首任妻子正在里面为她"病态地拒绝"撕羽毛而赎罪。我没有怯生生地敲仓库的门，相反我剧烈地敲击木头，埃迪特的眼睛马上就贴在了洞孔处。这回不等她鼓励，我就钻进了船坞下方，寻找并发现了那块可以取下来的木板，我从缝里挤进去，站在由混乱的渔网和捕鱼笼堆成的山丘前面。"走吧。"我说，"快走。"她惊惶地望着我，坐回已经被她坐得凹陷下去的位置，双手抱着簌簌响的渔网，好像她想抓牢什么似的。我许下了我所能做到的承诺，我要先将她从这儿弄出去，然后带她去博雷克山脉或去农场上的大谷仓。可埃迪特不想逃了，至少不想跟我逃，她想等康尼，他向她暗示过，他会带她出发前往哈帕兰达，去最北面的灯塔。

蜂蜜利口酒让仓库摇摆翻滚，像一艘近海货船长时间待在昏暗的湖泊下面，我不得不把四肢紧贴地面，我顺着埃迪特的双腿爬到网上，躺在她身边，在深深的浪谷里晃荡了好一阵，然后我问她，到底知不知道哈帕兰达位于何处，他们如何去那里，一开始他们要如何谋生。她没有回答我，而是踩到一张铁丝床上，把手伸进屋梁之间一个可以藏东西的地方，她取出一只钱包，凑在我脸前打开来。

不是玻璃球，亲爱的，您搞错了。她的钱包里装着银塔勒和面值 10 马克、20 马克的金币。埃迪特一本正经地掏出它们，又让它们下雨似的叮叮当当地响着掉落回去，她的动作缓慢，好让我看清楚并明白，她能轻易实现在哈帕兰达生活的梦想。那是钱，是她从母亲的遗物里偷拿来的，无论是渔务官一家人还是康尼都不知情。是的，连康尼也不知道。她担心我会说服她哥哥不带她就出发离开，因此她向我展示她的财富，虽然那让人感到不安。她提醒我考虑一下，我们只有带上她，哈帕兰达才能"真正"属于我们。退回仓库的幽暗中之后，她变魔术似的藏起了钱包，然后在我身旁躺下来，大概想听我发誓，也许是在等一句保证或类似的话，可在蜂蜜利口酒的影响下我现在只盼望尽快死去，然后被汹涌的波浪掩埋掉。当我满心期望胃里不再翻滚时，我依稀听到她在狂热地讲着哈帕兰达，讲那里有什么没有什么。她不停地给我介绍这些画面：白色灯塔，酒红色木屋，它们倒映在平静的水里；温驯的海鸥和帆船，它们能自己找到回家的路。我相信我也听懂了她的话，在哈帕兰达没有奶酪汤，上学是自愿的，尤其重要的是，在哈帕兰达人们让女孩分拣鱼类而不是撕羽毛。我不想也不能反驳她，我将脸贴在网上，我睡着了……

您说什么？绝对不是这样的，您对埃迪特的认识还不够。我醒来时不仅身上罩着收紧的网，我还发现我的手腕被绑紧在了一张网的纲绳上。当康尼钻进来找我们时，我就这样躺在那里，是的，被绑住了。当他解开两个收得紧紧的缩帆结时，埃迪特就蹲在他的身旁。她担心不已，一次次地向我们求证，确保我们不会单独地前往哈帕兰达。是的，我们，她的意思是如果我们决定出发的话，我们一定会带上她。直到康尼握着她的手，他把她的两只手握在一起，仪式般地上下动了动，这是在郑重表示他同意了，就这么说定了，于是她这才心安了。然后我们坐在那儿，低声商量，试图就最合适的出发日期达成一致。蜂蜜利口酒的后劲儿让我觉得后脑里有一根小捻杆在旋转，我同意了他们的每一个建议，我同意把时间放在来年的春天，在坚信礼结束之后就立刻离开，毕业离校后我们立马出发。

谢谢，现在我很想吃只苹果……它的水分好足啊，真是芳香浓郁，不像今天那些只图看看好看而种植的水果，估计它是个老品种，不太引人注目的那种，其貌不扬，有可能是在一棵歪脖子树上成熟的……

在一座老校园里，您看……原来是在普德比废弃的乡村小学的花园里，是您亲手采摘的，与亨丽克一块儿采摘的？

马里安·耶罗明？看看！马里安打开了他自己的织机，我们的老神童利用机会，他终于独自站起来了。是的，我优秀的学生，他曾经指责我，说我一味强调手工的规则，这导致了他的瘫痪，又或者说这扼杀了他的才华。于是这位被缚住手脚的天才摆脱了他的监护人，我认为，他把我最后那些织造女徒给接走，并不是要传授她们精确的手工技艺及其带来的折磨，而是要唤醒她们每个人体内沉睡着的最原始的天赋……

她们五位……哎呀，您看看，我说什么了……请您相信我，曾经的普德比乡村小学，他现在将它租下来了，它将成为织毯大师耶罗明的最后站点，在这里他将不得不认识到，就像索尼娅·图尔克强调的那样，"神童只是开始时具有神一般的天赋"。最后真正发挥价值的还是其他的一些东西，那就是韧性、细心和精确。不管怎样，虽然他们宣布了要离我而去，但我现在总算知道我的人在哪里了，哪怕我们再也没有联系也好过一直把我蒙在鼓里……

哈帕兰达？我们是否真的逃去哈帕兰达了？您知道的，为未来做出决定的时候越是坚决，反悔时也就越加坚定。我们已经在脑海里偷偷到过哈帕兰达了，我们没必要再动身前往那里了，不过这并不是我最终没有前往最北面的那座灯塔的真正原因。

就在我快要毕业离校前夕，在春天，我们已经开始打赤脚了，我母亲坐在亚当叔叔的车间里，他在修理一只篮子，一只用薄木片编织成的提篮，他们在谈我，耐心地讨论我的爱好和能力，为我考虑了各种职业，权衡这个，推翻那个。我站在门后，偷听他们断断续续的交谈，头一回听到她对我是什么看法，她相信我能做什么。我也听到了，她要将我托举到人生的哪一个阶段，她自己才会满意。我母亲为我挑选的是"影响大的"职业，相反，亚当叔叔希望看到我完全献身于"服务性"职业。他们都为我计划了什么啊！他们多么想看到他们不同的虚荣心得到满足啊！"最好是。"我母亲说道，"要是我们的齐格蒙特能做宪兵，他就一直可以监视一切。"亚当叔叔否决了这个建议，他说："我更愿意他做毛皮制衣工，他熟识布料和毛皮，他可以制作皮大衣、皮手套和皮被子，有了它们就不怕冷了。"由于担心这只能是个季节性的职业，我母亲建议我应该跟着施特鲁佩克，去他的店里做学徒，销售大衣、裤子和水手服，因为"齐格蒙特能将每个淘气鬼打扮得很好看"。"那还不如做细木工。"亚当叔叔说道，"胶水和木材的气味都比纺织品健康，此外他不必被迫穿着内衣接待近乎半个勒克瑙的顾客。"当他们一起考虑，让我去城外的胶合板厂，去做木材加工工人时，我终于忍无可忍了。我悄悄从门旁溜过，摸索下楼，穿过花园跑向勒克瑙河，我不准备接受他们在悠闲的交谈中为我做的选择。

我们的河正在涨洪水，河水拖扯着低垂的柳树，全部枝杈都在抖动。黑暗的水面上漂着树干，那些被细心伐倒的树干是从波兰漂来的，它们慢慢滚动着，被拦在死河湾里，向下漂向河口，那里有一根绷紧的钢索拦截它们，让它们堆积起来，那是数百根大小不等的树干，是供应胶合板厂的。西蒙已经到那儿了，身材佝偻的西蒙·加科已经在等着我，简单打过招呼后我们出发去找其他人，他们在城外很远的地方，他们在树干上练习平衡，树干跷动、旋转。

在春天，我们最迫不及待等候的就是来自波兰的被伐倒的树木，它们顺着河水漂下来，堆在河口，直到一辆老式拖轮慢得要命地将它们拖去胶合板厂。

您试试来现场体验一下吧，亲爱的马丁·韦特，请您在一根树皮粗糙、漂浮着的巨木上坐下来，要足足五个人才扛得起的那种木头，您可别摔倒得太明显。应该请您来做裁判，看我们旋转新鲜的树干，它们刚好能承受住一个孩子的重量，树干越转越快，是的，最后我们只能纵身一跳逃离那里。我们是这么做的，只听一声号令，我们开始滚动脚下的树干，树干两侧溅起薄薄的水雾，那感觉就像是奔跑在魔鬼的车轮上。粗壮的木头摇摆着，我们努力保持平衡，双手挥舞，树干剧烈地摆动。西蒙·加科，他坚持的时间最久，当其他人早就跳下水或骑坐在树干上，大腿以下泡在水里时，西蒙还坚持站在滚动的树干上。这个矮小的波斯尼亚人，他的胜利让我们感到无聊，因此有人——康尼，他建议我们踩着树干奔跑，在漂浮的木材造就的虚假的平地上赛跑，从桥的位置一直跑到老马槽那儿。树干不是整齐有序地排列在那里，不像火柴那么均匀。水流让它们被随意冲向各处，它们都是松散的木筏，有的倾斜着，有的被卡住了，另一些适应能力强的，比如有些像 T 型梁的木头，它们拦住了水流，使得毫无防备的水流被壅在树干之间。

我们无一例外全光着脚，您应该看看我们如何在漂浮的森林上方穿掠飞行。遇到细树干我们就用脚尖轻点，如果是粗壮的树干我们就嗵嗵地快速踩上去，遇到没有树干的空隙我们就迅速估算距离，然后跃过去。

有一次跳跃时我估计错了，起跳时没遇到必要的阻力。糟糕了，还在半空的时候我就知道后果了，我张开双臂，以免摔得太深。水流和旋涡裹挟着我，我感觉到更多的是它的压力而不是寒冷，是的，一种挤压的力量，这种力量让我没法向上游，而是将我冲到树木的下方，冲进条纹状的黑暗中⋯⋯

这可不行。您所说的是没法做到的，因为树干上面也有水流的压力，这种压力让木材相互挤压。不，我没能扯开一条缝钻上来，我在树干下面顺流漂行，尽可能地向上看，希望找到较大的一块空水面，能让我钻上来。一个火圈，有回音的咔嚓声，接着是冰面下的鱼儿发出的声音。是的，被货车立柱和木锤嗡嗡的敲打声震聋了，大鱼朝着冰层游上来。当我鼓足劲往上钻时，我就想着，一直往上，我的呼吸越来越困难，这迫使我更加执着地往上游，我被脑子里那种嗡嗡声震得麻木了，上升的过程中我撞在了一根树干上。我还记得，那是一阵短暂的疼痛，下沉的时候我感觉到些许舒适，我感到了一种肉体的解脱。我放慢动作旋转了一圈，任凭自己像被连根拔起的水生植物一样漂浮，我将自己交给了水流，它将我冲向老马槽。

在这里，一切都渐渐结束于一个疲惫的旋涡。我没发现向我迎面漂来的枝杈，我也不是故意抱住它的。当她将我轻轻拖向岸边时，我更多的身体沉在水下而不是浮在水面上，我既听不见她的声音，也听不见康尼的声音。

其他人在哪里？他们中断了比赛，他们意识到水流将我压在树干下面了，他们慌乱寻找一阵后跑走了，只留下康尼一个人。听到他的喊叫声，索尼娅·图尔克下水了，她挽着裙子从她的干草地上赶下来，她本来是在那里翻转一层层发亮的羊毛。当她发现她得用两只手才能将我拖上岸时，她听任那条沉重的、高贵地蓬起的裙子拖在了水里。

索尼娅·图尔克，我在她的草地上醒过来，在新染的和正在晾晒的羊毛之间，我被黏住的眼睛最先看到的是她那张活泼的脸，她的头发非常精确地从正中间分开到两边，我看到了她那催人坦白的神秘目光，还有她那透着执拗的带着弧线的嘴唇。我无法确定她的年龄，她没有微笑，见我醒过来她没有表现出满意的神色。她以生气的口吻派康尼去找我的家人，将我拉起来，领我走进河口上方雕工粗糙的木屋里，她一个人住在里面。她走路时，你既看不出她如何抬步也看不出如何落步，更像是有股不停的风吹得她矮胖的身体鼓帆一样前进，好像一艘超重的单桅小帆船。

来到厨房里，她拿起一条硬的麻布长毛巾，责备地望着我滴落的水迹，望着我周围地板上形成的小水洼，然后她没好气儿地要求我脱去湿衣服，挂到铁杠上方的一根绳子上。她帮我擦干身子，硬布料擦得我皮肤发红，痒痒地发烫。擦完后背以后，她又直接转过我的身子，擦干胸、腹和全身，包括脚趾，她感到好笑地打量和抚摸它们，这期间我吓坏了，纹丝不动。然后她帮我套上暖和的拖鞋，扔给我一件大了好多的衬衫，拿一床羊毛被将我包住，最后允许我看着她麻利地换掉裙子、裙子的衬里和黑色长袜，这算是补偿了刚刚擦水时给我带来的不适感。她倒上椴树花茶，我们在她宽敞的工作室里喝起来。

您说什么？在圣地吗？我想我们最好是说，在最伟大的马祖里织毯大师的工作室里，在两张古色古香的织机之间。墙上悬挂的毯子都是非卖品，那些意义非凡的靠垫和软和、华丽的毛毯，用来制作它们的羊毛硬得不能再硬了。还有双面织的异教织毯，据说是女巫毕安卡留给她的，它会让疾病望而却步。多美的颜色啊！上面有那么多内容丰富的人物、场景和象征啊！索尼娅·图尔克像要弥补浪费掉的时间似的，突然开始干起活来。我相信，她是在缝牢和固定一块嫁毯最后的纬纱。我把自己暖和地裹在被子里，沿着墙壁行走，被各种符号和它们带来的回音彻底弄懵了，那是些被织进去的希望，还有各种彩色的咒语，我无法将目光从织好的靠垫上移开，无法从编织的毛毯上移开，它们的图案和画面的主题让我激动不已，是的，一种因为认识到了什么而产生的激动。虽然我通过亚当叔叔的收藏认识了一些象征图案，但是直到我到了这里，我才开始明白它们的意义，在最后的蓝色、红色和棕色里，我被这些经纱和帷幔迷住了。我顿时醒悟了，三叉戟与我有些关系，带九个点的斜十字架①与我也有关；我相信八芒星能保护房屋，魔结能带人们远离不幸；看起来呆滞的眼睛图案象征着一位不可被抹去的陪伴者；欧瑟拉符文象征着对逃离黑暗洼地的渴望。日轮状的符号也有话对我说，还有白鹿和燃烧的芸香，更别说沃坦的白马和冷漠的护卫鸟了……

您说对了，它们是异教的象征，生活有赖于它们，它们展现了我们的生活。

毯子在粗糙的木墙上闪闪发光，我想我感受到了被编织在其中的所有经验纠缠在一起，我感到了要通过施法来阻止的恐惧。但我首先理解了一件事，对我们来说，只要十二角的鹿站在六芒星和侧柏下方，那我们就不必放弃希望。我忍不住了，我再也忍受不了就这么呆呆地看着了。我的眼睛盯着索尼娅·图尔克肉乎乎的后背，我在地板上趴下来，趴在五颜六色的羊毛碎片和花花绿绿的补丁中间，然后我够到了一把剪子和一张硬纸，我没有先画底图，而是直接开始剪出图案和动物。钢铁般的簌簌声，我用洁白的纸张剪出阳

---

① 斜十字架（Mehrungskreuz），又译英式十字架、圣安德鲁十字架等。另外，耶稣是上午九点钟被钉上十字架的。

光、奶牛和叶子茂盛的菱形，但索尼娅·图尔克没有听到这些动静，她一次也没有向我转过身来，估计是因为她本人工作时太紧张了。她在工作时制造出各种噪声，咕哝声，呻吟声，就像一只制造噪音的钟，她用它将自己屏蔽开来了。反正，坐在摊开的废料里，我觉得很热，怀着被束缚的幻想，我剪出了关于我们生活的主题和图案，我发现我什么都不缺，我很快乐，我只希望索尼娅·图尔克向我转过身来，夸我一句。

她没有浪费时间那么做。即使当一位身穿皮上衣、手执鞭子、皮肤黝黑的男子走进来时，她都没有中断她的活儿。那是一位从施特拉道来的富农，他递给她一张皱巴巴的钞票，委托她编织一块有特殊效果的毯子，要抓紧时间。她抬头瞥了一眼，让富农报出名字，他叫弗朗茨·纳鲁切，接着她让他介绍自己的家庭情况，那人结婚十二年了，没有孩子，有 280 摩尔干①土地。她没有改变身体的倾斜姿势，她继续工作着，一边询问委托者对他的毯子的各种细节要求。白底蓝色上织斜十字架，白底棕色上织两个菱形，还有四对儿，黑底红色，要成对儿的……

没错，亲爱的，就这些要求。说到尺寸，毯子要刚好盖住一张床，不会延伸出来。

索尼娅·图尔克仔细听他讲，在他述说他的愿望时，她好像在考虑她的艺术技艺。当我已经料想到她最终会收下他的钞票时，她却摇摇头，说道："从施特拉道来的弗朗茨·纳鲁切，拿上你的钱走吧。我不会为你织毯子，因为你给不了我任何灵感。"富农惊讶地看

---

① 摩尔干（Morgen），旧时欧洲各国的土地面积单位，1 摩尔干相当于 0.25—0.34 公顷。

着她，显然他怎么也没料到这样的答复，为了确认没听错，他问道："见鬼，必须给你什么样的灵感才能织这么一条毯子呢？"

"一种特殊的感觉。"索尼娅·图尔克说道，"这毯子也是我为自己编织的，我也需要了解它的感觉。"当弗朗茨·纳鲁切想知道她到底都为谁织了毯子时，您知道她说了什么吗？索尼娅·图尔克平静地解释："我的毯子，我织它们不是为了谁，我织它们是为了对付某种东西，要是您有兴趣知道那是什么东西的话。倏忽间的绝非永恒的东西，是的，我织所有毯子都是为了对付那些稍纵即逝的东西。"富农问他可不可以一年后再来，织毯师听后不易察觉地耸了耸肩。

可我想向您讲什么来着？对，我的纸样，我用硬纸剪的所有那些主题和图案，我将它们铺在一张摇晃的胡桃木桌上，我在那里整理它们，寻找它们之间的联系，甚至让人注意到从异教的太阳星到基督教智慧树的发展，但是，尽管我这样移动、翻转、放置它们，索尼娅·图尔克还是没有注意到我。我需要颜料。我问她，我在屋子的哪里能找到颜料，她说："哪里呢？哎呀，当然在颜料室里。"裹着被子的我溜进走廊，我侧耳倾听，轻轻走过七扇关闭的门，我没有打开它们。顺着一道楼梯上楼，我吓了一跳，只见我站在织毯大师的卧室里，那是一个半明半暗的房间，一张超大的床占据了整个屋子，猫头鹰们坐在墙上有节疤的坐杆上，有雪地鸮、大型的长耳鸮、小鸮，全都长着红闪闪的眼睛，马上就要扑上床的样子，我下意识地抬起臂肘，保护性地挡在了脸前。后来我给这些鸟儿标本取名，还不忘记摸摸它们干燥的羽毛。卧室旁边有两个侧室，一间是图书室，里面的东西随便乱放着，被蛛网包围了；我在另一间里发现了一组苍白的模特儿，它们没有眼睛，肢体扭曲地交织在一起，似乎在等待属于它们的机会。

没有办法，我必须下去，我必须打开通往走廊的门，一道道沉重的门，它们的门把手无一例外地都锁紧了，只有顶着巨大的阻力才能打开。您想象一下，我是做好了有所发现的心理准备的。我先是走进索尼娅·图尔克存放各种原料的房间，她从它们里面萃取她希望得到的所有颜料。在绷紧的绳子上，在铁皮和粗纸上，堆积着地衣、刺柏、甘菊和大量用来萃取颜料的植物，房间里还堆放着树皮和一条条浅色韧皮。我至今还记得那些原料的样子，记得我踏进房间中央时响起的噼啪声、沙沙声和咔嚓声，我记得那向我袭来的不安感。打开下一道门前我先倾听了一下，那是一个窄小的房间，里面只有桌椅和一张铁炉。桌上摆着一本书，比我父亲的图书室里最古老的大开本书更大、更神秘。那本书打开着，我小心翼翼地走近，在中间页上发现一个着色的符号和纹饰组合，旁边用一种文字介绍了已经被证实有效的魔法，后来，除了作者本人，没有谁能比我更流畅地阅读这种文字。

您是问哪一种类型的文字吗？比方说：太阳和太阳圆环意指女孩上当受骗，想在田野森林里寻觅幸福；心和圆圈意指很快就会成功；或者蓝色和蓝色的骑士，意思是莫要坠入爱河；对着七芒星眨眨眼，意思是猎捕布谷鸟；侧柏和冷杉，意指放逐闪电……

我不敢碰那本书，那本手工制作和手工书写的马祖里织毯艺术大纲，那是索尼娅·图尔克最宝贵的财富，她花在它上面的精力比花在异教毯上的还多，异教毯我碰都不能碰，我是指后来的那些。群蝇飞离炉子，绕着我盘旋，怒冲冲地撞在窗户上。我必须找到颜料间，在谨慎地侦查过另外两个房间之后，其中一个旁间里的桌子上摆放着三套餐具，每只盘子周围都有半弧形的干草般的散花，然后我很快就在编织间旁发现了颜料间，那是一个根本无从下脚的房间，因为满地都是脏兮兮的坛坛罐罐和各种盒子瓶子。我捅破油漆表层的干皮，摘下萎缩的盖子，尝试辨识颜料的真正特性。我拿着棕色、红色和蓝色的颜料返回编织间，来到胡桃木桌子旁，空白图案和我选定的主题在那里等着我，现在我要将它们需要的东西给予它们，让它们复活，赋予它们自己的特性。索尼娅·图尔克依然不理睬我，我给我的奶牛、菱形、我的鱼、符文和长颈鹅着色，颜色赋予它们所希望的能力。色彩让一切升华，你相信它们有某种能力，一种力量，比如某种选择的能力，这些自制的颜色，是的，它们源自最原始的原料。我唯一的感觉就是兴奋。我理解这种感受，我找到了我的位置。不仅如此，我顿时知道我想成为什么样的人了……

您说对了，亲爱的马丁·韦特。我也被找到了，我的天赋也被发现了，可我的学徒生涯一开始并非那么简单，那么一帆风顺……

当亚当叔叔来接我时事情就变得不顺利了，他是一个人来的，因为我母亲患了春季流感，卧床不起。当他站在门口，淡淡地向索尼娅·图尔克道谢时，我就察觉到，让他表现出这种僵硬态度的是他们之间旧有的隔阂，甚至是一种一开始就存在的偏见。为感谢她救了我，我母亲托他带来了三瓶蜂蜜，他将它们放在窗台上，又立即退回到门口，他站在那里寒暄了几句，问了问身体状况、生意之类的事情，但并不关心答案是什么。面对他那礼貌中蕴藏的冷淡，织毯师莞尔地笑了笑。她询问他家乡博物馆的情况，亚当叔叔随随便便地回答她，说他的家乡博物馆很快就可以向勒克瑙的观众开放了，她听后还是忍俊不禁。固定的参观时间，随意的门票价格。可以看出他没兴趣同她交谈。

他要求我从绳子上取下我的东西。怎么发牢骚都帮不了我，怎么嘟哝反抗都不行。他警告我穿衣服别磨蹭。索尼娅·图尔克邀请他进屋看看最近的毯子，他用勉强的，对，用一种有些做作的口吻回答她，他认为他缺少必要的心情，我的不幸让他心有余悸。他的手在腹前一扫："没时间了，齐格蒙特，快走吧。"他表现得如此勉强，如此生硬，那一定是要隐藏什么，虽然我没有看透，但我意识到了这一点。

不管怎样，穿上还潮叽叽的衣服之后，我走到索尼娅·图尔克的织机旁，伸手向她道谢。我将她从小板凳上拉起，拖去胡桃木桌旁，我冲着我的作品点头："你看看这些，你觉得它们怎么样?"她端详我的图形和符号，显然在分析它们相互间的地位，又或是在鉴定颜料的作用，她对我作品的欣赏远远低于我的预期，她含糊地说道："真让人想不到，真想不到，一开始能做成这样就不错了。"她伸出硬邦邦的手指摸摸我的头，建议我另找机会来取剪出的图案："要走着过来，而不是从水里冲下来，你个小捣蛋鬼。"她随即邀请亚当叔叔走近胡桃木桌，去欣赏我着色的草图。可亚当叔叔拒绝了，他已经将一只手按在门把上，在不耐烦地咂舌了，我无可奈何，只能顺着他。最重要的是我还可以再来，我可以随时踏进织毯间，这是离别时索尼娅·图尔克向我保证的，这就足够让我开心了。

您是问惩罚吗? 亚当叔叔有没有因为湖里的事故惩罚我? 当然了，可来得特别晚，兴许他可悲的健忘毛病就是从那时候开始的，由于健忘他后来开始在家中表现出各种古怪的习惯。他突然停下脚步，轻咳一声，这时我们已经沿勒克瑙河走了一段，已经走过木桥了。他只是扇了我一巴掌，有点火辣辣的痛，是的，一掌扇在脸上和嘴上，扇完他又继续走路，如释重负的样子，就像是处理完了一件不爱做的公务似的。

我们穿过沿河园林，沉默不语，我们都快到家了，这时他向河水拐去，命令我爬上他涂了焦油的舢板，然后自己也爬了进来，举止笨拙，笨手笨脚的。他坐在朽腐的座板上，坐在我对面，他支吾了一会儿，打量着垂柳和浮木。他有些尴尬地掏出他的刻刀，捞起一根还在生长的小树枝，轻敲几下，敲松树皮，将它雕成了一支笛子。做这些的时候他想到要说什么了，我自己几乎也同时想到了，他反对我去找索尼娅·图尔克，他叫她地毯丸子，他不想禁止我去她那里，但我应该知道，他不赞成我去老马槽上方的房子。"她一点都不适合你。"他说，"与她来往会对你产生不良影响的，你好好看看她，她的眼睛里闪烁着分叉的山羊目光①……"

您可以想象到，听完这番话我是怎样的心情，但我没有屈服，总不能就这样放弃了这件令我如此兴奋的事情。不仅为了检验亚当叔叔的话的真实性，也因为这完全符合我心里的愿望，我说道："我不想成为皮衣制造工，更不想做宪兵。真要做什么的话，我就做织毯工，我只想跟着她学，跟着索尼娅·图尔克学。"

亚当叔叔伤心地凝视着我，是的，既伤心又怀疑，兴许因为他觉得我已经受到了织毯师的影响，灾难性的影响。他的刀掉落在笛子上，他的头摇得像拨浪鼓，显然他觉得我的状态可疑。那份坚决，那份对愿望的坚定不移让人觉得可疑，于是他准备从她的阴暗魔圈里"拯救"我……

怎么救？亲爱的，十分简单。他向我介绍我未来的女师傅，说她的生活不干不净，说到那些解释不清的东西，影射黑暗的、有魔法效果的协议，讲到一些谜团，最后谈到威胁和危险。于是，坐在他的旧舢板里，耳中是被阻塞的哗哗水声，我了解到现在索尼娅·

---

① 分叉的山羊目光，喻指不诚实。

图尔克的房子所在的地方曾经耸立着毕安卡那栋声名狼藉的房子，她主要不是靠编织为生，而是靠用咒语降伏东西为生，她用咒语降伏连兽医都无能为力的病畜。

一年一次，吉卜赛人在毕安卡的房子里相聚，他们把破旧的马车停放在干草地上，连续三天庆祝一个节日。节日的起因只有他们自己知道，过节时要生七堆篝火，有音乐和无数用黏土烘烤的刺猬。据说索尼娅·图尔克是跟随这些吉卜赛人一起来的，在一年秋天。据说她当时入定似的坐在一辆破车上，那时她还是一名十三岁的少女，她本身并不是吉卜赛人。她神情恍惚地坐在火堆前，她也跳舞，据说她一句话没讲，就连毕安卡送她一根项链时她也没有说话，那是一根琥珀项链。只有毕安卡一人知道，当吉卜赛人重新出发时，为什么偏偏索尼娅·图尔克失踪了。毕安卡坐在她的房子前面，眼看着除了热爱音乐的首领，剩下的半个部落的人都在寻找索尼娅·图尔克。年轻首领的哀叹让她也开始犹豫起来，于是她走进房屋，锁上两扇窗户，命令躲在芦苇深处的索尼娅·图尔克摘下一只水鸟的巢，倒扣在头上，女孩这才没被发现。

吉卜赛人离开之后去了纳博讷①和安达卢西亚②，仅仅因为对她感兴趣，毕安卡将索尼娅·图尔克接回了家里，送她一只用小野鸭的绒毛填充的枕头，还送给她一身有着罕见的鱼鳞刺绣的服装，衣服有着黑色丝绒底，上面绣着涡形图饰，她让她喝了那么久的内脏汤，直到女孩从恍惚的麻木中醒来。索尼娅·图尔克跟着毕安卡学会了织编，从她那儿学了十字挑花刺绣和镶嵌珍珠。每当毕安卡

---

① 纳博讷（Narbonne），法国南部的一个市镇。

② 安达卢西亚（Andalusier），位于西班牙最南部。

被叫去偏远农庄，去用咒语降伏病马病牛时，她就带上女孩做助手，女孩很快就掌握了操控纸牌，也学会了从灰和尿里辨识急需符号的方法。据说她们一起找过羽毛，摘过颠茄。人们见到她们总是手挽手，特别快活。据说索尼娅·图尔克希望毕安卡做她的母亲。

每当秋季吉卜赛人到来，过节的那段时间索尼娅·图尔克就消失不见。毕安卡安慰年轻的首领，给她斟倒治疗失眠的饮料。在他们脸贴脸，向加热的玻璃球弯下身去之前，毕安卡偷偷支起两面镜子，让玻璃球失效，在此之前人们能从球里看见失踪不见的物品。他们的破车刚一进入边境森林，索尼娅·图尔克就又出现了，两肩上挂着用线穿起的晒干的蘑菇。她的衣服上有股大树洞里的淡淡霉味，据说她的藏身处有着一群野蜂，她却一回都没被蜇过。即使在吉卜赛人被暂时禁止踏入勒克瑙时，她也还是会消失，索尼娅只是按照准时袭来的不安感照旧躲藏五天。据说有年秋天她从藏身处带出了一块小毛毯，一块编结毯，它是那么漂亮，就连毕安卡都吃惊了，一位来自普皮嫩的地主为此支付了昂贵的价格。他的妻子早就丧失了讲话能力，可一见到毯子她竟然又开始讲起话来，于是他又为此支付了一笔相同数额的费用。

是的，马丁，我听到了这一切。我还得知，有段时间，陌生的织毯师傅们远远地赶过来，找借口走进马槽上面的房屋，他们的所见令他们陶醉了，他们向索尼娅·图尔克报出闻所未闻的报价。索尼娅一概回绝了，失望的织工们觉得必须要报复她，或许他们只需要把他们在黑暗的房屋里的真实经历传扬出去就可以了。反正传开的事情让勒克瑙的很多人都震惊了。有人说他亲眼看到毕安卡没用火柴，没用木柴或泥炭，仅用一句话就点着了圆形小铁炉，几秒钟后炉子就开始发红，像雄火鸡一样咯咯叫起来。另一个人发誓他看到女人们融化金块，将液态的金浇在一块铁皮上，上面就形成了一跳一跳的金色节肢鱼。人们在背后议论她们，说她们穿狐裘，听华尔兹音乐。传言说她们的屋子里有一只瓶子，瓶子在桌上移动，没人触碰就掉了下来。甚至有人说，房子里安装有隐藏的磁石，会从一个人的口袋里吸走硬币。还有一个人发誓他见到了在自行编织的手套。

亚当叔叔声音哆嗦地向我介绍了那座房子的种种疑点。不过他也提到，有一天，在她成年之后，索尼娅·图尔克通过了织毯师傅的考试，她取得了最高成绩，考试委员会对此感到不知所措，很不情愿地颁给了她证书，他们没有磋商，一脸惊讶。据说，毕安卡去世时无病无恙，当晚她们的房前就长出了一丛及腰高的欧亚瑞香，索尼娅·图尔克在上面挂上彩带，冬天一到她就用一块窗帘将它遮起来。

她不必担心她作品的销路，因为客户们从考纳斯和柯尼斯堡赶来找她，那些委托人，他们愿意为了她的一块毯子等候一年或更长时间，有些甚至不得不空手离去，连买到一块毯子的希望都没有，因为他们"不能启发"织毯师傅。没错，他们不能带给她灵感。据说索尼娅·图尔克以羊乳、蜂蜜和鱼为食，鱼是一位巴兰渔民给她送来的，每周两次，一直送到他开始患上失眠症，不得不放弃捕鱼。她与康拉德·赛加茨订了婚，那位最富有的勒克瑙牲口商的儿子，他从芝加哥赶回来接手父亲去世后留给他的无法估量的财产，他不仅向她订购了六块毯子，还赠送了她一台织机。但他可以迎娶她，看着她工作，却并非因为这份礼物，他之所以获得这一殊荣，主要是因为在最寒冷的一月，他不畏酷寒一直绕着她的房子走，直到她喊他进去。患上失眠后他放弃了来访……

他还讲了什么？对，那房子被一道球形闪电击中，没等勒克瑙消防队赶到就被烧得净光。消防队发现索尼娅·图尔克平静地坐在欧亚瑞香灌木丛前，肩披毕安卡的异教毯，怀抱自己制作的介绍马祖里织毯艺术的专著，她当时就已经开始写它了。大火过后，土壤还是暖暖的，陌生的木工们走进来，他们拆下屋梁和木板，要在原地盖一座新房子，一座更大的房子，有个朝东的房间，没有窗户。猎鸭人声称，当他们在白色曙光中经过时，听到了房子里传出的呼救声。最后亚当叔叔强调，这位织毯女师傅还从未收过学徒，无论是由某位虚荣的母亲带去她那儿的聪慧女孩，还是某对兄弟，只要可以师从索尼娅，他们愿为她白干五年……

预言？您想冒险预言什么？我很想知道……

我不会指责您的，亲爱的，我注意到了您在认真听，因为事实就是这样。在他警告我后，他当然认为我已经放弃了计划，至少纠正了这个错误。他试试柳笛，它只能发出一种声音，一种询问的啾啾声。他将笛子递给我，满意地走出舢板。在我们朝屋子走去时，亚当叔叔将一只胳膊搭在我肩上，好像他想用这个姿势为他说服我放弃了我最心爱的愿望而道歉似的。

四个礼拜之后，在我毕业离校之后，我剪去头发，洗净双手，于早晨七点，准时开始了我的织毯工学徒生活的第一天。在马槽那儿的房子里，我成了索尼娅·图尔克的第一个也是唯一的徒弟……

不，不，您打断我好了，您尽管问吧，这是您应有的权利。因为我只是站在我过去的回忆里向您讲述上述的一切，让一切在我的视角下重新发生。

原来您想问那本书。撰写马祖里织毯艺术大纲使用的语言……

您的意思我充分理解……您期望的是一种陌生的语言，一种马祖里的语言。可我必须告诉您，不存在一种独立的马祖里语言，从未存在过……词汇是有的，秘密的、内涵丰富的词汇，它们只属于我们，有些来自波兰语的外来词，异教的和日耳曼的表达，它们传承下来了，甚至混进了弄巧成拙的法语概念，那是胡格诺派宗教逃亡者的语言。但是，如前所说，不存在一种纯粹的马祖里语……亨丽克，如果没错的话，亨丽克正在试图重新编纂她的词汇汇编。她会向您证明，我们没有一种独立的语言。

估计她还不知道，您这几天下午都在拜访谁，是吗？亨丽克不明白迫使我这样做的原医，她不理解我为什么必须要毁掉我们的博物馆，这最让我感到心痛。或许她会慢慢接受这场损失，如果她以后能知道更多的话，是的，如果我向她透露了我两难的困境……

另外，康尼·卡拉庞来埃根隆德时，她认识了他，与他讲过话。最后一回她没能与他握手，因为她自行车上那条涂过润滑油的链条脱落了，她正在上链条。她事后取笑过这位"穿法兰绒的衣冠楚楚的老男孩"，是啊，那是康尼……

他当时在做什么？在毕业离校之后？在索尼娅·图尔克收我为徒的同一个礼拜，康尼在《勒克瑙报》找到一份工作，担任印刷工学徒，他的师傅是魏因克奈希特。您得知道，那不是他最终的职业，但这份工作导致了我们彼此疏远，我们被分开了。察觉他的变化我感到不知所措，也许我并不知道，发现我的变化他也一样感到不知所措。或许让我们变得疏远的并不是我们的变化本身，事实是，我们开始变得越来越像自己，并且随着年龄的增长，我们明白了我们之间的差异，这才是导致我们相互疏远的根本原因。

无论如何，不管我们之间的距离变得有多遥远，总之在那个夏天，那个夏天的 7 月 20 日举行了伟大的全民公投，那时我们之间的距离就已经明显地显露出来了。意大利狙击部队的狙击手挥着手，奔跑着占领了勒克瑙，他们受到各个战胜国的委托前来监督，确保每个马祖里人都能安全地决定是支持德国还是波兰。

在我们家，在河湾边的大房子里，半个勒克瑙的人们都聚集在这里，他们在编织所谓的荣誉门，拿笔在海报上画爱国口号，拿枝叶扎花，好给火车站上的所有人都戴上花环，他们远远地赶来，只为以一位土生土长的马祖里人的身份投出他们的一票。那是怎样的气氛啊！每个人，不管有没有音乐天赋，都觉得必须放声歌唱。勒克瑙的男人们臂挽着臂，他们十二人一组，昂首挺胸地走过我们集市广场倾斜的石块路面。人们在下方的湖畔堆起了木柴，准备点燃欢乐的篝火。我们的纪念碑，不管是铁的、青铜的还是石头的，全被挂上了花环。

工作效率最高的一定是亚当叔叔了，我们过去的激动的鼹鼠，他一头扎进他的博物馆里，利用文献，以前所未有的历史证据对马祖里进行了赞美。是的，他每两天就让一样物证在《勒克瑙报》上发言一次，内容分为两栏，配以证据确凿的摄影。他拿出了最古老的授采证书，引用普鲁士国王们的私人信件来，把德国的习俗与波兰的习俗进行了对比。只要你阅读亚当叔叔的专栏，就可以了解到，哪怕是一根有纹饰的擀面杖都能为德意志做证。人们的信心无处不在，胜利在向我们召唤，我们要给他们瞧瞧！人们几乎同情起那些劝说人们加入华沙的波兰语口号，顺便说一下，海报是红白两色，印得太小了，字体细小费眼，用很含糊的话语许诺能让我们回到家，融入愿意宽恕的斯拉夫民族大家庭。

在公投前不久，开始出现一些海报，这些海报不仅容易阅读，而且由于口号的大胆、清晰以及有力量的论据，它们立即吸引了人们的注意。当一张海报被撕下来摊到桌上时，当一则不同于波兰方面至今宣告的所有内容的文章被朗读出来时，亨斯莱特老师震惊了，渔务官杜迪生气了，亚当叔叔心事重重。文中影射了德意志人慢性病似的好战精神，提到了德国战败后的沮丧情绪，强调了《凡尔赛条约》及其后果，同时也点名了像波兰这样一个长期和平的国家可以提供的不可估量的经济尤势，是的，就是现在，在又一次战争失败之后。

但对此反应更大的是那些历史论据的观察者们，海报直截了当、寓意深刻地将他们带进回忆，比如在1410年后，也就是坦能堡大战之后，全国臣服于波兰国王弗拉迪斯拉夫·雅盖洛，主教、城市和乡村贵族那么快就向他欢呼，他本人可能都没料到。人们提到了对波莫瑞公爵博吉斯拉夫八世防备性的宣誓效忠和所谓的饥饿战争，有七名德国侯爵站在波兰一方反对骑士团。最后海报还问，为什么在贤明的康斯坦丁宗教会议上，骑士团对波兰的控诉无果而终。

您可以想象到，几名勒克瑙家乡协会成员愤怒了。虽然还没到突然质疑起自己会不会胜利的地步，但他们都不安起来。总之，两位曾经的海军炮兵建议，先找出打印波兰语海报的地下室来。如果语言不足以说服那些人放弃制作这种海报，那他们就要动真格的了。怒火很快就被兴奋代替了！海报被当众焚毁，灰烬被碾碎，仿佛举行某种仪式。亚当叔叔朗读他为《勒克瑙报》的专栏撰写的新文章，内容摘自历史性的"独裁"的引语，它证明，在骑士团统治的城市里从来没有波兰人居住过，因为当局阻止他们在那里定居。他将原版的文章给大家传阅，我看到那张粗糙、棕色的纸在人们手中抖得有多么厉害，我知道它在我的手里也开始抖起来。是的，因为不由自主的崇敬，可能因为我感觉到，这是一个古老，但仍然有效的证据，它证明我们拥有一种权利，属于我们的权利。

亚当叔叔，之前我从未见过他像公投前那几天那么激动过。那种渴望、炫耀，那种有些牵强的却涵盖一切的自信，就连他自己也对他的家乡博物馆突然获得的不可预见的重要性感到惊讶。他打开抽屉、玻璃柜和箱子，他传唤他收藏的这些"证物"，让它们为这些权利辩护，驳回那些"匪夷所思"的要求。

您说什么？发展趋势？是这么回事，亲爱的。一切都会经历一种发展趋势，一座家乡博物馆也不例外，只要各种条件同时发生，只要各种关系相应地交织在一起……

可我必须讲讲那场公投，讲讲勒克瑙的全民公投。

我首先想到的总是意大利士兵，那些跑步占领我们的意大利狙击部队的狙击手们，他们跑着步监督我们的政治热情，脚步咚咚响着，以此证明他们无处不在。他们甚至迈着令人生畏的沉重脚步与懒散的、编着粗辫子的，但并非不情愿的勒克瑙女孩们交谈。我钦佩那些顽强的小个子兵，我加入了他们的队列，跟着他们奔跑，像他们挥动他们的帽子一样，我挥动我的亚当叔叔每两天寄给《勒克瑙报》的长条校样。狙击手们的生活不仅仅是奔跑，脏兮兮的灰色报社大楼前的双岗哨证明了这一点。哨兵们叉开双腿站在那里，几乎纹丝不动，用那样一种奇怪的方式握着相比较而言还算轻的枪支，仿佛抓着一只兔子的耳朵似的。我朝他们打招呼，挥动长条校样，从他们之间穿过去，不受阻拦地继续跑进弯弯曲曲的大楼二层，在那里，在广告接收室和档案室之间是编辑库基尔卡的房间。哎，那算什么房间啊，就是一个由报纸塔和滑轮橱组成的角落。在那里面，在永远关着的双层窗户前，那位最为年迈的，同时也是这世界上最为礼貌的编辑正在工作，至少他当时给我的感觉是这样的。

一见有人来，他就将他自己的藤椅让给对方，递过鼻烟盒，请对方从有污渍的瓷杯里抿一小口脱脂牛奶，而他自己谦虚地靠在滑轮橱上，惊奇地浏览送来的手稿，有时又显得有些呆滞。不管给他送来的是一篇有关家禽盗窃的报道，还是一场关于铁路事故的描述，又或是一篇亡灵礼拜天①的舆论文章，他总是一视同仁。他用苍白的双手十分虔诚地接过所写的一切，好像那是一封埃姆斯电报②似的。

刚停止赞美，他又吃力地俯身桌面，开始编辑起来，犹豫地建议删掉某处，羞怯地提出用一个形容词来取代另外三个，赞赏地改写整篇文章。最后，满意地咂着舌头，写了一个新的结尾。他就是恩斯特·库基尔卡，我们《勒克瑙报》最年老的编辑……

这是对的，我只给他送去长条校样，亚当叔叔已经通读过了。库基尔卡又开始赞赏地再次进行校对，他夹在鼻梁上的眼镜的绳子荡来荡去，袖套不安地擦拭着桌面。他非常享受地重复着某些陈述，然后再删去它们。最后他谦虚地将他名字的首写字母写在校样上，这样就可以拿去印刷了，虽然他知道我熟悉去印刷车间的路，但他每次都坚持陪我来到走廊上，一直把我带到旋转楼梯。

我下楼前往印刷车间，可是，在将长条校样拿去交给魏因克奈希特师傅，让他就着暗淡的灯光写上标题之前，我还要悄悄溜去地下室的厕所一趟。一如往常，厕所总是堵着的。为了把潮湿的纸张

---

① 亡灵礼拜天（Totensonntag），德国和瑞士新教教堂里纪念亡灵的日子，在第一个基督降临节期间的第一个礼拜天的前一个礼拜天，因而也是教会年度的最后一个礼拜天，为每年11月20日至26日之间的某一天。

② 埃姆斯电报（Emser Depesche），1870—1871年普法战争的导火索，普鲁士铁血宰相俾斯麦巧妙地篡改了一封电报的内容，诱使法国于1870年7月19日首先向普鲁士宣战，史称"埃姆斯电报"事件。

从弯曲的下水管道捅下去，我拿起准备好的厕所疏通器，它的尾端弯曲如钩，我开始轻轻地推、捅，通了很长时间，可钩子老将泡软的纸带回来。我快要放弃了，这时有什么红白色的东西浮上来，鼓鼓的，露出波兰语和德语的字符。为了遮住它，我将撕成条的《勒克瑙报》扔在碎海报上，我吹着口哨走进印刷车间，将长条校样交给魏因克奈希特师傅，他一声不吭地将它戳在一只网钩上，然后向正在安排铅字盒的康尼举起半瓶啤酒，这是他们之间的一个暗号。

康尼熟悉这个暗号，他知道，虽然不必马上就做，但接下来的一小时里，他必须再拿一瓶啤酒来，马索维亚啤酒。与其他的排字工和印刷工一样，他也穿着工作服。工作服还有点硬，因为是新的，它亮闪闪的，但已经沾了很多墨迹。他招手让我过去，我们隐藏在一张高桌子的后面。他咧嘴笑笑，交给我一小包通告，那是他背着监管自己印制的。那是出生、订婚和死亡通告，那是他为我准备的秘密演练，字体设置成半粗体和黑体，所有通告都印着我的名字。也许您可以想象一下，当我匆匆浏览那些通告时，我是什么心情，上面写着诸如此类的内容：今天，在耐心地忍受了瘙痒之后，织毯工齐格蒙特·罗加拉去世了。又或者是这样的内容：失物招领！在公共浴场的一间更衣室里发现了两只玻璃假眼，请找齐格蒙特·罗加拉领取。他随便地滥用字体，还向我解释白色哥特体、老施瓦巴赫字体和翁格尔尖角体的区别。我忘记了大多数的内容，却没忘记哈默尔-安色尔字体，因为康尼用这种字印刷了一封订婚通告：订婚人埃迪特·卡拉施和齐格蒙特·罗加拉从哈帕兰达致以问候。向他追究这么做的原因完全没有意义，还没等师傅喊他，我就给康尼下了第一份私人订单，那是我们的家乡博物馆的藏品标签，我要给他一个清单，费用是2马克，可以分期付款……

护士来了？亲爱的，这可不是告别的原因。不，请您再待一小会儿吧，玛格蕾特护士可能只是来送药……

谢谢您，您如今已经认识马丁·韦特了，他是我最耐心的探访者。只要他在这儿，是的，我相信只要他在这儿，我就会好转的……

绷带紧不紧？一点都不紧，一点都不……我对绷带的感觉，顶多就是一个人对毛衣的感觉……要是您为我拿来了茶水的话，您能给我的客人也来一杯吗？

又走了。您看吧，从她的匆匆来去您就可以看出来，她能有多少时间留给我，留给她这位麻烦的病人……

不，她不赞同我做的事情。昨晚她真的责备我了，她说我剥夺了许多人很特殊的回乡机会。"只要我们的博物馆存在，"她说道，"我们的同胞，哪怕只是在他们的幻想里，都能够回归故乡，这下却全完了……"可我们讲到哪儿了？

讲到了全民公投，对，讲到了那件事，我们在勒克瑙借此机会公开了我们的感情和我们的愿望，那是一种集体情感，那是一种共同的找到归属感的愿景，几乎无人不欢迎此事。您会理解的。我不得不告诉亚当叔叔，我在印刷车间的厕所里发现了什么。他表示不信，却立马告诉了家乡协会的人员。那是公投前的一天，他们商量了很久，我没有全部听懂，但我能从词条、表情和手势揣摩出他们的决定。当亨斯莱特老师和曾经的海军炮兵出发时，我也偷偷溜走了，我顺着勒克瑙湖一路小跑。我知道他们的目的地，因此我比他们提前很久就赶到了报社大楼。我蹲在一座坑坑洼洼的露天大院里，躲在一位制陶工人的晒架后面，透过底层窗户望进印刷车间，此刻他们正在灯光的阴影里移动。是的，我必须将我的发现透露给亚当叔叔，他宣传教育的方式让我早就认同了他的目标。

我所监视的那两位观察员，过了一会儿也来到了制陶工人的院子里，他们走得很小心，两人最终躲在了一只一人高的沙筛背后，各自点了一支烟。当狙击手的双人哨换岗之后，我听到一些轻蔑的议论。海军炮兵像是在原地尝试着跑了几步。如前所说，那是全民公投前的一天，在一个干燥的易燃的七月，从集市的广场上传来男人们的歌声，静谧的小船点着灯笼漂浮在勒克瑙湖上，许多窗户里都挂出了旗帜，旗帜奔拉着，有些是匆匆缝制的。在对面小格拉耶沃杂草丛生的湖湾上方，几乎所有木棚都是黑洞洞的，只有一只火把在斜坡上寻找着什么，火光来回移动。多么紧张，多么高亢的情绪，整个城市似乎活在一面巨大的剧场幕布前，人们焦急地等待着它打开，好让大家观看一场盛大的戏剧表演，在这场表演中每个人的期望都能被认可。是的，这就是我们首先要求的，我们要求得到认可。

当香烟的一小团余烬飞到了筛子背后的沙子里时，我望向报社大楼的侧门，望向铺着鹅卵石的大门口，两名男子站在那里，中间隔着一辆自行车，他们犹豫不决，似乎还不想告别，那是康尼和魏因克奈希特师傅。一名哨兵喊住了他们，他们走到路灯下，让绿荧荧的灯光落在他们的脸上。他们向哨兵回喊了句什么，之后他俩都坐上自行车，骑走了，朝着集市广场的方向，经过了正在合唱的男人们，经过被灯光照亮的、被绿色松枝装饰的公共建筑物。魏因克奈希特师傅踩着车子的脚踏板，康尼躬身坐在车杠上。只要他们还在热闹的集市广场上吃力地骑行，尾随者就很容易跟踪他们，而我同样很容易跟踪他们的尾随者。可他们突然转向了湖泊，在陡峭的木工路上越骑越远，冲进湖岸边的绿化设施。我和尾随者开始奔跑，我们穿过侧柏丛，来到勒克瑙划船协会宝塔状的吊脚楼前。

现在您可以直接站在我们身后，观看一只手电筒的光柱如何照在房屋酒红色的木板墙上，如何一跳一跳地向上移动，检查墙壁，掠过某种红白色的东西，又回到那东西上，最后灯光静静地停在了它上面不再移动。在门旁，在大概眼睛高度的位置，上面贴着第一张海报，是用泡状胶水粘贴的。两个男人像揭下被太阳晒伤的皮肤一样揭下它们，之后他们撕掉贴在协会房屋上的其他所有海报，整整一圈海报，是的，他们甚至把用波兰语写成的口号贴到了码头上。尾随者无须商量，他们似乎知道贴海报的人走了哪条道，他们目标明确地走向马索维亚啤酒厂，前往木板墙，墙后的锯屑下存放着冰块。

他们又在张贴了，红白色，胶水一闪一闪地从他们身处的位置往下滴落，他们拿着一打海报，海报上写着：注意，注意，亲爱的同胞们，决定尚未做出，今天，在全民公投之日，我们应该再一次，摒弃偏见，摒弃民族主义的偏见，牢记历史带给我们的教训，以公正的记忆面对我们的出身，等等……

显然，张贴告示的人确实相信，在全民公投的当天还能影响早起的散步者，甚至影响正在赶去投票场所的那些人。我不想浪费时间去描述尾随他们的人，他们撕下他们发现的所有海报，刮掉黏糊糊的碎片，又试图从手指上弄掉它们，他们气急败坏，骂骂咧咧，因为浸了胶水的碎片死死地粘在他们的手指上。我必须继续前往勒克瑙公共浴场，因为他们将在那里相遇，继而爆发争执。

他们正在将他们的海报贴在公共浴场和簌簌作响的，是的，即使没有风也依旧簌簌作响的银白杨树上。康尼扶着自行车，胶水桶挂在车龙头上晃荡。亨斯莱特老师和前海军炮手通过公共浴场的门溜了进来，在短暂的惊愕过后，他们几乎是同时来到了魏因克奈希特师傅身后。他们也几乎是同时击中了他，当他膝盖一弯，跌进杨树旁温暖的沙子里时，他们并没有接住他。看样子他们不想再把他怎么样，只是悄悄地走到一边，拦住了想带着自行车逃走的康尼，他们截住了他，沙子又深又软，他无法迅速离开，他被一个人将半桶左右的胶水倒扣在头上，整个桶从他的背后向上一抡。之后他们让他像陀螺一样原地打转，一直转到他踉跄地摔倒为止。

亲爱的，请您不要问我，那时的康尼近看是什么样子的。后来，在勒克瑙河畔，逃跑成功后我在那里帮他洗去头发里和皮肤上的胶水。胶水粘住了他的睫毛，他的背部泛着淡淡的海豹样的光泽，眉毛中间仿佛有松脂掉落下来，是的，就连他的脚趾之间都粘着胶水，处于半干状态下，像蹼一样绷得紧紧的。

康尼的眼睛火辣辣地痛，他几乎听不见了，他认为自己已经失去了平衡感。他没有呕吐，但他的口中一直不停地往外渗着唾液，他把它们从嘴里吐出来。我们默默地搓洗他的衣服，然后我们悄悄穿过河边的园林，他的身上只穿着湿掉的运动裤。我们接近了房屋，亚当叔叔仍与他家乡协会的成员们坐在一起，坐在一张彩色的马祖里地图前，图上画有神秘的圆圈、点和十字图形。我们从一个没有窗户的角落爬进了屋子，然后上楼去了我的房间，我将康尼的衣服铺在窗台上晾干。我把他推到了我的床上，然后在他身旁躺下来。"康尼，你可以待在我这儿，"我说道，"你可以在我这儿待到明早。"他拿一块湿毛巾盖住脸，然后，对着毛巾，他开始责备自己，因为他没有留在师傅的身边，因为他听任师傅躺在公共浴场银色杨树下面的沙地里……

您说什么？那当然了，我很想了解此事，我都不必用什么问题诱使他说出来。是他自己主动讲的，在夜里，当我在一只水罐里浸湿毛巾的时候。我从未听他这样说过话，带着苦涩，带有某种思想上的启迪，某种被藏匿起来的启迪，是的，我当时就有这种印象，他的认知和感受与他的年龄不符，如果他想要坐在他们中间，成为他们的一员，那他首先得让自己成长为他们那样的人。他蔑视勒克瑙家乡协会成员们牛眼一样的凝视，当他们打量一棵马祖里桦树时，他们的目光就已经说明了一切。他们把关于"家乡"的概念变成了一种宗教，他担心，这些人有一天会像对待异教徒那样对待外乡人。但是，正如他所说，他最最痛恨的是现存的有关边境地区的观念。在那里，民间的面包师们在自己的传统习俗中加入了民族主义的酵母，少数派们永远笑不出来。我问他为谁张贴那些海报，康尼居然回答说："为了理性。应该明确我们斑驳的历史赋予了每一个人在这里生活的权利。"他突然跳起身，想摸黑返回公共浴场，去帮助他的师傅，是的，魏因克奈希特师傅，从当学徒的第一天起康尼就认可了他做自己的师傅，康尼钦佩他，甚至模仿他的姿态。我好不容易才说服他留下来。我又将湿毛巾盖在他脸上，我没有看他的眼睛，我低着头对他说出了我不得不说的话："我非常信任我的家乡，在这里我们得到了保护，我们一切反抗力量的根源也来自这里。"他听后抽开毛巾，怜悯地望着我说："你忘记了一些事情，你忘记了仇恨，齐格蒙特，一切的仇恨，一切对他人的仇恨都来源自于你称之为家乡的那个东西。魏因克奈希特恰恰察觉到了它的存在，他说他不是波兰人，他也不愿意让勒克瑙成为波兰的，他只是想要表明，在面对森林和湖泊的时候，任何人都没有比他人更多的权利和资格去享有和占有它们。一个人想要把哪里作为他的家乡，他应该可以自己来做决定，其他人无权剥夺他的这一愿望……"

就是这样的，亲爱的马丁·韦特，您只要去问问就知道了……

怀疑吗？康尼是否从未表示过怀疑？怎么会，第二天早晨他就觉得不对了，在我们去过公共浴场之后。我们查看了他师傅被打倒的位置，我们跟随自行车的车辙印一直到了桥边，在桥底下，我们将双腿伸进河里，我们大口嚼着我的猪油面包，就在这个时候他表示了他的怀疑，一定有人出卖了他们。他坚信这件事，而且他表示他已经知道是谁了，他影射了某个人。他吃得津津有味，喝着河水，目不转睛地盯着桥上的木板，因为有人在我们上方跳来跳去，小跑着，或是吧嗒吧嗒地拖着脚走过，沙子簌簌地往下掉。有孩子在桥上奔跑，庞大的家庭车队轰鸣着驶过，在一所家庭主妇学校的歌唱声中，清晨的帷幕降临在勒克瑙上空。啊，这高亢的情绪，这节日气氛！您能够想象那场面吗，人们像去参加庆典一样去参加公投。我们的人穿着节日的礼服，学校停课，工厂全部关门。令人吃惊的是途中还有许多残疾人，几乎全都戴上了他们的奖章。在酿酒厂门口，他们正在严格地训练那些好脾气、大屁股的比利时人。赤着脚的没出过海的水兵们在绿地上喧闹着。我不得不承认，我真想有分身的能力，好让我可以同时出现在多个地方。

康尼还在一直抱怨，他觉得自己身体的平衡能力出了问题，公投的当天早晨我拖他去城外找索尼娅·图尔克，去了马槽那边雕工粗糙的木屋里。我的女师傅向我们走过来，她穿着一身罕见的鱼鳞刺绣服，是用毕安卡赠送的礼物改制的。她的头发梳成了发髻，用一些不同的针固定在脑后，其中包括中等长度的织针。她提着一只鼓鼓囊囊的小拎包，一条宽宽的黑色钩织围巾暗示着索尼娅正要离开房屋。她想知道是不是"牛眼"派我来的，她这么称呼亚当叔叔是因为他的左眼鼓突，所以她善意地开玩笑来这么称呼他。她有急

事，她要去勒克瑙，去将她的选票"扔进盒子"里。但她还是准备
先帮助康尼，当康尼欣赏那些小壁毯时，他不得不扶着我的肩。索
尼娅·图尔克听我介绍了秉尼的事故，她既不惊讶也不恼火，只是
一个劲儿地点头。然后她围上一条工作围裙，往一只碗里倒进温水，
拿起一块黑肥皂刨下细屑，轻轻一搅它们就融化在水里了。按要求
康尼得在一张椅子上坐下，双手别到背后，任由我将他绑紧。她仔
细检查病人，没有告诉我们暂时的结果，只是详细地解释她为什么
决定参加公投。啊，您该听听，伟大的织毯师傅都是带着哪些思考
走近票箱的……

一目了然吗？那您可搞错啦！索尼娅·图尔克不止一次地证明
了，她是一个有主见的人，一个不安分的家伙。"如果波兰人靠着我
的选票赢了，"她这么开始说道，"勒克瑙就会懒散好几年。如果我
们保持向上的劲头，也就是与帝国同在的话，那我们就会继续节俭，
吃那些褐色的酱。来点儿波兰式的轻率，"她说道，"这对我们没有
任何伤害，只要帝国能提供酸菜和土豆即可。"

她从容地检查秉尼的脖子、眼睛和耳朵，然后继续说下去。她
赞美了波兰人的特殊才华，在任何需要的地方都能听到他们的天籁
之音。但她后来也问走，勒克瑙军营里的小乐队该怎么办，他们总
能如此受欢迎地夸夸其谈。她还说："没有谁比波兰人更能读懂生活
的字里行间，但如果这里的居民全是艺术家，那勒克瑙会变成什么
样呢？"索尼娅·图尔克权衡着两者，突然指出它们的区别，然后举
例来表示为什么自己选择支持这一方以及反对那一方。我询问陷于
矛盾中的她到底能不能够投出最终的选票，她承认说："双方，双方
都将得到我的选票。一方是源于自由之心，另一方是出于激昂的
热情。"

这都是顺带提起的，她手里拿着一根摆动的织针，是她从发缙里拔出来的，她在上面缠了块棉球，她轻轻旋转着将它探进康尼的耳朵里，听听里面动静，然后再往里伸，一直伸得我都害怕针马上会从康尼的另一只耳朵钻出来了。她捻动织针，拔出棉球，闻了闻，看样子是证明了某种怀疑。之后她削了一根约二指长的细竹管，吸上肥皂液，用力对着康尼的耳朵里吹。她就这样重复了六七次，康尼站立不稳，耳朵和嘴里都在滴水，他猛拉绑缚的绳子，可直到索尼娅·图尔克示意我，我才放开了他。

我没有夸张，康尼的身体很少像接受完她的治疗后这么好过。不仅因为他的平衡障碍消失了，此外他还感觉浑身轻松，觉得自己能飞起来，更主要的是他开始对各种事情都充满了兴趣。索尼娅·图尔克拿清水在门外洒了半圈，用来保护房子。在她眼里，锁、门闩和铁链都给予不了比这更可靠的保护。然后我们一左一右地护着她，一起出发前往勒克瑙，去全民公投的中心。

马祖里的成年人可以选择在男子学校或女子学校进行投票，两所学校都被布置成了投票场所，它们都由意大利狙击部队的狙击手负责安全保护，两个学校的大门口都安排了所谓的荣誉之门，那是用杉树和桦树制成的，仅用木桩子固定了一下。凡是选择了德国，并且想马上公布他们这一决定的人，就走这道门。许多已经投过票的人像被拴住了似的留在校园的操场上，他们三五成群地站在那儿，吸着烟，聊着天，又默默地、怀疑地偷看其他那些有投票权的人，他们正在往砖头建筑物那儿赶。

索尼娅·图尔克决定去男子学校，她走向荣誉门，揪下一小根桦树枝，然后做了个转身的假动作，绕过荣誉门，当亚当叔叔令我们吃惊地拦住她时，她都快到门口了。她是否意识到她这是在表达什么，简单地打过招呼后他询问道。她没有穿过荣誉门而是直接跨进去，这是否可能是因为她要将选票投给波兰人，他这样问。最后，但这只有知情的人才能理解，他还想知道，她是不是想将她私生活上的模棱两可延伸到政治事务上来。

我的师傅诧异地望着他，伤心地笑了笑，她的笑容透露了某种认识，而这种认识来自一段共同的经历。然后在康尼的热情鼓励下，她走了一小段路返回，她穿过了荣誉之门，这是她投出的第二票，她顺利地踏进了学校大楼。

不，我们不可以跟着她，我们在校园里的操场上闲逛，在操场旁向下倾斜的河边草地上闲逛，经过了卖甜甜圈和邀请人们赌博的摊位，经过软塌塌的帐篷，高级中学的学生们正在里面喝啤酒，他们目光如炬，他们唱着歌，然后继续喝酒。一辆野战炊事车在分发免费的熏板肉骨头汤，汤里漂着一层鸡蛋丝，我们吃了好几碗。接着我们向下往河边的草地走去，草地的中央摆着一架钢琴，勒克瑙民间舞蹈团的少男少女们在那里表演“马祖里动物们的春季放牧”，担任音乐指挥的是我们这里人尽皆知的赫德维格·奈斯·瓦伦迪。在一声精确的鞭子声的鼓励下，这群人冲过一道象征牲口棚的门槛，他们模仿动物哞哞叫着，咴咴嘶鸣，边跳边踢后蹄。犁和斧子都用锡箔包着，当发现它们之后，他们开始以小牛、羊和山羊的身份跳起舞蹈，那是快乐的舞蹈，因为那些锃锃闪光的东西会让他们摆脱闪电，让疾病远离他们。此外他们会阻止一个陌生人，也许是个流浪汉，拿走他们的牛奶。

康尼执拗地沉默不语，不时地从眼角观察我，他没有等到结束就拉着我继续走向笨重的酿酒厂马车，车上有一群腰系皮围裙的男人，正从一头烤熟的牛身上锯下一块块肉来，他们又紧张又兴奋，正在将肉递给车下的一群显然是在进行竞吃比赛的人，这其中包括渔务官杜迪，还有两名脸色开始发紫的饭桶和一个像寡妇的朴素女人，她不仅坚持着大嚼大咽，而且从竞争对手的目光可以读出来，她胜券在握。当一则消息像口号似的穿过帐篷、售货棚和人群时，我们才刚刚加入啧啧称奇的观众当中："波兰人来了，波兰佬从小格拉耶沃来了。"

是啊，马丁·韦特，我们有理由认为小格拉耶沃的人们正在匆匆忙忙赶来投票站，并且试图不引起别人的注意，这大概是由于他们的那些记忆，那些他们经历过的屈辱和无望的反抗。我也期望波兰人会低垂着头悄悄溜过去。可后来他们来了，他们昂首挺胸地来了，队伍排成两排，他们的孩子手牵手走在前面。有几位少女身穿整洁的参加圣餐仪式时的服装，头发里插着草地上的鲜花，几名少年身穿白衬衫，胸前的口袋里插着绅士手帕。成人们也穿着他们的节日礼服。他们迈着大步，并没有表现出非常隆重的姿态，而是沉思着，目光上扬，显然他们既不打算被周围的环境分散注意力，也不想表现出挑衅。惊愕，这就是当波兰人松散的队伍出现在校园里时，我们的人从售货棚和帐篷里走出来的原因。我们挤在一起，我们不由自主地站成一排，发出嘲讽和威胁，我们的人数急剧增长，已经给对方构成了压迫，但波兰人还是没转身。民族舞蹈团失去了他们的观众，比赛吃肉的人中断了他们滴着油脂的比赛，狙击手们想起了他们的义务，把视线从勒克瑙少女们脱脂乳般蓝色的眼睛上移开。您肯定能想象到侵袭每个人的紧张感……

它是如何消除的吗？

歌声，一名高级中学学生突然唱起歌来，唱的是抗议之歌，胜利之歌。他手持啤酒杯唱道："我已经投降了。"几乎所有挤在两旁的人都跟着唱起来。这是首合唱曲，大学生们曾经唱着它迎向朗格马克①的机关枪，现在我们用我们的歌声来反对波兰人，我们相互承诺，彼此发誓，我们料想小格拉耶沃的人们会回头，会放弃他们的投票。

但他们没有被挡住，没有被吓住。好像他们已经向自己承诺过了什么一样，他们穿过胡同向校舍走去，在我们高涨的歌声中绕过不是为他们搭建的荣誉门。因为我也在跟着唱，所以我只是隐约看到了几名年纪较大的高级中学学生是如何欺负康尼的。虽然他们在低声地斥责他，用肘关节捅他，但康尼还是没有张嘴，他拒绝唱歌。忽然，他大声地呻吟起来，然后躬着腰急匆匆地跑走了，身后是他们的诅咒声。我不想也不能跟随他，我必须观察小格拉耶沃的人们，他们坚决要让勒克瑙归属波兰。我一直坚持到他们投完票，返回到等待他们的孩子们身边。他们离开的时候又一次穿过我们组成的人墙，人们沉默不语，一动不动。在他们脸上，我在他们脸上没有见到希望和满足的表情，是的，最多看到了轻松。我至今都不明白，当波兰人走出了能够听见我们呼声的距离之外后，我们为什么开始鼓掌。

亲爱的，情况就是这样的。之后节日得以继续进行，全民公投的节日，因为我们当中没有谁怀疑过德国一方的胜利，我们只关心百分比。我开始寻找康尼，先是在河边，在旋转木马之间寻找他，接着我又在射击靶场前的神枪手中间寻找他，我询问一位听众，他正在鼓励一名喝醉酒的手风琴手。康尼既不在火车站的广场上，那

① 朗格马克（Langemarck），位于比利时伊普尔城北面，第一次世界大战的著名战场之一。

儿有只看似失去了兴趣的熊正在让它的驯兽师跳舞；他也不在"路易森饭店"，那里有好几群人在举行一场公开的敲火腿活动。我在插着小旗帜的船型冰激淋车前遇见了埃迪特，她身旁的少年们在向她恳求着索要冰激凌，都是些流着鼻涕的小孩，也有同龄的少年，他们最后也得到了他们强行索取的东西，只要他们满足埃迪特的条件。她让一个孩子爬上一棵椴树，另一个则必须帮她擦拭她的带扣皮鞋，完成这些之后她任他们挑选，送了他们三个冰激凌球。

她没见到康尼，她也在找他，要带他回家，家里都为他操心一夜了。现在她跟着我，我们一起在狂热的勒克瑙搜寻他，我们一直找到了新的水塔所在的位置，但依然没有结果。我们沿着湖岸继续寻找，去到波斯尼亚人指挥官冯·君特的纪念碑前，自从他们在里面逮住欧根·劳伦茨之后，我就再也没有钻进过它的底座。"这儿？"我问，埃迪特向我透露，康尼几个礼拜前将纪念碑选作主要藏身处，他已经布置好了一个人必须暂时消失时所需要的一切，里面应有尽有。

一个肯定的眼神，然后我们从箭矢形的铁柱上方爬过去。我们先是敲铁板，喊他的名字，然后我们取下一块板，头朝前，强行挤进底座内部，又重新安上板。我双手摸索两侧，摸到的始终是她。当我倾听时，我只听到她的急促呼吸。每次接触我让我战栗的，都是她的手指。"摸摸看。"她说道，然后抓起我的手拍击地面。在她的引导下，我的手摸索着在地面上移动，直到响起沙沙声，直到我感觉到某种干燥绵软的东西，那是康尼的床铺。埃迪特没有松开我的手腕，刚刚为了引导我适应黑暗的环境，她本人似乎也跪下了身子。"这儿，这个铁皮盒，里面是茶藨子面包，别拿啊。现在缺少的东西都在口袋里了，比如晒干的苹果圈。来吧，把胳膊伸长一点。

这瓶子里面是煤油，他还快盏灯。"

在她的指引下，我摸到一根绳子、储藏的火柴和钉子，还有一只木制工具箱。您可以想到我感觉不是很舒服。我不得不认为，如果康尼在他配备齐全的藏身地见到我们的话，他绝对不会开心的，我越来越强烈地要求埃迪特必须等着，就在外面等她的哥哥。她不听我的要求。她似乎一点不害怕康尼。继续着，有时是不那么情愿地，她引导着我的手，让我触摸周围，然后做出猜测，她强迫我描述我接触到的一切。

我得打断一下，请您原谅我，针剂的药效已经过了，又疼起来了。麻烦您给我两粒药，小的黄色的那种，再从尖口杯里给我一口水……谢谢，这对我会有帮助的……这疼痛，您知道，有时候我感觉它在让我回忆它的来源，它在炙烤这具身体，疼痛像小小的火苗一样在我的后背燃烧……

不，不，我已经对您说过，如果你得走了的话，就只剩一桩小事得让您知道。

在底座里，我们还藏在纪念碑的底座里，我和埃迪特，正忙着认识和触摸，对在黑暗中也能看得很清楚丝毫不感到惊讶。这时突然传来了人声，我们忽然听到了人声，是的，陌生的、沉稳的声音。我们爬进一个角落里，贴紧底座壁，埋下我们的脸，以免他们拿掉遮板的时候，我们会立马被灯光照花眼睛。

一开始我还能区分出有三个声音，然后，在歇了一会儿之后，就只剩一个声音在讲话了。我们试图听清楚，然后吓了一跳，因为外面的人是在向我们叫喊，他们在恫吓我们。埃迪特抱紧我，胆战心惊地低语道："他们会炸毁我们的，齐格蒙特，也许会被炸上天。"我再也忍受不了啦，我爬进将军塑像的体内，我从他的大腿之间钻过去，在他的肚子里喘息，极为费劲地强撑着，越钻越高，直到我的头塞在他的头里，我让他那没有生命的发呆的眼睛发出飘忽不定的光。我把眼睛卡在他的眼睛部位留下的细小光缝后面，我透过波斯尼亚老指挥官，向下俯视半岛，在我们身下，在铁栅栏前，我认出了勒克瑙家乡协会的五名黑衣成员，他们的翻领上绣着丁香花，一个个头戴大礼帽。其中一人佩戴着一只橡树叶花环，讲完话后他将它挂在栅栏上，小心翼翼地扯下花环的彩带，扔向风中。在他后退着站回他朋友们僵硬的队伍里时，他们一齐喊了一声"万岁"，虽不规整，但响亮有力，吓得几只乌鸦振翅飞走了。我一直等到他们离开，顺便说一下，他们排着奇怪的一字队形，简直像一队灰雁。然后我下去来到埃迪特身边，安慰她，拍拍她，解开她松散的发绺，让她坐在康尼的床上放松，我做了许多，直到她愠怒地表示，她不想被继续触碰……

错了，这根本不是公投庆典的高潮，也不是它的结束。不管康尼来不来，就算事实表明，底座内部的黑暗很容易忍受，但我们还是感觉到，我们错过了太多城里发生的事情。我们离开藏身处，我们没有询问兴高采烈的人群正在去往哪里，而是随便加入一个队伍，然后跟随他们，队伍变得越来越热烈，大多数时候人们的手里都拿着一只冰激凌，车叶草味的，或是香草味的。渐渐地，快到傍晚了，各个队伍被不耐烦地引领着聚集在一起，这时一种将所有人团结在一起的期望攥住了大家。他们团结一致，走到集市广场上，聚在"路易森饭店"前，里面正在收集公投的结果，并将在这里公布。回想这场夜晚的聚会，我今天最先想到的也是快乐的逐渐降温，高昂的情绪平息，退潮了，波动也开始渐渐减弱。不需要提醒，更没有命令，所有人都保持着安静，只有火把一闪一闪的。我看到勒克瑙人还坚守在火光中，人们只是呢呢喃喃地低声交流，到处有人互挽着胳膊。我还记得，我没有停止审视站在我附近的人们的脸，只因为我认为，小格拉耶沃的人们也会到这儿来，来了解正式的结果，但我没有认出他们中的谁来，后来也没有，是的，没有。

在"路易森饭店"，他们终于打开了通向唯一阳台的门，所谓的公投领导人走出来，光着头，身后跟着助手和证人，我的祖父阿尔方斯·罗加拉也在其中。如果不看其他人的脸，光看着他的脸，从他露出的胜利的笑中就可以知道公投结果了，一定是大获全胜。尽管如此，忠诚地等待着的人们恐怕谁也没料到，最终从阳台上向我们宣布的数据竟然是这样的：9830 票投给德国，17 票投给波兰。

公投领导人，某位虚假的绅士，他摆摆手拒绝了掌声。他用适当的手势把掌声收了回去，然后又把掌声还给了我们："是你们的成果，你们尽情地鼓掌吧。"话音方落，人们就为他们对家乡的热爱之情三呼万岁，您知道的，当时爆炸性的热情在人群的欢呼声中寻求发泄。从"路易森饭店"里抬出一箱箱火炬，我一下子抢到两把，人群组成一支游行队伍，那是一次高举火炬的游行，队伍之所以行走得那么迟缓，显然是因为组成它的人群们无法为他们心中的激动和欢乐找到一个最终的目的地。我们的火炬游行队伍摇摇摆摆、有节制地走过公共建筑，尴尬地经过了两座教堂，绕着集市上时尚的卫生间转了一圈，如前所说，不是傲慢地，而是有节制地，完全是为了向随便某个人表示感谢，为了感激而向他欢呼。天色已晚，这时勒克瑙将军冯·岑克尔的名字被传开来，一个传一个，我们的队伍活跃起来，它找到了一个目的地，人们高举火炬，向将军的那栋离军营不远的灯影阑珊的房子走去。

我们从笨重的铁链子上方爬过去，钻进小小的屋前花园，散开，等待，看着简朴的房屋里亮起越来越多的灯光。站得够近的人可以透过窗户观察冯·岑克尔老将军，一位健壮的勤务兵正在替他穿衣，让他转身，帮他打扮。这位饱受痛风折磨的老将军功勋卓著，他的荣誉不是在与萨姆索诺夫或伦宁坎普的作战中获得的，也就是说，不是在自家门口获得的，他的荣誉来自他参加的镇压中国义和团的运动。在勤务员的搀扶和细心引领下，将军小步走上阳台，面对火炬将手举至帽檐行礼，却忘记了放下来。他剧烈的吞咽动作让他赢得了一种特殊形式的怜悯。我们队伍里的几个男人毕恭毕敬地走过去，向他汇报了全民公投的结果，将军听后感激地点点头，挺挺胸，像是要开始一番演讲似的，可他却突然抓住了勤务兵，抱紧了他的胳膊。我们唱了《现在大家都感谢上帝》。将军听着，似乎很喜欢这首歌，他嚅动着嘴唇，高兴地越过我们的头顶望向远方。第二节唱到一半时我认出了康尼。他与其他人一道坐在骑士纪念碑上，他没有跟着唱，只是打量着我，神色严厉，又像是在询问。我给他打了个暗号，他从青铜马上滑下来消失不见了。

是的，亲爱的，就讲到这里，今天就讲到这里，您恐怕已经发觉了，我多么吃力……

有问题吗？我下次答复您，我不会忘记的……

不，没什么特殊的愿望，我只希望您能不久再来。是的，不久之后……

第六章

我知道这是一场危机，医生们已经暗示过了。那些艰难的日子，我的记忆平时那么可靠，却什么也没保存下来。我只记得有人在我的床畔呢喃地说着建议，飘逸的穿着白色衣服的人。据说我在高烧中说过胡话。

您说什么？他们不放您来见我？可惜，我根本不会反对的。我会允许您听听我高烧时离奇古怪的想法……

也许那样你就能证明一些事情。请您原谅，但是，在这么久之后，在我们分享这么多之后，"你"① 字就会脱口而出的，对吗？

我很高兴，我…… 我现在直接与你以"你"相称了，毕竟现在我们之间的联系够多了，我们彼此认识够深了。你同意吗？

让我再说一回，你不可能带给我比这更好的消息了，原来亨丽克果然在从事她的马衽里词汇收集工作，这让我燃起了希望。

你会经历的，她重新收集起来的越多，她就会越信赖我，兴许有一天她也会理解的，除了毁掉我们的博物馆，我别无选择。即使这让你吃惊，但我很高兴亨丽克做出了这个决定，我感觉它是针对

---

① 在德语中有尊称"您"和非尊称"你"两个概念，从这一章开始，叙述人将称谓由"您"改成了朋友间的称谓"你"。

我的。

你带什么来了？求求你大声点儿……

我理解，亨丽克的收藏里的几件样品，我肯定同意的。好吧，亲爱的，你尽管问吧，考考我吧……

"Bizak"？这是我们对藤条的叫法。"Schlippches"，这是眼睛。"Schicher"和"Fladrusch"，我们这么叫帽子和围巾。我肯定知道"schnurjeln"，"schurgeln"和"sturgeln"什么意思，这一切都发生在厨房里，在灶台旁。"Luggen"？当然是隐藏的意思。

是的，没错，我们叫刀子"Poggenritzer"，也就是剐青蛙。您不必由此推断这是一个马祖里的习惯。

"Sigger"，这是钟，"Dups"是屁股，我们叫口琴"Brummeis"，这甚至让我觉得更直白易懂。说"granste""gnaute""gnarrte"的只可能是个小孩子。

"durchkaldreien"？比如新消息被"durchkaldreit（透露）"。好吧，"Prickel"可能有三种含义：牙签，自负的人和鬈发器。

猎头鹰之咒（Uhlenflucht）理所当然是黄昏时分。你看，亲爱的，一切都还是可以随叫随到的，这无论如何不会被变回愚蠢的，因为我们这样叫遗忘——"Zurickdummen（变回愚蠢）"。[1]

是啊，有许多东西都在那里待命，像是为预期的辩护做好了准备，你会发觉的，为一场持久的辩护做好了准备。如果让记忆暂停，如果我们能像亚当叔叔那样"变回愚蠢"，一切都会变得更容易忍耐。他突然患上了一种遗忘的疾病，无法阻挡，没有药物能帮助他。虽然我说他病得很突然，可是准确回想起来，我不得不承认，这可

---

[1] 以上这一段的外语词汇均为马祖里方言词汇。

悲的健忘是有前兆的，那一次拜访，一次发现，一场争执，在索尼娅·图尔克的房子里，对，在老马槽上方的房子里。

是的，我还记得。我坐在织机旁，在我的平织机旁，怎么也完不成要我小心试织的那块双层织物，而索尼娅·图尔克在染色间忙碌，站在蒸汽腾腾的颜料炉前，她必须在里面洗羊毛，一直洗到它们令人满意地发亮。如果师傅将她的知识传给了我，我将会多么容易地完成她的委托啊，可索尼娅·图尔克丝毫不愿减轻我的工作难度，因为她相信，就像她自己一样，必须唤醒每个人体内沉睡着的发明天赋。她能心平气和地观看一个人如何辛辛苦苦地第二次发明织针或自行车，因为她的座右铭之一就是：自己的发明是永远的发明。

反正我将有颜色的纱线穿进了经线里，但没能区分偶数经纱和奇数经纱。我检查她交给我的织机，发现有东西被拆掉了，也就是辊子和一把手柄，直接被卸掉了，再也找不到了。

织布，你知道的，简单说来就是线的交织，为此两者都一样重要：垂直的经纱和横向运行的经纱。于是我必须想办法将经纱分开来，我也看出了为此需要做什么。我在仓库里发现了圆木和木板，我量尺寸，锯木头，装进去。几次尝试后我成功了，蓝底子上开始出现一头白鹿，四肢僵硬，但表情丰富地聆听着。索尼娅·图尔克穿着脏外套，头发粘在一起走了进来。你别以为她会吃惊，她站到我身后，眯起眼睛，肯定地说："你大脑有些迟钝，好不容易才想出这鹿来，我觉得你有点迷迷糊糊的。"说完，她估计是从她的卧室里拿出来辊子和手柄，默默地重新装上，将我的救急仪器拿在手里掂量。她强调说，我不该自以为有了什么特别的发现，正是这样的，借助圆棍和木板，三百年前人们就这样织出过杰作。东西一旦被创造出来，就会一直存在着，哪怕只是作为一种可能性存在。

她瞟我一眼，要求我跟她去染色间，在那里她先是将我的救急仪器扔进锅炉，然后从一张搁板上取下一只铁皮罐，罐里装着杏仁。她用修长的手指抓出一把，默默地递给我，这是索尼娅·图尔克在表示最大的赞赏。

对，我们正面对面站在染色间里，吃着杏仁，望着染料，一沓沓羊毛在那里面获得了一个新身份，这时一个客人走进了屋子，他不仅神色不安，而且惊慌失措，一副走投无路了的样子。是亚当叔叔，他径直走了进来，也没打招呼，没有敲门，汗流满面，一脸奇怪的表情。他一只手里拎着个包裹，灰色包装纸，绳子打了好多个结。他绕着锅炉走了好几圈，不时表现出要离去的样子，可他突然在索尼娅·图尔克面前停下来，将包裹放到她脚前，是的，呆呆地站着，凝视着她。织毯师傅示意了我一眼，我解开绳子，从包装纸里取出一块以靛蓝为主色调的壁毯，我们这儿的人白天也将它铺在床上，一块毯子，一块精致绝伦的双层织毯，我立即认出那是索尼娅·图尔克的作品，我已经有这样的水平了。角落里，灰白色的场地上有青绿色的三角鹿，中心的区域是靛蓝色的，底下衬以红色条纹，在正中央的位置，我再也没见过这样的图案了，那是一只杏仁形状的眼睛，严肃，极其镇定。我感觉这只眼睛认出了我，在考问我，那是一只阅尽世事、能够料知未来的眼睛。它冷冷的追问的目光落在我身上，我后退一步走到一旁，但它依旧没有放过我，这只瞳仁乌黑的粉红色眼睛，它似乎能看见室内的一切……

不要这么不耐烦，我正想将这事讲给你听呢。当亚当叔叔语无伦次地试图解释什么时，索尼娅·图尔克只是目不转睛地望着毯子。我将它固定在贴墙悬挂的一根木条上。漫长的困境，无法理解的困境，我还记得，他讲话时避免直视毯子。原来他是将它送回来，在多年之后不得不送回来，据说是因为他再也无法忍受它。为了躲开这只眼睛，他曾经将毯子放逐到地上、橱柜里，最后藏进地下室。但是没用！一种有人在场的感觉始终挥之不去。

我是这样理解他的，我自己在河湾旁的房子里从没发现过它，头几年他将毯子挂在他的卧室里，他声称夜里这眼睛甚至向他眨闪过，而他也不必抱怨睡眠不好。随着我们搬进他的房屋，情况就发生了变化。一天夜里他被迫发现，他怎么也无法入睡。他在毯子下方再也睡不着了，于是将它收藏到车间里。可是，在这里他感觉有种厉声的追问在迫害他。他又在客厅里给这块双面织物安排了个位置，将它严密地藏在两张大橱柜之间。这样还是不够，哪怕他只是走过客厅的门外，他还是会忆起那只眼睛，它浮现在他的面前。当他将毯子放逐进橱柜里，最后放逐进地下室藏起来时，这种情况依旧没有改变。是的，不安在加剧，因为他相信，现在正有人藏在暗处观察他。这感觉令人不安，让人痛如针砭，令人窒息，他说一个人可不能长期以这样的状态生活。

织毯师傅一动不动地仔细聆听。然后，是的，亚当叔叔请求她，在这么多年之后，重新收回赠物，这礼物显然是专门为他定制的，暗藏祝福，织进了独特的期许。索尼娅·图尔克向他转过身来，她抬起目光的动作多么缓慢啊！也许是我搞错了，但我相信认出了一种熟悉的遗憾的表情。她谅解地点点头，淡然一笑。她抬手轻抚毯子，非常温柔，像是在为它掸去什么。我知道这些缓慢的动作意味着什么，她缓慢地拿起木棍，双手握棍在染料里搅拌，将尚未浸润足够颜料的羊毛按在锅炉底部。她突然扔下棍子，脱掉脏外套，用手指匆匆整理了一下粘在一起的头发，我并不感到奇怪。现在她做出决定了，她离开染色间，去了二楼。亚当叔叔没有注意到我，他呼吸粗重，十分不安，他想不出其他任何办法……

你说对了，亲爱的。我开始意识到什么，当索尼娅·图尔克片刻后重新返回，打开一块小黑布，揭起一只小纸盒的盒盖，将一只普普通通的戒指托在掌心里递给亚当叔叔时，我就更加确定了，她是要以物易物。他送回了毯子，所以她请求他也收回戒指。两份礼物是彼此捆绑的，它们因愿望而紧紧相拥，因此它们不能被同时留在同一个人的手里。嗯？这是什么？他的目光从戒指移向了毯子，然后又移回到戒指上，我能感觉到师傅的提议给他带来了多大的折磨，我能肯定他正在考虑撤销这一决定，但是毯子中央的眼睛或是关于它的回忆迫使他不得不坚持了他的想法。他取回戒指的动作一点也不庄重，也没有小心翼翼，他迅速而干脆地夺过戒指，抓起它，然后直起身，逃难似的迈着夸张的步伐往外走。不过这回他总算在告别的时候打了个招呼。

我忍不住走近窗户，我想看着他离去，看着他走过干草地，沿着勒克瑙河奔跑，在结束了这场可能从来就没有什么意义的事件之后，他继续向前走着。

索尼娅·图尔克？她满怀深情地取下毯子，把它拿到光线下仔细端详，在这么多年之后，她似乎对这件早期的作品还是很满意。不过，它不可以被挂在编织间里，也不可以被挂在非卖毯的旁边，它被埋在了一只铺了东西的纸板箱里，在卧室旁边一间昏暗的偏室里找到了一个属于它的墓穴。

正如我所说的，这是之前发生的事情。那是六月，金龟子正摇摇晃晃地、嗡嗡地飞来飞去。位于河口的位置，密集的鱼群正上下翻滚。不久之后，当他们用鱼笼和隔板从湖里拖出噗噗响的螃蟹时，

我们头一回感觉到了亚当叔叔悲剧性的健忘症。是的，我们也会在
浅水滩里用手捉蟹，在大规模捕蟹的季节。当时是在家里，在勒克
瑙家乡协会的一次晚间会议上。会议一开始是没完没了地吃螃蟹，
吃蟹的时候什么动作都被允许，掰、撬、敲、吮、啃、吸，还有舔。
窗户是开着的，凉爽的河水缓和了布伦纳博酒带来的威力，是的，
我们每吃完一只螃蟹就把酒灌进喉咙里。桌上，旁边的板凳上，窗
台上，到处都堆着被享用过的蟹壳、折断的螯和尾部。每个座位前
都是闪光的水洼和湿透的毛巾。你应该还能联想到被吃过的面包片
和几只打翻了的玻璃杯。这里正要选举出家乡协会的新会长和一名
副会长，不是通过无记名投票，而是直接举手表决。选举非常顺利，
亚当叔叔当选了新会长。原海军军士长毕利扎成了他的副手。全体
成员都在祝贺选举的成功，他们向当选者敬酒，敬完后又重新坐正，
准备尽可能专注地聆听接下来通常会有的致谢词。

　　亚当叔叔拖拖沓沓地站起来，仰起头，仿佛在从远方汲取灵感，
他身上散发出的威严与平时截然不同。不光是我，现场的大多数人
都预料着他会先把我们带去远古时代，游览各种神秘的地方，每当
要向人们讲述我们当下舒适便捷的生活的种种好处时，这位乡土学
学者总会以久远的历史作为铺垫。可是看样子，他这回另有打算。
他先是感谢大家对他的信任，然后他感谢落选的原会长，献给做出
过杰出贡献的阿图尔·鲁沙茨的掌声尚未平息，他就又感谢起家乡
水域里的"银色丰收"，感谢大家正在一起食用的鲜美无比的白鲑。
有人打趣道："小白鲑什么时候开始长螯了？"人们纠正了他的错误。
亚当叔叔对自己刚说的话摇摇头，他把身体的重心换到另一条腿上，
然后继续发言。他简单地介绍了家乡协会的传统和经济状况，详谈
了当前的任务，事实表明近期发生了那么多的事情，因此他不得不

认为协会必须扮演监护人的角色，成为监督者和捍卫者。

他看到家乡受到了威胁，家乡意识正在枯竭，对家乡的自豪感消失了，不管转向哪个方向，他都能见到危险，危险是那么迫在眉睫，从勒岑途经勒克瑙抵达波兰的边境公路就证明了这一点，那是"一条有毒的、一条杀死根的柏油带子"。他视这个已经决定的项目为信仰的敌人，他把恐怖的照片扔在墙上，这样大家一眼就能看到：正在死去的森林，无家可归的野兽，无法食用的菌类和茶藨子。他认为最严重的罪恶在于，边境公路将穿过施洛斯山山脚的肥沃沼泽，也就是我们一道挖掘、寻找马祖里的过去的证物的地方，那里是胆小的鸢和罕见的黑鹳孵蛋的地方。只不过他没提黑鹳。他讲了鸢，讲完后显然也想提一下黑鹳，可还没等讲出口，他就突然战栗了一下，眼神茫然，求助似的，费力地转动身躯，想在大脑里找到那个名字，他一直都是知道那个名字的，可它现在从他脑海里溜走了。唾液的小气泡在他唇间炸裂，他恳求般地抬起右手。他想不起那个名字了，亚当叔叔感激地向他的前任点点头，对方打着官腔指出："你指的一定是黑鹳。"

剩下的演讲十分顺利，他恳求，他呼吁，他提出抗议，他的记忆没有抛弃他，它像往常一样向他输送最遥远的数据。献给会长的掌声相当热烈，由此可以认为，只是布伦纳博酒导致了他记忆里的这个小故障。

可第二天早晨，在用早餐的时候，起初看起来并没有多么严重的失忆，却变成了一场重大灾难的序幕。你想想这样的画面，我们坐下来用早餐，我母亲将酸奶分到碟子上，往里面洒进面包屑，亚当叔叔想要装酸奶的木碗，也就是说，他显然是想要喝酸奶，他也准备好接过酸奶的姿势了，可他的动作做到一半时，一阵战栗掠过他的身体，他的嘴唇张开了，那个词却没有说出来。他尴尬地一言不发地拿起木碗，自己动手。我和母亲担心地对望一眼，偷偷地打量他，但除了他有限的食欲外，我们再也没发现其他什么。而在同一顿饭上，我们还经历了其他的事情。他会忘记"叉子"这个词，"盐"这个词也完全忘记了，怎么聚精会神都无法把它想起来。我还记得，当我们抢在他前面说出这些东西的名字的时候，他怀疑地重复这些词汇，仿佛他之前从未使用过它们似的。

正如我所说，我们的担忧有充分的理由。但是，当他在他的车间里想不起他身边物品的名称时，比如车床、锥子、缝纫用品和胶水，我们变得越发担忧起来，这种状况让我们束手无策。他哆嗦着坐在工作台前，盯着精美的锤子，直到我们中的一位在他前面说出这个工具的名字，他才把它拿起来。他不仅仅忘记了周围物品的名称，当我像往常一样在上班之前同他告别时，他意外地将胳膊搁在我的肩头，动作温柔，他绞尽脑汁的样子，嘴里支支吾吾，满脸恳求地望着我。他陷在记忆的深渊里，陷得那么深，他努力地挖掘着，眼里甚至淌出了泪水。我猛然惶恐地意识到他正在记忆中寻找什么，我说："齐格蒙特，亚当叔叔，我是齐格蒙特。"他听后轻松地点点头，低语道："是的，孩子，齐格蒙特，你要照顾好自己啊。"

我母亲的名字他只忘记过两回，之后她在身上别上了一块小牌子，就像今天的国际大会与会者所做的那样。当他惊恐、难堪地凝视她时，她只指指小牌子，我在上面草草地用力写了"IDA"几个字母。他忘记约会、忘记计划、忘记自己的意图。哎，我多么频繁地看到他果断地从家里出发或是在他的工作台前坐下来，然后我如此频繁地经历那些瞬间。他想不起自己要做什么，只是呆呆地坐在那里，努力地搜寻记忆，虽然一切都是徒劳。亚当叔叔求诊的两名勒克瑙医生都无法给予他帮助，健忘症越来越严重，他周围的世界已经变成了一个没有名字的世界，一个陌生的空白的世界，他不再拥有它了，因为他再也不能喊出它的名字了。勒克瑙的邻居们好几次将迷路的他送回家来，因为他的的确确想不起自己住在哪里了，在此之后我们往他的每个口袋里都塞了一张写着姓名和地址的纸条。在家里我们就采用我们迫不得已想到的解决办法，就像我们在康尼的帮助下给家乡博物馆里的财物写上文字说明一样，我们也在所有物品上贴上对应的名牌，用它们来帮助亚当叔叔的记忆，譬如："我叫橱，我叫椅子，我是床，人们叫我暖壶。"在我们房子里，桌子、炉子，甚至破旧的擦鞋垫都标注着自我介绍，每样东西都有自己的名牌。有时候我觉得，我们好像是生活在一个每天都需要被重新拼写的世界里，是的，在一个虚构的世界里……

你说什么？他是不是彻底忘记了那些名字？完全不是这样的，有时候他会想起它们来，它们意外地从他的记忆里钻出来，就像沉没的小岛在火山的作用下被重新抬出水面。每到那时他本人就喜不自禁，他会反复地念叨这些名字，似乎想要就这么永远地拥有它们似的。

可我想对你讲什么来着？对，就像想不起物体的名称一样，看样子他也忘记了它们的意义，他不再与它们有任何的关联，它们与他毫无关系了。他这是在将我们推进怎样的矛盾之中啊……

这样吧，举个例子，假设你在我们的博物馆里，你现在已经熟悉它了。你就直接加入勒克瑙家政学校的十八名女生吧，她们几乎无一例外全是圆脑袋、鹰豆嘴，她们的课程里恰好有参观勒克瑙家乡博物馆这一项。她们手牵手，臂挽臂，拥挤着穿过我们的小房间，推推搡搡地顺着走廊往前走，跟在我和亚当叔叔身后，由我给她们做讲解，帮助她们欣赏、为她们解释她们正在观看的东西。我接手了亚当叔叔的工作，我成了博物馆新的讲解员，对此亚当叔叔一点也不反对，他将这个角色让给了我，就像转让一份理所当然的遗产似的。他陪着我绝不是因为他不信任我，他只是想要一遍遍地阅读展品前的小标签牌。

我相信我讲得十分投入，十分感人，就像从前的亚当叔叔一样，因为在这之前我也学着他的样子与"证物"进行过私人的谈话。但我还是无法阻止这样的情况，那些身着蓝色麻布的少女们对所有东西只会发出咔咔的傻笑，她们见到收藏的硬币和橱柜时咔咔地笑，见到旧厨具和有着龇着的狗牙一般的熨斗时还是咔咔笑，面对一只被木蠹蛾打败的捻杆时，她们报以同样的笑声。我没事，因为我感觉自己胜过其他所有人。我感觉自己与这些物品的结盟是有保障的，它们向我开启了它们所蕴含的魔力以及一种无以名状的力量，它们已经教会我，不受干扰是永恒的前提，我做好了忍受很多东西的准备。

我没有号召大家要遵守秩序，我也没有警告，更没有露出惩罚的眼神。我讲了该讲的故事，指给他们看每件物品是如何靠着经验黏合起来的；我向他们证明，所有重要的事件都是由小小的个体生命成长起来的；我也向他们表明，乡土学不妨碍启蒙，它也许赋予了某种"意义"。一切都浅显易懂，我尽了我当时所能做的努力。

但是讲解结束后我立刻溜走了，钻进了我的卧室，我坐在那里，问自己："为什么那些家政女生对我齐膝短裤的兴趣大于对索多维亚人饰物的兴趣？"我试图理解为什么她们一听到我们古代神灵的名字，比如听到佩尔库诺斯、波特里姆帕斯①和皮科洛斯②这些名字时就哧哧发笑。我呆呆地坐在那里，当我母亲冲进来时，我一句话也说不出来。她将我拉起来，扶着我来到门厅，将我的目光引向过道，在那里，亚当叔叔非常郑重地，好像在颁发勋章似的，正在给女生们分发告别礼物，我想这下她们有充足的理由哧哧发笑了。他赠给她们夯煤机、调料捣碎机，他送给一个女生带装饰的木屐，强迫另一个女生收下一只骨灰坛。我站在那里呆若木鸡，直到他想将一件大约有二百年历史的新娘服包起来送给一位女生，这下我知道我必须做点什么了。

我经过所有人，冲到室外，截住了女教师，我与她商量。我们一起收回了女生们得到的礼物，是的，我没收了她们的全部礼品。当时她们大多数都在哧哧笑着，她们模仿我难为情的担忧表情和我郑重的走路姿势。亚当叔叔，当我将财产送回我们的博物馆里时，他既不惊讶也不生气。他好心地主动帮助我，按我的指示分配那些物品，然后他坐下来，从一个小牌子上读咖啡杯这个词，想了想，然后客气地问："你现在不需要来杯咖啡吗？"

他是个风险，你说对了。亚当叔叔成了博物馆的一个巨大风险，开馆时我们不得不将他锁进他的车间里，好在他毫无异议地顺从了。我根本不必等着我的母亲来向我指出，是什么责任突然落在了我肩头，是啊，现在不能再指望亚当叔叔了。我自己也感觉到了，我理解她对我的期望，明白被转交给我的是什么。这场交接不需要合同，也不需要一份郑重的声明，它不是一场商定好了权利和义务的继承。

---

① 波特里姆帕斯（Potrimpos），古代普鲁士传说中的福神，又说是流水和泉水之神。
② 皮科洛斯（Pikollos），古代普鲁士传说中的死神。

深夜里躺在床上，屋子里的人全都睡着了，我突然发现了一个蚁群，那是我所见过的蚂蚁最多的蚁群。是黑蚁，它们从旧墙里，从它们居住的土牢里爬上来，从松动的踢脚板下穿过，涌进了我的卧室。清冷的月光下它们目标明确，它们迅速聚集在交叉口、转运点、支轨上。奔跑的队伍分散开来，它们各自执行自己的任务。蚂蚁们在这儿进攻一只古老的面粉筛，在那儿对着一根擀面杖蜂拥而上，它们冲向一堆马粪，弄脏一块轧板，占据一只草帽，轻而易举地爬上挂在那里的新娘脉。这是一群黑色的、纪律严明的蚂蚁大军，它们在狩猎，它们到处猎取猎物。我看到蚂蚁用它们的钳子拖走纱线、破烂和碎屑，它们在十分准确的道路上行进，不受迎面爬来的同类的影响，它们扑向遭受洗劫的目标。我观察了很长时间，设想随着时间的推移它们能消灭多少我们存在的证物，当然伴随证物存在的还有属于那些证物的意义。顺便说一下，在这点上康尼后来一直反驳我。我们必须赋予我们的存在一个"意义"，有了它我们的存在才至关重要。但在康尼看来，任何赋予物体本身一个"意义"的行为，都不过是乡下人所表现出来的傲慢。

反正，那天夜里，我领悟了，我明白了所有受到威胁的东西都属于过去生活的意义架构，它们使忍耐成为一种可能，它们减轻了不幸，应允了快乐，它们不可以消失，不可以无声无息地被酸性液体溶解掉，因为这过云的生活有权要求自己被保存下来，而不被遗忘得一干二净。

为什么？因为它已经为我们的生活做好了准备，因为我们所有必要的经验都归功于它，包括最令人麻木的经验——短暂。对付失落的时间造成的痛楚只有这一种方法，那就是赋予它一种意义。

你对此可能也有不同的看法。但我要让你知道，我当时爬起床，跨越奔跑的蚂蚁大军，摸索着走到门外的仓库里，往一只旧奶罐里装上水，掰碎未融化的石灰，扔了进去。我将沸腾的、冒着气泡的石灰乳拎进我的卧室，点上灯。看看它们是怎么逃跑的吧，看看这支蜂拥的军队是怎么逃跑的吧，它们秩序井然地沿着留有气味的路线，然后钻进通入墙体深处的被掩盖的洞口，没有出现拥挤！踢脚线可以取下来，我找到洞口，插进一只薄薄的漏斗，将沸腾的石灰乳倒进隐藏的蚁穴。当热流流过开裂的砂浆，它被炖煮着，咝咝作响。我听到墙体内的拍打声。群蚁再也没回来……

好了，现在请帮我拍松枕头，将我往上移点，我一直在往下滑……这样更好，是的，这样我讲话更轻松……

亚当叔叔告诉了我们一件事情，那就是当记忆舍弃一个人的时候，他依然可以守护一些东西，是的，从我们家乡协会会长的身上我体会到了这一点。尽管他患上了悲剧性的健忘症，但他暂时继续留任。他必须继续签署呈文，做出决定，号召各种行动。他得接待他的成员们，听取他们的不满，回应他们的愤怒。为此我母亲帮忙写了很多东西，或者让他也一起跟着写。由此可见，我们在试图隐瞒他的疾病，在我们看来那就是一种疾病。

我们做得很成功，直到那个礼拜天。那天家乡协会的几名成员聚集在施洛斯山上，在黄昏时分，在七棵松树下面。有几人是从峡谷里爬上来的，另一些从整齐的用作掩护的灌木丛里走出来，还有人越过沼泽过来，全都是男人或年轻小伙，他们匆匆地互致问候，显然无须再进一步协调他们的关系。每个人都是全副武装，他们身上藏有钢棍、轻便的立柱、趁手的板条。我看着他们，我看得出他们对身穿黑大衣的人影兴趣非常大，是的，对埃迪特，她直挺挺地站在渔务官身边，满脸自信，不屑一顾。她没有回话，她无视所有同情的问候。埃迪特既没有露出恐惧也没有表现出不耐烦，尽管她面前的大部分东西都是如此。亚当叔叔多次走向她，同她低声说话，似乎在安慰她，可她连他也不予理睬。

我坐在她身后的短石墙上，那是我自己堆砌的，在我们当年玩葬礼游戏的时候。我空着手坐在那里，打量着她，试图想象埃迪特昨晚遭遇了什么，在城外的小格拉耶沃，当她经过"石菌"时，他们这么称呼他们的小客栈，它仅在周末开门。我想象着，她在回家途中从那里经过，忽然听到音乐，留声机的音乐，不由自主地停下脚步，透过"石菌"的窗户往里窥望，被深深吸引了，都没有发觉两个男孩朝她走来，他们将她困住了。我继续假想着其他的一切，他们不顾埃迪特的反对，带她去了沙滩，一直到了勒克瑙的露天剧场，然后将她逼进芦苇丛中。在那儿，我这么想着，在《野蜂蜜》的所有演员曾经化妆的地方，在杂草丛生的滩涂上，事情就那么发生了。

是的，我试着去想，在我们等待天黑的时候，也许有十来个默默无语的男人和男孩，他们现在几乎没什么话好说，只是蹲在那里思索或聆听风声。给出出发信号的不是亚当叔叔，而是渔务官杜迪。我们一起努力往博雷克山脉走去，走在山脚下稀疏的树木之间，现在我手里也拿着根棍子了。在森林向下通往小格拉耶沃湾的地方，我们分散开来。我留在了带着埃迪特的一组，由亚当叔叔和渔务官在两侧保护她，他们一点不重视隐蔽工作，只想着他们有权复仇，就这样人们直接拐上了通往"石菌"的土路。

你想象一下那座用砍伐的树干建起的酒馆吧，这座建筑，它的房间多过所有的住宅，因为它曾经被用作牲口棚。酒馆的屋顶是苔藓、青草和小桦树，窗前摆放着沉重的花盆。前院里有一口拿木板

围着的汲水井。我们一次也没有停下来确认我们是否安全，就直接
穿过了前院，我们相信第二组人马已经控制了两条逃跑的通道。然
后我们突袭似的挤进门，旋即站在那里，肩挨着肩，像是在为摄影
师摆造型似的。

虽然我们没有亮出我们的武器，但我们身上散发出足够强的威
压，我们一动不动地站得越久，那种压迫感就越强烈。低矮的房间
里烟雾弥漫，喝着马索维亚啤酒的那七八个人，缓缓推开他们的长
椅，往后退去，他们也在寻求团队的庇护。我只认得安娜·豪泽，
她是客人当中唯一的女孩。她惊惶地一直望着我，好像期待从我这
儿得到一个解释似的，可我在此没有发言权，发言权属于亚当叔叔
和渔务官，是的，尤其是渔务官，他好像认同我们在这里引起的恐
慌，任它持续下去。当他终于走进房间中央时，我以为他会先打发
走安娜的，可他下令让所有人都靠墙站好，女孩也一样。他们服从
了，他们分散开来，一字排开站到墙前，站在一幅画下，画上是一
座空荡荡的威瑟尔河桥。一声简单的指令，埃迪特走到渔务官身旁，
神情尴尬，目光低垂。他强迫她抬起头，他用木条的尾端抬起她的
下巴，命令她直视每一张脸，仔细端详，按顺序一个个看过来。埃
迪特凝视着每一张脸，我也一样。在我眼里每个人都很可疑。

埃迪特从所有人面前走过，目光从一张脸滑向另一张脸，就连
安娜·豪泽也被默默地审查了。是的，我的印象里两个女孩相互凝
视了特别久，面无表情地互相审视对方。然后她转过身，拿捏不定
地耸耸肩。"谁？"渔务官问道，"到底是谁？""不知道。"埃迪特回
答。她想返回我们身边，可渔务官不允许，要求她再次检查所有人
的脸。"再想想，这种事是忘不掉的，会记一辈子的。"而埃迪特，
眼睛像是被光线照花了，或是认出了远方的什么，她抬起一只手遮

住额头，出神地张望，忽然说道："那个，可能是那边那个。"她指着海尼·豪泽，小伙子站在他妹妹的身旁，性格内向，嘲讽地回应着埃迪特探询的目光。"你肯定吗？"渔务官问道，"很肯定？"埃迪特听后回答："可能是他，如果有谁的话，那就是他。"后来的事你必须了解一下，只见海尼·豪泽猛然蹲下身子，蓄积起全部的爆发力，撞倒站在后门前的店老板齐特科，他一脚踢开门冲了出去，冲进黑暗的前院。海尼·豪泽，他的逃跑让我们都惊呆了，如果再有两三个人跟在他身后逃跑的话，我们几乎无法阻拦。可其他的人留下来了，他们被恐惧和经验所迷惑，他们留下来，聚到一起，防御性地弯曲着手肘。

在听闻了那一切之后，在经历了那一切之后，我们不可避免地出现了骚动。我不知道在我们一起穿过房间前进的时候是谁先动手挥出了第一拳，但随着第一拳落下，并响起了一声呻吟之后，我们中的所有人都从紧张的情绪中释放出来，我们怀着强烈的寻求慰藉的愿望打出去。这不是冷眼旁观的时候，也不是在出拳后自我反思的时候，我们心头的淤积太多了。为了补偿我们，打他们谁都合适。我们不加选择，乱打一通。

我们把他们打倒了，他们躺在地面，身体蜷缩，我们还觉得不解气，我们两人一组将他们一个个拖到院子里，拖去汲水井，打上水来，将一桶又一桶的水泼在他们身上，就连安娜也未能幸免。我们将他们扔在那里，走回酒馆，在暖和的板凳和椅子上坐下来。

你是指埃迪特吗？她早就已经坐下了，她坐在那里观看我们收拾桌子，但没有一点儿满意的表情，只是冷眼旁观。她似乎毫无感觉，对发生的事情也没什么想说的。即使当渔务官在她的桌旁坐下，问她是不是觉得太过分了的时候，她也只是耸了耸肩。另外，渔务官这样问并不是出于关心。我先前就已经注意到，他有时会抑制不住怒火地望望埃迪特，我听到他有一回对亚当叔叔说："谁遭遇这种事，都不可能是绝对无辜的。"

无论如何，我们独占了小酒馆，让齐特科给我们端上喝的，激动地听前海军中士长毕利扎断断续续地讲人人都想听到的话："必须时不时地回忆一下民族的差异性……教训，哪怕是痛苦的教训，也从未伤害过任何人……这些波兰佬，就算我们已习惯了他们，但这绝对不代表我们喜欢在这儿遇见他们。谁想一直在这儿当家做主，就得时刻提醒他让他明白这一点……"听了这些话我们只能赞许地点头。

这件事你现在就得知道。毕利扎刚刚想出了一个计划，他要找出海尼·豪泽来，让他当天晚上就承担责任。这时亚当叔叔从隔壁房间走了出来，一副跳棋放在他的手臂上，看样子是他刚刚发现的。他开心地放下棋子，从一张桌子走向另一张，他在发放游戏棋，是的，将它们砰地放到我们面前。他们轻声地斥责他，远离他，他并不在意。除了不满他的行为，我也发觉了人们的担心和震惊。首先，当亚当叔叔坚定不移地执行着他的奇怪想法，在他最后请求大家注意时，毕利扎僵直地端坐不动，观察着他。

你想象一下，他走到房间中央，称我们是勒克瑙跳棋俱乐部的成员，他忍不住欢迎我们的到来。他说我们聚在这里举行淘汰赛，他要在首轮开始前问候我们。然后他开始介绍这项游戏，提到它在古代深受欢迎，指出"跳"和"跳过"的象征意义。最后他祝愿每个人，尽可能迅速地占领对手的王宫。这时我实在不能让他再站着讲下去了，哪怕他还在等候赞许和掌声。我强行将他拉到我的桌旁，按在板凳上，对他讲话，分散他的注意力。人们茫然不解，突然露出怀疑的目光，到处都是交头接耳和偷偷交换的眼神。毕利扎，亚当叔叔在家乡协会的副手，忽然来到我们桌旁，他迟疑地坐下来，径直端详亚当叔叔的脸，然后问他是什么时候想到这奇怪的策划的。亚当叔叔听不懂这个问题，不，他根本不理解这个问题。他讲起跳棋的希腊起源，每当他转向毕利扎时，都叫他"我亲爱的瓦舒齐克"。总之亚当叔叔并不明白自己的厄运，他必须有一瓶布伦纳博，一瓶白干，他必须就着熏板肉，之后再来一盘酸豌豆汤……有人也跟着效仿他。

当齐特科收拾餐具时，康尼出现了。他先是站在门口，显然是在打量我们的状况。他轻蔑地站在那里，呼吸急促，不想理睬我用手势打的暗号。然后他经过一张张桌子走向埃迪特，目不转睛地低头看着她，那么久，直到她恼火地顺从地站起来，问他："什么事？想干吗？""跟我来。"他说道。她跟上他，和他一样，她也不理别人的喊叫，平静地推开一根想拦住她的胳膊，随他一起离开了小酒馆。我毫不费力就赶上了他们，他们停在前院里，在汲水井旁，在木制的水槽中间，他们对峙了很久，一声不吭，不知内情的人会当他们是一对难分难舍的情侣。也许你现在的期望与我当时的期望一样，会有激烈的争吵，会有怪罪，会有辩护。我承认，眼前的局势让这种情况显得不可避免。然而没有什么爆发，没有什么流露出来。片刻之后他们甚至握了握手，同时在水槽上坐了下来。康尼低声对他妹妹讲着话，很耐心。似乎在重复，因为她一再地以同样的方式摇头，也就是在拒绝接受或承认什么。我把身体埋在苔藓中，从屋顶上看着她，我目睹了一个一言不发的埃迪特，她只是点头或摇头，在康尼貌似说服了她之后，她号啕大哭起来。康尼说了什么？

马上，亲爱的，马上……

他摸摸她的胳膊，他轻抚她的脸，他劝说她，将她带回小酒馆里。

不知他们是如何结束交谈的，康尼将她妹妹带回来，他坐下来，两人交换了一下眼神。谁都看出来有事情发生了，大概是意识到了这里即将发生什么意想不到的事，渔务官和毕利扎已经分开来了，可康尼想要埃迪特站在那里，是的，站着说出她答应他要说的事。康尼预见到了她的犹豫，她的难处，他拿一只胳膊箍住她的肩，将她拉近自己身边，温和地提醒她遵守约定，不要被人们的猜忌所影响，也不要被渔务官公开的敌意影响。

她必须重复她的第一句话。是的，她必须重复，她是被迫宣布了一个错误的事实。不是海尼·豪泽，根本不是她一开始在困惑中错以为的那样，不是小格拉耶沃的小伙子当中的某一位。现在，在迷雾消散之后，她渐渐看得更清晰了，她能够区分一张张面孔了。在康尼的支持下，她结结巴巴地承认，是胡戈·邦迪拉，是他在博雷克山脉的大育林带里截住了她，请她去参观他的地下藏身地，她拒绝了，他坚持邀请她去喝"新鲜扎啤"。埃迪特单调地，几乎是在机械地抽泣着。我看到她抬起目光，只为确定她的招供给我们留下的印象。她还在观察，渔务官已经站起来，他跨过长椅，强迫埃迪特转身朝向他，他抽打她的脸，他将她推去门口，又返回身，他伸手指着康尼，说："你，以后再跟你算账！"

什么意思？尴尬吗？你错了。我可以向你保证，不存在哪怕一秒钟的尴尬。口渴，我们大多数人忽然感觉到特别口渴难受，他们让齐特科行动起来，用他们的愿望催促他，那位店老板，他一直化石似的在旁边听着，一次次健谈地将新的酒水送上桌子。没人再谈埃迪特了，至少不直接谈论她。可是，当毕利扎制定出一个计划来时，每个人都想到了她，家乡协会要将这个计划告诉勒克瑙的管理部门，那是一个大胆的无可辩驳的计划，能用它一劳永逸地解决少数民族的问题。

"如果我们，"毕利扎说道，"能够成功地将博雷克山脉的北部连同小格拉耶沃湾宣布设为自然保护区，那就只剩下我们了，因为原则上谁都不允许居住在自然保护区内。"他用规划好的公路来解释在勒克瑙设立一个自然保护区的必要性，公路将会把施洛斯山下肥沃的沼泽变成"文明化的荒漠"。他想知道我们对此持怎样的意见，他想知道，难道我们没有权利在别人夺走我们某种东西的地方要求得到某种东西吗？他想知道，我们的孙辈和曾孙辈会怎么想我们，是我们允许了所有属于勒克瑙的美丽"被划了一道裂口"。这是他的说法，他在求证一些问题，当他提出这些求证的时候，他得到了所有人的支持，所有人，除了康尼。康尼在他的椅子上来回蹭着，叹息，翻着白眼，但他没有开口讲话。在他终于成功地从他的啤酒杯里捞起一只醉酒的苍蝇之后，他一口灌下杯中的酒，捅捅我，建议我跟他一起回家。

我跟他走了，良心不安，受到一种陌生的痛痒的折磨，当我们在家乡协会鄙视的目光下离开"石菌"时，这种感觉就出现了。可事情就是这样的，只要康尼一喊我，我总是无法拒绝他，虽然他，是的，我必须慢慢认识到这一点，除了异议，大多数时候他再也提不出什么东西来。

在古梨树下，在当时已经泛白的黑暗中，我们在水中晃动双腿，溅起水花。湖的另一侧坐落着勒克瑙的塔楼，它的轮廓只是个剪影，但依然可以看得出塔身的粗壮以及塔楼的各种防御性特征。在我们头顶，一队蝙蝠跌跌撞撞，像是被射中了一样，可实际上它们正在目标明确地拐弯飞行。当时康尼说："你会看到的，有一天他们会称小格拉耶沃是个耻辱，每个居住在这里的陌生人都会成为麻烦的制造者。他们会妒忌他们的过去，他们会为绝对的纯洁而战。这就是最糟糕的情况，但凡有一部分人想强行制造一个纯洁的地方，其他人就不得不相信它。"我知道，当他讲"始终只有目光短浅的人才会以纯洁的名义采取各种行动"时，是谁在他的体内讲话，或者是谁在和他一起发声……

谁，你说，还有谁？

先知？来自大山外面的先知们？我没有完全听懂你的话……

喏，这双鞋我大概不必穿吧……

亲爱的，讲慢点……

你看，康尼差不多也是这么说的，他也认为，对纯洁的渴望，无论是在思想、感觉、言谈或别的什么东西里，都只可能来自于一种随时准备好接受任何暴力的狭隘情感。

我几乎没在听他讲，我忍不住想到埃迪特，想她指控海尼·豪泽时的镇定自若，想她愿意照康尼的要求承认她的"错误"。我想象他们是如何回到家里的，她和渔务官。当杜迪的女儿们在门后偷听时，将如何对她进行宣判。

"你认为他们会怎么处理她呢？"康尼耸耸肩，"也许会送去耐登堡。"他说道，"他们老拿耐登堡附近的砖厂威胁她，砖厂是渔务官的一位兄弟开的。要她去那儿学着工作，坐在一台旋盘旁边，因为那里除了砖头也生产陶制餐具。"康尼说这话时，我头一回想到将埃迪特接来我们家，接进河湾边的大房子里，来照顾亚当叔叔，来帮帮我的母亲。正如我说的，我想到了此事，但我没有说出口。虽然我责备她，但我还是为她感到难过。

我们默默地站起来，不慌不忙地走去我们的房子。我们俩都想将告别的时间往后拖，当我建议他，再上楼去我的房间里待会儿时，他十分高兴地同意了，好像这本是他自己的愿望，只是顾虑到时间已晚他才没敢提出来。即使你会嘲笑我们，但我们当时还会冲动，还会受到情绪和感情的支配。当我们站在我的房间里，站在敞开的窗户前时，我们不由自主地伸手相握，只为了表达某种无法用言语说出来的东西。

可我得给你讲些什么呢？坦白，对，在我房间里的坦白。是这么回事，康尼突然向我透露，他想参加《勒克瑙报》的大型有奖竞猜。他的作品，在魏因克奈希特老师的启发下，他已经写完了他的作品，那是他按主题"家乡的脸孔"所写的征文。老实说，这是双重的坦白，对我他可以感到放心。我还记得他如何从他的衬衫领口里掏出一本线格纸的写字本，凝视着我，将本子放在膝盖上，抹平，用手电筒椭圆形的灯光照着一篇文章，低声向我朗读起他的征文……

您说什么？

我是否保留了他的故事？如果可以把它称之为一篇故事的话……

如果你真想……

《每日秉性》。顺便说一下，他给他的征文取了这么个名字，是的，《每日秉性》……

那好，你想象一下。勒克瑙大肆宣传要做一场报告。有个科学家名叫多利可斯，他花了半年时间纵横穿越我们的国家，研究马祖里人的幸福观。有天晚上，他想介绍他旅行中的种种事件，不光如此，正像报告里所声称的那样，他成功地找出了无可争议的最幸福的马祖里人。那人准备登台公布让他能够成为幸福典范的条件，距离活动开始还有很长时间，由于人满为患，大厅的所有门都不得不关上了。

先是多利阿斯讲话，他有点过分狂热地解释他自己定下的任务，泛泛地说明了幸福的多重含义，然后讲到马祖里的幸福观，描述他的最新经历。显然，他发现农场的固定工人、扎扫帚的匠人和筏工的幸福是最可靠的。他漠然地不理睬听众的不耐烦，他们都在等所谓最幸福的马祖里人出现。为了不放过任何东西，他列出了他杂乱的旅行线路的各个站点，介绍了他的调查方法，然后详细描述他是怎么在克尔维克森附近邂逅保罗·普拉加的，不管是按他自己承认的，还是按照全部家庭成员和邻居的答复，在他生命的每一天，保罗·普拉加都是一个幸福的人。

他终于喊保罗·普拉加了。从头排椅子上站起一位古稀老者，身穿褪了色的节日服装。老人腰身略躬地走上讲台，一脸严肃地盯着科学家，科学家列举了他一生的几个日期，介绍了这个幸福人儿的生活环境。

原来是个住茅棚的佃农，七十八岁，有六个孩子。科学家抬高声音问，他，保罗·普拉加，终其一生，也就是说，生命中的每一天，他都感到幸福，这一说法是否正确。老人点头承认，是的，每一天。科学家继续问，这持久的幸福能否借助一种特殊的方法获得。老人又点点头，承认自己当然是掌握了某种诀窍。科学家又问，他，保罗·普拉加，是否也愿意向社会公布这一方法，老人听后将手伸进胸前的口袋，掏出一张纸，郑重其事地打开来。

那张纸看上去像个时间表。最上面用七种颜色挨个写着礼拜几，下面是说明，内容多次中断、停顿，让人想起一本法律书的文本。

那张纸是浅褐色的，质地粗糙，很古老，纸边上有锈钉子的痕迹。科学家询问那张纸的出处，保罗·普拉加报告说，他祖父的祖父，一位泥炭工人，在告别时从马祖里沼泽地的居民那里得到了这张纸，为了感谢他发明出一种木锹。

现在科学家请求老人解释纸的意义。于是保罗·普拉加讲道，它以每礼拜的七天涵盖了所有经验的总结。因为在他之前的许多人都收集和传递了这种经验，他们不得不承认，每一天都有自己的本质，自己的特点。事实上，他们确信，这七天试图对每个人进行一种特殊的统治，既然人类无法与之匹敌，那就要同它们和平共处。这意味着，做它们明确建议的事情，不做它们不批准的事情。在他看来，所有被证实的经验都允许这样的假设。在个别日子里存在一种神秘的敌对关系，他们通过在建议和禁止中造成相互矛盾，继而引发争论。因此，如果接受每一天对自己提出的要求，你就做对了。

然后保罗·普拉加讲，自他有思维起，在克尔维克森他们家的屋门内侧就一直挂着经验板，每个想离开房子的人都不可能看不见。它让生活在那里的所有人养成习惯，在决定从事一项工作之前，先研究日子的特性、要求和情绪。因为他们对每个日子要求什么、排斥什么十分关心，非常重视。七个日子对他们都很友善，都有利于他们的生活，不仅带来了幸福，而且带给他们意识，让他们认识到自己为什么幸福。长此以往，保罗·普拉加说，在马祖里，只有按每日秉性生活的人才会幸福。

他不理睬人们的交头接耳，忽视了观众席上的微笑。他对他的经验十分自信。他从讲台上走下来，将那张纸紧紧地钉在讲台前侧，抹平，捔直，望一眼正坦率地鼓励他的科学家，随后，保罗·普拉加声调不改，演示幸福取决于什么条件。

礼拜一不想一大早就锯木劈柴，这会导致朋友中有人出事；接受一份新工作的人，会觉得这一年漫长难熬；谁宰杀母鸡，就得一次杀三只，因为家里会有客人来，且一待就是一个多礼拜；谁接受女性的礼物，晚上就必须吃斋；谁在蓝色礼拜一①找匠人，会遭遇小偷；谁赠人蜂蜜或糖浆，必要时就会得到帮助。

礼拜二或星期二不是白叫弗林斯达赫②的。吃肉的人，烤肉或煮过的肉，必须做好一年都会长臼齿的准备；谁将他的牲口赶出去，最终会很满意的，因为牲口的肉质会变好；找不到其他日子举行婚礼的人，争吵会长伴他的婚姻生活，他也擅长做好对付暴力行为的准备；谁将一只孵蛋的母鸡放在鸡窝里，孵蛋的母鸡会越来越多；谁在下午用茶点的时间生下个男孩，就得担心他会成为纵火犯；出门赶集的，不会被人骗；谁一大早喷嚏打不停，就得预料会患重病；鱼鹰飞过屋顶，天黑前还不返回，葬礼便会来临；面包在烤箱中不会被烧焦。

礼拜三不是白天不是傍晚。谁这一天搬家，谁就永远不必离开新居了；播种饲料萝卜和小麦的人，会过得快快活活；发布结婚预告的人，必将终身无悔；点数存款的人，有可能遇到这样的事，比如他找到的钱比他存的多；剪皮革的人，他们几乎不会有废料剩下；不宽容不速之客的人，会错失一笔遗产；谁在打扫房间时破坏掉所有蜘蛛网，谁就应该把大面包送给邻居品尝；被修复过的东西不会再散架；传染上疾病的人，将会长期卧床。

———————————

① 蓝色礼拜一（Blaumontag），不开心的礼拜一，因为礼拜一又得上班了。
② 弗林斯达赫（Flinsdach），马祖里方言词汇，由表示油煎饼的"Flins"和表示日的"Dach"两部分组成。

礼拜四的取与舍是独一无二的。谁在夜晚梳头，谁将洗刷水倒在门外，梦魇就会登上谁的门；使用捻杆的人，必然会失眠；在日出前翻地的人，会得长期抑郁；不在晚餐前喂马的人，夜里会有绞痛发作的风险；生了孩子的人，应该马上将孩子放到桌肚下，这样做只为阻止孩子长大后成为一个能见鬼神的人……谁家有病畜，当天就要为它祛病；圆形物体都得拿一块布巾蒙上；抱怨疼痛的人，应该天刚黑就洗澡，随后的两个礼拜四都要这么做；谁遇到肿嘴唇的男人，谁就宜放鱼笼撒渔网；谁家看院狗无缘无故地吠叫，谁就要用椴树花泡茶喝。

礼拜五宜大婚。谁起床时唱歌，谁的碎肉冻就会不够硬；谁在泥炭沼泽里遭遇大雾，谁就应该另堆七座塔；如果一个人不吃盐却活下来，他就会获得惊人的尊敬；需要换绷带的人，建议更换前先赠送掉些果干；驾驶马车去参加婚礼的人，应该在车夫高座下偷放一只草人；得冲发现的马蹄铁吐三口痰，再将它扔向自己的身后；编篮子的、扎扫把的、伐树墩的、锯木板的，晚上会重新找回遗失的工具。

礼拜六想有肥皂的香味。谁这一天胡思乱想，谁很快就会发现肥肉里有蛆虫；谁开始什么新东西，谁就必须习惯家禽的损失；谁没往地下室撒沙子，谁就不可以开窗户；谁在禽血汤里只找到脖子，谁就得小心自己的钱包；谁在下午给绵羊剪毛，谁冬天就会冻坏拇指。女人露出外衣下面的衬裙，礼拜六就会长过礼拜天；谁在下午还什么都没有"处理"，谁的眼睛就会落泪；谁得不到商人免费赠送的肥皂，谁不久就会遭遇鼠灾；舒心的伙伴仅能在篱笆边遇见。

礼拜天不想敞开门、橱和坟。如果死者未被埋葬，不久的将来就会有家属丧亡；谁碰连枷，他挤出的牛奶就会变酸；喂过了动物的人，只需等候门铃响；客人自己带吃食上门，你若请他喝接骨木汁，他会留下相当多的剩余；在礼拜天接受洗礼的人，后来很容易拥有"看见死者"的能力；摘蘑菇的人，身上不可以带刀；去蓝莓园的人，不得跟随喜鹊；空腹给泥炭煽火的人，不必吹风。

很明显，保罗·普拉加，他介绍每一天的宜与不宜，他读得越久越热心，观众就越惊慌越小声。虽然科学家在日程最后要求大家提问，但无人响应。听众们默默地坐在那里，直到老人又重新拿起经验表格，折叠收起。这时有个人请求允许抄下那张纸，可保罗·普拉加轻轻摇摇头，即使很多人站起来，催促他，甚至在半昏暗的天色中报出复印一份的价格，他也没有满足这个请求。他冷得发抖似的，明显有什么急事。当有人问科学家，有没有打算在这里或别处重复此次报告时，保罗·普拉加迅速坚决地代他回答道："不重复。"

我不得不承认，马丁，我只是简单地复述了康尼的故事，或他的征文。这也只是让你对他拿来参加《勒克瑙报》有奖竞赛的作品有个印象。不管怎样，他用编号和代号将他的征文寄给了"家乡的脸孔"专题编辑部。当他们在坦能堡大战纪念日公布结果，授给他二等奖时，最吃惊的是他本人。参赛征文共有六十多篇，二等奖的奖品为乘坐一艘客货两用船进行一趟十四天的航海旅行，计划参观五座东海港口，另外还有 100 马克的零花钱……

你说什么？

对，完全正确，真是这样的。哈帕兰达是这艘船停靠的码头之一，就这样康尼得到了机会，去核实我们共同的梦想是否合理。他后来能向我们讲述的"我们的城市"的一切就是：他们在寒冷的雨天停泊，在瓢泼大雨中从一座房子溜向另一座，落汤鸡似的成了一名铁路员工的客人，受邀吃了一回鲱鱼餐，那是用九种方式烹调的鲱鱼，他后来用一块防水帆布包着，将鱼拿上了船。

哈帕兰达……

但是，对康尼来说，比这次旅行影响更大的是一封信，信是《勒克瑙报》年龄最大的编辑写给他的。恩斯特·库基尔卡，是的，他将年轻的印刷工叫去自己狭窄的编辑室，与他一道逐字分析了他的获奖征文。

一边赞不绝口，一边无情地纠正。康尼的征文被盖上了"很好，可以刊印"的印戳，发表在《勒克瑙报》周末副刊上。顺便说一下，在埃根隆德我们的博物馆里，收藏有半打样本，满是指纹的报纸，让参观者惊讶的不是它们的文本而是它们的广告。康尼，印刷工，受邀成了编辑部工作人员。我还记得，他撰文介绍过大型马市、马祖里的鹳和我们唤醒树木的圣诞传统。他的文章受到欢迎，它们大受欢迎，乃至报社老板弗里德里希·马鲁恩让人将他叫去自己的办事处，建议他为了编辑部的工作，放弃印刷车间的学徒工作，也就是说，与恩斯特·库基尔卡共享一张办公桌。

康尼犹豫不决，他先等他的老师魏因克奈希特从医院返回，在与老师商量过之后，也接受了建议，从地下室搬去《勒克瑙报》报社的二楼，从此不再穿脏褂子了，而是穿起一件带护袖的麻布短上装。

哎呀，我忘不了那个日子，那天我俩闯进"路易森饭店"，他想在那里与我庆祝，庆祝他从印刷车间迁进编辑部。是的，就要在"路易森饭店"庆祝。它可是只接待锯木厂老板、行政专区主席和国宾的啊，还允许他们射击一头鹿，有可能是一头驼鹿。正如我所说的，我们闯进那里，康尼手执一根磨得光光的多节手杖，在暗淡的灯光下也戴着太阳镜。绿桶里生长着室内棕榈和椴树，身穿燕尾服的侍者站在玻璃镜前，不知不觉地摇摆着身体。其中一位慢腾腾地向我们走来，像抓着块苍蝇拍子似的抓着毛巾，他相信自己必须向我们指出，这里只供应晚餐。康尼听后塞给他一枚银币，要求他准备一个靠窗的三人座。于是我们得到了被殷勤地安排给我们的靠窗的桌子，这座豪华建筑物里的八十八张桌子中的一张。店里除了孤零零地背对酒红色背景的我们，只有一对老夫妻，他们正在无精打采地与他们煮的一只羊后腿搏斗。康尼眨眨眼睛，向热情的侍者点了三份桶装劣质红葡萄酒，后来他又点了三份禽血汤、三人份的塞了肥肉条的梭子鱼、三人份的野鸭、香草布丁、绿色礼拜四小圆饼、油炸糕点、咖啡和雪茄。我们快乐地吃着，尽可能消灭掉第三盘，用勺舀，伸手抓、剁、挖。结果是侍者变得越来越不安，与他的同事们窃窃私语……

你是说付不付得起吗？我们能付得起吗？你听好了。康尼从一只钱包里掏出钱来支付，那钱包我觉得眼熟，那是埃迪特的钱包，她将未被发现的她母亲的遗产存放在里面。现在他漫不经心地将它扔到桌上，结账，又添上一份让侍者难为情的小费。不用找了，康尼说道，向我点点头，我们闲聊着，拖着腿慢吞吞地走过狭长的红地毯，对一位迎面走来的立陶宛大臣只表示出适度的兴趣，大臣的陪同人员正在帮他脱大衣。我们让人替我们拉开饭店大门，一步跳到门外，哈哈大笑。我们相互抱紧，拍打对方的背。我们互相提醒词条似的回忆每一个场面，我们笑着，感觉举行了一场大型表演。我们手挽着手，嘴里叼着雪茄，大大咧咧地与人打招呼，就这样走在傍晚的集市上，享受着行人们脸上的惊讶和摇头。

在船坞大坝旁，在船坞码头上，康尼将皮夹子放进我手里，要我估估硬币的重量。他拿日金币兑换成了银币，还要我猜猜总数有多少。在我连猜三次都失败之后，他抢去钱包，说了个我不肯相信的数字。这钱是埃迪特主动给他的，反正他是这么声称的。她将它交给他，请他送去豪泽家。据说她自己曾试图将钱包塞给安娜，但都失败了，一旦埃迪特走近，安娜就会轻蔑地转过身去。于是康尼接受了委托，但他先扣除了自己的提成。这就是说，在海尼·豪泽本人向他声明，绝不会接受这钱之后，他批给了自己一笔跑腿费。不，他们不要，他们显然不愿让人买走它，那段关于强加于他们的事情的记忆。康尼似乎不甘心，他下决心要将钱送给他们，我们一起考虑，设计种种花招，设想各种可能。必须让他们得到这钱，又不能证明它从何而来。可怎么做呢？投掷，将钱包从一扇敞开的、必要时也关闭着的窗户直接投进去；匿名的保价小邮包，可没有寄件人的保价小邮包邮局不会接受的；地里长出的惊喜，也就是我们偷偷地将硬币压进豪泽家黄瓜园里的黄瓜；或者，我们讨论得最久的，化作银色的雨从囱闾落下。你一定猜不出我们最后决定用哪个……

不，你别费心，因为这主意只有康尼想得出来。这个奇思妙想让我们如此兴奋，我们不是一步一步地慢慢走，而是快步跑过桥面，然后继续快跑，一直跑到小格拉耶沃湾。我们躲在低矮的柳树丛中脱光衣服，一丝不挂地跨过岸边干燥的、沙沙响的梭子鱼草。斜坡静静地卧着，灯光洒落下来，弯曲的私人码头空空荡荡。我们蹚进水中，一到水淹及大腿的地方就立马潜下去，艰难地在水底爬行，就像两条潜水捕猎的蜥蜴，避免发出任何噼啪的水声。就这样我们不时潜入水下，发出轻微的响声。越来越近，我们就这样从湖侧越来越靠近私人码头。然后我们摸到湿滑的缆绳，顺着支撑的桩子往上爬。我们解开挂在豪泽家鱼箱上的缆绳，我们将缆绳背在背上，从水面扯起箱子，连扯带拉，是的，直到箱子浮起，我们可以将它们拖去柳树丛。好了，现在你大概知道，往下该如何进行了。

箱子里养着野生鲤鱼、裸鲤、丁鳜和欧鳊，也有几条梭鲈。于是我抽出扁销，揭开盖子，又马上用盖子隔开鱼箱的底板。鱼群嘴唇前翻，鳃盖合着。我一条条地取出它们，头朝上，两指弯曲，像一把木叉，捏住鳃盖下方，这样它们就条件反射地将软骨状的鱼嘴一直张到最大。康尼已经准备好了。他将一枚又一枚硬币深深地放进鱼的咽喉，穿过环形分隔肌将它们压下去。鱼们疲软无力，弯曲身躯，甩打尾鳍，但也无济于事。它们必须吞下硬币。只有被填喂了银币的，才可以回到箱子里，它们会像麻醉了似的在那里躺一阵，眼睛鼓突，嘴巴大张。鱼腹软软的、亮亮的。偷偷填塞完后我们又将渔箱拖回了深水里。我还记得，鲤鱼和丁鳜的背轻轻摆动、摇晃，好像这些动物在寻找一根新的脊椎似的，似乎它们必须重新找回被破坏了的平衡。当我安上盖子时，没有一条鱼翻起白色的肚皮。当我们将这只漂浮的储蓄箱拖回豪泽的私家跳板、用独特的结系紧缆绳时，它们挤在一起，似乎又活跃起来了。

如果我们这天晚上还有个愿望的话，那就只有这个了。亲临现场，目睹他们如何将鲤鱼、梭鲈或丁鳜用篮子运回家；看他们如何破开鱼肚，取出内脏，在扯出贝壳色内脏时一枚硬币跳进桶里或叮叮当当地滚落在地板上。我们想象他们如何搓擦硬币，检查硬币的硬度，他们如何互相祝贺，相互讲述，这鱼会在湖的哪个位置吞食了钱币，为什么。我们也设想，如果他们取出不止一条鱼，当他们在所有鱼的腹中、在被消化了的水草垫子上，都发现硬币时，他们会如何震惊。他们完全可以认为，欧鳊和裸鲤吃光了一位粗心的会计掉进水里的勒克瑙划船协会的协会钱箱。

不管怎样，康尼想弄清他们对秘密流入的钱做何反应。是的，对这些活蹦乱跳的硬币。我们分开之后，我打算将我的第一件编织品献给康尼，只为他制作，那是一张盛开友谊之花的织毯，红色让我们的感情更牢不可破，蓝色则解开我们之间的种种误会，侧柏下应该站着约书亚和卡莱布①两位侦察员……

你说什么？

没错，我们也必须想一想，我们的小游戏是不是将钱送达豪泽家庭的最可靠的方法。虽然康尼频繁地想方设法去了解这件事的最后结果，但都没有得到答案。他从未得到他们果真找到了硬币的证明，虽然鱼箱三天后就空了。这就是说，他们杀的鱼要远远多过他们能够煎、煮和蒸的鱼。无论安娜还是豪泽都没有穿着新鞋散步，屋前没停放低压胎的镀铬自行车，就连圣母像前满是蝇斑的蜡烛都没被换成庄严的新烛。这些都让我们假设，他们要么是出于小心将硬币装进了一只袋子里，也可能是在扯出内脏时忽略了它们。我们直到冬天才得知那笔钱怎么样了，在新年这一天，我们这儿像往年一样举行冰帆比赛，在整个勒克瑙湖的湖面上。

当一张没有补丁的红帆驶出小格拉耶沃，驶向出发点时；当我们欣赏着细长的、油漆过的船体时；当我们惊叹专门锻打的方向滑橇，向坐在舵轮旁的海尼·豪泽打招呼时；他戴着飞行帽和防风眼镜，我们，我和康尼，这下就知道那些硬币落到我们的收件人手里

---

① 约书亚（Josua）和卡莱布（Kaleb），《圣经》中的人物。约书亚继摩西之后成为以色列人的首领，率领以色列人进入应许之地。卡莱布在以色列人穿越沙漠时曾经担任犹大部落的侦察员。

了。这艘双座帆船名叫"海燕",船上,安娜坐在豪泽前面,她也戴着防风眼镜,围着我到那时为止见过的最长的羊毛围巾……

我们的舰队由自制的简单底座、十字木板下面钉着钉子的滑冰鞋、拆开的土豆袋子组成,虽然大多数人不得不满足于此,总之我们组成了一个十分感人的大型舰队。当安娜和豪泽的那艘比赛船只向我们撞来,撞向我们的大型舰队时,那是怎样的轰动啊。与那些坐在伪装的船体中、坐在主帆和三角帆下的少数人相比,安娜和豪泽的船看起来就像是马祖里酿酒厂里培育出来的营养过度的赛马。像其他所有人一样,我和康尼也肃穆地站在帆船前,沉思地抚摸昂贵的胶合板,盯着桅、帆桁和红帆,估猜帆船的价格。恐怕没人还在想自己获胜的机会了,就连西蒙·加科也不再幻想,他驾驶着最复杂的自制的赛船逆风驶来,在帆上缝了一只骷髅头。康尼问豪泽为他的赛船花了多少时间,只得到一个模糊的回答:"随便多久,只要有必要的话。"

在起点线,我和康尼终于将所有帆船叫到了起点线,我们是颁奖委员会的助手,负责跟在那些自制帆船的选手后面,确保所有人都拿起冻紧的浮标。发令员将两块板一拍,听起来像一声枪响,裹着衣服的船长们走上前,推着他们的同伴出发,钉有钉子的靴子敲击着光滑的冰面,风吹动船上的帆。你应该看看,这支大型舰队如何飞过灰蓝色的镜子,转轮噼啪作响,吹着口哨,唱着歌,然后船长们收紧绳索,大风把船身吹得翘起来,它们只靠一只转轮呼啸着滑行,身体斜插在冰面上,靠着帆船手的身体重量支撑,他们撑着自己的身体,或离开装饰过的座位,将身体水平地横躺下来。透过风吹在冰冻湖面上的颗粒状雪雾观看,你有时会感觉,正在移动的不是轻型帆船,而是大雪覆盖的湖岸在从静止的船帆旁掠过,是的,湖岸和森林绵延不绝。

没过多久，大型舰队就拉开了距离，靠前的是由胶合板制作的帆船，紧跟着是木板交叉拼凑成的帆船，上方悬挂着鼓胀的碎布帆，跟在最后的是用破开的土豆袋子制成的帆，不是固定在一根桅杆上，而是系在缆索上。领头的是一面红色的帆，我们并不意外，它占有绝对的优势，遥遥领先地飞在尾随者的前面。僵硬，紧张得直抖，但死死紧咬海尼·豪泽不改的是一面灰色的帆，西蒙·加科复杂的自制帆船就这样紧咬着跟在后面，直接冲向冰冻的浮标，像是想撞坏它似的，而海尼·豪泽昱然决定了要来一个幅度很大的掉头动作。他俩之间仿佛事先就约好了名次，就这样冲向转弯处，仅在中场和终点处发生了一点点变化。令人费解的是，人们还听到了那里发出警告的叫喊声和胜利的欢呼声，在前方，不像前面座位上那样一派严肃，前面座位上的人此刻在想着胜利。

然后，在转弯处即将发生什么事情，康尼甚至不必指给我看，事实上那里也许已经有什么发生了。我的目光根本离不开西蒙·加科，他蹲在他的帆船上，像是和它长在了一起似的，他卷起缆绳，让风吹得帆哗啦直响，他以能想到的最快的掉头动作绕过浮标。他刚刚落在对面的赛道上，就又重新拉起帆脚索，一阵风抬起帆船，将它向前抛去。海尼·豪泽似乎只用一个动作就将身体挂到了舷外，由于他在接近浮标时速度太大，他被远远甩了出去，尽管他硬生生地急刹，以至于帆船后面溅起了一片冰雾。可他敏捷地穿过风，加快速度，给他妹妹打了个像他一样挂在舷外的信号。他们追赶西蒙，他们不放弃……

没错，马丁，我可以讲给你听，如果你有兴趣听的话。他们的轻型帆船在风中是那么快，好像时速要达到将近一百公里似的……

安娜的围巾扫在如镜的冰面上。他们勇敢地撑开身体迫使帆船保持平衡，在尚在半路的大型舰队的鼓舞下，他们确实在一米一米地接近目标。他们发觉西蒙·加科越来越频繁地回头望他们，判断剩下的距离。他也挂在舷外，虽然不像他们撑得那么开，只是上身挂在舷外，双腿伸在有坐垫的驾驶座里。前方，裁判们蹲在目的地的标线处，很显然他们意识到这场争夺冠军的比赛最终会非常激烈。向胜者挥舞的冠军旗帜已经展开了。虽然你能感觉到西蒙在最后一小段路上停了下来，仿佛被那些沉闷的已经解冻的冰块阻拦了一样，但他的帆船还是率先经过了终点线。我想说的是，他是以一个闪避的姿势冲向终点的，随即在风中转过身来。与此同时，红帆，它摆脱了所有的束缚和重量，不仅越过终点飞了出去，而且速度不减地射向敦实的桥桩。现在他必须改变航行，我们想，现在海尼·豪泽必须刹住车，他得让帆船迎着风，如果他不想向我们表演一个顺风转向①的话，不过表演时他会有被抛上岸边的风险。可帆船还在向桥冲过去，冲向一个桥拱，此时海尼和他的妹妹当然不再挂在舷外了。

远远看去，从我们缓慢滑行的帆船上看去，一切都显得没那么危险，你可以相信自己是在观看一个小小的玩具世界，那里即将发生一场玩具灾难。可后来一切来得那么迅捷，说发生就发生了。桅杆撞断在桥拱上，粉碎了，而后砸在帆船上，帆船的速度还是那么快，它从桥下射出去，在另一侧翻滚起来，像只失去了平衡感的昆虫。有什么东西在断裂，在风中滑行，有什么红色的东西在风中拍打着，我们只能影影绰绰地看到。

---

① 顺风转向（Halse），帆船运动的专业术语，指顺风的帆船通过风转动船尾，使风向从船的一侧改变到另一侧。

最先来到受损的"海燕"旁边的不是我们。颁奖委员会的几个人已经先于我们赶到了那里。穿着滑冰鞋的男人，他们拉开折断的桅杆，抬起帆，将安娜从她的座位里拉出来，小心翼翼地将女孩放到冰上。我们边滑边观察海尼·豪泽如何让人将他扶出来，他抱着自己的锁骨，但能够走动。他一瘸一拐，痛得头晕目眩，他首先走向安娜，在她身旁跪下……

事情的经过就是这样的。不，马丁，你说得没错，他直到最后都一直在努力刹车。可是，看样子在浮标旁转弯时他的刹车绳断了，这是康尼后来发现的。但由于海尼·豪泽没有察觉，他全速冲过了终点线，然后再也没法在桥前刹住失控的帆船。

总之，安娜躺在冰面上丧失了知觉，她的发根部有道裂口在往外渗血。她躺在那里，身下没垫东西，他们都没在她的后脑勺下塞条围巾。见到他们后，康尼让我收住我们的帆船。他直接跳下去，冲向他们，由于一时刹不住脚，他不得不从安娜身上直接跳了过去。你看他是如何了解和弄清情况的。他与海尼·豪泽简单交谈了几句，然后向安娜俯下身去，但没有碰她。他眯着眼睛，嘴唇哆嗦着，不回应任何呼叫声。但他只这样保持了一会儿，然后他重新站起身对我说："解开围绳，齐格蒙特。"于是我们一起解开系在"海燕"桅杆上的红帆，将安娜放到结实的帆布上，将她抬上我们的帆船，它的座位宽而平，因此比"海燕"更适合运输。在我们收起我们的帆之后，康尼将一根绳子系在前滑板上，然后套上肩，拉紧。我和海尼·豪泽，我们跟随帆船，它还在冰面滑行，主要是人为操纵而不仅仅靠拉，我们不问它将要去哪里，我们从一开始就同意了康尼选定的目标。我们经过白色监狱旁边，与大坝平行着走了一段。海尼抱着锁骨，一路哭泣着。可当我们不得不爬上马槽处的堤坝时，他来出力了。我们三人一起将帆船抬到了路上，抬进坚硬而平整的车道里。

原来是去农场，康尼决定将安娜运去农场。这么做不仅是因为安娜自打毕业离校后就在这儿工作，甚至有她自己的卧室，更是因为我的祖父阿尔方斯·罗加拉，他有一部电话机。我们刚把帆船从大门推进去，群狗就叫开了。我们从冰封的池塘旁经过，经过铁匠铺，前往住宅楼，四只狗全都拖扯着它们的链子一阵狂叫，它们的声音交织在一起。我不认识那些狗，它们也不听从我的命令，我已经这么久没在农场待过了。早就改名叫作雷吉娜·普劳泽克的雷吉娜·齐迈克，她突出的胯部挎着一只铁丝篮，她从家禽屋冲出来，好奇、惊讶地走近我们，呆呆地指着安娜，问："淹死了，对吗？她淹死了吗？"海尼·豪泽不让她碰安娜，他向她解释发生了什么事，然后在帆船旁蹲下来。这时我祖父出现在窗前，生气地望向窗外的我们。

谁知道，要不是康尼拉开门，他会做出什么决定。是的，是他，康尼，他径直拉开门让我的祖父别无选择，只能就这样出现在门口，挂着一根自制的拐杖，拐杖的把手上垫了什么东西。"怎么回事？你们突然聚在这儿是要干什么？"他一边从康尼那里打听必须知道的事情，一边目不转睛地向我望过来，他似乎在询问，显得很吃力。见康尼不吱声，他不再转向他，而是转向我："你是齐格蒙特，不是吗？"我只是点点头。他说道："你看，你用我的所有津贴喂饱了自己。"然后他颤颤巍巍地走下来两步，拿拐杖的尖端指着安娜，强调说："她这种状态是不能被直接送进她卧室里的，这里没人有时间照顾她，我们应该先将她运回家，运去小格拉耶沃。"他终于把这话说出来了。由于我比其他所有人都清楚，根本不值得再与他交涉，所以我直接问康尼是否至少可以用一下他的电话，叫个医生来小格拉耶沃。他同意了，然后亲自监视我们将话费投进铁皮罐里……

好了，现在你又可以给我点喝的了，从尖口杯里，对……如果里面一点儿都没了，你只需按下铃，玛格蕾特护士就会送新鲜的茶来……另外她变得客气了点，估计是因为你以我的名义给她送了花……

你还同她交谈过？你看，我就猜她的举止变化是有原因的……谢谢，谢谢，亲爱的……

我们说到哪儿了？安娜，对，于是我们用帆船将安娜运回家，送进斜坡上的木屋里，客厅里没人，厨房里没人，但铁炉里有粉碎的泥炭火在闪烁。我们将安娜抬进屋子，将她安放在一扇小窗下的一张行军床上。海尼·豪泽知道哪里可以找到他母亲，他将我们与姑娘单独留下来，我们只是垂着胳膊站在那里，低头望着她，望着那张放松的宽脸，望着耳旁干了的血迹。有一回，当康尼走向炉灶去添加泥炭时，我抬起目光，掉头张望。我还记得，我看到了那么多纸箱，这让我吃惊了。它们编有号码，写有文字，堆放在床下和角落里。"天使的毛发'，我在一只上面读到；另一只上面写着"药草"。就在康尼锁上灶门的那一刻，安娜一声叹息，睁开了眼睛，迅速合上，然后又立马睁开了。康尼走进她的视线，显得很开心，可她似乎没有认出他来。

海尼·豪泽不仅带回了他母亲，在他们前面走进房间的还有一位精力充沛的老太太。她臃肿不堪，身上裹着一条黑色钩织被。她不管不顾地从我们身旁走过，抓起一只木箱，在行军床边坐下来，专注地端详着姑娘。没有什么能影响她的聚精会神，包括那位母亲的哭诉，她在断断续续地啜泣。老太太把手放到姑娘身上，放在额头上、眼睛上和嘴上，她对姑娘的情况做了必要的了解。然后她自顾自地点点头，仿佛这正是她期望的结果。她冲桌子那边喊了句什么，然后海尼·豪泽拿来一只盐罐，走近每个人，将一勺盐倒进口袋或手里。他看起来十分娴熟，像是训练过似的。我看得出，要海尼的母亲接触安娜是多么困难。她一次次走近行军床，但畏惧又一次次阻止了她。现在，当习惯了发号施令的老太太再次讲出一个要求时，这位母亲亲自走进了厨房，取来一块木板、一把筛子和一只面粉罐。泥炭火冒着浓烟，炉灶冲我们喷出浅色烟雾，木屋里的空气甜甜的、沉沉的。安娜和老太太好似用目光沟通了一下，行军床散发出紧张的静谧感，是的，不容忽视，这里建立了某种关系，发生了某种交流。我永远不会忘记，老太太如何用眼角示意海尼·豪泽走过去，与他交头接耳。然后小伙向我走来，要求我离开房子，他催促我，一点都不觉得遗憾。他亲自为我打开门，低垂着目光，一直等我站在了门外。

别问我，马丁，我不知道。我从未得知，他们当时为了什么事情赶我出去，康尼不肯或不能给我解释。后来，傍晚时分，当我们拖着空帆船经过湖面时，他让我自己寻找理由。当他们打发我出屋时，我是那样茫然，我当即决定留下来等康尼，哪怕要一直拖到晚上。后来他终于来了，他的沉默让我更加不知所措。可是，我们在桥上分手之前，在煤气路灯下面，他突然递给我一张纸："你拿去读吧。"我读了第一封匿名恫吓信，用方块印刷字体写的，信不是寄给豪泽家的，而是寄给小格拉耶沃的古特克尔希家的。内容只有三四句，它们提醒那位林业工人和他全家回想他们所来自的国家，建议他们尽快返回那里，否则谁也不能保护他们不会遭遇痛苦的意外。我将信读了很多遍，我不知道康尼对我有什么期望。我将信还给他。

当他用指尖将信折起来时，他说道："你会看到的，这下开始了，民族主义的制皂工们来了，他们带来他们想要的干净和卫生，他们来得可真快。"他伸手和我握了握，转过身去，慢吞吞地驾着他的帆船，帆船一再偏移，像是想跳出滑道似的。他就这么向着下方渔务官家灯光暗淡的房屋滑去。

你说什么？

不，不，你不必收回什么，你说的完全正确。康尼当时变得敏锐了，他更加敏感了，尤其是他变得更有自己的想法，尽管对我来说，经常不难听出是什么促使他产生了这些想法，是谁在对他说话。可这些我已经说过了。

他所受到的影响在我看来是如此之大。有时候，特别是在他痛苦的时候，我相信，那不是他自身的、原初的痛苦，而是一种他自己主动承接过来的痛苦。是的，那种痛苦不是向谁借来的，而是主动接受的。这一点也适用于他的观点和判断，以及他所宣称的希望。即使这些信念有时似乎仍不适合他，但他逐渐融入它们，并使之完全成为他自己的东西，以至于人们逐渐忘记了这些信念最初源自何处……

可你得知道，在家里等着我的是什么，在河湾边我们的博物馆里……

不，你没搞错，不是盗窃。亚当叔叔失踪了，至少他进城去了十四个小时都没有回来。他从没离开这么久过，我母亲不再相信外人会凭着自己写的身份证明领着他回家来，虽然她在他的几个口袋里都放了字条。勒克瑙湖上的冰咔嚓嚓裂开，呼啸的东北风咬着街头的每一个人。"克鲁克"，一家亚当叔叔有时也会进去坐坐的酒馆，此时也关门打烊了。"但愿他不是头脑晕乎乎地躺在雪地里，"我母亲说道，"他可几乎没穿什么厚衣服啊。"

没用。我们试图用灯笼照着他走回来，我们在所有的窗口使劲挥着灯笼。努力失败之后，我们套上厚实的衣服，摸着黑在河边、湖畔，在荒凉的街头寻找。不敢去的地方，我们就喊他的名字。我们不时地拿棍子捅捅结冰的雪。虽然我紧贴冰层，越过湖面张望，可就是不能发现一动不动的一团人影。我们出现在火车站时，他们刚刚放下剪刀状的栅栏。我们通过栅栏与一位铁道工人交涉，他整个下午不光只卖给一个戴着宽檐帽、红耳套的男人车票，他卖给了三个同样外貌的男人，他还准确地回忆起来，他们是要去特洛伊堡①、勒岑和尼古拉肯②，亚当叔叔几乎从未讲起过这些地方。最后我们走投无路，只有去打扰在勒克瑙警区值勤的警察。在发表看法之前，他坚持要先了解失踪的亚当叔叔的一切情况，他的职业、他的爱好、有关健忘症的详情，在我们将一切有价值的情况全部告诉他之后，他用烟草色的手指翻了一遍报警登记簿，查明里面没有相关人员的任何消息。

你大概能够想到，他不见之后，在他的房子里度过的第一夜我们根本无法入眠。我们坐在他的车间里，盖上被子，侧耳倾听，我们边听边设想我们相信他遭遇到的不幸事故，那是一个随时可能被可悲的健忘症侵袭的人不可逃避的命运。我看到他坐在一只农用雪橇上前往迈卢肯或卡里诺温，他无法说出自己从哪儿来要到哪儿去；我又设想亚当叔叔坐在火车里，车票员提什么站名他都同意，

---

① 特洛伊堡（Treuburg），东普鲁士地名，现名奥列茨科，位于波兰的瓦尔米亚-马祖里省。

② 尼古拉肯（Nikolaiken），东普鲁士地名，现名米科瓦伊基，位于波兰的瓦尔米亚-马祖里省。

不管人家提议他去哪里，随时都准备下车；我让他待在冰钓者那里，在国家森林的林业工人那里；是的，我甚至看到他与胡戈·邦迪拉的人马一起跨越波兰边境，脚穿盘状编织鞋。各种可能，太多的可能，但我们觉得可以排除他是有意离开我们的。但天亮后我们还是开始找起告别信件来，寻找最后的指示，但与我们有关的，我们只找到一封旧的声明，是在我们搬进来的那天写的，说他会永久地收留我们，没有时间限制。在他的博物馆里给我安排了一个助手的位置。

　　次日，随后的那个礼拜，随后的那个月，亚当叔叔都没有出现，我们的寻找依然是徒劳。多布拉沃拉①的一位算命先生的答复让一切悬而不定。在勒克瑙警察分局，我们每次跨过门槛，他们就朝我们耸耸肩。我们别无他法，只能报警说亚当叔叔失踪了。是的，我们报警说他失踪了。从那时起，那种我们只是暂时被允许住在这所房子里的感觉开始折磨我们，我们开始了一种等待着随时被要求离开这里的生活。我们每天等待要我们离开河湾边房子的通知，因为经过深入调查，房子必须被交给他的法定继承人或他指定的人。我还记得，那段时间我们都躲在卧室里，避免走进客厅和车间。我母亲提前收拾好了属于我们的东西，甚至我们有权享用的蜜饯也放在一旁，贴上了纸条。尽管我们不去谈论即将到来的离别，但我们已经为告别做好了心理准备。每天早晨，当我沿着河边走去索尼娅·图尔克的编织间时，我就想着这事，回家的路上走得更快，我做好了当晚就必须开始收拾行李的准备。可他们暂时任我们处于悬而不决的状态……

---

① 多布拉沃拉（Dobrawolla），东普鲁士地名，现位于波兰的瓦尔米亚-马祖里省。

　　不，不，不是无影无踪，耐心等着吧。那是在春天，至少是在冰雪融化之后，我从索尼娅·图尔克那儿获悉，尼古拉肯著名的鱼王①被偷了，那是一条三到四米长的木鱼，他们将它用链子拴在桥下，是的，鱼中之王，一半是鲟鱼，一半是梅花鲈，背鳍前有个八角形的王冠。传说中它曾经落进过好几个渔民的网里，每当他们想肢解它时，它就向他们保证，只要将它放归水里，他们将来每一网都能捕到鱼。在询问过市议会之后，渔民们达成了统一，他们认为最好是用链子将鱼王拴紧在横跨湖泊狭窄处的桥梁的一根桥桩上。谁都没想到，这条沉重的戴着王冠的鱼会被人偷走。现在事情发生了，索尼娅·图尔克也立即暗示了她怀疑是谁偷的。有人盗取鱼王的地方，亚当叔叔离这儿应该不会远。他可是一直想将它收进他的博物馆的……

　　我们准备前往尼古拉肯一趟。我们收拾衣服，准备好路上的餐食，要不是索尼娅·图尔克突然说服我们放弃的话，我们肯定就坐车去了。鱼王在这期间被找到了。索尼娅·图尔克说，是尼古拉肯人发现了鱼被拖拽的痕迹，然后一路尾随。痕迹从田野和土路通进一座冷杉林，在那里，他们高兴地发现他们的鱼被绑紧在两根粗大的冷杉树上，在高于地面一米的地方荡着，鱼背上睡着两名流浪汉。尽管他们口口声声地声称，他们只是使用鱼王来休息，但没人相信他们。他们必须为亚当叔叔已经开始，但尚未完成的事付出代价，因为连我都深信不疑，是亚当叔叔从铁链上解下了马祖里鱼类丰富的古老象征。

---

① 　鱼王（Stinthengst），传说中出没于尼古拉肯周围马祖里水域的一种怪兽，是胡瓜鱼之王。

时隔不久，他再次给了我们一条线索来发现他的行程。铁路部门的货物转运站将一只用钉子钉好的木箱卸在我们这儿，嗯，什么叫卸？他们必须在滑橇上将那笨重的货物一厘米一厘米地从货厢里降下来，当它终于接触到地面时，它就陷进了地里，好像它决定留下来似的。那些人并不急着离开，他们在屋荫下坐下来，擦干脸上淋漓的汗水，一边不停地偷看我，期望我当着他们的面打开箱子，让他们看看是什么让自己累成了这样。可我从运货单和箱子上已经认出了亚当叔叔的笔迹，货物是寄给他本人的，于是我拖延着等他们离去后再打开。

你别费心了，马丁。这位丧失理智的乡土学学者，收藏的狂热让他胆大无边，你永远想不到他封钉在箱子里的是什么。他将它寄给自己，他之所以寄给他自己，可能只是因为他记得最清楚的就是他自己的地址，想都不必想就从他的笔端流出来了，别的任何地址他都记不清楚。

总之，当我用撬棒打开箱子时，我立即看出来，他从尼古拉肯去了诺因堡，因为木板包围的是诺因堡鞑靼石的花岗岩球。是的，那是一块纪念石。1656 年，鞑靼人入侵，人们于施洛斯的可视距离内杀死其首领，然后在首领死去的地方竖立了这块纪念碑。我不能将这颗花岗岩球滚进博物馆里，认识它的人太多了。晚上我将它埋在了河边的灌木丛里。在上面栽了一棵柳树……

怎么了？

没了，没有了。今天它躺在波罗的海的底部，在一座波罗的海潟湖的湖底，永远捞不到了。你还将更详细地了解到，导致这一结果的一切。我暂时只想给你讲讲，亚当叔叔的线索在哪里，是在什么情况下消失的，至少消失了好几年。因为在这次大宗货运之后我们确实好多年没听到他的任何消息了，我们渐渐习惯了他的失联，也不再去想他可能使用什么名字生活在什么条件下。这时那位绘图员来了。是索尼娅·图尔克打发他来我们这儿的，那是一位举止冷淡、从容不迫的男子，他受人委托交付了一块壁毯，然后参观了我们的博物馆，没有一丝明显的激动。我还记得，他支付了三倍的门票款，当我将多余的钱找给他时，他摆手拒绝了。参观到最后他想知道，这座家乡博物馆的创建人是不是亚历山大·海伦登，是否有一张他的照片，我听后将他领去挂着亚当叔叔照片的夹室，照片的一半被蜡菊遮住了。绘图员点点头，他证实了一件事。

他遇到过亚当叔叔，当时亚当叔叔自称亚历山大·海伦登，正在协助一队绘图员工作，在梅梅尔河①河畔，在梅梅尔河变为了沼泽的低洼处。那些绘图员很快就发现，他们根本不能信赖他，因为他忘记他们的愿望和委托，或者只是执行到一半。但是，由于他的慷慨大方，他们还是容忍了他。他给他的雇主赠送了当地的梭织花边，还有从渔船的桅杆上取下的雕刻品和彩旗。据说他跟绘图员们待了一个礼拜，直到他出事的那天。

我将按人家向我汇报的那样，向你汇报他的事故。想想梅梅尔河的低洼处吧，一个绿色的三角洲，芦苇、沼泽里的草，还有枯竭的支流。不管你想去哪里，哪怕只是一小段路，你都需要用到船。水里杂草丛生，增加了划桨的难度，他们用竿子撑着前行或直接张起帆。在遇难那一天亚当叔叔从潟湖那一侧过来，扬帆驶向枯竭的支流，绘图员们在那里等着他。他们时不时地向他举起望远镜。他们没发现两条路线相交了，小船行驶的路线和正在游泳的驼鹿的路

---

① 梅梅尔河（Memel），位于立陶宛西部。

线相交了，他们只看见，驼鹿的掌状角顶忽然就出现在小船旁边了，是的，静静地，出色地保持着平衡。亚当叔叔显然是出于本能决定将一根绳子扔向角顶的，他一拖，那动物就失去了游泳的节奏，然后向船转过身来，但没有碰它，而是从一旁滑过，来到船尾的水波里，在那里打着响鼻，扬起头，紧接着又潜进水里，只露出眼睛。这时绳子颤抖着绷紧了，出现一阵混乱，驼鹿蹄子踩在水里，而绳子在强迫动物转身，是的，几乎是在原地急转。现在角顶浸在潟湖里，驼鹿已经将它的头转回那么多了。亚当叔叔将驼鹿拖在船后，那动物貌似无所谓地跟着他，有时候绳子甚至变松弛了……

但肯定的是，那些人都是非常优秀的泳者，甚至可以横跨整个湖。

不管怎样，亚当叔叔将绳索的一端挂在臀部，拖着他的猎物，扬帆驶向支流，这时驼鹿的蹄突然触到了湖底，在一个浅滩站起来，它身上滴着水，缠着一圈发亮的爬山虎。那是一个幽灵，绘图员说道，它是一个史前的幽灵。驼鹿死死抵住湖底，它的头只要一摆就能将亚当叔叔拽下船。那只驼鹿没有在浅水处逗留，它也没有改变方向，而是从容地横穿过浅滩，让自己更深地下沉，看样子没有注意到它拖在身后的身体的重量，它就这样游了过去，直到绘图员们跳进一只小船，迎着它驶去，它才转身离开。是的，它朝向芦苇丛，没等他们截住它的去路，就闯了进去。

绳索很结实。他们看到，当驼鹿穿过芦苇逃跑时，不过主要不是逃离他们，而是因为身后无法摆脱的重量让它越来越惶恐，绳子从掌状角顶开始绷得紧紧的。他们跟着它开辟的林中通道追它，一直追到桤树林。它站在那儿，像是臣服似的站着，垂下了掌状角顶，用一只前蹄刨挖着。它没法前进了，因为亚当叔叔的身体卡死在桤树之间，或者，这样说也许更准确，他躺在两棵树前面成了一道障碍物，这样，那只驼鹿，如果想获得自由，就必须往回走，拖着他的身体绕过树。绘图员切断绳子，拿他用来撑船的撑竿驱赶驼鹿，然后他们将亚当叔叔抱进小船。他死在前往蒂尔西特的航程中。

这是绘图员告诉我们的，他不接受我们对他的感谢，他也拒绝了我母亲想为他煮的咖啡，然后严肃地告辞了，让人看不出他是否还会再来拜访我们，我们要求过他这么做。

正如我所说，虽然我们习惯了他的失联，但我们对亚当叔叔这样的结局还是没有心理准备。这也表示，我们还是没有在各方面都适应他的消失。我母亲走进她的卧室，为亚当叔叔的死持久地哭泣，久得惊人。我捡起擦脚毯，抬起活门，自他消失以来头一回下楼走进秘密地窖。虽然在这期间房子连同全部物品都归我们了，我拥有了每一件东西，但是收藏珍贵资料和文物的秘密地窖我还没有独自进去过。这你肯定能自己想明白。

于是我冲下去，点燃煤油灯笼，片刻之后我锁上了我头顶的活门。不要以为下面发生了什么神秘的结合，有什么与过去鬼魂的对话，我只是把已经属于我的东西永远地接手过来了。我将一切检查一遍，文献、工具、武器，我给所有东西重新分门别类，按我的习惯分类，以便熟悉这一切。我破译文献，试用工具，抚摸武器，直到我能在黑暗中区分它们。

它们是不是给了我一些信息？当然。但这些信息最初只是一种感觉，这不是什么被搁置的东西，它只是基于它自己，它存在在那里是为了做比较，你可以借此认识你的各种可能性。我感觉，马丁，你对别人的一切了解，都适用于你自己……

可我想对你说什么来着？对，交换。事情是这样的，在我暗暗地向亚当叔叔承诺过现在要将他的家乡博物馆视为我的责任之后，我打算进行一次重要的交换，而且不会让我的母亲或我们的固定参观者察觉。我偷偷地将复制件和仿造件运进地窖，用原件替换了它们，用不可取代的代替了它们。对，这么做时我心里很清楚，我这是在触犯亚当叔叔的规定，他要求不向公众展出原件，不置原件于危险之中。我这么做，是坚信即使是不可替代之物也必须承担属于它们的风险，此外我期待原件能发挥出更大的作用。至少可以说，我现在与自己达成一致了。在我礼拜天进行讲解时，我能观察到，当我暗示人们这里无一例外全是原件时，它们给人们留下了多么深刻的印象。

我的讲解！你应该亲耳听上一回的。充满故事，对，相信故事胜过相信所有的数据，激动得热血沸腾，兴奋得如痴如醉，努力不让人将远古时代当作某种历史。为了取消距离感，比如说我像讲家庭成员似的讲解索多维亚人，我毫不犹豫地挑出一些女客人，让她们在整个讲解过程中佩戴我们最古老的饰物。我没有像亚当叔叔要求的那样，我不禁止人们抚摸。学生们可以使用魔鬼琴和低音鼓；想摆弄旧尺和砝码的人被允许摆弄它们；我允许所有人穿上骑士团骑士被剑劈伤的锁子甲；我允许人们操作捻杆；允许他们把头伸进一头马祖里熊的骷髅里；允许他们从一只木勺里喝水。只有硬币，那些古币，它们还被压在玻璃下面。我不知道，这可能也是因为我的讲解方式，有一天勒克瑙家乡协会派我从前的老师亨斯莱特找到我，让他告诉我，他们认为值得给予我们的博物馆每年 175 马克的补助。他们觉得这样是合适的……

你说什么？真的又这么晚了？不，不，马丁，我理解，你得走了，有义务在等着你，而我只需要忍耐，好让这一块块的皮肤痊愈……

你说得对，我们还有很多这样交谈的机会。至于我要在这里待多久，这里没人说得准。你看我的举证责任有多大啊，但谁想知道我为什么要毁掉博物馆，他就得听得更久……是的，就像你这样……还有亨丽克，如果你今天告诉她你和我在一起，这会有什么问题吗？

她搬去她母亲那儿了？她母亲今天把她接走了？你看，我担心过这事，因为这下她们会结成同盟来反对我……当你走进管风琴琴师室时，要缩起头来，那里的一切都是垂挂着的。你要做好心理准备，在必要的了解之前，就会在那里遇见马里安·耶罗明，马里安，我所谓的爱徒。他和卡罗拉，他们很早就发现，发现他们是，我该怎么称呼这种感觉呢？日常生活之外他们也相处得很好，应该有这种东西的……

你的手好硬啊，好像你在与工具打交道似的……明天再来？这样更好，那就明天同一时间吧……

第七章

突然间，开始收到信件。先是一封内容空洞的简短的信，但正因为这样，你可以觉察到，它让寄信人多么为难。然后，在我回复并截住了气球之后，三天之后就又来了一封新的信，这回比上封健谈，扯得更远。我正要证明信已收到，卡尔波维茨，我们的邮递员，就在河滨上向我挥动一只浅蓝色的信封，信封里有许多话语，我不得不支付欠资罚款。那之前我几乎从未收到过一封信，谁会给我写信啊，现在却是一封接一封，好像要弥补什么似的。

埃迪特写信了，从耐登堡附近的制陶厂写来的。渔务官将她送去了那儿，让她学习"劳动"，她写道，仿佛我是她唯一可以信赖，也是唯一对有关她的一切感兴趣的人，包括对她罕见的好奇心和变幻莫测的情绪。因此，如果她留在了勒克瑙，我们估计不会想到有一天会像现在这样。是的，分开的结果现在表现出来了。书信往来之后，我们从远方发现对方越来越健谈，并主动做出了对方在身边时从不允许做的坦白。我们越是坦率善意地交换认识，就会越惊讶地发现，我们在想念对方。事实肯定是这样的，我们相互写信，彼此接近，我们在书信往来中找到了在面对面交谈时无法想象的亲密感。

你说什么？

不是，马丁，恰恰不是这样的。我们的通信没有随着时间减少，反而范围更广，心情也更急迫，因为知道得越多就要求知道得更多，因为我们都认为，一方遭遇到的、回忆到的或感觉到的一切，都是值得告诉另一方的……

好吧，如果你这么说，那你可就低估了相互通信的我和埃迪特。我还记得，有一回她给我写道，她终于与松松下垂的、玉米色的发绺分开了，我花了整整一封信来讨论和拒绝每一个可以想到的发型，最后向她推荐了一个最合适的。有一回我给她写道，我在农场的一块地里发现了一把石斧。她读后回复我说，胡戈·邦迪拉将他走私获得的利润埋在了陶罐里，在勒克瑙周围的森林和山丘里，然后她详细描述了所有适合埋葬银币的位置。有一回她给我写道，她在学会用陶土制作碟子、杯子之后，想为我做一只特殊的暖瓶，可由于要在上面绘画，她请求我告诉她我最喜欢的颜色。我用整整一封信来解释，为什么蓝、白、绿是我最喜欢的颜色，为什么只是短时间喜欢过红色。还有一回我给她写道，我与索尼娅·图尔克一起去采过菌类，她回给我复杂的有关本地菌类辨识的知识，介绍了烹饪蘑菇、鸡油菌和牛肝菌的菜谱。是的，我们的通信都是这一类，可我们也向对方描述我们的感受和情绪，其间闪烁着我们汇聚在一起的共同希望，我们会告知对方自己周围环境中存在的非常私密的物品。那些夜晚，当我躲进我的卧室，整理一桩桩正发生的事，领会到情感的隐喻时，我察觉到有什么东西正在出现，这里有什么即将发生。

事情发生的那段时间，我正在为康妮织一条象征友谊的毯子，偷偷地织，坚持不懈地织，我唯愿这条毯子能在首届织毯展览会上展出，展览会是由勒克瑙家乡协会倡议的，将在我们的博物馆里举办，索尼娅·图尔克表示支持，虽然她对此没什么兴趣。索尼娅让我一直感到提心吊胆，直到最后一刻。有时她在我的织机前停下来，瞟一眼未成品，一旦我要向她解释，她又立马掉转过头去。当我问她能不能想象出我要织什么时，她不止一次回答："好东西不必说出来，意义会自己显现的。"

我下班之后也坚持工作，她认为这是理所当然的。我在由白、蓝、红色包围的底子上织进一组肃穆的侧柏，它们就像做出郑重承诺后的男人一样无比严肃，仿佛诺言的力量使它们冻结凝固了一般。正如我所说的那样，或者像是一次归途中做出的决定，我让两位侦察员走出了树林的掩护，他们是手提葡萄的约书亚和卡莱布。我还没讲完，她突然递给我一把杏仁，当我跳起来，想向她口头确认她的决定时，她出乎意料地建议我："齐格蒙特，永远记住，你必须将事物本身自带的特性留给它们自己，什么也不能取代羊毛的柔软和温暖。因此，在你得到颜料的帮助之前，让事物自己发挥作用吧。让羊毛吸收和释放光芒，那你的空间就大了。不要试图模仿绘画，永远不要掩藏经纬线给自己带来的东西……"

就是这样的，亲爱的，两个纱线系统，它们互成直角，它们的结合就形成了底面……

不管怎样，索尼娅·图尔克同意了，我的织毯可以参展。虽然她本人只是在毕利扎和亨斯莱特的再三恳求下勉强地拿出她的织毯，我根本不在意这个，因为她对我一字不提她犹豫的原因，我满心期望着能站在我的师傅旁边出现在公众面前。埃迪特是第一个获知此事的人，在我将信揆进去之后，我用白纸板剪了一块小牌子，一笔一画地画出方形字母："非卖品，献给勒克瑙的康拉德·卡拉施的友谊赠品。"

悬挂后我发现，二十二件展品有十九件是非卖品，要么是向它

们的所有者借来的，要么是索尼娅·图尔克不想与它们分开，是的，
总共二十二件。你无法想象，颜色和形状如何争奇斗艳。内容，因
为我们的织毯是有内容的，它透露出有关我们的一切，甚至图案里
也反映了我们的某种特性。不用我对你讲你也该知道，开幕前的那
些日子，时间是多么缓慢多么折磨人。首场展览我就在那里。你真
的想知道这件事吗？那好吧，那我就试着确定一下是哪个季节。那
时我母亲患了枯草热，猎鸭人的狗趴在船里，第一批苹果圈已经穿
在绳子上晾晒，半岛湖湾里的木筏不见了，我们的流浪汉变得更神
经质了，屋前仔细堆好的柴堆在增高。所以那一定是在九月，九月
底，在一个礼拜天。家乡协会的人几乎来齐了，市长代表和议长的
妻子来了，教区牧师来了，还有天主教神甫、"路易森饭店"的老
板、两名忧郁的勒克瑙艺术家以及穿着整齐的贷款业主。让我吃惊
的是施特鲁佩克-绍斯米卡特店的施特鲁佩克先生，他带来了一帮胆
怯的商界朋友。还有谁？康尼是理所当然的，他在库基尔卡编辑的
陪伴下，上装口袋里的笔记本清晰可见，由此可以判断他是因公事
而来。索尼娅·图尔克和我，我们已经准备离开窗口了，此前我们
一直站在窗口看着各位来宾的光临，这时，一辆四驾马车在篱笆前
停了下来。马车很高大，带着老式的高雅，车夫从高座上跳下来，
然后绕过车子帮助一名男子下车，那人如果没搞错地址的话，至少
一定是搞错了季节。呻吟着钻出来一个大块头，他裹着一件敞开的
狐皮大衣，短小而灵活的小腿套在昂贵、齐膝的系带靴里。他一直
等到车夫将燕麦袋系在四匹马的前面，然后将肚子上大概一直往下
滑的裤子往上拉拉，系好双下巴下方的衬衫纽扣，咂着嘴巴，这才
大摇大摆地走过来。只有在向一群群惊讶地打量他的人鞠躬时，他
才允许自己忘掉摔跤手一样的步姿。他鞠躬时具有一种肥胖者在节

约场地的优雅感。"你认识他吗?"我问索尼娅·图尔克。而她深有感触地回答我:"我怎么会忘记?可他不快活,他不快活。"

众人被请进门厅。毕利扎,家乡协会会长,站在第二级台阶上,我和索尼娅站在他身后的第三级上,眼前是他那亮晃晃、被打磨过似的头皮。我只同康尼挤了挤眼睛。毕利扎做了几个下压的手势,然后发出"嘘"的声音让人们安静下来,由于他的门牙之间有个缝,那声"嘘"听起来简直就像吹口哨。然后他欢迎客人们前来出席展览会,出席首届勒克瑙织毯展的开幕仪式。

他认为此次展览十分重要,他不想多谈展览遇到的困难,本身的困难,也包括额外的困难。他只想公开宣布,没有织毯大师索尼娅·图尔克的帮助,就不会有展览会。他略微转过头,将掌声引向索尼娅。

然后他展开一张讲稿,允许自己回忆一些"有关马祖里织毯艺术的必要内容",他只能将它视作"民间艺术",一种所谓的"通向所有共性源头的古老象征的本质表现",他说的是"所有"。有关该艺术起源的争论,他自负地微笑着做出了判定。他说在他看来,"一方面可以一如既往地认为,在1656年之后,被掳走的马祖里人从俄罗斯南部的鞑靼人那儿学会了织毯艺术;另一方面也可以一如既往地认为,我们是从入侵后留在我们这儿的鞑靼人那儿偷学来的;可以肯定的是,我们从骑士团档案里得知,我们这儿数百年前就有编织了"。毕利扎十分生气地排除了马祖里织毯和东方织毯艺术之间的联系。演讲中,当他证明我们的织毯在工艺和图案上与瑞典的农民织毯,所谓的"颛恩织毯"相当接近时,他的情绪明显高涨起来了。他认为应该指出,织毯只有在日耳曼家庭中才被视为圣物,受到尊重……

大声点，马丁，讲大声点……

那这个词是谁发明的呢？

那个使用"起源"一词的人吗？我担心，你将不得不讲出许多违禁的话，可能也是针对我。相信我，我经历过"来自源头的傲慢"，从源头获得确认的傲慢。我不得不认识到，浓烟和蒸汽遮蔽着通向源头的道路。尽管如此，你总不能驱逐那些被伪造和滥用的东西，相反，重要的是为被滥用的东西建立公正。我们还是别谈这个吧……

毕利扎，你还会从他那儿了解到一些事情的，反正又不能赶他走。你设想一下，他介绍了马祖里织毯艺术的两个辉煌时期，"一个是在 18 世纪初，另一个也许更重要，首先代表它的是一个名字——索尼娅·图尔克。"他又做了一个转身动作，拿牙齿咬住手稿，冲我的师傅鼓掌，强迫来访者也跟着鼓掌。我迫不及待地等着最终开放通向展厅的道路，可讲稿一直没有结束。他先谈一张织毯的诞生，正如他所说，那是从最初对图案的内在感应到创造出线和颜色的奇迹。然后他相信必须跟我们谈谈"主题"的"意义解读"，即他关于他所理解的习俗的论文，他从未放过一个听众，他也没放过我们。

我不知道我被迫听过多少回他的牢骚了，但是每当他将习俗讴歌为"血的经验""心灵的法则"时，我就感觉越来越不安。不管是动物的春季放牧、撕羽毛，还是复活节的吃喝玩乐，在毕利扎看来，这一切里面都"居住着"魔力。只是因为通过习俗建立了与祖先的联系，他就无可救药地迷恋它们。祖先，在他使用的语言里，他们曾经在"时间命运的暴风雨"里坚持自己的立场，他们通过放弃"无用的"思考来维持自己的无防备性。他们举了一个例子，说明如何使用所谓的灵魂的力量，以便不被外来的东西所干扰。一位潜水员，就像你看到的，一位灵魂的潜水员，他实际想通过培养习俗来遏止"新时代的溃疡"。

当他终于宣布展览开始时，只有稀稀落落的掌声，我觉得施特鲁佩克的朋友们像被吓坏了。我从楼梯跑上去，等候康尼，他不慌不忙地陪库基尔卡上楼，努力不漏掉老编辑用痛苦的面部表情对他说的话。康尼客气但随意地与我打了下招呼，他显然想让我理解，他来这儿是办理公务，因此必须做出相应的举止。于是我只是跟在他和其他人身后，他们没有分散着走进不同的房间，而是排在越来越长的队伍里，在悬挂的展品旁往前挪步。

我不说你也知道，我的目光一直尾随着康尼。我夹在参观的人流当中，或者说，夹在那让我感觉像一条正在缓缓流淌的河水的人群中，我就这样跟在他身后，看着他如何了解毯子的情况。他从不比较，更多是在一条条地端详和分析，我们认为人就是这样开始逐渐内行起来的。我看到他和库基尔卡耳语，让他注意他发现的细节。他不时地做笔记，记下词条，目光却没有落在纸上。我还从未见过这样的他，沉浸在工作中，沉浸在他的工作当中，边看边判断，越走越远。他距离下面有他名字的展品越近，我就越是不安，越是担心。如果直接站在他身旁，紧张可能更容易忍受，或者是在外面，在另一个房间里。但相隔着不近不远的距离，中间隔着六个，也许是八个参观者，我突然希望我早就将友谊之毯送给他了，单独地，在他人不知晓的情形下。

然后他站在那两名侦察员前面，扫了一眼整张毯子，不是匆匆一瞥，但也不比他在观看其他毯子的时候更加专注。他的铅笔心不在焉地在纸上写着什么，他已经准备往前走了，这时库基尔卡用他僵硬的食指指着牌子，是的，指着题词牌。康尼读了几遍，抬头望望侦察员们，目光又回到牌子，他摇摇头，看起来是因为吃惊，而不是因为兴奋或一时语塞。他困惑地扭头张望，过了一会儿才看见我的示意，并尴尬地做了回应。

我从参观者当中挤过去，满怀期望地站到他面前。由于他还在吃惊地望着我，我说道："给你的，康尼，我是为你做的，你喜欢吗？"他避开我的目光。很显然，在回答之前，他得先思考一下。但他没有回答我，而是问道："是你一个人织的吗？""七个礼拜，"我说道，"这块毯子我花了七个礼拜……"

是的，你说对了。这是一件不受欢迎的礼物，这块友谊赠品带给他的困惑多于高兴。我感觉茫然、失望还有痛苦，是的，一种莫名的痛苦。我的胃里有重物在下沉，沉重感压得我相信我快吐了。面对他的犹疑，我问道："你会收下它的，是不是？"他听后回答道："这事我们再谈谈吧。"

他俩冲我点点头，离开了，留下我站在那里。我躲进车间，拉开窗户，将一只箱子推到窗下，在上面坐下来。我合上眼睛，聆听脚步和人声，听到低声的评论，听到不是针对我的判断。"墙上的，床上的，还有地板上的，铺在地板上太贵了。不，反过来，靠垫的毛很硬，毛毯的毛却必须软得像用来抚摸似的。""喏，钟的指针会是什么象征呢？警告，特别是当它位于十二点时。""小鸽子的那块还可以，可三条狼的那块我不想挂卧室里。""但愿他们不会因为看错而卖掉你的新娘毯。""为什么这些主题不适合我们的教堂呢？毕竟一百多年来，我们这儿的洗礼天使旁边就摆放着用自然鹿茸装饰的木雕鹿头啊。"你大概能想到，如果悄悄地坚持下去，都会听到什么。

反正，索尼娅·图尔克发现了我坐在窗下的箱子上。她生气地向我招招手。"过来，该死的，快过来。"她责备地认为，这种时候我应该留在织毯旁边，于是她将我推过走廊，指示我去挂着那块友谊之毯的房间。身穿狐皮大衣的胖男人正站在我的毯子前面，他抚摸羊毛，在人物和符号之间画着想象的线条，看来他嗅出了种种关系，他在寻找和计算着什么，好将它搞明白。参观者们明显是在找借口待在他的周围，人们好奇且开心，而这似乎并没有打扰到这个长着既狡猾又梦幻般的眼睛的巨人。索尼娅·图尔克领我去他的身边，向他报出了我的名字，提到我的毯子在各方面都是独立完成的作品。巨人拉起我的手，祝贺我。太严肃了，我只能认为他表现出来的那种兴趣只是出于礼貌。他用手指打了个框子，背景里走出一名马车夫，毕恭毕敬，手里拎着沉重的藤条箱，不敢放下来。马车夫站立的方位，使他们不必扭动脖子就能直接用目光沟通。他们像是在排队进行一场他俩常玩的游戏，而在这里他们也会成功的。

不要这么不耐烦，马丁，等等吧……

于是巨人将两只大拇指插进马甲口袋的缝里，用尖细的声音解释说，他打算买下友谊之毯。他一点不在乎它是献给另一个人的，它所展示的内容是可以一直被转让的。然后他带着强烈的要求望向车夫，这就是说，我注意到的仅仅是他们之间的目光交流，不用怀疑，他们之前也协商和交流过了。马车夫打开藤条箱，数给我 380马克。很单调，您知道的，完全是按照商务习惯来的。可他不是将钱递给我，而是将它放在悬挂的毯子下面的踢脚线旁。惊呆了，至少我惊呆了，因为当我第一次开玩笑地问她，如果我必须卖掉它，她会为我的毯子要求多少钱时，索尼娅·图尔克所说的正是这个数目，对，380。我摇摇头，拿指甲敲敲题献牌，摇摇头。索尼娅·图尔克忽然不见了，也可能她还在那里，只是被参观者们挡住了，他们现在不再是好奇且开心地站在那儿，而是紧张地嚷嚷着，我们的房间里正在发生的事情闪电般传开了。于是其他人也挤了进来，包括教区牧师和天主教神甫，康尼也从马车夫身后钻了出来。

沉默，又一次目光交流后，马车夫打开藤条箱当面付给我 20 马克银币，我感到压抑的沉默。钱币叮叮当当地上下叠在一起，组成一座小塔。我至今还记得当达到 500 马克时，参观的人群中响起的窃窃私语声。参观者在我们周围围成一小圈，人们伸长脖子，默默地看着马车夫如何不顾我拒绝的手势和摇头，坚定不移地将一座座硬币塔排列在一起。

马丁，事情就是这样。你得知道，当时索尼娅·图尔克每个月付我 220 马克，不过她为我提供午晚餐。

即使我计算了增加的金额，我仍然无法估测穿狐皮大衣的那人给我的数目。他们和其他的参观者有很大的区别，他们早就认识到这件织毯中藏着的东西的价值，它要远远高于毯子本身的收藏价格。

我不知道我是怎么了，我只是不能足够果断地抵抗，我再也应付不了他们，应付不了他们的游戏。它错误地给一些人留下了这样的印象，以为这是一场决斗。当我突然躲开，挤出一条路跑向门口时，这些人可能也是最失望的。从那儿，我想是从门外，我再次声明，毯子不属于我，因此我也就不能再接受他们的报价。我走进我的卧室，将自己锁在里面，再也摆脱不了我留在身后的画面：一圈闹嚷嚷的参观者、巨人、用目光接受所有命令的马车夫、踢脚线旁排列的一座座银币塔。

我不知道我是怎么了，为什么我忍受不了这游戏。我躺到床上，决定不让任何人进来，哪怕是索尼娅·图尔克。可康尼刚在门后说他来了，我就已经爬起身，开门放他进来了。我没有理由欢迎他，我没给他拿椅子，没拿窗台上放熟的苹果，现在，由于我对他有所期望，我返回我的床上，让他直接过来。

他缓步走近窗户，望着下面的河湾。他拿起一只苹果闻闻，又放开了。他多么在意他的服装啊，我想，一边比较着他灯笼裤上的两个活结，它们一样长，系得同样漂亮。忽然，他转过身来，他想表现出镇定自如，首先是关怀。他就这样向我走来，挑战般地低头凝视着我，好像他想先研究一下，他是不是应该最好省掉他打算做的事情。"好了，快点吧，康尼，发生什么事了？"

他声音不安地要求说："给我看看你的钢鞭。""我的什么？"我问道。他说："你的钢鞭。别这样，它藏在哪儿？"我回答："钢鞭？如果你告诉我那是什么的话，兴许我会将它拿给你看。""齐格蒙特，"他严肃地说道，"有人见过你拿着一根钢鞭，他还看见了你使用了它。""那就将他带到这儿来。"我说，"带他到这儿来，那个见过我有钢鞭的人，让他给我重复一遍。"现在我明白他指的是什么了，我跳起来……

不，不，马丁，可你还记得那次在"石菌"里的纠纷吧，当时我们不知如何是好，只能教训小格拉耶沃的家伙们一顿，是的，在他们只有周末才开门的小酒馆里。安娜是当时在场的唯一女孩。我承认，我们是在肆意发泄，现场一片混乱，我们都沉浸在复仇的愿望中，因为当时我们还不知道埃迪特"搞错"了。现在我了解到，据说我当晚特别突出，不仅如此，有人见过我手拿钢鞭，而且用它打了安娜。

康尼告诉我这事，不是要控诉，而是担心和求证。他自己碰巧看到了安娜肩头的伤疤。据说，当他问她为什么当时没说出来时，她回答说，因为害怕。除了当天就与他一同出城，前去小格拉耶沃，我还能向康尼提什么建议呢？可康尼不同意这么做，他预料安娜会坚持她的指责，而我没机会反驳她。然后他走近我，近得我能感觉到他呼出的气息。然后他让我想想七棵松树，于是我看到我们站在清新怡人的风中，裸露着胳膊。然后他问起刀子，我将那天刺穿我们的皮肤、我已经弄丢过一回的多用小折刀拿给他看了。然后他问我是否什么时候有过或使用过一根钢鞭。我说："从来没有过，康尼。"

他将手伸给我，快乐促使他想做点什么，是的，快乐和轻松。我还看到他如何抓起一只苹果，一口咬下去，惊恐地酸到合不上嘴，他在我面前表演着张口结舌，他把身体远远地探到窗外，扔掉被咬过一口的苹果，扔进了四驾马车里……

他会收下毯子吗？他不仅接受了它，他还让我明白，如果他可以从整个展览中挑选三块的话，他所选中的就包括我的作品。但他还是担心地让我明白了另外一些事，那是个怀疑，是一种猜测。某种东西，那是在毕利扎讲话时和讲话后观看展览时让他注意到的，他称那是"习俗对思考的敌意"。他的原话不是这么说的，他只是声称对于那些相信必须赋予自己一种特殊价值的人们，民间习俗成了一件世界观的钩织品。他们自认为熟悉内情，从而赋予自己特殊的价值。但知情者们使用最傲慢的语言进行交流的，用符号或者相关标志的语言。他们认为思考是种多余的东西。不过康尼的怀疑并非针对马祖里织毯艺术，而是针对所谓的知情者们宣称的艺术。

后来我们一道走回展览室，我们得知穿狐皮大衣的巨人突然感到乏力，可供销售的毯子都被他买下了。我发现康尼直到最后都没有离开挂着他的友谊之毯的房间，这让我很开心。当他有一回用指盖轻抚羊毛时，我颤抖了一下，就像是我自己受到了抚摸似的。

可你知道他给他的报道取了怎样的标题吗？报道次日刊登在《勒克瑙报》上，索尼娅·图尔克将它剪下来，放到了我的织机上。读着那条标题，我不敢相信自己的眼睛，就算那标题不是他自己取的，但一定也得到了他的应允，标题是《艺术和禽血汤》。是的，这就是他给报道取的标题。你会记起的，禽血汤是马祖里人最爱吃的一道菜，它的基础食料是血。那是一种黑色、浓稠的汤，里面漂浮有丸子、鸭胗、李子、鸭脖子，还有用鸭肠缠绕着的鸭掌。索尼娅·图尔克在我面前站住，她想要我马上读读这个爱开玩笑的家伙都写了什么，她想听听我的看法。我相信我能从她的脸上看出她的意见来，因为无论是愤慨还是暗自欢喜的赞许都逃不过我的眼睛。

那就开始读吧。他先是提到前来出席展览会开幕式的每个人的全名，然后写了地点，最后对每一条毯子都做了令人钦佩的、巧妙的、富有表现力的描述。这样一来，不仅织毯作品能够准确地出现在读者眼前，而且它们所编织的内容也变得容易理解了。康尼以他的方式再次介绍这些织毯，介绍它们的多层次，介绍编织它们所使用的不同技巧，以及它们对个人生活充满幻想的表达。直到这里谁都没有理由发怒。

发怒的理由出现在康尼介绍毕利扎讲话的部分。他称它"深刻""意识到起源"并"充满启发性"。他大量引用他的话，但引用的只是有血或灵魂这些词汇出现的句子。他以这样的方式把灵魂聚集到一起，将我们的血液输送到所有可以想象到的范围内，这些血液闪闪发光，它们担负着义务并不断地尝试突破。对，还有这点：它在突破。他不厌其烦地堆积毕利扎的句子，同样又耐心地描写勒克瑙家乡协会邀请大家吃的菜肴。由于没有牛下水，人们吃的是禽血汤。康尼夸奖这道菜，并以天真的发现者的喜悦来描述它，好像他是头一回吃似的。他详谈血的种类，肠系膜，介绍各种调料，并坦言到头来一切都是血的问题。据说库基尔卡帮助过他，替他修改过稿子，可即便如此，康尼的报道仍然是间接批评的一个明显例子。总之，我立即表示欣赏，主要因为它是康尼的作品，最初我没发现什么可以指责他的地方。

相反，索尼娅·图尔克很生气，怒火妨碍了她的动作，她低声说道："这个任性的家伙，打断他的脖子都不为过。"打断脖子，你知道的，她指的是对颈部的重击。她说道："我会考虑，是否该将他削尖成一根桩子，拿木锤锤进干草地中央，让他站在那里接受惩罚。"当我试图为康尼辩护时，她对我就只剩下怜悯之情了，她就像瞪着一个弱智一样瞪着我，她轻轻地摇着头，问："你就没注意到吗，一点儿没有？"她知道她在怪罪康尼什么，她指责他不做任何区分。一边是毯子，一边是毕利扎的讲话，她指责他将一切放在一起，混在一起，让人不由得产生这样的印象：我们织毯人支持所谓的"血的经验"，我们的编织是为了讴歌德意志的灵魂。"不要忘记，"她说道，"人们会按照我们诱使别人相信的事情来判断我们。谁相信了这篇报道，谁就会说，这样的演讲，显然是来自我们这里的……"

马里安？他解释什么了？

你看，我向你预言过，你会在我妻子那儿遇见他，在卡罗拉那儿……

哦，是啊，你不必再对我说什么，我知道我曾经最钟爱的学生持什么观点。他从来不想接受农民制作织毯的传统，只因为这给他的"艺术"带来了负担，或者使其贬值为民间艺术。你不可以提醒他，我们最早的马祖里织毯只是粗糙的被子，它们是后来才获得用作装饰的价值和观赏价值的。与这种观点相对应的唯一一点是，马里安感觉自己高于工匠、织工、结绳工……

另外，今天上午，我妻子来看我了。她同保险公司谈过了，与火灾保险公司。看样子人家视这起事故为失职的纵火，因为我在破坏博物馆时必然也意识到了它对住宅楼的风险。因此，就像我身上的很多事情一样，就像几乎所有的事情一样，情况还是不确定。但有件事貌似是肯定的，明天他们要来帮我取下头部的绷带，我将有机会头一次看到我周围的环境，看到那些帮助过我的人们，还有你，马丁，我将有意识地以一种全新的方式来看待你……

你是指亨丽克吗？既然我对自己都还没有计划，我对她又能有什么计划呢？我唯一知道的就是，如果他们认为我痊愈了，允许我出院，我将面临第三次开始。很可能，比起亨丽克对我的依赖，我会更加依赖亨丽克。但愿她能站稳脚跟，身体更加健壮，真的能走下她在幻想中给自己创造的岛屿，这无疑是她从卡罗拉那儿学来的，这种对日常必需品的蔑视，这种对每天早晨想到的琐碎职责的不理解。你试着同她谈谈钱吧！有时候，当我为一笔薪水开心时，她会震惊地望着我，有时也会厌恶地望着我。当我和卡罗拉考虑我们该如何支付到期的账单时，她只是边听边摇头，不理解这为什么会是一桩必须认真对待的事情。我的亨丽克，只要有可能，我就会为她争取到储备金……

你说什么？

是的，这我相信，对此我不感到吃惊。他们一直就很合得来，他们俩，我不得不承认，最初那段时间里马里安对亨丽克的照顾多过了我所做的，多过了我能做的。她与他甚至比与伯恩哈德更亲近，他在她面前同时拥有多重身份，玩伴、保护人和忏悔者，七八岁时亨丽克就肯定她有一天会嫁给马里安。我们还会谈到他的，谈到我的这位出身成谜的爱徒，但现在他还得再等等，因为你先得了解，我们后来是如何找到了一个同屋居住者的，他证明了自己是合适的博物馆服务生。我说"服务生"是因为他本人将他的工作理解为服务，同时我们不断地因他的害羞与慷慨而感到吃惊。

我是在河的另一侧发现他的，或者更准确地说，是重新发现，在打靶场前面，在被踩实的狭窄场地上。每年两次，他们都将那里变成游艺场，有射击棚、幸运轮、一系列旋转木马和褪了色的小帐篷，人们让驯养的家畜在里面表演，主要是鹅和猪。他站在一个投掷棚前，看样子刚被雇用，因为店主正取下他的包裹和一把涂过油脂的野战铲，带他到一个齐肩高的掩体后面，他在那里为有偿登台做准备。朱红色的宽眉，蓝色的笑纹，巨大的嘴，他就是以这样的装扮钻出来的，也就是说他只把头钻了上来，头上顶着三个凹凸不平的铁皮罐。

人们向他投掷轻的布球。第一次投中时上面的两只铁皮罐子有规律地倒下了，而第三只稳稳的，一动不动，好像是粘在头皮上似的，人们需要重新投，或选择投出整组的球。在试图砸落第三只罐子时，会砸中男人的脸，这是不可避免的，这也是为了让投掷者高兴，为了让孩子们更开心。球弹到锁骨上、鼻梁上、下巴上，那人做鬼脸，每投中一球他都做鬼脸，并且不会尝试去躲避皱巴巴的子弹。

我从颜料下面认出了他，是欧根·劳伦茨，那位四处漫游的砌炉匠，那个掌握着九十二则湖泊故事的男人。他们一天前放他出狱了，因为他表现出色。

在他洗干净、结完账之后，我主动与他攀谈。他目光友善，但是茫然不解，他无法将我与他的生活联系起来。我提醒他我们的几次相遇，他虽然点着头，但他脸上的表情又告诉我，他无法找回自己了。他面部的表情变了，不再生硬，不再内向，再也没了初次相遇时的深不可测。现在他的脸上透出一种狡黠的沉着，他身上散发出满足和麻木的气息。你不得不相信，现在任何东西都伤害不了他了，哪怕是侮辱。

不管怎样，他客气地听完了我对他讲的话，然后将短柄野战铲系到身上，道完谢，背着他的包裹慢慢走过游乐场，不慌不忙，像是一位很有耐心的观众。我不知道我为什么要那么做，我尾随他，在射击棚和幸运轮前观察他，在五彩的白炽灯泡的闪光里，我一路跟着他，直到我在小帐篷之间将他跟丢了。

可后来在回家的途中我又发现了他。大雨把最后的观众也赶走了，我走上穿过河边园林的那条路，因为我还想检查一下渔绳，我将它们系在河两岸的树上，中间拿铅锤压着，这样绳子就沉在河床上，不会被水流冲下来的旋转的树干扯断。他躺在船上，蜷缩成一团躺在那里，头埋在宽宽的中间座板下，他平时用来拎他的全部财产的披巾勉强地盖着上身。欧根·劳伦茨睡得那么沉，我拿手电筒的灯光在他身上扫来扫去，他都没有醒。直到我照射他的脸，他才眨眨眼，不情愿地爬起来。你别以为他会当场同意我的建议。在他跟我进屋之前，我真的必须向他证明，那艘船一直在进水，虽然速度较慢。最后他终于跟我走了，我将他领进工场，我们在地板上铺上一床垫子。当我还在寻找枕头和被子时，他就在垫子上四仰八叉地躺下了。我不知道他是否真的立马就睡着了，抑或只是装睡，反正他让我明白此时不适合再与他交谈，他有张垫子做床就足够了。他将一只手插进野战铲的皮圈里。他的包裹放在床尾的一张小板凳上，包裹上的水滴落在地板上。

相反，马丁，第二天一大早我们就被工作的噪音吵醒了。欧根·劳伦茨在维修我们博物馆里珍贵的砖砌炉灶。他拆下了炉箅、炉盖和活门，用车间里的材料缩小了炉子内部。他身前系着亚当叔叔工作时的旧围裙。尽管砖砌炉灶只是一件博物馆的展品，欧根·劳伦茨却坚持认为，它应该能够正常使用，没有毛病，能体现出取暖技术的最新水平。他维修壁炉的原因是他要"做工偿还"床的费用，他说："这么好的睡眠，总不能就这么当作礼物接受下来。"我没有办法，只能叫他过来用早餐。于是，他以在纪念碑底座里狼吞虎咽我抹了猪油的面包那样坦率的贪婪，盯着用滚烫的板肉做的丸子汤。

这是一场怎样的对话啊！令他们意外的是，我母亲和欧根·劳伦茨发现，他们曾经就读于同一所乡村小学，先是罗辛斯科，然后在奥拉茨科，发现这些后他们不停地互相询问："你认识他吗？"还有，"那人叫什么来着？"还有，"你一定也认识这人"。他们共同回忆死者，或以为已经死了的人。他们相互报出名字，回想他们早就失踪的熟人的缺点、怪癖或值得一提的不幸，继而会心地大笑，每喊出一个名字他们都开心地笑。在我出去工作之后，估计他们还坐在一起，是的，坐在那儿回忆。就这样，他也留下来吃午饭了，吃完又去修壁炉。晚上我们狠不下心将他赶进雨里去，在欧根·劳伦茨这里，一切都是自然而然地发生的，我们不必定下约定或签合同。

他就这样暂时留了下来，主要也因为有几样东西急需修理。事情就是这样，因为他自己还没决定，获释后该去哪里。

他经常独自坐在博物馆的房间里，以他的方式检查物品。如果你与他搭话，他只是低声讲话，将你拖到走廊上去。他从没有摆脱他的羞怯，也从没有放弃过他对旧工具旧武器的欣赏。当他在车间里干活时，他不用你问就会向你解释他正在做的事情，讲解每个工作步骤的原因，哪怕他，我经常在这种时候撞见他，在用锉子锉他的野战铲的铲片，他也会向我列举锋利的野战铲的好处和多方面的用途。

我们正在习惯他的存在，可事实表明，过去的历史尚未结束，他无法与发生的一切切割开来，但我又不得不说，这带给他本人的惊奇与痛苦都不及带给我们的大。

那天晚上我们三个人坐在车间里，他甚至留给我们这样的印象，好像他料到，某个时候，那个自从他被判有罪以后就一直跟着他的阴影会再次追上他。当门厅里有脚步走近，我们侧耳倾听时，他坐在工作台旁一动不动。阿尔方斯·罗加拉出现在门口，光着头，头发往下滴着水，拐杖的橡胶腿已经戳进车间里了。欧根·劳伦茨依旧没有站起来，他甚至没有停下他手中的活儿，他擦拭着之前涂过葵花籽油的野战铲，镇定地望向我的祖父，而我祖父又好像没看见他似的，只是扫了房子一眼，又转向我们，目光冷淡，带着威胁。他没有走进车间，他站在门槛上和我们说话，用他那嘟嘟囔囔的声音，不容许任何异议，连询问都不行。

请你想象一下，他是来提醒我们的。当亚当叔叔的房子、收藏和朝向河流的花园被分给我们时，他没有要求得到他的遗产继承份额。他解释说，他当时是出于慷慨才放弃的。可现在他决定索回部分遗产，因为我们同意把房子给一个提前释放的囚犯住，给一个流浪汉，一个打死过人的人，他应该永远被关在监狱里才对，没错，关在坚固的狱墙后面。虽然他一直在谈论欧根·劳伦茨，但他坚决不看他一眼。他只冲着我们威胁，只要求我们对可能出现的后果负责，如果我们不按他的意思去办的话。说完之后，他还是扫都不扫欧根·劳伦茨一眼，转身时拿拐杖敲敲门柱，呼哧呼哧地喘着粗气，然后颤颤巍巍地穿过门厅。阿尔方斯·罗加拉，我的祖父，他还从未尝试过掩饰自己的感情。

我们还没从惊惶中恢复过来，只见欧根·劳伦茨平静地站起身，将野战铲系在身上，铺开他的防水披巾，将属于他的一切收拾进去，笤帚、切刀、用来给瓷砖绘画的精致毛笔，还有搪瓷餐具、棉布内衣和一铁皮盒的缝纫用品，他面无表情地收拾起一切，将包裹打个结，说："好吧，那我就走吧。"

我，亲爱的，我相信我会让他走的。可是，当他正要道谢时，我母亲站了起来，跟他一样坚决。她取出他的全部家当，一声不吭地拿进睡觉的夹室。回来后她才说道："你留下，这里轮不到他发号施令。"欧根·劳伦茨不得不坐下去，他必须品尝我母亲斟倒的茶藨子酒，她不是因为同情或安慰才倒给他的，而是为了抗议农场的魔鬼强加于我们的东西。当她要求他喝的时候，听起来就像是宣战。我们没有制定方案，放弃讨论最简单的战略，我们只是证明我们的决心，要对他的要求说不，永远说不。

欧根·劳伦茨留下了，他只向我们要了一床被子，黑暗降临时将它挂在窗前，挂在他自己钉上去的钩子上。每次点亮灯后他就去外面，腰带上挂着他的短柄铲，悠闲地绕着房子转，检查能不能看得见车间里面。我们除了等待别无办法，阿尔方斯·罗加拉让我们忐忑的时间越久，我们就越担心他的事情进展顺利或正在顺利地发展着，他或许可以放弃不再威胁我们……

给我只桃子，马丁，别剥皮，是的，洗洗就行……你说什么？

事情是这么回事。他没有再来，既没再来恫吓我们，也没拿来一张法院的判决书。当时我们不知道，他自己也陷进了一些麻烦里。

不，他的事情是这样开始的。一位身材魁梧的男子来到勒克瑙火车站，寄存他巨大的行李，行李上贴着外国酒店的贴纸。他按照一张手绘地图穿过城市，经过桥和大坝，慢慢走向农场。那是一名三十五岁左右、沉默自信的男子，他与柯尼斯堡的那个病女人同姓，她每年要我祖父向她汇报一次。我祖父恨她，只要她从远方向他寄来她复核过的账单，上面还写有嘲讽的备注，他就会诅咒她。

那人姓莱特科夫，托尼·莱特科夫。他踏进农场，像进入一个熟悉的地方，冲铁匠铺里打招呼，匆匆地查看仓库和牲口棚，然后才向住宅楼走过去，他在那里被阿尔方斯·罗加拉恼火地截住了。可是，当他认出了莱特科夫递给他的信上的笔迹时，又立即将来人请进了屋。从这一刻开始阿尔方斯·罗加拉就既怀疑又殷勤地对待莱特科夫，他对比自己年轻的莱特科夫表现出的那份殷勤，农场上的人都认为那是他不可能做到的。他亲自照顾行李，他亲自催促姑娘们将朝向花园的空置大房间收拾干净，铺好床铺，将一份凉梭子鱼加鸭肉的早餐端上桌。他操心、埋怨、来回踱步，而陌生人对自己的到来所引起的所有不安感无动于衷。

农场上的人一开始不知他的权力有多大。但是，当我祖父要求为来客准备一匹马，一匹能在水里行走的栗色牝马时，他们就都明白了。当他们见到托尼·莱特科夫出现在仓库、机器室或采石场，而阿尔方斯·罗加拉总是陪在身边时，人们就开始以他们的方式对此做出解释。人们认为，鉴于当时的条件和环境，阿尔方斯·罗加拉说的话比他可以说的更多。内向、自信的男子从不提问，但这没有逃得过观察者们的眼睛。显然他不需要提问题，因为只要他的目光在某种东西上盯得比通常久一点，阿尔方斯·罗加拉就会主动开口讲起来。他知识渊博，他在第一天就向他们证明过这一点，必要时他会毫不犹豫地伸出援手，这虽然没有马上给他带来好感，但赢得了他的尊重。他从没有与我祖父共度过一个夜晚，他们只是一块儿吃饭，吃完后年轻的那位即刻离去，去检查过去几年的账簿，他长时间地坐在灯光下，也不管在他做这些时人们是否在看他，是否在不可避免地进行他们的推论。

虽然我祖父赶走了几名观察者，但他们的不安，更多是他们的怀疑，还是让他们一再回到窗前。他们只是站在那里，等着那位正在阅读的男子的手势，然后进行解读。那些自以为比他人更厉害的人，声称男人将所有发现不动声色地记进了一本褐色笔记本。他们甚至声称，发现他一夜之间就写满了笔记本的四分之一。是的，托尼·莱特科夫，他的到来和不停的记录，唤醒了人们心中一种崭新的感觉，那是一种迄今从未经历过的疑惑和不安。他们曾经一直觉得持久稳定、无法预见的东西，现在似乎都动摇起来。忽然可以想象到种种变化了，它们不仅涉及农场上的现状，而且也包括他们自己的生活。

我不知道，马丁，我也不能判断，对此的恐惧是否大于期望。

反正，所有人都感觉，他极其不耐烦地搜集的东西，渐渐具有了威胁的分量。你会理解的，许多人专心致志地工作，只为了不必回答问题。可他其实是有备而来的。一个礼拜没到，他就在没有我祖父陪同的情况下站在了希米古勒林区，在博雷克山脉和国家森林交汇的地方。他站在那儿，观看男人们伐松树，我得说希米古勒松，因为它们以木材的质量和树木的高度出名。那些男人只准备回答他的问候，人们几乎没有抬头，他们在锯 30 米高的大树，在确定了树身跌倒的方向之后，他们将铁楔插进树叶一样细的缝里。树身跌倒时的沙沙声，那尖锐、呼啸的响声，就好像怒气在释放。然后是折断声、破裂声，还有树梢砸落在地面时轻轻的回弹声。不允许同时伐倒两棵树，这是不成文的规矩。可是他，托尼·莱特科夫，在外面应该只听得到唯一的一声警告呼叫，如果是两声的话，那它们就是连在一起被当成了一声。反正他跳向一旁，躲避倒下来的松树，这样一来他就跳进了几乎同时倒下的第二棵树的落地范围。紊乱的树梢向他砸下来，松针抽打在他脸上，树枝将他身上擦伤了几处。他周围响起断裂和飞溅的声音，可他本人没有跌倒，没有，他只是抱住脖子，从绿叶里爬出来，拍拍身上。他不要求进行检查，他跃上栗色牝马，骑走了。他可能从不知道，人们把发生在他身上的事情称为"警告性的事故"。

正如我所说，他似乎对一切都有准备，但他还是躲不过那些虽然每次都伤害不到他的东西和事件。他之所以在切草机旁受伤，是因为他认为它们是安全的，他刚将第一捆燕麦放进去，带刀的滚筒就旋转起来了，那机器并不像刚刚开始运作一样迟钝嘶哑，相反一上来就很用力，很不耐烦的样子。刀子只切去了他的食指指尖，而不是像老饲料师傅那样，第一次操作切草机就被轧烂了手，这可以说是他的幸运。阿尔方斯·罗加拉坚持用四轮敞篷马车送他去看医生。在将托尼·莱特科夫送回农场之后，阿尔方斯·罗加拉进行了一次烦琐的调查，他真想查出来，是谁没有做好切草机的安全保障措施。但他没能拿出一个结果向托尼·莱特科夫汇报，没有结果。

别相信这起事故会阻止客人的调查研究。当晚他们就看见他又伏在本子上，包扎着的那只手作为镇纸压在纸上，褐色笔记本放在灯脚附近。无论是疼痛还是疲倦，都无法削减他从事任务时的执着劲头。

有些人怀疑，托尼·莱特科夫的活动是针对那个像统治私人财产一样统治一切的人的，没有放弃这一怀疑的人终于得到了回报。他们坚持偷听的毅力终于让他们发现了什么，他们目睹了一场针锋相对。大家头一回见到，他们自身很大程度上依赖的那个人，反过来又依赖另一个人。为此他们都不必听到在房间里进行的究竟是什么交涉。

对于他们来说，要理解他的依赖，只要关注托尼·莱特科夫对待我祖父的方式就够了。看他如何将我祖父叫去房间，招手让他去到桌前，自己却坐下来，坐在那里用自来水笔点着一个条目，一动不动，挑战地凝视着坐在他身旁的那个可以做他父亲的人。农场佃户匆匆瞄了一眼账簿里，摇摇头，想用一个轻描淡写的手势回避无声的问题，可托尼·莱特科夫平静地翻过几页，强迫阿尔方斯·罗加拉再读另一项记录，还是一动不动，冷冷地，挑战地。当老人恼火地耸耸肩时，年轻的那位指示他走到桌前，他打开笔记本，头也不抬地宣读起来。观察者们在等农场佃户提出异议，在等他抗议和澄清，他们对他听取对他的指责时的平静感到讶异，因为那是在指责他，在他们看来这是毫无疑问的。他只是瞪着眼睛，嘴唇周围出现一圈受了冷嘲热讽后的愤恨，他的双手在相互靠近，然后做出一个拧的动作。有人声称看见了，看见他双手扭动的是他的短柄烟斗，一直扭到烟嘴嘎巴一声断了。

然后较年轻的那位结束了宣读。他将笔记本递给我祖父。阿尔方斯·罗加拉在手里掂量着小本子，都没有打开，更别说阅读了，他直接以一个不屑的手势把本子扔回了桌上。然后他转向门的方向，当门打开时，他又停下了。他返回桌边，显然被一种意外的奇怪念头控制着，他搬过被磨亮的扶手椅，未经要求就坐了下来，仅用他的行为让对方理解，刚刚向他讲述的那一切，他对它们嗤之以鼻。

你是指理解？我是否尝试过去理解阿尔方斯·罗加拉……不，马丁，对他我从没有尝试理解过，仅仅因为以他这种情况，我觉得他骄横和无情的原因是无关紧要的。我估计我也不想再知道这些原因，如果它们真的存在的话，因为那样一来，我也许就会陷入尴尬的境地，也许我就必须原谅他了。算了，我们还是别谈这个吧。

男人们，对，两个男人紧张地对峙着。现在，偷听者获悉的要比黑暗花园里的观察者们多，因为农场佃户毫不迟疑地公开了他的复核，或者说是充分利用起此时处境中对他有利的东西来。他透露是什么将他与柯尼斯堡那个贪婪的病女人捆绑在一起的，她派了她儿子过来检查他对农场的管理，今天回想起此事，我觉得是再自然不过的。

他的出发点是，托尼·莱特科夫还根本不知道，采石场、陶土采挖场和附属池塘是如何被农场占有的，他既不顾自己也不顾病女人，讲了个十分普通但卑鄙行为的例子。他们如何与蜀克瑙联合砖陶厂老板签了一份秘密协定；他们如何一道给采石场年老固执的老板施压，直到他不得不出售为止；他们如何谈判出一个互利互惠的新的七年合同。

不用我对你讲你也知道，我祖父承认这桩行为时，内心是怀着怎样的想法。他是试图让那人明白，就像他曝光他与某人的成功合作时持续表现出的沾沾自喜一样，他的描述中透露出的共谋的保密性不言自明。因此，我能理解，当托尼·莱特科夫听完这番坦白只说了句"您被宣布禁治产了，我们必须让我母亲宣布禁治产"时，他是何等失望甚至不知所措。然后较年轻的那位，站起来，目光越过他的头顶，请他离开房间。托尼·莱特科夫一直站着，他不容人怀疑他的要求，他一直站到阿尔方斯·罗加拉离去，之后花园里的观察者们看到他坐下来，都不需要须臾来平复情绪，就又提笔写起来，写在他从箱子里取出的特殊纸张上。看到这些就足够了，他们的怀疑得到了印证。次日，我祖父收到一封信，信中通知他，他的租赁合同失效了，一封存了二十八年的合同，曾经一直被默默地续约，而且总是以相同的条款。是的，就是以这样一种不言而喻的方式，至少他本人有时都忘记了这封合同的存在……

你指什么？

正是这样，马丁，你说对了。就好像上帝夺走了他的世界，就好像一个更高的机构果断地解除了他所有的权利和资格。我真想共同体验这番迷惘，这哑口无言，这熊熊的怒火。这一天农场上的人不必询问他在哪里，因为他表现得足够引人注目了，埋怨，愠怒，声音突然变得怒冲冲的。他多次大声朗读那封信，气呼呼地，不在乎碰巧在场的证人，怒火中烧地朗读取消他经营农场资格的那一节，但是省掉了关于理由的那部分陈述。他一次次地将信团起又抚平，使得上面的字迹已经很难辨认了。所有人都尽可能地回避他。

炎热的正午，他突然让人给他的马备上马鞍，朝着博雷克山脉的方向骑去。直到敲响铁环宣布下班，人们按照托尼·莱特科夫的吩咐聚集到农场高低不平的大广场上时，他才又钻了出来。看样子他好像也是被宣布下班的当当声叫来的，一名马夫慌忙地帮助他跨下马鞍，牵走浑身汗淋淋的马，返回时他递给我祖父拐杖，然后就匆匆返回他的同伴身边了。

我设想过多少回这个场面啊，傍晚的农场，一丝风都没有，空气中弥漫着烧焦的牛角味儿，一边是三五成群的锻造工和挤奶工、被召集到一起的女佣和田间劳动者、饲料师傅和马夫们，另一边是两个男人，只要能占有的，他俩都渴望得到。大家都知道，再没有什么其他事儿可聊了，因为这么大的变化是瞒不住的。站在他们面前的这两个男人，互相拿眼角斜觑着对方。他们虽然都很在意，但表现得却像其他人的在场与他们没多大关系似的。当托尼·莱特科夫一动不动地打量到来的人们时，我祖父不停地拿拐杖捅着地面，嘴里嘟哝着，时不时地大声冷笑。

众人聚齐之后，托尼·莱特科夫将双手别到背后，断断续续，但声音平静地宣布，他认为有必要解除与罗加拉先生旧的租赁合同。身为农场的所有者，他本人听凭大家自行决定，是否还继续留下来工作。他暂时不打算做大的变动，他希望与所有人合作愉快，他请领班们、挤奶工工头和饲料师傅们晚饭后去他的房间。就这么多，他没有特别感谢我的祖父，没有告别时的夸奖和常见的许诺，也没有说明为什么二十八年之后必须解除合同的原因。

人们愣住了，犹豫着不肯离去，显然他们在期待更多的解释。阿尔方斯·罗加拉发现了这一犹豫，他充分利用它，让人们注意到自己，是的，他强迫人们把目光投向自己。"你们听我说，各位。"他这样向他们喊道。他拿拐杖指着下面的勒克瑙湖，指着湖畔的牧场，老马的身影出现在那里。"那儿，"他叫道，"你们看看，我们这么多年一直这样维持着这里，在这儿，我们不抛弃筋疲力尽的人。"他歇口气，似乎醒悟过来这样说不太合适，至少没能让他以最快的速度达到目的，他恼火地将拐杖捅进地里，重新开始，"你们曾经服从过我，很长时间，你们中的一些人是很长时间，我们一起维护了托付给我们的东西，我为你们的错误和疏忽承担过责任。二十八年，现在，事实表明，这些错误和疏忽有些是不可原谅的。为了对这些不可原谅的事情做个了结，必须要有人离开这儿。要我收拾，要我走人，在二十八年之后，我！走人！我们一起度过了这么长的时间，你们认识我，就像我认识你们一样。我评价过你们的工作，你们评价过我的工作。二十八年了，现在人家要我离开，你们可不能站在那儿无动于衷，你们必须有所行动。你们必须想出一个办法来！"

大家带着疑问望着他。人们也许意识到了，他想要什么，他在这一刻要求他们做什么，可他们的懒惰或被唤醒的记忆阻止了他们去做他期待的事情。不，没有人呼喊一声，没有人走去他那边默默支持他。即使在他讲得更明白，责问他们是不是认为他这样被解雇是罪有应得时，他们也没有做出任何有利于他的行为，他们都没有向他表示出遗憾。最后他只能转而求助于托尼·莱特科夫。他让所有人做证，要求较年轻的那位，口头重复一遍解雇决定，当众将他赶走。可托尼·莱特科夫只是冷冷地、定定地看着他，一直看到我祖父放弃，一声不吭地离去，去了布置冷清的带家具的住房里。他立即开始收拾起来，趁着日光继续收拾打包。他没与任何人告别，就悻悻离开了农场。

不，不，你耐心等等吧，我正想给你讲呢。他试图先在他的一位朋友那里落脚，也就是说，在他认为是他朋友的那些男人那里，渔务官杜迪是其中之一，锯木厂的海达克，一同狩猎的老战友，也有家乡协会的毕利扎。可所有朋友家都已经有客人住着了，或者本身住宿条件拥挤，答应他的人家也只能让他住两三晚。他们耸耸肩将他打发走了，在得知朋友们能为他做多少之后，他找到"路易森饭店"的老板，与他交涉，在勒克瑙最贵最高档的酒店里租了个双人间，租期不定，因此他获准将他自己的安乐椅和一张脚凳带了过去。他在朝街的窗户旁给自己预订了一个固定桌位。他一坐下，就将满满一盒雪茄放到桌上。按照勒克瑙人的传说，我祖父不仅有能力预付双人间一个月的房费，事实是他一下子就预付了半年的。但同样也有这样的传说，他暂时不离开饭店，只是因为他下定了决心，要通过长期的居住和频繁使用所有设备来花完高额的房租，嗯⋯⋯

对不起，马丁，你说什么？

照片？我们的博物馆里有没有照片？没有，从来没有过。无论是在勒克瑠还是在埃根隆德。没有肖像，没有建筑和广场的照片，连张风景照都没有，它们能告诉我的太少了。我们这里有位行游摄影师，班都勒维茨，他曾经将农场和我的祖父暂时当成他最喜欢的主题。阿尔方斯·罗加拉在狩猎鸭子，在一块林中空地上休息，作为骑手背对勒克瑠的晚霞，然后是农场上的一年四季，通过具有特色的劳动来表现它们，耕田的人、躲不开的播种者、铁匠、收割者、牧人，全都是无可挑剔的照片。可是，尽管班都勒维茨将它们赠给了我，我还是无法决定将这些照片拿进博物馆里，只因为我感觉它们把风景或面孔带给人的体验固定下来了，从而限制了很多东西。亚当叔叔会说："照片，它们与纯粹的属性毫无关系，与他认为的工具、武器或玩具这些具有各自属性的东西毫无关系。"我相信他说得对，因为这些物体里包含着某种东西，像琥珀里一样，有东西被深深包裹在里面，那东西不是一眼就可以认出来的，就像人们有时相信的，那是一种愿望，一种秘密。直到人们不得不怀疑地问自己，最终借助这些物质所传递的，会不会只是一种徒劳的感觉。

另一方面，我想到年迈的玩具制造匠的妻子，那时制造匠被安放在卧室里的灵床上，我和埃迪特在隔壁厨房里拿勺吃着牛奶汤和发酸的面包，我当时不得不认同那位半盲的女人，她说："一个人带到这个世界上的东西，终将被留在这个世界上，哪怕只是像他那样咯咯地笑，像威廉⋯⋯"

可是，这事你应该了解，马丁，我与埃迪特的首次旅行，出差去索科尔肯①，去玩具制造匠家。是的，我希望在那儿为我们的博物馆购买藏品，罕见的马祖里玩具。这个主意我得感谢索尼娅·图尔克。就像对发生在勒克瑙和勒克瑙周围的一切，她知道得总比其他人要早一样，她也是第一个得知索科尔肯玩具制造匠威廉·拉泰的死讯的，她将它当成一个重要消息透露给我。不仅如此，她还立即给我放假，将她的背包借给我，要求我尽快乘车前往索科尔肯。她本人，如果还能弄到的话，想要一只玫瑰木玩具捻杆和带有骨质装饰的玫瑰花。这样我几乎就是被迫出行了，那是我的首次旅行，直接就去一个连欧根·劳伦茨在尽情漫游时都没接触过的地方。从地图上看索科尔肯位于一个河口，面向一座狭长的湖泊，它与其他湖泊自然相连，所有湖泊都被森林包围着。没有火车站，仅靠一条渡船和一艘摩托艇连接两岸。欧根·劳伦茨为我安排了此行的各个阶段，换火车、徒步、摆渡。当我有一回无意地延伸他在地图上画的那条线时，我发现，索科尔肯就在前往耐登堡的半路上。

没错，亲爱的，这是去找埃迪特的一半路程。我惊讶地发现，我被她源源不断的信件中伴随的焦虑感染了，是的，被随着我们的持续通信变得越来越大的焦虑感染了，我立即规划了一个重逢的机会。在安排好其他的一切之前，我先给她写了一封特快信："礼拜五急需因公前往索科尔肯，下午渡口等你，余言面谈。"抱有巨大的期待的喜悦，然后我收拾起我觉得此行必需的东西。首先是面包和水果干，从家乡协会支持我们博物馆的费用，将近30马克中扣除购买玩具和其他展品的钱。礼拜四就上路了，我乘坐的是礼拜四的第一趟火车。

你能够想象我在火车里无法忍受很长的时间吗？

---

① 索科尔肯（Sokolken），原属东普鲁士，现位于波兰的瓦尔米亚-马祖里省。

与我同包厢的是名残疾人，在向我透露了他此行的原因之后就睡着了。我独自安静地坐在包厢的窗前，眺望着宁静、冷漠的土地，透过我印在窗户上的温和的镜像轮廓，望向沙质农田和几乎没有礁石的湖泊。土路弯弯曲曲地延伸向低矮的农庄，鹤飞向摇曳的草地，森林一望无际，它们围绕着一座设有纪念碑的山包，或是围绕着一块林中空地，空地上是林务所；湖岸边，渔网在歪斜的桩子上晃荡，一群动物把半个身子都泡在混浊的水里，木筏顺着一条长长的河流漂向下游；土地完好，平缓，神秘，吉卜赛人坐在他们插着小旗的马车前，一个牧羊人站在那里，黝黑得像棵烧焦的树；山丘上，一辆车在缓行，车夫在睡觉。你所看到的一切，都说明你得拥有充足的时间和耐心，没有它们在这里恐怕行不通。是的，行不通。

我下车，我在第二站就下车了，退掉我的车票，收下退给我的差价，然后朝向索科尔肯方向走去。先是走在暖和的石子路上，后来走在杂草丛生的田野上，它们没有在我的地图上标注出来。我心情愉快，感觉不到背包的重量。我当然给自己削了根刺柏拐杖，不过不是为了每走一步都将它插进地里，而是用它敲打腐朽的篱笆木条，砍掉满是灰尘的荨麻。

我随身携带着埃连特的照片，我多次边走边读她信件中我最喜欢的段落。我很快就整段整段地背熟了，这是难免的。现在，根据我们书信中说过和挑明的一切，我一次次重新想象我们在渡口的重逢，是的，我设想出多种再次见面的方式，从故作克制地走近直到激情的搂抱式的问候。最后还是没想好采用哪种形式。顺便说一下，康尼知道我去索科尔肯的事，但他不知我与他妹妹有约。

独自走在这片充实饱满的土地上，面对几乎静止不动的画面，我惊讶于神秘的蹄印，在凝固、温暖的空气里完全麻木了。这时我开始理解欧根·劳伦茨了，他从来就不想要一个固定的车间，因为那样一来他就无法四处漫游了。我将我的鞋系在一起，学着他涉水穿过一座湖泊的浅滩，然后赤足走在狭窄的湖滨小道和林中土路上。当我头回感觉到口渴时，我走进一座院落讨水喝，那女人一声不吭地递给我一罐脱脂乳。下午，当我第二次口渴起来时，我走进另一座院落，那人将我按在自己打造的餐桌旁，与我分享他的麦芽咖啡和面饼，不收分文，只想打听点关于勒克瑙的事情，有关我们药房的事情。

快走到耶托森的时候，一辆车在我身旁停下来，那人拿鞭子指指车厢，于是我爬上车，坐进一群鹅的中间，鹅的脚被捆在一起，翅膀被剪掉了。那人什么都没问我，将我一直带到米拉肯，在一块路牌旁停下来，拿鞭子捅捅我，指指大道。

你是问夜里吗？我夜里怎么度过的？你可以想象一座森林的圆顶，在它的阴影下，贴着斜坡，有座院子，旁边建着一座牲口棚，朝向森林，在通风的长椅上，蜂巢之间的一条夹道。我爬去那里。那人正在料理他的蜂巢，他不抽烟，没戴面罩，蜜蜂在他的脸和光膀子上方嗡嗡地飞。我问他是否可以在他这儿过夜，他让我进屋去，屋里有两个小孩，一男一女，正在尖叫着争抢一只温驯的母鸡，他们轮流抱起它，按在胸前，抱着它穿过厨房，绕着桌子不停地走动，直到发现了我，他们想将他们的活玩具送给我。

然后女人从牲口棚出来了，其实她是从卧室走出来的，那里有道门连着牲口棚。门板被卸下来了，有一会儿我能看见动物们黑白交织的背。贮藏草料的顶棚黑洞洞的，猫的眼睛在那里忽闪。听说是她丈夫让我进来的，女人将加了和兰芹的乳酪和面包端上桌，还有满满一罐蘑菇水。我还没开始吃，那只母鸡就飞上了窗台，目光犀利地盯着我的盘子。一只山羊把前蹄跨进卧室，死死地盯着我。

好几只橘色的猫突然从黑暗的顶棚里跑出来，跳上炉台，什么动静都瞒不过它们。而孩子们，孩子们从两边挤着我，他们扑进我怀里，拿开勺子，快乐地让面包屑掉在他们张开的嘴巴里，一边拍掌欢呼，而且非常公平地两人轮着来。

我们没有坐很久。男人问我姓名和我的目的地，听后点点头，然后在卧室里铺开一张整洁的踩脚毯，再加一床马皮的被子，然后和我握了握手。他和他妻子换上睡衣，黄灰色的奇怪衣服，袖子超长，显然很硬，白天都能够直接立在角落里。孩子们睡在墙边的弹簧木架上，他们应该睡在那里。当他们先后钻到我被子下，贴着我时，我一动不动。牲口棚里响声不断，每当一只动物抬头时，就会发出嚓嚓、沙沙声。一只蹄子在刨地，一头小猪在木头上蹭着。当我醒来时，孩子们站在我头顶，蹦蹦跳跳。他们早就吃过了，我喝了他们的麦芽咖啡，之后男人带我行走了 7 公里，越过山丘，沿一条河流一直走到一块路牌，路牌上写着"索科尔肯"，奥格洛诺瓦湖边的索科尔肯，分手时他只说了句"慢走"，就原路返回去了。

我们在彼此的眼里越来越小，我说不清我们多少次转身挥手，直到他消失在山丘背后，消失在均匀的、像用砂纸打磨过的山丘背后。

现在我加快了些速度，不再停下来歇息，即使在奥格洛诺瓦湖畔的熏炉旁也没歇息，那是渔夫们为自己熏白鲑的地方。过了奥格洛诺瓦湖之后，在一户农舍旁边，那里的一切都是歪的，园门、窗户、烟囱，甚至仙鹤的巢，全是歪的，在那儿我差点绊倒在我曾经拿起过的最漂亮的大木屐上，是的，有刻槽，有发亮的鞋夹和花皮带。它们就摆在庭院门外的路面，不容你看不见。还没等我将它捡起，我身后的悬钩子丛就分开来，只听一声恶狠狠的诅咒，一个长着刺猬发型的圆脑袋男子随即向我冲来，夺走我的木屐，随时准备穿进去似的将它们放在庭院门外，轰我走。

那双木屐，我好想为我的博物馆买下它们。

哎呀，我该从哪儿往下讲呢？对，索科尔肯，我走得那么快，中午就到索科尔肯了。房屋整整齐齐地排列在河的两岸，两岸用来冲洗衣服的木制码头数量差不多。渡船就在河口前面，拴在一根缆绳上，由船夫负责撑船。鸭子组成的舰队不停地侧划着水，从河这边迁去河对岸。

我问船夫是否碰巧有留给我的消息，他先是询问我的名字，然后问我的出生地，上一个停留地点，我的旅行目的地，甚至我旅行的目的，他都让我讲出来，然后才无动于衷地确定他没有消息。他知道玩具制造匠威廉·拉泰的家。他越过湖面做了个不确定的手势，只不过他让我自己考虑，愿不愿冒险，因为就像他说的，那个暴脾气老家伙，一定早就"在地底下了"。

我决定等候埃迪特。我不得不等她，我解开背包，在平缓的斜坡上给自己刨了个坑，先是看着令人昏昏欲睡的摆渡服务，然后又读了一遍埃迪特的信件。左等右等她还是没来。我很快就能将全部信件倒背如流了。虽然我可以看到是谁在河对岸的浮桥式渡船上登船，但每次我都会走到码头，检查乘客，自己辨认他们。是的，就是这样，好像我必须从某个伪装下认出埃迪特来。我多次协助船夫停靠，之后我就可以免费渡河了，我拿起备用杆撑船，打发时间。可是，虽然柳树分叉的柳梢已经将树影投在了河面上，埃迪特依然没有出现，既没有出现在林间小道上，也没有出现在斜坡上。夜色降临时，船夫用铁索将他的无名渡船系在一只埋在地里的锚上。告别时他只对我说道："你知道，这种事是常有的，说是要来，还是没来……"

不是，不是，你马上就会知道的。我没有放弃，即使天色更暗我也不敢离开。我躺在背包旁细腻的沙子里，沙子依然暖乎乎的，月光足够明亮。也许我是睡着了，也许我梦到了让鸭子们眯起眼睛的呼哨声。反正当对岸传来一声尖锐的呼哨时，我吓得跳了起来。她站在那里，身穿短小的衣服，手里拎着小纸箱。她指着将我们分隔开的河，指着那条足足 20 米宽，不是很深的河流。我相信，没有别的选择了，我脱掉衣服，将衣服、鞋和钱包塞进背包，将包带调到我可以将背包托得更高的位置。有时我将它顶在头上，过了会儿它又滑进水里。主要是朝着河口的方向，我双手抓着菖蒲，一丝不挂地滑进去，只需要划水游几下，因为我踮起脚几乎一直能够到河底，潺潺流淌的水流不止一次把我冲倒……

马丁，你是个好听众。你还记得吧，对，我已经这样蹚过一回水了，穿过一座泥泞的杂草丛生的池塘。有一阵子我也想到了，与此同时我前移，我均匀地扭动臀部，穿越河流，朝着那件黄色衣服游过去，它在河岸上上蹿下跳，在菖蒲后面。她想帮我，她想帮我上岸，当埃迪特还在寻找一个可以穿过芦苇、菖蒲和垂柳的小洞时，我已经来到岸上了。我的问候就是请她先转过身去等一会儿。后来穿衣时我打起嗝来，一开始只是烦人地轻轻抖一下，迫使我突然做出点头的动作，有时候又让牙齿重重地磕在一起，但还是可以忍受的，甚至让人觉得开心。我们终于伸出手来相握，心里准备好了接受我俩设想的某种东西，埃迪特也是一脸开心的样子。但设想的事情没有发生，因为打嗝中断了讲话，让下巴贴在脖子上。

没用的，虽然我想快速地询问她各种事情，我想隐秘地探索关于她的一切，但是全都没有结果，我的打嗝主宰了我们的重逢，破坏了问候的形式。

我们走路前往索科尔肯，狗们已经得到了通知。我们手牵手，沉默不语，我只想通过屏气，通过紧张地数数来摆脱打嗝，它越来越单调，越来越粗鲁，让我抖得那么厉害，惹得埃迪特的手也像通了电似的跟着抖起来。我不得不放开她的手。我不敢再说什么。我观察她的反应，发现开始时我每打一次嗝她还笑笑，后来只是轻轻地叹气，多次不情愿地停下来。我从她那儿听到的一切就是，她累了，她饿了。

我们没在某一艘架起的小船下面过夜，它们龙骨朝上，停放在湖边的芦苇带里。我还没将她带到那里，船夫就从他休息的长椅上喊我们，他冲着我们喊，建议我们这时候不要绕湖走去玩具制造匠的家，因为芦苇里有各种爬行动物在爬来爬去。当埃迪特请求他给我们点吃的时，他热了一份让人泪流满面的梅花鲈鱼汤，他在汤里加进了甜菜。我在桌肚下警告埃迪特该走了，她理解了我的信号，但置之不理。埃迪特神色漠然地望着我，问船夫我们可不可以留在他这儿过夜。在对方点头之后，她就拎着她的小纸箱走到走廊上，让对方指给她看她的房间。卧室里，鲁登道夫将军呆滞的眼睛从墙上望着鼓起的草褥子。我睡在阁楼上，周围是缆绳和用旧的桨，垫被是一条漂白了的帆。我是如此大失所望，都没注意到打嗝是什么时候停止的。反正，我们的重逢与我设想的截然不同。

请你不要问我第二天早晨的事。我一早就告别了船工，坐在一艘架起的小船上等埃迪特。我不时吹着口哨从卧室窗下走过，敲敲阳台的梁。埃迪特不急，她无动于衷地一直睡到上午。当她终于眨巴着眼睛出来，在阳光里拉正衣服时，我只能低声地与她打招呼。为了向她显示我的怒火，对所有这些浪费了的时间的怒火。我在潮湿的小路上走在前面，不管她跟不跟得上我，不管弹回的芦苇会不会击中她，我的行为好像我们必须补回她睡过头的那几个小时似的。

我们竟能沉默那么久！途中竟然没有谁开口说话，虽然有许多必须讲的话！心痛。我感觉到她在我身后努力跟上我，也感觉到她在多么艰难地压下堆积在心中的问题。

玩具制造匠的房子，我们一直沉默直到我们来到玩具制造匠的房子。那是一座长了苔藓的木屋，位于松树下面，周围是用咯吱响的小树枝插成的篱笆。一条老狗，腿脚僵硬，在门口等着我们，狂叫着陪我们走进厨房。埃迪特想拉我的手，我找个借口躲开了，放下背包，敲响客厅的门，敲了几次后有个女人的声音喊道："谁啊？"我拉开门，玩具制造匠的妻子坐在那儿，她的丈夫停放在灵床上，她坐在灵床前面，正在往一只小枕套里装填晒干的玫瑰叶，是的，往一只小枕头里装填，并开始用细密的圆形针脚缝它。她招手让我们走近。她指着她丈夫，主动讲起他的贫困生活，她与他同甘共苦了四十年或许更久，只要视力还行，她就一直帮他将玩具送去给客户。她似乎什么对都理解，都同意，有的人的一生就得像威廉·拉泰那样度过。她似乎也同意，就算现在死了，他也什么都不想改变。"如果一个人没有什么留下来，"她说道，"没有足印，没有刻痕，没有符号，那才糟糕。但是，一个人带到世上的东西，将留存在世上。哪怕只是欢呼和咻哧笑，就像他在那里一样，像威廉一样。"

这是她后来说的，当时我们正在拿勺吃着脱脂奶，在外面的厨房里，连接客厅的门是开着的。她说，玩具制造匠常常考虑，将索科尔肯城里和周围的屋基搜查一遍、翻挖一遍，从黑暗中抢救他制作的玩具，被遗忘的玩具，一旦孩子们觉得自己长大成人了，就不理它们了。女人说，地上那些威廉的东西，是要永远保存的，可以装满整座博物馆。她带我们去车间，她丈夫直到生命的最后一天都在那里面工作。办公桌上，一只雄鸭脚踏轮子，鸭嘴上挂着玩具制造匠的镀镍眼镜。货架直达天花板，摆满具有历史意义的木偶，有开屏的孔雀，有在滚筒上奔跑的森林动物。多间木偶屋里展出了僵硬住的柔情，被终止的生命。一座小车间，所有东西都漂亮地混放在一起，自称"玩具制造匠车间"。索尼娅·图尔克想要的玫瑰木捻杆就摆在那里。窗前的一张折叠桌上摆着两只著名的"索科尔肯盒"，非卖品，盒子里装着的东西都是用橡木和小节骨制作而成的。小椅子、小研钵、带刻槽的容器和小线团、篮子、碟子、一只小黄油桶，全都是生活必需品，或是人们相信必须拥有的东西。

我不由自主地压低声音讲话，放轻脚步在屋里行走。我接触和拿在手里的东西，我都会道歉似的轻轻抚摸一下。与半盲的女人相反，她似乎什么都懂，也懂得在一间停放着死者的屋子里谈论价格。不管我挑选什么，她都同意。她从货架上取下东西，将它们拿进厨房，为我购买的东西向我表示祝贺，毫无保留。我在挑选小巧的保龄球、木偶、线轮和雕刻的动物时，就打算在我们的博物馆里专辟一个展室，我决定搬去亚当叔叔睡觉的夹室里睡觉，我的卧室专门用来收藏本地玩具。

在女人为我开账单时，埃迪特突然哭起来。她坐在折叠桌前，打开了一只"索科尔肯盒"，将小巧的物品摆放到桌面上，排列得好像马上就会有娇小的生命来使用它们似的。埃迪特坐在它们前面，陶醉于这些诱人的、受到威胁的小东西，哭个不停。她说不出原因，她后来也没能解释，为什么一见那些容器、小碟子和小线团，眼泪就迸涌了出来。直到女人平静、坚决地将精巧的小物品全都收回盒子里，埃迪特才平静下来……

你说什么，马丁？你等着瞧吧，还有让你惊奇的呢。

我们向亡故的玩具制造匠鞠躬，还没走到篱笆，那女人就叫回埃迪特，拿过她的硬纸箱，将一只"索科尔肯盒"放了进去。我不知道关上盒子时她具体说了什么，大体的意思是："有一段过去，所有人都被困在其中。"这下我发现，埃迪特从耐登堡过来时带的箱子几乎是空的。一道茫然、感激的目光，两个没讲完的句子，埃迪特只能做这么多了，她冲女人屈一屈膝，匆匆追上我，挤出了园门。

不，她不符合我对她的印象。或许我也应该承认，埃迪特并没有欺骗我，她与我的自欺欺人无关，没有对她的想象我几乎不可能与她进行天南海北的书信往来。她变了，就是这么回事，可我无法适应，她与我心目中她的形象相距太远了。那形象我不是从记忆中得到的，而是从她的信中。失望中我发觉了我平时肯定会忽视的东西，比如，她黄色衣服的一根背带只用一根别针别着，她的低帮鞋已经坏得露出了衬底，此时此刻，这些发现证明了我的失望是合情合理的。

反正我的任务完成了，接下来就是我们的自由时间了。我们一前一后，沿着湖岸走，走向旧轮船一天停靠多次的码头，它不仅搭载乘客，也运载货物去湖对面，奶罐、水果箱、熏鱼、邮件。我俩不约而同地走上了前甲板，甲板上只有我俩。我们在从未解开过的锚链旁坐下，将我们的双手叠放在一起，将脸迎着温和的行驶风。我们还是没法讲话，至少我们谁都没有尝试过推心置腹、毫无顾忌地讲出心里话，就像我们在信件里所做的那样，所有句子听起来都像是仔细斟酌过的。我让她给我介绍她锁骨上一个不起眼的疤痕的来源，她努力从她的自行车事故中"取出"一切，这没有逃得过我的感觉，这你是知道的。我们在索科尔肯下船，撑我们过河的船夫临别时送给我们一句他自创的格言，一句赞美毅力的格言，关于它再没什么好说的了，但在前往施庞肯，前往最近的火车站的林中道路上，我们还谈它谈了很长时间。我问她衣服上的斑，黑色的，估计是机油斑，会不会是她的自行车事故留下的，她认为有可能。

我们遇到了显然有事要庆贺的林业工人，他们邀请我们喝啤酒吃肉肠。当他们问我们是否是兄妹时，我让埃迪特来回答。她声称我们是兄妹，说我们正在前往耐登堡，去那里继承一份遗产，一家带陶罐制作工场的大型砖厂。听到这个回答我感觉到一丝心痛，而她回答得那么干脆、那么自然，林业工人们都信她了。他们没问我背包里装着什么。

她的箱子，有一回，当她钻进一个育林带时，我迅速打开了箱子，我相信我必须知道，她一路上拎的是什么。原来是剪下的玉米色的发绺，草率、随意地拿报纸包着。后来，我们已经结婚多年了，她告诉我，她本来是要送我一绺头发的，之所以没送，一方面是因为没有出现"合适时机"，更是因为"一切都乱套了"。我们恐怕都很狂妄，我俩，我们都认为对方不可以改变。算了，我们不谈这个了。

施庞肯，这地方位于森林密布的山的背后，当我们在傍晚跨过铁轨，查看一个个散发着来苏尔味的房间时，施庞肯火车站空无一人。我们本可以无票前往柯尼斯堡、提尔斯特或艾尔宾①的，但我们只是走进候车室。看样子跟每座马祖里的车站一样，那儿坐着一名矮个子的黑衣女子，她身旁放着两只盖住的提篮，正在出壳的小鸡在篮子里叽叽叫着。我们向她证实了会有开往耐登堡方向的火车，她听后彻底放松下来，深深地俯下身子，继续照顾那些正在孵化中的小鸡，看起来她对孵化的要求并不高。施庞肯没有小酒馆，我们

---

① 艾尔宾（Elbing），波兰地名，位于东海岸附近。

挤在桌子后面，分食最后的苹果。埃迪特忽然问我能不能借给她车票钱，她身无分文了。这个问题在我评价我们的重逢时恰恰不会产生有利的影响。我给了她车票钱，但数得准准的，2马克45芬尼。她都没发觉我数出这个数目时所夹带的鄙视，她感激地移近我，将脸偎在我的上臂上，低语道："哎呀，你听，那些小鸡，它们叽叽叫得多甜啊。"

这下我不耐烦起来，开始希望我们快点分别，我多次找借口一个人去外面的站台上，朝着她火车来的方向谛听，或者遛向小小的发货室，那里有两名男子在堆放装着熏制白鲑的箱子，是快件货物，我看着他们干活，只为不必与埃迪特一起度过全部的剩余时间。让我吃惊的是，她本人竟然没有这样的失望，她对经历的事情显得无所谓。是的，她更加轻松地接受了一切，她给人的印象是，即使这次相见失败了，我们之间也没什么需要克服的。

现在不要说我了，我知道得够多啦。如今我已经认识到，我的错误常常在于，预先仔细规划好应该发生的一切，反正是制定出一个一目了然的规划。我的火车先进站。当我们跑上外面的站台时，埃迪特拉起我的手，轻松愉快，好像对自己和此次经历都很满意。虽然我没有反应，但她不停地重复说，她将写信，一回去就写，详详细细地写。我在包厢里放好背包，没再跳回站台，而是一直站在踏板上，因为列车长已经将他的哨子插在了唇间。我们的告别变得那么死板，这是无可奈何的，因为我们站的位置高度不同。后来，当火车开动时，她望向我的眼神多么惶恐啊，惶恐，她在恳求一个信号。她跟在列车旁边走着，她开始奔跑，她抬眼望着我的车厢，一直跟到月台的尾端，她没有挥手，一直期望着得到一个确认的手势。这画面我记住了，整个返程中我都摆脱不了这幅画面。埃迪特站在月台的尽头，她张开双臂站在乳白色的阳光里，满怀期望地一动不动。

我一回家马上就给她写信了，我必须给她写，不仅因为我在打开行李时的惊喜，我的背包上方放着"索科尔肯盒"，里面装着完整的由橡木和小节骨制成的全套物品，那是我专门为马祖里儿童玩具建立的展室中最珍贵的物品……

你是说悲伤？现在全都被大火烧光了，我是不是会感到悲伤？马丁，我承认，当我今天想起它时，我承认，那样做也许太暴力了，是一次做过了头的截肢手术。但在我焚毁博物馆的那一刻，我没有选择。当时，在一切毁于一炬之前，我该挑选什么呢？我该以什么理由将一些物品弄到一旁去呢？要么全都要，要么全不要。在你了解得足够多了以后，在我们取得足够的进展以后，也许你会认识到，我真的别无选择。我知道有多少东西化为了灰烬，只有我知道整个目录清单都被烧掉了，里面对每件展品都做了登记和介绍。想到这一点，每一天对我而言都变得更加痛苦，但目前我仍能应付所有的疑虑……

你说什么？又到时间了？好吧，我必须同意……你把苹果带上吧，马丁，我这里有很多水果。

当然，你尽管说吧，你想到什么就说什么吧……

原来你是问心境，那许多留在我记忆里变幻莫测的心境。你会了解到的，心境……到最后它们成了最可靠的财产……你把苹果收起来了吗？好……那些心境帮助我在记忆中寻到方向……但愿是明天！哎呀，对了，你帮我把护士叫过来吧。

第八章

在他们取下我的绷带之后，我认出的第一个人——你知道他是谁吗？我儿子伯恩哈德。他总是来去匆匆，他总是不事先通知他要来，突然就站在床尾这儿，试图通过持久的手指游戏赢得我的关注。伯恩哈德在两趟火车旅行的间隙，正在前往哥本哈根的途中，那里的一场国际会议上将要交流当代刑法制度的最新发现。他花了大约半分钟的时间来确定我不再是一个需要人操心的家伙。"老伙计，你看起来气色好得不得了，熟悉的大块头很快又要回来了，虽然多了些伤痕，但是没有任何问题。"在他探视的剩余的十九分钟里，他把今天的基本问题归结为：囚犯的重新社会化。在他情绪的激流之下，我感到这个社会只剩下一个机会，可以把自己从毁灭中拯救出来，即确保囚犯被允许参与戏剧表演、定期参与体育活动、有足够的机会接触诗朗诵。另外，他说他的上司将在哥本哈根做一场报告，没有伯恩哈德的经验报告永远举行不了。在他匆匆出发之前，他还想赶紧知道，马祖里的"纪念棚"还剩下多少。我摊开空空的双手给他看，他轻轻地抚摸我的肩，相信必须安慰我："不仅是过去，我的老伙计，你现在也可以容光焕发，也许你该换个花样试试看……"

伯恩哈德，伯恩哈德的一次探视……

你说什么？亲爱的，我也是，我也为你们没有遇上感到遗憾。

我坚信，你们的怀疑会马上让你们谈到一块儿去，也许你们握手时就会认识到这一点。你俩都穿着洗褪色的蓝色，还有同样的短帮靴子，但我知道，这些不必多说。

我和康尼，有段时间我们也穿着同样的防风外套和同样的宽棱条灯芯绒木工裤。我记得，我们是勒克瑙第一批用超长的鞋带取代领带，系成漂亮的蝴蝶结的人。可是，尽管我们对外宣告着我们亲密的友谊，我们却坚信我们变得越来越疏远。是的，我记得，在分析我们的经验时，我们在词汇的使用上也忽然不一致了。我只需要想想大雪融化时的那些事情……

好的，马丁……

好吧，大融雪尚未结束，他们就带着挖机、压路机和活动小木屋来了，他们来自北方，在湖泊之间的滩涂上定居下来。从施洛斯山上看，好像他们把滩涂像瓶颈一样塞住了。他们第一天就开始砍伐银白杨树，用来喂它们的圆筒形火炉。那支军队将沿着边境大公路南下，越过勒克瑙沼泽，前往波兰。

我们这儿的融雪，它滴滴答答数礼拜，从屋顶和树枝上掉下来，在你醒来时对你数落一番，冷冷地掉在你脸上，穿越你的思想敲打你。外面，残雪里，在软化的土地里，出现一模一样的凹坑，类似弹坑，融化的雪水在下倾的地面上冲出水槽，流进下方的湖泊，湖里漂着灰色、有孔的冰棱。这时候的天空晴朗洁净，东风在梳理松树浓郁的秀发，寻找其间最后一丝白发。

站在施洛斯山上，你可以认出他们的电锯穿过森林开出的林间通道，那是一条精确的林间通道，灰黄色的它很快就会穿过近乎蓝色的绿色。我们的沼泽阻止不了他们，他们的卡车运来垫子和交织的大树枝，运来石头和沙子，无窗的车子前面物资堆积如山，那是用来修建路基的，公路路基。两辆野战炊事车刚好够为所有人烧煮东西，其中也有波兰人、立陶宛人和吉卜赛人。滩涂前的准备多么充足啊！烟囱和锅炉里冒出的浓烟多大！

康尼来接我时，我不知道他有任务在身，要为《勒克瑙报》写一篇报道，不光写这座建筑，也要写家乡协会的尝试，他们想阻止或引开陌生人和他们的机器释放出来的巨大能量，想挽救我们的沼泽，这是最后剩下的角落了。我跨上他的摩托车，突然的发动惊得我松开双臂，我们哒哒地驶过监狱、农场，吓坏了家禽，它们伸长脖子四散逃走。康尼很享受速度，每次飞驰后他都显得精神抖擞。我们在大篷车之间停好摩托车，一路打听，找到了工程师。工程师，顶着鸭舌皮帽，身穿宽松短小的皮制上装，他将我们请去他的小木屋里。那是一间温暖宽敞的小木屋，屋里摆有地图桌和行军床，透过一扇狭长的窗户我们能望见沼泽和已经堆好的路基末端。工程师认真且内行地介绍起项目的进展，康尼了解到了一切，他点点头。修筑路基的特殊困难、材料的消耗、暂时的成本预算，我还记得，康尼听取介绍时那份诚恳的神态令我吃惊。工程师回答康尼插问时的那份殷勤也同样让我吃惊，回答时的口吻让人觉得他是在辩护。我不得不相信，他有向康尼提供信息的义务。他用铁皮杯请我们喝热咖啡，将我们拉到窗前，冲着地基尾端点点头，那里，被碾碎的沙土上扎有一顶帐篷，一顶橄榄色的双人帐篷，方向与公路计划延伸的方向相反。"他们还没放弃，"工程师说道，"家乡协会还一直相信，他们能够阻拦我们……"

马丁，情况就是这样的。早在那时候，对所有想保护这方土地的人，他们就只剩下轻蔑的微笑，只剩下耸耸肩了。那些说不的人，都是些性情温和、爱发牢骚的人，是有怪僻的圣人，是精神失常的人，大家谅解他们。

当他望向帐篷，望向勒克瑙家乡协会阻止该工程感人的障碍时，工程师也笑了。他指给我们看在帐篷附近的工人们，他们严格遵守他的指示，挥舞着铲和鹤嘴锄，尽量绕过帐篷，好像他们没把这个障碍物放在眼里。

康尼建议走过去看看。工程师领着我们沿路基边缘走向帐篷，他透过帐篷布向里面的人问了一声早安。片刻之后帐篷布鼓起来，歪向一旁，然后亨斯莱特老师，我们的副会长，钻了出来。他冲我们眨眨眼，一边按摩他的颈背。他简短地回答了我们的问候，好像康尼的来访让他难堪似的。我承认，他主动向我们介绍的他的抵抗目的，听起来颠三倒四。他相信，能够取消锯子、挖机和压路机的工作。他坚信，守护荒地也属于我们的任务。"致命的制度，"他说道，"一旦我们用我们的方式占有了什么，留下的就只有这致命的制度。""等我们蛮横地开发了一切，"他说道，"我们将会发现，我们多么依赖那些未开发的土地。"他向工程师借火柴点燃烟斗，点着了，他默默地让我们注意两只鸢，它们盘旋在施洛斯山上空，翅膀都不掀一下，忽然又一道飞向湖去。

像听取工程师的介绍似的，康尼也冷静地听取了亨斯莱特的忏悔。他没做笔记，轻轻地点着头，记住获悉的内容。他偶然的目光游离让我估计他在权衡对比一切。工程师声称办公室里有事，告辞离开。我期望他走后亨斯莱特会开口，不受妨碍地畅所欲言，可他显然因为刚才的争论累坏了，他只是怒冲冲地越过土灰色的地面张望，双方的工作活动在那里交汇。

这时开过来一辆卡车，轰隆隆响着，车速太快了。那是一辆运沙车，挡风玻璃上沾满灰尘和晒干了的污迹，几乎不再透明。我们谁也不能理解司机为什么按喇叭，也许他是要让别人注意他的工作。车大胆地向我们直冲过来，吓得我们跳到一旁去，这可能让他感到开心。他耍了个对减震器不会有好处的花招倒退着开近帐篷，愉快地挥挥手，跳下车，那是一个穿紧身皮夹克的立陶宛人。他咧着嘴走向货厢，从孔里拔出两只钩子，将挡板放了下来。沙子落在帐篷上，粘在一起的沙块压塌了篷顶。工人们从路基尾端走过来，开心地望着立陶宛人，他跳进驾驶室，借助液压动力让货厢倾斜，于是大量沙子滑下来，将帐篷的一半压扁并掩埋……

不是，不是，不是亨斯莱特。行动的是老布拉斯克，笨拙的护林员，他原本是躺在帐篷里的，现在只有划破篷布才能脱身。正如我所说，这是个四肢僵硬的老人，他艰难地从缝里往外钻，迷迷糊糊地发了一会儿呆，然后杵在了卡车的水箱前面。为了倒掉剩余的一点沙子，立陶宛人几乎让货厢垂直起来。为了将沙子倒在到目前为止没有遭殃的篷布上，他慢慢开动车子，朝着老布拉斯克开去，后者纹丝不动，显然不打算在水箱前后退。我至今还能看到老人那冷漠、混浊的眼睛，他紧闭着嘴。我还看到他站在那里，保持着倔强的拒绝姿势，不打算接受说服，或者面对谨慎地向他滚来的重物，哪怕是做出一点让步。就在保险杠碰到他，将他撞倒之前，他举起枪，对着挡风玻璃射击，子弹和玻璃飞溅，锯齿状的洞里，紊乱的细线顺着挡风玻璃在流淌。立陶宛人手脚并用地试图下车，可他没能坚持住，他翻了个身，跌进了沙堆里。

你可以想到，几名工人扑向老布拉斯克，夺下他的武器，将他的胳膊强扭到背后，好像他们认为他还能犯下更多罪行似的。可是，当他们抓紧他时，老林业工人只是呻吟，冷漠地置之不理。当亨斯莱特想要求康尼做证时，布拉斯克头都没有抬一下："看到了，这是正当防卫，您必须做证。"

在他们用一块木板抬走立陶宛人之后，工程师又露面了，他没有询问细节，故意走上掩埋了部分帐篷的沙堆，用异常平静的声音指责亨斯莱特，说他得为发生的事故负责。他谴责亨斯莱特抵抗一项政府决定的工程，指责他创造了一个必然会产生暴力的敌视氛围，最后他要求亨斯莱特在警方到来之前不能走远，调查时必须到场。

我们没等警方到来，我们跨上摩托，骑回勒克瑙，骑去编辑部。在那里，康尼立刻坐到高龄的雷明顿①旁边，而快乐的库基尔卡则邀请我帮他登记恐吓信，他将它们收集在一个铁皮饼干盒里。《勒克瑙报》这位最有礼貌的编辑不仅阅读、登记，他甚至时不时地修改恐吓信里的修辞错误……

记得的，马丁，我还记得，当年是什么给他招来了这份恐吓。《士兵之歌》，在一期周末副刊上，他批评探讨了一本《士兵之歌》选集里的内容。

可我必须给你讲讲什么呢？当然是康尼的报道，他同时打了两个副本，谈我的迷惘和他的肯定，谈解读共同经历时的差异性。他多么重视他自己的信念和观点啊。他将工程师描写成一个见多识广的人，工程师友好、坦率地介绍一个连接多国的工程，他的心愿就是规划和完成这项工程。康尼的报道确实是这样开始的，采用工程师的一张照片，它在讴歌一个我无论如何不认识的人，一名清醒的梦想家，一位大胆、热情的桥梁建筑师，他用他的工作开发马祖里的土地，将其居民从无辜的偏僻中解救出来，差不多是这样的。"一

---

① 雷明顿（Remington），打字机品牌，雷明顿公司是全世界第一家量产打字机的公司。

位放眼未来的男子汉，坚毅、勇敢。"这就是康尼报道里的工程师。而在我的记忆里他只是一个内行的建设者，抑郁多于热情，真要说思维"开阔"的话，那最多是期限内的阶段性目标。

康尼撰写的有关工地被拖延的内容，让我目瞪口呆。我读了好几遍，他相信在所有井井有条的熙来攘往之上发现了一种快乐的决心，他看到了工人们将这项建筑工程理解为"和平的挑战"。是的，他注意到了，有些人对有幸参与勒克瑙沼泽的开发感到骄傲。

不用我讲你也知道，我们家乡协会的男人们反对破坏风景会有怎样的结局。他采用谨慎的措辞来描述他们，说他们是安于自给自足的人，是大自然过时的保护者，出于有限的爱，忽视了更高层次的任务。康尼毫不回避地提出，这一切只有两个糟糕的选择，一是保护黑鹳的孵卵场所，另一方面是保护各国之间的防寒通道。他支持他们的保护意愿，又通过向世界开放的决心否定地批评了他们，诸如此类。如果一个人抱有如此强烈的偏见，你几乎不会指望，他能让哪怕一桩事件不被染上色彩。将运输的沙子倒在帐篷上的立陶宛人，康尼觉得他是因工作繁忙错估了几米，自然不是故意想要碾死年老的林业员。而布拉斯克不仅行为不当，且独断专横，康尼认为他终归是反理性运动的牺牲品。正如我所说，我将康尼的报道读了不止一遍，我忍不住问自己，当他描述的这一切发生的时候，我是不是和他一道在现场。我询问这篇报道是不是会就此刊印，康尼一脸讶异："要不然呢？如果刊印，那只能这样子印！""可这不是事实。"我说。康尼听后对我说的话，我永远不会忘记："事实是什么？它们只是为我们的政治服务的……"

什么？不，请不要打断我……

好吧，如果我理解正确的话，你支持康尼，因为你相信，家乡层面的解决方案是不够的……你看，我的观点是，我们在家乡范围内处理的一切，直接有利于整体，两者并非相互排斥。可你还说了些其他东西，不可替代性，关于家乡的感觉也要求保持不可替代性。那我很想问，我们应该把成为默默无闻的人、成为可以被替代的人作为我们的目标吗？这就是我们想要的，也是我们有权得到的，我们想成为不可被替代的人吗？你真的相信，如果我们自愿淹没在人群中，我们的幸福会更持久吗……

你会奇怪康尼的梦有一天会通往何处的。算了，我们不谈这个，还没到这一步。首先你得知道，我们有怎样的亲戚关系，我和康尼，亲戚关系，对……

你猜对了，马丁。我们的信件为一切做好了准备，我和埃迪特无法停止频繁的通信，我们在信中竞相吐露心声，毫无保留。

还是让我讲给你听吧，我花了大半夜的时间写信，要让埃迪特了解，我是怎么参加我的满师考试的，考试本身又是如何进行的。由于忍不住，我将话题扯得很远，我如何在学徒时间之外，只为我自己，设计了一条蓝白色的婚礼毯，开始编织它，毯子的中央是一颗黑色星星，夜一样漆黑，天空一样漆黑。而中央，我隐约地预感到，最终将被织成漂浮的鱼形和鹿首形的树木。我如何在漫长的好几个礼拜之后请求索尼娅·图尔克鉴定我的作品，我的师傅如何不带一丝表情，扫视毯子一眼，低声打了个呼哨，她吹着口哨，倒吸一口气，终于说道："齐格蒙特，你成功了，但请你给我不要停止学习，因为，你这个好胜的家伙，一个人有啥能耐，考试之后才会表现出来。"我写信告诉埃迪特，索尼娅·图尔克说完后如何一声不吭地拿来装杏仁的盒子，抓出一把给我，在我身旁坐下来，与我讨论我的满师考试的细节，一边定定地端详我的毯子。我几乎来不及记住她讲的话。

埃迪特得知考试当天以什么样的天气为主，盛夏，干燥。得知我的师傅邀我吃早饭，她在委员会到来之前叮嘱我，委员会将由三人组成，两名劳累过度的男子和一名心情愉快、不停地哼歌的穿自织品的女子。考试时，索尼娅说道，如果你时不时表现出犹豫和害羞，这不会有害处。只有愚蠢的师傅才想让自己无所不知。她还说："缺陷，有温暖人心的效果。"

我不知道，这是否只是我当时幻想出来的，索尼娅·图尔克欢迎委员会时端出的鱼汤、甜菜和百里香上面的梭鲈。那汤，我要说，它使我更加兴奋，让我出汗更加厉害，是的，它夺走了我的一点点自信。

我当然知道，作为织毯大师索尼娅·图尔克唯一的徒弟，这有什么好处，但我同时也忍受着多么大的额外压力。

反正，我向埃迪特描述了，我们非常隆重地出发前往车间，委员会在垫着软垫的椅子上就座，我的师傅在他们身后走到窗旁。我望着我的织机，它突然让我感觉陌生，仿佛我从未试过接触它，所有意义都不搭理我，我好不容易才记起来经纬都是什么意思。我感觉必须表演某种此前从未练习过的东西——一个被逼入绝境的人，他被宣判去将一架飞机飞上天，之前却从未在操纵杆旁坐过。机器摸起来多冰冷，它在排斥我，简单的知识多么不想被唤醒啊。没有什么像习惯的那样出现，经验统统不过来帮忙，平时可以支配的一切忽然消失了。委员会面对这样空白的冷场开始提问。

埃迪特不仅得知了考试问题的准确顺序，我还写信告诉她，当要我解释换纱和系线的基本过程时，我是多么不知所措。我求助地望一眼索尼娅·图尔克，但没有带来任何帮助，她笑吟吟地站在窗前。当他们问我图案的形成时，我没有意识到他们期望的答案有多简单。当我绝望地试图介绍转轮图案、蜂房图案和透孔图案的特点时，那个开心愉快的女人打断我："比如，一件棱纹织件是如何形成的？"我无法想象，她只是想听这个说明。"先是通过起针的变化。"但我还是这么讲了，我对她身体后靠表现出的满意感到吃惊。我不必补充，颜色和材料对图案的形成也有影响。我从未有过像在满师考试时这样被愚弄的感觉。有时我觉得，好像我的记忆中断了，对，像是在经历了一场意外事故之后，结果就是，我必须耐心努力，一小片一小片地重新学会曾经掌握的东西。索尼娅·图尔克不停地微笑，即使在我没能说出大麻和黄麻缩水率的百分比时，她笑得就像我的考试在按她的意思进行似的。可是后来，我对编织技术的介绍枯燥无味，委员会忧虑地望着地面，这一刻我的师傅提议休息一下。她奉上茶，我也得到一杯，茶里漂着火红色的浆果，舌头轻轻一碰就会爆开，流出具有提神效果的汁液。

　　是的，我还写信告诉了埃迪特。我告诉她喝茶休息之后，我是如何被问到图像织毯的历史的，我怯怯地，但是回答得非常谨慎，免得让索尼娅·图尔克太失望。此外我还告诉她，我是如何一下子让委员会竖起耳朵的，我向他们讲述的东西超过了最基本的内容，我从查士丁尼[1]讲起，他将真丝引进了拜占庭；我简略介绍了早期北方的图像毯，它们虽然也是羊毛的，却是模仿拜占庭的主题；我拿巴黎工场的作品与荷兰作坊里的杰作做比较，后者在 16 世纪令一切黯然失色；几乎没有什么是没有被提到的，游乐园织毯、瑞典的农民织毯，我顺着历史的脉络一路往下，介绍了图像编织的趋势和传

---

[1]　查士丁尼（Justinian，公元 482—165），东罗马帝国皇帝。

统，直至第一次世界大战。

委员会向索尼娅·图尔克转过身去，冲她挤挤眼睛。之后他们考核我的染色知识，请我计算材料消耗，最最多余的是让我解释耙子编织。我的操作如此娴熟，委员会几乎是想要道歉似的冲我摆摆手，然后从椅子上站了起来。他们走到一面墙前，墙上的平纹亚麻布背后挂着我的蓝白色婚庆毯，它是要作为满师作品接受评比的。拉开平纹亚麻布的不是我，而是索尼娅·图尔克。我们的毯子无一例外都有故事可讲，一开始我对委员会只是站在那里边看边听并不感到奇怪，不过，当评判鉴赏拖得比通常时间长，而且我的考官们一直保持着一个姿势时，我感到不安起来，那姿势可以意味着一切，意味着对成功或失败之作的茫然和困惑。

我也毫不犹豫地告诉了埃迪特，告诉她委员会如何让我出去，他们显然是要讨论。我坐在花园的长椅上，越过勒克瑙河的河口眺望，微光闪烁的灌木丛和植物的芳香将我迷住了，索尼娅·图尔克曾经告诫过我要小心它们。我感觉，一种舒适的、迷人的淡然感占据了我。无论结果如何，我都会同意，我会平静地聆听，而不是自怨自艾。

然后他们从窗口给了我一个信号，我不紧不慢地走进屋去。委员会已经恢复了威严，从他们的脸上完全看不出任何表情。在一番我一个词儿都没记住的简短致词之后，是的，那些词语直接滴滴答答地落进我的心里碎掉了，好吧，在简短的致辞之后，他们将已经签署完毕的满师证递给我，向我表示祝贺。有人在身后捋我的头发，是索尼娅·图尔克。我想拥抱她，但没有成功，因为她截住了我伸出的胳膊，将我拉到蓝白色婚庆毯前面。她指着我的名字缩写 Z. R.。她说："嗳！只有那些有此必要的人，才会这样使用缩写的签名。对你来说没有必要，你不必担心人家会重新认出你来。"

在写给埃迪特的信件里我也提到，我的满师证书是用镀金的字母出具的，我将它框在一只樱桃木的框子里，挂在了我们屋子门厅里，挂在与眼睛等高的位置……

失望？你是认为，既然写这种详细的信件，现实中的相遇必定会令人失望吗？我觉得不一定，不是每回都是这样……

但我已经看出你在预言什么，你在预料什么。因此，如果我告诉你，在我考完试的四天之后，埃迪特在没有任何提前通知的情况下，就真的出现在了勒克瑙时，你大概不会感到吃惊。她拎着纸板箱突然站在门厅里，就着最后的光亮阅读我的满师证书。埃迪特的脸红扑扑、汗淋淋的，脖子上戴了一根琥珀项链，项链的造型古怪，里面镶着十七只昆虫，特别珍贵。她戴着耳环，是打磨成水滴的琥珀，从中可以认出被永远困在里面的昆虫。

默默地拥抱过之后她打开纸箱，取出一只木制灯架，一盏十字形吊灯，彩色木条上插着灯泡；铁丝呈螺旋状从灯枝上挂下来，上面画着摇曳、花哨的鸟儿，它们似乎张嘴欲咬菱形的小金属片；金属片不停地旋转，反射着灯光，熠熠生辉。"送给你师傅的。"她说，然后弯腰打开一张旧报纸，从中取出一缕她的头发，"喏，这是早就准备好的礼物，就这些了。"她拿起纸箱，好像来访到此结束了，但我看得出来，我的快乐是多么让她开心，平静却持久的开心。

我先喊来欧根·劳伦茨，然后喊来我母亲。两人都啧啧称奇地抚摸灯具，两人都想要马上将它挂在客厅里。我们一起爬上去，在很少使用的餐桌上方为这盏灯找到了一个位置。埃迪特留下来吃饭，我们点上蜡烛，菱形的小金属片不停地旋转，不光是可可，就连潮湿的奶酪都开始闪烁起来……

我的母亲？我的母亲对埃迪特说了什么？她没有多说什么，她礼貌地吃着食物，只是坐着的时候，她不必让人人都看到她穿着黑色的运动裤。

可我想给你说什么来着？对，康尼。我们一吃完饭就动身了，据说康尼在等她。我拎起纸板箱，我们手牵着手穿过勒克瑙河畔的园林，一群六月的金龟子尾随在我们身后。夜色明媚，夜钓者的小船在湖面晃荡，划船俱乐部的船坞里一直在循环播放着同一张唱片，人们在灯下单调地哼唱着博登湖①的《金钢金格尔》②。

我们想和对方说的纯粹都是重复的事情，那些事已经在我们的信件里被更加深入详细地谈论过了。如果康尼真的在焦急地等着埃迪特，那我们就必须穿过沿河的障碍，直接走大木桥过去。但上坡的时候我们没有停下来，我们朝着半岛的方向溜达，我们似乎在沉默中达成了一致的目标。芦苇里嘎吱嘎吱，窸窸窣窣，虽然没有风，里面还是在沙沙响。远方传来鸟儿的鸣唱，一群摇摇摆摆的六月金龟子，它们钻进我们的领子，飞到头发里。我们站在波斯尼亚人指挥官冯·君特的纪念碑下，常春藤顺着底座向上攀缘。一碰铁条，铁锈就纷纷地掉落下来。

我是否还记得？是的，我记得。我从栅栏的上方爬过去，叩击，直到找到那块可以取出的板。常春藤紧紧地缠在板上，我不得不扯开它们。我把双臂前伸，人洞口挤进去。发霉的气味儿扑面而来。我轻轻支撑着身体，倾听着，摸索着。当埃迪特询问她要不要进来时，我

---

① 博登湖（Bodensee），又名康斯坦茨湖，位于德国、瑞士和奥地利三国交界处，是德语区最大的淡水湖。

② 《金钢金格尔》（Ging-gɛng-gingili），应该是当时广泛流传的一首童谣。

说:"好,来吧。"我抓住她的上臂,将她拖过来,紧贴在我的身边。

不,康尼贮存的食物不见了,但他的床还在,或者说是他床铺的剩余部分,我一拍它就咯吱、沙沙地响,稍微动一动就有东西脱落。埃迪特要我拿板挡住洞口,纸板箱不得不被留在外面。里面一片漆黑,我们先是默默地相对而坐,端坐着不动,听着对方的呼吸,很长的时间我俩都不敢伸出手来。在我们头顶上很高的地方,显然是在青铜的波斯尼亚指挥官的胸腔里,六月金龟子们嘤嘤嗡嗡,它们是从眼睛处的孔洞飞进来的。它们愤怒地乱飞,制造的动静让人觉得仿佛是青铜在轻轻作响。我抬头仰望,我相信我看到了红棕色的小甲壳在发亮,那是它们亮晶晶的翅膀,但这恐怕是一种假相。然后,就像约定好了似的,我们的手在黑暗中相遇了。我们转移到康尼的床上,伸展四肢,是的,没用多久我们就习惯了窸窣声和咯吱声。

我俩都睡着了,但是其间醒来过很多次。好吧,当我再次醒来时,我小心翼翼地从地面爬起来,光着脚钻进青铜的躯体里,用力撑住,穿过腹部和胸部往上爬。我被吓了一跳,透过波斯尼亚指挥官的眼睛,一道细细的光线洒进来。我把脸贴紧在眼缝后面,只见勒克瑙湖的湖面晨雾弥漫,宛若漂浮着的岛屿。在小格拉耶沃后面,太阳正在冉冉升起,监狱的窗户耀眼地反射着阳光,河口的两个男人正在收起钓线,上面挂着鳗鱼。

我慌忙爬下去,取下活动板,让晨光照进底座。埃迪特发火了,她表示抗议,于是我马上又将板挡在了洞前。她坚持摸黑穿衣服,不仅如此,她还请求我在她穿运动裤和红白相间的裙子时,要"看向另一边"。后来,当我们涉水走进湖里洗漱时,她要求我"扭过头去"。不可避免的后果就是,她在湖中发出的拍打声和呼哧声,只让她留给我一个粗鲁的形象。当时我还不知道，埃迪特总是这么洗漱，她会发出吐泡泡一样的声音，咕嘟咕嘟的。最后她往嘴里灌进一大口湖水，然后把水成抛物线吐出去。由于那是她的要求，因此我们互相回避着彼此的目光，但这不妨碍我们手拉着手往回走。此时，我们那位眼窝空洞、身形高大的朋友已经矗立在淡红色的朝阳里了。这回我们从木桥上走过去，我们瞄准目标，试图跳到漂浮的板条和树段上，我们的动作轻巧灵活。

康尼住在制陶区的尽头，在湖畔一座低矮的小屋里，小屋属于他曾经的老师魏因克奈希特。埃迪特不敢这么早就大喊着把他叫出来，因此我推开虚掩着的窗户，咂着舌头，打响指，直到睡梦中咬着一个枕头角的康尼终于醒过来。他诧异地盯着我们，惊讶，难以置信。我们的快乐令他感到不开心，我们在这个时间一道出现在他这里，自然会引起他的怀疑。"进来吧，声音轻点。"他给我们打开屋门，我们溜进他的房间，帮他整理床铺，然后紧挨着坐在一起，看着他刮胡子。他边刮边吸烟，灵活地将香烟从一个嘴角移到另一个嘴角。我注意到，他在从镜子里观察我们。

"齐格蒙特，"他说道，"早饭前可别讲什么新闻。"他扔给我最新一期的《勒克瑙报》，报上提到我通过了满师考试。他轻步走进厨房，将水壶放上炉子，为我们准备早餐。我们在他的房间里东张西望，默默地把彼此的注意力引向那些简陋的家具，我们注意到衣橱里一丝不苟的秩序，注意到他钉在写字台旁边墙上的亨利希·曼①的

① 亨利希·曼（Heinrich Mann，1871—1950），20世纪上半叶德国最杰出的批判现实主义作家之一，著名作家、诺贝尔奖获得者托马斯·曼的哥哥，主要作品有《亨利四世》《臣仆》和《垃圾教授》等。

照片。他的写字台上摆着那只玻璃盒子，那是我送他的生日礼物。罕见的马祖里植物，石松、杜香、茅膏菜，它们被压扁了，粘贴在玫瑰红色的纸上。写字台后面的墙上挂着友谊之毯……

总之，我们一起吃了早餐。他饶有兴致地坐在我们中间，他根本不需要特别留意就能感觉出来，我和埃迪特之间的关系发生了一些变化。我忽然听到自己在问："你怎么想，康尼，我和埃迪特，要是我俩结婚的话？"我好像立即又觉得这问题问得过于谨慎了，于是补充道："毕竟，我们是多么合适啊。"埃迪特一点都不吃惊，她只是耸耸肩，两只手紧抱着她的咖啡杯。我们一起凝视着康尼，这回他没像平时一样熄掉他的香烟，没像往常一样简单地擦拭掉烟头的一小块余烬。他几乎是无情地摁着烟蒂，一直摁住，用力摁，直到纸张裂开。他站起身，走向他的写字台，然后拉开一只抽屉，把手伸进去，拿出一坨闪着光、乱糟糟的东西放在我们面前。那是浇铸的铅，来自去年的除夕，外形是一只破损的船体，从船上伸出三根桅杆，以不同的程度扭曲着。是的，他将它放在我们面前，然后转身消失在厨房里。紧接着我们就听到他在厨房里低声说话。当他返回时，你知道当他返回来的时候，他做了什么吗？他将我们从椅子上拉起，轻轻地一用力，让我们彼此脸贴着脸，同时他自己也越凑越近。我们站在一起，他亲吻了我们，然后说："我好开心，我从未这样开心过……"

你是指铅块吗？那块铸铅？那是他去年除夕夜的时候浇铸的，他将它拿给我们看，是想证明他曾经期望过现在已经发生的事情。

然后魏因克奈希特夫妇来敲门，他们端进来一盘盘烘制的糕饼，有可可饼干、蜜饼干和一种饮料，他们称之为他们的特产，那是用茶稀释的白酒，魏因克奈希特老师对我们说了一通祝酒词，主动提出要为我们免费印制最漂亮的婚礼公告。埃迪特在决定事情的顺序时多么冷静和自信啊，真是让我吃惊，她也当场确定了证婚人——索尼娅和康尼。不管怎样，当我们的东道主外出去上班的时候，一切已经全都计划好了。

虽然你已经了解了，从照片或是道听途说，但我现在还是必须给你讲讲那些准备工作，在我们这儿它几乎与婚礼本身同等重要。而最为重要的是婚礼的最终确认，为此我们需要一棵甘蓝叶球。于是我去勒克瑙集市上买了一棵甘蓝叶球，拿给一匹马啃了几下，然后委托欧根·劳伦茨去找埃迪特，将甘蓝叶球转交她，转交时他得说："对不起，在我们的花园里，有人啃食了这棵甘蓝叶球。我顺着留下的痕迹，找到了这里。"不出意料，埃迪特默默地、怯生生地接受了甘蓝叶球。是的，这就是婚礼最终的确认环节。

接着就必须派人去邀请人们来参加我们的婚礼了，是的，就是那个跑腿的，我们争取到了西蒙·加科接受这个任务。我们用腰带、丝带和假花打扮他，给他那张透着波斯尼亚人悲伤的脸涂上粉，在他的礼服衣领上别上一束迷迭香，然后将装着邀请函的皮包递给他。他先发出口头邀请，然后才会递交信件。按照风俗，口头邀请要用诗句来说：梨，凤香花，百里香/生长在齐格蒙特的花园/埃迪特又甜又酸/他迫不及待想要品尝，诸如此类的内容。

欧根·劳伦茨用钉子将绿树枝钉在门柱上，把细沙撒在门厅里，往沙子上喷水。他收起他能找到的全部的鞋，把它们扔进一只袋子，再将袋子拿去秘窖地窖保存。还有帽子，屋子里的软硬帽子，他都抱到一起，将所有帽子翻过来，挂在一只多臂的衣架上，衣架是他自己打造的……

对不起，马丁，可我没有听懂……好吧，你是说鞋，为什么鞋要被藏起来，而帽子要被翻过来展览。纯属迷信，我们这里的人相信，不管在哪里踢到鞋子，都会导致分手。相反，帽子是白头偕老的象征。

可我必须给你讲讲那个日子，讲讲结婚的当日。那天我黎明前就醒来了，我立即遵守母亲的建议，把面包泡进烧酒里。这是给马准备的，今天马儿不能像往常那样安稳地走在马车前面，轻微的酒香是为了让它们"冒火"，而它们被人为激发的反叛情绪会给我机会，让我能在人前展示我对马匹的驯服技艺。我在篱笆旁等候租来的马车，一位残疾人将它交给我，那是一名傲慢的马夫，他讲起话来从来都是含沙射影。在他进屋去用免费早餐之后，我走到两匹栗色的母马面前，我拍拍它们，轻抚它们，然后摊开掌心，拿浸过酒的面包喂它们。它们低下头，津津有味地大嚼起来。这两匹眼珠骨碌碌转的栗色马儿好像很喜欢这东西，一个劲地互相嗅着对方，还张口来啃咬我，险些撕破我的上衣口袋。为了小心起见，我打了两个结，将缰绳紧紧绑在篱笆桩子上。

我独自出发，带着行李——蓝白色的婚庆毯。我吃了两顿早餐，这为我补充了体力。欧根·劳伦茨鼓励地与我告了别，我又遭到了母亲的厉声斥责，我也不知道这是多少回了。我去接索尼娅·图尔克，我的证婚人。栗色母马小步快跑，只有一回，走过石桥之后，它们奔驰起来，但我很轻松地就迫使它们恢复了原先的步姿。索尼娅·图尔克穿着橘黄色上衣和闪亮的丝绒裙，她从木椅上站起来，懒散地伸着手，轻盈地走向马车，这时马儿昂起头，脚刨地，用力拖扯篱笆。我扶她跨上座位，她笑吟吟地将一小袋晒干的植物塞进我的口袋里，在下巴下系紧帽绳，她说："只要戴上圆顶宽边的毡帽，你就什么事都不会发生，快出发啰。"

这座城市里正在发生什么事，勒克瑙城里即将发生什么事，太多的男人涌进市中心，穿黑色制服的队伍，领章上有神秘的符号，散发着一种难以捉摸的能量。我们在宽广的入城大道上超过了他们，为了彻底甩掉他们，我拐进一条交叉的巷子里，打算由火车站下行前往教堂。可我们突然落进了他们夹道欢迎的队列里，从集市到火车站，他们站成了两排。男人们肩背背包，脸上的表情深不可测，带队的人站在他们前面。马儿走得很克制，我在经过时望向那些面孔，虽然被宽檐帽遮住了，我还是惊讶地又认出了他们中的几位。是我曾经的同班同学，比如瘦小的马舒赫，大高个阿尔宾·亚库布齐克。那些一动不动的领队我也认出了几个，毕利扎，亨斯莱特，甚至有施特鲁佩克-绍斯米卡特商店的施特鲁佩克，他拔着金色腰带，皮带上别着小手枪。

领头的人中有一位显然不能接受我们的马车，或许他认为马车亵渎了庄重严肃的欢迎队伍。总之他突然张开手臂跳上车道，坚决要拦住我们，让我们改道。栗色母马立起后腿，它们高高跃起，然后开始奔跑。马车左摇右晃，我用力蹬住座位上倾斜的脚踏板，将缰绳缠在手腕上，奋力拉扯，马被拽得呼哧呼哧昂起头来，将它们黏糊糊的唾液喷向空中。包铁的车轮在柏油路上发出雷霆般的响声，我看着街道两旁的树木，年老的栗子树迎面向我们扑来；我瞥见黑色的橱窗玻璃中印着一闪而过的橘色闪电；我目睹着欢迎的队列如何散开，站成一队的领导们如何后退，站在他们身后的人如何跳到人行道上，躲到安全的位置，躲进台阶和树木的保护中。一阵狂风将人们扫向一边，我们就这样穿过车站大街飞奔，破坏了欢迎的队伍，威胁到了队伍里的男人们和街边的橱窗。当我们的马车被愤怒的命令阻拦，继而电火雷鸣般地引起恐慌时，我不由得想起我的父亲，想起他在飞溅的喷泉般的泥土间驾着马车最后一次疾驰，直到炸弹击中他的万灵药，他被自己倾尽心力钻研的各种物质簇拥着，飘在一朵绚烂的云霓里。我不愿设想我们此行会如何结束，要不是……没错，就在这时我们看到了轿车。

就这样，我忽然发现了笨重的轿车，它向我们迎面驶来，那是一辆满载的黑色轿车，车前有六盏或八盏头灯。这么一辆车你得避开它，我用尽我的余力猛拉缰绳，可马儿不理睬我的动作，酒精使它们一反常态，见到列队欢迎的人群被惊得四散奔逃，它们似乎变得更加兴奋。

我们已经看见灾难正向我们冲过来，我们无处遁逃，这时街边有一人向我们跑过来，一名穿黑色制服的高大男子。他纵身一跃，抓住了马笼头，马还在狂奔，他的身体被抛了起来，来回摆动，忽上忽下。但马儿没法甩掉他，甩不掉，它们愤怒地竖起耳朵，试图扬起后腿。那人靠着身体的重量，坚定地、不断地拽拉缰绳，强迫马儿低下头。它们放弃了，无可奈何地站在那里，尾巴甩来甩去，腹部被汗浸得发黑。

他是托尼·莱特科夫。这个在距离轿车不远处截停我们的人，是农场所有者托尼·莱特科夫。他的领章上有四颗星，比施特鲁佩克多一倍。施特鲁佩克的橱窗里不再展示海军小邮包了，只剩下黑色和棕色的制服。

很快，马丁，你很快就会了解到的。我的师傅闭着眼睛坐在我的身旁，一手按着心窝。我跳下车夫的高座，走向托尼·莱特科夫，他气喘吁吁地站在动物们前面，一边轻挠它们低垂的额头。他抬起目光，望着我上装衣领上的小朵花束，没等我开口道谢，他就说道："你这个新郎官，你这个驯马高手，你也不看看会发生什么事情。动物比你们这类人高贵，它们承受不了劣质的烧酒。不过我们会教会你们的。"

听完这话我还是没来得及道谢，因为在托尼·莱特科夫身后，一扇汽车门啪嗒一声开了。越过他的肩头我看到一个身穿制服的人钻下车来，那人的肩章上除了四颗星还有一根银绦。那是雷夏特，勒克瑙的总督，他正在陪伴他的最高上司，一名男子，那人直挺挺地坐在后排座位上。他紧抿嘴唇，嘴唇上方留着一抹小胡子，夹住了鼻子的眼镜遮住了他眼睛的颜色，镜片磨得发亮，这身装扮让人觉得他像是一位生性多疑的首席教师①。后来出现了很多关于他的照片，悬挂在军营、学校和办公室里，他的领章上佩戴着密集的弯曲的橡树叶。雷夏特，相比于他很高的级别，他的年轻更是让人惊讶。他与托尼·莱特科夫低声讲话，我现在还看得见他脸上紫红色的长疤。他向我走来，一只手里拿着一副兽皮手套，游戏似的用它拍打着他的马裤。"上来吧，齐格蒙特。"索尼娅·图尔克叫道，"该走了。"我抬头看看她，就在这一刻雷夏特挥动皮手套抽打起我的脸来，一下又一下，然后漫不经心地走回汽车，戳戳司机的背。轿车开动起来，穿过重新组成的欢迎队伍。

"混蛋。"索尼娅·图尔克说道，她从未这么愤怒过，"大混蛋。"

托尼·莱特科夫留出一条胡同，我们离开车站大街，慢步驶上他告诉我们的僻静的弯路，来到圣伊丽莎白教堂。它是勒克瑙最古老的教堂，风化的砖墙里嵌着瑞典的、波兰的以及鞑靼人的炮弹，均匀的弹坑，上面做着记号，被白灰浆涂抹过，它们成了承重墙的一部分。铁环，钉得很深的铁环过去是供骑马的信徒使用的。我将

---

① 首席教师（Oberlehrer），德国授给教龄长、教学成就高的小学教师的荣誉头衔。

马车的缰绳系紧在其中一只环上，从车夫高高的座位上将索尼娅·图尔克抱下来，她低声嘀咕着摸摸我火辣辣的脸，然后对着空中比画手势，好像是在施展咒语，诅咒什么东西。埃迪特和康尼站在教堂门口等我们。

进去的时候，是的，进去的时候我忘记了所有的屈辱和威胁。管风琴师，那是位中八度音的爱好者，他让我们跨过流水，跨过深色的哗哗响的流水，水面上漂着花朵。一股熟悉舒适的力量包裹住了我们，我们正沉浸在乐声中，突然一个骤降的低音让我们浑身一个激灵。纳古切夫斯基牧师站在圣坛前等我们，我觉得他就像一只友好的黑色鸟儿，正在等候一阵上升气流，好飞向天空。他允许我们在圣坛前铺开我的蓝白色婚庆毯，他帮助埃迪特走上代表中心的黑色星星。纳古切夫斯基牧师，传说他一个人在他通风的公寓里最喜欢听华尔兹，喝桶装红葡萄酒。

按计划由他替我们主持婚礼。为了告诉我和埃迪特点什么，让我们有所承担，他读起《雅各书信》里"人是靠行为称义，而不是只靠信仰"那段。他正准备向我们介绍几种义的行为，我还记得他先是努力地介绍了一位男子的形象，此人虽然没有败在敌人的面前，却败在了朋友的面前。好了，他正打开义的行为的目录，这时候，我只能这样描述，勒克瑙集市广场上响起了歌声，六百多个男人正在激情澎湃地高歌，他们唱得深情且自信："我献身于……"

纳古切夫斯基牧师吃惊地抬起头，听了听，请求关上窗户，索尼娅·图尔克闻声第一个快步从长椅之间穿过去，拿一根棍子关上了几扇窗户，虽然这样没能完全挡住男人们的歌唱，但让歌声变低了，教堂里的话语又可以听清了。

他的开头多么直截了当，多么朗朗上口，简直是金口玉言！我们了解到，煤炭商人——马祖里冬天的真正统治者，是通过什么行为来伸张正义的；面包师傅、监狱看守、医生和典当商，又是如何表现出大义的。对此，纳古切夫斯基的答案一律是宽恕："唯有宽恕，宽恕带来奉献，奉献令人生义，凡义者，必有充足的理由。"差不多是这样。

突然有个声音插了进来，一个低沉、极不耐烦的声音从十几只挂在树上的高音喇叭里嗡嗡响起，发出飘忽的回声。埃迪特偎在我身上，惊恐地望着我，浑身直哆嗦。虽然窗户关上了，但我们每个人都能听懂那低沉的声音在要求什么。那里在谈荣誉和忠诚，那里在要求宣誓，要求无条件地服从。纳古切夫斯基牧师试图盖过演讲者的声音，但他只努力尝试了一下，也只是试试而已。他放弃了，那个声音被放大了好多管，声音的主人要求后备队信任担任领导的他，跟随他，必要时心甘情愿地为他牺牲最珍贵的东西等等。

牧师走近我们，他脚穿中帮鞋，站在蓝白色婚庆毯上。"孩子们，"他带着绝望的微笑说道，"我亲爱的孩子们。"现在我闻到了他的红葡萄酒味，看见了他的衬领上面被洗得发白的红葡萄酒渍。他没有希望对方能够听懂自己的话，他嚅动嘴唇，无声地讲出那些问题，那些老套的话。听起来很奇怪，但我们听进去了他无声的讲话，我们从他的嘴唇看懂了那个几乎无法听见的词，我们不费劲儿地靠着他边讲边做的手势猜测。当外面六百多个男人重复演讲者一句一句领读的内容时，纳古切夫斯基牧师冲我们笑笑，为我们主持了婚礼。当我们往外走时，管风琴师释放了所有的音符，有一刹那管风琴的音量打败了高音喇叭……

进来，护士，进来吧，您从来不会打扰我们。您已经认识韦特先生了……太好了，您带来了第二只杯子……

精疲力尽？我讲得筋疲力尽了？相反，玛格蕾特护士。我倾诉得越多，我的心情就越舒畅，就越容易忍受。我感觉我像是在瓜分自己，是的，那些让我变成我现在模样的人，我好像在将他们加注到我身上的东西还给他们。同时，我自己又感觉到，我越来越熟悉自己了。也就是说，只有在我们回馈了别人对我们的一切贡献后，我们的特质才会清晰地显现出来……

不用，就让窗户开着好了。另外，现在我知道噪音是从哪儿来的了，这噪音，听起来像是在有规律地撕一块丝绸，那是潮湿柏油路上的汽车轮胎发出来的。

暂时不需要什么了，谢谢您，护士……

你先喝吧，马丁，喝口茶吧。

我讲到哪儿了？对，婚礼，我们无声的婚礼。然后我们坐进马车里，驾车回家。母亲和欧根·劳伦茨给我们准备了惊喜，他们在勒克瑙河上方的花园里布置了一桌婚宴。谁也不敢就座，我们的二十二名嘉宾都想先绕着宴桌转一圈，人们想要观看、惊叹、夸奖，然后做出总结，他们肯定也想偷偷做个比较。是的，我们的二十二名嘉宾，欧根·劳伦茨大大方方地向他们解释了每一道菜肴，讲解了碎肉冻和腌渍品。

我望着他们，内心骤然涌起一股平静的力量，万物都安静下来，就像我和康尼在施洛斯山上用刀尖划破我们胳膊的那天一样，在七棵松树下。恍惚，一种源自快乐的令人窒息的恍惚，你可以这么称呼它。我根本没发觉康尼不在宴桌旁，当他突然从屋子里跑出来，跑向我，然后急火火地将我拖去桤树下时，我甚至没时间感到吃惊。"魏因克奈希特老师，"他说道，"秘密警察逮捕了他。但他成功逃走了，从行驶的卡车上。"说完这个消息后，他请求我原谅他的仓促离去。

我们在拼到一起的桌子旁坐下来，没有康尼。我们吃了三个小时，品赏一道道菜肴，直到端上来一大盘发面和罂粟糕点，拎着借来的壶倒上咖啡。然后我们又坐下来，吃吃喝喝，直到晚餐。我们接过盛着烤梭子鱼和煎鳗鱼的盘子，它们是巴兰的渔夫以优惠的价格提供的。燃烧的灯笼挂在纵横交错的绳子上，仿佛纸做的月亮在晚风中晃荡。月光下，一些客人先后走到我们面前，来感谢我们为他们带来的快乐。有个人唱了一首歌，另一个朗诵了一首诗，渔务官杜迪用他的小提琴拉了《马祖里之歌》，而欧根·劳伦茨，你大概会想到的，他给我们献上了他的九十二则湖泊故事中的一则。

埃迪特，我们婚礼的这一天她一直觉得冷，尽管空气暖洋洋的，但她全身发抖。我们宣布开始跳舞，在草地里，在下面的河边上，地上倒映着灯笼的火光，可即使在跳开场舞时我都能感觉到她哆嗦得多么厉害，我能感觉到她靠在我的身上。康尼深夜时回来了，他给她披上一件棉衣，但情况并没有变化。康尼就着唱机的音乐与她连跳了几曲，可跳完以后寒冷的感觉还是丝毫不减，寒冷和不安。一回到我身边她就拉起我的手，低声说："我冷，你知道我有多冷吗？"最后我别无办法，只能送她上床，偷偷地，没有让她与客人们告别。后来，她躺在被子下面，躺在我仔细拍严实的厚被子下面，一会儿之后她将我叫过云，求我向她解释她是怎么回事，她为什么哆嗦得这么厉害。我听后无言以对，我一再地向她保证："你会幸福的，埃迪特，会幸福的……"

亲爱的，我还记得，那是在我们婚礼的第二天，我们吃着前一天剩下的食物，详细讨论着舞会，我们十个人坐在厨房里，各自把昨晚的经历又重新讲述了一遍，我们回忆并解释它们，只有经历过的人们才能懂得其中的价值。

　　门铃突然响了，康尼站起身，叹着气，因为他料想只是必须接收一束迟到的鲜花。我们没有在他的背后偷听，我们又疲倦又快活，继续边吃边聊，不顾西蒙·加科靠他的成功模仿引来的一阵阵哄笑。当康尼重新出现时，笑声戛然而止。他牙齿间发着咝咝的响声，躬着身体，手指烫伤了似的甩着一只手。他什么都没说，我们一眼就可以看出来，他有异常的事情要宣布。他轻手轻脚地走进我们中间，低声说，毕利扎来家里了，跟他一道来的是位穿黑制服的高级官员，一个很级别非常高的官员，领章上有橡树叶和星星，是梅泽尔·塔皮奥教授，他让人们称呼他旅长。我请康尼陪我去门厅那边。

　　他们站在那里，用他们的方式问候我，毕利扎和一个颧骨突出的清瘦男子，他为这番打扰表示抱歉，并向我补上祝贺。毕利扎解释说，梅泽尔·塔皮奥教授是从都城柯尼斯堡来勒克瑙的，只有一天时间，有人向他汇报了家乡博物馆的珍稀藏品，这位高级贵宾要看过马祖里的土地上为其做证的东西才肯离开。字面上他甚至说的是："土地为其讲话和做证。"想到家乡协会定期汇来的津贴，我准备做一次讲解员。

　　虽然我觉察到毕利扎不同意康尼在场，我特意要他加入我们，然后我们出发去进行一场档位稍低的导游之旅，这是一次简略的森林和草地之旅，是我为没有兴致或者累了的时候准备的。我几乎不需要解释，毕利扎一有机会就主动低声告诉他的长官各种东西的名称、词目、年代。毫无疑问，他熟悉这些，他熟练地介绍了几个馈赠证书的章节。教授没有表现出是否被感动了，他看什么东西都带着一成不变的表情，他若有所思，好像他在将它们与规定的标准和模式联系起来。但看到马祖里乐器，看到低音鼓和魔鬼琴时，他微笑起来。他淡淡地微笑着认识了"家乡的动物"、雕刻的厨房用具还有我的玩具收藏，曾经有多名参观者保证过，这是整个东南部地区最丰富最重要的玩具收藏。他夸奖了"索科尔肯盒"里的内容，对一只玻璃球刺绣大加赞赏。肩章上有两颗星的毕利扎急忙附和，他已经在替他点第三支烟了。

梅泽尔·塔皮奥边点头边参观武器室，他从墙上取下长矛的金属包头和短剑，对着灯光转了转，然后断定说："旺达尔人①武士墓的陪葬铁器，公元前的最后一个世纪。"在工具间他确定了一把木犁的年龄，然后转动一根拴杆，完全没有失手。之后教授说需要一杯白酒，喝完后他没有表现出明显的享受。他避免直视我和康尼，说话一直都朝着毕利扎的方向，是他，是毕利扎提议了此次参观，这一点我们都很肯定。提议前来参观，谁知道他指望得到什么。认真听教授说话的人一定会认为，毕利扎才是这座家乡博物馆的主管人，而不是我，因为他不会把问题留给我，所有问题他都自行回答。事实表明，他甚至已经研究过我们博物馆的未来了。

总之参观完以后，教授相信自己必须总结一下博物馆留给他的印象。他又是只朝着毕利扎做出了他的评判："不值得资助。"我们的博物馆，他觉得不值得资助。

毕利扎似乎马上就知道了这个评判意味着什么。他用一个遗憾的手势接受了，看样子在努力消化他的话。要不是康尼以他的方式追问，我们暂时不会理解这是什么意思。康尼震惊地问："是不是我们的博物馆还有里面收藏的一切，突然没有价值了？"教授听后摇摇

---

① 旺达尔人（Vandale），属日耳曼民族，于公元4—5世纪进入高卢、西班牙和北非等地，并攻占罗马。

头，说："不是没有价值，但也不值得我们所指的资助。"当康尼假装震惊地继续追问，如果想要成为他所说的值得被资助的对象，我们需要做些什么的时候，教授指出了我们藏品的"感人的随机性"，指出对待历史"缺乏倾向性"。

第二杯酒下肚后他继续说道："光是文物和文物堆在一起有什么用。事物只有经过组织才能获得意义。也就是说，当它们被用来为一个理念、为一个伟大的思想服务的时候，它们才真的有意义有价值。谁都知道我们的祖先一直在劳动和战斗，祖先们维护他们的传统，向人们证明这一点几乎是多余的。重要的是这些出土的文物要被用来证明，证明马祖里人自古以来就认为自己是德意志在东方的前哨。文物不仅要守护什么，它们还必须向人们展示某种东西，它们必须鼓动人们。"教授举了个例子："如果武器和农具适当地相互结合，就会让骁勇善战与土生土长自然而然地表现为与命运相连的条件。"毕利扎殷勤地询问，他是否可以将这一看法当成建议。他获准这么做。他给了我一个暗示，大体是说"我们以后再谈，这个话题我们还会再谈的"。他如释重负地转向他的长官，询问能否争取一下资助资格。问题获得了肯定的答复，虽然回答得不是很热情。

我们陪他们走到门厅，康尼边走边轻轻地摸马祖里服装模特儿，轻轻摸它们的脸，弹它们的胸和屁股，还有一名衣衫褴褛的蜂农，他俯身在这块土地上的第一只蜂巢上方，康尼还轻挠他的下巴，嘟哝了一句，他的嘟哝只有我能听明白，"你还是好好待在前哨吧，为了德意志传统"。在用他们的方式告别之前，毕利扎宣布他很快还会再来，为了，像他说的，赋予博物馆与"新的时代"相符的形象。这一宣布一定产生了影响，因为在穿制服的参观者离开之后，康尼突然停在我面前，说："这下你可得小心噢，齐格蒙特。"

　　厨房里，婚宴仍是交谈的素材，是众人哄堂大笑的原因。但我俩没有返回厨房，而是去了车间。康尼关上门，递给我一支方头雪茄，牌子叫"体育生"。他将一只胳膊搭在我肩头，犹豫很久后才决定开口。他警告我，他头一回特意地警告我，"不要向那些"，这是他的原话，"东部地区骑士开放博物馆，那些自称前哨的人，他们的观念让他们认为一切都是斗争，斗争中存在表现的机会'。康尼相信他知道毕利扎及其追随者会将我们的博物馆变成一座英雄主义的展示棚，是的，一枚观念印章，用来讴歌坚贞，讴歌善战和必不可少的骄傲。他从口袋里掏出一本小册子，三三年①的《勒克瑙家乡年鉴》，他指给我看复印的照片：欢笑的犁田人，欢笑的渔民和失业救济工程②工人。工作已经成为一种宗教，人们高高兴兴地去工作，耳畔回响着号角声，这是为了赢得一场战斗。《家乡年鉴》真的报告了一场盛大的"劳动大会战"，它"统一地"团结了全部的力量，因此每个工作岗位都算是"前线地带"，包括松树育林区、砖厂、沙质土豆地和乌云密布的湖泊。它们大获全胜，在远古时代研究的前线也胜利了，它挖掉数千年的山丘，在每一座小山丘下重新发现被掩埋的德意志民族的证明、德意志特性的证明。

　　康尼给我朗读一些宣言中的句子，这些句子揭示了新时代的领主们的意图，他们要根据《家乡年鉴》勇敢地加入猛攻，猛攻东部，猛攻世界。他们坚信自己的非凡力量，保证会在可预见的期限内创造出非凡的局势。最后他们要让细胞生长，所谓的命运的细胞，要

---

① 　1933 年 1 月 30 日，希特勒被任命为德国总理。
② 　指由官方举办的以救济失业者为目的的工程，如修建道路等。

让它们结合或发芽成为一个新的民族共同体①。康尼预言，他们有一天会发现我是有用的盟友，是鼓动者和开拓者。他提醒我注意，勒克瑙家乡协会如何沉湎于新的精神，制定新的目标。他的警告无论如何都是有道理的。

可是，亲爱的，我们还是不谈这个吧。我必须给你讲讲，我们很快就结束了用餐，因为埃迪特又在抱怨"越来越冷"，抱怨没有知觉。灯还没亮，我就送她去楼上的卧室，在那儿，即使是躺在冬天的厚被子下，穿着齐脚踝的麻布衫躺在沉重的羽绒山下，她还是没有停止身体的哆嗦，牙齿一直在打战。她感到难堪，无比苦恼，她不知所措地请求我原谅。最后我求助于索尼娅·图尔克，她满含责备，好像我自己早就该想到了一样，她建议我为埃迪特盖上蓝白色的婚礼织毯。我拿毯子围在她的肩头，什么呀，我是将她包裹在里面，扎在里面，将她变成埃及女王，一副发号施令般生硬的模样。她的双臂被紧紧绑在里面，我喂她索尼娅·图尔克做的一种泡菜，之后我坐在她身边，静候预言的会出现的效果。

是的，她突然问我："会怎么样啊，齐格蒙特，到底会怎么样？"她的严肃让我惊愕，我只想出了一个敷衍的回答："我想，我们会幸福的。"她沉思着坐在那里，她不满意我的回答。埃迪特给我的印象是，她好像感觉到自己注定了会怎样似的，那是一种感觉，一种态度，或者说她感觉到自己注定了从那时起要接受我的什么，具体我也说不清楚。只为了得到肯定的答复，她在寻找一根可以缘着它活

---

① 民族共同体（Volksgemeinschaft），这是纳粹德国民族主义意识的一个概念，是纳粹宣传中的关键概念之一，旨在创建德国的民族认同感，促进社会各阶层平等，消灭精英主义和阶层分化。

下去的线，大概就是这样吧。片刻之后她急切地说："讲啊，快给我讲讲，会怎么样。"

她不让步，她让我设想夏日的画面，设想朴素的家庭生活被打断的场景。我自信地向着我们的未来看去，向她介绍她需要什么，可她什么都想准确地知道："告诉我，我们将如何生活。"我将花盆挂去窗外，让窗帘飘起来，我用按照她的意愿编织的毯子铺设了客厅。她还是不满意。我让天气变成冬天，将劈好的木柴堆在门外，替我和埃迪特穿上滑冰鞋。在冬季淡灰色的空气中，我们脚踩唱着歌的冰刀掠过勒克瑙湖、泽尔门特湖和苏诺沃湖湖面，冰钓者的喊声传来，严寒使得冰封的湖面咯咯响。

"可在这屋子里，"她说，"我们在这屋子里会怎么生活呢？给我讲讲，齐格蒙特。"我别无办法，我必须向她虚构一整天的活动，从醒来到上床睡觉。这一天以持续的快乐为主，快乐的高潮是下班后的数个小时，那时我们坐在那里，为彼此的缺席辩解，我告诉她编织间发生的事，她告诉我有关吉卜赛人的事，她因为害怕送了他们一块新鲜的面包。"可是为什么？"她问，"你讲讲我为什么要送他们新鲜面包。"而我非常肯定地回答："因为你不想给他们看你的手相，你想摆脱他们。"

我一停下她就恳求："继续，你得继续往下讲，再讲讲孩子们。""好，"我说道，"那就先讲小保罗吧。我让小保罗在河边的花园里成长，打着赤脚，棕色的皮肤，眼睛炯炯有神，他是一个小侦察员，是个足迹追踪者。他熟悉每一声鸟鸣，能从每一个足迹看出年龄。我让他熬过那些不可避免会染上的疾病存活下来，让他成为一位寡言少语，但人人夸奖的学生。"埃迪特呼吸急促地听着我的设想，明显同意我虚构的名字和命运。只在我想自己教育保罗、想将他培养成织毯工时，她提出了顾虑，她说："你可能是指制陶工吧，保罗可是说好要做陶器的。"

我脑海里嗡嗡响，嘤嘤声和啁啾声交织，我感觉自己站在一根电线杆下面，甚至感觉自己就是那些被风吹日晒的杆子之一，电线低语着从它上面穿过。远方的声音，我要将它传递到另一个远方。埃迪特不让我再讲下去，可是，在我让保罗进入成年之前，她自己惊讶地发现，寒冷的感觉减轻了，颤抖结束了……

对不起，马丁，今天就讲这么多吧。我感觉大脑里的压力好大，也感觉到了失眠带来的后果。我们就讲到这里吧，好吗？另外，现在又有一个回忆浮上来了，我可还没法轻易对付它。你知道的，对有些回忆你得敏感……

不，不，等你再来时，我会好转的，只会变得更好……

第九章

怎么了？你的眼睛瞪那么大。撑起你的雨伞，放到洗涤盆里去吧，放在那儿晾晾。是的，我想到过，如果你见到我这样，拿着书写工具坐在床上，你会瞪大眼睛的。可我觉得，该开始做记录了。你知道索尼娅·图尔克的《马祖里织毯艺术大纲》，我曾经能够熟背的，几乎能熟背。你会看到的，我的记忆还是可靠的。第一章，《颜色的诞生》，快完成了，连同我的师傅所犯的许多特定的错误。"黄色和蓝色结婚/将女人在家中拴紧/绿草地和绿森林/幸福和牛奶即将莅临……"

晚点吧，等晚点只剩下我一个人时，我再继续写。你再说一遍，马丁……昏暗？远古时代的迷信？我不能这么叫它。不过，从远古时代的黑暗一直影响到我们现代的东西，那是古老的索多维亚人的众神崇拜，是一种对英雄的默默景仰，是穿褐色和黑色制服的东部地区骑兵绝对压制不了的东西，它们是被庇护、被有计划地接纳了。我必须给你讲讲克鲁皮施肯[1]祭祀石旁的庆典，一场古老的感恩节。但你同时必须了解康尼的旅行，原因你很快就能看出来，康尼的卡

---

① 克鲁皮施肯（Krupischken），原属东普鲁士，现位于俄国的加里宁格勒，现名乌里扬诺夫。

皮切之旅，前往著名的卡皮切马市，是《勒克瑙报》编辑部派他去的。

祭祀石，你就设想一块风化的花岗岩石桌吧，长宽分别为84和23，沉重，不平整，中间被七堆火熏黑了，高居一面斜坡上方的一块齐膝高的石板，斜坡下临马劳尼小河，十三棵橡树沙沙响，构成一个半弧形。我们在黄昏时分攀爬去那里，在黄昏时分，三十甚至三十五个男人，那是家乡协会的全体成员，还有几位志同道合的客人，他们全都是毕利扎邀请来的，毕利扎身穿黑色的党卫队制服。

很多男人都穿着制服，褐色或黑色的。既不属于党卫队又不属冲锋队的人，至少也会穿一身蓝色衣服，一件库尔乔①最喜欢的颜色的衣服，他是乐善好施的索多维亚人的神灵，他让蜂农得到蜂蜜，让渔夫得到白鲑和胡瓜鱼，把可疑的猎物交给猎人。我们兴高采烈，我们过节似的走到树下，走到被时间和闪电毁坏，但依然绿油油的橡树下，经过时我们将带来的祭品放在大理石桌上，一小袋谷子、一杯蜂蜜、一条银色大头鲻，还有一只兔脚。虽然没有风，橡树树冠里的树叶还是在瑟瑟发抖，你可以相信那里有什么东西正在苏醒，它们正在醒过来，在沉睡了几个世纪之后，我们马祖里的过去从僵化中苏醒过来，要教导这些聚集在一起的男人，这些成年男人，他们全都结婚了，在各自从事的职业中都有着丰富的经验。

现在让我们离开那些在当地流行的祈祷仪式，随康尼越过边境去看看波兰吧，去卡皮切。他们在松软的草地上开设了马市，一座很有吸引力的集市，立陶宛人、吉卜赛人，有时甚至会有比利时人和荷兰人来这里赶集。农民、军人和大矿山的使者都来了，他们成

---

① 库尔乔（Curcho），古代普鲁士神话中的食物神。

批地购买那些体型矮小、毛发蓬松的马儿，它们是坚韧的役马，适合在地下拖拉敞篷货车这样命中注定的使命。驯养者和骑士们都来了，他们十分注重马匹的谱系。来了无数马主人，除了牵来他们的老马，他们还带来了自家最年长的、未婚的女儿。出于同样的原因，两者都被梳洗打扮得花枝招展。康尼悠闲地从帐篷和售货棚旁走过，听集市的领导向他汇报，今年比往年少，今年集市上只有三千八百匹马。然后他继续走去拳击棚和展示场，在那儿，穿宽大的短款上衣的男人们正在开着玩笑，他们把帽子罩在额头上，检查着马的牙齿和它们走路时的步态，对首次报价几乎总是用这句话回应："哎呀，你这个讨厌的小猫，不行。"讥讽的笑声和故意的咒骂将人们引去展示场，两个男人正在那里买马，显然也是在表演。他们已经有观众了，在掌声和大笑声的鼓励下，他们的交易时间越拖越长。买主嘟嘟囔囔，一次次地数着马的肋骨，他绕着那匹善良的特雷克纳马①转圈儿，指出他凭想象出的各种属于这匹马的缺陷，嘲笑污辱它。卖家坐在一根大方木料上，把玩着鞭子，听任对方粗话连篇，从马贩子到怪物，而他自己又使用罕见的波兰语骂人话。康尼兴奋地一一记下，他感到兴奋，同时对卖主本人越来越感兴趣，他让康尼当场想到了勒克瑙的一位名人。

当康尼为文章搜集素材的时候，我们又可以回到沙沙响的橡树下去了，去家乡协会的成员们身边，他们虽然没有即刻沉醉其中，但都虔诚地凝视着克鲁皮施肯美丽的晚霞，它使西方一片绯红，霞光的映照下，天边的黑色与金色连成了一片。即使你不相信，不相信这种共同的倾听就足以让人有所感悟、有所预见，它让你看见某

---

① 特雷克纳马（Trakehner），又名东普鲁士马，属温血马。

个运动，某条隐藏的河流。一阵战栗掠过我们全身，就像一种令人愉快的颤抖，你准备好聆听一场宣判。

然后毕利扎走到我们前面，分队长毕利扎。他从高得过分的翻边袖子里摸出一张纸条，再次匆匆确认了一下内容，他的目光越过我们的头顶或穿过我们的身体，一直望向比亚韦斯托克①或斯摩棱斯克②。他背诵了一首诗，诗名可能叫作《德意志信仰》，诗里的恫吓与诗里的呼吁一样多。然后我们唱歌。接着一名已婚的男人走向祭祀石，他拉出一小袋木炭，将木炭堆成环形，围住祭品。他哆嗦着双手将酒精洒倒在木炭上，后在毕利扎的示意下点燃了炭堆。火舌蹿起来，火焰背后的祭品活了过来，蠕动着、爆裂着，有东西流了出来，它们给火苗染上色彩。库尔乔心情愉快，这位旧普鲁士的施主接受了勒克瑙家乡协会献给他的祭祀。正如我所说的，这里的男人们都拥有着丰富的职业经验，他们决定要在前基督时代和当下之间搭建一座桥梁。我们俯视着羔羊，我们被允许近距离观察献给骑士团骑士的祭祀羔羊，我们可以看着祭品缓缓地颤动，被火焰吞没，在大火中熔化，没有人敢发出声音。

现在你再想想展示场旁的康尼吧，快活的喧闹令他兴奋，买家和卖家的双人对骂深深地吸引了他，直到卖方声称，由他来支付"玛格蕾特"的费用，免费畅饮，对骂才得以结束。是啊，没有它我们这儿的生意就不会成功。买方和卖方在掌声中握手成交，新主人拍拍特雷克纳马，推推它，从马鬃里扯出一枚封铅，关税封铅，然后他将那动物牵出展示场，他想把马儿从那些还在排队等候表演的

---

① 比亚韦斯托克（Bialystok），波兰东北部最大城市，波德拉谢省首府。

② 斯摩棱斯克（Smolensk），俄罗斯古城，位于第聂伯河河畔，斯摩棱斯克州首府。

人和马身旁带出去。特雷克纳马忽然胆怯起来，它生气地嘶叫，张口咬向一匹灰斑白马。它冲过去，扬起后蹄就踢，棚子最下面的柱子被踢碎了，碎片从支架里飞了出去。康尼永远不会知道，踢中他大腿的是灰斑白马的蹄子还是特雷克纳马的蹄子，虽然不是从最短距离全力踢过来，但力道仍然大得让他摔倒在地，他的身子接连翻滚，在地上躺了好一会儿。卖家将他扶起来，是一名头发灰白的敦实男子，他像是想承担责任似的将康尼领向一辆大篷车，它不像停在草地一角的吉卜赛人的车子那样歪歪扭扭，它非常宽敞。

那是一张自制床，那人将康尼按在床上，检查他的大腿。他坚硬的褐色手指有规则地按进肉里，按得皮肉慢慢变色。康尼的目光越过他的颈背望向一块搁板，搁板上有张照片，镶在椭圆形的相框里。做冷却冰敷时康尼向他打听照片上的少年是谁，老人热心地回答说，那是他的哥哥，他哥哥总是顺着溪流、小河、各种水流往下走。有一天他消失了，消失在飞溅的水珠里，在一面闪耀的水幕后面，估计他是随着溪水与河流被冲去了北方。康尼相信他必须告诉恩人，他让自己想起一个名叫毕利扎的熟人。利沃尼亚马贩听说后向上一提绷带的活结，愕然抬起头来，强调说，他随父姓，名叫安德烈·毕利扎。

石桌上受热的祭品熔化，化作好几种颜色的冒着泡泡的物质，它们流到一起，一道献给库尔乔神，他欣然地接受了闪闪发光的神餐。请你别问此刻每个人心里都在想什么。男人们耐心地望着火焰，他们大多安静地站在那里，双手轻轻地握拳。然后毕利扎将我们叫去橡树下。天黑了，他断断续续地，带着冷酷的激情谈起他嗅到的危险，他讲得生动，疲惫的人们都听懂了他在说什么。

他带来了海啸和从东方涌来的大潮，一座由尸体组成的咆哮的冰海，它在汹涌地撞击我们的边境，他已经听到了远方雷鸣般的海浪声，天空中有暴风雨即将到来。他号召我们聚集我们手中的力量，好由此组成唯一的、具有防御和庇护作用的德意志防线等等。我们人人都应该是一座堡垒，一座小小的边境防御工事，就像我们马祖里的先驱，像索多维亚人曾经那样。毕利扎要求我们在任何情况下都要成为守卫者，成为边境的保护者，即使涉身洪水也不能退缩。他直截了当地讲到"民族的春天"，讲到"祖先恢复生命的源泉"。他用他的语言向我们预言，"善良的德意志之剑"会铲除一切腐朽和病态的东西。之后是一首歌，歌唱时我们手拉着手，短暂地缅怀英雄们。我不由自主地走到曾慈祥地爱护我的老瓦多尔身边。最后我们用十几只火轮来庆祝这个夜晚，我们将燃烧的轮胎推下斜坡。那是些用坏的、用树枝或浸过酒精的破布包裹着的车轮，我们点燃它们，推动它们，让那些燃烧的圆盘拖着一条狂野的撕裂的火带冲下斜坡。车轮在河边的斜坡上弹跳起来，跳进马劳尼小河，河水咝咝作响，留下一根烟柱。

好了，现在在乐于助人的利沃尼亚马贩的搀扶下，康尼能够在大篷车之间狭窄的过道里尝试着走走了。事实表明，如果他往被踢中的腿上施以正常的压力，疼痛感只会适度增加。老人多次打听过同姓的勒克瑙公民，可他得到的都只是不确定的答复，虽然康尼表现得越来越肯定，但他还是害怕接受两位毕利扎之间存在联系的事实。

不喝咖啡马贩子便不肯放他走。站在黑衣圣母的画像下面，康尼得知了多年前有一位安德烈·毕利扎，他曾经是沼泽地附近的纳雷夫河地区最成功的马贩，他是一名从利沃尼亚流落到这里的男子，周围的人称他骑兵上尉，他喜欢将军事风俗引进他的家庭里。

　　骑兵上尉最小的两个儿子一个八岁，一个九岁。有一天，上尉派他俩去鲁达小城，去那里向一位债务人收取一匹马的最后一笔尾款，十个金兹罗提①。两名少年骑在一匹马上，大的那个负责指挥马匹。他们蹚过七条河中的浅滩来到鲁达城，向债务人收取了金币。为了确保安全，大孩子没把金币塞进口袋或包里，而是塞进了口中。回程的路上他们遇到了把树冠都折断了的暴风雨，在一个浅滩前他们发生了失误，马跌进了深水里，两个少年也被拉下了水。大孩子发出的呼救声也帮不了他们，他们手指插在马的鬃毛里，两人来到对岸，吐出吞进嘴里的水。金币不见了。大的孩子知道，如果不带着钱回家，等着他的将会是什么，于是他开始潜水寻找。在弟弟的注视下，他穿着衣服一次次潜到河底，在鹅卵石和碎石的上方寻找，他将手掏进蟹洞，检查裂缝，直到他透不过气来，不得不用尽最后的力气返回岸上。他不听劝，不愿放弃。他还想再潜一回，离湍流更近一些，寒冷和害怕令他颤抖，他放开夹紧的漂木，跃进激流中。从那一刻起安德烈·毕利扎就再也没见过他的哥哥。一个完成军事演习回来的工兵连，拿着钩子和杆子将12公里长的水面搜了个遍，都没能找到他。

　　现在再跟我一起回到传说中的那棵树下吧，那棵橡树下，来到克鲁皮施肯的祭祀石旁，上面还在燃烧。有一个小火堆，在祭祀过库尔乔神之后，我们围到火堆的四周，只等分队长毕利扎的一个信号，我们就会开始狼吞虎咽地吞吃背来的肋条肉排、腿骨和烤鱼，我们公开承认我们的贪婪，这是在遵守父系社会的风俗。我们交换食物，我们喝酒，不是用牛角或额骨碗喝蜂蜜利口酒，而是从镶珐

---

① 兹罗提（Zloty），波兰货币单位。

琅的有柄玻璃杯里畅饮蜂蜜烧酒，这反而让我们隐隐感受到来自原始时代的酣畅。我们本来在饭后必须讲述英雄故事的，以此来延续已婚男性所推崇的古代普鲁士的自由崇拜，但蜂蜜烧酒弄得我们晕乎乎的，于是我们谈起轶事来，回忆起初恋爱情，揉搓脸部来消解疲倦。

东方的天空终于开始泛白，我们等候的克鲁皮施肯的朝霞已经出现在了地平线上空。我们站起来，一起唱了一首歌问候朝霞，然后我们收拾好垃圾，愉快地踏上回家的路。途中毕利扎突然出现在我的身旁，他对自己和过去的这一夜都很满意，他为我设计了一个计划，它显然超过了梅泽尔·塔皮奥教授的设计，他想创办和布置一家边境博物馆，他称之为"大边境博物馆"，以此来证明皮萨河和皮塞克河之间的人民"不屈不挠的反抗意志"。参观者们会觉得自己是在走进父辈的岁月，他们要效仿"顽强的忍耐"的意志，奋发图强。为了给予他们帮助，许多历史的场景被重现，比如发生在阿尔布莱希特公爵和波兰国王西格斯蒙德·奥古斯特之间的漫长的边境谈判，其结果是竖立起一根三米高的、雕有各国国徽的边境立柱。

但主要还是占领土地的场面，比如殖民，比如战争冲突。他想知道我是否愿为这个伟大的计划效劳，我是否愿意给予他物质上的支持。用他自己的说法，这句话的意思就等于是将我"丰富的收藏品"并入规划好的边境博物馆。我暂时想不到有什么更好的做法，只能假装犹豫。

好了，现在再去看看拥挤的编辑室吧。在那儿，康尼正敲雷明顿打字机，他把自己对国际马市的印象作为来自卡皮切的特别报道撰写了出来，一页又一页，然后用水笔修改手稿，交给库基尔卡编辑，请他检查。库基尔卡校对的时候被打动了，既惊喜又开心，可他忽然放下手稿，将双手搁到桌面上，怀疑地摇起脑袋。在这位年老的同事阅读的时候，康尼一直在观察他，此时康尼站到他身旁，将那页纸又浏览了一遍，显然他找不出库基尔卡的怀疑从何而来。这位彬彬有礼的编辑指着其中某个段落，那一段看起来是顺便向人们透露了毕利扎的身世，裹尼只是耸了耸肩，他表示不愿理解或是无法理解，他不明白这段内容为什么会遭到质疑。

他们一起反复修改文章，不再指名道姓地提到毕利扎，而是使用隐讳的，但还是能够让人读出来的暗示。最后库基尔卡建议将手稿送交给弗里德里希·马鲁恩，让《勒克瑙报》的老板来审批。

弗里德里希·马鲁恩又一次来到柯尼斯堡。在康尼声明自己会独自为该文章担责之后，库基尔卡同意将它刊登出来，然后亲自将它送上了排字机。

你知道我对毕利扎是怎样的感觉吗？我想知道他是怎么走过来的，我得看看他是如何改变举止，并在最后几米的距离里尝试露出两种不同的微笑的。因此，在我们的会面之前，在他预先说好的来访之前，我及时地打开了窗户，我站到窗前，通过望远镜观察通向石桥的道路，观察桥面。他提前告知了我他要来访，要与我一道考察博物馆。他计划慢慢走上一圈，绘下所有的展品，把它们录入一个表格，他认为它们有资格或有证明能力，它们将在他计划建设的边境博物馆里拥有一席之地。望远镜清晰地帮我拉近了远处的物体，是的，脸和各种东西。我突然看见了埃迪特，而不是毕利扎，她的胳膊上挎着篮子，正慢腾腾地从一棵树走向下一棵树。埃迪特，她的头巾歪斜，喘着粗气。在我放下望远镜跑出去之前，我还看到一辆摩托车从她身旁疾驰而过，车子突然停下来，掉头，慢慢返回。是康尼，他带她回家。

他将她送来我们这里，对我母亲的关心点点头，还没等我了解情况，母亲就将埃迪特拉进了她的房间。我和康尼走进车间，去那里等毕利扎，他已经迟到了。我还记得，当我不耐烦地搜索大路时，康尼晃着两条腿坐在工作台上，他劝说我，他表现得冷静、坚决，怀着他一直就拥有的那种自信。哎呀，我现在还能听见他的再三警告和恳求："你别同意，齐格蒙特，不要做他的供应商。""有些东西，"他说道，"我们不能说它们是无辜的，家乡博物馆便是其中之一。它会在无意中唤醒傲慢的民族主义，更别说一座边境博物馆了。现在这不仅仅是一个扭曲的愚蠢想法，更成了一种困境，因为沙文主义在布置它、动员它。民族主义表现出傲慢和自大，它们在按照自己的需求选择顾客。"康尼逐渐愤怒起来，他的鞋后跟敲打着桌腿，他说话的句子越来越短，听起来很无助，有时又咄咄逼人，我对他拒绝边境博物馆的暴怒感到吃惊。他坦白："一座带着偏见的小教堂，借助出土的文物发布战争宣言；对传统狂热的赞同，从来不会对已经拥有的东西感到满意，总是为失去的权利感到悲哀……"我很吃惊，并认同他的说法。

我知道，马丁，这是你发自内心的判断，这是你的语言……

可我还想给你讲讲，康尼再一次恳求我，千万不要支持毕利扎的计划，更不要允许我们的收藏被边境博物馆吞并。"你们的东西还是属于私人的。"他说道，"私人财产可以指望得到宽大处理。可一旦你们的收藏品被民族主义的监护人看护，它们就会失去所有的私有性质。没错，它们会具有武器的特性，在边境上它们会成为民族主义的遗物。"

毕利扎已经迟到一个多小时了。康尼再也不能等了，他必须去出席议院的一场发布会，那是一场有奖竞猜的预告会，要通过有奖竞猜选出"德意志东部最美丽的城市"。分别时他举了一些例子，他指出按照他的想法，勒克琛要凭借什么才能够获奖："让我们的天鹅佩戴上铁十字勋章作为领土标志；让所有的窗户都飘着黑白红三色的窗帘；让全部家畜都学习德式问候；要求所有纪念碑都将目光看向东方。"

现在让他带你一块儿去看看勒克瑙议院吧，那里的小会议室里聚集了一群有趣的人，他们在听毕利扎高兴地宣布有奖竞猜的条件。他没有理睬我，他讲得热情，充满希望，胜券在握。他的眼前正在进行一场热火朝天的竞赛，众人在拉横幅，插小小的三角旗。郁金香花坛被布置在忧郁的火车站前，用树枝扎成的扫帚把露天的集市打扫得干干净净，屋门和窗棂被涂上了清漆，整个城市都像在礼拜天一样沐浴着光辉。这一切以及更多其他的东西，都清晰地表明了这里与边界另一边的人的区别。毕利扎成功地以他的信心感染了大多数人。这时康尼走进了会议室，他向演讲者打了个手势表示道歉，然后向一张空椅子走去。他都快走到椅子了，这时两个男人站了起来，他们挡住了他的路，还直接告诉他，这些房间不欢迎他，他最好立刻消失。康尼将邀请信递给他们，他们不予理睬。他们将康尼逼向门口，将他推到外面的走廊上，警告他。

毕利扎中断讲话，十分紧张地望向返回的男子，让他们感觉有必要给他一个解释。他们交头接耳地商量，然后其中一人走上前，将一期《勒克瑙报》放在讲台上，用手背敲了敲被涂画过的一段文字。毕利扎用手推开报纸，看样子他是想之后再读。可是，忽然，他在推开的瞬间发现了自己的名字。他读起来，是的，十分专注地阅读。他不顾现场还有其他人，他们盯着他，各怀心思。后来有几个人声称，他们看见他的脸变得像石灰一样苍白，嘴唇无法合拢。

有一点可以肯定，在阅读了很多遍以后，他张口想要解释，但他没能解释成功。与会者只听到几声呻吟，然后所有人都目睹了他是如何以恍惚的滑行般的动作戴上帽子的。他打了声招呼，向人们暴力赶走康尼的门口走去，这让一些人猜测，他可能是想接回康尼。

毕利扎缓缓离开市议院，他往下走向湖泊，在那里的一张休息椅上坐了一会儿，后来人们在桥上、在大坝上、在农场下方的马槽都见过他。傍晚时分他在博雷克山脉的一片森林里钻了出来，在小格拉耶沃人烧荒的地方。他不回答别人的问候，他频繁地停下脚步，像是在研究那些被扯断的纠缠的树根。他盯着林外的几棵树，看了很久，然后他爬上施洛斯山，坐在我和康尼堆砌的石墙上。暴风带走了七棵松树中的两棵，树下曾经是我和康尼的私人公墓。

做出决定之后，他趁着夜色离开了施洛斯山，又在黎明时分折返回来。他身穿制服，背上背着一袋子工具，有锯、斧、木楔。他开始干活，他计算好树木跌倒的方向，接着开始锯粗大松树中的一棵，他将楔子敲进树的切面，再锯。面对他为自己做出的惊人决定，你也可以称之为判决，他的表现很谨慎，十分克制。

无论如何，在此之前和之后都没有人像毕利扎那样谴责过自己。我经常设法想象当时的画面，他锯累了，躬着腰，打量着树身上那些龟裂的累累疤痕，松树的树冠处闪耀着若隐若现的光亮。我经常想象他在那片曙光中干活的样子，在湖泊和森林的环绕下，在远方拼凑而成的田地上。我曾经多么频繁地将他设想成我自己啊，向楔子上敲下最后一记，感觉到掠过树身的一阵战栗，然后尽可能快速地跳起，跳向树木跌落的方向，而后转身，直视着向自己砸来的树干。绿色，呼啸的风声，砸落，一片黑暗。

人们当天就发现了他。据说，在松树将他压倒，重重地压住之后，他还活了几个小时……

我不知道，马丁，但有些死亡方式，我不由自主地对它们肃然起敬，这便是其中的一种。你要是想想他是什么样的人，以及他在被禁锢时做了哪些无聊的恶作剧，你就会觉得这符合毕利扎的为人。他的讣告不是康尼写的，是亨斯莱特老师写的，他接替毕利扎担任了勒克瑙家乡协会的会长。

康尼暂时不在我们的报刊上撰稿了。要不是库基尔卡建议他改变主意的话，他本来是要去参加葬礼的。葬礼结束后他被叫去了弗里德里希·马鲁恩的办公室。报社老板给他准备了咖啡和白兰地，一个劲儿地向他致谢。之后老板十分信赖地向他道出了报刊眼下的处境，也就是处在这样一个由权威人物统治的、想要"统一文章"的时代的难处。弗里德里希·马鲁恩表示，解除与康尼的所有编辑合作并不是他的愿望，他也希望康尼能够理解，面对其他人向他提出的那些要求，他感到无能为力。由于他本人十分器重康尼，他建议康尼继续与报社保持密切的联系，提议他回到印刷车间，暂时在那里工作，他重复道："暂时。"

康尼放弃了留给他的考虑时间，他直接接受了提议。是的，他们击掌敲定，坚信这只是一个临时的措施，是专门为他考虑出来的。当他向我们公布他工作上的变动时，我们都有这样的感觉，那就是这很适合他。大概因为他自己也暗地里希望，过段时间后印刷车间里不会有人再谈起毕利扎，这个他想尽快忘记的名字。

你说什么？没有，马丁，边境博物馆的想法并未就此从世上消失，它一直存在着，过了一段时间毕利扎的接班人就将它重新捡了起来。虽然没有之前那么充满激情，却是自然而然地，有规律地，像是对待一项不可避免的任务，一份遗产。它像所有曾经被认可和被别人接受的东西一样，以顽强的生命力存活了下来，特别是在我们的边境，在这片被阴影笼罩的土地上。不过，尽管亨斯莱特继承了这个想法，在勒克瑙家乡协会的每次聚会上都将它提出来讨论，但他本人暂时没有出现在我们这里。他没有前来为我们的武器和工具绘图，为那些他认为适合拿去大边境博物馆里展览、提供"属性"的东西绘图，这是亚当叔叔曾经使用过的说法。

毕利扎的计划被搁置了，或者说是没有得到积极推动，对此我没有觉得不合适。当时我很高兴这件事情悬而不决，而我也就不必为此事做出决定，因为我们的孩子出生了。至少我感觉到了，我感觉到这个孩子的到来是如何改变了我们，我们必须获得什么，才能应付种种突如其来的变化。

我们的孩子，早在他被生下来之前，我们就确定他应该叫保罗。保罗，这个小家伙，一个瘦小子。当我头一回看见他时，他皱巴巴的，粗粗的大腿，愤怒的脸都哭紫了。我有点儿吓坏了，不由得想到别的名字，想到沃尔夫或罗伯特，甚至想到沃尔夫迪特里希。我们慢慢习惯了叫他普尔泽①，我们也这样称呼那些形状好笑的油炸糕点。普尔泽睡觉、哭闹，他用他的各种需求指挥我们，有时会对我的手势和安抚报以空洞的目光。他偶尔会不停地甩头，好像想用这个拒绝的动作让别人早早地注意到，不经过他的检查他不会接受任何东西。

埃迪特被迷住了。她在他的摇篮前一坐就是几个小时，摇篮是件博物馆的收藏品，上面绘有玫瑰和鸟儿。我一抱起保罗，埃迪特就开始发抖，然后低声地抗议。当我帮他擦拭嘴里溢出的奶水，帮

---

① 普尔泽（Purzel），小鬼，小家伙。

他清除多泡的口水时，她就开始感到不安。她在普尔泽迟钝、苍老的脸上发现了别人都没看出的变化，她将她的发现写进一本用粉红色彩带装饰的本子里。一段属于埃迪特的着迷时光就这样开始了。每当我突然走进她的卧室，她就中断口中的低语，猛地离开小保罗，疏远地望着我。我从索尼亚·图尔克的织毯间带回的新闻似乎与她无关，是的，她什么都听不进去。每当我讲话时，她常常平静地转身离去，留下我呆呆地站在原地。

你得知道，我和索尼亚，我们当时在完成我们最大的订单，我们的首个合作作品。那是一条富丽堂皇的生日毯，是托尼·莱特科夫亲自订制的，他也将亲来取，并亲自把它赠送出去。那是条特殊规格的毯子，将作为礼物赠送给柯尼斯堡所谓省党部的头目。我们要用马祖里织毯艺术的色彩和形状所能展现的价值，为他和他的客人留下深刻印象。

这份订单是有交货期限的。交给我们的符号是四只旋转的太阳轮，我和索尼亚·图尔克可以对其做必要的补充。根据无法解释的组合她决定选取山鹬、舞女和一组风格化的树木，树的后面可以瞧见一只耳朵来。我们并不兴奋，在索尼亚·图尔克接下这个订单之后，我们就再没有准点下班一说了。我们在灯光下工作，有时候我回到家里都快半夜了。

埃迪特好像并不想我，她没有因为我的缺席感到难过。每当我解释晚归的原因时，她大多是不解地凝视着我，然后又转向孩子。埃迪特坚信，保罗又认出她来了，他漫无方向的微笑是在回答她的温情。她让一只布熊、一头驴、一只彩色赛璐珞鸭子飘过他灰蓝色的眼睛，不知疲倦地试图强迫他对此做出反应。

不，不，马丁，我们绝对按期完成了我们的首个合作作品，我们自己十分满意。得到索尼娅·图尔克的消息后，他们乘坐马车从农场过来，取走了毯子，十分激动，他们被毯子深深地吸引了。我们不得不认为，我们的作品得到了他们的认可，可以前往柯尼斯堡，在生日那天赠送给所谓的省党部头目。

七天之后两名骑手越过干草地，朝屋子过来，他们不管不顾地跃过一层层彩色羊毛。那是两名穿黑制服的骑手，胸前佩戴着青铜徽章，徽章上面是橡树叶包围的骑手。我们离开织毯间，等在屋前。他们跃过矮树篱，其中的一人剪断了一根绳子，卷好的毯子掉在了沙地里。他们没有说话，不对，他们中的一位说："吉卜赛无赖，诡计多端。"就这么多，然后他们往下面的河边骑去，那是两名我们不认识的骑手。

我们将毯子抬进屋里，我们对它检查得越久，就越难分清哪些部分是索尼娅完成的，哪些是我完成的，因此我们对委托方的不满和他们将我们的作品投在沙地里以示污辱的行为更加感到奇怪。

毯子被退回的具体原因，如果还可以称之为退回的话，我们一直没有获悉相关的信息。不过后来我们听到了可靠的消息，这个消息让人可以理解对方的行为。据说，在一个快活的夜晚，所谓的省党部头目在亢奋的情绪里咬下了一位好友的一只耳朵……

你说对了，马丁。我们织毯上风格化的树群后面隐约可见的那只耳朵，它可能被解释成了对那个快活夜晚的某些影射……

反正，我们不用赔偿，我们拿回了我们的作品。我们默默地坐在它的前面，并没有不开心，只是沉思不语。我还记得，我的师傅突然将一只手搁在我肩上，说道："不是没有，小齐格蒙特，我们与这些东西不是没有关系。至于那是星星还是侧柏还是小山鹑，这些没法及早知道。所以你把这块带去给你的普尔泽吧，这个小捣蛋，好好地试试，看他慢慢地能认出什么来，他应该能看出区别。他应该学习观看和忍受他周围的东西，兴许他会渐渐意识到，离开得够远，事情也不会变简单。"

然后索尼娅·图尔克帮着我捆扎，我借来一辆两侧有栏杆的马车，将礼物运回了家里。这可是小保罗一生中收到的最大的礼物，由于那异常的尺寸，我们不得不将它挂在车间里，毯子几乎覆盖了整整一面墙。

不管你信还是不信，当埃迪特头一回抱着他缓步走过毯子时，他就对着山鹬高兴地尖叫起来，反过来他却害怕行走在一座绿色平原上的三名白衣舞女。后来我接过普尔泽，我带着他一起走过那些画面，就像他在看一部电影一样，他同样的反应让我们感到吃惊。他尖声高叫着去抓山鹬，挥舞着手，想要抱它们的脖子。而在舞女面前他藏起脸，粗声喘气，好像有块秤砣压在了他的胸口似的。有一回，当我在山鹬前面停下来，将他举近毯子时，保罗想抓它们的头，将它们塞进嘴里，他的努力越来越像一种抱怨。突然，他嚷嚷起来，喊得脸都紫了。于是埃迪特请求我，暂时别让他看见那块毯子。

埃迪特记录他的发育和成长，正如我所说的，她解释他的手势、他的微笑、他的"丰富反应"，这是她的原话。她还说，有时她感觉自己无法用语言同小保罗进行沟通，因为单词有粗俗化和夸张化的倾向，它们无法呈现埃迪特想要记录的东西。她很早就看出了他身上的特点，比我早得多，比如他的温顺、他的记忆能力，还有他的细腻敏感。埃迪特在他身上发现并给予他赞誉的那些东西，后来无一例外地统统由他自己证实了。

冬天，客厅里生了暖气，他还醉酒似的在地板上用四肢爬行，在一个无人看管的时刻他爬近泥炭板，将泥炭屑塞进嘴里，弯身去拿他在我们手里看到过的火钩。他不是抓住它的把手，而是抓着滚烫的弯曲的尖部。听到他痛苦的叫声，我和埃迪特，我俩都向他冲了过去。可是，没等她将他夺过去，我已经打在了他的手指上，打得那么重，埃迪特失神地瞪着我。然后她将孩子抱进她的卧室，反锁上了门。

是的，小保罗早早地就提出了他想要亲身体验的权利，尤其是他慢慢地让我理解到，护着他，不让他体验横亘在他人生路上的东西，他对这样的行为是多么鄙弃。

他对什么最感兴趣？别的孩子。他能够耐心地骑在我肩上，让我驮着他穿过河边的园林、绿化带或是整个半岛，对此他都不会表示出想从高处下来的愿望。可是，一旦见到一个孩子，他的安稳就结束了。他会急躁地要求，捶我的胸口，非常大胆地把身体前倾，想要被人接住，然后放到地面。他会马上走向别的孩子，抓对方脸部中央。他经常不是被推回来，而是直接被撞翻。可是，不管他们用什么样的方式在什么地方推倒他，哪怕他是跌在铺路的石块上，他都不会哭，只是不知所措地回头张望。我们的跌倒艺术家普尔泽。

在大片的沙地上，他任由别人撞翻自己，毫不反抗，乃至于当他有一天因推倒别人而感到快乐时，别的孩子都难以置信地盯着他。保罗，他经常只是温顺好奇，他学习游戏规则，但他不使用它们，他坚持，至少我是这么觉得的，他坚持自己去体验，但他不会去充分发挥它们。

当他在我们的博物馆为自己选出我也会挑选给他的物品时，我反正是表示同意的。他想触碰的不是弓箭、长矛、两手应用自如的小人，而是低音鼓、魔鬼琴和"索科尔肯盒"里迷人的用黄杨木和小节骨指制成的物品。每次欧根·劳伦茨为小保罗转动起捻杆，他就闭上眼睛，因为他声称自己听到了什么，他听到了各种声音和一支哼唱出的乐曲。当他坐在我们的动物室里时，他最喜欢的任务就是梳理"马祖里的动物"，擦亮它们的牙齿和眼睛。他给他的毯子上的生命——舞女和山鹬们，他给它们取名，那些名字他从没听我们说起过，那是他自己幻想出的名字，奥尔克、吉加或者瓦娜。

埃迪特不放弃与孩子签署一种条约，为此她好像觉得自己有必要知道能让小保罗动心的一切，就连最小的秘密她都得从他那里榨出来。她研究，询问，那种求知欲甚至都让我感到恼火，让我难堪。保罗表面上接受了，暗地里却在抗拒。你想象一下吧，为了确保他不被诱惑到河边玩耍，埃迪特将他绑紧在一根细绳子上，她将一端系在他当时穿的皮制胸背带①上，另一端系在一棵树上。是的，普尔泽被像山羊或绵羊一样拴在桩子上，他从不跨越那个由绳子确定周长的圆圈。有一回我发现他没有将绳子拖在身后，我向他跑过去，想检查绳结。于是对谁都信任的他让我看了一根弯弯的发夹，他用它解开了结，他向我展示了他的特殊技能，同时又拒绝离开埃迪特给他划定的圆圈。

明媚的夜晚我带上他去河边，我们挨着对方坐在河岸边的草丛里，静静地观察旋涡如何形成，如何流过，又如何在垂柳下方消散。他不停地想指给我看什么，紧张得发抖。当筏工们坐在小筏子上漂过时，他缩起身子，以免被人看见。我一直陪他坐着，直到芦苇里的风安静下来，那真是太惬意了。有时我们也像鸟儿一样坐得很近，在木桥下面或半岛的岛尖儿上，我们在那里观看不同河流的交汇与

①　胸背带（Brustgeschirr），本来是供狗、猫、兔子等家养动物使用的。

重叠，观看闪烁、汹涌的波涛。他骑在我的背上，他会扯我的头发，主动把我引去他想去的地方。那段时间我们在担心埃迪特，她越来越少离开她的卧室了，只会心烦意乱地轻步穿过屋子。是的，她心烦意乱，看起来很容易受到惊吓，以至于我们都不敢再主动与她说话。我们的每个请求她都殷勤、慌张、顺从地给予满足，在我面前她莫名其妙地露出害怕的表情。有什么东西伤害了她，有什么东西动摇了她。可是，不管我多么频繁地设法从她那里了解一些情况，她总是回避我或者惶恐地回味我的问题，却找不到答案。

她对待小保罗心不在焉，时常既痛苦又温柔。她能长时间地坐在一排矮树篱后面，或者站在她的窗前看他玩耍，穿着她的灰白色衣服，随时准备逃走的样子。她不停地写日记，也记录下他对声音和颜色的记忆如何令她震惊。她记录他的成长，记录他的种种行为。她时常觉得自己必须发现他的脆弱和"早熟"的证据，它们让普尔泽有别于同龄的其他孩子。埃迪特的感受丰富多样，后来这让我感到无比吃惊，但她也表明了，光有感觉还不算什么……

你说什么？这我可以证明，亲爱的，这大概是说对了，我们的感觉并不是真实的。算了，我们不谈这个。我不得不去想，大火也毁掉了小保罗留下来的照片，那张模糊的照片，是他同父异母的妹妹亨丽克请人放大，摆在专为纪念他而设的搁架上的。亨丽克，直到最后她都在想方设法让我们记住他，她从不忘记小保罗的生日，将小花束插在两只蛋杯里，摆在照片的两侧。另外，所有照片上的他手里都拎着一只喷壶。这你不必奇怪，他最喜欢的活儿是栽种和移植。在他的帮助下，我们家的每一株黄花植物恐怕都换过十几次位置……

是的，马丁，没错，你这次来访我是有所准备的。呃，我已经知道了。当我为自己整理和核实那些事件时，我觉得不能不向你讲讲解散或消灭小格拉耶沃的尝试。这里是指那个低矮茅棚的集中地，那些茅棚你已经熟悉了，它们是野蛮的居民点，它形成的时候还没人想到通过有奖竞猜选出"德意志东部最美丽的城市"。

亨斯莱特参与了尝试，他是我们家乡协会的会长，是毕利扎的继任者。但他的那帮人参与得不比他少，他们制定计划，发表意见，上传下达，一直传达到只要是想出的东西就被当作命令执行的阶层。反正，在一个多雨的收获的月份，在从农场回家的途中，海尼·豪泽在距离他家茅棚不远的地方发现了一名陌生人，那人脸朝下趴在一个水洼里。那是一个穿着湿漉漉的条纹囚服的人，他给人的最初印象好像只是摔倒了一样，转眼就会挣扎着爬起来，继续逃跑，径直逃进海尼·豪泽家的屋子。可他纹丝不动，像是再也起不来了，怎么喊也不回答。海尼·豪泽的做法恐怕是小格拉耶沃的每个人处在他的位置都会做的事情，他绕开他的身体，惶恐地走完最后几步回家了，果断地关上了门。不久他和他家人的脸就出现在了狭小的窗户背后，要是天色够亮的话，他们会发现，所有窗口都是满的，都站着人。和他们一样，和豪泽全家一样，其他人也都只是默默地观看，躲在暗处，耐心地等候，不管陌生人遭遇了什么他们都能够接受。他们有自己的一套迅速沟通和警告对方的方式，他们对危险或变故的临近有着可靠的直觉，他们不可以与外面的陌生人有任何牵扯。他们听任他躺在路面上，躺在水洼里……

后来，在黑暗中，所有旁观者都觉得难以想象，海尼·豪泽突然走出门去，扶起陌生人，在被雨水泡软的地面上拖行，拖上没几节的木阶梯，拖进了茅棚，然后他们一起使劲，将那人抬上了行军床。他们脱去他的上装，男子的背部有两个弹孔，他死了。在行军床的上方，在男子的上方，海尼·豪泽跟他的母亲吵了起来。他打算将再也不需要帮助的陌生人重新运回外面的雨中，运去他发现对方的位置，可女人不允许，她已经在拿着一块湿抹布擦拭男子的脸，面对所有的责备都无动于衷。在将男子擦干净之后，她在行军床旁蹲下来，盯着他，思考着，仿佛她慢慢能够了解他的死因似的。正如海尼·豪泽后来所讲的，大半个夜里她都一直维持着这个姿势。黎明时她又重新坐起来，康尼进屋时她几乎都没抬眼。

海尼·豪泽派人叫来了康尼。海尼·豪泽请他来，是因为他在囚犯上装的衣领里发现了一个涂过防水颜料的名字缩写。康尼进屋后在房间门口就证实了海尼·豪泽的怀疑，那是魏因克奈希特。

康尼要求看看枪伤，然后他将双手按在他曾经的老师的胸口处，拿一块踩脚毯将他盖上了。他建议不要将燃烧的蜡烛摆放在行军床的旁边。康尼查看了魏因克奈希特师傅趴着的位置，他深深地弯着腰，攀爬通往博雷克山脉的斜坡，仔细地转了几圈。他没能发现什么，雨水冲刷了所有的痕迹，这绵绵不绝的雨，泡软了道路和各种毛制品，危害了人们的收成。康尼心里清楚，小格拉耶沃的人们，凡是没有背着袋子出去干活的，在他寻找线索的时候就全都站在小窗的后面。当他弯腰扒开青草和苔藓，希望发现什么能带来启发的东西时，他们就相互捅捅对方或是点点头。他在茅棚里与海尼·豪泽讨论，建议海尼·豪泽像平时一样赶去农场，在那里通知警方。

现在请你设想一下，两辆运输警察的车辆从博雷克山脉方向穿过雨幕而来，前面是一辆不显眼的小轿车，你看见它们在树根上颠簸，听到轮胎在淤泥里打滑发出的尖锐声音。天空低垂，空气凝重，就连噪音都传不到很远的地方，如果闭上眼睛你甚至几乎无法确定它们来自哪个方向。任何瞧见车队的人都无法认为它只是前来调查

的。笨重的车辆在居民点附近停了下来，黑色的篷布被掀开，武装
人员身着闪亮的雨衣跳下车厢。人群散开，组成一道人链，围成一
个圆圈。任何目睹了这一幕的人都会知道这里将会展开一场有计划
的保卫行动。只有小轿车一颠一颠地往下开去，在茅棚之间的斜道
上停下来，那里距离公共水泵不远。

　　四个男人跳下车。这时还留在窗户后面的人都认出来了，其中
一人是海尼·豪泽，浸湿的头发粘在他的额头上。其他人全都身着
便装，头戴宽檐朝下弯折的帽子。他们由他带进茅棚，先介绍待在
里面的人，包括康尼，那些秘密警察至少有一个人认识他。他们戴
着帽子向行军床俯下身来，仔细地观察床上的男子，然后不停地交
换目光，又仔细观察枪口，让海尼·豪泽介绍发现那人时的情形。
可是，虽然他们中有一位已经跟着做了记录，他们并不认为讯问结
果已经足够，不认为事情就此结束了。有个人最引人注目，很可能
是他们的上司，他要求海尼·豪泽将那人弄到他发现对方的地点去，
就是最初发现他的地点，要完全符合当时的情况。声称是朋友的康
尼在一边帮着抬，女人在一旁抽泣。他们将魏因克奈希特师傅拖去
外面的路上，他们不得不将他放下，翻过身来，摆成那个姿势，让
他看上去像是在奔跑中摔倒了。海尼·豪泽必须走开，听到命令后
再重新走近，在他发现男子的位置停下来。然后是记录、估算、测
量、拍照。上司努力侦查射击的方向，他们一起寻找，然而在搜寻
的范围里始终毫无结果。上司让他们再说说估算出的时间，然后建
议交由法医来核实这些口供。

　　你别以为侦查到此就结束了。每个茅棚里都有人，上司找到他
们，一个个地询问，问他们是否听到了枪响。由于他们否认，他就
下令他们去外面的路上，命令他们仔细看看躺在地上的男子的脸。

他们表示不认识他，他们也没听到枪声。上司不允许他们返回茅棚，他让他们留在雨中，再次一个个地询问他们，是否见过海尼·豪泽和他们脚前躺着的男子在一起，如果没有，那他们有没有看到海尼·豪泽是如何发现男子，并运回他家的茅棚里的。小格拉耶沃的人谁也回想不起来，他们啥都不知道，他们是瞎子，他们没什么好供认的。上司听后既不惊讶也不生气，他似乎熟悉他们慢性病似的无知。他转向那一圈令人捉摸不透的面孔，破解案子需要细致的、几乎是无情的工作，所有居民必须做好被即可运走的准备，每个人只许携带一小件行李，十五分钟后卡车必须出发。

你会记得，他们是怀着怎样的不安感生活在这里的。他们预料到自己居住在这里的时限会随时被宣布到期，命令来自某个高不可攀的地方。没人质疑上司的命令，更谈不上抗议了，他的命令很自然就被接受了。留给这位上司最深刻的印象大概是大多数人执行命令的方式，他们返回自家的茅棚，只用了一部分规定的时间，就将孩子牵在手里或背在背上，拎着纸板盒和提箱，重新出现了。他们望着顶端尖尖的烟囱，烟囱里正升起粗粗的云烟，那是被强行熄掉的灶火冒出的浓烟。没人锁门，他们朝水泵走去，上司在水泵旁边等着他们。他们似乎在尽量同时抵达他的身边，康尼也在其中。

康尼拎着用绳子捆扎的纸板盒，那是海尼·豪泽的母亲的，里面也装着安娜最重要的家当。他夹在聚集者当中，一开始并没有引起人们的注意。他默默地与他们一起等候，直到上司草草查看过茅棚之后打了个手势，然后他也跟着往上走，加入居民点上方的队伍。他们由一张折叠梯爬上去，一个接一个，像是训练有素似的。康尼照顾着行李，当他也将脚踏上折叠梯的时候，上司亲自将他拽了回来。上司问他，有没有必要提醒他注意，他应该置身此次行动之外。

康尼听后回答，他认为此次行动是一桩错误，如果这错误是官方决定的，他想参与其中。上司示意他去到一棵松树后面，告诫说："您这是在自讨苦吃，您会后悔很久的。该死，快跑吧……"

什么事？不用，不用，马丁，我喝口茶就行了。请原谅，不过这是老毛病了，这不由自主的激动，它源自记忆里的那些瞬间和图像，就好像它们是重新创作出来的，或者就好像你醒来后突然意识到，在这期间什么都没有结束。是的，你也可以说"梦在继续"。

可我想给你讲讲，当他听到了踢踏的马蹄声，紧接着就从稀疏的松树之间认出了托尼·莱特科夫的阿拉伯马时，康尼放弃了，他漫无目的地向下走去豪泽的茅棚。托尼·莱特科夫飞速驰近汽车，下马，漫不经心地和上司握了握手。看得出农场的所有者在发火，必须相信，他在这儿有权利要求得到回答。他们谈来谈去，一时间未能取得一致，显然是针锋相对。当那两个男人突然决定从路上走下来时，康尼从豪泽家的茅棚门口发觉了什么。魏因克奈希特师傅又躺在了行军床上，两名秘密警察将他抬了进来，没有帮他盖上毯子。如果康尼在行军床旁的本箱上坐下来的话，他就没什么好怕的啦。可是，当他听到走近的男人的声音时，他躲到了一块长长的落地帘布后面，帘布是用来遮挡一张放有铁皮罐的货架的，上面放着面包、大麦糁儿、面粉。然后他们走进来，上司和托尼·莱特科夫，后者大概是来要求看看死者的。他们默默地伫立在行军床前，时间长得惊人。康尼相信自己听到了他们中某个人佩戴的怀表工作的声音。托尼·莱特科夫先开口，声音很低，更多时候像是在自言自语，他说他发现那人穿的是"营地工装"。上司听后回答说，那人是利库克营地的一名犯人，名叫魏因克奈希特。对于此人是否是被背部的两枪杀死的这个显而易见的问题，上司回答说："一定是在逃跑的途中发生的。"他可以提供消息，此人来自勒克瑙，因从事危害国家的活动被捕。托尼·莱特科夫似乎知道这么多就够了，他的橡胶披风发出的嚓嚓声透露出他正在向门口移动，可离开茅棚之前，他再次向上司转过身来，想了结什么事情。

他假装对上司必须执行的命令表示尊重，同时又认为自己不得不解释，小格拉耶沃的行动危及了粮食的收割。不仅如此，农场所有者认为平静的劳动力市场受到了严重的威胁，他宣称要亲自面见勒克瑙总督雷夏特，要求他立即采取应对措施……

权利？你真的是想问，他们是哪儿来的权利将整个居民点的人装上车的吗？十分简单，他们有权这样做。不管他们在哪里又为什么使用权力，他们都深信不疑，也就是说，他们从不会陷进良心不安的困境里。他们将非人道的行为上升为法律，这样就再也没有任何顾忌了……

无论如何，托尼·莱特科夫没有高估他的影响力。傍晚时分，小格拉耶沃的人就都获准回来了。他们被打发回了家，没有解释，也没有道歉，没有人觉得有必要承认错误。运走他们的车辆又将他们运回来了，运到居民点上方相同的位置。雨停了，天空如洗，那是收获的天空，下坡回茅棚的途中他们全都看到了。你要是想跟他们谈谈他们的经历，他们就耸耸肩，好像他们不愿想起什么来似的。

不，他们什么也没有经历，他们什么也没有看见。后来康尼找到了一个证据，证明魏因克奈希特师傅是死在利库克营地附近，距离这里怎么也有30公里呢，可就连这则消息对他们来说好像也就只值得耸耸肩而已。

可是康尼无法满足于他在调查中得到的结果，他永远无法甘心他曾经的老师的结局。他们给魏因克奈希特师傅设了个圈套，让他容易逃跑，是的，甚至鼓励他逃跑。康尼，他突然有了一个目标，明确，狭隘。突然，不再有从一个案子到另一个案子的判断，而只有一个似乎不可改变的判断，他已经意识到，现在必须要做一些事情了。

是的，我还记得他头一回向我们透露秘密的情形。我还记得他站在织毯间里，通过吹口哨让大家注意他，我当时正费力地送索尼娅·图尔克上床，她患了平衡障碍症，一天跌倒好多次。我不能与他单独待着，索尼娅坚持要了解在她房子里讨论的全部事情，于是我将他叫去她的卧室，叫到夜莺标本下面。我看出来，当康尼向很久未见的女人打招呼时，他是多么震惊。

她的头发变得稀少，变成了灰白色，一只嘴角肿了起来，像是里面长了溃疡似的，她的皮肤有种淡黄的光泽，有几根手指看上去变形了，似乎患有关节炎。康尼的震惊也逃不过她的眼睛，她苦涩地笑笑，干咽了几下，终于说道："一个人笨手笨脚的，就是笨手笨脚的。没什么好不开心的，也没什么好哭哭啼啼的，再怎么痛哭都已经晚了。"她轻抚康尼的手，点点头，说出了她的看法。她显然是想阻止他祝她早日康复。

我们坐下来，让她不必扭头就能看见我俩，看样子她的头颅相对于她那消瘦的脖子来说实在是太沉了。"要是我还有能力，"索尼娅·图尔克说道，"我就要建一所学校，在那里他们会教会你如何接受变化，而不是怨天尤人，抱怨不休。"我必须去取她自制的浆果酒，我每次帮她梳洗过、送她上床时，她都请我喝这种酒。然后她邀请我们，"为一切安好"干杯。喝完之后，她盯着康尼，怀疑地挑衅似的打量着他，而康尼只是干坐在那里，双手旋转着杯子，低垂着目光。像平时一样，每当她将注意力聚焦于一个人时，她就会令人几乎无法觉察地哆嗦，仿佛有神秘的能量在流动似的。她目不转睛地盯着他，现在我从自身的经验来讲，那是这样一种感觉：一个男人站在暗淡的舞台上，当寻找他的光束照到他身上时，必然会有的那种感觉。反正她一下子放松下来，对康尼说道："我想，你这样的人可能很快就需要不止一个用来藏身的地方。如果到了那地步，你就放心地敲门吧。我们还有一桩来自毕安卡年代的秘密。"

康尼表示感谢，他答应了。他不再对索尼娅·图尔克感到吃惊。

他是来征募我的。他要向我转达他朋友们的问候，他们又曾经是魏因克奈希特师傅的朋友。下葬那天他们找他谈过了，他们将他叫去了制陶区后面的一座废弃小砖厂，在那里，他们，六七个男人，将他们的目的告诉了他。正如我所说，那是些明确、狭隘的目标，他得知了这些目标，并无一例外地把它们当成了自己的目标。最重要的一条是相互帮助，是的，帮助正在逃跑的志同道合者。目前他们的任务是熬过这段时间，熬过这段由傲慢的东部地区骑兵说了算的幽灵般的时间，他们想将这时间延伸到千年。康尼和他的朋友们认为，东部地区骑兵的统治正给所有人带来恐慌。他们预见到了灾难、战争、变化，到处都有这方面的信号，每天都在提出新的要求，一再听到各种威胁。他们，这些朋友们，大家认为不能不提出警告了……

我是否加入了他们？没有，马丁，我没有加入康尼和他的朋友们。我十分理解你的惊讶。我没有给他他所希望的答复，而且不是因为谨慎和个人的担忧，而是因为我当时相信，我的使命是领导我们的博物馆度过这段时光。我们的家乡博物馆，它拥有着任何东西都无法替代的各种物证和证词，其中无数的东西根本不需要使用官方语言，它们沉默却强大。为了这么做，我想保持独立。不应该让他们找到借口解散我的收藏，或是不申明原因就将它们用于他们自己的目的。我相信，如果不受任何义务的约束，就更容易守护亚当叔叔的毕生事业和他那些不掺谎言的证物。我大概已经对你讲过了，它如今已成为了东南部地区最重要的家乡博物馆。不管你此刻在想什么，直到康尼等我回答他时，我才意识到了究竟是什么东西被托付给了我，有多少东西是取决于我的。

他不仅预料到了我的迟疑，他甚至承认，能够理解我暂时的拒绝，就像索尼娅·图尔克也理解我一样，我们讲话时她作为裁判在一旁认真倾听。"中立，"她说道，"这是必须允许的，只不过他应该问问自己，这样的中立，他能保持多久。"索尼娅·图尔克，她身体虚弱，内心不安，但富于同情，随时准备做出回应。那是一个漫长的瞬间，我做出了我的决定，康尼表示了认可。上了年纪的大师躺在松软的垫子上，她没有被疑虑困扰，尽管意见不同，却彼此和睦。我向康尼重申，这只是暂时的答复。他把一只手搭在我的肩上，递给我一支烟。

外面，一艘老式拖轮正拖着一只巨大的木筏绕行半岛。拖轮在水里倾斜得相当厉害，它的烟囱非常缓慢地向远处的岸边游去。小船环绕着木筏，就像群狗环绕着一只奇怪的猎物。船工有时候用蒸汽哨发出警告的信号，这时舵舱后面会出现一朵小小的白云。我没有办法，我顽固的强迫观念又发作了，我不得不像往常那样，将没有生命的东西想象成有生命的，这座森林也是，它正漂浮在勒克瑙湖上，我想象它曾经生长在一块土地上，幻想生活在那里的鸟儿、野兽还有蚁群。现在它所在的位置只剩下树墩遍布的荒地了。

康尼冲我笑笑，坚信不久就会从我这儿得到他想要的回复。他突然说道："你得小心伪币铸造者，齐格蒙特，小心历史的伪币铸造者。他们会过来，他们会试图向你证明，历史只能作为一个特例，作为英雄史或代表民族自信的历史。在它们的帮助下你可以证明历史包含了一切，也包括不起眼的东西，包括奇妙的垃圾。"这番话赢得了索尼娅·图尔克的赞赏与支持。

我没来得及回答什么，因为颜料间发生了喧哗。桶倒了，在地板上滚动。一扇门被砰地关上，玻璃碎裂了，听上去像是怒冲冲的告别。索尼娅吓了一跳，她扶着床柱向上挣扎，最后在床上坐起来。她坐在那里，慌张地打着手语，让我和康尼去门口看看。我们赶紧出去，在走廊上分开行动，我钻进花园，而康尼，踮着脚尖，悄悄走向颜料间，大吼一声拉开了门。我透过打碎的玻璃从外面冲他咧嘴一笑，在他的示意下我们一道往前走。下个房间里收藏着《马祖里织毯艺术大纲》一书，康尼在这个空荡荡的房间里堵住了入侵者。

他给我一个信号，待我赶到他身旁之后，他指指蹲在窗台下的年轻人，一个小伙子，最多十五岁，四肢修长，鬈发乌黑，只穿着衬衫和裤子，自制的拖鞋。年轻人在淌血，他的手指受伤了。你别以为他会害怕地盯着我们，后悔不迭，准备做出各种赔礼道歉。他脸上的表情透露出的主要是失望和愠怒，怪他不小心让自己掉进了一个陷阱里。他站起时竟然耸了耸肩！

他衬衫的胸前口袋里露出较大纸张的纸角，用夹子夹着，好几支彩笔从口袋边缘探出头来。"走吧，小子，快走！"我们将他推到索尼娅的床前。他现在还是显得自信多于后悔，根本不想回答我们有关他个人的问题。他看着很友好，但是沉默不语，倔强坚定。即使在师傅转头望着他时，他也只是礼貌地表示遗憾，然后摇摇头。索尼娅·图尔克示意他走近自己，抓住他的手，检查指骨，一块玻璃划破了手指的表皮。她让我去取包扎箱，替少年包扎了一下。

我们没有选择，他的沉默让我们不满。一个眼色，康尼抓紧他，而我掏空了他的口袋，翻过来，拿走了他胸前的纸张。

他的身体，他的皮肤，我稍稍掀起他的衬衫，看到的只是条纹、鞭痕和淤青，它们遍布他的身体。他的腰带上方是一道开裂的、火山口一样深的伤口，像蜗牛一样湿润发亮。

索尼娅·图尔克拿手指翻了翻少年的财产，子弹壳、李子干、香烟盒里的几张小卡片，还有细小的染色毛线样品，她将这一切全堆在被子上的一个洼坑里，然后夹出纸页，翻过来鉴定。她忽然抬起脸来，说道："你们看看这些，你们会吃惊的。"她将那些纸推给我们，多种颜色的纸张，上面可以认出索尼娅织毯的局部，是草草画下来的，然后再着色，这些碎片收集了所有使用过的图案和象征，有几页上写得密密麻麻，写满织毯艺术大纲里的句子。

少年承认，他经常来家里和车间里，白天和夜晚的所有时间段都来过，悄悄地，只想复制我们使用过的符号和图像，从书里摘抄便于记忆的句子，不管懂不懂它们的意思。你能够想象到此时我们心中升起的不安吧。他偷偷地打量我们，努力理解和分析我们的话，同时也尝试理解和分析我们的目光，害怕让他开始变得活泼起来，他害怕我们会没收他的赃物，它们对他显然很重要。

我还记得，当师傅用一个无力的动作让他重新收起那些纸张时，他的目光里只剩下困惑的感激，他犹豫地朝她，也朝我们，抬起双手。然后，你知道吗，我们的印象是他想送我们一份礼物，然后他主动说出了他的名字，马里安·耶罗明。

马丁，事情经过就是这样。我后来的徒弟，我的爱徒，我们就是在这种特殊情形下相识的。

可我们还必须留在索尼娅·图尔克的卧室里，在那儿，在得知少年的姓名之后，康尼开始提问，了解到的情况主要是这样的：马里安出生于兰科夫，不过不是水果庄园，而是某处破落、贫困的乡下；他跟一个没有孩子的农民和他的妻子一块儿住在那里，他们不是他的父母；如果相信农民的话，那马里安就是他在相邻的庄园上捡到的，孩子不停的啼哭声以及胀奶母牛的哞哞声引起了小农民的怀疑，他走进平时从不涉足的相邻的庄园，查看建筑，发现一家人全死在了厨房里，死于一种菌类中毒，著名的，但不再可口的浅褐色马祖里菌在盘子里堆成了小山；接下来，据说由于少年身上长满斑疹，农民勉强将他带回了家里，一段时间后将他收养了。

农民的独眼姐姐与他们一道生活，她抚养马里安，早早地教会了他在荒芜的庄园里必须干的活儿。那女人有一台手动织毯机，她在它上面编织狭长的小地毯和小壁毯，将它们拿去勒克瑙，偷偷地低价出售，有时也用来换购吃的。这座庄园从来没有外人来访，也收不到邮件，连本马祖里日历都没有。唯一让少年兴奋且带给他快乐，甚至能让他忘记疲累的是夜晚的时候，那时候他坐在地上，看着织物在独眼女人手下诞生，上面织的无一例外都是驼鹿的相遇，它们互相嗅着对方，挡住对方的去路。当农民不情愿地给他报名上学时，少年已经学会编织了。这本领招来了家人对他的嘲笑，后来对他的惩罚就是禁止他在手动织毯机上做任何事情。农民憎恨他的独眼姐姐，更恨手摇织毯机，特别是当少年坐在它旁边的时候。是啊，马里安，他必须躲起来从事他最喜欢的活计，或者等其他人睡觉了以后再做。但他还是被发现了，并为此受到惩罚。少年晕倒的次数不在少数，可等他醒来之后，事实证明继续手工编织是治疗疼痛的有效药物。他头回听到索尼娅·图尔克的名字是在学校里，在乡土学课堂上，人们说她创造了马祖里织毯艺术的第三次辉煌。

我们还了解到，在去世前不久，农民的姐姐当着她弟弟的面，将手工织毯机遗赠给了少年，威胁说，谁想砸坏织毯机谁就会遭灾。农民敬畏这一威胁，他不敢伤害织毯机。可是他一旦发现少年在编织，他就会更加无情地惩罚少年。马里安知道，如果不经允许擅自离开庄园，他必须料到会发生什么。但他还是离开了，他找到了我们的编织间，悄悄地拜访我们，从来没有拿走过什么东西。

当他向索尼娅·图尔克强调，他还从没有顺走什么时，他将右手放在他心脏的位置。当他向我们保证，他一心就想成为织毯工人时，他又一次这么做了。在放他走之前，我往他的背上抹了清凉的药膏，往流脓的伤口上贴了块膏药。我们允许他再来。他告别时多么自信啊！在干草地上，他开始跑起来，啊，什么叫跑啊，他热烈地冲向下面的河流，高兴得又蹦又跳。我们就这样得到了我们的神童……

不是，不是，马丁。我已经对你讲过，这没有讽刺的意思。索尼娅·图尔克也这么认为，当然她也认为，长期"只做神童"是不够的。"神童，"她说道，"只是开始时神。"不过少年并不能马上就开始学习，直到索尼娅·图尔克半身不遂了，不得不坐在椅子里度日，尤其是忙着完成她的书，在附录里介绍她本人自童年以来编织的所有毯子的时候，我才收下了他。

你说什么？……你看，你们，你和亨丽克，又拜访过他一回了……我知道，在城外的普德比，在普德比曾经的乡村小学里，如今的织毯师傅马里安·耶罗明在那里培养他自己的徒弟。我告诉过你，我们的观点存在本质性区别吗？是的，我跟你讲过，耶罗明相信沉睡的原始才华，只需要将它唤醒就可以了。而我相信要严格运用手工规则。你要是听他讲织毯艺术，你马上就会明白我们的区别有多大。他谈到了"作为表达手段的颜色载体的不受约束的游戏",他谈到"镶饰的魅力",它们造成"颤动的中间色调",带给初学者"大胆错位的勇气,有意识地利用光线的折射"。毫无疑问,他是一位伟大的织毯师,但因为他的缘故,比如,一旦他谈起透明性,谈"在对位划分的平面里波浪形起伏的透明性"时,我从没有尝试过要求他信守诺言。算了,我们还是别谈这个了,每种理论都蕴含着作者因生活不愿顺从自己的计划而产生的失望感。我们不谈这个,马丁,你最好给我讲讲亨丽克,讲讲你和亨丽克。你们在做什么,你们做出了什么决定?

真的?去马祖里?你们在为去马祖里的旅行存钱?那我可得告诉你,你可不能指望重新找到你从我这儿了解的有关这块土地的东西。陌生,你们多多少少会经历熟悉的陌生感。但是,我想你们还要过段时间才会动身。因为这个原因我才没有再去那里,我不想失望或让自己感到不安。而它们,那些搜集起来的画面,也不再任由我们随意支配,它们有它们的时代。它们突然接受光明,又重新被黑暗笼罩;它们钻出一座深渊,显露片刻,又沉没下去,就像你曾经提过一回的马尾藻海那些沙丘化的难以捉摸的浮游生物区。

听到这里我想到了被大雪封住的窗户。里面被钉死,窗外大雪纷飞,一只手在快速地绕着圈擦拭窗子,越绕越快,越来越粗暴,你能观察到,在鹅毛大的雪片笼罩的窗户后面,渐渐形成了一张脸。然后这个普通画面也不可避免地将我带回那个特殊的画面,当玻璃后的脸足够清晰时,它有了我祖父的脸型,越来越清晰。当它终于变成他,我看见了他恳求的表情时,一种他完全不会有的表情。我知道,那是一个除夕夜,那一夜我们将成为一场惨败的见证人。

画面会一直这样保留下来。一旦一只手划着圈擦拭一面落满雪花的窗户，我就只有这么一个想法，我祖父的脸马上就要出现了，他在恳求地敲打窗玻璃，而我听从埃迪特的要求，打开屋门，唤他进来……

不，不，不是这样的，曾经的农场佃户不是一直住在"路易森饭店"里。主要是因为他无法习惯那些账单，他天天与侍者争吵，天天向经理投诉。当他开始从一张桌子走向另一张，建议客人们难堪地核对账单时，人家请他搬出饭店。他在军营附近租了一套地下室的房子，三个房间，他往里面堆满了廉价的剩货：罐头、肥皂、蜡烛和晒干的面食。但是，晚上，在除夕夜的晚上，我们谁都料到了，就是没有预料到他，阿尔方斯·罗加拉。只要他的手在擦拭玻璃，我们就感觉既愉快又紧张。小保罗甚至爬上了一张脚凳，开始从里面擦拭窗户，他还试着让自己适应另一只手绕圈的动作。我们坐在桌子周围，桌上放着小铁皮碗，防水布上摆着漂亮的铅人，那是我们浇铸、解读过的，银色的舌头、石槽、恶意炸掉的灌木丛。谁知道我母亲或欧根·劳伦茨会不会同意放他进来，他们先是惊讶，然后平静、轻蔑地打量着那张渐渐清晰的脸，对恳求的表情没有做出任何反应。

埃迪特，是埃迪特无法抗拒他。在所有的拍打和乞求之后她让我去开门。可是，当他招呼也不打，啪嗒啪嗒地迈着骄横的步子走进房间时，她又像只蜗牛似的慢慢缩了回去。他穿着长长的大衣，将个看上去像只枕头，后来也证明了他确实将枕头紧按在胸前。他的目光落在欧根·劳伦茨身上，他不搭理我们，不跟任何人握手，灯光下可以看出他板着的脸上汗淋淋的。他想抓住一张椅子靠背，但第一次没抓到，不得不再抓一次。后来他跌坐在第一张椅子上，就好像湿羊毛的重量将他拖倒了似的。他发烧烧得浑身哆嗦，张开嘴巴，贪婪地呼吸，时不时地往后仰一下，让你相信有个吸血鬼坐到了他胸口上。

埃迪特递给他一杯烫热的甜红葡萄酒，为此我母亲责备地瞟了她一眼。我祖父伸手接过杯子，想将它端至嘴边，可他的手抖得那么厉害，液体泼了出来。他不得不放下杯子，上身深深地弯到桌子上方，双手抱紧杯子，这样才喝到了酒。你不能指望他说出他来访的原因，可这回，当他滑下椅子，跪倒在欧根·劳伦茨面前，身体突然颤动起来时，我们相信我们知道原因了。除了小保罗，我们其他人都感觉正在经历一场沉重、难受的梦。我感觉我自己的胳膊和腿在变得僵硬，有种魔力在让我瘫痪，我甚至没有力气转身或是离开房间。

我的祖父用手松松地抱着欧根·劳伦茨的膝盖，抬头凝视他很久，然后低语了句什么，我们谁都没听懂，但每个人又马上猜到了他的话。他在请求原谅，他承认当年发错了誓言，现在请求欧根·劳伦茨宽恕他，为失去的岁月和有意无意地强加于他的一切。现在我头一回在他的目光里读出了恐惧和担忧。他为听到一个答复做着心理准备，他的头轻轻地摆起来。

欧根·劳伦茨一声不吭，默默地看着他，他的脸上既没有悲伤的表情，也没有厌恶或最终的满足，就好像他没有能力激动似的。我的祖父令人难以置信地昂首挺立在那个看样子不肯当场宽恕他的人面前，当他声称，每个愿意忏悔、了结、偿还的人，都有得到宽恕的权利，而他阿尔方斯·罗加拉也有时，凡是了解他的人，都听出了那话语中潜在的斥责。

他一直坚持一种他相信是他的权利的权利，就像现在这样。他等着被赦免罪过，通过一句话甚至一个明确的手势，轻易成功地截断纠缠他的一切。他越来越烦躁，这你必须亲身经历过才能理解。但凡对他足够熟悉的人，不会看不出他还在担忧，他的恐惧在持续。他脱了皮的嘴唇翕动着，眼窝深陷，眼里有种不安的神色。他向我们望过来一回，眼神迫切，好像他需要我们的支持，好像他想要求我们结束欧根·劳伦茨那拒绝式的一动不动。欧根·劳伦茨一直那样坐在那里，望着脚前的老人。我的祖父重复了他的请求，然后他拉起对面那人的双手，他斜低下头，显示出谦卑，一种出神的谦卑，接着又呜咽一声，从中惊醒过来。

　　这帮不了他，他无法让欧根·劳伦茨开口。片刻之后他微笑起来，充满理解的表情，他冲自己摇摇头。他微笑着够到枕头，在他的口袋里一阵掏摸，指责自己犯下了严重的错误。他掏出一把折叠刀，打开，一刀划破枕头。"当然，"他呢喃道，"当然，我怎么能忘记这个呢？至少这是我必须给你的，为了我对你的所有伤害。"他将刀子放到地板上，双手伸进枕头，掏摸他寻找的东西，掏出一捧软软的钱钞，哆哆嗦嗦地举起来，举向欧根·劳伦茨。"你看，"他说道，"你看，我带什么来了。一份小小的补偿，在那一切之后，远远比不上你应该得到的，但至少足以让你认识到我的善意。拿去吧，拿去吧，说你原谅我了。"

　　即使现在，马丁，即使面对这笔钱，欧根·劳伦茨也是纹丝不动，实在是什么也打动不了他，没有怒火让他眯起眼睛，没有轻蔑让他弯曲嘴唇，你感到他的目光穿透了钱，穿透了那个殷勤的人。他那么冷漠，宛如一尊石像。我的祖父不知所措地垂下双手，但他还不肯放弃。他一次次地讲着同样的话语，想将钱塞给欧根·劳伦茨。他请求，他引诱，他示好，他尝试谨慎地威逼。

当这些都不能让他取得进展时，他直接盛气凌人地斥责起我们来，要我们在他努力时帮帮他："你们快让他恢复理智吧。"我们端坐不动，瞪着他。当他生气地将钱抛向空中时，我们不吭声。当他的仇恨重新被点燃时，我们不准备跳起来。你必须看看，他目光如炬地突然发起火来，开始谴责和诅咒欧根·劳伦茨，是的，他指责他的无情无义。如果我们理解正确的话，他指责他逼自己拿更多的东西出来，因为他显然认为欧根·劳伦茨是想得到更多的钱，这样才会宽恕他。

忽然，他只能结结巴巴了，他喘不过气来，一脸的怪相。然后他嘲讽地指着地板上的钱，不，不是嘲讽，而是气昏了头，他后来朝着欧根·劳伦茨说的话，我们认为那是最后通牒。他似乎知道什么也改变不了啦，纵使丧失了理智，他也理解，总之决定早已做出，因此他不在乎最后通牒的长短。他没有任何预兆地捡起几张纸币，卷成一根有点粗的引火纸，将尖端插进炉灶的圆形出火口，我们在那上面融化过铅。纸钞一亮，反光映在他的脸上，照亮了老人疯狂的满足的面孔，上面满是狂怒的胜利的喜悦。他欢呼着，立刻将这团明火拿去给欧根·劳伦茨看。"他疯了，"我母亲低语道，"这下他疯了。"

如果欧根·劳伦茨有所动作，如果他中断带着疯狂复仇欲的示威，或许我们也会从我们的椅子上站起来，但欧根·劳伦茨想要的是沉默着熬过这次来访，即使是在阿尔方斯·罗加拿着燃烧的引火纸进行一种示威时。他将纸棒上的火在欧根·劳伦茨眼前来回晃悠，即使在那个时候，欧根·劳伦茨都保持着镇定，这又使得我们继续扮演观众的角色。他没有任何的举动，哪怕只是拿脚踩一张纸币。我们感觉到，这里正在发生着什么也会影响到我们的事情，我们不能坐视不管。他又两次抓起纸钞，匆匆卷成卷，摁进火炉，然后惩罚似的将燃烧的钱举向欧根·劳伦茨，我们没有阻止他这么做，这肯定也是原因之一。

然后他一个趔趄，跌倒下去。但他好像早就预料到了自己会跌倒，因为他立即撑住了，呻吟着将剩下的钱扫到一起，将它们塞进枕头里，包括那些烧焦的，甚至弯曲的纸灰他也收集起来，之后他坚持了一会儿，将枕头按在胸口，坚持着，积蓄力量……

是的，马丁，你说得对。但我们谁都没想到，一切会发生得如此之快。他急急忙忙、一声不吭地走进室外飘飞的大雪里，都没来得及系上大衣的纽扣。他穿过门厅时，少年就已经趴在那儿的窗户上了，他想目送他离去。但少年没有看见他，因为阿尔方斯·罗加拉不是步履沉重地穿过花园走的，他走到勒克瑙公路上，一路唱着歌，直到"路易森饭店"。

没有人拦阻他，他头发里沾着雪花，他穿过餐厅，爬向楼梯。在那儿，当他以一声惊叫打断除夕夜的舞蹈时，人们都在微笑。他打开枕头，哈哈地狂笑，将羽毛、纸钞和灰烬下雨似的洒向众人。据说我祖父宣布了一个新时代的到来——账单过高的时代。总之，侍者们将他拦住了。两位勒克瑙医生与他们的妻子一道目睹了他的表演，后来人们将他关进了我们的疯人院，疯人院的花园与骑兵军营相邻，两者之间只隔着一道篱笆。后来我有几回看见他被关在这道篱笆里面，心不在焉地盯着转圈儿取暖的马匹……

就讲到这儿吧，亲爱的，今天就讲到这儿吧。差不多五点半了，不排除几分钟后还会有人来访，一位我必须能够对付的访客，我差点忘记了。你不必着急，马丁，还有时间……

不，你没有待太久。你看到了，我的情况好多了，这种雨天的空气令我神清气爽……伞，你得带上雨伞。当我将一段过去一同交给你之后，有时我感觉心情舒畅，这话我对你讲过吗？

是吗？可是你看，这种心情舒畅的感觉是靠不住的。是的，它是靠不住的。

第十章

进来吧，马丁，你进来坐下吧。今天是我俩共同的纪念日，今天是你第十次来探望我。为了庆祝这个日子，我要端上我自己烘焙的点心，加上卡罗拉的厚料很少的土豆煎饼，这可是节俭佐料的杰作。是的，我妻子这期间又来过一回。她必须给我送来越堆越高的邮件，各种火灾保险和火灾保险公司的通知单以及调查表。它们再次证明，只要让"目的"来统治世界，一切就会显得多么理性。事实上，如果你生活的唯一目的就是阻止一场火灾，那世界立即就会把一切组织得令人耳目一新……

你过来，尝尝这煎饼，你要是猜出来所有的调料，我以后就给你再加一层。

产生火的方式可以有很多种，有多少材料不含可燃物啊。原则上每座房子里都该有个人造的喷水装置，另外，每个公民都应该接受消防教育。反正有一家火灾保险公司的调查表向我指出，在防火中也能看见和找到生命的意义。

算了，亲爱的，我们还是不谈这个吧。我一定要向你道谢，为了一次临时的放弃向你道谢。我认为，你那么做完全是因为我。你不必这么吃惊地望着我，我自有我的秘密渠道，我知道的比你以为的要多。这个也是，你撤回了申请，推迟了旅行，乘坐这艘渔业考察船的旅行。我甚至知道，这次旅行要走西非海岸，前往西大陆，那里几乎不指望能在深海里捕捞到已知的食用鱼，发光的、美味的巨怪。我们总会想起什么来的……

请原谅我的笑。可你知道，我忍不住在想什么吗？我在想东部地区的骑兵，他们试图将时间标注为他们的时间，这就是说，通过另取新的名称来修改历史。我们这儿忽然流行起这样的做法，姓名里有太多辅名，不管是家庭、地方还是河流，都一码事，他们要求人们改名。是的，甚至可以给那些东西重新取名，新的名字应该掩盖不确定的或是令人不快的出处。人们自古用惯的熟悉的难发音的词汇，被从官方语言中删除了，代之以悦耳的德语专有名词。果然，要让姓名成为有力的手段、堡垒、保障或者别的什么说法。

欧根·劳伦茨，他体验过了，他在他的最后和最短的一次游历中经历过了，他那次外出游历，不是因为他相信自己成了我们的负担，主要是因为他渴望去照顾国内的所有砖砌炉灶，他认为他将它们怠慢得太久了。他像平时那样出发了，挎上背包，野战铲挂在腰侧。那是六月初，他计划要等到土豆火把节才回来。他对道路和小旅店了如指掌，对他专业地帮助过的人们也非常熟悉，他帮他们砌炉灶。可才过了一个礼拜他就回家来了，闷闷不乐，满腹怨气，尤其是他还信誓旦旦地说，他永远不再爬上炉辊了。"现在倒好了，"他说，"现在他们将马祖里变成一座迷宫了。"他一次次主动向我们描述他的旅行，我们都能一字不漏地重复他的原话了。

反正，走在前往帕尼斯特鲁嘎长长的桦树道上，砌炉匠欧根·劳伦茨原本十分快活。这条路他可以说是闭着眼都能走，直到他不得不发现，前往马切诺温和马勒泽温的旧路牌被换掉了。岔路现在并非通向他熟悉的地方，而是通往马丁高地和马莱屯。他认为这是搞错了或者是恶作剧，他继续朝着帕尼斯特鲁嘎的方向走，因为他想像从前的每一回一样，从那里前往斯克齐布肯和克齐塞温。理应载他过采沃尼河的年轻船二好像没听见他的请求似的，责备地指着一块牌子，牌子上标注的小河名字叫红溪。据说船工用教训的口吻解释道："老的采沃尼河干死了，因此我无法载着人们从它的水面上渡过去。在这里永恒地流淌的是红溪，你要是想从它上面过去，那就上船吧。"

他让船工渡他过河，恍惚中他感觉老采沃尼河的河岸好像真的发生变化了。他再也找不到光秃秃、深灰色的地段了，以前它们总让他想起一张毛皮被磨损的部位。当他走近帕尼斯特鲁嘎村时，像往常一样，又有一群群凤头麦鸡惊飞起来，它们摇摇晃晃地飞走，聚在一起，然后从道路两侧进攻他。那么久，直到他抵达图洛夫的客栈。这里竖有地名牌，名字被涂改过，它告诉他，他现在身处海伦巴赫。欧根·劳伦茨声称，他感觉自己被狠狠地愚弄了，因此他相信自己最需要的就是一小杯尼古拉斯加①。于是他走进客栈，只见宪兵伊瓦施科夫斯基眼神呆滞地坐在一个桌角。他们为对方的健康干杯，之后砌炉匠问，这地区会不会是爆发了一种新的疾病，取名的疾病。宪兵听后建议提问者，以后别再叫他伊瓦施科夫斯基，要叫他豪斯布鲁赫，瓦尔德马尔·豪斯布鲁赫。

他郁闷地出发前往克齐塞温，途经克洛洛沃拉，它现已改名为柯尼斯瓦尔特。他闭着眼睛穿过现名为伦岑村的卡伦青嫩，不紧不慢地穿过斯克齐布肯，它改成了盖格瑙。最后，当人家请他只将克

---

① 尼古拉斯加（Nikolaschka），一种源于德国的鸡尾酒，虽然名字听起来很有俄罗斯的味道，却是源于德国汉堡，传说它得名于沙皇尼古拉二世喜欢的伏特加的饮法。

齐塞温人称作克洛伊兹博恩人时，他的怒火再也无法压制了。我们相信他说的话。在克洛伊兹博恩的客栈里，当人家问他的姓氏时，他提供了多个以供选择，包括拉诺诺乌斯基。人家劝他要守纪律，于是他不得不承认，他忘记他姓啥了。由于没有姓名的人不可以在任何一家马祖里客栈过夜，头几夜欧根·劳伦茨不得不在野外度过，有一回是挤在吃草的马群里，连鞋跟都被马啃掉了。

多年前他用绿色釉面砖帮一户农民家砌过一眼炉灶，他只能暂时住在这户人家，虽然他还必须加固装饰瓷砖，更换取暖瓷砖。他没有收钱就偷偷溜走了，因为照他的说法，爱吵架的两口子向他要求得太多了。那个农民，要求只用他的新名字亨尼贝格来称呼他，而他的妻子却坚持使用老名字科科斯特卡。由于每次弄混后都会听到不满的声音，厌烦的欧根·劳伦茨就悄悄离开了。他继续前往奥泽巧温，它狂妄地改叫坚果山了，虽然那儿既没有坚果树也没有山。那里有座松树林，它从一开始就叫齐莫赫，砌炉匠欧根·劳伦茨年轻时曾多次在那里躲避秋季的暴雨。现在一位生气的坚果山人向他解释，它"曾经叫作齐莫赫"，现名芬斯特瓦尔德①。这下欧根·劳伦茨只想继续赶路，经沙瓦登和布洛巧温前往劳伦齐肯，在那儿的小火车站他又想起了他的姓来，于是他马上给自己买了一张前往勒克瑙的车票。他声称途中他拉上了窗帘，在一座座火车站前堵起耳朵，这样就不必知道它们的名字了，因为对他来说最重要的就是保存一个符合他记忆的马祖里，他谙熟那个记忆，那里是他的家园。"有什么用？"他说道，"就算一切听起来都像德语，但都是被迫的，哪怕现在连呼它三遍鹌鹑村，泽皮奥肯还是泽皮奥肯。"

---

① 芬斯特瓦尔德（Finsterwald），意为黑暗森林。

你说什么？

是啊，马丁，是啊。是谁说的，如果关心一个新时代的来临，那他就不能再用从前的名字，他必须改名字，换牌子，插新的旗帜。不仅如此，谁如果像东部地区骑兵所做的那样要求未来，那他就必须注意让所有留存下来的证物支持他。因此他就必须给证人和证物分类，是的，他必须筛选、间伐①、清理。除了在历史文物中间组织一场捡豌豆的活动，他恐怕没有别的办法。喏，你懂的，有用的放这边，没用的去那边。我们也没能躲过去，先是更名，而后清理。

不，先是一封邮件带来了柯尼斯堡的指示，那是梅泽尔·塔皮奥教授所在单位寄来的一封挂号信。信中要求我们，将我们博物馆里的财产重新编目。要提交一封准确的介绍，他们还希望收到文物发现地点、发现时间和挖掘情况的说明。但他们最主要的要求，是"选出"那些斯拉夫起源的或不能准确确定其出处的财产。别人建议，但凡有怀疑之处，就应该决定将物品"充公"。

埃迪特想帮我，她想制作表格，应我的请求与我们自制的旧目录进行比较。你该见见她第一晚的样子，那晚我们一起做人家希望我们做的工作，试着做。康尼不可能有别的反应，埃迪特的嘲讽还胜他一筹。她拿着空白表格走到我身旁，她表现出的是一种带着讽刺的怜悯，那是一种带着嘲讽意味的惊讶和顺从。她听凭支配，等着我说出第一个要被删除，要被清除出去的东西。"你什么意见？"我会问，"这副带有马祖里刺绣的白手套，魏克瑟尔河畔的人戴的，我们这儿很少见。你怎么看？"她勤快地拿起铅笔记起来，她耸耸

---

① 间伐（Durchforsten），林业术语，指在一定的森林面积上砍伐全部的林木。

肩，这个动作也没有逃得过我的眼睛。我赶紧要求她停下来，再等等。"好吧，算了，这副手套出自姆洛森，现在的舍恩霍斯特，它们可以留下来。"

我们默默地在展架前缓缓移动，我的目光落在一组人物造型上，雕刻着色的提水女子们目送雕刻出的一组骑兵，他们当中有一位手举一把挂有红白三角旗的长矛。"我是应该将整组都抛弃，还是只扯下带有波兰颜色的小三角旗呢？你怎么看，埃迪特？"铅笔已经开始落下，准备记录我的宣判。可是，尽管她假装殷勤，不发表意见，但我还是越来越感觉到，埃迪特内心里对我的工作是多么排斥。有时我有种印象，她下了决心，绝不支持我做任何决定。她享受我的犹豫，我的尴尬，至少我的举棋不定让她感到幸灾乐祸。我想着亚当叔叔。

然后我们走到彩绘的农家椅子前，它雕刻有马和虎的椅子脚，还有它的梯形靠背都明确指出它来自边境以南，是一个付不起匠人工费的穷人家庭的手工产品。有可能是这里给他提供了一份田头或森林里的工作之后，他才将这把椅子送来给我们的。

这种事再也不会发生了。我抚摸椅子，顺着靠背、椅脚往下摸，也许我在想象它的主人。总之，我忽然知道，我们不能拿别人要求我们做的事情去苛求每一位曾经生活在这里的人。毫无疑问，我认识到，不管做什么判决，都可能会伤害或侮辱到他们。他们曾经在这块土地上坚守，在这沙质的田野上，在亮闪闪的沼泽边缘，他们争夺和守卫它们，最后消失在它们面前。当我伸手拿过表格，把它折起来，然后用力将它撕碎时，埃迪特凝视我的眼神多么诧异啊。当我直接拉起她的手，拉她出门，因为该讲的都讲过了，不必再讲什么了，她笑吟吟地望着我，那微笑多么轻松啊，几乎怀着感激。

马丁，我希望你理解我。过去，它属于我们大家，不能将它分割、纠正。过去盘根错节。它见证着贪婪、权力和失败，有时候，也见证理性，但很罕见。谁试图将留给我们的物品和证据分隔开来，谁想给自己找一个纯洁的起源，他就得知道，他需要动用暴力。

我们没有寄走表格，我们没有回复遥远都城的指示。随着时间的推移我们相信梅泽尔·著皮奥的办事机构的人将我们和这整件事情都忘记了。但他们好像不会漏掉什么，当然也不会漏掉地处边缘的最不起眼的人和事。

礼拜天，是在一个礼拜天，一位身体歪斜、佝偻、带着公文包的男人前来报到。他草草地向我们亮了下他的工作证，就把它收了起来。他的一只手掏出手帕，按住嘴唇，那么久，直到狗吠似的干咳重新放过他。他拒绝了所有提议，既不要牛奶也不要止咳茶。他站在早餐桌旁，在包里一阵掏摸，摸出一只文件夹，从夹子里取出一封柯尼斯堡指示的副件。他想知道我们是不是收到了指示，他想知道我们是否按指示行动了。他水汪汪的目光打量着我们，他也想知道，他们要求的表格是否已经被填好了。他不得不从我们的沉默中进行推论，我们虽然收到了指示，但没有执行，对此他既没有失望也没有发火。他认为我们料到了他会来，他将文件夹塞到腋下，打听一个个展室，想要人陪同他。他对我们本能的解释干脆不予理睬，以此让我们明白他不重视它们。

你应该看看他遇见小保罗时那副冷漠样子的。小保罗坐在鸡貂、獾和水獭之间的一只玻璃橱里，在梳理和抚摸这些动物标本，将捏成团的面包塞进它们的牙齿之间。他没有眨眨眼睛，没有诙谐地对着玻璃橱里问候一声，就直接从孩子身旁走了过去，就像走过一具普通的展品一样。他随即给我们演示起如何判决那些无辜的物品——代表驱逐的判决。我至今还感到惊奇，当他努力逮捕和消灭外来的那部分展品时，我竟然能那么耐心地看着他。有时他像是在给家养的小鸡做性别鉴定，他抓起一样东西，一个旋转的动作，从上面打量它，又猛地转过来，瞪着下侧，将它斜举到脸前，让你以为他在倾听那东西的内部，然后在所有他已看透、认为不喜欢的东西上贴上一张有编号的封条，往表格里做个记录："剥除国籍"。就这么决定了，他不认为有必要陈述理由。

没错，亲爱的，可惜你说对了。一开始，除了陪他，看他如何鉴定展品，给一样样东西贴上封条，我想不出别的什么来。我机械地跟着，好像正在进行的淘汰是种根本无法改变的事情。这个彩绘黄油桶，我们熟悉这些图案，来自大魏克瑟尔湾地区，这个我们完全可以放弃。这是用来揉麻的牙辊，老远就可以看出它是波兰传来的。就这样，他将雕刻出的提水女子和骑兵胡乱推到一起，改变了场景，你不得不相信，提水女子是在逃避发动攻击的骑兵。对一张角橱他确实说了这样的话："这是谁从卡舒布①人待的地区走散了，误跑到这里来了啊？"他在多块轧板当中坚决地找出了亚当叔叔从吉卜赛人手里买来的那块。

正如我所说的，一开始我只是跟着他走，听取他单调的判决，偶尔说点有利于故乡不确定的文物的话，我做得特别成功的是帮几只玩具洗脱了怀疑。不过，在织毯间，在织毯间我终于醒悟过来了。

在一阵剧烈得让他淌出了眼泪的咳嗽之后，参观者盯着靠垫和毛毯，盯着我们的收藏，我在索尼娅·图尔克的帮助下将它充实了

---

① 卡舒布（Kaschubei），生活在波兰北部地区的一个民族，讲卡舒布语，属西斯拉夫语支，卡舒布人的中心城市为格但斯克。

许多，连《勒克瑙报》都夸奖说，之前从未有人这么完整地收藏过
马祖里的织毯艺术。我立即摸清了他的目的，他感兴趣的是内容，
是人物和象征。一座施洛斯山，有大门和阳台，这让他觉得可疑，
它们不可能是别的意思，只能代表坚强，象征着抵抗的力量；奔跳
的白鹿，希望和幻想之鹿，在马祖里的民间信仰里被视作圣兽；其
中也有他认同的部分，如上帝之马，沃坦白马，它被视为温和统治
的符号；见到天鹅你不可能有别的想法，只会想到纯洁；而仙鹤成
了繁殖力强的象征，反正它俩没有引起怀疑。他同意母鸡，同意鹅、
母鸡和侧柏，我都能够预言他会同意哪些形象和象征了，我也能预
料到他会反对给予哪些图像居留的许可令。精美的动物形象，也包
括不完美的人形的动物们，它们与人们内心的动机相连，尤其有几
个出自《圣经》的故事，它们突然引起了他的反感，毫不犹豫地被
写进了表格里。

　　然后他招手让我走近，随意地向我确定，有几种东西没资格在
这个环境里展出，几个上面写有"外国的"字样的，也可以说是
"非德意志的"，因此它们成了"作恶者"，在这里，它们置身其他的
邻居中间沾沾自喜。更容易剔除的是那些他做了记号的物品，他刚
刚已经给它们用印膏编号的贴纸打上了烙印。他指着那些发黄的贴
纸点点头，他自己很满意。然后他又很快转过身去，想进入另一个
房间。这时我拦住了他，我直接挡住了他的路，这一点没让他觉得
奇怪或困惑，他只是看着我，像个预料到了此刻人家会拦住他去路
的人一样。

　　怎么了？还有什么吗？我根本没打算对他讲我后来对他讲的那
么多。我首先要求他去掉毯子上的贴纸，原因可能在于他嗅闻和标
记一切时表露出的那种冷漠，因为我认为那些贴纸弄脏了藏品，这

些织毯独特地展示了马祖里织毯艺术的历史发展。由于他不理会我的要求，只是冷冷地望着我，于是我自己摘下贴纸，撕掉，摘下他的烙印。我还知道，做完后我感觉舒坦极了。当他中肯地问我是不是当真时，我镇定地问答："是的，我是当真的。"

之后他又转向织毯，好像他嫌在确定身份时进行得有点仓促了似的。他又深情地摸摸毯子，低声问我是否知道，他可以强迫我，可以强制我移走所有的"异类"，而且是根据德意志文化遗产保护法。

我向他解释，我们的博物馆是私人财产，是由亚当叔叔创建、由我继续主持和扩建的，他听后无动于衷。他单调地对着毯子说话，随后向我指出，我们的博物馆定期接收资助，公众进馆参观需按规定支付门票。"凡属这种情况的地方，"他冷静地说道，"当局都必须履行监督义务。"这些都是事实。他了解情况，他了解具体的情况。他登上火车，但是并没有结束我的问题，而是继续往下说，他主动向我介绍了提示、指示、最新公告，可它们统统与我无关。

可我想对你讲什么来着？

一开始我只是摇摇头，反驳他，然后我要求他提供证据。他以冷漠的口吻，引用相关的法令，给我提供了我想要的证据。我比先前更为不满，要求他解释，从哪一刻开始，社会能向个人未受委托的、仅为自己购买和收藏的东西提出要求了。我的肯定和冷漠刺激了他，他听后同样肯定冷漠地回答我，他的话大致是这样："从哪一刻开始，一样东西具有必须对大家有好处的价值，这是由组织鉴别确定的。"于是，受到他的不假思索，尤其是无动于衷的挑衅，我抓起一把刀，朝着一张毯子举起来。我期望他做什么？他应该向我证明，这毯子仍然属于我，因此我有权利对它为所欲为，而不必承担社会责任。你知道他见后怎么回答我的吗？我可以拥有毯子的物质价值，而非物质的价值我必须与他人共享。"与民族共同体。"他说道。

请你不要问我，当我举刀捅进一座桥，试图将刀刃划过织物时，我希望向我或他证明什么。也请你不要问我，当我用扣球的动作将两台从前的手工织毯机扣到地板上，拼接的作品在地板上松开、解体时，我期望的是什么。我只是感觉，必须由我自己来确定我还剩下的东西的命运。有可能，我也感觉遭到了突袭，突然被强加了无人能预见的命运。我的动作那么快，这是我的怒火导致的，我根本没有察觉到客人躲到哪儿去了。埃迪特后来说，在我整个发怒的过程中，他一直坐在窗台上，只是时不时地瞟我一眼，因为他认为审查他的表格更为重要。总之，有什么东西在引导我，有什么东西在领着我，因为事实证明，我没有损伤任何他之前用他的贴纸弄脏的东西，即使精神错乱，也还有一块明白的楔子在坚持，它让我能够做出区分。哎，我们不谈这个。是埃迪特让我恢复冷静的，当她出现在门框里时，我看到她吓得脸色发暗，然后她向我扑过来，拿走我的刀，将我按到一张沙发上。

她站在我身后，双手按着我的肩，请求客人离开房屋。她没有请求他的原谅，她说："现在是时候让我们单独待着了。"那人滑下窗台，扭曲成一个问号，停在那里，因为他显然还需要一个解释。她警告说："这里不管发生什么事，做主的总还是我们。"

于是他轻轻地鞠个躬就走了。埃迪特还站在我身后，加大了施加在我肩部的压力，查看房间，默默地跨过我造成的狼藉。她不是要统计这场损失，而是为了弄清楚发生了什么事。"我的天，"她低语道，"我的天哪！"我试图向她解释这一切怎么会发生的。"别说了，齐格蒙特，"她说道，"我已经明白了，别说了。"我重复了来客的观点，向她分析，如果有一个飞扬跋扈的机构插手我们博物馆的财产，这意味着什么。"他们不会这么做的，"埃迪特说，"他们不能这么做。"我头一回想到，宁可解散或毁掉博物馆，也不愿接受民族主义领导者的干预。埃迪特好像感觉到了我在想什么，她说："总会有办法的。"

是的，当时我头一回考虑起解散博物馆……

不要这么不耐烦嘛，亲爱的，你马上就会了解，埃迪特理解的"办法"是什么，因为又一个礼拜天，客人再次出现了，这回由身穿制服的亨斯莱特陪着他。当时我们正在掩埋一只半腐烂的有斑纹的仔猪，它是被河水冲下来、被小保罗用钉耙打捞出来的。由于小保罗必须为它举行葬礼，我们让客人等着，这就是说，我们放任他们在车间独自检查我们的博物馆。我们后来看到，当客人迅速单调地做出决定时，亨斯莱特在填表。

我们正在梳理，亨斯莱特将他的食指伸给我，向我打招呼。我和埃迪特，我们跟着他们，虽然小保罗在外面绝望地喊她，埃迪特坚持留在我身边。她抓紧我的胳膊，捉摸不透，不动声色地接受了匆匆做出的决定。有时候我觉得她像在微笑，一种带着优越感的微笑。我们一直跟随着他们。当他们结束了看起来万无一失的裁判工作时，我们跟在他们身后慢慢走向门厅，在那儿，我们在一场所谓的总结会议中得知，所有表格都会制作副本，即刻制作，他们会将副本寄给我们，并请求我们按建议清理财产，同样要即刻执行。

这时候埃迪特开口了。开口前她先吹了吹她的灯架，吹得悬挂的菱形小金属片旋转起来，她以不容任何反驳的声音解释说："寄表格来是多余的，是的，复制和寄送都是多余的。"她默默地穿过门厅，收起三块手做的纸板牌。她将那些牌子逐一递给客人，写有开放时间的牌子和写有成人、儿童和学生价格的牌子，最后是那块不可避免的牌子，我们通过那块牌子请求得到理解，对于我们全部的物品，我们不会承担他们所要求的责任。正如我所说的，她向他们举起牌子："喏，你们确认一下。"然后精确有力地将牌子磕在膝盖上，将牌子磕弯了，很容易就从弯折的地方把牌子给扯开来。她将所有牌子都撕成啤酒垫大小，将剩余的递给亨斯莱特："请您将这个保管起来，用作证明，用作申请，因为这是我们在申请向社会关闭博物馆，我们大概不必等候批复吧。"

你得体验一下这份茫然的，这份难堪，不光是亨斯莱特和他的同伴，是的，我也是，因为虽然我也考虑过关闭的可能性，但这来得太突然了，又说得那么自然，好像我们早就达成了一致的意见似的。我无法插嘴打断埃迪特，我震惊不已，我同意她的话，无人察觉我的眼神和行为有多么矛盾。"从今天开始，"埃迪特说道，"我们只将这座博物馆视作私人收藏，它又变回了曾经的它，对此恐怕没人有什么异议吧。"

那些男人缩回一个角落里，他们偏偏在我的满师证书下面磋商，他们在那里承认他们的尴尬和突然失去的权限。告别时亨斯莱特没别的好说，只能告诉我，我们享有社会资助的资格就此结束，"从此再也没有资助了"。

不过，咳嗽的那人相信，他无法接受埃迪特的解释。他声明，这事还有待审查。他要求我们理解，一座公众习惯了视其为公共设施的场所，不可能这么随便地就被变成一座私人设施，他的原话是："不只是宣示一下意志这么简单。"他即刻通知，他向我们预告，官方会来调查此事。

我不能说，他这样威胁，是因为他想对我们进行报复，我们使他的搜查工作变得没价值了，我想，他更是想在离开时，向我们宣告他对一桩从未遇到过的案子的专业兴趣。当又只剩下我们俩时，由于刚刚已经被迫说了很多话，我们暂时再也说不出什么了。你知道埃迪特是如何化解我们之间的紧张的吗？她点点一块指引参观者去卫生间的指示牌，又指着我："这儿，齐格蒙特，这儿还有个任务给你。这些牌子现在不需要了，现在终于可以摘掉它们了……"

是的，马丁，不过我不想称这是一场抗议，因为在我们看来那不是抗议，而是一次平静的放弃。我们破坏了他们的计划，他们想接管我们的家乡博物馆，按照他们的希望，给它一种倾向性，一种规则，一个被筛选过的历史留下的不正当的规则……

一点果汁就行了，谢谢……

因为，作为与著名沼泽为邻的定居者，对于我们来说，历史或好或坏地表现为沼泽地，它闪闪发光，有时又表现为一座黑暗的、带有欺骗性的小池沼，它从未清澈到能一眼见底。我们不由自主地，不得不怀疑每一个炫耀规则，或试图将光明带进用以维持我们生命的沼泽里的人。

总之我们关闭了博物馆，不再向社会开放它，一张新的公告钉在桥前的一根桩子上，旨在提醒来客及时返回，我这么说，是因为我们不得不接受这样的事实，这份公告根本没有起到我们预期的效果。许多人在大门口按铃，不仅要求口头求证，还想有人向他们解释关闭的原因。我们每个人，哪怕是小保罗，走去门口时，我们每个人都以同样的托词解释关闭的原因。我们声称这是私事，准确地讲，这么说有部分也是对的。

没错，不管你信还是不信，尽管一开始我们享受安宁，绝不想念参观时扭打在一起的班级，但是慢慢地我们不得不相互承认，承认我们缺了点什么。我们既怀念沉思的散客，也怀念拥挤的、不耐烦的团队。我最思念什么？肯定不是感动或发现什么的快乐，又或是那带有一定虔诚的目光。我主要是不能适应，再也无人看到我们收藏的过往生活的见证。你理解吗？只有当别人看着它们时，当别人看着它们，对自身有所了解时，所有这些东西才有价值。现在这里只有它们本身，我们的过去的这些见证，被配上文字，仔细分布在橱上、陈列柜、架子上。被从泥土和灰烬里解放了出来，但又待在了幽暗的新的藏身处，这几乎等于它们又第二次庄严地死了一回。可我们忍受了，我们必须忍受。我们等了很久，一直没等到梅泽尔·塔皮奥的机构的表态，我们有时感觉在这段时间里重新找到了安宁。我必须承认，我重视这种安宁，在这一点上我有别于康尼，康尼不想适应，任何情况下他都坚持干预，不管他能达到什么目的。可是，就像他一直说的，对他来说，记住反对意见就够了。

康尼·卡拉施，就连他也有那么一天。那时他不知道如何是好，似乎准备放弃，那一刻他像个梦游者，脆弱、沉思地坐在我们的桌旁，而我们提心吊胆，怕打断静谧，只因为我们担心，随着苏醒必然会有一场灾难到来。他刚向我们讲述了他的遭遇，不，他是自愿的，没有考虑后果。他刚刚报告完毕，似乎一点不指望有什么主意或者出路，立即又梦游似的沉思起来。而我们，我们必须回味他讲的话。你设想一下：

在九月的第二个礼拜天，也就是在塔洛沃节，他也去了勒克瑙南部的塔洛沃高地，是开着他的摩托车去的，去亲身体验每年同一时间都会发生的事情。人们攻占森林密布的高地，它像一座自然要塞控制着南面的大道。一朵巨大的、棕灰色蘑菇，它不能将它的雌蕊从地里长出来，这就是塔洛沃高地远看的样子。为了纪念上次战争中幸运的占领和守护，每年九月的第二个礼拜天，勒克瑙军营的士兵们就会穿上历史上彼得堡步兵和当地战时后备军的制服，娱乐性地向它冲锋，游戏般地将它占领。

这一天在我们这儿很重要，马索维亚酿酒厂生产一种烈性黑啤，取名塔洛沃啤酒；几家糕点甜食店在橱窗里摆放的糕点，上面可以见到一尊著名高地的浮雕；为举行盛大的塔洛沃舞会，"路易森饭店"被用旗帜和花环装饰一新，做好了解决八百名客人口渴问题的准备。外面，在塔沃洛居民点的外面，什么居民点啊，就是几座低矮、分散的农庄，这就是全部了，高地脚下搭起了啤酒篷，在那儿的野战炊事车里，传统的塔洛沃豌豆汤正在沸腾，售货摊开张了，一顶医疗救护帐篷，一辆高音喇叭车，移动厕所，高地上还用发光隔板搭建了漂亮的贵宾台。康尼向贵宾台挤去，他正忙着从拥挤着站在那里的人群之间挤过去，此时他听到了高音喇叭里的通知，得知了如潮的掌声是献给谁的。

原来他们又发现了一名老兵。他们的寻找非常成功，在格拉布尼克①找出了最后一名老兵，正如他们估计的那样。他参与过真正的、真实的攻占行动，攻占塔洛沃高地。他是布鲁诺·巴图夏，二级铁十字勋章的得主。"我们的英雄布鲁诺·巴图夏。"喇叭里说道。当他终于抓到贵宾台的固定板时，康尼立即认出他来了。那位老兵羞涩地，是的，几乎是害怕地坐在一张折叠木椅上，星云状的嘴巴，狡黠的眼睛。军营指挥员身着僵硬的新制服，站在他的两侧。其他所有人，军官们，勒克瑙的官员们，身穿褐色和黑色制服的领导们，只能坐在一张长椅上。康尼发现，随着不断有新的贵宾抵达，布鲁

---

① 格拉布尼克（Grabnick），原属东普鲁士，现属波兰的瓦尔米亚-马祖里省。

诺·巴图夏的不安没有减弱，反而增大了。一位将军也来了，还有神职人员、学校校长和邻村的村长们。爬上贵宾台的贵宾越多，老兵就明显地越不舒服。有什么在折磨着他，有什么在试图将他从折叠椅上拉起来，强迫他怯生生地盯视周围的脸孔，他看不见邻居们善意地从皮盒里递给他的所有雪茄。后来，身着白色上装的传令兵们给贵宾们斟倒塔洛沃啤酒，大家起立互相敬酒。人们满意地叹息着，用手背慢条斯理地拭去唇上的泡沫，愉快地迎接喇叭里的消息。队伍已经到达了预备区域，进入了阵地。人们朝着高地上稀疏的小森林举起望远镜，清纯的小号吹响了，号声洪亮，像在询问什么，另一只小号从山背后低声回答它。最后的号角声还未飘散，在活动场所的上空，第一批榴霰弹就在蓝白色的演习天空爆炸了，这场面连我都经历过很多回。

康尼怎么也没法把布鲁诺·巴图夏从他的思绪中赶出去。巴图夏的激动不是由暂时看不见，但十分嘈杂的战斗引起的，他对山那边干巴巴的炮火兴趣不大，他更关心的是观众们的脸，他用借来的望远镜检查很多人。攻占战开始了，先是彼得堡人进攻高地，从背面往这边攻打。他们没法绕过来，这与从前的事实相符。他们先迫使穿军灰色制服的我方后撤，先是一个个地，然后穿军灰色制服的人一队队撤出小森林。有组织地在我们这一侧逃下山坡，一直退到一片灰白色的、长满藿木丛的土地。这时山上已经出现了土灰色制服，小号吹响停止追击和胜利的信号，这是暂时的胜利，火力渐弱。所有望远镜都对着小森林的边缘，只有老兵借来的望远镜不是。巴图夏特意尽可能地弯下身体，躲到军官们的背后。康尼看见了。现场有名黑皮肤的男人，他身披平民的宽松得夸张的披风，丝毫不掩饰他对每一位贵宾的兴趣，一见此人老兵哆嗦了一下，这也没有逃得过康尼的眼睛。

现在，高地脚下不见有动静，颤抖的信号和照明弹怒吼着升向九月的天空，宛如来自地心内部。但是，转眼间，战壕里、灌木丛里就动了起来，堆积的土堆、草捆后面也都在运动，带叶子的树枝移向斜坡，风景活了过来，貌似想重新划分、组合。然后高地上回响起爆炸的沉闷响声，蘑菇状的灰纱袅袅升起。当人们在森林边缘嗒嗒嗒地开始猛烈扫射时，一支小号吹起进攻的信号。将军和蔼地向老兵转过身去，提醒他注意穿军灰色制服的战士们，他们在猛烈的火力中站起来冲锋，他指给老兵看沉重的、伪装过的机关枪，它们在掩护冲锋的人们。巴图夏顺从地点着头，殷勤地附和，又赶紧寻找起披披风的黑皮肤男人。将军理解地笑笑，也许那是一位父亲般慈祥的将军，也许他甚至能设身处地地为老兵着想，他被邀请来，重新体验被遗忘的勇敢或害怕的瞬间，反正他没有停止居高临下地向巴图夏解释冲锋阶段。

穿军灰色制服的人已经到达半山腰了，这时将军突发奇想，那是个在他之前还没人想到过的想法，他表达出想知道老兵当年占领的是哪个位置的愿望。他想老兵为他指出自己当年的掩体位置，他喜欢用的伪装材料，他冲锋时所走或必须走的大体路径。观众们头一回在塔洛沃节上见到一位将军挽着一位老兵的胳膊，冲锋还没停止，就和老兵一道离开贵宾台，带着随从，不用说，是康尼自然而然地扮演了这个角色。

于是他们开始寻找布鲁诺·巴图夏当年可以趴下来贴紧地面的位置。将军没有因为老兵什么也记不准而生气。"会不会是在这个坑里？""长官，可能是，也可能不是。""那个土丘，好像是专为保护冲锋的人修建的？""长官，那个土丘，我不觉得很熟悉。"将军对他的健忘表示理解，这甚至让他欢喜，因为英雄们不会拿这些有关地理位置的小事给记忆增加负担。他们跟随冲锋者们爬上森林密布的高地，枪口喷出的火焰像一排小闪电，不时有进攻者跌倒，逼真地顺着斜坡滚下一小截，但将军用靴尖友好地一碰就能让他重新站起来做报告。

手榴弹在上面的小森林前爆炸，火力的强度在增大，为了给曾经的胜利者增光，那里又赢得了一回胜利，人声混杂的欢呼声已经在宣告胜利了。将军请求老兵回忆他当时边战斗边钻进了低矮灌木丛中的哪个位置。"长官，可能是在榛子树丛那儿，也可能是在云杉那里。"

穿军灰色制服的占领了森林密布的高地，穿土灰色制服的逃走了，一切都很顺利，一切都很出色。听到拖长声调的哀伤的小号，胜利者们摘下头盔，望着地面。康尼也望着地面，可他从眼角惊愕地观察到，披宽松披风的男人悄然飘近，走向布鲁诺·巴图夏倚靠的那棵树。"嘘"，那是一声威胁，老兵的答复是谦卑地请求。别的康尼没有看到，因为将军又在请求布鲁诺·巴图夏，拉着他去一块新开辟的林中空地上参加军情讨论会。

在此期间，康尼尾随上黑皮肤的人，他叫西莫奈特，来自戈劳，就挨着塔洛沃。康尼跟上他，与他谈论今年的冲锋过程。对方越是坚定地沉默，康尼就越强烈地感觉到，陌生人心中充满了对这个纪念日的轻蔑和怒火。康尼将他请进啤酒帐篷，给他叫了塔洛沃啤酒。当他后来故意谈到布鲁诺·巴图夏时，西莫奈特只是鄙视且同情地看着他，就好像很吃惊他居然会提到这个男人的名字，而这个人彻底毁掉了他本来就已经一钱不值的未来。康尼不必十分好奇地假装吃惊，因为西莫奈特已经下决心要把事情抖出来了。

他，西莫奈特，也是一名老兵，他曾经也冲上过塔洛沃高地，他也申请过纪念日在贵宾席上坐一回，可他的所有申请都被断然拒绝了，因为他好几次，虽然只是较短的时间，因为违章行猎蹲过勒克瑙监狱，是的，因为偷猎。什么都帮不了他，一级铁十字勋章和为纪念日做准备工作的塔洛沃节委员会越来越难找到一名具有行走能力的老兵的事实都一样帮不了他。当他得知，某位布鲁诺·巴图夏被委员会发现了，被选中坐在享有特权的小折叠椅上观看冲锋时，他认为实现他夙愿的最后机会来到了。

西莫奈特乘车前往格拉布尼克去找巴图夏，建议他放弃提名，将已经提供的老兵制服交给他。不仅如此，他暗示，他可能比巴图夏更有权利坐在贵宾台上。回绝建议的不是巴图夏，而是他的妻子，还有他的两个女儿。即使在西莫奈特暗示一桩轶事，说只要提一下它就足以让巴图夏呼吸困难时，她们也坚持她们的决定。由于双方无法谈拢，西莫奈特就利用手段，让那位候选者关注到他出现在贵宾台上，并会在之后带来必然的后果。现在他出现了，西莫奈特感觉自己获得了授权甚至感受到一种呼吁，他要向社会揭开老兵布鲁诺·巴图夏在攻占塔洛沃高地时所扮角色的真相。

康尼了解到，西莫奈特和巴图夏曾经所属的队伍，在彼得堡人的冲锋下，先是决定撤离高地，就在黎明前夕，在榴霰弹的轰击下。他们不得不带上装备，人人自顾自地，没时间注意谁走丢了，或是什么东西丢了。反正，在慌张后撤之后，在详细检查时，他们发现必须将战地后备军队员巴图夏登记在损失名单上。然后他们在高地脚下准备进攻，他们集中在一起，他们约定信号，进入他们条件很差的出发阵地。我们这里的每个学童都知道，冲锋是什么时候在什么天气下开始的，弹药消耗多大，争夺高地持续了多长时间，最后也知道双方不得不统计出了多少轻伤员、重伤员和死亡人员。

据他自己的说法，西莫奈特之所以安然到达森林边缘，只因他每跑几步就毫不犹豫地躲到阵亡战友的后面。他一次次感觉到，本是射向他的子弹全都射进了失去了生命的身体里。据说他是头一个边战斗一边钻进具有掩护效果的低矮树丛的人，钻进他比谁都熟悉的灌木丛里，因为还是半大小子时他就在这里固定过他的陷阱，下过圆盘形捕捉器和撞击型捕捉器。他不由自主地前往他的旧的藏身处，他曾经长期将他的工具藏在那里面。在那里，距离入口不远处，他发现一名战时后备军队员趴在地面上，他的一只脚陷在一只圆盘形捕捉器里，一只胳膊卡在布满利齿的撞击型捕捉器里。

西莫奈特拿卡宾枪的枪托轻轻捅他，后备军队员一动不动。直到西莫奈特跪下去，那人才在捕捉器里哆嗦了一下，将脸歪向一侧，此人就是布鲁诺·巴图夏。西莫奈特亲手将他从陷阱里救了出来，在整个占领和进攻的时间里，陷阱一直将他困在地面上，西莫奈特帮他包扎好胳膊上的皮肉伤。那之后巴图夏就不停地，许多人都看得见，在逃跑的彼得堡人背后射击，那么顽强，乃至于颁授嘉奖时无法跳过他……

是的，可以这样说，陷阱里的英雄，圆盘形捕捉器里的英雄。可是，如今你对康尼足够了解了，你能够想象到，他这样一个人不会满足于只听听故事，再将它们埋葬在沉默里的。在西莫奈特向他证明了他可以自由支配巴图夏的不幸之后，他跃上摩托，驱车直奔勒克瑙，直奔编辑部。

礼拜天，人员不多，如果库基尔卡在，那么康尼坐到有年头的雷明顿打字机旁去时他或许会犹豫，可马祖里最彬彬有礼的编辑必须顾及近几年的恫吓信，那些他不敢收进他的收藏的信件，它们几乎造成了一种心脏疾病。新编辑库佐斯比他年轻，不放过一切机会争取年长同事的信任。当康尼向他提议，用假名写几篇有关塔洛沃节的花边笔记时，他睁一只眼闭一只眼。是的，一篇花边报道，附在主要文章后面。于是康尼写了那个士兵的故事，他在撤退时掉进一个猎人的陷阱里，他能幸存下来，是因为捕捉器将他死死按在了地面，老兵巴图夏的故事，他的倒霉导致他再也没能逃脱嘉奖。

库佐斯，不是个喝脱脂乳的，而是个喝杜松子酒的家伙，他读了文章，去掉康尼预防性地删除的内容，他将手稿交付刊印。他兴奋不已，说他真想定期有一篇这种类型的文章，暂时用假名。他邀请康尼喝他的杜松子酒，下班后他们面对面坐着。库佐斯小心翼翼地打听康尼的情况，没有条理，更多是象征性地，好像他想让对方理解，他多么重视与对方的亲近。然后地板开始颤动起来，压力增加。库佐斯威胁，如果康尼拒绝他的邀请，去所谓的战友之家，他会大失所望的，每个在战友之家有表决权的人都可以带客人进去。

他们乘坐康尼的摩托车过去，库佐斯对着他的耳朵大声喊出地址，房子孤零零地位于湖畔，在滨湖大道后面，范托尔大夫的房子，他为勒克瑙人治疗了四十多年的牙痛，之后获准移民去了伦敦他女儿身边，但放弃了他全部的个人财产。所有的窗户都灯火通明，有几扇窗敞开着，康尼听到电唱机音乐和台球没有回音的啪的一声。沉重的大门锁着，库佐斯按了下门铃，一扇活门打开，一对犀利的眼睛打量着他们，然后一把钥匙咔嚓一声插进锁孔，一位长着链球运动员那样的颈部肌肉的巨人放他们进去了。

他们在一个本子里写下他们的名字，然后从相框里的元首照片旁走过。高高的推拉门打开，库佐斯领康尼参观会议室、桌球室和阅览室，鼓励地将他拉进贴有木墙的培训室，康尼在里面感觉膝盖发软，太阳穴突突地跳，他不得不请求原谅，在一张讲台上坐了下来。墙上挂着招贴画和演示板，板上画着头和脸的形状。无一例外都是令人厌恶的脸，长着后倾的额头，长着招风耳和深陷的鼻根。康尼感觉胸闷，他遗憾地望着那些脸，心里只有一个愿望，要离开这座所谓的战友之家。可库佐斯显然对他有所图，他坚持带客人去酒吧间。这儿，在曾经的治疗室里，布置有一个酒柜，这里摆放着结实、简朴的农家家具，库佐斯所谓的战友们坐在低矮的橡木椅子上，手执锡壶喝着塔洛沃节啤酒。他们大多数人都穿着制服，便衣人员都佩戴着他们获得的徽章，徽章钉在翻领上，他们盲目地向它宣誓过。他们一起坐在托尼·莱特科夫周围，他显然是在讲自己在骑兵旅里的趣事，也许是在报告某个有趣的事故，每次引来哄堂大笑后他就耸耸肩。

康尼向我们介绍，库佐斯如何呆立在托尼·莱特科夫面前，举臂问候，他一直站着，直到后者轻轻点头他才摆脱僵立的姿势。之后他们走近柜台，链球运动员腰系黑色皮围裙出现在那里，给他们从酒桶里打酒。一面墙上布置有历史上俘获的武器，法国短刀、俄罗斯刺刀、两台英国飞机螺旋桨，它们全都交叉排列；另一面墙上挂着陈旧的、掠夺来的总参谋部地图。在几个角落里，在蓝色梭子鱼后面，康尼隐约发现了好几张熟悉的面孔，比如施特鲁佩克和亨斯莱特，也有"路易森饭店"的老板和两名勒克瑙法官。大家与他干杯，他举起锡壶，边喝着边越过壶沿观看，看到烟雾后的两个男人如何将头凑到一块儿，交头接耳，一边将身体向他转过来。

库佐斯向他承认，他早就打算将康尼引荐到这儿来了。他领他去到一张桌子，桌上的藤篮里放着面包和耐贮的腊肠。托尼·莱特科夫周围的男人们突然唱起歌来，他们不再坐在椅子上，他们跳起来，身体不由自主地挺直了，唱完后他们向那人举起酒杯。

库佐斯谈报纸，谈他们的《勒克瑙报》，畅所欲言，就像一直知道有只强大的手护着他似的。他谈论"路线"，谈论冥顽不化的、保守的路线。"马鲁恩和他的同类，"他说道，"他们超不出坦能堡的精神。"那是不带掩饰的批评，是非常直白的证明，他坦率、不在意地列举令他不满的原因，他看到有许多东西都可以改善，他认为尤其必须让报纸在所有领域都向新运动的精神敞开。"虽然，"他不得不承认，"马鲁恩已经被迫做出了一些妥协。"然后，他仍然知道没人能够把他怎么样，他告诉大家，告诉他们，也就是他和他的战友们，当然有办法彻底禁止马鲁恩对报纸的影响，但他们在这件事上要走特殊的道路。他讲个不停，他不放手，他不想听听康尼的看法。康尼直到最后都不确定，库佐斯是不是要拉他做盟友，做一个提供消息的人，或者只是摊牌，好弄明白隐藏在暗处的抵抗是如何表现出来的。

他的锡壶空了，当库佐斯要为他再叫一壶啤酒时，他摆手拒绝了。他浑身燥热，他想找借口告别。他感觉他们正在酝酿什么事情，报纸处在危险之中，至少剩余的马鲁恩的表现形式和影响有危险了。在这儿，在战友之家，当库佐斯掰下一块面包，分给他一半，然后用刀尖戳着一根香肠递给他时，他就考虑找老马鲁恩谈谈了。

链球运动员突然走到他们的桌旁，双手抱着半打大杯的酒杯，他轻轻地向康尼弯下身来，只说了声："请您站起来，马上。"链球运动员将大酒杯放在柜台上，招手叫康尼过去，指着出口。康尼都没找到告别的机会。他从出口回头望向库佐斯，后者吃惊地愣在那儿，他是真的吃惊。没有解释，没有一句话，链球运动员打开大门，为了表示他只在等康尼快点出去，他采用了一个交通警察的手势，他弯起胳膊，指向外面。

康尼知道，直到他开车离开的那一刻都有人在观察他，因此他都没有试图从一扇窗户偷看一眼。他跃上他的车子，猛踩离合器，让车子在湖滨路上证明自己还能有多大的动力。后来他在"路易森饭店"外面停下来，身体撑在自行车龙头上，观察客人们将车开到"塔洛沃舞会"的门外。弗里德里希·马鲁恩也带着他总是一身缁衣的妻子出现了，康尼成功地和他打了声招呼。

之后他驱车回家，收拾好背包，当晚就出发前往卢迈肯。他独自哒哒地奔驰在黑暗的土路上，一口气骑到他休息日常来的钟湖。他用灯芯草给自己铺了张床，生起一个火堆，在火上烤土豆。他躺在那儿，等待嗡嗡的响声，人们都说这声音来自一只沉没的钟，那钟沉在湖底，是在一次逃跑时被不小心弄丢的。湖面波光粼粼，夜莺悲苦地啼鸣，看不清芦苇里是什么在动。自从发现了这个可以独处的角落，他相信自己找到了一个可以逃离世间的地点，他这么称呼这座桦树包围中的小湖湾令我惊讶。康尼在那里露天睡，早晨他在湖里洗漱，在明火上做早餐，然后置身于咕噜、沙沙和噼里啪拉的响声的包围之中，坐在阳光下阅读数小时。在野外阅读感觉很不一样，他声称："你体验到另一种专注，你会更容易掌握一些东西，像是不经意地似的。"但他从来没兴趣和一条温驯的水獭玩，或进行"敏感的观察"，这是他的说法。一棵磷光忽闪的树墩，一片落叶的下方，它们对于他的意义就是它们本来的样子。

你已经意识到了他的目的何在，他在野外发现了什么。有一回他认为，那只是另一种独处的机会，不一定更有用，只是不一样而已。他定期在第二天早晨开车返回，在湖面露出曙光的时候。但他从没想过，他必须迅速返回这个地点。返程中最大的快乐是早早地在某位乡村面包师的屋前停下车，购买热乎乎的面包。是的，仅仅是烘焙间的灯光就让他倍感亲切。

不管怎样，塔洛沃节后他来到野外，在他选来"暂时逃避"的湖湾边，他决定去拜访弗里德里希·马鲁恩，不过不是去办公室，办公室里的气氛总是提醒你要赶紧把事情说完。他决定去他的家里，去那古老的、隐藏在葡萄叶下的别墅，那里有座梯形花园通往下面的湖泊。他没有必要踏上去那里的路，因为当他上午走进印刷车间、边走边拿他的工作服时，一名学徒告诉他，老板急着想见他。"你知道都问过你多么次了吗，先别急着穿衣服。"

康尼上了二楼，前往侧翼，这里的走廊上铺着用椰子纤维编织的狭长地毯。马鲁恩的女秘书，大家都叫她小精灵，这回她没时间挤挤眼睛鼓励他，她满面愁云。她没有要求康尼就座，而是让他和自己一起站在门枢之间，等待通知。

弗里德里希·马鲁恩请他进去。这回没有咖啡，没有白兰地，但他还是做了个邀请的手势。他请他在一张皮沙发椅里就座。"马鲁恩的眼睛，"康尼说，"在马鲁恩的眼里能读到这个男人注重的所有基本原则。"他还说："不管你反对一个自由的保守主义者什么，你都可以和他讲清楚。"报社老板在整理雪茄，他有一只为客人准备的多格烟盒，他将盒里的东西全都倒在办公桌上，仔细检查每一根烟，不时地将一根塞进供他自己使用的大口烟盒里。开始几句话他是轻声冲着桌面讲的，康尼只听懂了一句句的短语。显然有过一阵愤怒的风暴，成批成批的退订、恫吓和不满在持续发酵，马祖里某个纪念日的尊严受到了伤害。马鲁恩站起来，走到一张彩色地图前，地图上绘有勒克瑙县二十九座英雄公墓，其中也有塔洛沃的公墓。"本来，"他平静地说，"没必要揭露塔洛沃节的什么，本来没这个必要。"他停在被十字

架遮住的地图前，十字架的黑色底座很宽。两只十字架上都饰有风格
化的橡树叶，博伯恩①和博希门②，马鲁恩的兄弟们就躺在那里。老
人走向窗户，又从那里走向书橱，当他经过康尼身边时，他拿一只
手按了按康尼的肩。康尼想说什么，但马鲁恩抢在了他前头。他声
音中不含责备地说道："异议，讲出来，服务真相是理所当然的事
情。为了能够揭发对大家都重要的真相，我们应该有所放弃，不要
给其余的东西留有余地。追求真相的人，必须鄙视那些来自精妙的
揭露的幸灾乐祸。塔洛沃节的阴影现在落在所有十字架上了。"

说完他走向门口，打开门，目光低垂，一直等到康尼从他身旁
缓缓地走出去。康尼从门缝里就看见小精灵站在那里，她待命似的
站在那里，手里拿着白色和黄色的纸，他的稿子。她说："我恐怕得
为老板请求原谅，他马上就得去议院。"康尼接过他的稿子，望着女
人有点红肿的眼睛。接待室里，他感觉接待室里像是开始了有计划
的清理，此刻他不可以打扰他们。

在印刷车间，他清空了自己的抽屉，将里面的东西倒进一只海
员包，他将那些稿子搁在上面。除了出来找我们，将一切全都告诉
我们，他就不知道还能做什么了。他不指望能得到什么建议，只是
梦游似的沉思着，我们不敢将他从中惊醒，我们也不想为他未来的
脚步担责。

不，不是的，康尼从来不喜欢不确定的状态，那样的一天他看
起来不知如何是好。晚饭后，他从海员包里掏出他的稿子，走了。

---

① 博伯恩（Bobern），原属东普鲁士，现位于波兰的瓦尔米亚-马祖里省境内。
② 博希门（Borschymmer），原属东普鲁士，现位于波兰的瓦尔米亚-马祖里省境内的
马祖里东部。

他没有告诉我们任何人他的意图，他直接走了，也没对一直陪他到桥边的小保罗说一句话。他找到格里戈，勒克瑙最古老印刷厂的老板，他用了不到一小时，就说服了沉默寡言的老板和他的儿子，让对方相信他们需要他这个员工。重新回到我们身边时，他已经在解释，他在设想怎么扩大这个至今只印刷价格表和规章制度的家庭企业。"我们要印制贺卡，"康尼说道，"因为几乎人人都有遇到大事时祝贺别人的麻烦，必须有预先印好的卡片。"他还在考虑一种日历本，上面要每天印一句格言。另外他还考虑印刷名片，发行第一本勒克瑙姓名地址录。"印刷机能生产出来的东西，会让格里戈一家吃惊的。"康尼说道。他扔掉海员包，当晚就又回家去了，去了还在照顾他的魏因克奈希特夫人那里。

我是不是也对康尼讲过我的意见？这样做的理由肯定存在。就像我在这儿从收音机里听到的。这几个礼拜我是一名勤快的收音机听众，就像我最近从"思考时间"栏目了解到的内容，时不时地严厉一下是值得的，尤其是对朋友，对朋友从来就该直言不讳，哪怕是最粗暴的意见，它有净化作用，它能解除身体的麻痹。

没有，我当时隐瞒了我的意见，我觉得我没必要批评他。我只是将报道，他的塔洛沃节报道，剪了下来，将它保管在我们设在博物馆里的一只文件夹里。保管，你会想到这是怎样一个过程吗？我们妥善保存当代的物品，好让它在储放中发酵，生出宝贵的霉菌，有一天获得自己的"属性"，适合做博物馆的展品。

那篇塔洛沃节的报告，是的，它不仅改变了康尼的生活，而且对《勒克瑙报》的出售也起了作用。另外，据说都没有允许弗里德里希·马鲁恩有时间考虑。

你大概已经注意到了，我不满足于光靠我自身来解释一切，我需要另一个，外在的那个，我必须顾及一直包围我的既成事实。现在情况是这样的，既成事实，这是其他的……

哪种感觉？抱歉。我是不是曾经有过权宜之计的感觉？一个有发展潜力的计划，没错，马丁，我已经理解你的意思了，我也预感到了你想要什么答案。但我可以告诉你，这么一种感觉还从未伤害过我，我到现在都不觉得那是权宜之计。这大概也是因为，在马祖里这块土地上不存在什么权宜之计，没有什么是可以半途而废的，好像什么都为你规定好了，确定好了，一切都已经完成了。这些森林，这带着阴谋似的宁静，这份忍耐。暂时性、被需要的感觉，在这里都不可能产生，在这里我们不觉得有什么需要补充的。甚至连贫困我们都觉得是最终的，差别也是，还有一个人生活于其中的不同的依赖感。你知道，在一个人自愿承认季节规则的情况下，他恐怕是想不到什么权宜之计的。

可我必须给你讲什么呢？对，讲讲一次被俘的经历。我和康尼如何被俘虏的，七月底，在博雷克山脉和勒克瑙湖之间一块炎热的、收割后的田地里。这事我们也很肯定，一直就是这样，在一个特定的瞬间"捉俘虏"。在我们离开小格拉耶沃，一颗蹄钉钻进康尼的车子的后轮里之后，他们捉住了我们。我们必须下车，必须推着笨重的摩托走，细沙子烫脚，到处都是七月的流火，硬邦邦的，尘土飞扬，再加上摩托车的炎热和令我们头晕的汽油废气。

我们路过一块新收割过的田地，田里的庄稼亮闪闪的，连续数礼拜的干旱使它们之间的土地皲裂了。朝向湖泊的方向，在陆地沉落的地方，一切都沐浴在金黄色的光芒里。我们俯身在倔强的车子上，突然听到了镰刀交响曲，它来自野梨树前的一片洼地，那是收割者的交响曲。他们用磨刀石敲打镰刀刃，狂野，纵情，这个信号证明他们的最后一块地也收割好了。交响乐越来越低，我们之前没看见的人群从四面八方涌过来。他们挡住我们的去路，包围我们，有二十或三十人，有男有女，有几人带着钉耙和镰刀，还有几个带着用谷秆搓成的临时绳锁。他们将我们从摩托车旁挤开，开始"捆绑"我们，这就是我们的被俘过程。

他们将搓好的绳子套到我们脖子上，将我们的胳膊绑到一起，我们不能抗议，传统需要我们保持沉默，予以配合。谁完成了收割，谁就可以在他的地头捉俘虏。不仅如此，他们引用一则古老的谚语，掏遍我们的口袋，数我们身上带的钱，拿走够他们每人买一瓶药酒的钱。

摩托车？他们一起将它抬上了一辆短小的两侧有护栏的车子，它是从洼地里颠簸着开出来的，没装什么货物，只有几捆庄稼，上面搁着丰收节花环，装饰有真丝琮和葵花。另有鸟蛋或麦秆草人，一捆麦秆，扎得惟妙惟肖，像个女人，坐着，头戴宽檐遮阳帽。他们将我们绑紧在栏杆上，我们是丰收节的俘虏，我们必须跟在吱嘎响的轮子旁行走，轮子的护套碾进沙子里。我们喜欢自己当时的样子，我们按自己能想到的被绳子绑着的俘虏的样子走着，听话地低垂着头，脚步拖拖沓沓，像是未来已被封死的人。

收割者和捆禾女们为他们在最后一刻捕获的胜利品感到骄傲，他们举止粗鲁，友好地捅我们，有几个人还亲我们，想以此表明我们多么听任他们的摆布。我们随着这支开心的队伍爬向农场，因为逮捕我们的是农场的工作人员。在拱起的庭院边上，在酒红色的仓库大门外，托尼·莱特科夫身穿浅色风衣和马靴，站在装饰过的脚凳上。

当两侧有护栏的小车进入庭院时，群狗吠叫起来，铁匠铺里锻打出传得很远的欢迎声，门窗弹开，挤奶工身穿洗得干干净净的红

白色衬衫冲出来，女仆、车夫和马夫，所有人都跟在小车后面走着
跑着，车辆从两侧的桶和奶罐之间驶过，在托尼·莱特科夫身前十
来米左右的地方停下来。

两名收割者拿一把粪叉柄穿过丰收节花环，将它从车上挑起来，
轻松、从容地举向托尼·莱特科夫。他们将花环举向他，让他不用
费力就能摸到它。然后他们放下花环，他从头上摘下帽子，站在那
里，像是无法承受众人的掌声似的。托尼·莱特科夫用一句谚语向
他们致谢。现在第一个捆禾女露出扎好的燕麦新娘，将它扯整齐，
从颈后取下草帽，然后张开胯部，将秸秆做的草人抱向托尼·莱特
科夫。他犹豫地收下它，犹豫不决，但也是毕恭毕敬。后来他必须
与草人跳个舞，最后我们被带到他面前，我们是犯人，他唯一要做
的就是帮我们解开草编的束缚，邀请我们参加丰收节。

然后托尼·莱特科夫用第二句谚语和几句自己的话向所有人致
谢，他没有特别强调某人的努力，他主要是强调共同努力的成果，
要求继续保持集体精神，他还没讲完，听众中就小心翼翼地活动起
来。这里的人群散开，那里的人群聚集，人群正在偷偷地重新组合。
很显然，两排盛满水的桶和奶罐也促使他们排成两列，农场上的人
做好了打水仗的准备。

当时的情形是这样的，由从田头回来的人组成一方，工作岗位
在农场上的所有人组成另一方，他们像是有旧账要算似的，相互打
起来，吸水、射、泼、浇，互相将一桶桶的水从头上往下浇。你可
以想象一下那是怎样的混乱场面，一种多么快乐的混乱。衬衫和轻
便夏衣变黑，粘在身上，隆起的庭院里很快就出现水洼，一层纤细
的薄纱一闪一闪地蒙在向日葵上，它们已经长高，够到住宅的屋檐
了。我们也沾光了，我们，丰收节的俘虏，当然还有托尼·莱特科

夫，趁他稍不注意，有人将一只木桶里的水哗一声倒在他背上，像是一道锋利的、喷射而出的光束。他平静地接受了。

海尼·豪泽，康尼突然让我注意海尼·豪泽，他端着一只碗，正悄然走向住宅的台阶，走向托尼·莱特科夫的妻子站着的石阶，她像平时一样身着浅蓝色，像平时一样戴着一副手套。有一天她拎着大行李出现在农场上，从柯尼斯堡来，人们议论说，那是一个高傲的女人，她根本不想去唤醒人们的好感，她也不想去证明她的话有多大的影响力。据说，她是个有耐心的读者，经常连续好几天不出屋门。托尼·莱特科夫本人定期为她从勒克瑙领取图书包裹，人们叫她"蓝衣女人"。

她就站在石阶上，估计是被水战的嘈杂吸引过来的，也许是被它打扰了。她面无表情地望向她的丈夫，他正在拧干他的湿风衣。她是个瘦骨嶙峋、四肢修长的女人，有些人相信她来自萨姆比亚最古老的家庭之一。她叫马尔维妮，对，马尔维妮。她没有发觉海尼·豪泽正端着一只碗从侧面悄悄接近她，就算她发现了那个光脚男人，她也绝不会想到，对方是在向她走近。他来到石阶附近，他没被看到，他弯下身体，突然拿不定主意地再次望向我们。我们打手势敦促他，他受到鼓励，用一只手从碗里掬起水，往女人身上洒了几滴。

显然还是没被发觉。由于他知道，这一天他有权这么做，他令人吃惊地站起身来，快速地、小把小把地将水洒向浅蓝色的衣服。换成其他的任何人，海尼·豪泽都会将碗里的水直接倒在对方的背上，可对她，对托尼·莱特科夫的妻子，他不敢，出于尊敬或没有把握，或许因为她还从未对他讲过一句话，尽管她也经常遇见他。当女人向他转过身来时，海尼·豪泽尴尬地笑笑，耸了耸肩，没有恶意，他似乎在说，今天这可是允许的。女人既没发火也没有觉得有趣，她略微弯下身体，拿她的白色长手套打在男人脸上，手腕的动作简洁明快，像是拍打掉了灰尘的鞋一样。然后她才打量起衣服上的黑斑，海尼·豪泽不知所措地抬头看着她，定定地，不知所措，好像他希望得到一个解释或道歉似的。我们还看到他如何踟蹰着离去，一脸无可挽回的深受伤害的表情，也看到他如何将空碗像铁饼一样掷进花园里。接下来开始围攻仓库，众人全被吸引去了摆满东西的桌子，当酒红色的大门打开之后，就可以看见桌子了。

对，马丁，感谢和谅解的盛宴就此开始了。他们全都湿漉漉的，打着赤脚，光着上身，冲向摆满仓库的桌子。他们的头发在往下滴水，他们的脸在往下滴水，他们扑向盖碗，碗满得要漫出来了，热气腾腾，盛着这一天属于他们的东西。豌豆熏猪头、骨头禽血汤、豆子炖肉、蜜汁肉汤、加糖和无核葡萄干的米粥。我们享用所有的菜，我们背靠屋墙或仓库墙，在夏天干燥的炎热里坐成长长的一排排，舀啊舀啊，一开始换菜的时候我们还先在水泵喷出的水柱下冲干净碟子，后来我们干脆直接盛，也不管刚刚吃过的是什么菜了。

这番享受，这让人疲惫的善举，叹息、呻吟，然后闭着眼睛狼吞虎咽，放松地听任骨时袭来的筋疲力尽。在大门的阴影里，托尼·莱特科夫坐在第一个捆禾女的身旁，看起来同样放松，他累坏了，你会误以为他是他们当中的一员。

谁也没有想到要更换衣服，"蓝衣女人"除外，她退回屋内，谅解宴期间再没有在窗前出现过。他们用身体捂干衣服。有几人脱掉黏糊糊的衬衫，将它们摊在阳光下或挂到果树上，任散发着干草味的风吹拂它们。盖碗、碗和篮子都被吃得光光的，女佣在不停地添加。我们吃了那么久，直到我们觉得有必要在饭后喝点酒，于是我们让人给我们倒上自酿的啤酒。我们席地而坐，相互碰杯，特别是为托尼·莱特科夫干杯，他坚持要与每一个人碰杯，也与我们，与丰收节的俘虏碰杯，与小格拉耶沃的人们碰杯。

租请的流浪乐手终于来了，小提琴、笛子和低音提琴。那是三名黑发男子，长着蓬乱的大髭须。他们讲着熟练的客套话走近，自信，对我们如潮的掌声也只是略表谢意。没等他们向托尼·莱特科夫做完详细的自我介绍，我们就围着他们坐下了，围成大圈，第一个捆禾女将草人，那个燕麦新娘，抱在大腿上。按照老规则，现在它必须被跳着舞踩烂，没错，跳着舞踩烂。流浪乐手们还馋涎地瞪着摆满食物的桌子，我们有节奏地喊着，迫使他们先干活。

他们开始演奏。托尼·莱特科夫走到圈子中间，他向第一个捆禾女弯下身去，她大笑着将燕麦新娘扔给他，这个用弯曲的麦秆做成的晃动的形象。他接住它，将它按在身上，乖乖地将他的脸埋在麦秆做的头颅上。然后他跳舞，表情丰富，无忧无虑地绕着听任摆布的秸秆腿，它们在他自己的膝盖之间摆来摆去，随着用力抛掷的动作松散开来……

他气喘吁吁地将燕麦新娘扔给第一个收割工。对方在最后一刻接住了秸秆草人，几乎扯掉了它的一只胳膊。他，第一位收割工，也跳完了他的第一个舞。另外那是一种危险的舞蹈，一种一步舞，要求他将一只手放在燕麦新娘多褶的屁股上。舞者越来越快地替换着，当他们旋转着在圆圈里飞舞时，麦秆草人已经开始掉草了。它越来越瘦，是的，经过抛、转和压，它变形了，最后只剩下不确定的一扎，一个草把。康尼在跳到一半时将它往头上高高地一抛，然后突然停下来，一动不动地耐心等待最后的秸秆雨。我们站起来，牵起手，一起跳舞，庆祝燕麦新娘的终结。

没有，没有，我们还没有散场。在做完传统要求的活动之后，我们为流浪乐手们腾出桌子。他们演奏得好像他们必须恢复体力，好迎接即将到来的冬天似的。我们中的几位拖来了啤酒桶、草药酒和利口酒瓶，全都是备用的。我们躺到禾把上休息。夜色降临了。在女人们的催促下，一名来自小格拉耶沃的姑娘唱起歌来。歌中唱的是如果一个人在生活中愿望太多要求太多，就不会有进步。在她之后收割者们唱了一首激励歌，歌曲中石头和铁发生争吵，争谁能用什么敲出最漂亮的火花。令我们吃惊的是托尼·莱特科夫也唱了一首古老的收获歌。人们坐在那里，有的背靠背，有的肩靠肩或手牵手。我们不紧不慢地点亮灯笼，在温暖的黑暗中，在这个累坏的夜晚，在这个大多数人都心满意足的晚上，我们没有多少愿望。这份简单、平静的默契，你能够感受到它，能在人们的脸上找到它，至少当我们坐在禾把上，唱着歌或只是静静地蹲在那里，聆听牧场上动物们慢腾腾的动静的时候是这样的。然后流浪乐手们弹起音乐，要求大家跳丰收舞，每次这样的活动人们都会一直跳到黎明，这回也会持续到黎明。我一个人悄悄溜走了，我下到马槽，踩着岸边的卵石走了一段，然后沿大坝走向勒克瑙。音乐陪伴着我，兴奋和欢乐陪伴着我，一种我不熟悉的感情诞生了，就是那种被他人的坚持和快乐传染了的感觉。我啥也不缺。最漂亮的马祖里监狱的走廊里亮着监视灯，狱室里黑洞洞的；月光下，灰白色狱墙上的碎玻璃片闪着多种颜色的光芒；从船坞里走来一队稍有醉意的划手，他们意外地围成一圈，将我围在他们中间，绕着我跳舞，开玩笑地恫吓我。作为补偿，他们的领头递给我一朵巨大的纸做的矢车菊。

我独自穿过湖岸设施，不，才不是独自。我感觉我钻出了自己的身体，我能够走在自己的身后和身旁，我聚精会神地陪着那个手拿纸花的人，一直走到勒克瑙河的木桥⋯⋯

怎么了，又这么晚了？……

可惜。不，这当然是没办法的事，如果非走不可，那你是得离开了。不过，这事我还得给你讲一讲。持续的时间里这些被虚构出来的东西是如何被突然破坏掉的，我们多么快地失去了我们还以为会长期拥有的平衡……

不是，不是通过什么怪事。康尼在农场上庆祝丰收节，他一直坚持到清晨。大多数人都是在庄园上用的早餐，早餐之后，铁匠帮他补内胎，并清理了火花塞。他要他在冲下大坝之前，先在庄园上兜一圈，轰隆隆的一圈以后，车子的声响将仓库里最后沉睡着的人也唤醒了。他不知道，勒克瑙的工兵决定在这一天在河上架一座浮桥。他像平时一样沿着湖滨路飞驰，在三四个看不清楚的地点按喇叭，相信一切都会给他让路，就像他一直遭遇的那样。他没料到会出现一辆笨重的牵引车和一座更笨重的浮桥，它们绕着大弯从威廉大帝路拐进湖滨路，一个土灰色的大怪物，它将通往河的道路彻底堵死了，再也没有留下任何空隙。康尼将车拐进一丛侧柏，车子撞开篱笆，他被抛上天，而后落在一堆卷起的铁丝上，它们被堆在这里，是用来维修沿河的栅栏的。

没错，可他们将他留在医院里好几个礼拜，是的，好几个礼拜……

亲爱的，我知道。我不想留你，我不可以留你……好几个礼拜，在那好几个礼拜里他不得不重新认识一些事情……

是啊，马丁，这你恐怕说对了。一旦我们回忆，我们就在重新建立联系，每回都是一个旗帜鲜明的态度。对，用新的方式吸取。但是，现在且设法弄清楚，这背后隐藏着什么愿望吧。

我也谢谢你……那就明天见吧。

第十一章

没有信笺，没有随附的问候，一个小男孩将送我的这束花放在了看门人那儿。我至少套到了这一步。如今我已经到了这种程度，我特别重视这种匿名的东西，它允许我认为，这束花会是某某某送的。马丁，但愿你不要带给我解释……

不会？那我就放心了。因为这是一种令人愉快的不确定。

我们一个跟着一个，大步走向边境，欧根·劳伦茨走在前面，然后是小保罗，然后是我。每人背着一只背包，每只背包里都有一包抹了猪油的面包，是我母亲昨晚涂好，再用防油纸包起来的。我们避开公路和大道，专走行人踩出的小路，走林中小径和田埂，我们把自己交付给狭窄的木板栈道。胡戈·邦迪拉曾经从上面走过，这位马祖里的走私大王，他们早就将他关进劳改营了。滨豆汤，不管你信还是不信，一上午都有滨豆汤的味道。我们大步走，不是去普罗斯特肯那个边防大通道，我们顺着匆匆流淌的马劳尼小河一直走到从前的沃索克，现在的弗利斯塔尔森林。然后，正如我所说的，我们从行人踩出的小路向卡托森方向前进，一座不起眼的边境火车站，它周围还聚集着几座褪了色的木屋。按照欧根·劳伦茨原先的计划，我们应该在日落之前就结束我们的长途跋涉。面对眼前的景色，按他的说法，在这景色里再也不能信赖什么了。他目瞪口呆，惘然若失。他惊愕地一次次指给我们看岛屿似的灌木丛，它们可以说是一夜之间出现在了路轨和桥梁旁边；要么他就惶恐地指着一块地，那里的数百棵刺柏全被神秘地砍倒了；或者他会劝说我们，为小心起见，在见到里面的树木不是垂直，而是互相斜向生长的小森林时，要隐藏起来。这里曾经有个著名的洼地，上面绷着一张网，从网里钻出四棵没有树冠的树干。那里意外地有一批形状怪异、不能移动，尤其是大小一样的箱子，箱子上无一例外都插着桦树叶子。就像我刚刚说的，发现这些之后，要不是我们坚持继续走那条路，那条令人眼花缭乱、不再熟悉的通往卡托森的道路的话，欧根·劳伦茨恨不得立马回头。

我们每人背着一只背包，这不是巧合。秋天我们去过卡托森很多次。这个边境车站也许并不显眼，但人们在这里迫不及待地等着大规模进口来的美丽的、举世闻名的波兰鹅。一节老掉牙的火车头拖来整列装着这些聪明的、营养丰富的动物的火车，我们称之为鹅的专列。车里发出叽叽、嘎嘎、吭吭的叫声。收税员们推开滑轮门，有一会儿他们是站在纷飞的大雪中的，是的，在鹅毛大雪之中。

鹅车专列被友好地调度。列车乘务员负责让每个检查运货单的人相信，运输的货物是自家圈养的。我们在无人区迎向列车，一直来到它们停下、等候切换岔道的位置。乘务员总是需要烟叶和硬币，当我们问他要受伤的动物时，他就装出一副心情很差的样子。可是，一旦我们将我们的出价放在手心里伸向他，他就会直接抓起一只翅膀无力的鹅，将它从许可的损耗名单上划掉，然后塞进一只张开的背包里。如果他周围只有未受伤的动物，他有时就表演给我们看，不特别使劲，只用两个灵活、突然的动作，就将一只健康的、符合所有出口规定的鹅变成一只翅膀耷拉着的受伤的鸟，只值一小笔费用。

因此，在那个9月1日，这些受伤的、价廉物美、味道却一点没变的鹅也将我们带去了卡托森，在那附近，虽然景色的变化带给我们一些令人不安的困惑，可边境上空出现的朝霞则预示着一个几乎无风的大晴天。

我们赶到时，只见到一座孤零零的边境火车站，海关小屋还没开门。小保罗在轨道之间捡拾碎石，将棱角尖尖的石头堆在铁路路基旁边，然后瞄准野鸭和骨顶鸡，它们在受到袭击时也不愿离开它们汤水似的泥炭池塘。

欧根·劳伦茨在一个缓冲器上坐下来，大口吃起他抹了猪油的面包。我穿过空空的栅栏和笼子闲逛，搜集白色、灰色和灰白色的翎毛，这是索尼娅·图尔克请我帮她捡的。这天上午一直没人过来，平时那扇有女人从里往外递咖啡的宽窗户也没有打开。没有巡道车运来关税员，木棚里的他们看样子放弃了早餐，因为没有一个长苔藓的屋顶上有炊烟升起来。整个卡托森都度假去了吗？他们会不会将边境通道改地方了？我去查看办公楼，令人宽慰的是所有禁令牌、运输规定以及关于吐痰的指示牌都还在。

不过，当运鹅的列车从南方稀疏的桤树林里爬出来时，我们这边还没人出现。这让我困惑不解。火车越来越近，丁零当啷地从草地上开来，冲我们鸣笛数声，发来通知。看样子只有波兰一方注意到它了，在等着它，因为那里有位英俊的站长走到了他的车站小木屋外面，面对渐行渐近的火车，这个男人整了整自己的制服。我们聚到一起，我们慢慢走进无人的地带，在路基有点被火花烧焦了的斜坡上坐下来。火车头的黄铜传动杆保养得很好，一闪一闪的，浓烟悬浮在烟囱上方，像是小保罗画出来的。

　　站长正在迎接驶进的火车，突然，一阵战栗掠过我们全身，似乎有一股粗暴的力量在将我们举起，随着压力的增加，你感觉自己如果不是被马上撞倒，也是被什么东西托举起来。路基在颤抖，大地在颤抖。一阵骚动穿过白桦树悬垂的枝条，四周响起轰轰声、砰砰声。我们扑倒在地，越过铁轨偷偷望向地平线。一切一定是发生在那后面，我们感觉到的只是余震。天空像是被从下方炸开的闪电照亮了，电闪雷鸣，火光四射，一道朝霞混合进来，朝霞前方，飞机嗡嗡着出现了，它们勉强保持着队列，JU-87①，这是小保罗后来查明的。它们呈完整的飞行大队飞向南方，从第二片朝霞上空飞过去。

　　对面，站长、列车驾驶员、司炉工和火车乘务员都站在车站小屋前，他们也在倾听地平线后的喧哗，他们也抬起脸，眺望着远去的飞机，他们在数飞机，但是数错了。然后他们走到一起商量。站长冲德国一方喊叫，他挥手，他用哨子吹响信号。由于没人回答，他们再次商量，显然达成了一致意见。他们决定遵守运输规定，按照惯例，将鹅车开出他们的职责范围。

　　于是，他们将关税货单咬在嘴里，爬上老旧的火车头，从高处向站长告别，打开蒸汽，往前一冲，开进了无人地带，准备将嘎嘎叫的货按合同停在规定地点。我们做好准备。我们拿手指摸摸硬币，确认烟丝还在。

　　这时两架飞机跃过一座森林密布的圆形山顶，钻进一处凹地，

① 　JU-87，德国容克斯公司研发的 JU-87 型俯冲轰炸机，二战期间德国曾经大量投入使用。

又重新拉高，朝着我们飞来，两架双发动机的飞机，机身上绘有鲨鱼头，鲨鱼的眼睛微微眯着，鲨鱼的牙齿似乎随时准备咬人。我可以清楚地认出它们来，也能通过螺旋桨的亮光认出飞行员的轮廓，紧接着是机翼上的十字架。我不得不按下小保罗，他一见两架飞机就想跳起来，我不得不用力打了他好几下，阻止他挥手向两架飞机打招呼……

情况就是这样的，马丁，就像你说的那样。紧接着飞机上一亮，曳光弹的抛物线向铁路路基伸下来，砸在地面上，砸得泥土和石头向四面溅开，碎石飞向缓缓驶来的火车。光凭你的肉眼你几乎跟不上发生的一切。他们用他们的机载大炮和重机关枪粗暴地在红褐色的车厢上划了一道，与此同时，木头墙壁粉碎了，子弹嗖嗖地飞，铁器在歌唱，司闸室爆裂了，爆炸投下锯齿状的反光，水蒸气从火车头的一根被炸烂的管子里喷薄而出。

列车脱轨了，但它是直到飞机第二次飞近时才脱轨的。主要因为那里没有人像平时那样，将道岔扳向无人地带。当司炉工跳下车，想自己试试时，火车头的右轮已经悬空，火车像舱载着滑落货物的轮船，歪向一边。它向我们这一侧歪过来，跌倒时拖倒了前面的两节车厢，它们的重力又导致后面的车厢蹦出轨道，就像手风琴的风箱一样挤到了一起。车轮空旋，蒸汽和烟雾包围了火车头。这里有什么被倔强地折断了，那里有根晃动的铁链砸在一根枕木上。

欧根·劳伦茨在我身旁说话，我永远不会忘记的，他说："齐格蒙特，我感觉这下战争又爆发了。"

他没能说别的，因为就在这一刹那我们听到一声沙哑、短促的小号声，一只巨大的雄鹅嘶叫着跃离一面被炸碎的车厢厢壁，落地时差点翻个跟头。它缩回头，再次发出沙哑的声音，听到那叫声，被饲喂得肥嘟嘟的鹅纷纷钻出弹洞和弹开的窗户，嘎嘎叫着飞走了。它们一落地就拍打着翅膀，尾随那只雄鹅跑去了，看样子它宣布了目的地——汤水状的泥炭塘。

这是怎样的飞奔啊！这喊叫声，这恐慌的白色长蛇阵疯狂地拍打着翅膀。小保罗不得不抓紧我，才能承受住这一切。你可以想到的，一只鹅耷拉着翅膀逃，另一只靠一条腿一跳一跳的，这只的屁股被炸掉了，那只的头部血淋淋地依旧在向前飞奔。白色和红色，无辜和鲜血。有些鹅躺在地上，伸长了脖子，翅膀轻轻颤动。它们躲在铁路路基的影子里，像太阳没有照到的残余的雪块。在泥炭塘上发生的事情，可以视作成功逃亡者的庆贺会。它们啪啪地拍打浅褐色的水，潜到很深的地方，在狭小的圈子里划水，将水溅起老高，相互嘎嘎地叫个不停。

欧根·劳伦茨叮嘱小保罗，让他趴在路基后面别动，然后他要求我陪着他，帮他钻进一节木壁被炸弹炸掉了一块的车厢。他先是一声长叹，一声惊叫。他让我将我的背包给他，再递给他一支方头雪茄烟。我俯身到车厢的上方，有一瞬间感觉是俯身在一家家禽店被炸毁掉的货橱上。那些动物躺在那里，被人为地扭弯了脖子，翅膀像装饰品似的张开着，一部分湿漉漉的、做禽血汤必不可少的肠系膜似乎被拍打得喷溅开来，粘在车厢壁上，淋漓着挂在被炸出锯齿状洞口的板壁上，一个白色风箱也给弄脏了。"鹅的内脏，"欧根·劳伦茨说道，"这里有好多鹅的内脏。"在将两具有点出血、尚有余温的躯体装进我们的背包之后，他掏出几层防油纸，开始使用他从一只罐头盒上拧下的盖子，收集胃和肝，或者从板壁上往下刮。他也捡起了几只鹅掌，还有一些亮闪闪的肠子。他麻利地拿纸包好肠膜，塞进背包里。

听到小保罗报警的呼叫声，他向我跳过来，我们将战利品滚过去，跑开，回头张望时见到了一个绝望的车站站长。他喊叫着某个名字，沿着鹅车专列奔走，然后突然跪倒了。在那儿，在翻倒的火车头下面，司炉工被压在下面，他的腿露在外面。我们跑过德国一侧依然没人的建筑。空中的呼啸没有停止，轰隆声、砰砰声一直尾随我们到了桦树林，当我们到达沃索克沼泽林时声音丝毫没有减弱。

我们在那儿遇到一位牧羊人，他正在寻找一只迷路的动物，那是个身穿褪色黑外套的老人，我们谁也没见过他，但这并没有阻止他向欧根·劳伦茨奔过来，抓住他的肩，兄弟般地尽情拥抱他。"天哪，是战争！"他说道，"这下波兰很快就要输了。"他在我们面前蹦蹦跳跳，领我们经过水坑，跨过倒伏在地但依然绿油油的树木前往一座山丘，从山上我们能够眺望边境大公路铺了柏油的路段，当年康尼曾经非常欢迎修建它。他们在那里南下。

公路上，骑兵弓队正骑着自行车南下，还有笨重的炮兵和潮涌般的步兵团。我们人出了专用拖轮上的浅水突击艇，它们被选来在喷射的防御火力里强渡布格河和纳雷夫河。移动新闻部也开过去了，它很快就会持续嘀嘀嘀地报道大大小小的胜利。装甲车队嘎吱吱、轰隆隆地出现了。野战炊事车驶过去了。反坦克炮，这用途广泛的88毫米反坦克炮，在莫德林和布列斯特-立托夫斯克附近它将会发挥一定的作用。除了车辆、武器和行进的纵队，摩托通信兵也在灵活机动、不知疲倦地奔驰，骑着他们笨重的摩托车，负责准确地传递命令……

是的，马丁，多么相同的画面啊！我又站在了那里，观看一支军队如何从我面前走过，如何踏上"荣誉的战场"，而且这回是朝向另一个方向。队伍装备精良，配备着最新式的成果，依旧忠诚，依旧带着盲目的勇气，若非如此，那就是依旧带着自负的责任感，这些东西造成了他们脸上那深邃的冷漠。你必然会认为，奔赴地平线的是同一批人，他们消失，再从环形弯道上返回。是的，你必然会这样认为。我们与公路保持着平行，一次次越过田头和草地，大步走回勒克瑙。这回，我不得不说，这回没有钟声，空气里没有锡箔那样的沙沙声，用来守护桥梁的不是生锈的耙、犁和环辊，而是两台 37 毫米口径的反坦克炮。小保罗立即在操作人员身边坐下来。军队行进在我们的主干道上，勒克瑙人拍掌、挥手，人们向士兵们扔香烟和甜食。花店大开，任凭人们自取，谁愿意的话，可以抱上满满一捧石竹或紫菀去街边，去装扮他们的士兵，将花插进士兵的枪管里。烘焙师们用藤篮拖来面包和点心，通过活动炮架吊上去或从坦克打开的瞭望孔递进去。考路希的肉店伙计锯开环状香肠，将短而粗的肉肠扔上滚动的兵车。勒克瑙的商界热情洋溢地塞给了出征的军队许多东西，真是不可思议，不仅有军刀、折刀、袜子和开瓶器，还有防风湿的皮毛和理发器。士兵们统统收下了，视这些礼物为亲密关系的象征。

欧根·劳伦茨将我拉出兴奋的欢送队伍，我们默默地往下走向河湾，飞行联队仍在我们头顶盘旋，身上的重压没有消失，轰隆隆的爆炸声依然可以听见。埃迪特坐在屋前的长椅上，外套搁在大腿上，大箱子立在身旁，一见我们她就跳起身，向我们奔来，一个劲地问我确定什么时候出发了没有。"什么出发？"我问道。而她，就好像我们还不知道似的："战争爆发了，齐格蒙特。"她突然注意到，小保罗没有随我们一起回来。她立马询问我们将他留在哪儿了，然后又一句话不讲，恼火地跑开找他去了。

我们没来得及向她展示我们的战利品。我们将背包拿进厨房，只见我母亲迟钝地坐在准备好的碗和木槽之间，冷漠地等待着。当我解带子、打开背包时，她的手也伸了进去，她摸索着，慢吞吞地，随即抻长一根鹅的脖子。她平静地，用专业熟练的动作将动物们放到一张铺开的围裙上，将肠系膜分放到多只碗里，她已经开始摘毛了。让她最开心、印象最深的好像不是差不多完好的躯体，而是被一同带回的鹅杂，那上面几乎没什么要摘除的。她惊奇地说："战争干得真好啊！这活儿就像我们自己做的一样。无论如何，我们可以欢度秋天了。"然后我们让她一个人忙去，她自己也常讲这是她最爱干的活儿，她悠扬的歌声证明了现在还是如此……

动身？我们可不可能离开靠近边境的勒克瑙？我相信是可以的。可埃迪特幻想的"随便去什么没有战争的地方"或者康尼当天还建议我们考虑的地方，这些恐怕都有难度……

当然了……

康尼一下班就来找我们了，他没从城里过来，他是从河岸花园走过来的，腋下夹着个褐色的、扁平的包裹。从他走路的样子就可以看出来，他不想撞见谁。我从车间的一扇窗户看到他走近，紧接着就听到他敲门，我将他接了进来。他递给我包裹，他转过脸去将它给了我，当我问他带的是什么时，他只是说："给你博物馆的东西，时代的象征。"

那是格里戈印刷厂的最新产品，一种招贴画。它们描绘偷炭的行为，偷不可缺少的能源；它们要求怀疑外国人，因为敌人在到处窃听；它们宣告遮挡窗户的必要性，旧金属的意义，以及胜利的信心。一张招贴画的画面是一位农民和一名士兵，他们越过湖泊，背后是成片的森林，他俩双手相握。有张招贴画，它声称故乡和前线的伟大目标是一致的。康尼避免再看一眼招贴画，他只是凝视着我，显然是要确定那些着色的警告和要求留给我的印象。我没有即时做出反应，于是他掏出钱包，掏出一叠油墨未干的供应券，将它们和招贴画搁到一块儿。

我还记得，当他说还来得及去哈帕兰达时，我没有马上理解他。我问："哈帕兰达？为什么？"他听后露出看起来像是假装的，但又不仅仅是假装出来的失望："齐格蒙特，我想，我们约好了去哈帕兰达的。埃迪特，我，你。我们约好了要去那里的，在很久很久之前。现在可是出发的好时机。"

我不怀疑康尼是认真的。他讲出那个陌生地名的方式，就像我们孩童时讲出它的口吻一样。那时，它不仅是我们逃亡的目的地，更是希望之地。他说得兴致勃勃，抑扬顿挫："哈——帕——兰——达。"他不想操之过急，他只想请我考虑老计划，与埃迪特一块儿商量。我答应了他，虽然我知道我不会走。要我留在勒克瑙的理由太多了，我的家人，还有我的工作和我的博物馆。是的，博物馆，外面越喧嚣，家乡越被毫不掩饰地冒充为所谓的"命运共同体"，它对我们就越重要……

你看，在这强词夺理的解读之前你已经认识到了，家乡应该充当什么样的角色。在它的禁猎区里，他们这么认为，迫切需要的民族道德正在发展，也就是忠诚、勇敢和顽强的毅力。现在，对于他们来说，一个地区再也不算是家乡的所在地，而是省党部、帝国……

可我想对你说什么来着？

那个梦想，对，我们小时候的梦想，哈帕兰达。当康尼在战争第一天建议我们一起动身北上时，我才了解到，有多少羁绊将我们留在勒克瑙，特别是博物馆对我具有怎样的意义。当时，让我放弃我们的收藏，哪怕只是暂时将它们托付给他人，我都觉得是不可能的。那些物品，就像亚当叔叔曾经说的，是"纯粹的证物"。我与它们的关系变了，悄悄地，没有很大的动静。每当我与它们独处，它们似乎都在向我保证什么。眼下装腔作势、自吹自擂的东西，终有一天会遭到驳斥的。你能想象，当我有时候独自站在展架前，拿起一样样东西，轻轻抚摩时，我几乎会有一种得到安慰的感觉吗？这就像一个约定，是的，偶尔也像是一种无声的争论。古老朴素的文物，在以其过去的分量回答时代的非分要求。有时我惊讶地发现，我，就像亚当叔叔一样，在同几个展品说话。我重复与它们有关的故事，是的，有时我视它们为同盟者，它们从自身经历了解到，时间多么平静冷漠地保存着事物的价值啊，我们所预料到的那些价值。

总之，随着战争的开始，我在以全新的方式发现我们的博物馆，诞生出了一种，如前面说的那样，一种给人安慰的关系。在我为了节省空间，将旧厨具和老式工具变成我的邻居之后，我以一种只有收藏者才有的着魔的献身精神，开始布置一个专门的房间。是的，当我布置新的东西，旨在将那些展示"战争中的家乡"的物品收藏起来时，我着魔了。我打算从一开始就保存所有的东西，包括最不起眼的证据，包括最次要的资料，按可资证明的顺序排列它们，以便永远留住战争在家乡留下的痕迹、提出的要求。以及战争唤醒了哪些预期和幻想，最后带给了我们怎样的困苦和悲伤。它始于辰尼带给我们的招贴画，始于那批油墨未干的供应券。

可你想象一下，当我还在做着计划时，却早就有人在暗中竞争，将可观的、尤其是闪光的战争证物搬运到一起，将它们藏在一个房间里，它离我为我的收藏确定的房间只有几米远的距离。我还记得那天早晨，埃迪特生气地来到车间，她一句话不说，只是哆嗦着拉起我的手，将我拖出去。在过道里她也不回答我，她被吓成了这样。她将我领到小保罗的床前，走近床脚，掀开被子，抬起床垫，喘着气屈膝站在那里。在一个用彩色的羊毛零料做成的窝里躺着一枚漂亮的炮弹，一枚34毫米口径的反坦克炮弹，估计来自一门从战争第一天起就在守护勒克瑙桥的大炮。让埃迪特气成这样的恐怕不是家里有颗反坦克炮弹这个事实，而是小保罗将炮弹偷运了回来，像违禁的宝物一样藏在他的床下，像一笔隐藏的资本，他对它有他自己的、不可思议的计划。我没有等他回来，我谨慎地抱起炮弹，穿过花园，抱去河边。我让埃特迪从窗户里看见全部的过程，我将炮弹沉进水里，那里的水黑乎乎的，卷着旋涡。是的，返回家里后，我突然看到，秘密地窖口上方的踩脚毯的样子，我是永远不会让它那样的。我推开踩脚毯，拎起盖板，钻下去，来到复制件、伪造件身边，来到我们不想或不能在博物馆里展出的藏品身边。手电筒的亮光滑过被我放逐进黑暗里的东西。似乎没人动过它们，除了上面放了许多文物的衣物筐，它看上去像是被故意塞满了。我清理衣物筐，里面是小保罗的收藏，隐藏着一个小小的竞争事业，充分透露出他的敏感、耐心，以及发现独特价值的眼光。

没有，没有手榴弹，但有很多其他的战争证明，放在抽屉和分隔里，被擦过，被压过，灵活地摆在硬纸上。比如卡宾枪的子弹，军阶徽章，各军种的徽章，也有一把厨具、一把野战铲和一只装有地图的地图袋，确实是一名波兰军官送给他的。他从他们设在城外胶合板厂里的临时俘虏营拖来了许多东西。他迅速发现了俘虏们最缺什么，他们常常焦急地扮着他去，我有一回差点以可悲的高价买来的东西，我是指我想用来给亚当叔叔一个惊喜的军装纽扣收藏，这东西被他毫不费力地用一盒香烟的价格就买来了。俘虏们留给他军手帕、汗巾、领章，甚至他们起球的军袜。他将它们钉在衣物筐的内壁上，他这么做绝对不是因为不喜欢它们，而是因为这样做具有明显的装饰意味。

他知道或似乎已经知道，比较是多么富有启发性。比如，他将一把德国的和一把波兰的挂锁放在一起；同样，他又将一副德国的和一副波兰的军官皮手套和解般地交织在一起。但比其他的一切更让我震惊的是他保存在一只饼干盒里的收藏——变了形的弹头和有锋利锯齿的榴弹碎片，那不是他在打靶场或射击摊上捡到的，而是他从一位年龄比他大的玩伴那儿换来的，对方的父亲是勒克瑙后备军医院的卫生员。所有弹头都是从伤员体内动手术取出来的。

我看到的这一切，我暂时没告诉其他人。我将一切放回原位，关上箩筐，拿伪装物遮住。我知道，有一天他会将我拉到他的收藏前，想看到我张口结舌的样子。是的，在震惊和欣赏之间摇摆。因此我也让踩脚毯保留了他本人留下它时的样子……

何时轮到我们？

你指战争吗？你知道的，它一开始进展得很顺利，它的进展多顺利啊。JU-87 和 He-111① 飞行大队每天都从我们头顶飞向

_____

① He-111，二战期间德国纳粹空军的主力轰炸机之一，于1935年首飞成功。

南方，去攻击姆拉瓦、沃姆扎①和莫德林。为了替轰炸辩护，他们将华沙宣布为要塞之后，有些人还不愿放弃在这座城市里表演的机会。反正，当我和康尼收到体检通知时，对布楚拉②的包围圈已经合拢，那是个决定一切的包围圈。我们是同一天接到体检通知的，我们一道前往公立学校，体检委员会在我们的旧教室里开会，一位少校、一名上尉军医，还有文书、通讯员，大概还有几名证人……

康尼带来一只褐色的大信封，他在称体重，测身高时他一直把信封拿在手里，没说信的内容，他什么都没对我说，只是意味深长地挤挤眼睛，轻轻地"嘘"了一声，说："等着吧，齐格蒙特，你会知道这有什么好处的。"西蒙·加科将门把手交到我们手里，罗圈腿的波斯尼亚人在我们前面完成了体检，他耸耸肩，似乎对结果还是比较满意的，这位热心的船模制造者，人家没将他选去一支舰上小分队，而是认为他刚好合适去支援海岸炮兵。接下来轮到我们了。等着我们的是工作娴熟的委员会，他们一个个都沉默寡言，我们刚走过去，康尼就上前一步，将信封交给了上尉军医，递交时稍稍弯了下腰。上尉军医平静地点点头，掏出两张 X 光片，对着光线看了很久。在阅读附注的文字时他只是认可地点了点头。上尉军医和少校两人简短地交谈了一番，然后朝康尼打了个手势，康尼就这样被允许离开了，说是被暂时豁免了，而且事实证明这是他的交通事故导致的后果，他的脊椎缺少负荷能力。

---

① 沃姆扎（Lomza），波兰地名，位于纳雷夫河畔，现属波兰的波德拉斯省。

② 布楚拉（Bzura），布楚拉战役发生于 1939 年 9 月 9 日至 9 月 19 日，是二战期间德波两国间的一次决定性会战，因发生于华沙以西的布楚拉河附近而得名。

我说不管他们将我塞去哪里我都无所谓，我是指去哪个兵种都行，可上校不肯接受。他努力寻找一支与我的能力相符的部队，特别是能让我的能力得到特殊发挥的部队。他让我像熟悉插图课本一样熟悉了不同兵种的特殊要求和任务，是的，当时的战争进程仍然允许他们在招募士兵的时候有这样一种耗时的程序。上校简单地向我说明了我进入炮兵的可能性，介绍了工兵任务的多样性，他还向我解释为什么到最后一切都取决于步兵。但我还是做不了决定。他研究了一下我的简历，想派我去后勤后备连，我没有提出异议。我的基础教育是我在风景各异、异常迷人的勒岑练兵场上得到的，是的，后勤兵也得有基础教育。勒岑离我的城市勒克瑙很近，两个月后我就可以穿着制服，回去度第一个周末了。战争为我打造的短暂角色就这样开始了……

是护士端着托盘来了。马丁，你帮她一下，她肯定又给你带来了一只杯子……

你看……

是的，护士，又麻烦您了。韦特先生又来了，他是我在过去丛林中的同伴，是我的私人检测员，是我亲自请来帮助我探索我的过去的……我可以这样介绍你吧，马丁……谢谢你，护士，这我可以自己来弄，慢慢地我什么都可以帮您做了。我很快就能向您递交我个人的独立宣言了，在编织的基础上……

不，请您什么也别问，我什么也不会透露的……

会做的，这我向您保证，晚饭前我就会按铃的。护士，谢谢了……

我们说到哪里了？战时。对，说到了我在战时做的客串表演。战时，我是一支后勤连队的成员，这支连队负责为部队提供补给，即为纳雷夫河大湾里的占领部队提供后勤服务，部队位于比亚韦斯托克西北方，他们通常人员稀少。我们舒服地乘坐货运列车到达比亚韦斯托克，车厢打开，我们下车，排成机动纵队，一路颠簸，随着距离的增加纵队越来越短。我们穿过平地、沼泽、一望无际的原野，前往指挥部、参谋部和偏僻的岗哨，他们全都在欢迎我们，坚持让我们多待会儿，好从我们这儿了解最新的消息。途中本来会有辆轻型装甲巡逻车护送我们，但因为是大雪天它没能来，由一辆机动铲雪车代替了。一支全副武装的护卫队乘车与我们同行，三名士兵携带着他们的轻机枪。

有些居民也欢迎我们，农民、匠人、商贩。他们已经知道我们队伍的路线，他们知道每一辆车会在哪里脱离大队，然后跌跌撞撞地在永远雪雾弥漫的大地上艰难移动，或许这样说更准确些，它们脱离队伍，然后单枪匹马地独自蹒跚而行。我们不问他们这么多年是怎么能够成功地保留下那许多金兹罗提的，是如何将数代留存下来的银币藏起来，不被掳掠者抢走的，以及面对征收命令是如何藏起火腿和鹅的。在林间的空地上，在被冰封的沼泽的雾霭中，我们接过了他们递给我们的一切，我们支付给他们煤油和药品、咖啡和烟。渐渐地，我们能叫出一些生意伙伴的名字了，我们接受他们的预订，给出优惠价格。如果还有什么让我们觉得奇怪的话，那就是他们是从哪里得知我们到达的日期和路线的。他们总是在远离村庄和茅舍的地方等着我们。

后来，在那么一个下着暴风雪的日子，暴风雪从东北方过来，横扫这片土地。一辆运货车失踪了，连同护卫队的三名士兵一起，人和车都消失得无影无踪。虽然进行了大规模的寻找，却怎么也找不到。有证据表明它曾经到达和经过了比亚韦斯托克，甚至一路行驶，经过了几条加固过的大坝，进入了纳雷夫沼泽地带。线索到这里就忽然断掉了。事情发生在科布里科沃那个荒凉的小地方，或类似的地方，地名牌的一部分被雪覆盖了。

他们从比亚韦斯托克派出一支特遣队，来到这座几乎全是渔民和泥炭农的村子里。特遣队重走了一回送货车最后的行程路线，他们审讯村民，然后要求村长报出三个男人来，三个要被送上绞架的人。村长拒绝，于是特遣队蛮横地逮捕了三个居民，将他们绞死在暴风雪中，并下令要将死者在绞索上挂三天。我们的车行经绞架时停留了一下，我看到他们挂在那里，在寒风里荡来荡去。我还记得，我无法将目光从他们的脚上移开，他们的靴子四处开裂，打满了补丁，连靴子的跟儿都没了。从那一天起，再也没人在偏僻的贸易场所等我们了。

是啊，马丁，在科布里科沃那儿，在道路远离河流的那个贫困村落的后面，在一座小山丘上，我们的轮胎跳出了冻得硬邦邦的车辙，载着货物的车辆往回滑去。不管怎么努力，我们就是无法仅靠发动机的动力将它开回路面。我不得不找人帮忙，我不得不去茅棚里叫几个男人来。有几个人确实是先与他们的亲属告别，然后才听从了我的要求，穿着他们臃肿的皮大衣，这让他们看上去像是被捆扎起的生物，他们就这样向货车走去。在最后那座茅棚里给我开门的是一位身材高挑、面容憔悴的老人，他显然成功地将捍卫尊严与无视来客结合在了一起。见到面前的外国制服，他既不意外也不惊慌。

"有事吗，兵大人？"他问道。我没有向他说出我的愿望，只是推开了他，直接推到墙边。我走进了低矮温暖的房间，这似乎让他震惊。房间里，在一扇积雪覆盖的窗户下，在冒着火星的砖砌炉灶对面，立着一台织机。我就这样发现了米哈尔·马米诺，比亚韦斯托克、苏瓦乌基和沃姆扎三省中最有声望的织毯师傅。我当时还不知道，这个对于我一声不吭就直接走进屋去的行为感到不满的人是米哈尔·马米诺，具有传奇色彩的织工。索尼娅·图尔克也曾偶尔引用过他的话，就像引用一位至高无上的权威的话似的，虽然我那时看出来了，他的年龄绝不比她本人大。

我站在织机前。大师正在织一条图画毯——《风暴中的基督》，我还记得，海洋是绿色和黑色的，门徒们穿着土色长袍，基督身穿白衣正在睡觉。蕴藏在宁静中的挑战意味：高耸的水幕上波光粼粼，水幕下是没有舵、没有帆、没有掌舵的小船。当门徒们相互搀扶，揣测着波涛的危险时，基督在他们的脚前睡觉。"兵大人，"老人镇定地问道，"您有何贵干？"我没有回答，而是问他，我是否可以再来。他犹豫着没有立即同意，他相信有必要向我说明白，他不出售什么东西，也不接受什么预订。直到我告诉了他我的职业之后，他才同意了，但还是不大友善。

不管怎样，后来我又去了他那儿。像他建议我的那样，我没有敲窗户，而是敲门。他从旁边的一座木建筑里放我进去，那里面是个鸽子棚。他替我斟茶，椴树花茶，还请我吃褐色的、像石头一样硬的耐贮点心，他自己将它泡在液体里吃。他只微笑过一回，在我问他是否遇见过米哈尔·马米诺的时候。我说："伟大的米哈尔·马米诺，就连我的师傅也视他为权威。"他含笑不语，从房角的一张三角橱里取出一只小盒子，又从盒子里取出一扎信件，最后将一张旧剪报放到我面前。照片上的人是索尼娅·图尔克和米哈尔·马米诺——考纳斯织毯展览会的两名一等奖得主。

他让我谈谈我们的工作，但谈得更多的还是索尼娅的病，谈她显然认可的随疾病而来或疾病本身带给她的一切。有关战争，他提都没提。不管怎样，在知道我的名字之后，他还是一直叫我兵大人。有时我有这样的印象，他之所以忍受我的来访，只是为了履行一项自己主动承担的义务。在我离开之前，他给索尼娅·图尔克写了一封信，他不假思索，不做停顿，笔尖在纸上游动，仿佛他俩的关系从未中断过，仿佛不必重新联系和解释什么。"也许她会给我回信的。"他仔细地看着我将信件夹到我的证件中间，说道。

我都无须等到下次休假，就将信交给了索尼娅·图尔克。为了清掉部分空箱子，我们的车队停在勒克瑙防弹掩蔽部附近的大仓库前。有一天，存放在这里的数千枚反坦克导弹发射器将发生爆炸，仓库将在浓烟和雾气组成的云朵下消散。我背着肥肉罐头，背着咖啡和糖，踏上回家的路，我把东西留下了一部分给家里，剩余的我背着过桥，背去马槽上方显得孤零零的房屋里。索尼娅·图尔克的表现让我感到吃惊，收到米哈尔·马米诺的信让她很高兴，可她丝毫没有喜出望外的感觉。这并不代表她预料到了事情会发生，或是恰好预料到事情会在这一刻发生，在她的行为里藏着某种东西，一种欢快的满足感，一种狡黠的满足感，表明有些事情已经发生了，某种她从未忘记过的东西出现了……

不是，马丁，不是这回事。不管你费多大劲，你都不会想到的。我自己也是从她向我口述的回信中才间接了解到了这一切。只能口述，因为她的关节肿了，根本动不了笔。

谈的是一场过去了很久的争论，两位重要的织工之间的一场信仰之争。它最初会让你觉得多余，几乎不会有什么结果，可对于他们来说这场争论具有根本性价值，后来可能也是对于我们。多年前索尼娅·图尔克曾经主张，一张有原件手迹的毯子，永远不可能被完全复制；而米哈尔·马米诺却坚信，只要精确地遵守规定和要求的编织工序，就可以做到。为此索尼娅·图尔克曾多次挑战她的同事，要他拿出证据。他接受挑战，但没有同意索尼娅·图尔克为她万一失败或被驳倒准备支付的价格——五十个金兹罗提。

正如我所说的，事情发生在两人年轻的时候，虽然之后再也没有和争论有关的任何消息传到社会上，但米哈尔·马米诺似乎暗地里较着劲儿一定要赢，很长时间里他都在努力寻找反证，好向索尼娅·图尔克炫耀自己是正确的，直到发现所有努力都毫无结果，他才不得不承认索尼娅·图尔克是对的，他在信中主要就是告诉她或向她承认此事。他一次次地尝试，但始终没能成功地将同一条毯子织上两回，线的粗细都要求完全一样。

他的作品？我是否看到过他的作品？只有少数几条，马丁，虽然当我们经过科布里科沃时，我从不错过拜访他的机会。我之所以能见到它们，也只是因为我固执地请求他。你得知道，他的友善是有节制的。同样，他从不让我感觉到我的来访对他有什么重要的。如果要我形容他对待我的方式，我想说，是他坐在那儿，供我支配一小会儿。我带给他的礼品，有一回甚至带了一罐索尼娅·图尔克的朗姆酒，当着我的面他碰都不碰。我将我携带的礼品放到桌上，直到我离开，礼品都一直放在那里，原封未动，没有打开过。他从未感谢过我，更别说特别感谢了。

可你问起他的作品。有一幅大规格的毯子，十分注重远距离的视觉效果，色区强烈，大红和大黄，他称它《鸽子和鱼》。在两个男人来取走它之前，或声称必须取走它之前，我看到了它。那是两个冷淡、内向的男人，其中一位，我不久后会杀死他。鸽子和鱼交换了环境，交换了上下位置。这样一来，成群结队的鱼儿穿梭于纯净的蓝天里，而认真组织起来的群鸽在穿越闪烁的深渊。这是一部令人难忘的作品，美得令人惊艳。另外，鸽子和鱼是在反方向运动，不过可以看出来，两者将同时钻进灿烂的金色光芒里，光芒的后面是深色、网状的图案。后来我和索尼娅·图尔克曾试图分析这些象征各自的意义，但都是白费功夫。

我问那些人，要将毯子运去哪里，他们只是不解地盯着我。片刻后米哈尔·马米诺代替他们回答说："运去教堂。"他说："我将这条毯子赠送给我们的教堂了。"

为了索尼娅·图尔克，是的，主要是为了她，我继续登门拜访。自从我头回讲了米哈尔·马米诺之后，她就拿一种永不满足的好奇心折磨我，想了解包围他的、有关他的一切，就连他的衣服她都充满兴趣。有一次在沉思中她真的考虑过两人再见一次面。我继续拜访他，但为此我必须严格遵守连队给我们的指示，我每次离开车辆时都必须携带着武器，每次离开都有一个条件，我们至少留一人守在车里。我们得到的新地图上用阴影线标注了几个所谓的"不安全地带"，红色阴影线一直通到科布里科沃……

是的，马丁，但只是零零星星，看上去没有计划。这些袭击一开始显得像是生气的小打小闹，想以此向自己证明，失败绝对没有导致令人绝望的瘫痪。但这些反抗首先也是一种回答，是对一些极其残酷的行为的清算。那些跟在部队后面，想以他们的方式夺回并管理被占领土地的人们遭遇过这些残酷的行为。他们，管理者们，他们称那里是"被污染的"地带，而不是"不安全的"地带，他们要让这些土地变得畅通，他们想要驯服土地上的人们，他们觉得有种手段特别合适——无条件的"消毒"。

至少森林在地图上还没被画出阴影线，科布里科沃冻僵的冷杉林，我们至今可以顺利地穿越它。我们纵队的两辆超载卡车，较强的那辆装着雪犁在前面开道，我们则保持安全距离跟在它后面。雪地上的影子色彩纷呈，傍晚时分你可以看到渐变的颜色，从灰白色到紫罗兰色。风吹不进这里。从左往右，从右往左，到处都是野兽经常出没的小道，你看不到别的足迹，顶多是雪地里被动物脚踩得露出来的苔藓，它们成了这片未被破坏的风景里的斑点。是啊，乌鸦，风吹得它们越过森林飞去纳雷夫河，河水将大块浮冰推往两岸，浮冰上有淹死的家畜残骸。我们匀速穿行在这片寒冷和沉默的区域，速度不是很快，但很稳定，不做停留。我们知道，据点和指挥所里的人在盼望着我们。就在这座森林里我们中了埋伏。

天色尚未黑下来，可我们的两辆车都已经开着大灯行驶了。车子一路颠簸，像起伏的丘陵一样。就在前车停下的那一瞬间，我在光柱中认出了两棵被伐倒的巨树，它们不是横着阻断行车道，那样的话必然会引起我们的怀疑。它们躺在那里的样子，像是从一辆超长的运木车上滑下来的，是的，冲断栏杆，滑了下来。前面的人下车，抬脚踢踢树干，商量着什么。他们貌似不信雪犁能铲走障碍，但是也绕不过去，因为古老的冷杉树一直长到路边，树干粗得一个人合抱不过来。他们必须使用钩子，我们的司机说着，将钩子钩在链带里，然后倒着开，拖开树干，一根一根地拖。他下车去到前面，打着丰富的手势解释他的计划。他可能刚刚说服他们相信他的计划，只听一阵哒哒声撕碎了静谧，一种奇怪的没有回音的沙哑的哒哒声。

我方三人膝盖一弯，摔倒在雪地里，司机又将脸抬起来一回，

佝偻着身躯，可能是想爬到一根树干上去，但又一阵火力将他压了
回去。骤然安静下来。但这不再是原先一直笼罩着这里的那种静谧，
那种淡淡的静谧感，是不受踏进这些森林或称其为他们自己的森林
的人的影响的。这是一种被惶恐和紧张笼罩着的静谧，它源于害怕
和震惊，是的，因为突然降临的死亡。前面，第一辆车里，特劳伊
堡人一定还在，他是我们的车队指挥，一个矮墩墩、好冲动的人。
他们私下议论，说他曾经是位军官，被贬职了，一个不合群的人，
似乎啥都让他厌恶，包括他们交给他的权力。

　　我不知道他是如何成功地离开车辆而没被发现的。他爬进车
身下面，然后一直爬到我这里。看到他的信号我打开了驾驶室的
门，他扔给我他的机关枪，启动发动机，命令我打开窗户，冲着
森林里扫射。"压制他们。"他边说边关掉大灯，从容地往后倒
车，一米一米地倒。当他后来按喇叭发出刺耳的长音时，我一开
始以为他这么做是某种逃跑的策略，可我们的车厢忽然擦过树
干，篷布被扯掉了，车身摇摇晃晃地冲出去，而后被树木拦住，
被卡死似的停了下来。特劳伊堡人的脸趴在方向盘上，他的额头
压住了喇叭，我将他拖到座位上，关掉发动机。在额头上，他们
击中了他的额头。

　　请你不要问我，我希望什么或我决定做什么。我打开朝向道路
的车门，从特劳伊堡人身旁挤过去，滑进雪地，不确定他们是否已
经发现了我。没有响声，没有压低嗓门交流的喊叫声，就连冻硬的
灌木丛里都没有咔嚓声。在钻进森林之前，我想先确认一下，我抬
头倾听，于是在一棵静止不动的冷杉的高大树梢里，我看到了短短
的白色闪电，当子弹钻过车门时，我感觉手心被击打了一下。机关
枪一个短射，没有瞄准，不禁思考，只是条件反射似的，然后就像

慢动作一样，一个身躯脱离冷杉的黑暗，从树枝上掉下来，身后跟着纷飞的雪团，晃动的树枝阻止了他的坠落。后来，当我回忆这个瞬间时，我感觉那画面像是树枝在扑向晃动的身躯，只不过最后身体坠落的路线偏移了，像是另一棵树接过了它，它摔在我的身旁，跌落在引擎盖上。我重新认出了那张脸，它属于那回运走毯子的其中一个男人。

估计他们无一例外都坐在树上，都在犹豫、惊讶。他们在树枝的掩护下，考虑着不要因为枪口的火力暴露自己，就像他们的战友暴露了自己那样，因为他们已经达到大部分目的了。我逼迫他们认识到了一把自动武器的优势。可是，他们为什么放我逃走，他们为什么从他们的平台和高座上低头看着一个逃跑的人，而不采取行动，这可能还有别的原因。我没有原路往回跑，而是从他们的藏身处下方穿过，钻进森林，膝盖都陷在积雪里。方向，我没有迷失方向，我知道森林是怎么个走向，离纳雷夫草地越近，树木就越稀疏，科布里科沃就坐落在草地后面。

不是这样的，马丁。科布里科沃没有据点，但米哈尔·马米诺住在那里，牧师还有一部电话。于是，穿过森林，走过嚓嚓响的草地，当我穿越被浮冰毁坏了的木桥时，一定快到午夜了。整个村子里没有一盏灯，米哈尔·马米诺家也没有。但他还是穿好了衣服，面无表情地要求我进屋去。虽然看出了我的疲惫，但他没有请我就座。他站在那里，期望我说出这么晚来访的理由。我向他道谢，恳求他领我去牧师的房子，去帮我翻译。他匆匆地说了句表示遗憾的话，拒绝了，然后生硬、自信地站在那儿，通过他面部表情的变化提醒我注意，我带着武器，我是带着武器来找他的。他突然离开房间，旋即就走进来几个男人，他们解除了我的武装。那些人疲惫不堪，胡子拉碴，手提猎枪，头戴黑皮帽。他们拿绳子捆住我的双手，示意我出去，带我穿过夜色，往纳雷夫河走去，好像我不是他们的俘虏，而是他们的同谋。我们走回木桥，冰侵蚀着桥桩，测试和考验它的牢固程度，但我们没有过桥。在很远的地方，但还是可以听得到那些声音，照明弹噢噢地飞上天空，又落下来。重型机枪对抗着松散的散布射击，迫击炮嗵嗵的响声也向我们传来。那些人低声交流，迅速取得一致，沿着结冰的河岸，带我去了一座低矮，但宽敞的仓库，科布里科沃的渔民们将他们的网具、撑杆、浮标和石锚存放在里面过冬。我被允许坐下来，有个人给我卷了支烟，我们安静地坐在那里，吸着烟，望着外面白雪皑皑的大地轮廓，听着炮火声在远方移动。是的，在仓库这里，紧贴在一条没有龙骨的小船的船底上，战争对我来说正在结束，或者说，战争为我打造的角色正在结束。

不知所措。在静谧的清晨，坦克行驶的动静越来越近，那些人也许从未听过这么巨大的响声，他们是多么惊慌和不知所措。嘎吱声，轰隆声，不可避免的咣啷咣啷的声音。两辆坦克碾压着冰封的草地，后面跟着多辆装甲运输车。这是一整个装甲队，控制住我的那些人几乎无法判断这是否是针对他们的。是的，因为不可能是针对科布里科沃的，显得太不相称了。或许他们相信，这支拥有绝对优势的装甲部队只是迷了路所以才来到了这里，它们会继续前进。此时第一批炮弹已经落进河边堆积的冰凌里了。我无法阻止这些人扑去后窗，尽可能将大门推开到必要的程度，然后用他们的猎枪还击。我趴在小船里闭上眼睛等候，闪电和疼痛，我同时感知到它们。刹那间，一只无比明亮刺眼的火球炸开来，接踵而至的是强硬、猛烈的炮击。

剩下的我是在比亚韦斯托克才了解到的，在一座小型后备医院里，他们在这儿从我体内取出了不少于七块弹片。七块，这意味着还少了两块。为了这两块还留在体内的弹片，他们将我转去了勒克瑙。我从埃迪特，而不是从医生那儿，得知了他们将手术一再往后推的原因。那两块不重要的弹片，那些"善良的"碎片，再某次复查的时候大家这么称呼它们，它们距离心脏很近。弹片插在我体内，处理它们显然会有风险。由于它们对心脏并不构成直接的威胁，医生们主张，只要它们不表现出棘手的迁移倾向，就让它们暂时留在我体内。最初我必须对付的是一种压迫感，一种尖锐的压迫感，主要是在坐着时会感到疼痛，行走的时候还好，是的，在往下坐的时候。

反正，当几乎不再怀疑，碎片会慢慢钙化时，他们放我出院了。大家都来接我，康尼也来了。索尼娅·图尔克在家里等我，马里安用轮椅将她推了下来。大家准备了禽血汤欢迎我，人民牌收音机里正在播送一则特别新闻：近8万吨位的敌方舰船在大西洋里被炸沉了。"简直就像是在奉命送死。"我母亲说道，又补充说，"这都是因为他们与我们为敌。"

没有，再也没有了，我们再也没听到过米哈尔·马米诺的音讯。索尼娅·图尔克托我写的一封信，又被作为无法投递的信件退了回来。我在部队时的一位战友，我委托他寻找这位织毯大师，不仅打听不到他人在哪里，科布里科沃的居民在他面前甚至装作记不起有这么个人。

是的，米哈尔·马米诺一直失联。

可是，我必须让你知道什么呢？对，西蒙·加科从国外寄来问候和照片，他总是站在一门远程火炮的咽喉部位，它以威胁的姿势往前伸，守护着湖泊。他让我们意识到战争提供的旅行机会，他曾经先后在丹麦、挪威，不久后甚至在法国的海岸吓唬过敌人。就在这段时间，我悄悄地、自行决定将我们的博物馆重新对社会开放。我们不贴海报，不规定参观时间，不要求门票，我们不做任何会让当局有借口给我们规定义务或设立条件的事。我们放弃了任何宣传途径，我们只同意少数偶然听说我们，然后找到我们这里来的人进来参观。我们把希望寄托于人们对我们博物馆的道听途说。每个想在我们这儿转一圈的人，每个希望深入研究那些看起来没什么用处的五花八门的编年史的人，每个想要仔细阅读那些残缺不全的文献资料的人，我们都欢迎他们。你知道吗，在小保罗班上的几名学生离开了博物馆以后，在我们试图向康尼解释非正式地重新开放博物馆的原因之后，你知道康尼说了什么吗？他只是摇摇头说："心怀家乡，征服世界。你们何时才会发觉，家乡只是不屈的自负和愚蠢的自我陶醉的避难所呢？"紧接着他请求我们同意，关掉人民牌收音机，他们正在播放的愿望音乐会令他作呕。

那时候勒克瑙已经在因康尼的存在而群情激奋了，大家愤怒地站队。当时发生过这样的事，只为不与他同处一个屋檐下，一家饭店的全体客人默默地轻蔑地起身离去；残疾人突然在他面前停下来，冲他吐口水；身穿制服的青少年同盟成员聚集在人行道上，将他逼离大街；夜晚回家途中一队勒克瑙工兵将他打倒在地，他坚信他们是工兵，但又拿不出任何证据。但也发生过这样的事，一位退休教师在他面前偷偷地摘下帽子；很多寄给他的匿名信向他表示祝贺，希望他继续忠于自己已经楷模般地选择的毫不容情的正义。

我和埃迪特，我们常扪心自问，他是从哪儿来的无所畏惧的勇气，他为何能如此坚韧不拔，是什么在支撑他与这许多的东西较量，与城里的社会舆论较量。这场争执初时冷静，后来却充满了仇恨。我们越钦佩他的坚定，就越担心这场争执的结果……

当然，马丁，我们都长时间地深入研究过此事。一切都始于法国人山丘附近的育林区，在城外的博雷克山脉里，或者更准确地说，始于法国人山丘后面奔腾的小溪，它与育林区平行流淌，潜入地下，流经小格拉耶沃，最后注入勒克瑙湖。一位士兵跪在溪边，康尼站在森林密布的山丘上，看着那位士兵将自己的脸深深地埋向小溪的镜面上方，好像是想做些什么。然后他匆匆洗了脸，拿手帕擦干净，跳起来，开始洗涤他的制服，尤其是裤子的膝盖部位，也洗他敞开着穿在身上的制服上装。他搓啊搓啊，把衣服浸湿，怒冲冲地继续搓，又疑心重重地一再停下手中的动作，谛听周围的动静。然后他将手帕埋进斜坡松动的土里，抓起一把树叶，擦干净他的靴子。然后他四肢趴下，大胆地远远探身水面，再次寻找和检查他的脸。

这时康尼的影子落在了他身上，或者他在水面认出了悄然走近的男人耸立的身形。总之一发现自己不再是单独一人，他就立马站了起来……那是个不算年轻的士兵，康尼马上看了出来。宽宽的脸，左脸上有两道闪烁的细血痕，向下几乎直通到脖子。那人喘着粗气，惊慌地打量着他。

康尼根本来不及主动提供帮助，他的摩托车就停在法国人山丘的另一边。士兵突然转身跑进了松树林，将军帽拿在手里，丝毫没有停留。他穿过蓝莓丛，翻越蚂蚁山，逃向通进博雷克山脉深处的公路。康尼挖出手帕后骑车来到我们家。整个情形就是这样，对康尼来说，一段遭受蔑视和攻击的时光就这么开始了，在这段时间里，每次穿行于勒克瑙都是对他的一次夹道鞭笞①。

　　五天都没到，《勒克瑙报》发表了一篇报道，根据报道，去过蓝莓园的小格拉耶沃的孩子们，在博雷克山脉的一处育林区发现了一具被藏在大树枝下的女尸。警方确认了死者的身份，是来自小格拉耶沃的安娜·豪泽。不仅如此，此案还十分可疑。警方逮捕了亨利克·古特克尔希，安娜·豪泽与这个男人共同生活了多年，在案发前不久离开了他。报上说，被捕者不肯坦白交代。

　　康尼骑车去小格拉耶沃，与海尼·豪泽谈了半小时。他调查安娜的人生，拼出了一幅亨利克·古特克尔希的画像。次日上午他来到警察局，不仅让警方记录了他与士兵的相遇，还交出了那块脏手帕，当然，他索要了收据。事情暂时告一段落。康尼将他所有的打算和事情的细节告诉了我们，我们现在也以为，勒克瑙的所有军营里都在进行漫长、无聊的核查，士兵会接受体检和检查。我们知道或以为知道，没有哪座军营里乐于见到警察，预料检查会持续很久。有一次追问时康尼只了解到，对手帕进行过化验，查出了两种血型。然后又没消息了，乃至于有时让人怀疑，一切都停止了，整个缉查都停止了，搁浅了，因为战争的缘故。

　　可事实上，恰恰是战争让案子有了进展，虽然没能帮助把案子破了，却带来了意外的消息，足够让调查走出不确定的区域。康尼偶然发现了士兵的名字，他从口袋里掏出一期《勒克瑙报》，没有丝毫的满足感，更多是若有所思和抑郁。他沉默不语，用听天由命的手势要求我们好好看看主页上唯一的一张照片。我还记得是一名壮

---

① 夹道鞭笞（Spießruterlaufen），旧时德国军队中的一种刑罚，今指受到众人的嘲笑蔑视。

实的士兵，他的总司令正在给他挂一枚很高的嘉奖，他徒劳地想忍住不笑。士兵名叫洛塔尔·森特克。"就是他。"康尼说，"绝对不会错。"

原来是兴登堡街上的洛塔尔·森特克，勒克瑙的首位骑士十字勋章得主。正如报纸报道的，在他面前，没有哪座敌人的掩体，没有哪座工事能够存在。是的，森特克军士，他用他喷火器的火球战胜了莫德林城外的防御工事，他穿过比利时堡垒的天窗和瞭望孔送进去一个愤怒的死神，他向马其诺防线的掩体和掩体系统证明了它们都已经过时，他，主要是利用各个死角，将这些钢铁水泥的巨兽变成了陷阱，变成了愤怒的陷阱。

我们一起阅读了这篇致敬洛塔尔·森特克的文章，读到了那则预告，在他下次回家乡度假时，本城最高领导一定要给予这位荣获嘉奖的士兵适当的接待。我感觉我们将阅读的时间拖得很长，因为我们都在担心这个新消息透露出的问题。然后埃迪特问道："你真的要做吗？"康尼沉思着望了会儿河湾，说："我别无选择……"

是的，马丁，你说对了。这是一次挑战，在我们一起考虑的那一秒康尼就明白了他是在做什么，因为在他决定了之后，他几乎无声地，只是自言自语地低声说道："左也好右也好，反正我们的警告只会让人们激愤。"

说完他就走了，他手里拿着报纸走去勒克瑙刑事警察办公大楼，求见约瑟夫·冯·英特尔曼，他们的上司，他负责安娜·豪泽案，已经将它进行到那样的地步，由于战争带来的困难和阻力，一切都得停顿下来。他让人将康尼叫进去，这个还很结实的矮个子男人一头白发，西服上装的翻领上缀有狭长的勋章扣带。他从办公桌后面站起来，一开始似乎没听懂康尼说的"我找到他了，我知道，他是谁"是什么意思。可他转眼就明白了，又怀着适度的期待坐下去，准备接受一张写有名字、地址，兴许还有部队编号的纸条。可康尼却将报纸递了过去，报纸被折叠过，只能阅读到森特克的照片和致敬他的文章。

"这儿。"康尼说道。年老的英特尔曼阅读着，陡然记起他已经读过这文章一回了。他不满地抬起头看着康尼，好像必定是康尼搞错了。可康尼点头肯定说："就是他，不是别人。他脸上还有血痕。"约瑟夫·冯·英特尔曼站起来，他被激怒了，不是因为他不信任康尼，而是因为他看到自己正面临着一桩无法胜任的行动，一桩会违背团体精神和当务之急的行为。"您知道您这是在说什么吗？"他说道，"您知道您的供述会导致什么吗？假如您忘记了的话，我们的国家正处于战争之中。"

"亨利克·古特克尔希，"康尼说道，"他还一直没被释放。""他会获释的，一定。"冯·英特尔曼说道。现在他需要活动场地，他猛地掉过头去，穿过整个房间，不停地摇着头，像是在抵抗某个荒谬的想法。可能他在想过去了的那场战争，当时他本人就在废矿坑旁指挥一个连队。现在他力图在这些经历的背景下分析眼下正在苛求他的任务。

他忍不住大笑起来，无助，气愤。也许他被康尼执着的、满含期望的等待惹恼了，也许是因为来访者这咄咄逼人的，甚至已经是无礼的肯定。在这个需要证明有罪的地方，只有唯一的一个决定，只可能是一个决定。当他向康尼总结说他提出的要求有多荒唐时，总之他说话的腔调里具有某种谴责的意味，是的，控诉性的东西。先是寻找这个人，他可能是在从北极到雅典之间的某个地方，最糟糕的情况是在包围图卜鲁格①的人员当中。可是，战地军总部和德国国防部特案问讯处会帮忙的，前提是有充分的理由。因此，他们会找到受所在部队保护的他来，不管是在挪威、罗马尼亚或是在南斯拉夫。可是，战地法庭会认可勒克瑙的审讯申请吗？如果他们在希腊梅塔克萨斯防线的防御工事前发现这位掩体专家或在班加西的骑士团城堡前，他置身炮火中或已进入一个堡垒的死角，正将喷火器的钢管对准瞭望孔，那该怎么办呢？应该通过战地电话甚至通过旗帜或烟雾信号命令他中止战斗，撤离付出惨痛代价才夺得的阵地，来听候一桩勒克瑙法律事项的发落吗？为了一桩来自勒克瑙的事儿！

　　当他们拿来一份来自一座闻所未闻的马祖里小城的申请，这位被授予过高级勋章的士兵的上司们，那些亲自起草了嘉奖申请的团长，也可能是师指挥官，会怎么反应呢？最后，如果其中有资格得到他们信任和钦佩的一位，被家乡，这种情况下他们也许会说，被从该死的后方纠缠，他的战友们会得出什么推论呢？

　　这些后果，约瑟夫·冯·英特尔曼都提请康尼考虑，并且形容得绘声绘色。他甚至暗示，据他估计，最先反对这个请求的会是勒克瑙本地，在"城市高层"。最后他摆手拒绝道，"够了，够了"，他神情痛苦地望着康尼，找到他的目光，问："您明白，您明白您这是在做什么吗？"康尼直接反问道："您打算怎么办？"勒克瑙刑警局矮个子、白头发的上司听后回答道，耸耸肩回答道："能做什么？首先我们要提交一封审讯申请，提交给主管战地法庭。"康尼感觉遇到的是这样一个人，他既是对手又是帮凶。

---

① 　图卜鲁格（Tobruk），利比亚东部的重要城市，二战时北非的重要战场，历史上兵家必争之地。

康尼多次向我们复述过这次谈话，每次都不确定约瑟夫·冯·英特尔曼本身会怎么想。这次谈话之后，这次拜访之后似乎又没动静了。我们不得不认为，勒克瑙的申请耽搁在了遥远的前线指挥部，也许在战乱中被毁了，甚至被对手抢走了。有段时间康尼怀疑英特尔曼只是假装答应处理，事实上早就将案子束之高阁了，理由嘛，战争能提供各种理由。

可他很快就后悔了。在一家电影院里，在观看电影《哈巴涅拉》① 的时候，他碰巧遇到了英特尔曼。他俩坐在一起，每当札瑞·朗德尔不唱歌的时候，警察就向他介绍自己的努力和调查的进展。原来他追踪过洛塔尔·森特克很长时间，线索通往西里西亚，然后继续前往克里特岛，再从那里前往黑山，然后戛然终止在黑山。在那里，不仅是洛塔尔·森特克，他所在部队的一部分也在与游击队的战斗中直接失踪了，被登记为失联。他，英特尔曼，可不想永远就此罢休。寻找，通缉，通过在另一场战争中曾是他战友的指挥官的帮助，他找到一条新线索，它通往英斯布鲁克②的一座野战医院，从那里前往布雷斯劳和柯尼斯堡，又突然通往了勒岑……

情况就是这样，马丁。那也是我接受基本训练的地方，在风景秀丽的勒岑训练场上，洛塔尔·森特克在培训他的工兵们，在勒克瑙的邻县。听说之后，约瑟夫·冯·英特尔曼亲自驱车前往，获得允许后审讯了那人，战争的波涛曾经将他冲出去那么

---

① 《哈巴涅拉》（*La Habanera*），德国电影，上映于1938年，由道格拉斯·塞克导演，札瑞·朗德尔主演。

② 英斯布鲁克（Innsbruck），奥地利蒂罗尔州的首府。

远。他获准单独在食堂里与洛塔尔·森特克谈话，在值班期间，没有目击证人在场。他们刚坐下来点好咖啡，士兵就承认了他那天到过博雷克山脉里的法国人山丘。他也不否认在那里遇到过一名女子，他只知道她的名，安娜。他俩在某个特定的时间发生了争执，他说是开玩笑，而不是严肃地、暴力地，绝对没到会导致那么可怕的灾难。他不失时机地为发生的事情表示遗憾，主动提出在诉讼时做陈述。

士兵无条件地愿意陈述，知无不言地回答所有问题，这打动了约瑟夫·冯·英特尔曼。此外，他还承认士兵具有"主观的正直"和"讨喜的坦率"，至少无法摆脱它们带来的影响。尽管如此，他并不认为洛塔尔·森特克是无辜的。

你看，后来是库佐斯，《勒克瑙报》的库佐斯，他获悉了这一切，将它曝光了出来，估计是从怀有特定目的的特定人物那里获悉的，反正他的名字缩写印在报道下方。报道向我们的社会公布了那个挑衅的事实，本城荣获过最高嘉奖的士兵有谋杀嫌疑。为避免出现不确定疑犯是谁的情形，从沃姆扎到艾本艾麦尔，言之凿凿地提到了所有地点，地名和要塞名，一提它们就会让人想起他的勇敢，是的，想起他的勇气。另一方面，来自小格拉耶沃的年轻女子，士兵对她的不幸负有责任，对她的生活只做了提示性的介绍，就算不是耻辱，也还是留下了影响，某种可疑的东西，某种模棱两可的东西。文中没提指控洛塔尔·森特克的证人的名字，但没用一天时间，整个勒克瑙就都知道了，被愤恨地一传十十传百，最终成了激怒一座城市的口令。

康尼处处遭遇敌意，但他不吃惊也不困惑，他甚至理解人们对自己的指责。当他们向他表示蔑视时，他没有怪罪他们。他一踏进一家酒馆，在场的众人便一起离去，或当着他的面吐口水。或者，不管发生什么，在他面前，人们谈论一个喜欢搞背后暗算的坏蛋，但是不提他的名字。康尼忍了，他承受着做一个让勒克瑙人最痛恨的人。那段时间给他支持，让他能够忍受仇恨、失眠和孤独的，是他坚定的信念，他坚信，即使是战时也必须实现正义。

事情就是这样，马丁，这个名字，但又远远不止是一个名字，一个象征，一座无法毁灭的环形岛……他因此承受了一切。托尼·莱特科夫在鞑靼湖畔拦住他，骑在马上，居高临下地只对他说了句："我希望不会再在我的土地上见到您。"他听后几乎是顺从地接受了，准确地避免踏进那块禁地。有一天他去参加家乡协会的一场幻灯片晚会，是的，他有意走错了。不用等多久，就有一位客人站出来，强调说，现场有位不受欢迎的客人。康尼听后镇定自若地站起身，在与会者的掌声中离开了房间。不过格里戈支持他，勒克瑙最古老的印刷厂的老板，他的儿子在研究考文垂、伦敦和伯明翰。在听说康尼干的事情后他虽然怀疑地嘘了一声，但他赞同康尼的做法，据说他声称过："战时除了战争，也应该还有些别的。"

然后就是起诉。在隆美尔①占领艾季达比耶②，向拜尔迪耶③挺进期间，在勒克瑙开始了对洛塔尔·森特克的审判，一场诉讼，它之所以能够开庭，只因检察官魏纳特博士在上一场战争中曾在废矿

---

① 隆美尔（Rommel，1891—1944），德国著名军事家、战术家、理论家，陆军元帅，纳粹德国三大名将之一，有"沙漠之狐""帝国之鹰"的称号。
② 艾季达比耶（Agedabia），利比亚东部的重要城市，也是利比亚第二大城市班加西的门户。
③ 拜尔迪耶（Bardia），利比亚港口城市。

坑旁担任列车长。诉讼观察员们从阿伦斯泰因赶来，从艾尔宾，甚至从柯尼斯堡。人们一致认为，如此超常的兴趣主要不是因为大家对判决有所期待，而是因为这样的事实：在那个时候，这种诉讼竟然能够开庭。因为，即使可以信赖英特尔曼和魏纳特之间的友谊——这来自"废矿坑"的友谊，仅在勒克瑙就有足够多的力量和主管机关，其权力之大足以直接取消这场诉讼。

可还是开庭了。旁听厅不得不因人满为患而关起门来。我们，我和埃迪特无法进入，因为穿制服的人，洛塔尔·森特克曾经隶属的勒克瑙工兵营的人，优先入场。因此我们错过了康尼的出场，我们没看到，当他走进证人席时，场内如何起了骚动，指责和愤怒如何被表现出来，那么直截了当、嗓门粗大，乃至法官威胁再乱下去就要让人清场。因为冲着康尼喊"骗子"，一位工兵中士遭到了罚款。康尼本人向我们承认，他对这种情形和更严重的情形早有准备。让他困惑、意外的是在场的一对一言不发的老夫妻——被告的父母。他们身穿礼拜天礼服，一动不动地端坐在那里，打量着他，毫无敌意，只是不敢相信。

是的，亲爱的，然后康尼做了陈述，听说很平静，一份在交叉讯问时也不动摇的陈述，据说他忏悔似的说过，他所做的事情不是证明，而是报告。这听起来可能像在请求原谅，可他紧接着又坚定地声称，他只承认唯一的一种压力，来自真相的压力。

辩护符合形势，当时必须或只能那样辩护，在布劳瑙人①的照片下方，那人目光呆滞，提防地看着你，戴着庄严、刚毅的面具俯视着庭审。在处理此案之前，检察官和辩护人详细探讨了历史性的要

① 布劳瑙人（Braunauer），指希特勒。希特勒于 1889 年出生于奥地利的布劳瑙镇。

求。谈到"命运之战",谈到"英雄主义的较量"和"后方的誓言"。康尼后来说,他们同样可以换成社论来宣读。可他不得不承认,在所有花言巧语、浮华夸张的言辞背后,在所有吹毛求疵的诉讼逻辑背后,越过当事人的头顶,一场有关宪法的争辩斟字酌句地进行着。至少他相信他发觉了这一点。当法庭退回去讨论时,康尼对判决结果已经不再怀疑——无罪释放。

可无罪释放不是因为证明了无罪,而是因为缺少证据,这没有阻止许多听众对判决报以热烈的掌声。森特克的战友们相信必须将他们的人抬起来,兴高采烈地抬下法院大楼的台阶。次日刊登在《勒克瑙报》上的那张照片就是在台阶脚拍摄的,标题是《胜者恒胜》。

我们在等待康尼,我们将他夹在中间,护着他,连推带挤地穿过被包围的出口。英特尔曼忽然出现在我们面前,约瑟夫·冯·英特尔曼。我至今也不知道,他是否是故意忽视康尼的手的。低垂下目光,这就是他的问候。他显得既震惊又轻松。我们不得不胸口贴着胸口,从彼此身旁挤过去,脸上强挤出微笑。他的眼里,他的眼里有着非常难过的表情。"再也不会了",据说他经过康尼身旁时使用了这个词:"我对您讲,再也不会了。"我们没有听见。

诉讼结束后我们说服康尼来我们家住几天。他将属于他的、他绝对不想弄丢的东西拿来了,是一只破损的、用绳子捆扎的箱子和一只深不见底的海员包,他可以毫不费力地将他需要的东西一股脑儿装进包里。"你知道吗,齐格蒙特。"他说道,"一个人只该拥有他一个人就能搬走的东西。"这段时间几乎见不到他,他默默地与我们一道用餐,躲回他的房间,阅读或做笔记,但他大多数时间是俯身在一张欧洲地图上,研究每日的国防军报告,对它们进行分析,以他的方式分析。

不，马丁，不是太过分，虽然《勒克瑙报》刊登了最早的阵亡和失踪者的公告。因为，正如前面说的，战争一开始是有利可图的。你可以听听它给我们寄回家的东西，来自挪威的深红色的驯鹿火腿、来自巴黎的迷人香皂、来自希腊的无核葡萄干和精装葡萄酒、来自保加利亚和邻国的玫瑰精油，尽管有严格的定额，仍有蘑菇和鹅进入我们家，一直以来都是这样。我们暂时几乎不必忍受什么，没人干预我们的事情。西部和西北部好像就没有这么幸运了，我是指待在家里的平民。因为事实本身已经说明了，在我们尚未真正意识到之前，勒克瑙就过多地受到了外来影响。你一下子听到了科隆方言、高贵的汉堡人和更加高贵的不来梅的口音。来的主要是中老年人，有的有钱住进"路易森饭店"，城里的少数公寓很快就客满了，两家银行表示遗憾，再也不能保管贵重物品了，因为所有保险箱都被占用了。城市被悄悄地、和平地占领了。人们等累了，钻过湖畔的绿地，准时闯进我们的咖啡馆，占据公共长椅，到处阅读信件。

我们家也有长住客人，来自不来梅的罗西塔·里斯默勒，她父亲是潜艇工程师。她来之前有过一阵短暂的通信。我和小保罗，我们一道去车站接她。我们带着我们的雪橇等在站台上，那是一个宁静的冬日，甚至听不见喷灯吱吱响，法国战俘在桥对面用喷灯给道岔化冰或只是加热。在小保罗放弃了想象她的形象之后，他开始好奇且担心是否也能"充分地"与罗西塔打交道。他考虑了几种欢迎方试，决定去车站商店买盒巧克力和香烟，想等罗西塔一坐进雪橇就请她吃。请你不要问我他这是想测试什么。

然后她向我们迎面走来。大衣太短太短了，塞在羊毛袜子里的裤腿太长太笨拙了。她以一种立即让小保罗感到费解的自信说："我们终于见面了。"她请求将她的箱子小心地放上雪橇，里面是一些礼品。来自不来梅的罗西塔·里斯默勒，她个子比小保罗高，年龄也比他大，她率真，对人不设防备。还在火车站她就以她那现代的、"修饰过的"表达指出："确实，你们这儿没有废墟。"当小保罗停顿一下后问"你这是什么意思？"时，她以略带训诫的口吻回答："废墟，这是空袭的后果。有时只有一幢房屋变成废墟，有时是整整一条街。我们刚刚被炸光了。"

那是我头一回听到这个单词。

罗西塔很少让人帮她。她很独立，自己取出箱子里的东西。午饭时她抱着一大捧礼品出现了，一本正经地递给我们。她给埃迪特一只方糖夹，给我母亲一个餐巾圈，给小保罗一把核桃夹子，给我一个雪茄切割器。欧根·劳伦茨得到一块肥皂，她不知道他在，没有特别准备。不容忽视的是她观察我们时带有一定的怀疑和紧张感，不光是在我们打开礼物包装的时候，在面对所有活动和谈话时都一样。是的，一种紧张或专注，让我们认为她希望从我们这儿得到一种无心的证明，对某种东西的证明。有天晚上我们获悉了那是什么。那天晚上，她坦率、不带戒备地问那说法是不是真的，所有马祖里人都谦逊、迷信和狡猾。这是她在乡土学里学到的，在她为见到远方的土地及其居民做准备的那些课堂上。欧根·劳伦茨顿时开心地同意了她的说法，不仅如此，他还殷勤地向她讲了另一些马祖里人的特点，要她做好准备："你还会学到，我们有耐性、耐心、狡猾，可能也信奉异教，但只是偷偷地；谦恭，这是肯定的；正直，尤其是在与自己人交往时；靠得住，特别是生活好的时候；还有满嘴疱疹之类的；我们还咬死活乌鸦，对吧，齐格蒙特？"我证明这一切都是对的。我们的形象一直传到不来梅，又由罗西塔毫无恶意地带来我们家，这让我们十分开心，我们想要她更多地了解我们。

你能想象吗，马丁，我们想知道乡土学里都在一致地乱写我们什么。当罗西塔取下她的乡土学笔记本，无拘无束地像朗读菜谱似的向我们朗读有关我们马祖里人的真相时，我们拍手赞同。原来我们落后，常与家畜合住一间屋子，尤其是与母鸡、小猪和牛犊；我们还在使用木犁，我们许多人还在使用木碟子吃饭；18 世纪时我们是普鲁士的贫民院，这说法甚至是正确的。但他们也告诉了我们，我们向树木祷告，尤其是椴树和橡树，我们土豆地的垄沟里到处躺着醉鬼，因为我们无可救药地嗜酒如命。

还有什么？对，我们的顽强没有被忘记。作为士兵，他们顽强，另外还说我们脑袋浑圆，体型矮胖。至于我们的服装，在不来梅人看来，我们主要穿灰色，拿衣服蒙着脸跑来跑去。还有，据说我们包裹得那么严实，并不妨碍我们是"天生的舞者"，老老少少一有机会就跳我们最喜欢的舞蹈，马祖卡舞。最后我们还得知，这块土地最适合做什么，是的，天生适合，那就是划船，单人，也可以双人一起划，划过无数原始的湖泊，它们通过河流和运河彼此相连，一份额外的馈赠。

我们不抗议，不纠正，我们承认一切，不是出于礼貌，更主要的是因为我们想让她在我们家生活期间自己检验这些说法是否正确，顺带地，无意地，直接地。

没过多久，我意外撞见了她一个人在博物馆里。她蹲在地板上，在画我们的乐器，魔鬼琴和低音鼓，她打算慢慢地将几乎全部展品都画下来，将那些画纸一张张寄回家去。"干吗用？"我问道。罗西塔坦诚地回答:"让他们妒忌。"之后又没过多久,一天早晨她在早餐时请求:"如果可以的话,我能不能再来一小小杯牛奶和一小小块猪油面包?"她与我们的缩小化名词交上了朋友,尤其是她掌握了它们,这些名词的使用对我们都富有启发性……

你说什么?正是,亨丽克不停地使用它们,估计比我们自己使用得都更频繁、更刻意·……亨丽克,我只希望她恢复了常态,意识到了我没有选择……

这个破坏一切的决定,它让我觉得是最后的出路,必要时可以为之辩护,但它没有带给我满足感。

算了,我们谈别的吧。我不想抢先……

是的,我知道,又到离开的时间了,我也从我的疲倦中察觉到了,从我疲倦的程度。可在你走之前,有件事我还得告诉你,有个人说对了,这人能以红葡萄酒和肉冻里的鸭子开始他的一天,津津乐道地谈论我们的灾难。就是那位年老、肥胖的军事法庭委员,当他们再次让这块土地成为预备区时,他被安排住在我们家,在进攻苏联前的那个夏天。是的,他说得对。他的座右铭是:"什么都无法重复。"他请我专门带他参观一次我们的博物馆,让我介绍它的诞生,想看看一些文献。他拿起硬币、家用器皿和碎片,时而点点头,不发表意见。直到后来,在他全部看过之后,他气喘吁吁地在楼梯平台停下来,像演员一样以呼哧呼哧的声音抱怨说:"这也会过去的,必须被抹去,柏林的那个傻瓜已经宣布了灾难的来临。"为了感谢我的讲解,他请我喝一瓶红葡萄酒。当他形容破坏和瓦解是某种令人慰藉的东西时,我不由得想起另一场战争中的另一次住宿安排。"如果没有机会破坏和失败,"他说道,"我们就不得不停止希望。"三年后这位军事法庭委员被绞死了……

很好，马丁，这是个好消息。明天就……我一直没有放弃去想，想象有一天你们全都在这儿围坐在我的床边，卡罗拉和西蒙·加科，甚至马里安·耶罗明。届时大家庭就可以对我进行审判，或者我们可以一起估算我们的损失……那好，明天见……

第十二章

进来，进来，亲爱的，已经在等着你了。总得有个人听我讲讲，我要告诉他，今天是我躺在这儿以来最美好的一天。我需要一个人，好让我将我的快乐传给他。打从今早起，打从主治医生来过之后，这快乐就充满了我全身。马丁，皮肤被接受了，所有移植的皮肤终于与它们的新环境和好了……你明白我的意思，对不对？在告诉其他所有人之前我得先把这消息告诉你，现在你搬把椅子坐下来，给自己拿个桃子吧。另外，那整个果盘全是有人匿名送给我的，跟最近的鲜花一样，它是来自匿名者纯粹的善举……不管你信还是不信，我现在轻松了，不那么紧张了。一种过度的压力，如果你不知道如何处理你了解的情况，如何处理消息，它大概是不可避免一定会产生的。

我设想这是对我们这种人的惩罚，收到一个闻所未闻的消息，却没有机会将它传下去。是的，随身携带着这燃烧的财产，直到它在你的记忆里冷冻、石化……

你说什么？真的吗？你真相信，是亨丽克？……奇怪，昨天在你走后，我睡着了，那是在医院里必须学会的短睡眠。我对护士的来来去去已经习以为常，所以不会因此醒过来。我醒过来，是因为有人站在我床前，凝视着我，目光一直穿透沉睡中的我。可当我睁开眼来时，已经太晚了。我只注意到一只胳膊，看到门轻轻合上。床头柜上摆着这个果盘……

好了，你确定从大巴旁走过的是她？兴许她还认出了你，兴许她曾经等待，等你开车走了，她才敢来这儿。我们走着瞧吧……我们先不下结论。我们不必解答所有的问题，不必当下就澄清一切，我早就习惯了与我的不确定状态和睦相处，干脆将它当作持续的、不可解的任务搁置一旁。

那回就已经是这样了，那时战争已经持续了多年，我们从勒克瑙能够判断出，进展不那么顺利了。总之，有关战争结局的第一个不确定性，我还记得它是何时伴随轻微的恐惧出现的，我至今还能说出日期来。河湾边房子里的所有人都有这种不确定感，无法摆脱它，尽管战争在远方进行，消息听起来令人欣慰。当阿尔宾·亚库布齐克从东方回来休假时，确信的时期终止了。由于他的身高和举止，我们在班上只叫他大高个，他佩戴着一枚不熟悉的红色勋章散步，所谓的冻肉勋章，他向每个感兴趣的人解释它是如何来的。

听起来不值得相信，听起来太难以置信了，军队在挨冻。这支战无不胜的军队，它打赢了维亚济马和布良斯克合围战，它攻占了卡卢加和库尔斯克，一直挺进到莫斯科近郊，它哆嗦、发抖，牙齿咯咯打战。距离本应让冬天变得可以忍受的莫斯科的壁炉不远，部队刚刚艰难地穿越过泥泞，就遭到了严寒的突袭，严寒让这块被占领的土地变成了冰原，人马和车辆一筹莫展地跋涉在零下50度的环境里。棉手套本可以避免冻疮的，可没有棉手套。棉靴或毛靴本来能够阻止冻死和冻残的，可既没有棉靴也没有毛靴。部队的装备是为夏季作战、为夏季胜利准备的，既没想到毛帽子，也没想到耳套、腕套、棉大衣和毛内衣……

是的，马丁，跟你说的一模一样。伟大的拿破仑的军队当年也曾经梦想夏日的胜利，直到寒冷来袭，以冷漠的打击驱走了他们的高傲，这烧焦的、咔嚓咔的、让万物僵硬的严寒，我们在马祖里是忧心重重地尊重它，我们认真地为它的到来做准备……

对部队在挨冻的想象让我们动摇了，让我们头回怀疑起他们胜利的可能性。我们对寒冷的统治形式太熟悉了，我们自己的经验允许我们判断阿尔宾·亚库布齐克讲述的画面：大风呼啸，人们一跛一拐；伤员躺在担架上挨冻；仪器罢工，皮肤粘死在仪器上；撤退的平原上，马匹冻僵了、四蹄朝天。我母亲控制不住了，听到部队的这一命运，她控制不住了，她不知所措，放声大哭。忽然，她的怜悯心发作，想到了这里可以做些什么。没有什么比编织更有帮助，要是有人下令，所有人都必须动手编织，直到必须出去借针继续编织，那野外的战场上很快又会变得暖和舒适的。

这么一个命令可能已经太迟了。可阿尔宾·亚库布齐克的休假还未结束，他们就向勒克瑙民众发出了募捐的呼吁，一个紧急呼吁，号召大家捐出冬衣、帮助一个在敌国遭遇了敌对天气的部队。呼吁到处都是，墙壁上、树上、报纸上。勒克瑙人踊跃支援在严寒下受苦的部队，那份热忱你该体验一下的。

募捐点设在我当年读书的学校的体操室里。还没开门，他们已经在大门外排成了两排，跺着脚，聊着天，无比好奇地盯着其他人拿来的和还在拿来的东西，随便地搭在胳膊上，或用绳子扎成球状，或直接套在自己的大衣外面。从箱子和橱里拿出来的东西，从硬纸箱和幽暗的角落里翻出来的东西，谁都不敢相信那是真的。不仅有什么风都吹不进的带衬里的裤子、毛靴和大衣，也有老掉牙的皮帽、多色的钩织耳套、鼹鼠皮做的皮手筒。当晨雾散去时，就可以区分整个马祖里动物界的毛皮了，缝在一起的狐狸尾巴、兔皮和獭皮、鸡貂提供的高档暖和的领子、可以解开纽扣拆卸下来的来自驹子的大衣衬里，另外还有猫皮獾皮做的背心、野兔皮做的连接手套、针织的双层口罩、脖套和腕套。曾经在勒克瑙效劳过一代代人、被成功地用来抵御当地严寒的东西，曾经作为防冻措施被发明出来、被掠夺过来、被有效地戴着散步的东西，现在它们都要帮助挨冻的军队挨过俄国的冬天。

负责接受、鉴定、分类的志愿者中也有欧根·劳伦茨，他只是想帮助"一下下"。因为当乡下按照形势要求，从使用煤球和焦炭转而使用泥炭之后，太多的炉灶在冒浓烟，弄得屋里烟雾腾腾。欧根·劳伦茨被募集点的同事们任命为一种裁判长，可以说是在最后审理时，他有权决定哪些捐赠品刚好还行，哪些无论如何不能被认可为"适合前线使用"。

你无法想象像他这样的人在这儿所经历的事情：当他拒绝使用那些山羊毛制成的旧鞋垫时，人们觉得受了侮辱；当他拒绝那些严重磨损的兔皮时，人们威胁要投诉他。农场的"蓝衣女人"，托尼·莱特科夫的妻子，她也赶了过来。托尼·莱特科夫和他的部队一起被困在列宁格勒城外，据说要在那儿熬过两个完整的四季。好了，她走进体操厅，不管等候的队伍，直接找到欧根·劳伦茨，想知道这里是不是募集点。他愣怔地点点头，她马上要求他去外面，去装满毛皮、被子和加厚衣物的雪橇那里。他没有别的办法，只能自己将惊人的捐赠扛进来。那些东西，一见到它们，排队的人们就你捅我我捅你，嘀咕起来，不是因为奇怪一个人如何舍得与这份珍贵的财产分开，而是因为他们觉得无法想象，有人可以将所有这些，兴许还要多，称作她自己的所有品。女人漫不经心地接过毫无意义的捐赠证明，命令欧根·劳伦茨帮她脱下皮毛大衣。当他还在犹豫发呆时，女人指指一堆物品，要他将大衣扔上去。"它该属于那里。"她说道，说完就走了。谁也没想到，随着这一亮相，欧根·劳伦茨的不幸就命中注定似的开始了。他本人直到最后一刻都没能破解或理解，因为没人让他领悟到他的过错。

你必须知道，募集点开了七天，最后一天他们不得不动用仪器室来安置捐助的衣物，捐赠数量足够一个战时编制的团每个冬天都不会挨冻。然后开上来两部卡车，它们来回将整理、捆扎好的物品运去列车货运站，运去一列预备好的火车上，火车车厢上用白色颜料写着家乡对前线的感谢："家乡感谢前线。"运输队长是位来自莱茵兰的上士，看样子他每只口袋里都有一只扁平酒瓶，瓶里装着法国白兰地，一旦他们运来新货，他就向他们递过瓶子。在轨道上干活、帮着卸货装货的法国俘虏，他们也得到一口。一节节车厢堆得直到厢盖儿上，再在共同的努力下锁好车厢门，黑暗降临时刚刚装好一半的捐赠物。他们继续在月光下工作，在雪光下，直到所有的车厢都装满了。经过压、摁和举，每个空间都得到了充分利用。当上士发现没给护卫队留位置时，蒸汽火车头已经挂上了，是的，连个站的位置都没有了。

他下令从最后一节车厢里重新卸掉部分货物，而且要卸得让三个人能找到位置。搬下去的件数不是很多，上士本人站在钢轨上接应。他迅速做出个决定，喊回已经又在处理岔道的法国战俘，将衣物扔给他们，说道："拿去吧，抵御德国的严寒。"

将多余的东西按自己的估计和想法分掉，让他身边的所有人都能得到点，这事对他来说太容易了。于是东西向他们飞去，他们被迫拦截它们，收下，包括欧根·劳伦茨，他从空中抓到了一件短大

衣，灰色的，很暖和，里面衬的全是獾毛。然后护卫队钻进腾出的
位置，堆好武器和设备，准备好蜡烛和手电筒，前往冰原的行程可
以开始了。上士用灯光画着圈给火车头司机发了个信号，列车就出
发了。

　　事情就这样开始了。要不是欧根·劳伦茨次日就准备再出行一
次的话，一切就会人不知鬼不觉，就会没有结果。那是一次前往坚
果山或舍恩霍斯特的职业旅行，在一个晴朗的日子，他穿着他温暖
的新大衣。行程越过大坝，朝向农场的方向，然后顺着有霜冻的干
燥河岸，他曾经在里面住过的鬼屋已经荡然无存了。在他们安葬一
位溺水军官的纪念碑旁，他向上攀爬向乌鸦森林，沿着车流如织的
公路继续他的行程，公路被金属雪橇的冰刀熨平了。没过多久，他
就听到身后响起丁零的摇铃声，一辆轻便雪橇快速驶来。欧根·劳
伦茨站到车辙中间，他片刻都没有怀疑过，上面只有两人的雪橇会
停下来，搭载他一截。可雪橇越来越近，却没有放慢车速，直接不
管不顾、坚定不移地向他冲来，他不得不跳开去，才没被撞倒。

　　他认出了那些脸孔，一位恼怒的车夫的脸和"蓝衣女人"的脸。
但在认出的那一刹那他已经被迫为他的安全操心了，因此他没有发
现那骤然震惊的表情，也没有听到女人向车夫喊的简洁命令。他只
看到，雪橇从他身旁驶过去很久之后，意外地打滑了一下，停了下
来，以至于他，欧根·劳伦只能认为，人家还是决定搭上他。他搞
错了，他们没有转回头接他，他们等他走近。当他正准备爬上雪橇，
爬上冰刀上面堆着饲料袋的车厢时，女人用一道严厉的目光制止了
他。她从毛皮被下伸出一只胳膊，招手让他走近，直到她能碰到他，
她也确实摸了摸他的上装，问道："募捐站，不是吗，您在募捐站干
过？"欧根·劳伦茨听后回答："是的，整整七天。"那女人只想要这

个答案。她抬起脸，望着光芒耀眼、白雪皑皑的土地。马车夫直接行驶起来。

事情就是这样往前发展的，马丁，道路已经开辟，不幸的道路，尽管最有关系的那些人，都还不知情。反正我们还没有为此担心。不过，一天晚上，两个男人出现了，穿着长长的毛领皮大衣的男人，要求与欧根·劳伦茨谈谈，一点不急或者夸张，就像他们必须让他证明什么似的，这时我们只是感到奇怪。我们主动告诉了他们他动身去了那里，那位炉灶大夫，他这么称呼自己，他和我们约好了何时回来。那两人满意了，再也没露面，但欧根·劳伦茨也同样没有露面，他干脆再没有从坚果山或舍恩霍斯特回家。在他和我们约定的时间过去之后，我们找到警察局，刊登了一份寻人启事，当然不光是这些。由于我们登完启事后没有什么消息，我们不时地去勒克瑙派出所，提醒他们，请求和催促他们。我不知道我们去过那里多少回，每次得到的答复都只是千篇一律的耸耸肩，到最后我们虽然还是没有成果，但终于有了确切消息。欧根·劳伦茨被国家秘密警察关起来了，这已经是派出所能告诉我们的最多的消息了，因为那些特殊警察有他们自己的职权，既没有提供信息的义务，也不受普通法律的约束。派出所的人够直率的，肯向我们承认自己的无能。

马上，亲爱的，马上！康尼建议将事情告诉阿尔宾·亚库布齐克，他被严重冻伤了，因此无法返回冰原。大高个同意了。他穿上出门的制服，将崭新的勋章编进纽扣孔，找到国家秘密警察不起眼的办事处，在那里，据他自己介绍，人家只是冷静、草草地听他讲了什么事情，都没有请拄拐棍的他坐下来。要不是他在走廊上碰到马舒赫，曾经与我们同班的瘦小的马舒赫，他现在是该办事处的负责人，至少是负责人的副手，人家兴许就会不做任何解释地将他打发走，他是怎么进来的就会怎样离开。亚库布齐克能够了解到后来的情况，不是归功于制服，不是归功于他的冻伤，也不是归功于冻肉勋章，只是因为曾经的同学。马舒赫在认出了他并拍了拍他之后，将他领去负责人办公室，立即请他坐到一张巨怪似的椅子上，看得出它曾经效劳过别的大人物，在另外的地方。负责人让人煮咖啡，拿出一系列欧洲烟放到桌上，还有一银罐甜食："好了，伙计，现在先讲讲……"

你看，马丁，只有这样我们才得以了解，发生了什么事……

当托尼·莱特科夫的妻子看到站在雪橇辙印里的男人时，有一瞬间她相信看到了自己的丈夫穿着短大衣站在那里，大衣是她送给他冬天打猎穿的。当她乘着雪橇经过他身旁时，通过迅速、可靠的一瞥就已经知道，募捐站的这位帮手将她捐献的丈夫的上装据为己有了。募捐站的帮手——这一发现让她怒火中烧，当天就去报告了警方。欧根·劳伦茨立即承认了，他穿的上装来自给军队的捐助活动，他供认不讳，但否认是自己挑选的衣服，坚持提到列车的运输队长，一位上士，是他将这上装扔给他的，好在车厢里给护卫队腾出位置。他忘记了提及法国战俘也以这样的方式得到了冬装，也可能他是故意隐瞒的。查明了运输列车的编号，发车日期，时间。再多就查不出来了，因为那趟车在奥尔沙①开上了一颗地雷，驾驶员和司炉工在列车脱轨时丧生了，护卫队落进了游击队的火力之中。

由于没什么能替欧根·劳伦茨做证，他们用一个措辞将他判了罪，这措辞符合那个时代有组织的疯狂。他们称他"人民害虫"，将他"移交"给了利库克劳改营。正如劳改营的一位指挥员后来供认

---

① 奥尔沙（Orscha），位于白俄罗斯东北部，第聂伯河上游。

的，只要它还存在，就只有死人才出得了那里。欧根·劳伦茨既不可以收受邮件也不可以接受探望。我们努力了一段时间，试图与他建立联系，但终归徒劳，最后我们不得不接受，欧根·劳伦茨虽然在世，却等同于已经死了。

对，当时的情况就是这样，严寒虽然没有打败自信的部队，但使它感觉受辱了，它显得易受伤害、不知所措。当时这场不幸让我们敏感起来，我们头一回怀疑起满口夸下的战争结局。虽然我们还没有从此料事如神，我们不再预料很快就会取得令人满意的胜利。我们震惊了，我们慌张了，愤怒的感觉无法排遣。怀疑突然在生活中得到了证实，来自西部遭灾城市的外地人钻出来了，他们占领了勒克瑙，随后又运来他们的家具和家用器皿。如果可能的话，他们已经在为即将到来的冬天储备燃料了。成功地租赁或购买到一块园地的人，他们在雪刚刚融化时就开始种植土豆。外地人早就放弃了原先的等候姿态，绿地里的长凳，平台咖啡店里的白椅子，车站大楼前喷泉的阶梯，都被一一清理出来，他们全身心地在忙着为无期限的逗留做准备。

当勒克瑙组建一个持种饮食连队时，我们难免会有我们自己的想法。这是一支专门由患胃病的士兵组成的队伍，现在人们不再相信可以放弃他们的服务了。这些消瘦、苍白、透露出同样病痛的脸孔，走过桥去训练场的时候他们从来不像工兵们一样唱着歌，我不由自主地想到康尼的话："旅鼠们集合了，各就各位。"一个礼拜天，当一队技术救援组织的人员用气焊嘴和特殊仪器将勒克瑙的无数纪念碑从底座里取出，直接劈倒时，我们不仅估计到，我们甚至十分理解这意味着什么。兴登堡、露易丝王后、手拿单筒望远镜观看的大公、据说是在观察逃跑的瑞典人、头戴花翎的天真勇敢的霍亨索

伦、鲁登道夫、沙恩霍斯特、格奈泽瑙、台奥多·克尔讷和吕措，
还有受人喜欢的波斯尼亚人指挥官，勒克瑙人总会想出新理由喜欢
他。任何人哪怕得到了一点点的贵金属，他都不得不相信，这些金
属会被锯成适合熔炉的大小。为了加速胜利的到来，必须暂时借用
贵金属。人们当然会得到承诺，等胜利之后，一切会经历一次金碧
辉煌的复活。

什么都逃不过我们的眼睛，我们将这一切都当成信号。当此次
事件不久之后轮到了马里安·耶罗明，我们的编织神童时，我们并
不感到意外。与我相反，他从一开始就知道哪种领章最适合他。他
寄给我们的第一张照片，拍摄的是他作为"卫生员"在担架旁接受
培训，下一张已经是从多瑙河畔的一家野战医院寄给我们的了，马
里安站在两名肩部由他包扎了绷带的伤员之间，背景是那条缓缓流
淌的河流。

我们每天都觉得康尼会被征召，可他们并没有将他带走，原因
我们是偶然获悉的，而且是从他本人那儿，因为格里戈的印刷厂成
了"服务战争的企业"。他从每批印刷订单扣留下来，然后拿来给我
们的招贴画影响了我们。印着呼吁、口号、警告和威胁的双语公告，
彩色的预告和规章制度是很费眼睛的细小字体，另外还有证件、证
明和几乎适用于各种目的的所谓的授权书。格里戈的儿子在伦敦上
空摔下来了，他从得克萨斯的一座俘虏营里来信说，那里缺少粉笔，
无法画足球场的白线；乐于助人的美国人接济了 2 公担绵白糖。没
了康尼，老格里戈就非关闭印刷厂不可……

可我想对你讲什么来着？对，在他们征走马里安之后，索尼
娅·图尔克不能独自留在老马槽上方的房子里了，我必须婉转地告
诉她，必须说服她，告别她生命中一切重要的东西，不光是所有看

得见的材料和物品，还有梦想的设计和推迟的计划，我推着或背着她穿过房屋，让她确定要将哪些东西收拾打包。

埃迪特不反感这场搬迁，但她在索尼娅·图尔克面前感觉到一种令人不自在的羞赧，是的，令人痛苦的尴尬，这让她觉得我们决定将年迈的师傅接来与我们同住是任务似的。我和索尼娅检查不可缺少的家当，服装、床具、餐具，我们将资料和信件堆放进一只箱子里，之后是一部分毕安卡的神秘遗物，包括降伏生病动物的玻璃辅助工具。她坚持要带上一只小鸮，这我并不感到奇怪。另外我得拿上那本书——《马祖里织毯艺术大纲》。做完这一切我们就准备就绪了，然后她向织机点点头，说道："那就出发吧，齐格蒙特，去最后等着我的地方……"

放弃了？我们是不是放弃了织机？不是，马丁。只不过，从这一天开始，我独自在索尼娅·图尔克的房子里工作……

就这样，年迈的师傅搬进了我们家，这令小保罗高兴，更令罗西塔高兴，因为孩子们不满足于端详玻璃球、镜子和他们在索尼娅·图尔克的房间里发现的着色符号表，他们想了解它们的性质及其令人毛骨悚然的能力，他们想听听与它们联系在一起的故事。索尼娅·图尔克热心地满足他们的愿望，她讲了悔恨诞生的故事，美妙妄想的故事，讲了胜利的故事，戴白手套的男人取得胜利，另一些感觉"被召唤"的男人又将它们赌输了、作废了，该死的被召唤的感觉。索尼娅·图尔克给他们布置绘图任务，在猜谜时令他们惊讶，向他们解释雾的形状。她坐在轮椅上照顾孩子们，两人放学后都恨不得能插翅飞回家，去我们专为师傅腾出和布置的底层房间。

这段时间埃迪特声称她接受了一份工作，将我们搞糊涂了。一切都已经约好了，签字了，她也已经拿到了特殊证明，它允许她在任何条件下不受限制地进入车站区域。她还给我们看了她将来工作时必须佩戴的袖章。埃迪特主动报名，她加入了勒克瑙车站的教会救助站。她从没告诉过我她为什么去做，她做什么都不先问问我们或与我们商量，从她告诉我们既成事实的方式我们可以认识到，任何让她放弃她打算的努力都是多余。

她总是晚上开始上班。最初她还与我们告别，后来她一声不吭地离开家，前去空间宽敞、冬天暖气过足的木板棚，为那里供暖的除了一只小圆铁炉还有一辆野战炊事车。在铺着防水布的长桌上切面包，将香肠圆饼和人造黄油切成一份份的，倒空一桶桶果酱，分进硬纸杯里，在野战炊事车里搅动百升百升的人造咖啡，所有这些全都是供应给休假回家或从家中返回前线的乘客的。当时经过勒克瑙的列车很多，而且不仅仅是休假专列，还有伤员、俘虏和后勤运输车。埃迪特发现，锁着的铅封货列在夜里停靠在没有灯光照明的轨道上，车里的人用各种欧洲语言向她喊叫求助。

有时候我远远地看到埃迪特奔跑在停靠的列车旁，手里拎着一只打开的搪瓷壶。士兵们拉下包厢窗户，挤在窗口，挥手，闹哄哄地，将他们的杯子和餐具递向她，她往里面倒上冒着热气的咖啡。另一些女人挎着篮子从一扇窗户赶往下一扇，递上面包和预先包装好的一份份香肠和果酱。埃迪特工作时的沉着冷静和公事公办的态度令我惊讶，她不回答任何玩笑，任何挖苦，不与任何人交谈。她冷漠地接过信件，投进最近的邮箱。如果正在开走的火车里有人向她挥手，她也机械地挥手回应。

她大多是半夜时回到家里。至少最初她有那样的需求，坐在我的床边谈她上班时遇到的人和经历的事，因为她在火车旁获悉的情况，是从任何报纸上都了解不到的，是一手的战争资料。目击证人们讲给她听，那些同案犯。那些受害者。没有谁强迫他们，他们主动暴露自己的感情和情绪，他们受到了这个小地方的邀请和鼓励，这地方降低了吐露真相可能会带来的风险，人们越来越愿意信任它。她不是想搜集消息，她是无意地、顺便地得知整支部队的成功撤退和无可奈何的牺牲的。她听说了西线被烧毁的城市，听说组建了一支聋人旅，听说了民众的匮乏。从一些出现在她头顶车厢窗口的脸上，她认出了恐惧和疲惫。

她也讲给我听，她没能抵抗从铅封货车里传进她耳中的胆怯呼叫。当货车停下，四周旦没有哨兵站岗时，她就将多余的配给拉近车厢，从缝隙里将面包、香肠和果酱硬塞进去。"一座全世界的火车站，"她说，"有时候你会想，勒克瑙是全世界的火车站，所有的不幸都被带来了这里。"她保留人家出于感激从缝隙里塞给她的东西，一页匈牙利的日历纸，一枚扁平的俄罗斯剪纸，一帧印有意大利语铭文的小圣像画，有时经常只是一张纸片，上面涂写着地址，阿姆斯特丹或那慕尔①。她全都保管了起来，没有明确的目的，没有计划。也许，我这么猜想，她是为了将来向自己证明，曾经有一段时光，她觉得自己仿佛生活在一个宛如幻觉的世界里。

"算了，我们不谈这个了。"她忽然停止了谈论自己和她夜晚在火车站的见闻。她默默地回到家里，摸黑脱去衣服，根本不想知道躺在那里的我是不是还醒着。当我问起她工作的事情时，她都是低调地介绍那些经历：'没啥特别的，和平时一样。"

她感到害怕，开始时只是偶尔，但已经可以感觉到了。就连索尼娅·图尔克和小俣罗也察觉了，向我打听埃迪特发生了什么事，

---

① 那慕尔（Namur），比利时的一座城市。

或者她是否面临着什么她感觉对付不了的事情。我永远不会想到我就是她恐惧的源泉，至少是她最初恐惧的源泉。是的，一想到我可能会将她赶走她就痛苦，她让我明白，我有权将她赶走，因为她绝对不是我以为的那个她。

你得听听她的自怨自艾，她的自我指责。她回忆她犯下的无足轻重的错误，将它们夸大成严重的罪行。她以小过失为理由，怪罪自己犯下闻所未闻的大罪。她过度谴责自己，形容自己不配，不配与我们一同生活。沮丧发作时她能一坐数小时，任我怎么劝都不顶用。

突然，好像这种恐惧被用老套了，或者她精疲力竭了，她又用另一种恐惧吓唬我们。我偶然得知她深夜回来后总是先去食品间，然后才上来找我。我检查食品间，在一间用木板隔成的耳室里发现了一个惊人的储藏室，里面都是她偷偷拿回家的配给，也不管各种食物的保鲜情况。肥肉罐头、面包、香肠、果酱杯、南方水果袋、巧克力可乐、装面条和豌豆的麻布袋。于是，当她又一次将一块精制干酪拿进储藏室的时候，我将她拦住了。我安慰她，要她放宽心。她主动向我承认，她害怕饿死，尤其是害怕我们会让她饿死。于是她认为自己有必要早做准备。可是，虽然害怕让她这样未雨绸缪，她自己又常常拒绝进食。她只是与我们一道坐在桌旁，精疲力竭，默默发呆，吃不进什么东西。估计她之所以同意我取消储藏室的计划，只是因为累坏了。

反正，除了忍受埃迪特的种种变化，尽可能习惯它，我们没有别的办法，在当时这就等于是时刻为无法预料的事情做好心理准备。有一阵子我们觉得她不那么胆怯和沮丧了，抑郁好像没那么严重了，尤其是在她接受了索尼娅·图尔克的劝说，在她的监督下进行了一次芳香浴之后。我还记得，浴汤里洒了去除了苦味的干苔藓、一小块磨碎的红色檀香木和欧蓍草茎。可是后来，一种新的恐惧又意外地将她控制了，她在房子里做出了从未有过的可疑的事情。

先是孩子们发现了损失，他们发现了我们收藏中的缺口，他们生气又坚决地将我拉去衣架和展台，站在那里，闷闷不乐地沉默不语，等着看我会不会自己发现他们在我之前发现的事情。如果我不能够快速地说出失踪的东西，他们就责难地指指小标签牌，它们介绍的相应物品不见了，或者拿手在空中比画失踪的物品。我看到了，我拒绝相信我所看到的。这里缺把铜币，那儿少只亚当叔叔挖掘出来的饰物。我发觉丢失了老厨具、工具，甚至马祖里制造的第一张用于靛蓝印花的木制压力机。索多维亚人的陪葬品，一把青铜剑的球形把手，勒克瑙最早印刷的《圣经》也都没了。他们越把我往展室的深处拉，损失带来的疼痛就越强烈。失望和愤怒使我瘫痪了，我将自己锁在房间里。回忆最近参观博物馆的人员，特别是那些多次来过我们这儿的人。我搜集证据，面对自然而然跳出来的多种可能性，我感到束手无策。你熟悉这种经历的，被怀疑所刺激，被不信任所渗透，到最后你几乎觉得没有一个人是不可疑的。于是，我确实觉得人人都可疑。既可能是那对感觉灵敏、年龄较大的夫妻，也可能是早熟的班级学生或那个穿粗呢雨衣的神经质男人，他的陪同人员称他教授。

你是指警方？⋯⋯当然，我们确实曾经打算求助警方，但我们约定大家都要高度警惕，无效之后再求助警方⋯⋯

是的，马丁，数礼拜怀疑和折磨人的提防行动就这样开始了。我经常不得不向参观者道歉，礼节性地撒个谎，解释我为什么会突兀地出现。当我不能巧妙地伪装我的怀疑时，我常常只能向他们直白地表示我的怀疑，于是参观者们匆匆离去，为此我痛苦不已。我怎么找也找不到线索。一个温暖的夜晚，暴雨刚刚结束，我从窗户望向花园，在河边，在我们很久以前埋鞑靼球的地方，我发现了一个身影，在柳树之间的灌木丛里挖掘，是的，慌张地，几乎粗暴地挖着，忽然弯下身体，坚持了一会儿，之后又开始拿铲挖，轻轻拍打潮湿的土，这时我还不相信案子就要查明了。

是埃迪特。我假装睡觉，次日，在她上班去之后，她不再按时去勒克瑙火车站的教会救助站，有时会找最奇怪的借口待在家里。好吧，在她出门之后，我悄悄溜去河边的柳树，细细打量结疤的河边灌木丛。那里有一批被拍平，几乎认不出的土堆，有些用挖起的草皮做的几乎识别不出。在我打开这些不起眼的坟丘之前，我已经知道我撞见什么了，我又重新发现什么了，这是失踪的"证物"的公墓，是埃迪特修建的，是亚当叔叔从黑暗的土地里挖掘出来或从遗忘中抢救出来，让它们为消逝的生命代言的文物和文献的墓地。现在它们差点第二次失踪，连同它们的信息一起被遗忘。

我将它们挖出来。我将它们悄悄抱进工场，擦拭干净，摆放在地板上，然后我叫埃迪特过来，将她带到重新获得的物品前。她并不认罪，她既不悔恨也不惊惶，她唯一要对我讲的就是："我们必须及时藏起我们重视的东西，最安全的藏匿处还是在地下。"说完她就留下我一个人走了。第二天早晨她没有起床，因为她担心不能穿衣服。不，没有起床，是因为臆想的虚弱和笨拙让她觉得穿衣服是一桩十分艰难的行为，她认为就算有我们帮助她也完成不了。这就是说，光是起床这件事本身她就觉得无法胜任、极其费劲了，一想到必须满足每天的要求她就不寒而栗，比如吃饭、家务、跟在休假军人的列车旁边追赶。她全部的要求就是安静和不动。可事实表明，这也不足以阻止恐惧的侵袭，按埃迪特的说法，一种"来自心底的恐惧"。这种恐惧反过来又发明出它自己的、不容混淆的表达方法——撕扯。她开始撕扯被子、撕扯手指、撕扯头发，机械地，有时是有节奏地，那时我们就知道埃迪特是怎么个状况了。恐惧来自她的内心深处，即使我拿手按住她的双手，打断她的撕扯，我也能感觉到，轻微的颤动持续着，冲动并没有停止。

灾难发生时，这现象已经暂时过去了，至少埃迪特当时表现得能够做点儿什么她几乎不相信自己还能做的事情了。当爆炸时，一块深色的、看着不太危险的弹片击中房子时，当我们惊得跳起来，当一种烧焦的镁的气味弥漫开来时，是埃迪特怀着非常明确的不信任感扑向秘密地窖的入口，然后只是呆立在那里，让我打开活门。小保罗踉踉跄跄着走出灰蒙蒙的尘雾，仍然还有力气和思维，就在我设法从外面把门打开的那一刻，他自己撑起了活动木门。他的脸被炸得发紫，跌跌撞撞地走向窗户，一张脸看上去仿佛被人拿筛子抽打过，然后又奔跑着穿过蓝莓汁。当他惊慌地要求我们试图拉开窗户时，虽然埃迪特的惊惶不比我们小，但又是她率先行动，将少年拉近了自己，将他的脸推到光线里，确认他受伤程度的。

马丁，情况就是这样。具体地说就是，小保罗将一颗大口径照明弹塞在他的工作台里，想用锤子和起子敲到底。不管怎样，他拿的是照明弹而不是反坦克弹，这还算我们幸运。途中，在从勒克瑙县医院医生杜迪克的诊所回家的途中，他就用包扎着的双手向我保证，是的，他被喷溅的镁烫伤了，他保证永远不会再研究它们了，最多研究爆竹。当他跑向埃迪特，也向她做了这个承诺后，很长时间里她的脸上都是笑吟吟的。

我还记得，那次回家途中我头回看见那张招贴画，那张笼统的招贴画，那张谜一样的招贴画。它张贴在一座水泥桥的护墙上，贴在齐膝的高度，唯一的一张黑色招贴画，画上只有一个白色问号，别的啥都没有，没有评论，没有文字，没有人物。你看过它就将它忽视了，可你走几步之后又绝对会折返回头，你转身，惊讶，就像你认为，不可能为了一个简单的问号回头似的。第一根桥桩上也贴着这张招贴画，这回是贴在与眼睛平行的高度。我们紧接着就会了解到，火车站、教堂甚至石灰粉刷的监狱墙壁上，这幅画都在提出任意的，但又可以有多重释义的要求。于是我走下斜坡，就近端详那个问号，抵制内心升起的不安，抵制光是看一看就被卷进了阴谋行动的感觉。返回的途中，我先检查了一下周边，确定没有人在监视我。

一开始勒克瑙当局既没有重视找出招贴画的肇事者，也没让人赶紧撕掉招贴画本身。对这个意味深长的挑战的问号他们显得无动于衷。不仅勒克瑙的墙壁上，就连博雷克山脉的一些树上都贴满了这些招贴画。如果你想知道，康尼是怎么议论它们的话，他是这么说来着，他觉得问号的弧线太粗，更细点、更像镰刀点他会更喜欢。我们没听到他做更多的评价……

不，亲爱的，你尽管问吧，问。你是指工作吗？那时候是不是还可能工作？

不，马丁，我不认为这事不重要，我觉得这很重要。如果我也知道一个人从事什么工作，或至少知道他与他的工作是什么关系，我才会感觉对他有充分的了解。我对《漂浮的少女》①兴趣很有限……

---

① 《漂浮的少女》（*Die Schwebende Jungfrau*），1931 年德国拍摄的一部电影。

你会吃惊的，当我们囤积储备的羊毛和颜料即将告罄时，当明斯克陷落、罗科索夫斯基的各师已经抵达华沙时，我们接到了一份订单，这恐怕是一名马祖里织毯工有史以来能够得到的最大、最有利可图的订单了。当我想到会有多少担保、特权、酬金和特殊许可与它联系在一起，就觉得这是一份具有东方情调的订单。出于多种原因，索尼娅·图尔克建议我接受这个订单，她显然从一开始就预见到了这个订单的命运。她将我们的上一条编织作品叫作"铺张的未完成品"，而你现在已经知道了，"铺张的"，不光是大或多的意思，也与浪费有点关系。

可你听我说，当康已分析德国国防军的报告，再次俯身他的欧洲地图上方，将宽箭头从东方一直向前推进到魏克瑟尔河和梅梅尔河时；当他画出蓝色阴影线，而后不得不在维特布斯克和博布鲁伊斯克周围画两个包围圈时——马里安·耶罗明上回的来信就寄自维特布斯克——我们突然来了客人。一辆敞篷式军用客车停在屋前，我看到一位年轻的、相对于他的年龄来说级别很高的军官钻出车来，他佩戴着副官的饰带和银色的伤员徽章。他客客气气地向我打招呼，客客气气地打听索尼娅·图尔克。我领他进屋，带他去见年迈的师傅，她正在小保罗的搀扶下，试图拿勺子舀没有薰板肉的面汤。他自我介绍，我们理解的是，他属于一个高级参谋部，甚至属于总司令部，他一直等到师傅递给他一张椅子，对她要求我留下来参与谈话并不反感。

他不是为自己的事来的，是他所属的参谋部派他来找我们的。可在他解释他的订单之前，他还想先证实一下，坐在他对面的是不是织毯大师图尔克。索尼娅听后假装谦虚了一下，只说道："噢，我认为，这样逗逗我就可以了。"军官笑笑，没有听明白她的话，然后他谈起他的订单："是要这样一块毯子，一块大型狩猎毯，要用它装饰乡下狩猎行宫里的一整面墙。"没错，具体尺寸他还会交给我们。这作品是参谋部送给总司令的一份礼物，他的另一个身份是帝国猎区主管官员，他即将举办一场周年纪念会，可以说是工作周年纪念会。

为什么选中索尼娅·图尔克，他很容易解释。上回在罗敏特荒原围猎时，这位帝国猎区的主管官员在一名高级林业官员的房屋里见到一块小壁毯，特别喜欢，那块壁毯叫作《狐狸的高级神职人员大会》，是勒克瑙编织工场生产的。艺术上赋予我们一切自由，前提是我们同意织出，尤其是"安排"全部可以狩猎的野兽，要尽可能唤醒狩猎的兴趣或有趣的狩猎回忆。

索尼娅·图尔克听他讲完，然后默默地将双手伸向军官，指关节上有结节，是沉淀的晶体造成的。面对他不知所措的目光，她说道："它们退役了，它们几乎拿不住什么东西了，再也不能指望这双手做什么了，连块踩脚毯都不行。"军官不愿相信地望着那双手，它们弯曲、变形了，有些部位奇怪地发亮，十分光滑。但是从他脸上可以看出来，让他忧虑的不是伸在他面前的这双手，而是那个事实，看样子他必须放弃参谋部辛辛苦苦策划和决定的最受欢迎的计划了。"这是不是说，"他问道，"您绝对无法接受这个订单？"

"不是。"索尼娅·图尔克说道，这下轮到我吃惊了，"我们接受这个订单，是的，我们接受。我们将共同设计，由罗加拉师傅负责编织。"

我忍不住想起从前的一个失败了的订单，想到他们扔回我们的作品的方式。我说："不行，我们的材料用光了。"军官立即向我保证："我们会为你们提供材料，要多少有多少，只多不少。"我转向索尼娅·图尔克，继续摆出我的顾虑。是的，即使我想承担，但是没有马里安·耶罗明，我一个人也做不到。"没有他，织不出这么大一块。""我们会安排他来帮助您。"军官说道。"可马里安在俄罗斯呢，"我说，"估计是在维特布斯克的包围圈里。""在这种情况下，"军官放心地说道，"我需要战地军邮代号，姓名，级别。我们会为他提供最快的交通工具。"

我们就这样谈来谈去，他不让我们操心，不让我们担忧，他一边消除所有的异议和顾虑，一边让我们清楚地意识到他拥有的各种手段，他无所不能的能力。我似乎什么都不管用，他唯一需要的就是得到我的同意。最后我耸耸肩答应了，主要是因为索尼娅·图尔克对我求助的眼神视而不见，她早就做出了决定。他道谢，做记录，答应会开具书面确认书，会再来拜访。告别前他不得不要求我们严守秘密。他爬上敞篷式军用客车、伸展四肢、一拍大腿的样子，让人觉得他是个有理由对自己感到心满意足的男人。

听到我的责备，索尼娅·图尔克含笑点点头，她早就预料到了，也预料到了我的威胁，我说下次有机会要找个借口退回订单。当我提醒她，她自己对委托人曾经多么挑剔和坚定时，她也只是哧哧地笑。"我们绝不能接受这个订单。"我说。她听后突然不甘心地回答："你知道，这个时候是没法挑选的。有人愿意提供保护，你就得抓住机会，这个订单能保护我们，我想我们恐怕会需要它。至于狩猎毯，在我看来，它只会成为我们的某个铺张浪费，且最终无法完成的作品。"

那之后我们开始做准备工作，好开始我们此生得到的最昂贵的订单。军官几天后就派来一位传令兵，带来了一份委托确认书、许可证和特别证明，证明持有人被委以帝国猎区主管官员的特殊任务，由此可以看出他是如何积极地遵守约定。师傅令我吃惊地要求了一笔定金，这让我的账户立马鼓了起来。然后马里安·耶罗明回家来了，他还晕乎乎的，因为乘坐的一架运输机遭遇了暴风和颠簸而脸色发青。正如他的行军命令里所写，他被调派去执行特殊使命。他从我们这儿才得知，他的返乡要归功于什么委托和什么绝对命令。

我们三人立即开始规划，确定各阶段的工作，制定出一个临时时间表。索尼娅·图尔克绝非只扮演旁听者的角色，她突然又参与进来，她插嘴，向我们提出她的建议。

总之，带着证明和许可证，我们，我和马里安，很快就准备好一辆两侧有栅栏的手拉车，懒洋洋地走去老防弹掩蔽部附近的仓库，在那儿，我们委托人的权力工具再次给我们留下了深刻印象：哨兵习惯了为卡车纵队打开栏木，他乐呵呵地，用看似一脸宽容的表情望着我们的小拉车，可是，在看过我们的证件之后，他立刻就变得质朴，乃至殷勤起来。他打电话联系中央办公室，联系发货处，对方排了一名穿军装的士兵来接我们。

这座堆满货物的迷宫！这座地下宝库、武器库、储藏室！一个轨道系统呈放射状通进光线幽暗的隧道，隧道口上方挂着闪光的号码牌。一辆辆倾卸式运货车连接在一起，将小包包装的货物拖上卡车的装卸台；另一些火车在吱吱响的警告信号下一顿一顿地驶向远方的仓库和分库，它们又被划分成一个又一个部门，里面堆有全勒克瑙一个世纪都消耗不完的东西。一本账本，他们需要练习册一样厚的账本来记录所有物品和哨兵的信息，以及可以提供的零件备件。在萨姆比亚黏土似的地下贮藏室后面，在魏克瑟尔河和梅梅尔河之间，再没有比勒克瑙仓库规模更大的仓库了，再没有什么比这纵横交错的分类整理更让人震惊了。

　　我们之前的怀疑是不恰当的。得知了我们需求的参谋部一等兵，他毫不困难地从仓库目录的八百个条目下发现了登记的原毛、平纹亚麻布、张布材料，另有各种强度的线和各种我们需要的颜料。他让我们注意，他甚至还有权支配一批毯子，当然，如果想运一块回家，我们当然需要提供一张黄色的特别许可令。我们等了不足一小时，我们可以待在中央办公室，满耳听到的是那里正在预订和交接的物品。上千个名称都不足以形容战争的惊人需求量，常常都是陌生名称，可能是掩护代号，我还记得"胜利水"和"天堂粉"。在前线、在根据地和军营里，人们各有各的愿望，这些愿望在这儿统统得到了满足。有想要腌鲱鱼、茴香烧酒和手术工具的人，也有申请缝纫用线和蛋形手榴弹的。有人打手势告诉我们，装卸台上在喊我们的提货号码。我收下第一批物资。当我们抓住车杠的横撑时，马里安·耶罗明弯腰凝视着我，说："这是真的，对不对？我可不是在做梦吧？"

　　是的，而且之后不久——我已经提到过——它们飞上了天。这些藏品富足的地下墓穴，在一万七千或七万枚火箭筒的打击下被摧毁了，在一次轰炸中引起了一连串爆炸。大地震颤，升腾起一根由灰烬、垃圾和被炸烂的灌木丛组成的柱子，勒克瑙所有的窗户玻璃都碎了。

　　这些地下墓穴暂时还在供我们使用。我们将材料运进车间，在中央集团军成功撤向纳雷夫河期间，我们一起绘制大型狩猎毯的草图。我们不知道，甚至都没有预感到，这将是我们的最后一张设计图。是的，是我们在勒克瑙织机上织造的最后作品。索尼娅·图尔克也许例外，因为，正如我说的，她从来不谈别的，只说它会是铺张浪费的无法完工的作品。要让整个动物世界出现在这里，我们要赋予它什么意义呢？好像它带来过什么成功似的，整个动物界，完完整整的动物界。

于是我们做规划，我们拟定计划，我们想象狩猎的画面。最后，经过大量的调整、推敲、重新梳理之后，我们确定了这样的想法：猎人参观狩猎用的武器，畅想着高贵的狩猎游戏。你注意到了，我们通过探讨狩猎故事里的场景，找到了一个合适的理由，将森林里所有的动物集中起来，同时展示适合每种动物的仪式性的死亡方式。我们开始了，差不多是在白俄罗斯第三方面军占领考纳斯、威胁马里扬泊利①的同时。我们的委托人短期之内就拜访了我们两次，不是想观察和鉴定，而是想确认工作是不是开始了，且天天都有进展。当我们将一厘米一厘米编织出的部分拍打到一起，当他发现我们的进展速度非常不明显时，他很惊讶。他大概已经看到他的兽皮在漂走了。"您不会让我们白等吧？"他担心地问道，"能及时完成吗？"我们让他别担心，我们让他明白，我们还从未耽误过交货日期。大概是为了鼓励我们，让我们不放弃，他上次来访时给我们带来了罐装咖啡、可可和好几罐牛肉。之后他再也没来，这并没让我们不安。我们想着他的高级别，想着战争进展不顺利，我们安慰自己，猜测他被暂时派往别处了，要去填补众多缺口中的一个，当时所有领域都痛苦地发现了这些缺口。我们继续工作。需要材料时，我们就拉着手拉车去地下仓库，特别证明为我们打开大门，资格证明将取之不尽的地牢展现在我们面前。随着时间的推移我们成功地建起了一座储备室，大爆炸的前几天我们还将最后一批货运回了家……

我不知道，马丁，人们议论纷纷，说勒克瑙的火药库是被几个

---

① 马里扬泊利（Mariampol），立陶宛城市，也是马里扬泊利县的首府。

男人炸毁的，他们夜里从博雷克山脉和国家森林上空的飞机上跳下来，那些飞机经常在黑暗中缓慢地飞越城市上空，人们把它们唤作缝纫机……

然后，有一天，什么都不管用了，什么都不算数了，连我们的特殊证明都失效了。一个普通的号召强迫我们中断日常工作——是的，当时我们正在画一只鹬的线条——带上某种工具，带上铲子、尖嘴锄和铁锹，前去勒克瑙旧牲口集市集合，在城市的东南面。每个人，不管其地位或职业如何，只要他能拿得起一把工具，就得去，每个人都必须认为自己有服役的义务。勒克瑙的男人们关上他们的店面和柜台，离开他们的工作场所，穿着破衣服，集中在旧牲口集市。那里按照名单进行点名，将他们编进没有番号的队伍，它们被简单地称作"队"。人们指定了一名队长和这位队长的副手，我们必须组成一个方阵。然后克里姆科夫斯基出现了，路德维希·克里姆科夫斯基，勒克瑙消防学校校长，工兵队的数名中士和多名着褐色制服的左右护卫着他。雷夏特也在，级别最高的那个人，佩金色橡叶的那个人。看来他们委托了他向我们宣布我们的任务。克里姆科夫斯基身穿自己设计的制服，他的领章上果然饰有两只交叉的橡皮管烟嘴。这位"消防将军"，这是我们对他的称呼，他讲勒克瑙暂时遭到了一个仅在数量上占有优势的对手的威胁，他宣布了地方领导层的决定，决不留给这位对手哪怕是一掌宽的家乡土地。

然后他号召我们，与邻县的男人们一道，构筑防御工事。一条壕沟，要挖出一条不可逾越的坦克壕沟，一道简单，但有效的屏障，它能将来自东方的洪流暂时堵塞在那里，然后击溃它。他还就困难时期我们的力量讲了几句，引用了一个结局很好的历史例子，提供了一个幻景：这座史无前例、包围整个地区的壕沟应该成为陷阱和墓室，让敌方人员和战争工具晕头转向地消失在里面，首先是那群隆隆作响的具有传奇色彩的 T-34①，他已经看到它们跌落翻倒了，像仰面朝上的乌龟一样一筹莫展。然后队长们被叫上前去，一位工兵中士将他们叫到一张铺在地面上的地图前，每人分派到一段，每人得到一张便条，上面写着规定的挖掘尺寸，就这些。

在选派的工兵和褐色制服的陪同下，我们慢吞吞地走向分派给我们的那一段，在一个温和、多雾的秋日，走过刈割过的草地和收割后的田野，细细长长的队伍沿着马劳尼小河逶迤起伏，途经我父亲在孟加拉式升天时消失的位置，那里可以看得见兰科夫的果园。工兵们画下战壕的走向，与铁轨路基平行，三十年前萨姆索诺夫愤怒的迫击炮就隐蔽在它后面。战壕成对角线经过一块沙地，经过果园外侧，果园的一部分必须砍伐掉，最后沿着山丘，通向森林密布的圆形山顶，再延伸向地平线，邻县的男人已经在那里又挖又锄，朝着我们的方向忙开了。

我们挖开土地——这块被苦难、贫困和所有尘封的命运浸透、酸化了的土地——按照计划挖、铲，壕沟的沟壁必须下倾，必须拍打、平整它们，好让敌方坦克一旦从上面掉下来——最初是被自身的重量拖下来——就咔咔作响地卡死在向下越来越窄的工事里，没有机会爬上对面的沟壁，也不能够后退钻出来。我们有些人在思考，坐在飞机里的敌军观察员会如何分析我们共同的努力成果，这座根本不可能看不见的建筑，它每天都在生长，然后长到一起，像条干涸的运河横贯这片土地。我们毫不怀疑，在分析空中拍摄的照片时，

---

① T-34，二战中苏军使用的一种中型坦克，由苏联哈尔科夫共产国际工厂设计师米哈尔·伊里奇·柯什金于战前领导设计。

我们在勒克瑙周围挖掘具有保护作用的壕沟的速度一定给他们留下了深刻印象。

是的，马丁，在那起伏的森林群岛前，我们的壕沟已经快挖到预计的深度了，在清除第一层黏土层之后，康尼的鹤嘴锄撞到了一个骨灰坛盖，锄头敲破了盖子，发出叮当的一声响，听到这响声，康尼附近的所有人都转过身来。当我还在刨土，谨慎地想把坛子擦干净时，我们听到一声惊呼，随即又是同样的叮当声。他们已经来找我了，要将第二只骨灰坛送给我，一只青铜骨灰坛，我可以完好无损地将它挖出来。我请求大家提高注意力，这是值得的。有个人捡到了一只发夹，另一个人捡到了一把手指长的小刀，还有人发现了几罐油膏，它们被搁在我铺开的手帕上，恐怕是其中意义最大的陪葬品。

康尼嘲笑着嘀咕："你看，有人已经赢了，远古时代。"后来正是他无比关切，比其他任何人都热情，想尽量完好地从地下挖出我们意外撞见的古代墓区的文物。不仅如此，休息时他还叮嘱别人，要细心地挖，寻找文物，将他们觉得有价值的东西都拿过来给我，是的，所有让他们觉得可疑的东西。你几乎无法想象，康尼的要求，他的呼吁，带来的结果是什么。

人们随时来找我，抱来铲子和鹤嘴锄挖出来的东西，或者喊我过去，让我看他们的发现：锈迹斑斑的铁农具部件，激发他们幻想的木头化石、烧制的砖块、碎片、骨头和瓶塞，还有各种我不认识的东西。我必须向他们解释，确定使用价值，估计年份。如果我越过壕沟边缘扔掉他们的发现，他们就会大失所望。一种虚荣，不仅仅是一种有意思的虚荣占据了一些人的内心，有时你还会有这样的印象，他们想赋予正在明确进行着的军事工程——那里即将成为坦克战壕——一个额外的意义。如果亚当叔叔经历了这一幕，如果他见到这支又掘又铲的大军正从马祖里的土地里挖出异常珍贵的证物，我敢肯定，这将是他一生最幸福的时刻。

傍晚，当我们的队伍跟跄着回家时，康尼扛着我的鹤嘴锄，我用帐篷布包着白天的战利品，把它们即刻拎进了我们的车间，小保罗已经在那儿等得不耐烦了，他说："快看看，有什么珍贵的东西吗？"我们一起查看清理那些东西，特别是新石器时代和青铜器时代的证物，有史以来在勒克瑙地区挖掘出来的最重要的文物。我们没有时间给它们安排合适的位置，我们只是给它们写上身份卡片，将它们放到地板上，我们想让它们在那里过冬，围在烟囱周围。我必须承认，我确实在考虑有一天——某个尚不确定的日子——将修筑反坦克战壕时发现的东西用一个专门的房间展出，同时介绍该收藏诞生的条件和环境。

每当我们挖通两个战壕把它们连起来时，也就是在最后一次略带庄严地打通土层之后，我们就蹲在堆起的、土壤新鲜的壁垒上，轮流喝着同一瓶酒，听工兵们讲话。他们夸奖我们和我们的壕沟，一次次地解释我们的作品将成为敌方坦克的灾难，预计它们会从东方和东南方开来。但是，有一天，当我们又在为打通两个坑道举杯庆祝时，我们听到了榴弹爆炸的轰隆声，一种嗡嗡声和沉闷的咆哮声，虽然传自远方，但已经可以预感到炮火不可抗拒的威力了，没有什么能够匹敌。大家不知所措，而隆隆声来自北方。

这是北方，康尼惊惶地说，北方被突破了。这一发现不仅说明危险临近了，这还说明了我们的防御工程的价值。雷夏特听说了，金色橡树叶忽然钻出来，他夸奖我们，给我们发烟。负责修筑反坦克壕沟的是他，而不是军事部门。他带着不再允许人们提问的肯定态度，把握十足地对康尼说："一次暂时性的突破，会被拦住的。新部队正在赶过去。另外，从明天开始，全国各地的人民军队将奋起反抗。我国人民最后的大规模行动将会带来转机。"

北方传来的震颤摇晃着大地，我们正在亲身体验从远处传来的震感，当我们茫然、瘫痪般地盯着北方时，雷夏特讲出了刚刚那番话。请不要以为我们中断了工作，或者是雷夏特本人因无法预见的战争进展动摇了，因而吩咐我们结束战壕工作。即使在一队俄国战斗机号叫着低空飞过我们头顶时，他也让我们继续挖下去，那些飞机同样是从北方飞来的，它们用炮火扫过我们的防御工程。我们将伤员抬上来，继续挖。

有什么事情即将发生，我们从铁轨上火车交通情况的变化也能看出来。几乎没有一辆向东开的火车了，缓缓驶过的几乎只剩下向西的列车，我们抬眼看看它们，喘息一会儿。刚开始时是几趟专列，有自己的地对空防御系统，有涂抹的伪装，指挥中心上方有一座天线森林。然后是打着红十字标志的伤员运输车，最后是用帐篷布遮盖的物资车和由火车头牵引的牲口运输车厢。

负责监督的雷夏特的手下们在壕沟上走来走去，如果我们望火车望得太久，他们就催促我们干活。他们催我们："伙计们，干活了，工事必须筑完。"一开始他们还能忍受手下将地里发现的文物抱来给我从而导致的误工，但现在只要挖掘史前文物的野心干扰了工作，他们的反应就只是生气和发火了："别废话了，这里有别的事儿要做，现在没时间废话。"

啊，我还记得，我们砍倒一排硕果累累的苹果树，都没有花费力气先把苹果摘下来。我们将树木连同果实一起砍倒，斩断树根，拔出留在地里的树墩，噼噼啪啪，生硬单调，仿佛是鞭打。我用余光看见杜迪克大夫，这位勒克瑙县医院的医生跪到地面上，掸拂泥土，让什么东西露出来，他抱起那东西，吹干净，拿上衣衣袖拭亮，当时我并不指望那是什么特别的东西。当他抬头时，我就知道他在找我了。

他远远地就将拳头向我伸来，热切地、胜利地，好像他必须大声宣布他抓在手里的东西。他大步走过来，张开拳头，递给我一个萎缩的、被泥包着的物品。他让我掂量，它的重量让我吃惊。铁渣，他说道，说得那么意味深长，好像他终于为一个在心底藏了很久的猜测找到了证据。如果一切没有错的话，那么千年之前他们就在勒克瑙炼过铁，所谓的褐铁矿。他又从我手里拿走那一团，想将它拿回家，先用显微镜分析一番，然后再交给我放进我们的博物馆……

你怎么看？这种认识有什么价值？这种知识对谁有帮助？

当然，你可以这么问，马丁，甚至必须这么问……

反正，先是雷夏特的一名手下，然后是金色橡树叶自己来催我们重新开始干活，当时我们还紧挨着站在掘开的地里。他们相当粗鲁，带着恐吓。由于我们没有立即去拿我们的工具，雷夏特想知道，我们到底为什么站在一块儿，杜迪克大夫听后将铁渣递给了他。这里我不得不说一下，他用一种很骄傲的口吻说："给鉴赏家准备的东西——冶炼矿山的残渣，千年了，还是本地出土的。"

雷夏特拿起碎块，我感觉他认为自己受到了挑衅，我看出他在思考如何做决定。他还在犹豫不决，杜迪克大夫又说道："对眼力好的人来说，即使是矿渣也能提供很多信息。"那位十天来在勒克瑙享有比军方还大的权力的人耸耸肩，将出土文物顺着斜坡掷进了马劳尼河里。他都没有等它落到水面，边扔就边转过了身子，扭头说道："我们这里承受不起微妙的东西，现在给我干活去。"如果杜迪克大夫没有在他身后喊出一个词——野蛮人，他就会直接从堆积的土堆上跨过去。雷夏特听后慢吞吞地走回来，他想听他重复那个词，杜迪克压低声音说："野蛮人的行为和您一样，如果您没有听懂我的意思的话，那我再重复一遍，野蛮人。"雷夏特与他的手下对望一眼，这就是说，他通过一个坦率的眼神示意他们，听懂并记住他们刚刚听到的内容。然后他就走了。第二天上午，当他们向我们分发袖套时，当他们通过袖套和随后递来的缴获的卡宾枪声称或宣布我们为国民突击队时，我们一直没等到杜迪克大夫。不管我们怎么望眼欲穿，他就是没来。

是的，马丁，发现勒克瑙森林里第一座炼铁厂的人再也没出现过，他既没有找到机会分析他罕见的出土物，也没被要求排到队伍的最后面去。当一切都已经失去，当结局已无法逆转时，他们愠怒同时又吹嘘着组建了这支队伍。

于是，又是最后的后备军，最后的冲锋，民众再一次被迫受罪，他们任何时候都必须接受和忍受一切，现在又要号召他们再次聚集最后的力量，创造转折。当我们，勒克瑙的民众冲锋队，由两名残疾军官指挥着向施洛斯山行进时，你必须看看我们那时的样子。哎呀，这叫行进吗？慢吞吞地，茫然地散着步，就像招募来的农业工人慢吞吞地下地干活一样。在传来空洞回响的山上，面对容易控制的地峡和杂草丛生的梯田——亚当叔叔曾经在那里挖掘过——我们练习进入阵地，练习伪装和交换阵地，练习排除装弹故障。当那些人忍受着命令和指示时，我忍不住一次次打量他们的帽子，我实在无法把目光从列车员和邮递员的帽子上移开，从林业工人深绿色的布帽子上移开，从监督我们的官员的宽檐帽和毛皮帽上移开。通过帽子可以猜出来，是谁占据了刺柏丛。

　　我和康尼，我们想方设法待在一起，我们躺在相邻的松树后面，一起利用曾经堆在我们面前的土墙，把它作为掩护。我们从沙地上并肩观看湖泊之间的地峡，在另一个时代里，我们曾在那里比赛修建我们的私人公墓。还记得吗？我记得，就这些。

　　这时空中传来隐约的、不间断的嗡嗡声，那不是曾经让狂热的乡土学学者听得津津有味的喧嚣和骚动——空气中的马蹄踢踏声、链子的簌簌声、箭云飞近的嗖嗖声，确切地说，由于迫击炮弹的冲击和战斗机的轰炸，北方响起了隆隆声、嗡嗡声、呼呼声。我们必须轮班守卫和攻打施洛斯山，他们让我们在公路上散开，跳进事先准备好的、齐肩深的掩护坑里，越过反坦克导弹发射器的活动头盔窥望向西开去的卡车、履带式车辆和马车。在秋日的艳阳下持续向西缓慢行驶的是参谋部、民事服务机构和指挥官办公室的人员，这些战争的后方管理者，或者至少是被第二次征服的、广袤的土地的管理者，这片土地——如我所说——第二次臣服于他们，他们获准无情且自信地统治了它一段时间，直到交出权力的他们有一天陷入困境，不得不考虑自身要如何逃脱。四驾马车颠簸着行驶在军车之间，上面冒险地装着罕见的家具，装着橱、麻袋和箱子。"是时候了，"康尼趴在褐色的草地上耳语说，"我们很快也得为自己做打算了。"

　　当晚我们就做了些决定，有了些打算。但是当我们褪下袖套、放下卡宾枪的时候，事实表明，已经太晚了。是的，因为另一个人已经抢在我们前面做出了他的决定，我是说马舒赫。

　　我不知道我们是否必须满足他的要求，钻出伪装的阵地，去野战炊事车那里，数小时以来它就在施洛斯山脚下冒着缕缕炊烟。我们曾经的同班同学马舒赫站在两名军官之间，军官们吸着烟，闲聊着。从他的姿势不难推断，他是受谁的委托出来找我们的。要分发半升的咖啡，我们排成一排，挪近分发点，也挪近他。他似乎对那些人并不感兴趣，也没兴趣给自己装上一杯咖啡。看得出他一直在努力地无视我和康尼，所以我断定他一定看见了我们。他太有耐心了，直到我们挪近，与他并排了，他才迈了一步，紧贴着站到康尼身边，两人的袖子碰到了一起。他，马舒赫，虽然不是所有人都认识他，但我们当中还是有几个人认识他的。谁也想不到，他是来我们这儿执行公务的。

他没有同康尼打招呼，他都没有直视康尼的脸，他看着地面低声命令道："你跟我走，但先把咖啡喝了吧。"除了我和康尼谁也没听懂他的话。我们喝完咖啡之后，康尼冲我使了个眼色，自信地点点头，说："祝你防守成功，我们的施洛斯山，明天我就回来帮你了。"说完他就慢悠悠地走向我们依然瘦弱的曾经的同班同学。康尼甚至没有和我握手告别，我们又怎会知道，这一分别竟是六年的时光？是啊，六年……

是的，情况就是这样的，马丁，就像你说的那样，他们不仅查出了问号招贴画来自格里戈的印刷厂，他们也知道，是康尼一个人设计和张贴的。但一开始他们忽略了黑色背景上的白色标志，没太把它放在心上。可是随着时间的推移，他们被迫注意它越久，它就越是刺激他们，渐渐地，特别是在招贴画上又出现了手绘的惊叹号之后，他们感觉这个神秘口号具有渗透性，甚至是一种挑衅。他们认为这是一种具有煽动性的行为，是一种颠覆的信号。总之在国家秘密警察局里他们是这么向康尼解释的，不管他如何坚持他的说法，他们拒不相信他。

他们不相信他的问号是要求每个人为自己反思：对于无比重大的

事情，你做得够不够？他们疲倦地摆摆手，向他公布了用文字记录下的勒克瑙市民的供述。他们无一例外地认为招贴画有着散布不安和破坏士气的企图。后来我们得知，主持审讯的是马舒赫本人。他似乎想利用抓住了康尼的这个机会，澄清这个案子，也顺便弄清其他一些积累在他身上的污点，看起来他们比我们这些他最亲密的朋友和亲人更了解他。

虽然马舒赫为他曾经的同学提供了茶、点心和埃及香烟，让他坐在最舒适的访客椅里，但康尼无法协助他发现隐藏的联系，尤其是当话题谈到一个所谓的魏因克奈希特小组时，康尼想不出任何话来，那些人显然刚刚在附近的戈达普被捕。我们记忆中的马舒赫总是用脑过度，身体羸弱，审讯到最后他认为不能放走康尼，于是强迫他在分局过夜，在一个没有窗户的房间里。在第二天早上的问候之后，他让人逮捕了康尼。

好了，现在请你想象一下——我已经这样反复做过很多次了——他们俩如何沿着车站大街行走，肩并着肩，步调一致。请你想象一下，他们如何紧挨着对方，仅在马舒赫出示证明之后才通过关卡，勉强协调地跨上车站的台阶。在那里，仿佛一个人想模仿另一个人的动作，他们迈着同样的步数，同时停下来，望向同一个方向，努力着尽量不引起人们的注意。但是，当他们登上一列驶往戈达普的火车时，他们还是没能避免，有一秒钟露出了将他俩的手腕锁在一起的手铐。

那是一列很短的火车，只有三四节车厢，他们没有专门的包厢，相互挨着在过夜的士兵旁边坐下来。

康尼后来说，他们透过火车的窗户看到了伪装的坦克群和秋天的森林掩护下的炮兵。在一座野战机场上，在伪装网下，他们数到了十几架没有升空的飞机，其他飞机则低飞着掠过地平线。土路两侧的士兵们背着背包涌向北方，他们从高射炮和反坦克炮旁边经过，这些武器都陷在收割完的田野里。火车有好几次不得不在野外停下来，因为卡车和马车的纵队在横穿铁轨，姗姗而行，紧紧靠在一起。他们在黎明时抵达戈达普。

下车时他们不必隐藏将他们铐在一起的东西了，因为就在他们跳上站台的一瞬间，多管火箭炮发射了，那些投射器在湖后很远的地方一闪一闪的，炮声鏜隆。是的，他们突然开始进攻戈达普。在派出搭载步兵的坦克之前，他们先是炮轰城里，空气中满是迫击炮弹的号叫声和沉重的榴弹的呼啸声。谁也没料到会这么早就袭击戈达普，守军和民众都没料到。

康尼任由马舒赫确定道路和行走方式，保持同样的呼吸节奏，跟在马舒赫身旁奔跑。一开始他只有一个愿望，就是离开火车站的危险区域。道路上人头攒动，挤满没有开灯的车辆。人群在同一个念头的驱使和折磨下，前赴后继地涌动，有时成群的人从身旁涌过，然后又拥挤到一起。没有提醒人们保持注意的喊叫声，也没有要遵守的命令。第一批火着起来了，康尼和马舒赫拐进了一条岔路。为了避开一辆马车，他们跨过一道花园篱笆。他们正想穿过向下倾斜的花园，这时一只炮击炮弹的爆炸波直接推开了他们。康尼回忆说爆炸波的力量把他们抬了起来，他们摔落在一座腐朽的园林木屋的院子里。在马舒赫也踉过来之后，他们在亭子旁蹲了一会儿，摸索他们的帽子，摸索公文包。马舒赫忽然说道："钥匙，把钥匙掏出来。"康尼的手指插进右侧口袋，可钥匙不见了，不，也不在左侧口袋里。他们都不必要求对方就一起趴在了地上，在倾斜的花园里匍匐，摸索着，用掌心拍着地面，爬向他们来时的方向，然后从堆有垃圾的苗圃爬向凉亭，绕着凉亭转圈。他们没找到钥匙。

马舒赫决定，带着康尼闯到分局去，这就是说，他向康尼透露了他的决定，然后他迟疑了一下，平静地凝视着康尼，好像期待康尼对此发表看法，甚至提出自己的建议，可康尼并没有说什么，而是表示自己愿意跟随。

炮火渐渐平息，街上的人消失了，人们躲进了地下室，或跟随拥挤的人流，拥上了西去的公路干线。只有零星的居民四处窜动，士兵们在街头奔跑，大火忽明忽暗地闪烁。后来，康尼说，随着卡车发动机的嗡嗡声越来越弱，他们听到一种巨大的、当啷当啷的响声，它甚至盖过了突然响起的自动武器的哒哒声和步枪榴弹的爆炸声。两名士兵合骑着一辆自行车，从他们身旁逃走，士兵冲他们喊道："离开街道，快逃，坦克来了。"

马舒赫将康尼拉到一旁，手铐头一回勒进了手腕。他们同时用身体撞开一堵弹簧门，闯进一家营业室，那是一家储蓄银行的营业室。他们继续在阴暗的走廊里摸索，最后走下一道铁梯，藏进供暖的地下室里。没有商量，没有一同权衡或保证什么，康尼说他们只是默默地蹲在那里，直到听见头顶响起军靴咔咔的声音和自动武器短暂的开火声。这时马舒赫建议一起找个工具箱，解开手铐，是的，好相互摆脱对方，就这些。他们没找到合适的工具，他们必须等，马舒赫与他的犯人分享了全部的香烟，康尼后来还说，他们并排坐着睡觉。

后来远方的炮火越来越近，坦克干巴巴地吼叫，他们头顶的大楼里响起哨声和呼叫……

是的，马丁，戈达普又被夺回来了。但他们是后来才发现的，直到他们在营业室的通道里听到自家士兵的声音的时候。他们离开藏身处，穿过燃烧的城市，经过不平坦的侧街，没有人主动与他们搭话或关心他们，士兵与老百姓都对他们不闻不问，他们正四肢僵硬地走出地下室和房屋，默默地辨认方向，将全部家当搬到街道，在室外扣到一起，打上结，好方便运输。

他们发现分局完好无损，一幢有四个房间的私人别墅，完好无损，但孤零零的。只有房主留了下来，他要求马舒赫出示证件，然后才放他们进屋。他，房主，不仅用一把特殊的钥匙将他俩分开了，而且还满足马舒赫的愿望，弄来一副新的标准手铐，放在他端来的现煮咖啡的托盘上。康尼后来告诉我，他们没有设法回忆刚刚发生的事情，没有互相吐露各自的心情。他们惬意地喝咖啡，吸烟。然后，虽然带着遗憾的口吻，马舒赫还是请康尼伸出手腕，然后喀一声合上了手铐。为了集中精力整理和启动当下必须做的一切事情，他将康尼委托给房东。房东对所有房间都了如指掌，他将康尼关了起来，一直关到小城再一次，也是最终被攻陷的时刻。当一梭子子弹射穿门锁后，康尼走出他的房间，高举戴着手铐的双手迎向冲进来的士兵们。

你指什么？安全吗？狮子窝里的安全？我不知道，马丁，我怀疑我是否正确记住了那次经历。毕竟康尼告诉我，本来需要他对质的魏恩克奈希特小组的人也戴着手铐，同样的手铐。当人们在一间地下室里发现他们时，那些人还戴着手铐，脖子后面有个结了痂的洞。

无论如何，康尼不见了，他离开了我们。与此同时我们还在再一次占领施洛斯山，我们眺望具有传奇色彩的地狭，将施洛斯山修筑成防御工事；我们坐在长满草的平台上，拿勺舀着野战炊事车里的糁儿粥；我们观看俄军飞机的自由飞行，被无数雷夏特们不停地恳求、催促、劝说，要信赖自身的优势，用信心迎击即将到来的、又一次即将到来的"总决战"。

他们是如何挖掘和激发我们内心对于家乡的情怀的啊！为了将家乡作为鼓舞士气的口号，他们什么都想到了。国土部的人被带过来，因为他们被期望表现出模范的顽强斗志，对家乡的热爱将变成保卫家园所需要的最强大的精神支柱。家乡的土地、家乡的骄傲、家乡之声，要用它们启发我们，满足我们，鼓舞我们。例如，我们要从当地的历史中了解到，坚持不懈的努力能够得到回报，我们从前就认为可靠的东西，是所谓的对家乡的感激。如我所言，这些口号钻进你的心里，你能感觉到自己已经是站在一场绵绵不绝的雨里了。雷夏特们——不光是勒克瑙的那些——他们恳求我们，安抚我们，他们竭尽所能逼我们留下来，而他们自己逃跑用的车辆早就加好了油，他们的专用包厢已经预订好了，快船和破冰船随时准备启航，它们将带他们过潟湖、过东海。谁如果在施洛斯山附近的松树下和刺柏下看到我们，谁如果清点一下反坦克堑壕后面被埋的火炮，那他一定会认为，勒克瑙被宣布为要塞，至少被宣布为"坚固的城市"了。虽然西边的白俄罗斯第一方面军威胁着要包围整个马祖里，但还是没有逃亡的队伍和车辆离开这座城市。

这年冬天雪下得很早。我们赖以生存的沼泽——他们曾经和我们一起赖以生存的沼泽，冰层有1米厚，湖泊，甚至是森林里的湖泊，全都结冰了。我们获准去博雷克山脉里砍柴，有人看到了前所未有的庞大和嘈杂的乌鸦群，冰钓手谈起见了鬼似的捕钓经历。在小格拉耶沃，在雪堆下面，正在举办一场安静的婚礼。海尼·豪泽迎娶伊蕾娜·古特克尔希，我受邀参加，但我的盘子一直没有动过，因为汽笛声将我叫去了施洛斯山下参加警报演习。

在东北风包围房屋的夜晚——同一场东北风带来了战斗低沉的喧哗——在这些夜晚，在这些不想工作的夜晚，饭后我立即钻进我们的"混合"展览室。你也许会感到奇怪，马丁，但我开始查看、分类和准备。我不时地也将单个文物放进纸板箱，放进篮子里。我被催促着留下来，被说服着坚持下去，当然也是自愿的，尽管如此我还是忍不住要为这些托付给我的东西们做打算。你不要问我，为什么偏偏从动物开始，从"家乡的动物"，因为我完全是心血来潮才这么做的。放进藤编大拎筐的第一样东西是镶着灰蓝色玻璃眼珠的标本狼，我让狐狸和鸡貂陪伴它，让制成标本的海狸缠在它脖子上，将黑鹳横着推进它的腿下面，谨慎地填充中间的位置。我将蛇蜕、蛋壳、骷髅、鹿角堆进去，那是经过我们防腐处理的、不朽的财产中的相当一部分。有一回埃迪特来了，她伫立良久，面无表情地望着我，然后问道："全部吗？全部都要带上？""如果我们非走不可，"她当时说道，"我们带多少都不够。"

你看看，你得相信我。我将文物和文献，我将和我们有着千丝万缕联系的生活的证明和多重证据打包，做好运输的准备，不只是因为它们在未来的某天需要为一个需求做证，为一份权利起诉。我收拾整理好一切，只因为它们属于我们，属于我们的地区，属于我们的生活，属于得到论证的对我们自身的认识，在它们的帮助下，我们能顺着弯弯曲曲的小道，溯回我们的起源……

够了，马丁，给我们倒上最后一杯茶吧，吸完你的烟吧，之后我得睡上一会儿。后天，我希望还是后天吧，没有变化？不管怎样，等你再来，我将向你证明，我们距离它们越是遥远，所有的过去就显得越是清晰……

烟灰？就倒进洗涤盆，冲掉吧……

我是说它们会越来越清晰的。这我在船上就了解到了，在冬天的东海上，回望阴暗的地平线，我的感觉是：没有归途，任何人都无法回到曾经的过去，即使奇迹和精确的记忆引导我们重新捡起被扯断的纱线，并将它们打成结连接起来。"一旦分开，就永远分开了。"索尼娅·图尔克说过，"不存在重新开始。"

第十三章

请你相信我，暗地里我们认为那是不可能的，暗地里我们没有人期望撤退或是逃亡，只因为我们无法想象放弃勒克瑙这座古城，我们无法想象它是座空城，被剥夺了，阒寂无声，抹去了我们的痕迹。正像我们觉得不可能抛弃这座城市一样，我们也无法相信这座城市会抛弃我们，在我们心目中，它已经成为永恒和守护的完美化身。我们习惯了这一想法：我们属于它，就像它属于我们一样；穿越时间，亘古不变。

可是后来，在霜冻严寒的一月的一天早晨，疏散令来了。这城市遭到远程火炮的轰击，尘雾飘拂在屋顶上空，在密集的炮弹落地声之间，警笛声尖叫个不停。我和马里安，我们跑去农场，凭借我们在为帝国猎区主管官员效劳的特殊证明，他们向我们提供了两辆车——一辆雪橇和一辆两侧有栅栏的木制马车。我们套上车，马匹闻到焦味，很难控制，路面被薄冰覆盖着，锃亮光滑，我们不得不先让它们走上一小段路。他们要求逃亡队伍两小时后在农场上集合，他们给我们规定了这个期限，让我们详细检查我们拥有的财产，收拾我们舍不得放弃的东西，将即将陪伴我们踏上未知之途的东西装车、绑紧。一颗沉重的炮弹落在冰封的湖里，掀起一堵晶莹的冰碴墙，是的，碎片和冰碴，像是从一个钻孔里蹿上来一股喷泉。河湾畔的房子里，他们已经在等着我们了，他们都不干活，对发生的一切仍然不敢相信。他们也无法想象，我们必须放弃这座城市和房屋，以及支撑我们的、我们所拥有的一切东西。真的开始了吗？我们真的必须逃亡吗？会不会是搞错了……

我们将我们知道的情况大声告诉他们，他们还一直拒绝接受命令，只是不知所措地傻瞪着我们。直到马里安告诉他们给我们规定的期限，直到他本人从他们身旁冲过去，跑进屋子里，他们才冷静下来，然后惴惴不安地跟在他身后，直到他们拿起他们绝对不想舍弃的第一样东西时，他们才终于理解发生了什么事。

我还记得，我冲上楼去展览室，决定将我预先打包好的箱子、篮子——里面只装着馆藏的一小部分——拖去马车。可后来，置身物品中间，站在一堆堆物品和仍被占着的展架前面，我感到几乎令人瘫痪的犹豫不决，我在哆嗦，我感到刺痛，我感觉自己连装着新娘服装的纸板箱都拎不起来。有片刻工夫我打算听之任之，将它们完整地留下，全都留下来。我相信，我不应该把那些在无声的力量中互相补充的证物分开，不应该把那些互相照亮的东西强行拆开。重要程度，我可不能给他们区分重要程度。不是这个也不是那个，而是全部。它们是一个整体，它们必须待在一起。

我恍惚地打开窗户，下面在将椅子、壁钟、有方格花纹的床上用品搬去室外，将它们放在马车前面，那些负担现在就已经装满车辆的三分之一了。当马里安驶着餐桌往外走时，我转身走向一只玻璃箱，将可怜的饰品收藏倒进一只方形盒子里。盲目地，我恨不得将双手盲目地伸进架子里，将刚好位于臂弯里的东西一股脑儿都收拾起来。请你不要问我，在挑选时起决定性作用的是什么，是什么促使我决定留下低音鼓和魔鬼琴，反过来却在马车上给陈旧的马祖里捻杆留了位置。我无法对你讲，为什么刮刀和插在夹柄里的战斧可以同行，而破旧的蜂箱却必须留在家里。

我胡乱收拾一气，只将落到我目光里的东西扔到一起，文献、硬币、节日礼服，将有历史意义的厨具夹进踩脚毯之间，把青铜器时代的武器滑进儿童玩具和"家乡的植物"之间。我也无法告诉你原因，为什么我晕头转向、满头大汗地选择了从边境来到我们这儿的物品与我们同行。自己雕刻的休闲椅、一件马索维亚人的装饰马甲、旧鞍具和木制农具，我挑选它们也是毫无计划的，就像我选中了其他东西一样，是的，就像索多维亚人的骨灰坛，就像草帽。

奇怪的是，当我几乎晕晕乎乎地将这些东西从它们的位置上拿起、堆放时，我始终知道它们出自何处，都有什么故事和它们联系在一起。

当小保罗拖来他已经喜欢上的物品，请求我决定时——"这个呢？这个可以跟着我们吗？"——我一句话都不想说。为了节省位置，他大大方方地将我们收集的家乡土壤混到一起，他把塞在小玻璃管和小瓶子里的马祖里的石灰、砾石、石英、云母和黏土样品倒出、搅和，然后将混合物装进一只尖口包装袋，又将袋子塞进他的书包里，他做这些的时候我只是默默地望着他。是他，小保罗，他接着又将那本"书"塞进我手里，是索尼娅·图尔克的《马祖里织毯艺术大纲》，我将它与从前的工具一道，率先抱去了马车。

两名士兵将他们的枪挂在篱笆上，他们帮助马里安和女人们将沉重的行李搬上车。士兵们负责堆放和捆扎，女人们一次又一次冲进屋，搬出不可以、绝不可以留下的东西。"只剩这个了，这个必须带走。"我母亲干巴巴地抽泣着，被无法遏止的需求推动着，不考虑价值和重量，连拖带拉，将所有可以运输的东西都弄到了室外，就连我父亲曾经用来制作他那些神奇物质的坩埚、研钵和平底锅，她都拖出来了。埃迪特一声不吭地抢救她的东西，嘴唇紧抿，似乎听不到我的呼叫。有一回，当我们在台阶上撞在一起时，她那么呆呆地看着我，将我吓了一跳。漠然，披着黑色的钩织头巾，索尼娅·图尔克就那么坐在雪橇的车厢里，她的周围塞满枕头，把她的轮椅卡得死死的，能起到挡风效果，你会有种错觉，仿佛她周围发生的一切都与她无关。

车厢里的东西在迅速长高，已经是层层叠叠了。车前被踩烂的雪地里还放着同样多的东西，它们应该、它们都想一起被带走。没有一个容器上有内容说明，没有表格告诉我们这篮子、这箱子、这衣箱里装的什么，就连我预先装好的博物馆财产，都没有标注说明。突然，在那边，在湖对岸，第一批车辆辘辘地向逃亡队伍的集合地点驶去了。我们这边突然开始绝望地确认："相册也带上了吗？暖瓶呢？""天哪，我的熨斗在哪里？""蜂蜜呢？""大镜子，它带来了吗？闹钟呢？腌制的兔子呢？""我的脚凳呢？""装泡菜的圆桶呢？"

我们没有别的办法，哀求、追问迫使我们将货物重翻一遍，于是我们拉、摸、翻。我还记得，我突然变得木讷起来，我钻在我们的家当里，我的手指摸到了鞑靼石，那个用木板围住的有疤的花岗岩球，显然是士兵们将它搬上来的。我将它推下去，重新整理和堆放货物，已经太晚了。那颗1656年带给鞑靼人首领灾难的块状炮弹，必须一起上路。

我说不清我打了多少回出发的手势。他们舍不得屋前雪地里的东西，想将它们搬进屋或者拿暖和的袋子盖上，抵御一月份，抵御刺骨的东北风。我和马里安，我们不得不从车上爬下来，我们必须拉开女人们，帮助她们爬上车，她们终于在朝天的桌腿、床具、捆扎的毯子之间找到空隙坐下了。可都这时候了，她们也没有停止追问和求证。

我们是不是想着能够回来？我们是不是认为疏散只是一桩临时措施？马丁，你看，我也经常这么扪心自问过：我们在出发的那一刻是否料想过有一天还能回来。可是，我回想当时控制我们的感觉，回想劝说我们的那些想法，那我只能告诉你，在当时我能做的就是完成一件小事，那就是逃走。带着托付给我的东西，逃走……

不管怎样，我们在远程大炮低沉的轰隆声中出发了。当车辆猛地发动时，一声细细的悲呼在它们上空升起，泣不成声，声音浮在空中，没有源头。我拉着马车的缰绳，我没有回头看。我们在倾斜的湖滨路上颠簸，寒风袭来，我们竖起衣领。屋门洞开的房前堆着行李，堆着家具和家用器皿，它们现在已经没有主人了，被放弃了，被抛弃了，因为雪橇或马车早就超载了，再也载不动这些了。我们在桥上赶上了他们，包裹得严严实实的妇女、儿童，挂着拐棍的老翁。这是一支逃亡的队伍，它是徒步出发的，正躬着腰，蹬着脚，想爬上冰冻光滑的高地。早就被清空的监狱大开着木门，湖边低矮、灰白的房屋也开着门，我在那里面度过了童年时代的五彩岁月。向上通往农场的大坝已经堵塞起来了，队伍行进得拖拖拉拉。男人们腋下夹着鞭子，活动着双脚，抬头望着车辆，想弄清是谁行驶在他们的前面。有个人戴着口罩，一见我们就说道："看看，博物馆也在我们队伍里，那就不会缺啥了。"

我们终于来到了农场附近的一处牧场上，共有一百甚至两百辆车。我们接过燕麦和刉碎的干草。路德维希·克里姆科夫斯基，那位"消防将军"，自我介绍是所谓的逃亡队伍负责人，他相信他能够向我们保证，将我们安然无恙、一个不漏地带去迪尔绍①。魏克瑟尔河畔的迪尔绍，这是通知的目的地。

当托尼·莱特科夫的妻子"蓝衣女人"穿着系带鞋、短大衣从住宅楼里走出来时，我们，车夫们，我们还一起站在冰冻的院子里。她向我们走过来，她在走过时向我们点头打招呼，高傲，像平时一样疏远。来到她的马车前，她以一向的漫不经心向海尼·豪泽伸出胳膊，让他帮助自己。他迟疑了一下，我看出他在迟疑。但是，面对她恼怒、受伤的目光，他扶住她，帮她爬上了车夫高座。

海尼·豪泽决定留下来，他祝我一路顺风，而不是顺利返乡。他不紧不慢地走向大院中央，转身看着我们出发，既没有幸灾乐祸，也没有表露出明显的认同，只是冷静地忍耐着。长排厩舍前一个孤独的身影……

是的，马丁，我们带上了动物，但只带了马匹和部分牲口。逃亡不可以携带所谓的小动物。我们用长绳拴住动物，让它们走在车辆后面，它们听话地慢步走在咯吱响的车辙里，包括托尼·莱特科夫的两匹特拉肯马，它们走在"蓝衣女人"的马车后面。如果有谁远远地看到我们，这支缓慢、踉跄，同时又顽强地向前推进的队伍，那他同样可以认为我们是一支迁徙队伍，正出发去征服新的土地，去寻找新的机会，在西方重新创业。

逃亡的队伍里没有灯笼照明，茅舍和院落笼罩在阴影里，坐落在路畔上。我们缓缓地经过它们，唯有雪带来亮光，覆盖大地的冰封的雪层。

---

① 迪尔绍（Dirschau），位于波莫瑞地区东北部。现名特切夫，是波兰波美拉尼亚省特切夫县的县城，也是重要的铁路交通枢纽。

当我们经过施洛斯山，经过坚韧的拥有胜利传说的地狭时，没有什么阻拦我们。我们在森林里找到避风的地方，找到希望，耳畔一直回响的嘤嘤的哭声在这里枯涸或冻结了。我们满怀信心地在松树下休息，我们离开勒克瑙12公里了。后面的人生起一堆火，用来热牛奶，人们加热石头，再将石头包进他们湿冷的被子里。像是听到了命令似的，一个个敦实的人影跃下车辆，找位置堆放干草、树枝和松球。可是，还没等其他的火堆燃起火苗，克里姆科夫斯基和他的助手们就沿着队伍奔跑、警告，要大家将已经升起的火苗闷死在雪里。

没有火，这一夜剩余的时间我们就坐在车上。严寒在树丛里嘎吱作响，寒冷沿着我们的身躯往上爬，动物们刨地、甩头，我们不必放哨，因为每个人都醒着。在我们背后，不，在所有车辆上，人们相互间低声询问，清点随车携带的东西，统计损失。此刻，回想起来，他们发现，自己这些年来搜集、夺来的一切都有价值。此刻，在断断续续的清点工作中，他们明白了物品的"真实"意义。你完全可以认为，他们在他们放弃的东西中，发现了最缺少不得的东西。"这东西我们可是应该带上的。""竟然没有带上它！""你竟然会忘了带那个！"整夜都是这样自责和单调的怪罪声。这是我们逃亡队伍的全部人员一起度过的唯一一夜。

我们在拂晓动身，没人去追赶挣脱绳索、逃进育林带深处的动物。我们顺着宽广的林间道路下行，所有车辆和雪橇上的人都在吃东西。我母亲在车上切面包涂面包，将一根长了霉菌的耐贮香肠切成一段段，递来晒干的苹果片和一只带啤酒瓶扣的大搪瓷壶，我们喝杯子里拿茶稀释过的烧酒。小保罗跑在马车旁边，将早饭送去雪橇，只看得见马里安坐在上面。索尼娅·图尔克似乎睡着了，颠簸使她陷进了织毯卷和床上用品之间。森林变稀疏了，像被梳通过似的，我们呼出的气息在队伍上空形成一朵朵的小云团。天色渐明，森林在我们身后远去。我们驶上一条被大雪覆盖的公路，驶上通往阿雷西的公路。太阳升起，照得桦树上的冰层玲珑剔透。

我们的队伍里不再全是我们自己的人了。一辆辆陌生的逃亡车辆从岔道加入我们的队伍，也有摩托通信兵、救护车和溃兵的队伍，他们就这么随意地加入我们，好像我们的道路能将他们带去安全的地方似的。我们的队伍已经拉得两倍长了。临时路障——为了对付预期的 T-34 坦克群而匆匆设置的——几乎拦不住我们。前面的人拖开了用巴士和枕木设置的障碍，在一辆履带式车辆的帮助下将它拖进了路旁的壕沟。然后我们也就跟着往前挤，冲了过去，是的，以我们缓慢坚韧的力量。有一回我们经过一座被遗弃的小火车站，地名被雨水冲刷没了，只能猜测。我还记得，大雪覆盖下的枕木前，长长的两列家当被雪埋了一半，有架子、家具、袋子和篮子，还是上趟列车的人留下它们时的样子，他们只有舍弃行李才可以上车。埃迪特拿被子蒙住脸，哭起来。

那桥，从高架桥上可以一直眺望到地平线，柔和阳光下的白色荒地、弯弯曲曲的公路和我们起伏的逃亡队伍。一支机动部队从东北方迎面驶来，快速，果断。那是一支由坦克、敞篷式履带车和军用卡车组成的纵队，它们可能接到命令，要去保护甚至夺回勒克瑙。我们走走停停。我们正在商量，这时一名摩托通信兵速度不减，叉着双腿越来越近，他边开车边下令清理道路——"让开，快！"——他似乎听不见大家从车上向他喊的话。所有人都在犹豫，在估计公路旁壕沟的风险，它被雪掩盖了，空处都被大雪盖上了，所有人都在防备性地测量、拒绝，相信只要他们将车开得贴紧桦树，就能过得去。没用，不够。还没等摩托通信兵返回来，逃亡队伍的前面就滑向一边去了，他们被挤或干脆被碾压来的笨重的坦车推开了。我看到他们脱离队伍，马匹受了惊，旋即被积雪直埋到腹部，歪倒，仅仅一小会儿，等马儿重新踩到地面就行了。它们马上用力连踩带蹬，重新爬上田野。雪橇和马车一辆接一辆地脱离队伍，有几辆在试图攀爬对面的斜坡时倾斜、摔倒，车上的人卡在了里面，堆积的家产被弄丢在了雪里。车辕断了，车轴和冰刀断了。鞭打声消失在各种呼叫、嘶喊的人声里。

我意识到轮到我了。我下车，示意马里安和其他人也下车，是的，索尼娅·图尔克除外。然后我让马拉紧车，它们不跳，它们艰难地蹚进雪堆，它们眼里没有恐惧。它们斜着爬上对面的斜坡，抬起蹄子敲敲地面，将雪面踩结实。车身侧歪，重量在缚绳里轻轻转移，但不停的牵拉阻止了摔倒。我们过去了，马车在前，雪橇在后，我们成功了，因为雪下躺着成堆的枝条，它们被摆放得整整齐齐，大概是在最后的那个秋天被遗忘了。我们站在寒冷的被踩烂的田地里看着军队走过、碾过，指挥员们站在敞开的顶棚里向前面张望。坦克里，非常年轻的士兵们蜷缩着蹲在一起，你会感觉他们在努力装着看不见我们。他们在前往他们估计的前线所在地，看起来坚定不移，他们穿着灰白色的伪装服，他们服从，但不相信。

你看，逃亡队伍就这样开始瓦解，不是解散，只是渐渐碎裂。尽管我们一开始也相互帮助，尽管我们抗拒别人的安排，尽管我们修理，将散落的东西收集起来、重新装车，尽管我们也将别人和他们的重物分摊到没坏的车上，但还是有几个人不想或者是不能接受我们的好意，他们坚持要修好自己的车辆跟上来。可一旦掉队，就永远跟不上了。我们所走的不再是预定的、约好的行程，而是——

我们不得不早早就认识到这一点——取决于不断变化的路况，取决于无数逃亡队伍的行进路线和逆着我们的人流，取决于溃退的、被打败的部队，是的，也取决于无法估计的、迅速推进的俄军坦克先头部队。

我们继续行驶，依然是朝着西北方向，行驶在冻结的田野上，有时也行驶在草地和冰封的湖面上。白天我们在森林边缘烧煮东西，在别人用石头搭起的炉灶上；夜里我们在被遗弃的庄园、在炉火已经熄灭的砖厂里休息。当两支炮兵部队，我方的和敌方的，在我们的头顶上空开战时，那到底是在哪里，到底是在哪儿呢？我们站在一条山谷里，听着炮弹呼啸，炮弹落地的地方离我们很近，我们很难控制住马匹。我们既看不见我方的士兵，也看不见另一方的，我们只能聆听，感觉冬天的土地在我们的车下颤抖。一块手指长的碎片砸碎了镶玻璃的木板箱，箱子里装的是"家乡的植物"，晾干的白头翁、银蓟、我们用作驱虫药草的杜香。植物的残骸碎了，混到了一起。车辆开动时埃迪特将炸碎的箱子扔进了雪地里。

是啊，现在我知道了。威鲁肯，那是在威鲁肯的山谷里，在那里，炮兵，我方的和对方的，在我们的头顶决斗。不久我们也经过了那座与村庄同名的森林，车辆颠簸着、打着滑经过被炸烂的树木，经过燃烧的事故现场。不仅是军方的卡车和坦克，另一支逃亡队伍的车辆也在威鲁肯森林里寻找保护。他们大概也得到保护了，直到大炮开始轰炸。动物的尸体躺在地上，到处是被炸毁的车辆，歪斜、折断的树段下面压着被毁的设备。一辆车翻倒了，车轮还在旋转，不停地旋转，一阵狂风吹走了车上的货物，它们在森林的地面翻滚，最后被抛上了树梢。老人在多名士兵的帮助下将僵硬的身体移到一个弹坑边缘，小心翼翼地滑进去。纸箱子撕裂了，破碎的木箱里的东西散落一地，还有床上用品，雪地里到处是长着霉点的床上用品，空气里弥漫着烧焦的橡胶气味儿。我们的队伍里没人下去帮助抢救，炮击中幸存下来的那些人似乎也不指望我们什么，是的，你会觉得，当我们吃力地走过他们身旁时，他们好像根本没注意到我们。

我们离开他们还没多久，我母亲就发现了一件事，她一声惊叫，我想她一定是有了一个重要发现。她怒气冲冲，说话有气无力，连声悲叹。我回头张望，看见她在从一只箱子里往外扯衣物，礼拜天穿的衣服，上装还有裤子，她控诉似的将它们举在凛冽的风里，然后生气地扔进家具中间。蜂蜜，一只装蜂蜜的罐子和另外几只装蜂蜜的玻璃瓶裂开了，被压在衣箱上面，黏稠的蜂蜜浸渍了我们礼拜天穿的衣服，让它们粘在了一起。蜂蜜黏黏地滴着，拉成丝，粘住针织品，扩散，继续往外流，像是不肯让哪一件衣服吃亏似的。如果把那些衣服留在箱子里还好，至少其他东西不会遭殃，可现在，家具中的其他东西已在劫难逃了。我母亲不仅将滴着蜜的礼拜天服装扔在家具上，还往下压，惩罚似的往下压。最后全都弄脏了，粘在了一块儿。她想用抹布一件件地擦干净，擦的时候她还不忘记弯起手指去剥粘得厚厚的蜜，然后再闭上眼睛吮干净手指。不管怎样，接下来的数小时她有理由发火了。

啊呀，这些损失啊。这长长的废墟和被遗弃的庄园啊！如果你能靠漂浮的垃圾和从甲板掉下去的瓶子、杯子、木板查出一条船的航线，那么当时的你也一定能依靠结冰的公路两侧的物品，依靠所有丢失的、被放弃的东西，来寻找逃亡队伍的行进路线，判断他们最终迷失的方向。每支逃亡队伍的人数都在添加，不管是主动还是被迫，每支队伍后面都跟上越来越多的人，后来者将它们当作路标，当作带领他们进入安宁的象征。有多少财产在那里沦为了废物啊！它们就那么毫无价值地躺在冬天的旷野里！

但我必须给你讲讲我们，讲我们被迫改变逃亡路线的那个夜晚。

为了准备过夜，我们离开大道，由克里姆科夫斯基的车领头，沿着一条荒凉的椴树大道上行，摇摇晃晃地前往一座被毁的庄园。仓库和牲口棚被炮弹击中了，但庄园上的住宅幸免于难，我们希望能用秸秆和麻袋堵上被震碎的窗户。我们刚刚开上去，消防将军就叫所有车夫都去他身边。我们四肢僵硬地慢慢走到平台上，跨过打碎的花盆，跨过严寒中崩掉下来的雪块。两扇门在风中啪啪响，窗后被撕破的窗帘在摇晃。他，所谓的逃亡队伍的队长，敞着外套，在等着与我们举行讨论会。他的目光越过我们的头顶，望向缓缓向上的白色斜坡，坡下是一座椭圆形的湖泊。领章上缀有交叉的橡胶烟嘴的指挥官，他对未来充满信心。像每晚一样，他用同样的话重复他的指示，喂动物，分房间，岗哨交接，结束时重复一遍消防规则和行为守则。像每次一样，最后他都鼓励我们提问。

两三只胳膊举起来，可他不予理睬，他似乎突然忘记了他的要求，着了魔似的盯着对面的斜坡。我们都不由得转过身去，寻找他盯着的目标。所有人都立刻看到了那名骑兵，他正飞快地向湖泊冲下去。唯一的一名黑衣骑兵，不仅骑得快，而且骑得谨慎，回避着狡猾的雪堆，那么有把握，那么精准，像个熟悉这块土地的人。当他沿着湖岸飞奔时，马和人像是彼此融合在一起的唯一生物。他跃过一道小溪，冲过冻住的芦苇，掉头，向农庄骑来。骑兵一定早就认出了逃亡队伍的车辆，他一点不犹豫。他从我们身边骑过，在前往住宅的路口跃下马鞍，从枪套里拔出一支卡宾枪，他没有拴马，或者哪怕只是给马儿一道命令，他直接在我们的雪橇和马车之间寻着路前往马厩。直到听见第一声枪响，我们当中的几个人，包括我自己，才跑过去……

不是，马丁，不是这回事。主要是马厩里有十几匹受伤的马，阿拉伯马和特拉肯马，在轰炸的炮弹迫使庄园上的人们逃亡之后，再也没有人照管它们了。它们站在或躺在它们的分栏里，绳子被割断了，胁翼被划开了，它们等在那里，不是呻吟或叹息，而是一个个低声喘气，对着秸秆喷着响鼻。它们站在那里，皮毛上沾满血，骨头裸露着。有一匹站在那里嗅着自己亮闪闪的内脏，它也很安静，没有惊慌地拉拉扯扯。你唯一听到的，就是无力的刨地声。

炮弹撕开的口子泄下了最后的光亮，那人站在光亮里，从一个分栏趔趄向另一个分栏，呆呆地伫立片刻，然后仅用右手举起卡宾枪，从最短的距离朝着同样的部位开枪，总是耳后。一匹接一匹的马弯着腿跌倒了。它们躺在草里的，被子弹击中时明显地抬起头，还试着走了一步，才伸展四肢躺倒了。那些躯体颤抖了多久啊！我们毫不怀疑那人就是马的主人，我们没有打断他，我们都没让他注意到我们。我们默默地跟在他身后，目睹到几匹马见到他时抬起头点了点，是的，像是点头问候。在他装子弹的时候，我看到，他的左手戴着一只兽皮手套，那是一只木头做的假手。

然后他在一只燕麦桶上坐下来，吸烟，额头抵着一根雕工粗糙的柱子。我们给他时间，不走近他。当他终于猛一下站起身，向我们趔趄过来时，你该看看他那张脸的，因痛楚而恍惚，同时充满辛酸的满足感。一个沉默寡言的男人，事实表明，他是庄园的主人，他骑了20公里，只为了不遗弃他这些受伤的马匹，现在他想骑回他部队的宿营地。他没有耽搁，没有问我们从哪里来，决定走哪条路。

他都没有再瞥一眼他的屋子，就直接从我们的车辆间穿了过去，在门口他打了个呼哨召唤他的马，它听话地小跑过来，他跃上马鞍，像是直到现在才发现我们站在他周围似的。"西面再也过不去了，"他突然说道，"他们已经推进到了艾尔宾，挡住了最后的道路。"说完这句话，他掉转马头，没有告辞就直接骑走了，我们理所当然地目送他的背影，直到他抵达对岸的山坡。

我们住进冰冷的宅子，商量着，这就是说，我们共同认识到，我们只剩唯一的一条出路了，这条路越过冰封的潟湖，再越过冬天的东海。之后各人分头去找自己带的人，告诉他们北上途中等着他们的是什么。没人反对，没人不满或抗议，大家漠然地服从新的决定。是的，任何有希望带我们逃脱的决定我们都会同意的。

窗户被塞住了，窗帘被拉上了，我们躺在大厅窗下的木地板上，弯曲身体，紧贴在一起，我们和衣而卧，周围塞着湿冷的被子，头枕着湿冷的枕头。不停有人从身边闪过，有人低语。你无法习惯呻吟声，无法习惯一个就着烛光逐一摸遍他贵重物品的老人的嘟囔声。不时有人要求别人安静下来，可这没用，他们安静不下来。有几个人在梦里说着梦话，或尖声喊叫；另一些悄悄地缩在被子里，或不知疲倦地自言自语说着什么。我还是成功地暂时睡着了，得到了数分钟睡眠。

那天夜里，索尼娅·图尔克最后一次说话。不，不是她死了或心脏衰竭说不出话来了，她只是从那天起不再说话了，对一切都沉默以对。事情始于有个人从外面冲进来，嚷嚷着叫醒所有人："下雪了，好大的暴风雪。"有几人听后爬起来，跑近窗户，在窗前沉思起来。我听到外面的风越刮越大，猛烈地吹着房子四周。我想到原定早上出发，想到厚重的雪，想到辨认不出的道路，想到陷进雪里的车辆。当那只摸索的手在我的胳膊上游动时，我还以为那是马里安的手呢。马里安·耶罗明，他曾经想到过对付雪的办法。可那是索尼娅·图尔克，她在找我，她小心地问道："你睡着了吗？你睡着了吗，齐格蒙特？"然后她抓过我的手腕，将我拉近她身边，拉近，更近，直到我的脸感觉到她的胳膊，直到她肯定没人能听见我们的对话。一开始她只想知道，是否真的在下雪，待我向她证实之后，我年迈的师傅夸赞起雪来。她赞美雪，赞美完她才求我帮帮她，帮她最后一个忙。

之前在果园的一角发现了野生的、未修剪过的灌木丛，她要我将她带去那里，她坐在高高的雪橇上，就这样要求我。"别吱声，免得有人盯上我们。"她要我将她留在那片雪地里，在暴风雪中，不再过问她。她想要块毯子——你已经知道了，带着忧郁眼神的那块——她想躺在它下面，让雪将自己埋起来。待在房子里也不比这舒服，消失好了，永远消失。她认为她必须向我保证，一切只有"我俩"知道。她同意我随意处置她的财产，她预言这样会减轻我们北上路程的负担。另外，她还想让我赶紧发誓，永远按照那本书去做，去证明书中收集的经验行之有效，这让我意识到，她希望她的愿望一定能得到满足。

我没有发誓。我耐心地劝她打消计划，我告诉她，她对我们有多重要，我试图向她证明她不是任何人的负担，最后，只要可能，要在平静的海岸边规划一个工坊，让她能够在里面将她的经验忠实可靠地传授给聪慧的学习织造的徒弟们。在我说出拒绝的理由、描绘前景时，她慢慢地从我身边移开，她反驳得越来越少，最后不再理睬我的话，只是无动于衷地躺在那里，下决心不再讲话。次日，就连小保罗也无法让她开口说话了。

是的，这事经常发生。我们在黎明中埋葬我们的死者，可什么叫作埋葬啊。我们在可能合适的地方用鹤嘴锄凿开那里的冻土，有时我们只用树枝遮盖他们，或将他们留在一个雪堆下面，就在公路旁边，然后暗暗保证有一天会回来，弥补眼下发生的决不允许发生的事情。它们也分布在我们的足迹两边，冰墓、雪墓、匆匆拍打好的小山，木头做的十字架在里面都插不了多久。

继续走，我们必须继续走，顺从强迫、恐惧和当时的行进法则，继续走。白天，那些让我们害怕的、不愉快的命令催促着我们，隆隆的炮火从地平线追赶过来。继续走，继续走，因为一个可怕的画面自然而然地浮现在我们眼前：最后一艘船，等我们赶到空荡荡的码头，他们都已经抛锚启航了。我们用灌木扎的扫帚和铲子将车辆从积雪的禁锢下解放出来，我们用在牲口棚里发现的库存喂马，铲出一条道，一条向下通向公路的小道，鞭子啪啪响，逃亡的队伍猛地抖落一夜的疲惫和僵硬。我们打滑，被一棵椴树拦住，马车被撞断几根横木，我们一定是在撞击时弄丢了部分硬币收藏的。敌机曾经低飞，袭击我们，那时纸板箱和木箱一起掉进了沙丘，如果硬币不是在那个时候混在其中掉落了，那就只能是后来车子打滑的时候了。我们打滑的车子幸亏被椴树拦住，才没有滑出斜坡，翻滚下去。不管怎样，继"家乡的植物"之后我们甚至也弄丢了为勒克瑙众多的语言、五花八门的船员们所铸造的硬币，这些硬币上刻有可汗和国王的轮廓，人们曾用这些钱购买了城市中有价值的旅游纪念品。

在椴路大道上有许多车打滑，有车翻倒了，车轴断了，我们抢救行李，将人员分散到不同的车上。我们也收留了一名男子，约瑟夫·冯·英特尔曼，退役的勒克瑙刑警局前局长。他拎着一只大旅行包爬上我们的马车，包被锁在他的手腕上。他亲自向我们每个人做自我介绍，包括小保罗。很快我们就知道，他包里装着文件，闻所未闻的勒克瑙刑事案件的记录，他对这些案件的破获起过关键作用，他说他要将它们"救去那边"，这是他的原话，好对它们进行分析研究，撰写一本教科书或回忆录。当天还有一名克里姆科夫斯基的人也上了我们的车，一个随和、活泼的男人，他的雪橇断了，他总是一次次地发表言论，告诉我们关于此次逃亡以及战争会有良好结局的各种预兆……

你想知道这怎么可能吗？你要知道，我们也这么问自己，我们和其他的所有人，我们注定了只看表象，即使闭着眼睛都能够清楚地感知这个世界，我们对任何方式的预言和劝说都免疫。可那些为了延长他们的可怜权力而需要我们的人，他们大概也没有别的办法，他们必须让对事件的分析有利于他们。

普齐图拉，他现在坐在英特尔曼的身旁，给我们讲解。如果有一架我方的飞机偶然出现在低矮的雪幕下，他就看到"领空"被夺回了；如果有自己的装甲车队将我们逼进公路壕沟，他就预言人们即将返回家乡；如果步兵们在一座山丘下挖掘，他就认为这是要开始一场会带来转折的"反击战"。即使当我们驶过黑暗的树林，被吊死的士兵的尸体挂在树枝上，光着头，在风中晃荡，即使是看到被临时军事法庭判刑的步兵，他都能够预言现在又要"走上坡"了，就因为领导显然下定决心，要采取一切手段恢复纪律。真可怕，马丁，一切都可以被怎样解释啊，而且这些解释给我们的东西也可能是矛盾重重的。有时你不得不认为，存在多种认知方式。

英特尔曼和普齐图拉，他俩不可避免会争吵起来，他们持续的争吵内容涉及他们看到或想到的一切。当他们得知，他们是蹲在勒克瑞家乡博物馆的财产上时，他们找到了最充分的理由来用对立的声明相互伤害。

我还记得英特尔曼无法想象我们会迅速返乡，他指出历史上的民族大迁徙，它们已是既定事实，他怀疑，家乡是某种不可变更的东西，某种被赋予、被书面确认过的东西，随我们一道旅行的凭据和证明，他只能承认它们有种多愁善感的，仅仅限于文化史的价值。

相反，普齐图拉坚信不久就会返回，坚信理所当然的占有，他谈家乡的权利，说谁也不可以"损害"它，只因为它体现的是一个基本需求，他觉得援引历史上的迁徙是试图将家乡贬抑到只有地理学的价值。他认为我们的博物馆财产便是一个长期权利的证明，它也许不显眼，但却不容反驳，他甚至称之为"一个微小的有力手段"。我任他们吵去，我只操心道路。

名字，我经常读到村庄和小城有同样的名字。我相信我又认出了我们已经经过了一回的桥梁和森林。有天夜里我难受地梦到东普鲁士最后的路牌被故意换掉了，再也不能有把握地前行了，因为谣言和口号，还有脱离现实的命令，将我们驱来赶去，让我们掉头，让我们兜圈。每两个交通路口就设有路障、检查。加入我们的溃兵们，被从逃亡队伍中挑出来、被核查、被编进警戒部队或移交给流动军事法庭。但在出示了帝国猎区主管官员的特殊证明之后，我们就被挥手放行了，是的，被优先放行了。

要不是我们跟上一支卫生部队，谁知道我们最后会不会到达潟湖。这个队伍里到处是满载的受损的车辆，其中有许多运货用的大篷车必须用钢索拖着才能行进。我们跟着他们，沿着坑坑洼洼的道路，一路摇晃着爬上沙丘，潟湖就横亘在乱蓬蓬的山松后面。

我们停在大雪覆盖的沙丘顶上。潟湖灰蒙蒙地横在那里，仿佛一块灰色的墓穴板，被易碎的冰遮盖着，被发暗的车辙割破了，亮晶晶的冰碴从车辙里飞溅出来。浮标被冻住了，斜插在湖里。所有那些难以搬走的散落物品，斑斑点点地分布在灰色平原上，直到地平线。这是通向滩涂的逃亡车辆的残留物，标记着一条我们不能再信赖的车道。一艘锈迹斑斑的破冰船在航道上留下一根生命力顽强的烟柱，一支由拖轮、驳船、渔船和登陆艇组成的船队跟在后面，沿着基尔航线北上，船体与粗糙的冰擦碰的咔嚓声一直传到我们这里。我的目光顺着航道往回移动，一直移到用墙围起的灯塔附近，移到大坝，移到小城的小港口。小城的房屋分布在港口周围，聚集在一条注入潟湖的河流两岸。两条扫雷艇的船体被用缆绳系在大坝上，铅红色，上面没有其他东西。你恐怕能够想到，这画面是多么令他们激动，他们突然行驶起来，争先恐后，雪橇滑向一旁，狂奔下洼地，车厢在坎坷的道路上颠簸，他们看到目的地了，最后的避难所，希望的大门，他们迷途般的行驶本应终止于此了。

我们不可以进城。在道路拐下沙丘的地方，宪兵拦住了我们，强迫我们回头。我们不可避免地需要等候，有可能是三天，也可能是四天，于是宪兵们给我们在山松之间安排了一个位置，在一块平坦的洼地里，我们将车辆围成半圆，清走积雪，在结冻的沙地上生起火来。转眼水壶就在铁架上晃动，帐篷已经支起来了。

马里安·耶罗旺将他的望远镜递给我。我顺着海岸线慢慢移动，认出到处都是等候着的逃亡队伍，队伍聚集在停满车辆的施洛斯山上，或散布在起伏的丘陵里。海滩上，在之前潮水留下冰冻痕迹的地方，停放着整座军火库，有武器和军用物资：各种口径的再也没有炮弹可用的大炮，再也没啥好报告的通讯车辆，堆放着空容器、野战炊事车、特殊车辆的小山。我向下移向城市，等候的车队堵塞了城里的街道。两座较大的广场上，圆帐篷搭在红十字下方，河上的桥梁被一辆坦克压塌了。运输船刚离开港口，等待者又已经占据了码头，全都是扎着绷带的士兵。

你问我们是不是被包围了吗？是的，马丁，被包围了，被捆住了。当克里姆科夫斯基将车夫们召集到一起，要我们做好准备，估计不是三天，而是必须等上五天，才会轮到运输我们时，我们终于得知，据他在城里打听，潟湖前的盆地里聚集有六千多名伤员，先要将他们运出去，运完他们还要运必不可少的物资。我们默默地散开，我们将自己更深地埋进沙土，在沙坑上方支起帐篷，堆起土墙挡风。一头冻僵的死牛在众人面前被开膛破肚，我们拿斧头和锯子劈开肉，分发给大家。傍晚时分，我们遵令熄掉火堆。没有黑暗，灰色的夜晚笼罩着潟湖，船只借着夜色的保护返回，没开船位灯，被困在旧破冰船一次次犁开的航道里。

停泊时我们也在沙丘里，听着升降舱口的啪嗒声和摇臂吊杆的嘎嘎声，听马达的嗡嗡声和蒸汽报警器的信号，我们不停地计算、数数，满载的驳船、快艇，让等待的人向前移动，粗略计算剩余者的数量，试图算出轮到我们自己的机会。

仍然只有零星的飞机飞过盆地上空，它们夜里往港口投下了炸弹，早晨我们却看不出什么效果来，地平线上的某处仍在轰响，隐隐的轰隆声，反正很远，远得让你在习惯一段时间后就几乎听不见了。但是，后来，一颗曳光弹飞落下来，将冷光抛在港口上空，让现实的恐怖浮现出来。我们开始思考，这座小港口还可以使用多久，我们更频繁更不安地计算，我们忧郁地观察，不停地有新的救护车从沙丘道路上驶过来，咣当咣当地驶去下面的沙滩，不是先穿过城市去港口，而是在长条状的湖岸上就停了下来，抬伤员的担架已经在那里摆成了一排排长龙。卫生员们一天多次沿着这些行列巡查，掀开被子，向担架深深地弯下腰，打个手势让卡车驶近，缓缓地跟上他们，挡板落下来，一只又一只担架被推进车厢。也有新的逃亡队伍渐渐走近，他们从西方过来，他们必须在那里的一座座小港口外面坚持，现在他们冲进沙丘，瞬间增加了人数，加剧了混乱的气氛，也为沙丘公墓的扩建做着贡献。

做好准备。一天下午，克里姆科夫斯基沿着车队边跑边喊道："做好准备。"谁拦住他，想多问句什么，他就加大声音、斥责地重复说："该死的，做好准备。"好像不能对这个渴望已久的单词多点补充似的。终于在喊勒克瑙的队伍做准备了，他们从洞里钻出来，从松树里跑过来，又开始收拾、装车、捆绑，马车最后一次被套上，为了我们非走不可的这最短的一段路，只是下到城里，下到港口的这条弯道，它空荡荡、亮闪闪地躺在冬日的阳光下。僵硬的脸上终于浮现出一点亮色，我们相互点点头，主动拿出最后的烟屑，不时有人打听彼此的情况。我们早早地就坐上了车，出发，奋力奔向下面的城市。还不见船只，码头上还挤满等候的人群，他们有更大的权利得到一个位置。但队伍在往前，我们步步紧跟，挤在一起，两车之间几乎没有空隙。

是的，马丁，然后那支不知疲倦地来回摆渡的混合舰队就在地平线上出现了，趾高气扬地驶近，滑进港口。用力停泊时螺丝碾压、搅拌着冰碴。扔去缆绳，搬出跳板，紧接着空中就响起踢踏声、滚动声和轻盈的脚步声，你从未经历过比这更快的登船。他们涌上甲板，钻进黑洞洞的船舱，挤在结冰的舷栏杆旁，蹲在釉面绞盘之间，在结了冰的船缆之间。他们在证明，只要有必要，到处都能找到位置。我们不停地往前靠拢，我们准备好证明，特别许可和特殊证明，我将它们交给马里安，他的雪橇排在我前面。我们决心将尽可能多的行李带上船……

马匹？你是指马匹吗？车辆？

不，它们必须留下来，一队宪兵已经在码头上接收它们，要将它们绕道运去沙滩，运去一座临时收容所，一座死亡收容所……

于是我们的队伍抵达了港口，船只被蹭烂的舱壁离我们很近，我们已经在试图登上估计会载我们离开的那艘船了，这时城里响起了多声警报。没人下去，没有人躲藏，目标近在咫尺。现在小船、快艇和登陆艇的号角也呜呜呜响了，我们看到轻型防空炮的操作队伍冲向平台。如果有个人带头，做个示范，兴许我们也会跑到大坝下面躲起来，但是，由于担心失去位置，失去能带我们离开的等候位置，我们全都坚守在原地。

它们从陆地飞来，三批低飞的飞机，直到它们在沙丘上空冲出来的那一刹那，我们才听到发动机的轰鸣声。低飞，像是被一只发射器抛掷出来的，随后拉升，在潟湖上空掉头，俯冲向沙滩。一束束炮火炽热地射进冰里，打得结冻的沙子溅起，它们冲着大坝、船只、人群和望不见尽头的堆积的货物猛烈扫射。炸弹落下来，第一批炸弹拓宽了航道。随后的一批批炸断了可怜的灯塔，它们像瀑布一样落在港口，炸飞船只的甲板，它们在码头上爆炸，掀翻房屋，将它们倒进了临时收容所里。烟雾和灰尘笼罩了港口，一艘船烧起来了。马匹受惊，后腿立起，想夺路逃走，可没有空隙可以逃跑，车辆楔子似的卡在一起。船很快就空了，人群吓坏了，从码头上涌向城市，无法阻止地裹挟、拉扯着阻挡他们的一切。桅杆，我还记得，它最高的尖端在港口里颤抖、侧倒，是的，慢慢倾斜，当小船倾覆时，它近乎温柔地钻进了水里。然后⋯⋯

不，不，可以的，我没问题，这只是压迫的老毛病，这种像被螺旋桨压在下面似的感觉——它保存了下来，还将一直延续下去。你不必叫护士，你打开窗户就行了⋯⋯没什么能起到帮助，这你也得了解⋯⋯

我仍然能听到埃迪特在惊慌地呼叫我的名字；我仍然能看见她在床具和卷起的毯子之间，小保罗一动不动的脸枕在她的大腿上，额上在往外汩汩地渗血；我仍然能看到她——站在她放置孩子身体的儿童雪橇前——被回流的人群吞没，没有听到我的呼喊和信号。我怎么也拦不住她，我无法阻止她下车，从车上抱起小家伙，放到一只倚在一棵树上的儿童雪橇上。因为，当飞机消失在沙丘之后，一位高级军官挥手将鞙克瑙的队伍叫去大坝，铅红色扫雷艇的艇身就系泊在那里，他催偪我们、恳求我们，恨不得我立即扔掉缰绳。直到埃迪特已经成为浧乱人群的一部分、随人群一起涌回城里时，我才跳下马，跟在人羣后面跑。天啊，那是怎样的情景啊，我跌跌撞撞、磕磕碰碰，被人流裹挟着。千万别跌倒，我心里想，现在可别跌倒啊。他们不顾一切地穿过狭窄的街道，汹涌的人群也驮载着我，保护着我，让我不至于跌倒。

广场上的圆形帐篷还在，那里的压力减小了，那里的人散开了，空间松动了，我钻出来，走到一边，背抵一堵墙站了一阵，寻找一个拉雪橇的女人。我走进帐篷，打量一排排伤兵和平民，沿着干草袋一直走到门帘，门帘后面隐约可见正在施行手术的战地医生的轮廓。埃迪特和小家伙，我找不见他们。

兴许在医院里，我想，兴许她将小家伙送去医院了。我开始奔跑，逢人便问。我在医院入口处没有见到儿童雪橇，台阶上、院前广场被碾烂的雪地里，伤员们或坐或躺，人们望着砖砌建筑，没有人表示厌烦，没有人发火，只有冷漠，抱着逐渐熄灭的希望。当我从他们之间走过时，他们几乎看都不看我。我沿着台阶往上走时，他们甚至都不挪一挪。走廊被堵住了，满是重伤员。我等在门口，一直等到一名护士出来，还没等我向她打听一位带个小家伙的女人，她就拒绝地摇摇头，听完我的问题她指指躺着的那些人，说："您自己看看呗……"

来点水，马丁，请给我拿杯水……还有这个，扁盒子里——你得用大拇指推开它——请给我半粒药片，直接掰两半……就这样，谢谢……

好吧，不在帐篷里，也不在我最初估计他们会在的曾经的公立医院里，也不在河边，不在我边跑边找的短短的街道上。我搜索学校，搜寻体操室，在两座教堂里寻找，我到处问，向人们描述他俩，总该有人见过他们吧，拉儿童雪橇的女子，总该有个人回忆得起吧。可我询问的所有人，都只会茫然地盯着我，像是丧失了记忆似的。人们满脑子恐惧，快步奔走，寻找安全感，谁都不想在战火笼罩的城市街道上停下来。当有几个人反过来向我打听时——打听孩子、同伴、家人，穿着这样那样的衣服，怀抱玩具狗或拄根拐棍——我不再询问了。在突如其来的希望的引导下，我放弃在街头寻找，返回港口。

她会在那儿的，我对自己说，她一定在那儿，她会绕道重新找回队伍的。是的，在她让孩子得到治疗的努力失败之后。我对自己说，她已经优先得到照顾，被运走了，已经在一艘又重新接收人员和物资的船上了，在混乱中，在浓烟中，在钻出水面的帆桁的旁边。沉没，损失，这短暂又冷漠的破坏毁灭了从无限的辛劳中创造出的一切。我在回忆里一次又重新审判自己，似乎只有这样做，我的梦才能够延续。算了，我不谈这个吧。

我站在码头上，试图弄清形势，大致了解情况。我们的队伍不再等在我离开时的地方了，勒克瑙的流亡队伍——所有的车辆和雪橇，都将它们的物品交给了两艘未完工的扫雷艇——除了少数车辆，此刻都被从大坝上接走了，是的，被强行运去了沙滩。我们的人挤在船上，将他们的行李堆放在还没有货物的铁甲板上，他们突然呼喊我的名字，向我招手："快快，我们启航了。"我看到旧的破冰船接过一根系在前面的扫雷艇船头的缆绳——这么说要由这艘年久失修的专业船只拖我们出港了。

埃迪特和小家伙，他们一定已经在船上了，我别无选择。你理解的，我不得不以此为前提，才能跑去那艘满载的，不，是超载的船。当马里安·耶罗明用双臂给我打手势时，我仍然认为，我负责运送的人全到了，大家就在等我一个人了。我跑向马里安，抓住他伸来的手，他用力将我拉了过去。这时拖船已经在移动了，我们抛出去的缆绳在船壁上晃荡着。我不会满足于一个答复，我必须亲自证实，我必须重新找到他们。当船缓缓驶离大坝时，我急匆匆地奔上甲板，查看每一张面孔，然后由陡峭的扶梯走进船体污浊的内部，从蹲着的人们身上跨过，轻声喊叫着他俩的名字。我摸索、询问，在船体内穿行，但没人回答我。

又回到甲板上，我看着我们的船队滑出港口，前面是破冰船，然后是我们，然后是第二条扫雷艇——或者是曾经想成为一条扫雷艇的船体——通过直直地绷紧在两船之间的钢索连在一起。我站在船尾看我们后面的船，尽可能查看甲板上的人们。我听到马里安在我身旁说道："她们在那边，我们的东西也有部分在那边，没办法，转运货物时帮忙的人手太多，我们忙不过来。"然后他指着一堆行李，我母亲像孵蛋的老母鸡似的坐在上面，坐在索尼娅·图尔克捆起来挡风的床上用品上——他没能将埃迪特和小家伙指给我看……

无影无踪，马丁，是的，他们消失得无影无踪。多年后，在一次"老乡聚会"上，一位老人回忆起占领小港口的往事，他相信自己遇到过一个女人，她将自己死去的孩子放在雪橇上，她拖着雪橇，翻越寒风中的沙丘。可即使是他也说不出更多的情况了，只说雪橇突然掉进了一个弹坑。当最后一批逃亡者从她身边冲向港口，冲向停泊在零星炮火中的最后两艘登陆艇时，那个女人仍然僵硬地蹲在坑洞的边缘，守着它。没有真实可靠的结局，他们只是消失在一道不确定的幕布背后，我甚至都不知道，我是不是必须将潟湖前的沙丘想象成他们的长眠之地……

我想告诉你什么？我们的拖船队喷着蒸汽穿过结冰的航道，破冰船将发紫的小冰块压到水下，两条船，没有发动机，没有舵，擦着覆盖的冰面前行。我和马里安，我们站在船尾，目光无法离开漂浮在我们身后的、深陷的船体，绷直的钢索拖着它划过冰碴。他们将两条船从船坞拖进了港口，相信有一天能在这儿将它们造好，配备齐全，让它们作为快速的扫雷艇被编进东海舰队，可现在它们只能用作逃亡的交通工具。

海岸渐变成缓坡，港口的大坝在缩短，城市上空的烟柱显得更低了。正在耐心巡逻的海鸥陪伴着我们。"你会看到的。"马里安耳语道，"他们会跟上来，他们会随下一批跟上来的。我们在皮劳①等他们。"他不停地和我讲话，鼓励我，安慰我。他告诉我，他靠特殊证明的帮助甚至成功地让人将鞑靼石装上了船，它现在就在船后的甲板上。不过人家没有同意他带上全部行李，像每个人一样，我们也必须留下一部分。他肯定那些都是可有可无的。

当大火烧起来时，当漆黑的海岸线燃起白黄色的火焰时，有一瞬间我们感觉那里的火是从地底喷薄而出的，从平坦狭窄的地缝中迸发而出。紧接着我们就听到激烈的枪炮声掠过船队上空，落地时将我们掀倒在铁皮甲板上。一阵冰块雨点般向我们落下来，你得相信，船体在摇晃。拖长的惊叫声回响在甲板上空，我们的人群惊慌失措，冲向舷梯。我们的身前身后出现了喷泉，最细小的碎片随风飘舞。我们被困在航道里，本身没有发动机，我们被迫尾随破冰船，行驶在它拖着我们行驶的航道上。一颗炮弹炸断了桅杆和天线，第二颗击中了远处悬空的桥墩，将钢梁扭到了一起。我们前甲板也被击中了，堆放的行李被爆炸的炸弹抛到了潟湖的冰面上，炸弹撕碎甲板，杀死了克里莫科夫斯基的随行人员。

轰炸我们拖船的是俄军坦克炮和野战炮。他们抵达了潟湖，驶上了海滩，像在拿我们当靶子练习。然后一颗炮弹击中了漂浮在我们身后的船只的艉体，我看到了吃水线位置多齿的弹孔，我看到人们从船腹涌上甲板，涌上排雷艇本就超载的甲板，那里已经几乎提供不了庇护了。

轰炸停止，说停就停了。我们认为，我们已经在他们大炮的射

---

① 皮劳（Pillau），原东普鲁士港口城市，位于东海东部。现名波罗的斯克，属于俄罗斯。

程之外了。对面的船中央有个男人正跪着祈祷，没人走得离他过近。当那具弯曲的身形失去平衡，十分迟疑地开始滑动时，一开始我还以为是错觉，可还在滑，不可抗拒，他不得不用双手用力撑住，事实很快显示出来，甲板果然在倾斜，船在倾覆，倾覆的过程中，堆积叠放的一切，包括坐在他们财产上的人们，也都滑动起来。

在一片寂静的火光中，我们听到了哭声，一个恐惧的哭声，一个末日般的哭声："船在下沉！"扬起的胳膊，交错的身体。木箱、床、柜和皮箱，它们在甲板上滑动、翻滚，掉进航道的冰碴里，任何栏杆都拦不住。倾斜程度不断加大，但还没有人跳船。当水不断地涌进船舱时，丹红色的船体还系在钢缆上，还在行驶。

沿海又是一道闪电，看样子他们被认出来了，有一艘驾驶巧妙的船体被击中了。他们的炮火再次炸碎冰面，用一座喷泉般的森林包围住我们。一颗炮弹落在破冰船的上层建筑里，但没有爆炸。远处的冰面上，一颗导弹炸飞了一只沉重的、固定住的灯光浮标，在它桶状的腹部上方将它炸断了。船体在我们身后越沉越深，船头的波浪渐少，我们明显在失去速度，我们再也看不清对面的人了。

见到闪烁的信号，两名海军士兵向船尾的我们跑过来。他们显然是破冰船上的工作人员，是被派到我们的扫雷艇上负责协助横渡的。他们试图切断连接我们和下沉船体的缆绳。他们拉扯，拿撬棍撬，可缆绳的张力太大了，他们解不开。他们挥舞着胳膊，他们呼喊着，威胁着，他们指着水面，指着冰面，他们大声呼救，紧紧抓住还能给他们带来支撑的任何东西。海军士兵们从一只工具箱里掏出两把斧子，轮流用斧头的边缘敲打缆绳，一次次地砍在同一部位，直到缠绕的第一层绷断。最后缆绳再也经不住巨大的拉力了，咯嘣一声整个儿断了，软塌塌地掉落在航道里，沉入了水下。摆脱束缚我们的重量之后，我们的船晃了晃，又立即行驶起来，而那艘倒霉的船则重重地沉了下去，落在了后方。

是的，马丁，我看见了。当丹红色的船壁越沉越深，当数百只胳膊浮上来，当冰水飞溅到甲板上，当我们最后的物品漂浮起来时，我没有转身离开。扫霍艇没有表示抗议，它沉没下去，不是英雄般高昂着头，不是这样的，它只是水平地沉下去，像只注满水的铁皮碗。我还看到几个人跳水，跳到航道旁欺骗性的冰面上，跳到漂浮的行李上。我看到他们打滑，跌倒，下沉。但凡缺少跳船的力气或没有勇气跳下去的人，都被旋涡粗暴地吸走了。尽管如此，有些人还在坚持，还在沉船的地点附近想办法移动，我们远远地还能看到他们将木板和梯子推到冰面上，在上面挥手。

你看，在那里下沉和死去的，不只是我们勒克瑙逃亡队伍的一半人马，那是勒克瑙本身的一部分，是它的过去、它的特征的一部分，那一刻我们本能地明白，就算有一天我们被允许返回，对于我们来说，勒克瑙也永远不可能是曾经的那个勒克瑙了。一切都会不同，必然会不同，谁也不可能无视这场灾难，它已经永远埋藏在我们的记忆深处了。

总之，我们，我和马里安，我们坚持坐在船尾，我们往回张望，直到雾峦淹没航道旁细小黑暗的隆起物，在那之后——早就驶出沿海大炮的射程范围了——痛楚和虚无感仍将我们拴紧在那里，将我们系牢在那个地方，不久之后，除了我们蜿蜒的航线所经过的一片灰茫茫的地带，再也看不见其他东西了……

情况就是这样的，亲爱的。潜水员可以重建我们的逃亡线路；潟湖和波罗的海的底部已经成了鱼类的居住地，那里被藤壶科占领了，布满铁锈，至今还留有我们绝望地逃往西方的无数证据，困顿中巨大的漂砾，咎由自取的灾难中的路标，那是对我们自己种下的暴力的无情回答。哎，我曾经多少次下潜到那片黑暗和沉寂中，下潜到海底留有死亡痕迹的地方，去证实曾经有多少人毫无意义地牺牲在那里。马丁，我曾多少次希望有一天大海会干涸，或者海潮退去，退得足够远，这样即使已经被泥沙吞噬了一半，但那阴森森的大型舰队还有机会再次出现，再次向那些在礼拜天带着各种借口和站不住脚的鼓励来找我们的人展示他们蒙受的灾难。

可我必须继续带上你，越过冰封的潟湖向北，穿过皮劳运河，然后再次进入一座堵塞得满满的港口，里面挤着各种你能想象到的船舶，所有有龙骨的船：海岸巡护艇、海洋拖轮、巨型客轮和货轮，它们之间是潜艇、反潜护卫舰、辐重船和来自上一场战争的潜水鱼雷艇。清冷的月光下，我们穿过这不可能视而不见的船舶大队，破冰船巧妙地将我们引进港口，自己却没有停泊在这里。我们不得不等了很久才把旋梯推上岸。

一盏手电筒亮了一下，我在它的光线中认出了戴有战地宪兵徽章的胸牌。他们脚穿带钉子的靴子在船上跑来跑去，将所有男人赶去船尾，很少言语。我们提示前面船上有死者，但他们不予理睬，严寒和大风从码头上向我们吹来薄薄的雪雾，可他们似乎并不介意，他们开始用很长时间来检查我们的证件。他们小声地，仅用简短的示意将我们中的几位拉出来，是的，也包括马里安。当我要求他们再读一篇那张特殊证明时，他们第二次声明，这就是他们的答案。我的那些证明材料，直到小队负责人允许我们踏上战争港口皮劳之后，它们才被重新交还给我。马里安只来得及告诉我我们的逃亡行李堆在哪里，就被他们连同其他一些毫无来由给拉出来的人带下了船。

少数，马丁，还有少数东西留了下来，沉船事件之后我几乎无法再查出什么东西是在哪里弄丢的。我暂时也不想粗略统计损失，因为我觉得做这事情的时间还没到。

每个人都不慌不忙地背着自己剩下的所有财物上岸，将它们放在铁轨之间，拿衣服将自己全裹住了。面朝灯光暗淡的大船，拿点什么裹住自己，全城逃亡的居民都守在大船前面，他们的队伍一直延伸到黑暗深处。是的，我们披上大衣，恍惚迷茫。突然有个人喊道："赫尔曼？我兄弟在哪儿？"他边喊边从一个人冲向另一个，扯下对方脸上的口罩，拨开被子，一次次地失望，一次次松开被他拉住的人。虽然他急切的寻找没有成功，但他影响了其他人，人们像从麻痹中苏醒过来了似的，胡乱地挤在一起，呜咽着呼喊各种名字。"约翰？卡尔在哪里？""谁见过伊达？她可是……""他总不可能……""她哪儿去了？"

我再也无法忍受了，我再也无法忍受那些我碰触到的目光，那些失望、求助的目光。当克里姆科夫斯基出发去了解我们何时有希望被送走时，我陪他来到港务长的办公室。

啊，我还记得我们被送去的木棚，还能闻到那甜滋滋的空气，还能看到那位穿着皱巴巴制服的老人。他狭长的勋章扣带斜挂在身上，上装的纽扣解开了，他红通通的眼睛忧郁地望着我们，身后挂着一张港口地图。他虽然负责这座港口，但他早就放弃了对它的管理，哪怕只是观察，五花八门的船只都挤进这里，几乎无法管控。这儿的人经常是来来去去，连招呼都不打，他说道："悄悄溜进来，将能找到的东西拿上船，又悄悄溜走。"他无法给我们派船，这天夜里不行，因为他先得等候医疗列车，五趟医疗专列，柯尼斯堡通知过他了，那座被困的城市，为了推迟灭亡的时间，它被宣告为一座堡垒。我们用下一夜安慰自己，正想向他告别，这时一名士兵走进来，行礼，报告："已经按照命令，做好了炸毁一切的准备。"我们当场从他的声音认出了他——西蒙·加科。哎呀，这怎么可能？还真是的，还真是的！你恐怕能够想象，我们的问候多么小心翼翼，因为惊奇而没有太多言语。他偷偷地点头，示意我们去外面。大地在颤抖，明朗寒冷的天空，风吹着我们，有如刀割。轻型战舰的黑影滑出港口前去停泊地，那里正在组织一支护航队。现在，只剩下我们自己了，我们有许多话要说。现在我们只是站在一起，相互凝视，倾听。最后西蒙问道："勒克瑙不存在了吗？""它会重生的。"克里姆科夫斯基说。"在哪里？"西蒙问道，"在西方吗？"

他必须返回他的中队。他答应第二天晚上来码头，来接轨结束的地方。

我们去外面我们的人那里，途中经过军队的所在地，经过密密麻麻挤在一起等着上船的队伍，每当前面的一批人被放上船，他们就会活跃起来。退役的手拉车、两侧有栅栏的马车和童车堆成一座山，让我们踟蹰不前。我们抚摸车轮车杠，考虑借一辆，一位负责看管这些弃置设备的哨兵赶我们走。在远离人群的地方，在地堡的风口处，一队身穿囚服的犯人随意地蹲在团团围着他们的哨兵对面，他们没穿大衣，用被子裹着肩和臀部。他们在从一架老旧的、船尾倾斜的货船上搬运炮弹——装在木支架里的沉重炮弹。与此同时，相隔两个跳板的地方正在将伤员抬上船，运进空货舱。一堵巨大的墙才从海上滑进海峡，装甲桥、装甲桅杆、射击指挥站、炮塔，战舰带着吓人的气势庄严地驶入港口，抛锚。

到处都在收货和卸货，驳船和大舢板上也是。在这里，各种活动交相进行；在这里，前线吐出、消化和损坏的东西，必须满足前线的各种需求而被输送的东西，它们被相互传递着。一条船前面聚集起一群人，一名瘸腿男子绕着他的旧拉车转圈，非常大声地冲着两名正在收起跳板的海军士兵发火。他狗吠似的冲他们嚷嚷，要求让他上船，去他的老乡那里，他们已经站在甲板上了。"那儿，嗳，你看看，他们就站在那儿！"他挥舞着双手想阻止他们收回跳板，可士兵们有令在身，平静得惊人地向他重复，船满了，让他另找一条船。在克里姆科夫斯基出面干涉争执期间，我跑向轨道，从轨道之间跑向我们勒克瑙队伍剩余的人员身边。我拉起钻在我的家当下的两人，我敲敲每一件物品，我顺从一种强烈的感觉，这儿打开一只盖子，那儿解开一个活结，我捅捅这里摸摸那里，说出我的手指触摸到的东西的名称："好吧，草帽还在，索科尔肯盒还在，包在一块踩脚毯里，资料袋和黑鹳标本还在。"我还记得，我摸了摸它们，轻轻推了推它们，虽然没有立即觉得安心，但还是感觉到了一股温和的暖流。不，我没有统计我剩下的东西，我也没用手指摸遍所有行李，对我来说，偶然的接触、偶然的重逢就够了。

然后，就在首列医疗列车即将进站前不久，一辆汽车在我们面前停下了，司机匆匆打开后门，一名高级军官走下车来，他的级别徽章被一条宽毛领遮住了。我慌忙锁起我的行李。军官绕过汽车，打开一扇门，熟练殷勤地弯起胳膊，一位窈窕的女士扶着它从座位上钻出来。鞠躬，真的，然后还有一个暗示性的吻手礼。一个粗暴的手势，司机从车里抱出好几只纸板盒，放在我们面前。再次鞠躬告别。一部电影，我想，他们在为我们放映一部电影。这时"蓝衣女人"向我走过来，用手指打了个榧子，问给她预订的包厢在哪艘船上。我没有回答，丢下她不管。

这一夜余下的时间，卫生员和海军士兵都在将伤员从抵达的医疗列车运上一艘挂着红十字旗帜的白色客轮，该船启航后，一艘捕鲸船停到了它的位置，是的，一艘捕鲸船，它接纳了许多失地的居民，还有获准上船的行李，由于它的装载能力还没有得到充分利用，一名船工向我们跑过来，估计了一下我们的人数，强行穿过等候的人群，一边示意让出一道隔离通道，叫道："从这儿开始，从这儿开始的全部上船，通道后面的人必须耐心等待。"我不在其中，但我不后悔，因为只允许每人携带定额的行李。没人不慌不忙地告别，身处矛盾的要求之中，他们要做的事够多了，一次又一次地放下捆扎好的行李，进行更换，这里有人扔掉点行李，那里有人在最后关头再匆匆往包里塞点什么。他们似乎预感到了，这是踏上旅途前的最后一次筛选和评估，踏上此次旅途就不会再有回头路了……

肯定的，马丁，你自己也许感觉到了，这是一个简单的、一个十分明显的选择性问题：人员或财产。船上最后的角落当然应该给人保留。是将他们，还是将对他们仍然十分重要的行李运往安全地带，面对这样的选择我今天不会再有一秒钟的犹豫，主要是因为有足够事实证明，物品是可以缺少的。可我当时就是不能将我们家乡博物馆的财物视作个人财产，我相信我无权随意放弃它们，让它们流离失所。主要原因就是，证明我们的出身和我们走出远古时代的黑暗道路的东西不单单属于一个人，而是属于大家。你理解我的意思吗？被托付给我的东西，属于大家，我是一份共同财产的受托管理人。因此我不能将它们像一篮换洗衣物或一只继承来的落地大座钟那样留下来。

　　看样子我们的逃亡队伍的剩余部分所处位置十分有利，在码头的可视范围之内。我们又被多次分成更小的组，被叫去准备出发的船只，去充分利用最后的位置。轮到我时已是傍晚。当战舰的大炮朝着萨姆比亚的深处轰击、当新的医疗专列抵达、不得不等候新的运输船只，当防空警报响起、小型武装部队奔向停泊地时，我在西蒙·加科的帮助下将我全部的逃亡行李搬去港口的一个安静角落，那里正有一艘低矮的远洋拖船停在蒸汽下面。在西蒙的命令下——他比我希望的来得早，装腔作势，有点幸灾乐祸——在他的指示下，勒克瑙队伍留下的所有人，都将我们的东西搬去远洋拖船的停泊地。我们共有八人，西蒙独自爬上拖轮，与船工商谈，我们都能听得见。从他们交谈的方式可以看出来，他们彼此有些好感；也能看出来，我们即将进行的横渡并不仅仅取决于船工的意志。西蒙·加科信心十足地返回码头，说我们将会遇到或重新遇到一个人，他也叫那人"总督"。"勒克瑙总督马上就来了。"更多的话他不必多说，因为我们知道他指谁。

　　直到防空警报取消，雷夏特才出现。两辆小轿车将他和他的陪同人员送来了，佩戴橡树叶的那人没有理睬我们，沿着光滑的石阶走上去，跳上远洋拖船，站在没有护栏的跳板上端，监视着收下他的箱子和皮包。这位勒克瑙曾经最有权势的人，他的话最后比当地军事指挥官的话还有效，看来他也不愿信赖在他的亲自领导下挖掘的反坦克战壕的保护。通过为他和他的同类保留的撤退路线，他去了柯尼斯堡，然后去了皮劳，因为不可以苛求他等待，所以专为他准备了一艘适宜远洋航行的蒸汽船。

　　你看，他身穿褐色长大衣，头戴硬邦邦的宽檐帽，站在那里，数着被运上拖轮的行李数目。似乎一件不少，因为他满意地点点头，

递给船工一支烟，让人替自己点上火。他竟然能够自始至终不理我
们。要不是船工和西蒙·加科走近他，提醒他注意勒克瑙逃亡队伍
剩下的最后一批，他可能不会注意到我们，也不会注意到外面码头
上正谦卑等待的队伍。他们——介绍者特别强调——将家乡博物馆
的重要物品和价值几乎无法估量的马祖里织毯艺术的见证一直运到
了这里，这是一份不应该失去的财产，价值难以估计。于是曾经的
勒克瑙总督让我们上了跳板，八个人全部上了。他询问我们的名字，
我们的职业。他必须了解，是什么阻止了我们去前线，他说："去激
烈鏖战的前线。"然后他允许我们每两人中有一位将行李运上拖轮，
除我之外，获准上船的有克里姆科夫斯基、"蓝衣女人"、约瑟夫·
冯·英特尔曼和他的刑事档案。

　　事情就是这样，马丁。有时你不能挑选你的盟友，有时你注定
了只能勉强接受帮助。算了，我们不谈这个。我们，被挑选出来的
人，手牵着手，将我们的逃亡行李运去拖轮的后甲板。一件件行李
乱堆在一起，谁都没有表现出担心，那里长出一座罕见的小山，在
船工的帮助下我们用一块舱盖布将它盖上了。没有，没有人担心，
只因为我们感觉到，从现在起我们是同舟共济，此行结束时我们会
再聚在同一块滩涂上。你知道，当西蒙·加科告别时急迫地追问，
他在哪里能再找见我们时，我朝岸上喊了什么吗？我不知道我们的
目的地，我盲目地告诉他在石勒苏益格留讯息，在石勒苏益格家乡
博物馆里，他立即对这个地址表示满意，这事至今都还让我奇怪。
船工向他挥挥手，缆绳啪地落在甲板上，掉头时防撞垫的隆起部分
嚓嚓地碰撞着码头堤岸。

　　我们站在舰楼下的通道里，远洋拖船紧贴投下影子的船只驶过，
驶向港口出口。

　　强大的探照灯的灯光扫射着天空，一根根、一束束或月牙形地向下扫过地平线。我们潜行在一艘涂着伪装色的油轮的尾流里，穿过港口，慢速抵达公海。当我们向西行驶时，我们看到一支混合舰队的轮廓逐渐变大，舰队在停泊地抛锚。有一回我们被灯光照射了一下，远方的一座塔上询问我们的标志，我们无法理解灯光信号的回应，只听到信号灯吱吱响。

　　我们被逃亡和种种不确定弄得精疲力竭，身上的衣服已经穿了好几天了，我们冷得发抖，但我们还是没进温暖的员工舱室，那里面有螺丝固定的桌椅。我们躲在防风的角落里回头眺望陆地，遥远的陆地上空有种苍白的、洗褪色了的红。这回我们满脑子想的不是躲过了灭亡，而是预感到这结实强大的交通工具正载着我们永远西去，不仅是去另一个世界，而且是去另一个时代，再也无法从那里返回。没有护卫舰提供安全，没有快速战舰警惕地包围我们，没有同类船只组成没有保护的编队，而是单枪匹马、偷偷摸摸，我们就这样向西行驶。一个秘密的独行者，它在借着夜色的掩护潜逃，不知旅途的终点，但所有人都在瞭望。平静的大海，半夜时天空暗下来。当暴风雪开始时，我们钻进船员舱，在长椅上伸展开四肢。不，我们不知道。我曾经多次向雷夏特打听目的地港口，而他回避我，装得好像他还必须等候最终的命令似的。由于不允许我们登上舰楼，我们也无法得知，他们走的是哪条航线，有一回我们透过脏乎乎的舷窗看到了荒凉的陆地。英特尔曼声称认出了博恩霍尔姆岛①的海岸，推测我们在驶向哥本哈根或一座丹麦岛屿。可是，当我们在船后认出一条沙质地带时，我们相信是在驶向一座波莫瑞的

①　博恩霍尔姆岛（Bornholm），波罗的海西南部的一座岛屿，属丹麦管辖。

岛屿。

勒克瑙曾经的总督现身时两名随从总是不离左右，那些紫红色的脸，那些可疑的护卫，他们认定了自己必须沉默，耸耸肩假装啥也不知道。另外，他们似乎同意为他们挑选的任何目的地。他们可以数小时站在舰桥上，呆呆地盯着朦胧的雾峦，或观看我们的尾流里汹涌的波涛。雷夏特理所当然似的住进了船长舱，当他身穿步兵上尉的制服——是的，一件旧制服——走上甲板时，他们并不感到意外。是的，雷夏特并不想注意到我们的惊讶，他们自己也会在适当的时候把棕色的衣服换成灰色的衣服——在他们的首领改变了服装之后，这些我们几乎已经预料到了。你能想象，这两人换完衣服不久就将我和英特尔曼逮捕，严格按照规定逮捕，作为犯人关进一个柜子里吗？可事情就是这样……

是什么原因导致了这种情况？雾堤，当时我们在几乎风平浪静的海面发现了那条漂浮的筏子，一条所谓的大木筏，上面载有十至十二个男人，一见我们他们就挥手喊叫，向我们头顶发射了一颗报警弹。有几人开始朝我们划来，十分坚定地向前划着隆起的黄色交通工具，我们已经拿起缆绳，要扔给他们了。我们清楚地听到了机舱传令钟的叮当声，我们缓缓驶出翻腾的雾，毫不怀疑我们刚刚听到的是停船信号，我不是唯一一个感觉到海洋拖船似乎在减速并向两侧转弯的人。已经有水兵在舷外放下了卷起的软梯，筏子里已经有位划船的人收起了船桨。这时舰桥上一阵骚动，紧接着机舱传令钟又叮当响了。拖轮已经从筏子旁边过去了，筏子上的男人有几位已经站起来了，难以置信地，困惑地，似乎发生的是一场错觉。我们将缆绳抛过去，跑上舰桥，船工站在那里，雷夏特的随从站在船工两侧，平静地、半露半掩地拿手枪抵着他的腰，而雷夏特本人倚靠在罗盘上，努力张望前方，就像他在那里发现了一个目标似的，一个渴望已久、大有希望的目标，他可以允许自己对木筏置之不理。

不用我说你也知道，我们，我和英特尔曼，向他指出了什么，向他要求和讲述了什么。他像往常一样专注地聆听，然后让我们理解，有时，为了保障一个更高级的任务，必须违背常规和义务——这回也是这样。另外，他说道，他的印象是，筏子很结实，落水者并无生命危险。

约瑟夫·冯·英特尔曼认为，在深海遇难而不施救可以视同谋杀，他要求立即掉头，收容遇难者，声称我们登岸后要汇报。雷夏特听后命令我们离开舰桥，他命令了三回，令人厌倦，而不是回答我们的指责。由于我们拒绝，他要求他的随从让我们离开舰桥，不仅如此，他还要求他们，以危害任务罪将我们关起来。他们举枪将我们赶下去，关进船尾的一只柜子里，很可能就在螺旋桨轴上方不远处。时而坐着，时而躺在救生衣上，脑海里是螺旋桨轴折磨人的响声，我们被拘押着，都不敢讨论会有何结果，我们就这样在相对平静的冬季的东海上度过了我们旅行的最后阶段。再等一小会儿，马丁，剩余部分，是的，我们抵达的时间，你也得听听，你重新坐下来吧……

于是，在冰冷的小舱室里，双门柜里黑洞洞的，我们躺在救生衣上，侧耳倾听。由于拖轮放慢了行驶速度，这下螺旋桨轴的噪声可以忍受了。我设想出一座港口，一座阳光普照、没有危险威胁的港口，渔船系在桩子上轻晃，码头上或许有几条海岸护卫舰，已经有一辆封闭的黑色汽车从城里驶下来了。这时哗啦一声，锚掉进水里了。当铁链被哗哗地从箱子里拽出时，螺旋桨轴再次飞速旋转，然后喧哗声就断了。

"他们抛锚了。"英特尔曼低声说道，他们没有停泊到岸边。铁舷梯上的脚步声，重物落在甲板上的啪嗒声，我们相互提醒要注意发生的一切，我们试图了解情况。尤其是一直传到我们这里的嘎吱声，那沉闷的打击声，我们无法解释，我们对命令和随后发生的踢踏声也弄不明白。一件件行李落在一块松动的木地板上，看样子有人在从软梯往下爬。就在舱壁旁边，在多次尝试之后，一台柴油发动机运转起来了。

是的，然后我们听到了过道上迅速的脚步声，站起来，彼此搀扶着站稳，等着雷夏特的随从打开门，招手叫我们出去。但是，打开门、向我们伸来一只手的人，他不仅给了我们时间适应光亮，还立即告诉我们，这下一切都熬过来了，船上的形势发生变化了。他是深海拖船的机械师，我们眨巴着眼睛随他来到甲板上。我们抛锚在一座宁静的峡湾里，一岸的森林一直延伸到沙滩，另一岸是陡坡，直至水面。在一条木跳板斜伸出去的地方，一名渔夫正悠闲地收回他的渔笼，捕鳗笼。"那后面，"机械师说，"他们正坐在我们的救生艇里行驶。"我顺着他的目光望去，峭岸下方，一条灰色小船正突突地驶向远方的沙嘴。

船工坚持要我们在他的关于见难不救的报告上签字做证，还向我们介绍停泊的位置："这里是施莱湾，西边是石勒苏益格，那座城市，在陆地陷落的地方，在马斯霍尔姆渔村，从那儿开始就是公海。我们成功到达这里了。"

请你不要以为，在此次航程之后，在经历过这一切之后，不耐烦的感觉会随时出现，催促我们登陆。只要有可能，每个人都想待在深海拖船上，你能觉察到，他们如何拖延行动，将早该做出的决定往后推。我们的行李仍然乱糟糟的，我俯身航海地图上，寻找并发现了我们的抛锚位置。我读到埃根隆德这个名字，抬眼认出了石灰粉刷的房屋，草屋顶向下延伸得很低，这是那房子的名字，唯一的、宽敞的、非常坚固的房子，它透露了修建者要坚持留在这里的愿望。我还记得，有一刹那我有种感觉：也许，也许你会到达那里……

你看，你又认出来了，那座房子，那座接纳我、有一天会属于我的房子，它，准确地说，是落到了我手里，因为我照顾房屋原先的主人们一直到他们去世，一位古怪的兽医和他一直笑吟吟的妻子。我头回见到你就是在这房子前的山毛榉树下。

可我想对你说什么来着？对，当船工决定沿施莱湾向上，直奔石勒苏益格时，我请求他将我和我的东西卸在木跳板旁。于是我们系好船，他们将我的东西递给我。现在，我将剩余的东西堆在一起，我别无办法，我必须查看、检查它们。我独自坐在倾斜的木跳板上，在一个风平浪静的阴郁的下午，登记和粗略统计剩余的物品，它们从勒克瑙一直陪伴我到这里。在我核算损失时，渔夫划着船从旁边经过。我望着他的背影，不敢相信那是真的，他正小心翼翼地将他的渔笼沉进水里，战争竟还允许世上存在这么古老宁静的画面。让我感觉不真实、无法理解的不是过去，而是此刻眼前正发生的事。

兽医忽然站在我身旁，将拐杖插进沙子，坦率地询问起我来。我是否远道而来？是的，很远，从勒克瑙。那是不是一座城市？是的，一座城市，在东方，离波兰边境不远。我是否打算在这里待上较长时间？不，除非迫不得已，只待到战争结束。这全部的行李都是我的私人财产吗？不全是，有些是勒克瑙家乡博物馆的，不想放弃的东西，生存必需的东西。

他没完没了地提问。突然他问我想不想喝杯热茶，我可以不用
担心将我的行李留在木跳板上。说完他就先走了，沿小道往上爬去。
是的，马丁，我跟着他，没有意识到，我抵达了，不是回家，只是
刚刚抵达一个崭新的纬度，一个重新开始的地方。

第十四章

他们很快就会让我出院了。他们还给我十至十四天的时间，然后我就得让出这儿的房间和床，另找住处——我还不知道去哪里。我还不知道，我该报上谁的住址。卡罗拉的狭窄、多拐角的管风琴师公寓，还是那个老头住的房子，西蒙·加科正在那里试图消灭他的回忆。如果不去这些地方，那就干脆回到埃根隆德，去那个满是灰烬和烧焦的卵石的地方。我还没有决定我该强求谁收留我，就像当年战争结束时一样。我的老乡们都不见了，被命运驱散到了各地，可这回我知道，我在那里可以找到他们，但这并不是说，我们会再次悄悄聚到一起，做一个共同的规划。

啊，马丁，当困境成为常态，当它影响到每个人时，开始是多么容易。你窘迫的境况会不断逼迫你做出决定，于是你多么容易找到方向。总之，当时，在我抵达陡峭海岸上的房子时，我没有孤独多久。

最先出现的……不，我想换种讲法，我想从炎热的夏天里鱼类的死亡讲起。当时施莱湾的水变成了稀薄的花椰菜汤，水面下降得那么多，潜水艇长满苔藓的塔台都露了出来，潜艇是在战争的最后一天自行沉没的。鳗鱼、鳕鱼、鳗鱼漂浮在水面上，无力地摆动着鱼鳍，身体弯曲，鳃瓣张开。人们从各地，甚至从霍尔姆贝克农庄，

带着盆和桶赶来我们这儿，来捞捕这些软弱无力、心甘情愿等着被
捕的猎物。多大的收获啊！齐胸站在温暖的水里，在泥泞的水底踩
着舞步，开心地抵抗浮力，在水中噼噼啪啪地打闹，抛掷泡沫，呼
哧呼哧地绊倒，潜水，下潜时手里还握着柔韧的鱼体。虽然海鸥在
与我们竞争，岸边的盆子篮子、大桶小桶都装得满满的。铺天盖地
的红嘴鸥和大黑背鸥，尖锐刺耳地叫着，一次次俯冲向昏昏沉沉的
鱼，它们抓住鱼，跃起，经常又不得不让猎物掉落，因为它们太沉
或反抗太强烈了。我们中有几人被海鸥啄了，啄在肩上、头部。

　　然后，当我带着鳕鱼和鲽鱼吃力地走向岸边时，我面前突然钻
出一颗头来，一个龇着牙、滴着水的西蒙·加科从浅水里钻出来，
将一条弯曲的比目鱼紧搂在身上，他呼哧地笑着将他的鱼递给我，
说："怎么样，齐格蒙特，用五月黄油①煮味道会怎么样。"我吓得
连吐了三口口水。我们蹚水上岸，来到他放袋子的地方，他染了色
的、改成了便装的制服叠得齐齐整整。上了岸我才合适地问候了他，
直到那时我才醒悟过来，他真的来了，西蒙·加科，他按我们曾经
的约定，去取了我在石勒苏益格家乡博物馆里给他留了几个月的
信息。

　　这个身材佝偻的波西尼亚人，他是第一个找到我这里的，我带
他去上面偏僻宽敞的房子里。刚吃完他的第一餐什锦鱼餐，他就掏
出十四把磨得特别锋利的木刻刀，拿出用山毛榉木雕刻出的梦幻般
的、扑着翅膀的鸟儿，他给这些鸟儿着色，然后装进一只背包，背
着它们穿越陆地，将它们送去给那个人。他用肥肉片、鸡蛋和大麦

---

① 五月黄油（Maibutter），使用春季第一次放牧的奶牛产下的奶制作的黄油，比用吃
　　干草和饲料的奶牛产下的奶制作的黄油质量更好，维生素含量更高。

面包向体弱多病的兽医支付小房间的费用。

第二年春天，那艘必要时会停靠在我们栈桥旁的白色摩托艇把一个疲惫不堪的男人送来了我们这儿了，虽然没带手提行李，可他的棍子上挂的东西可是一只皮箱都装不下的。钢圈上挂着袋子、罐头、铁皮盒，它们一步一晃。我看到他从桥上走上陆地，不是目标明确地，而是犹豫不决，似乎做好了失望的准备。当他顺着弯弯的小道往上爬时，可以看出他的疲惫和虚弱。那是马里安·耶罗明，他在红十字会寻人组织的帮助下找到了我们。我曾经的徒弟不想诉说关于我们分开后发生的事情，我们在吊着蛛网的天窗下给他铺开一张床。我们不奇怪，他在那里躺了五天五夜，睡觉，偶尔读读索尼娅·图尔克的书，没有计划，唉声叹气，因为他不能集中精力。有一天早晨他起床了，越过田野，没有告诉我们他打算做什么，有什么目标。他一吃完早饭就动身了，直到傍晚才回来。有一回，很晚回家之后他来到我床边，将我叫醒，就为了告诉我，他成功地发现了一架农家用的旧织机，也当场谈妥了价钱，那是我们织出的第一块毯子……

是的，马丁，我们就这样再次相聚，我们就这样开始在峡湾上这栋让我们感到自信的房子里安顿下来，当然也不仅仅只是安顿下来。征得了没有孩子的老人们的同意，早在他们去世前我们就默默地将它占用了，将最大的房间扩建成织造间，从水源处接了一根水管通进室内，将一个卧室扩建成了西蒙·加科的手工坊。暂时的、寄居的感觉就这样自行消逝了。我们改造、修建和创办的越多，我们就越少考虑其他事情，譬如我们是否有什么期限，什么事又会迫使我们离去。总之，最早的两位织造女徒还未到来，我们就决定了要留下来，不是刻意为之，而是不言而喻的，因为我们看到，在这里，我们的愿望和需求都渐渐得到了满足。

但我还是无法摆脱笼罩着埃迪特和小家伙命运的不确定性。在埃根隆德的阻力越小，我就越思念他们的存在。事实上，当我们重新走上正轨之后，当一切都在可以预料的范围内运行、几乎没有受到任何冲击后，不安感以及对确定一些事情的渴望却在增长。在织机旁工作时，在睡眠中，在陡峭的海岸下行走时，从不可捉摸的远方总有一幅画面浮现出来，影影绰绰：寒风中的沙丘，现在不再有卑微的跋涉者，一个身穿长衣的女人拉着一驾雪橇，雪橇上躺着一个孩子，孩子的衣袖无力地拖在雪地上。在拉长的天空下，他们奋力走向一群黑暗的松树。

我不需要翻找他们的照片，我一直将它们随身携带着。有一天，在冬天，我因为对他们遭遇的不确定性而生病了，我一直打听到石勒苏益格寻人服务的分支机构，我并不指望他们那里能够点燃新的希望，我主要是想了解一下最后的情况。

办公室的暖气很差，位于一座前军营的阁楼上。楼梯上贴满寻人启事和招贴画，阁楼间都是粗糙的木架子，上面按字母顺序排列存放着文件夹、松散的档案和纸袋，将木板钉在一起做成的架子几乎无法承受强加于它们的这些重量。一扇斜窗下摆着一张老式的球形脚写字台，写字台后面坐着一个年轻女人，机灵，热情，有着一双非常明亮的眼睛，穿着系绳靴和带衬里的裙子。为了保持手指灵活，她将编织手套齐指根处剪断了。她可以把她的声音压得很低，变成轻声细语，即使这样别人也不会听不懂。当她倾听时，她用双手抱住厚壁的杯子，里面漂着一片泡涨的、已经有点变成褐色的柠檬。在我填写寻人申请表时，她一再点头鼓励我。她愉快地仔细端详埃迪特和小保罗皱巴巴的照片，然后微微摇头——就像一个人永远不应该放弃谁一样——并以一种意外地带来信心的方式向我伸出手，是的，在一切过去那么久之后，这是一种带着痛苦的信心。

从这天起，每当来到城里，我就一次次上楼找她。我上去不仅是为了查问，也是为了听她鼓励那些丢失了兄弟、丈夫、儿子的寻人者，我主动让别人先问，他们的亲人最后一次被见到是在维特布斯克的雪地里、在瑟堡的港口或是在萨姆比亚沿海。最后的生命迹象来自哪里？这大概是最重要的问题之一。你应该听听战争都将人们抛去了哪里，他们都在哪里痛失了亲人。有个人最后一次被见到是在大西洋上，在一辆运送俘虏的车子里；另一个人从一个沙漠里的村庄写过最后一封信，村庄的名字很难念；他们失踪在高加索的峡谷里，在一次飞越芬兰森林时，在巴黎的地铁上，在丹麦的海滩上，在希腊的葡萄种植园里，在西普鲁士的一家牛奶场，在世界各地。这些好像统统都是她熟悉的名字，熟悉的地点，她将数据登记入预印好的表格，钉上照片，将简历条理清晰地记录下来。从她这里离开的人，都会带上那样的感觉，那就是人们很快就会开始在所有国家寻找那些失踪者。"谁能提供关于某某某的信息？"被扔在桌上的招贴画上印着这个问题。

你看，有一回我同一名瘦小的老人一同上楼去寻人服务办公室。那时快要下班了，跟其他所有人一样，我也让他先问。正如我所说，他是个老人，动作僵硬，举止傲慢，他吸食一种让人想起腐烂床垫味道的草叶。虽然他的衣着打扮像是从东方的一座集中营里逃出来的，但他坐在椅子里的时候，却像个习惯了发号施令的人。他是多么笨拙地解开了一包包的文件和证件啊，他将填好的寻人卡片从桌面推过去，那气势是多么咄咄逼人！

女人读了一遍她亲手记录下的内容，拉过一只文件夹，证实了一眼，然后目不转睛地盯着老人，报出一艘船的名字，报出日期和它在赫拉半岛前遭鱼雷袭击的时间。船上应该有两千多名逃亡者，主要来自梅梅尔地区，军方护卫船只救出了一百八十名落水者。

她非常平静地说着这些话，目光没有离开老人。他没有叹息，没有像人们预料的那样表达他的不快，只是他的嘴唇开始颤抖，他慌张的手指怎么也系不上小包裹。最后他要了一张纸，借了支蘸水钢笔，他要写的东西似乎是早就充分准备好了的，他只是重新记录下来。他将写好的纸塞进一只信封，把信封好，然后一言不发地递给了那个女人。之后他从上衣里子里掏出一把猎刀，将刀插进了自己的胸口。

后来，马丁，后来我经常问自己，能否通过另一种告知方法，通过一种更温柔或更坚定的告知方式来防止这种行为的发生，因为有很多事取决于如何将闻所未闻的消息告知另一个人，在这件事上我不敢做任何决定。我想假设一切都是经过深思熟虑、慎重考虑的，写下最后的遗嘱，以及抓起猎刀，这些全都是。另外，他还将他的全部遗物，缝纫用品、刀叉、杯子和梅梅尔地区一家鱼罐头厂的股票，我想说，这全部的遗物，遗赠给了寻人服务机构。女人当天就结束了在寻人服务分支机构的工作，听到这里你不会觉得奇怪的。

在记录和解释过一切之后，冰冷的阁楼间里只剩下我俩。我从办公桌上拿开她的手指，我扶她站起来，又小心翼翼地扶她下楼梯，不得不一再地向她证明，她没有责任，换成我是她，我会以同样的方法告知他这一不确定的结局。不，她不是自责，她只是想探究，如果她设法以另一种方式来讲述记录在册的命运，这绝望的行为有没有可能就不会发生。

当时街头只有几个裹着冬衣的人，他们深深地躬着腰，顶着凛冽的寒风回家。冰封的施莱湾上，在渔夫用长叉叉鳗鱼的地方，暗淡的灯光一闪一闪的。我们默默地穿过城市的一段。在一幢走样的木框架房子前她从口袋里掏出钥匙，打开门，示意我进去，像约好的一样。

上面一层楼有个男人的声音问道："是你吗？"女人回答："是的，还能是谁？"我本想此刻就告别，可她用一个委屈的手势邀请我进去，陪她上楼去，于是我们由一条很窄的木梯爬上一个很小的房间，里面有个瘦小男人，全身包裹在被子里面，正就着一盏燃烧的蜡烛抄写谱子。那塌陷的、每走一步都咯吱响的地板，狭窄的空隙，墙上那些深蓝色的、按年代悬挂的圣诞碟子。在男人解开被子之前，他忍不住斥责一声，垂手指着薄如蝉翼、几乎透明的餐具，他认为，他还从没有为了一杯茶等过这么久。

女子从壁柜里取出第三只杯子，我们做了自我介绍。不是出于怀疑，更多是出于健炎的好奇心，他马上问了我几个如今看来是隐私的问题：眼下住在哪里，从事什么工作，家庭情况，健康状况如何。"爸。"女子叫道，这个词里包含了她所有的责怪。她要他去取朗姆酒，那瓶收藏起来的，那瓶没开过的，他不情愿地答应了。他满含责备的信号没有逃得过我的眼睛，当他将瓶子放到桌上时，他果然说道："这要感谢我们的节俭。你倒吧，卡罗拉，一滴都不可以倒漏掉。"

是的，马丁，我就这样头一回向我未来的妻子和不比我年长多少的岳父举杯祝酒了，在我们再次讨论灾难之前，我先祝他们身体健康。能否再见，我们听任命运安排。

但是，不久之前，在一个礼拜天，我和马里安发生了不可避免的礼拜天之争……

事关什么？总是关于同一件事。

当我坚持手工传统、坚持手工的忠诚时，他想帮助年轻的织工首先解放自己的想象力，平面、颜色、图案应该随意表达，最好的就是自娱自乐，一切开始时都必须是游戏性质的、没有目的的，完全基于经验，而不是维护历史的装潢风格。他援引自然生长的棕榈皮的结构，他拿古老的印度地毯的名称反对我，那些地毯的名字悦耳却无用——"织风""晚露"或"飞流"。简言之，他想要"艺术"，他不想要被手艺束缚的"艺术"，总是那一套说辞。我别无办法，只能重复他显然一直充耳不闻的内容，"在马祖里——不仅仅是马祖里——织毯之初，艺术和手工艺之间没有任何区别，织工学徒生产的东西，虽然也会得到欣赏，但最重要的是希望被使用。先有物质和目的，然后才有经历的升华"。正如我所说，我们再一次争得不可开交。这时卡罗拉突然经过窗外，她在门口退了回去，犹豫地打量房子，不，估计是边打量边期望被我们发现。她腋下夹着什么东西，某种卷起的东西，她想将它送来给我，以示"对近来之事的感激"。一开始她根本不想进来，只想交给我，可是，如果马里安·耶罗明坚持要她进屋来，催促，坚持邀请，谁又能不进来呢？然后她边喝咖啡边卷开那幅版画，一幅18世纪勒克瑙版画的复制品。啊，一切是多么地相差无几啊，那些房屋就像是需要保护一样，紧挨着。制作马鞍的工匠区是天蓝色的，制陶匠的区域是浅褐色的，骑士团城堡在其笨拙的防御中占领了勒克瑙湖的岛屿，河水显然是流进了公墓旁边，猎人从博雷克山脉里将断了腿的狍子扛回家。

这是我离开勒克瑙之后，头一回看到这座城市。这幅版画来自一本旧日历，"东方城市"。正因为一切都只是相差无几，接近"一致"，因为勒克瑙还在"改善和成形"，我忍不住按我内心的画面补充和填充它，将这里的湖岸拉长，在那里安排两座教堂，我确定街道最后的走向，缩小集市广场，移动河口，磨去半岛的尖端，在宁静的河湾里建立小格拉耶沃。我已经乘着从波兰冲下的木筏在旋涡上飞掠了，我再次躺在施洛斯山上，在七棵松树下面，脉搏越跳越快，观看地峡上如何挤满历史上那些真实存在过的进攻者。是的，我与埃迪特又一次蹲在纪念碑底座的黑暗里，一起听六月的金龟子撞在青铜上。我们为复制品找到一只画框，将它挂在织造间里。

你看，我们突然想起家乡来，忍不住整理起勒克瑙的记忆，结果是这个礼拜天，我们打开了几乎没有进去过的小房间，里面的东西有部分还装在箱子里，用画布和防水纸覆盖着，我们曾经的家乡博物馆被抢救出来的财产，没有被遗忘，但长时间未受重视。在我们领卡罗拉参观了织乳和西蒙的车间之后，我们也推开了小房间的门，惊喜地触摸那些可以被认出的东西：古老的木制家用器皿、生了薄锈的武器、彩虹色的踩脚毯、一只索多维亚人骨灰坛、一只落满灰尘的黑鹤、"索科尔肯盒"。她疑惑地打量着那些包装好的物品，你可以看出她的热情，恨不得将这些东西马上从纸箱、布袋和购物袋里取出来，所有这些有展览价值的东西竟然被堆放着搁置起来，这令她震惊不解。"这可是半座博物馆啊。"她说道。"是的。"我说。"可不能荒废在这里。"她说道。"不会荒废的，"马里安说，"只是休息。""很多人，"她说道，"如果能够看到这些，很多人肯定会幸福的。""时机还没到。"西蒙说道。"现在是时候了，"她说，"现在时机到了。"

是她的推动，是她的激励，是她的兴奋向我们指明了接下来的任务。没等她讲出来，我就在恍惚的设想中看到这些正浑噩度日的财产被摊开、被整理、被传播、被了解，不仅是在一个小房间或一间侧室里，而是在一座专用的建筑里，在一幢面积虽小，但风格符合的房子里，它位于山毛榉树下的陡峭海岸上，一座有着热情好客的木制露台的房子，一座马祖里风格的带着壁炉的房子。从一开始应该就只有一个目的：接受和记录我们的出生地，证明其特点，直观介绍其历史的一切，最后还要讲述它为什么丢失，我们在何种情形下被迫离开。

晚上，晚上我就开始用虚线画模型了。我坐在那里，画着虚线，不敢承认遥远过去的本身会带来什么影响，是的，遥远，遥不可及。之前马祖里从未这么清晰地在我面前浮现过，之前我从未能这么镇定地破译它的秘密本质，固执和顺从的情绪交杂在一起，身处异乡让我获得了意味深长的洞察力。

不管怎样，我想说什么来着？对，结婚礼物。当摩托艇在我们的婚礼日将我们从城里送回时，卡罗拉站在跳板上，指指屋旁等候我们的装好的马车。那是在春天，马车被用梨树叶和花环装饰着。西蒙·加科，传奇时代时曾经是我的婚礼邀约人，一袭黑衣，骑坐在一匹反应迟钝的荷尔斯泰因马上，不透光的衣服让他看起来近乎一座雕像。他像是在注视着我们，他的目光看着我们攀爬，我们走近，他无动于衷地等我们走近，然后向我们大声朗诵了一首诗，那首诗连我都没有听懂，里面有一句暗藏的祝愿，谈到兔腿和鸭毛，谈到公鸡冠和猫头鹰的目光。在马里安受他之托将一张雕刻得很漂亮的摇篮放到卡罗拉面前后，他招手让我上马车。"现在，齐格蒙特，"他说道，"现在就全力以赴于你的博物馆吧。"

他敲敲那些被砍倒、刨平了的树干，拍拍裁好的木板，指给我看预制好的窗框和砍凿、浸渍过的梁木："你说开始就开始，这是我送你的结婚贺礼。"我们在货物上方握手，我们一起推下第一根梁，只是想象征性地做做样子。可其他人已经向我们爬上来，用力推，竞赛着，要在极短的时间内卸空车子。如果你想问这场婚礼最幸福的时刻是什么时候，我想那是在我们一起卸载家乡博物馆的装修材料的时候。

但这件事你也应该知道。虽然卡罗拉从我和马里安这里对我们来自的地区了解得够多了，但她还是不满足。婚后不久，在佝偻的波斯尼亚人挖掘、浇铸水泥底座建起木质阳台期间，她开始定期前往石勒苏益格，在那里的图书馆和古董店里寻找有关马祖里的资料。你该看看她都高高兴兴地拉回了什么：小说、年鉴、战争回忆录、林业和渔业期刊，一本《马祖里幽默》，另一本是《马祖里食谱》。她找出游记、短篇小说，甚至一部剧本。她狼吞虎咽地一本本阅读，就像她开玩笑的时候说的，她想弄清楚她在同谁交往。她的床头柜后的窗台上，一个装剪报的文件夹越长越高。电台节目被筛选出来，献给"失去的家乡"的节目被打了勾。马里安有一回说："凭你这么多的专业知识，我们恐怕得任命你为马祖里荣誉市民了。"她听后嫣然一笑，回答说："我还没有识破你们的全部花招呢。"

是的，有一天下午，她兴冲冲地走进织造间，我们立即做好准备，等待听到一个异常的消息。她一声不吭地递给我一页电台节目，用铅笔指着"失去的家乡"栏目。我第二次阅读节目预告，卡罗拉问："这是不是他？这难道不肯定是他吗？你讲过那么多的康拉德·卡拉施？你看看，他讲什么，对勒克瑙的反思。我们不该听听吗？"

我们吹口哨将在建筑架上爬上爬下的西蒙·加科叫下来，走回客厅，打开收音机。我还记得，我完全陶醉于他的声音，根本不想从他说的话中得出什么结论，他的话从一开始就穿透了我的身体，我太激动了，高兴得忘乎所以。直到我们喝光了一瓶白葡萄酒之后，我才能够认真地听他讲话。"我们的康尼,"西蒙低语道,"能这么讲话的人,一定很健康。"毫无疑问,那是康尼的声音。但它还是不能打消我们最后的怀疑,是的,我听得越久,就越感觉茫然。因为那个讲话的人,是在为某种东西做广告,就我们对他的认识,康尼,我们的康尼,他从未重视过那东西。

他在为一种遗产呼吁,一种历史的、一种文化的遗产。他以一个名叫勒克瑙的偏僻城市为例,说明创造物如何能够经受时间的考验,虽然遭受过残暴命运的折磨,虽然遭受过劫掠,被不同的人践踏和占领,但它的核心最终还是无法破坏的。仅仅因为"城市被它的居民揣在心里"。他指出,占领某种东西的方式各种各样,而家乡只有被掩盖或再也无人回忆它时,人们才会真正失去它。他想把家乡理解为一个有着说不清某种联系的地方,与传统、语言、风景和与过去一代代的显著成就的联系。在这里他讲到了家乡自豪感。他认为,被剥夺了家乡的人,比任何遭罹苦难的人更可怜。他比喻这就像"摇曳的芦苇一次次被风暴折断"。"那些有意维护和平的人,"康尼总结道,"必须承认家乡的权利。"

你可以想象,要从这番讲话中听出康尼,原先那个老成持重的康尼,对我来说是多么困难。可听完结束语我们终于知道,就是他。参考他的节目,我当天就写了一封信通过电台转给他,详细汇报了逃亡的灾难,我们又相聚在哪里,我们在做什么。随信附寄了一张照片,好让他对我们的居住地有个印象。他没有回复我,没有。信没被退回,但康尼没有回复我……

这只是表面现象,亲爱的,真的只是从外表看起来像这样,好像当时是一桩接一桩地顺利发生的,一个接一个,一个愿望接一个愿望。创建,重新找到,占有。事实上你完全可以认为,我们也有不可避免的阻力，或者称之为绕不过去的体验……

那当然了，马丁……

比如，在我们埋葬兽医的那个周末——他比他妻子多活了半年——基尔的亲戚们出现了，一位走路急匆匆的侄女和她的丈夫，他们手牵着手，迈着步子测量房子的地皮，他们鉴定、测量了许多东西，做了记录，他们在约定的时间来到屋子里，继续他们的视察和评估。他们当着我们的面低声交流可能的改建，要在这儿拆堵墙，在那儿砌一堵，在织造间布置一个乡下式样的设有长凳的屋角，我不想回忆这一狂妄的场面。尤其是那个男人，睫毛像猪，体格健壮，不停地挤出他的幻想，他忍不住炮制出一个又一个念头，同时他显然不必费劲来忽视我们和我们营造出的现实。我们不妨碍他，我们不存在。他不拘礼节地要求织造女徒们继续干下去，先干下去。他摇着头巡视厨房，威胁要对它大动手脚。没有一个房间会原封不动，我陪他的时间越长，我就有越多的理由怀疑，我们在埃根隆德的时光会结束。

不过，他不能让西蒙，不能让在顶梁上的西蒙·加科不安。当两口子想知道他在那里造什么时，波斯尼亚人低头叫道："一座家乡博物馆，如果你喜欢的话。"他是独自一个人在建造吗？对对，独自一个人。他是不是最好停下来呢？因为房屋和土地不久就会有新主人了，新主人对博物馆不感兴趣。这事他也没听说过，另外，既已动手的东西，他就得做完，因为一座新的烂尾房，这对一个木匠来说可不是好事。晚上，当只剩下我俩时，西蒙也不想接受我的担忧。"等着吧，"他说，"一切该怎样还会怎样。"

请你不要问我，当我身着黑衣走进死者房间里时，我的心情是多么沉重，是一位石勒苏益格律师和公证人将我们叫进去公布遗嘱的。两名年龄较大的女人坐在我左侧，她们假装没有发现彼此。右侧，放松地坐着来自基尔的想象力丰富的一对。在宣读兽医最后的遗愿期间，律师和公证员用一只放大镜敲着桌子，重点朗读了几句话。

原来逝者将他的少量遗产赠予了动物保护协会，家具和剩余的家用器皿赠给一家老人院。那辆汽车，一部被搁置了七年的汽车，他要赠给他妹妹古德隆，兽医的设备包括专业图书馆归他的妹妹克丽斯蒂。那一对——赫尔塔·鲍伊廷和海因茨-迪特·鲍伊廷——也不是一无所得，他们得到了兽医的两匹年老体衰的坐骑，它们在霍尔姆贝克农庄上，在那里接受对它们的施舍。为特别感谢可靠的照顾，房屋和花园被留给了齐格蒙特·罗加拉。

遗嘱宣读人刚刚抬起冷静寻找的目光，愤怒就让彼此敌对的两姐妹统一了起来，她们镇定地诅咒着离开了死者房间，拖着脚吧嗒吧嗒地走了出去，之后年老体衰的坐骑的新主人也站起来，声称他认为遗嘱无效，因为他坚信，遗嘱里没有令人信服地体现出自由意志。他冷静客观地威胁着，宣告要坚定不移地找遍所有主管机构。他说到做到，直到整整四年之后，埃根隆德才最终属于我们，必要的登记和证件保障了我们的财产，任何人都无法夺走。

是的，马丁，但是，早在我们可以称这个新地方为我们的地方之前很久，博物馆就竣工了，第一座——据我所知——也是唯一的一座马祖里家乡博物馆。木材被加工得亮晶晶的，太阳一照就闪闪发光。木材全是由西蒙一个人加工处理的，来自一座沼泽地的小森林，尽管早早地出现了裂纹和裂隙，还是可以看出多节疤的硬度和韧性。虽然与宽敞的住房比起来，这建筑显得寒酸，它的造型却一再唤醒人们的兴趣。甚至驶过的船只里的人也走出驾驶舱，伸着胳膊望向我们："那儿，你们看。"

我们将房子分隔成小房间，在里面布置了展橱和展台，我们给它们正式命名：文献室，饰物室，远古时代室。武器和玩具我们安置在所谓的卧室里；动物和家乡传统的证据得到了所谓的角落；漂亮的单件展品，吸引人的东西，在木墙上得到一席之地，有时候我们也用细钢丝系住它们，从天花板上垂挂下来。

当我们给予对勒克瑙的回忆一个家园时，我们是多么快活啊。我们将抢救出的财产从布巾和纸里取出来，重新组织、陈列和介绍，我们对留给了我们这许多的东西感到既幸福又吃惊，这是多么奇特的满足感啊。记忆虽然能够返回失落的城市，而城市本身在复活时却不可避免地发生了变化，这发现多么令人激动。我头一回意识到，在提供的每一个过去里都藏有一部分发明。当然，我们正在重建的仍然是过去的那个勒克瑙，但不容忽视的是，我们正在用它过去的生活使那座城市变得更贫穷，同时也更富足。

但我们的家乡博物馆的开幕进行得不像我们希望的那么顺利。如果按照我们的本意，我们会在某个礼拜天上午，也许是怀着不由自主的感动，一块儿参观展品。会先吃禽血汤，然后在木制露台上吃油炸糕点。晚上我们会喝着本地的尼古拉斯加酒，将那些故事加热，端上桌，它们是人人期望从别人那里听到的，只希望有少许变化。

《石勒苏益格报》负责让开幕式得到的关注不仅限于埃根隆德，是的，《石勒苏益格报》及其配有图片的介绍文章。有些人后来毫不犹豫地将开幕式这天称作一个伟大的日子。

好吧，你就设想花环和蓝白色的小旗吧，带壁炉的房屋阳台上的绿色冷杉，你就想象一支富有传统的小乐队吧，它由勒克瑙消防学校曾经的毕业生们组建，另外还有所谓的勒克瑙青年团，大多是身着传统家乡服饰的头发金黄的少男少女，还有勒克瑙家乡协会的元老会，它早就重新成立起来了，而我们在埃根隆德还蒙在鼓里。元老会演示如何按州政府代表的希望行事，当地新闻似乎对烧酒和肝泥肠切片的组合很感兴趣。小船、帆船和渔船在起伏的施莱湾荡漾，不由自主地被峭壁上方的聚会吸引住了。还有什么？我难以忘记山毛榉树下快速打好的桌子和长凳，同样难以忘记租来的野战炊事车，"路易森饭店"曾经的主厨在里面监督着，在里面烹饪了几个小时……

你说什么？熟人？有没有老熟人出现？认为有必要前来参加我们家乡博物馆的开幕式的都有谁？你会觉得惊奇的，另外，人们常常是因为我们那天头回见到的、新创办的《勒克瑙信使报》上的一篇介绍而来。也许你已经觉察到了，虽然我们规划和布置了博物馆，开幕式的节目却不需要我们。人家从我们手里取走了，劝说我们放弃了，指出此事具有决定性意义。最后我们只能发现，勒克瑙家乡协会的元老会决定和印刷了七个节目，包括"愉快的部分"，差不多就是那样。我们本该再次感觉到，我们的博物馆不再仅仅属于我们自己，可我们还是不谈这个吧。

当政府代表不显眼的汽车停在山毛榉树下时，元老会的人步履蹒跚地迎了上去。普齐图拉走在前面一点，双手轻轻地搁在腹前。我与西蒙·加科并排，可以保持不确定的距离跟在他身后。政府代表光着头，身穿深色的针织条纹西服，在司机的帮助下钻出汽车，独自镇静、无助和尴尬地站了一小会儿，直到能够将一只胳膊搭上司机的肩，他才微笑着向我们走来，这就是说，他是让人半背着向我们走来的，先后专注地与我们打了招呼，同时，他让我感觉到，他握住我的手的时间要比握其他人的时间长。

州政府代表安有假肢，胳膊和小腿都安着假肢，司机托着他沿台阶上到木制露台，不能说不费力，但动作灵活，让他轻轻地倚在栏杆上，拉正他歪了的上装，调整了领带的位置。而他本人，那位政府代表，抬起憔悴的脸，恳切地打量着聚集在阳台下的听众们。我也低头望着观众。突然，我认出了曾经的消防将军克里姆科夫斯基和曾经的勒克瑙刑警局局长约瑟夫·冯·英特尔曼。他们在笑，他们发现越来越多可以让他们笑的东西。在斜坡旁的泉水边，孤零零地站着一个人，有点像托尼·莱特科夫。杜迪克，曾经的县医院医生杜迪克，在开玩笑地警告小乐队——由于面瘫，他看起来就像是在做鬼脸——拿拐杖在跃跃欲试地等着上台演出的所谓的勒克瑙青年团中间划出一条通道。我也认出了皮鲁纳特，通俗的动物作家皮鲁纳特，他曾经带着相机和热情，比其他任何人更有耐心地跟踪过那些被人们尝试放归到勒克瑙森林里的欧洲野牛——为了满足当时的帝国猎区主管官员的愿望。

问候是往下冲着施莱湾说的，因此没有流传下来，问候之前，传统小乐队演奏了格鲁克①《欢迎的声音和节日颂歌》，获得了稀稀拉拉的掌声。然后州政府代表发表讲话，他带来了他的同事们的问候、祝愿和一致看法。"在埃根隆德这里诞生的东西，是在表达合法的思念。"他解释说，"政府一致认为，我们所思念的东西，并没有真的失去。因此'黑暗的森林和有着水晶般湖泊的土地'，我们也没有最终失去它们。""我们在思念谁?"他问道，又自己回答说，"无

---

① 格鲁克（Gluck，1714—1787），德国作曲家，全名克里斯托弗·威利巴尔德·格鲁克。

法实现的、不存在的，但并不等同于无法挽回的。""思念，"他低声说道，"暂停时间，帮助被思念的东西成为近在咫尺的存在。"为了占有或被占有而越过边界，这也是思念。可是，他在思念中清楚地看到的首先是主宰每个梦想的期望和要求的那些形式。在我们的思念中再也找不到位置的东西，就死掉了，他承认说，从这个意义上讲，他想说埃根隆德和这里创建的家乡博物馆是一个让思念变得活跃的地点。"我们为什么来到这里，"他问道，又自问自答说，"为了庆祝由思念创造出来的东西。"但在这里崛起并见证了旧日家园的东西，他不想也不能把它们视为替代品，因为替代品的数量值得怀疑。相反，顽强的思念成功使家乡之梦具体化。

政府代表眯起眼睛、表情冷淡地忍受了我们的掌声，这掌声似乎一点不让他觉得意外。我们已经在更换支撑腿了，我们已经在望向普齐图拉了，按照节目安排，他的演讲主题是——我们的勒克瑙："昨天，今天和明天"。这时政府代表又开口讲起来，声音很低，他声称是要做几点个人的、纯属忏悔性的说明。"任何时候，"他开始讲道，"人类一直都在被夺走家乡，没有一个时代没有被驱逐者、被流放者、逃亡者。世界各地的人一直被迫去到陌生的地方求生，他们只有停止在过去寻找唯一的真相，才能生存。在灾难性的台风之后，在历史盲目的勃然大怒和癫狂发作之后，许多散落的和被洪流冲走的东西，再也无法返回了。人人尊重他们对所失之物的悲伤，但人人也希望他们准备在异乡加入新的集体。"

然后他说："你们美丽的家乡我并不陌生，我曾经两次受重伤，几乎就躺在了迷人的迪帕尔湖畔，在过去的那场战争的最后那个冬天，距离勒克瑙仅几公里。我就是在勒克瑙得到关键的输液的。一座美丽的城市，一座美丽、宁静的城市。已经有数万波兰人在马祖里出生了，这些人现在视这块土地为他们的家乡，必须视它为他们的家乡，难道暴力地返回之后要没收他们的家乡吗？""我认识你们美丽的土地，"他又说了一遍，"现在那是邻国。我们对它不是无动于衷，但我们剩下的只是这些，让对家乡的思念在新的土地上蓬勃发展。"

听不到抗议，没有抗议，而是陷入一种沉默，目光相互寻找，交换难堪，惊奇，人们默默地明白了，他们认为这忏悔纯属多余，不适合此刻。沉默没有让政府代表吃惊，他在一张亚麻布椅子上坐下来，拿手帕擦拭头上的汗水。

如果你记得普齐图拉与约瑟夫·冯·英特尔曼在逃亡途中的谈话，你恐怕就会假设，下一位演讲者——正是普齐图拉——会与他的上一位不一样地调配词汇。事实上也正是这样。我们的家乡博物馆，他觉得它不是在表达思念，而是在证明对失落之地的忠诚，"暂时的失落之地"，这是他的说法。如果政府代表讲话低声、吃力，普齐图拉的讲话则是语调高亢、充满信心，他讲完许多句子后都会意味深长地点点头。他认为，忠诚仍然是值得的，是有酬报的，而且仅仅因为，"灾难不会永存"，既然它是人类招致的，那人类也就能纠正它。

可惜，他这样解释道，他认为也必须看到，这座博物馆的存在是一个无声的控诉。文献、证物、全部不言自明的财产都在控诉那些人，他们不仅视失落之地为战利品，而且视其为夺回之地。始终相信自己自古以来就是不可否认、不容怀疑地一直占有那片土地的人，普齐图拉邀请他去向那些无声的证物了解情况。

在引用一段康德的话之后，在讨论了据说由家乡感形成的风俗力量和创造力量之后，在描述了勒克瑙过去和现在的情形之后，普齐图拉结束了演讲。他也提到了波兰在东方损失的地区，以及波兰迁徙者最初不信可以将分派给他们的西方土地一直视作他们的土地。结束讲话时他公开承诺，要保护和维护勒克瑙过去的丰富遗产，唤醒每个人对它的回忆。"我们的家乡博物馆，"他说道，"已经是这一承诺的一部分了。"

谁知道，要不是在叫传统小乐队的名字的话，掌声还会持续多久。乐队以罗尔青①的《沙皇和木匠》里的木屐舞结束了节目的演讲部分。接下来安排的是"一块儿参观"博物馆，我负责讲解……

真的吗？报社档案保存了开幕式的照片，真让人惊讶……原来如此，原来是亨丽克将它们买下了，甚至请人放大了……贴在一本相册里？那你估计也见过它们了。我只希望记录的是一场重逢，一次问候，甚至是我不得不屏住呼吸、闭上眼睛的拥抱……

你没有注意到问候？那我必须给你讲讲，关于马祖里节日服装的事情，在新娘服装和绣花马甲之间，是的，还在讲解之初。

在文献之后，在参观过有斑渍、因时代久远而变成了褐色的文献之后，我们挤进饰品室，这里面也陈列有节日服装，这时我突然发现了一张脸，脸的一半被悬挂的长袍遮住了，这一天我最料想不到的就是这张脸会出现。我讲不下去了，我因为观望而呆住了，更主要还是由于失神，我都无法向那张脸走过去，向勒克瑙前总督那张苍老，但仍然光滑的脸。

雷夏特，那个佩戴橡树叶的男人，原来他也没肯放弃亲临我们家乡博物馆的开幕式。他异常谦逊地挤在队伍里，他的出现立即粉

---

① 罗尔青（Lortzing，1801—1851），德国轻歌剧创始人，作曲家，全名古斯塔夫·阿尔伯特·罗尔青。

碎了流传的有关他的结局的多个说法：比如说他被英国人发现了，应波兰的请求被运去了华沙；说他伪装成林业工人，自杀了；还有人说他在南美洲重新获得了地位和财产。他通过意外地出现在埃根隆德，驳斥了流言。

他突然站在那里，被感动了，如果不说面对环境欣喜若狂的话，他一点不在乎被人发觉，他好像就是来平静地听任自己被载走、被冲去另一个时代的。是的，然后我看到，杜迪克，当年勒克瑙的地方医院医生，在他身后挤过来——松垮垮的颈肉，不成形的、像是皲裂了的嘴唇——安东·杜迪克大夫，战争的最后几个月他还被关进了克洛伊兹博恩囊中营，在里面患上了面瘫。很快，我想，老医生很快会将老总督挤到一旁，他们很快就会抬起目光，彼此认出对方，瘫痪似的呆立当场，被回忆淹没，被接下来的决定困扰。即使老总督已经忘记自己是如何影响了医生的生活的，但是后者，仅仅因为他不得不承担的命运，就应该痛苦地意识到一切，以至于这次相遇不可能随意地或是毫无后果地过去。

你看，然后他们的肩撞到了一起，他们转过身，他们立即认出了对方——仿佛他们在想象中无数次预演过这一刻似的。我什么都能理解，就是不毫理解这个：他们的手同时伸向对方，只是有点胆怯、闪忽，脸上浮起微笑，最后，好像他们的记忆里什么都没有留下，他们开始拥抱，并让拥抱持续得超出了通常的时间。

我加快讲解，缩短解释，有时还放弃提示词。我始终担心接下来待在一起的那两人会向我移近——你会知道为什么的。然后，当我结束讲解，站到入口的柱子旁，接受每个人的祝福和道谢时，我无法向雷夏特伸出手去。是的，我不理他伸来的手。我听到他说："您为古老的家乡做出了贡献。"我无法回答，我只能静静地想：你为它的破相和丢失做出了贡献。这些寄居蟹，每个人都待在各自的回忆编织的监狱里，他们在博物馆里相遇，好像他们之间什么都没发生过似的，更深远的过去征服了他们，他们直接忽视了其他的东西。

马丁，我懂你的怀疑。但你还是必须相信我，我们收藏的物品传达并留下了一些影响，一种情绪，一种沉思，一场无言的反省，从走出博物馆祝贺我的那些人脸上你就可以辨读出来了。那种沉着的态度，那种信心。在瞬息万变的过去面前，这种宁静叫人惊奇。我没有对你夸张，对于一些同胞来说，开幕式这天是一个梦幻般的偷偷返回失落城市的机会。我们感觉身处自己人当中，同穿一条裤子，我们感觉拥有某种东西，某种只属于我们的东西，是的，无法分割地共享符号和习惯。

我并不介意无意中目睹两位石勒苏益格的记者的放纵和善意的嘲弄，他们不仅嘲笑我们在野外拿勺子舀内脏吃，还嘲讽"愉快的部分"的几个节目。他们同样不懂马镫舞的传统隐喻，跳舞时镯子被从谁的头顶扔掉，谁就必须将它赎回。他们也不知道，在我们那里，谁礼节性地祝贺别人什么，就可以要求什么——尤其是香肠，就像低音鼓游行时一样，游行时化了妆的少年们折磨一张撑开的小牛的牛皮，对着罕见的喧哗大声说出他们的愿望，必须用肉肠或掺有麦片的腊肠来支付。

反正，当勒克瑙青年团表演所谓的弯曲礼拜三①——复活节前一

---

① 弯曲礼拜三（Krumm-Mittwoch），圣周的礼拜三，即复活节前一礼拜的礼拜三，犹大当年在这一天出卖了耶稣，因此这一天被视为一个不幸的日子。关于这一天，各地德语有不同的叫法。

礼拜的礼拜三——的习俗时，我们马上就明白了；当他们相互喷水，开心地用浸湿的灌木和刺柏枝彼此折磨时，我们拍手。我觉得特别开心的是约翰尼的场面，深夜采摘约翰尼草药，在一颗纸月亮下面：勒克瑙青年团蹦跳，转圈，在一块假想的草地上寻找不可缺少的九种草药，采摘它们，扎成一束，这些魔力可靠的草药。

记者中有一位觉得这古老的采摘游戏像是在黑夜里寻找丢失的硬币。算了，我们还是别谈这个吧。勒克瑙青年团为这一天、为开幕式排练出来的东西，有些内容让他们觉得古怪、无法理解，他们的廉价嘲讽也许是对此的补偿。

我已经对你讲过，我们在山毛榉树下布置了一个临时舞场吗？

是这么回事，西蒙平整了地面，布置了一个舞场，他在树木之间张起幕布，将自制的灯笼挂到树上，灯笼摇摇晃晃，有梨形的、有苹果形的、有黄瓜状的。暮色降临时，传统小乐队请我们跳舞。下面，在轻轻冲刷过的施莱湾岸边，船只停泊下来，奏合着系紧了。衣着轻便的游客和水上运动员们来我们这里，开心地在野战炊事车、舞场和灯光照亮的博物馆之间转悠，我们高亢的情绪并没有将他们俘获或感染。连音乐都留不住他们，马祖卡舞也不行，马祖卡舞是马里安·耶罗明喊大家跳的，他是这个轮舞的主要舞者，每次到最后都由他发出跺脚跟和踏脚的信号。他每次保护累坏的卡罗拉不让她跟跄时是多么自然啊！他直视她的目光多么富有挑衅性啊！当他们跳舞时，就连元老会都中止了反反复复的讨论。你可以目睹到，那三只愁眉苦脸、蹲在一旁的秃鹳如何意外地兴奋起来。"新勒克瑙！"普齐图拉突然冲我叫道，"齐格蒙特，要是我们在这里创建新勒克瑙，你说怎么样，在埃根隆德这儿。"从此以后，每当看到桌旁和树下的舞者以及食客，还有那些沉迷于记忆的发言者，我就忍不住想到这个名字，这名字，只要随便地一喊，就会带来好运。

可你必须要知道什么呢？对，另一种音乐，所谓的勒克瑙青年团自己想庆祝的另一场节日，这是在后来，在许多人已经离开我们之后，这些人感激万分，保证不久之后会再来。身穿蓝白色传统服装的少男少女们，他们像是听到了一则密令，纷纷起身离去。谁目送他们，会看到他们或单个或成对地溜达着离去，绝对不是匆匆忙忙，但都目标明确。他们逛向博物馆，从后门溜进去，聚集在一起。那里的电灯都关掉了。烛光投影在拉上的彩格窗帘上。这秘密聚会感觉好像阴谋，我没有别的选择，只能在某个时间前去检查。我还记得，我从山毛榉树的黑暗中走出来，没被谁发现。我悄无声息地悄悄打开门，走到宽宽的钟形窗帘的毡布后面……

什么事？同意。那你猜猜，那里在做什么……

是的，猜对了。他们顺走了几瓶酒，也顺走了几盘面包和香肠……

对，这也对。他们在和着留声机音乐跳。可能是格伦·米勒①……可你该看看他们是如何跳舞的，顽强地，杂技似的，毫不留情。如果不是这样，那就是带着放纵的惯性，张开的嘴唇紧贴在一起，动作像是平缓沙丘里的海生植物……

你说是摇摆舞？你喜欢缓慢的摇摆舞？在我看来，每个人就该做他感觉快乐的事情，也有权利表达自己的欣赏。反正，所谓的勒克瑙青年团在庆祝他们自己的节日。如果他们只是享受自己的音乐、自己的酒，我不会反对的。可是，你明白吗，当我看到他们佩戴着

---

① 格伦·米勒（Glenn Miller, 1904—1944），二十世纪三四十年代美国最受欢迎的作曲家和乐队指挥，美国空军乐团的创建人，逝于空难。

弯剑和双刃剑时，我感到了疼痛。有几个女孩身着传统的纱巾和新娘服，她们将藏品用作戏装，用作玩具。果真有个胖乎乎的伊丽莎白趴在地板上，在拿一根旧马祖里擀面杖敲栗子；有一组像是眩晕似的坐在那里，将索多维亚人骨灰坛作为大容量的烟灰缸推到他们中间；一位干瘦疲惫的德克特在拿香肠块喂他同样疲惫的女友。然后请大家关注一场命名活动，他庄重地走到"家乡的动物"前面，一一授予它们名字，给狼取名施文泰克，给黑鹳取名卡姆茨基，给海狸取名布贝莱克。谁的名字被取掉了，就会被呢喃着喷洒烧酒。

　　是的，马丁，当我生气地，主要是生气地，看着他们时，我听到外面在喊我。"齐格蒙特，你在哪儿，齐格蒙特，你来客人了，齐格蒙特。"可我不能离开，我必须坚持，看他们向我表演什么，我生气和沮丧得仿佛被胶水粘了那里一样。然后我听到阳台上传来的叫声，紧接着阳台门被拉开，在门框里，在被晚风吓得跳起的烛光的映照下，站着康尼，站着康拉德·卡拉施，腋下夹着个小包裹。

　　面对呈现在他眼前的画面，他的目光多么镇静啊。仅仅通过打量躺着、蹲着、缠在一起的勒克瑙青年团的方式，他就表达出了怎样的谴责啊。他们伸伸懒腰，盯着看看，他们忐忑不安了，已经在将借来的博物馆财产放回原位了。命名者沮丧地摸摸他命名过的动物，要求他的女友将盘子拼到一起。康尼耐心地站在那里，平静地先后盯着他想清走或安排的东西。勒克瑙青年团虽然闷闷不乐，但都服从了他咄咄逼人的目光。他们收起瓶子、杯子，将板装到一起，顺从地跑了出去。我想说的是，康尼说道："这里可不是贮藏草料的顶棚啊。"

　　他就这样来了，腋下夹着个小包裹。你该亲眼看看我们穿过整个博物馆走向东方的样子，先是缓缓地、步履沉重地，然后越走越快，问候之前我们确实互相捶了几拳，轻捶对方的胸脯，确认是不是真的。"是你？真是你吗？""是我，康尼。""是我，齐格蒙特。"他将小包裹递给我，说道："给你这儿值得赞扬的工作做份贡献，这不会是我唯一的贡献的。"

我的目光依然无法从他身上移开，在我褪下包装绳的时候，我忍不住看着他。看他给我带来了什么啊：一件镶嵌品，是我们博物馆能够展出的最漂亮的镶嵌品。它来自一张古老的马祖里农家橱，蓝底子上攀缘着最精细的卷丝，中央是红色和白色的花朵；远方，在嫩叶之间，男女两人胳膊前伸，走向对方。还不止这些。康尼因为故障被耽搁了，不得不改乘大巴，因此错过了开幕式，他忽然请求我专门为他做一次讲解。他直接站起身，将我拉起，好像想阻止我们过早地迷失于讲述，过早地下潜和消失于"你还记得吗"和"你还认得吗"。还没等我发觉，他已经赞许地、时而兴奋地摸摸架子和展台，他已经为镶嵌品找到一个小位置："这儿，齐格蒙特，可以将它放在这儿展览，你说呢？"他将镶嵌品放到一只架子上，再次歪起头打量，感到满意。

继续，然后他要我继续讲解，他觉得每一件都值得重视，有的他还若有所思地抚摸，他相信又重新认出了几样东西，冲它们挤挤眼睛，轻拍它们，轻抚它们，就像在问候熟悉的生物似的。他拍照，他做笔记。我越来越惊奇，但这怎么也引不起他的注意。最后我不得不直接问他："怎么回事，康尼？你总不会想写开幕式吧？"他将一只手搁到我肩头，心情愉快地警告我，好像我想抓住他的什么早就不管用的把柄似的。他跟随着我的脚步，说道："是的，齐格蒙特，我要写开幕式，这也是我到这儿来的目的。你不必抱怨，我们的博物馆会得到如实的介绍，它是同类当中最重要、最能安慰人的创造物。"他已经说服我订阅《勒克瑙信使报》了，这份由他创办的家乡报，他是它的许可证持有人和主编。出版地点为吕讷堡，独立，无党派……

是的，马丁，仍然是。报纸还在，只不过不再是每礼拜一期，而是每十四天一期。估计是因为勒克瑙，对它来说最能打动人的事实，早就被问透、被破译了，它的命运和特征被用语言和图画详尽地至少介绍过七回，以至于作为一个读者，已经可以预测哪些话题会被彼此取代了。夏季划船比赛之后一定是秋季狩猎，对我们的砖砌炉灶的赞歌让人可以期待下一期的一篇对马祖里织毯艺术的思考，配以索尼娅·图尔克的呼吁。我们还是不谈这个吧，没人能够唤醒琥珀里的昆虫。

你得知道，当天夜里康尼就建议元老会，资助一枚勒克瑙贡献勋章，一块风格独特的刻有十字架的牌子，十字架上方是三条跳跃的鱼。他也马上建议，将首块勋章颁发给我，建议被接受了，被毫不犹豫地决定下来了。还没等参加节日的人们散去，颁授日期就确定了。啊，我还记得康尼不失时机地在大家面前向我表示祝贺，其形式让我感到不安。而且我后来经常感觉到，这种不安全感，这种在接受他的话或者评价某些行为时的摇摆不定。你明白吗？当他后来在儿童房间里咬睡着的亨丽克，将一枚2马克硬币硬塞进睡着的伯恩哈德弯曲的手指间，为"这些孩子"向我本人表示祝贺时，我根本不知道，我该做何解释。他当着我的面对卡罗拉说："必要时我们马祖里人总能找到逃生的办法。"他是怎么理解这句话的呢？

够了，在我领他参观了住宅之后，在我们必须与马里安和西蒙·加科一道喝光几杯之后，我们走进织造间，坐到打开的窗户旁，坐进这狐疑不决的黑暗中，你从施莱湾畔的夏夜也认识过的黑暗。

"是啊，康尼。""没错，齐格蒙特。"

　　患有回忆这种不治顽疾的我们啊，我们很快就查出了我们最后一次在家里见到对方的那个日子，在大雪覆盖的施洛斯山脚喝咖啡休息的那次，当时我们曾经的同班同学马舒赫来接康尼，送他去戈达普，送去那座已经在交战争夺的城市，它被丢失了，被夺回了，又不得不在隆隆炮火中再次被放弃。少数房屋尚未被毁，康尼在其中一幢里等候对他的审讯和对质。在那儿坐着等，直到俄国兵突然冲进来，他向他们伸去被捆绑的双手。

　　俯瞰着施莱湾上空的薄雾，他讲述，士兵们如何解开他的束缚，拿走他的手表；他们如何命令他，从墙上取下镶在玻璃框里的全部画作，将它们摔碎在一张椅子的扶手上；在将房子查看过一遍之后，他们如何将他关在邮件室里，拆开、划开一座战邮包裹的小山，将内容对着光线照照，先尝尝掠夺来的瓶中物；最后他们如何将他带到街上，要求他加入一支双手交叉在颈后、大步走过的俘虏的队伍。

　　身为平民的他夹在被俘的士兵中间，穿过被毁的城市，继续越过白雪皑皑的田地，一直与塞满补给大队、炮兵和坦克联队的街道和公路保持着平行，他们顶着鹅毛大雪，步履蹒跚，暴风雪压低了他们的呻吟声。雪花飞卷，包围着队伍，谁也看不见其他人。

　　康尼讲道，虽然禁止说话，在穿过稀疏森林时，一位年龄较大的士兵向他转过身来。老兵已经是第二回被俄军俘虏了，他只想向康尼提出，目前的处境下便装没有好处，不，没有好处。他不必多讲了，这就足以引起必要的不安了，那不可避免的恐惧。从那时起康尼就待在队伍中央，哪怕是在黄昏时分。他们被带进一间仓库里过夜，他们抖松剩余的干草，钻进去，躺在那里，嚼食看守人员在关大门、上插销之前扔给他们的面包皮。康尼睡不着觉，他听力好，立即听出了年龄较大的士兵的声音，他顺着声音，爬起床，跟上那个影子。这是在拂晓时分。

他被领到一把歪斜的梯子前，老兵捅捅他的腰，要求他爬上去。那里的地板上躺着一名悬梁自尽的士兵，他已经被脱得只剩内衣了。又推一下，康尼穿上制服、棉裤、上装、靴子和大衣。他们将死者变成了平民。就着火柴光康尼得知，从现在起他必须是谁，被派去哪支队伍，他熟记姓名和编号，然后他们撕碎士兵证，将碎纸和身份证明牌塞进地面晃动的木板之间。

他们向东行进了五天，一开始没人关心他们的名字和他们所属的单位。可是，在被装进一列货运列车之前，他们必须经过一间棚屋，一根管子，一道闸，里面的登记员将他们的说明记入表格，鉴定人检查他们的行李，认真地帮他们减轻负担。康尼以罗伯特·费勒尔和一支所谓的维修连队曾经的一等兵的身份登上火车，列车载着他们舒舒服服地驶往冬天的远方，他们很快就放弃了去数他们在停放列车的铁路支线上度过了多少夜晚。在年龄较大的士兵死去之后，俘虏当中显然再没人知道康尼借来的身份了。他们相互间十分冷淡，他们也同样冷淡地对待他。

康尼讲述等待着他们的俘虏营，每个人都从不知道什么地方打听到那所营地，偏僻地龟缩在无法战胜的荒凉里，木塔威胁地耸立在营地上空。他大步走进去，占据了一张同样的行军床，遵守转眼形成在俘虏当中的等级制度，通过借用的名字熟悉一切，每桩任务，要求的每项活动，坚持和确保自己的利益。他们在集合时找一位助理卫生员，于是康尼上前一步；需要一名电工，一位泥瓦匠，一名营地文书的助手，康尼又举起胳膊，于是他从此摆脱了普通工作。至少他不必在看守队伍的眼皮子底下工作，在摸黑出发之前，在摸黑晚归之后，可以不参加集合点名。多次被转去别的、越来越隐蔽的营地，他相信每次都在里面留下了自身的一部分。他不仅习惯了借来的名字，而且也几乎将它想象成了他的真名，不断充实它，可以说是居住在它里面。想到那位帮他弄来制服的老兵他就不胜感激，在此期间他已经经常体验到平民在前线地区会受到怎样的自然而然的、后果严重的怀疑。

当制定首批返乡名单时，他很容易就查出他的名字也在其中。他已经开始分配秘密财产了，剃须刀、信纸、两把自制的刀子。可是，在制定最终的运输计划之前又开始了一次大规模的调查和搜查，他们一个个被叫进指挥室进行最后的讯问，他们必须泄露少数未知的，而不是证明已知的。康尼穿过他们问题的坚韧藤蔓，没让自己被缠住。提问者对他感到满意，已经在叫下一位了，这时一名陪审法官再次问起康尼的部队的番号，询问某年秋季的驻扎地点。

碰运气地，康尼讲道，他报了乌克兰的一个地方，陪审法官听后一声不吭，将他的资料推给指挥员，指挥员草草地读一遍，又传了下去。最后，期望的激动没有出现，一位哨兵被叫了进来。康尼估错了300公里，不仅如此，他不知道，那年秋季，维修连队在参与一场针对平民的惩罚行动，在遥远的后方。

他被判刑二十五年，他们将他送进了两条河流交汇处的一座俘房营，一座被遗忘的俘房营，照康尼的说法，被包围在古老幽静的森林中央，距离最近的火车站要行军好几天。指挥官，矮小、敦实、忧郁，你会以为你曾在哪里见过他。指挥官似乎认为他的职位是安排给他的一种流放，为此拿那些落在他手里的人报复。囚犯们来自欧洲多国，甚至有西班牙人、荷兰人和丹麦人被关在这里，他们大多数都被军事法庭判刑了，被判十年、二十年或二十五年。康尼，作为"新来的"，被分到了匈牙利组。他搬进他们之间的一张行军床，夏天和冬天与他们一道进森林，只用手锯、斧头和楔子，砍伐树皮粗糙的参天大树．总是按照规定的数量砍伐固定的长度……

康尼讲道，匈牙利人有位发言人或首领，他们都服从他。在他的干预下，吵架的会变温和，求教者在他那儿会充满信心，绝望者他总会找个栏杆让他们倚靠。另外，他还用铅笔做成了很多事。

他的手上染有褐色斑渍，黏滋滋，一股松脂味。即使下班之后，他还用这双手拿起铅笔，找到足够的光亮，将他的一位同胞叫去身边，请他描述自己的出生地，熟悉的、家乡的一角，谁也忘不掉的片段。在他们结结巴巴地回想的时候，他根据他们的话语画出河岸、葡萄园、平地、湖泊和茅舍，一次次请他们纠正，结果是他必须不停地缩小、窄化，逐渐接近每个人从最初的或从前的日子里保留下的画面。这些画面经常同样幽静和偏僻，似乎总有什么在静静地期待或屏住呼吸。

每个人，每个匈牙利人，都让他根据准确得令人痛苦的回忆画一张铅笔画，画片不比一张明信片大。有人将它夹在保护性的硬纸板之间随身携带，另一些将它钉在行军床的床头。出于礼貌或怜悯，康尼也受邀描述他想画出来的地方，是的，他所属的地方，他没有选择勒克瑙从野梨树的角度呈现的具有代表性的剪影，而是选了施洛斯山和七棵松树，我们曾经在树下相互竞争，修建我们的秘密公墓。他每天都看到囚犯们凝神打量画片，哪怕是在野外的森林里。

康尼讲道，有一年冬天，死去的鸟儿纷纷从树上掉落，匈牙利人的代言人生病了，由于野战医院已经人满为患，他被抬进了死亡室。犯人们下班后一起去探视病人，可他想与每个人单独交谈，有时还将某位探视者留在身边一整个晚上。就这样将近三个礼拜过去了，他才与每一位同胞都谈过了话，谈的什么，谁也不肯说出来。

然后他们的首领亡故了，匈牙利人将他埋在两条河流的交汇处，在俘房营公墓上。他们一年四季护理和装饰他的坟墓。了解他们和他们与死者关系的人，都不会感到奇怪。当突然开始制定首批返乡名单时，匈牙利人找到指挥官，请求允许带上他们曾经的代言人的遗体，但遭到了拒绝。最后获准返乡的不是匈牙利人，而是罗马尼亚人，距离宣判的刑期期满还有很久。匈牙利人用从厨房和营地工场里弄到的硬木和废铁皮，打造了一只类似棺材的箱子，将它搁在棚屋的中央。

不久又宣布他们可以回家，但又被暂缓了，因为他们全都拒绝留下他们的发言人的坟墓不管。什么都不能动摇他们的决定，提高劳动薪水不能，扣减食物分量也不能，忧郁的指挥官对他们的刁难也不能。

康尼谨慎地逐个询问他们。他很快就发现是什么在支持他们的决定，他们主动向他们的首领承诺过，不会不带上他返乡，只因为他们相信，家里的人在期望他们这样做，他们信守承诺，不管别人怎么样对待他们，都默默地忍受。康尼声称看到过无数证明，他们比其他国家的人更容易承受特殊刁难。当第五回轮到释放他们时，他们威胁，如果他们唯一的愿望还得不到满足，他们就要绝食，这回指挥官让步了。他们获准打开坟墓，带上他们发言人的遗体。他们离去不久康尼也被分到运往西方的那一批里。他被告知，他破例获得了减刑，仅仅由于政府的宽容……

你看，马丁，这事我也问过他，他是如何摆脱发现的那个姓名的，或者，是怎么样一桩事件劝他脱下他为它付出了够多的新大衣的。在一礼拜的列车之旅上，康尼讲道，他还一直无法做出决定，他让人家叫他费勒尔，用这个名字来到过渡营地，他以罗伯特·费勒尔的名字被释放去了汉诺威，在那里找到了那座完好的房屋，门柱上有块牌子：海因里希·费勒尔父子，专利律师。他没有走进去，至少没有马上进去。他走进一家客人不多的饭馆，让人每隔一段时间给自己端上啤酒，坐在那儿，透过一块脏窗帘观察那座房子。他在那儿坐了半个下午，老板一直怀疑地观察他。直到底楼亮起了灯，他才穿过街道，按响了门铃。一位穿轻便上装的老年男子给他打开了门，还没等康尼报出姓名，他就听到一个女人的声音喊道："是他吗？是他吗，海因里希？快说，是谁？"

老人将他领进一间长满植物的工作室，他似乎立即就知道了，康尼是为什么事来找他的。他说："如果我没搞错，您给我带来了一则有关我儿子的消息。"于是康尼将他的释放文件放到桌上，让老人自己阅读，对任何震惊和任何怀疑都做好了心理准备，然后他讲了交换衣服、更换名字和这一切之后他被带去了哪里。

你知道，老人最后向康尼要了什么吗？制服，那身在这期间已布满补丁的制服。他若有所思地肯定，他能将它派上用场，作为补偿，他付给康尼赊买一身便装的钱。是的，康尼讲道，不久之后，他就开具了新的证件，他得到了克里姆科夫斯基的帮助，他在汉诺威火车站遇到了克里姆科夫斯基，后者作为证人为他提供了担保。

你能够想象，在织造间的窗口，又是什么被再一次接通氧气复活过来了吗？它走下楼梯，穿越过去的时光，研究每个角落，吹散散落的尘埃。有时候，倾听时我感觉，好像那些发生的事情是自己在为自己讲述，好像忍受过的事情自己在同时向我俩倾诉，喃喃自语，镇定自若。你可以相信，缆绳正被从一条船抛去另一条船，那些缆绳，它们被接住，被一把一把地收起，越收越接近，直至最后船舷碰着船舷，再也不剩空隙。黎明时分我们还坐在那里，对我们一直这样待着一点不感到吃惊。我们看到，微风轻吹，松散的雾活动起来，水在第一缕阳光下开始翻滚，在鲱鱼群为躲避追踪者蹿到水面的地方。

在我为我们准备早餐的时候，康尼又去了一回博物馆，手里拿着那张照片，照片上是埃迪特笑着站在勒克瑙河的河湾边，试图用一根杆子将被冲走的小保罗的球够回岸边。"真的，齐格蒙特，"他后来说道，"在我们的博物馆里你突然就感觉到，双脚踩在了大地上。某种东西承载着你，鼓励着你。"我真以为是听错了，可他重复了这句忏悔，边说边点头。

他乘坐早班大巴离开了我们。我们臂挽着臂，在长有树篱的土堤的浓荫里一直走到霍尔姆贝克农庄的牧场，拐上已经被太阳晒暖的公路，沉默不语，一路上都沉默不语。直到挡风玻璃上刺眼、闪烁的光芒从更深的混合林里预告大巴即将到达时，我们才又说了一遍相约再见的日期。然后他就坐车离去了，我慢慢往回走，惊讶甚至难以置信地回想我们的重逢。我感觉到越来越强烈的紧迫感，某种东西在要求澄清，要求变得明朗。我很遗憾没有再问他，是的，我还有太多的问题。

长椅和桌子还摆在山毛榉树下，到处都是开幕式的垃圾，弄脏的纸碟子、瓶子，捏成一团的纸，博物馆开着门。我想走进去，可我只走到木制露台。下面贫瘠沙滩上的人在开心地活动，一男一女，马里安和卡罗拉。他们在对方面前跑过来，绕着对方跑，蹚进水里，从土灰色的陡峭河岸里一道扯出什么东西——树根，你知道的，白色、坚硬、弯曲的树根，被太阳晒得褪色了，由于无情的抵抗被迫长成了畸形。这天早晨他们在那里寻找树根。我倚靠在栏杆上，清楚地看到他给彼此拿来漂亮的植物，高高举起，试图各人按自己的可能或希望解释。我忍不住设想"艺术家"会做出什么大胆的解读：你看到的是一条特别长的龙纹蝰蛇，断了三根脊柱；这是审来审去的愿望；这幅图无疑是佝偻的、年老体弱的测杆，它们在哀悼自己失去的形状！

啊，我们谈点别的吧。通往我们过去的小门开着，我走进去，被突如其来的感觉陶醉了：完成了一桩旧的委托，终于站稳了脚跟，我想到亚当叔叔，眼前浮现出他的形象。

你是指现在吗？康尼在博物馆毁掉之后是否来过？

不，不，你不用担心，听众的这种不耐烦是合理的，我理解，我完全可以回答你，不必先透露什么关键内容……

好吧，他本人没有到这儿来过，他没有寄信，但在他的报纸上，在《勒克瑙信使报》上刊登了一篇长达一页半的文章，不，不是文章，而是致我的公开信，题为《致一名不忠的过去的受托管理人》。我为你收藏了那一期，这儿，在床头柜最下面的那一格。等你全都了解之后，你可以将它带走，只有这些。由于困惑，他写道，由于困惑和迷惘，我毁掉了某些不管我的贡献有多大我都无权毁掉的不可估量的东西。法官式的狂妄，他写道，误导我，毁掉了不朽过去的全部证物，让我们的许多同胞第二次丧失了家乡。但我不怀疑，如今你会坚持自己去了解清楚……

可我们刚刚讲到哪里了？没错，这个闪烁、激动的早晨和它的困境与满足。现在我们的博物馆正式开张了，勒克瑙以无法失去的方式重生了，可以充满预感地借助证物说明理由了，它们十分寒酸，一次次地将我触动。不过搜集到一起的东西，反正足够让过去的生活栩栩如生了。

　　我们谁也没有预见到的是，在报刊上发表了几篇开幕典礼的报道之后，礼物和馈赠源源不断地抵达我们这里。他们从远方寄来鹿角和文献，为了我们，他们告别玩具和织造品，准备将土壤样品、礼拜天绘画和腌渍过的鱼头寄给我们。当历史的飓风吹走他们、吹散他们时，他们携带的、没有放手的物品。一份财产，他们之所以愿意交出它们，可能是因为他们相信，在我们这儿，在与同类资料为邻时，它们作为见证者的身份会更加鲜明。

　　好吧，马丁，我同意，我们今天就到此为止吧……后天？那时候我一定还在这儿……

第十五章

有一回，我还记得，那位热衷历史的州内务部长没通知就来了。他只是想在累人的出差途中来我们这儿看看，散散心。当他从展架上接受过去的回音封，他带着嘲讽的伤感谈起追求暂时性的新趋势，谈起一种随时提取随时取消的生活，一家建筑师协会甚至将它做成了程序。有一回伯恩哈德收取门票，请他的同班同学们吃冰激淋和小香肠。他们用剩余的钱在一家动物商店购买了几只鸣禽，拿到施莱湾畔将它们放生了。另一回，雷夏特带着他全家，开着车过来，这位勒克瑙前总督现在是成功的过滤器厂厂主，显然是想让他的第二个家庭了解他曾经独裁地统治过的城市的证物。他敲我们的门，手持一只信封，里面装着捐赠支票。我派马里安出去转告他，博物馆暂时关闭了。又一回，源源不断的礼物和馈赠早就让我们出现了空间紧张，这回，一辆卡车从小路上一颠一颠地开过来，司机递给我们一封信，笔迹优美紧凑。我们还在阅读，司机就放下了货厢的挡板，准备卸货。钟，你知道，来自勒克瑙和勒克瑙周围的火警钟、警钟和两只教堂钟，一批沉重的、一批数公担重的货，一名业已退休的教区牧师好心地想逼我们收下，而我们不得不将它们退回去，因为我们无处存放。顺便说一下，这是我们唯一没有接收的礼物。还有一回，是在那个极其平淡的夏天，当时亨丽克成天待在博物馆里，决定画下所有的馆藏品，确实发生过这样的事，两位脾气古怪的老太太，她们以为没有人监视，偷了我们遗弃的马祖里家乡土壤的小小样品，慌张地装进尖口袋子，又将袋子塞进了她们的拎包。

如果我告诉你，这段时间里康尼一共发表了五篇有关我们的博物馆的报道，你不会感到意外的。狂热的、插图丰富的和令人兴奋的报道，导致许多人来我们这里参观，是的，来到偏僻的埃根隆德。他们经常是手拿从《勒克瑙信使报》上剪下的报道，借以辨别方向。有几回我看到他们参观完后坐在木椅上，再次埋首于我们的家乡报，好像他们在试图对比预告和亲身体验过的东西。我们从没有在我们的纸篓里发现一期《勒克瑙信使报》……

你是指编辑部吗？我有没有去康尼的编辑部拜访过他？……

是的，马丁，我去过那儿，不过只去过一次，我坐在唯一的访客椅上，听他如何向一位貌似没有主见的女秘书口授来自勒克瑙的短新闻，来自今天的勒克瑙，它的波兰居民在名字结尾多加了一个字母"O"。你得知道，每次来我们这里，他都邀请我去他的编辑部拜访他，但我总是出不了石勒苏益格，我们在那儿能找到和得到我们需要的一切。后来他伟大的日子到了，我感觉自己必须南下前往吕讷堡。有人成为勒克瑙的荣誉市民，这事之前可从未发生过。我是指，一个失去的、遥远的城市的荣誉市民，那座城市已经改名了，虽然改得不多。但是我们家乡协会的元老会认为自己有足够的权利奖励康尼，鉴于他公认的贡献，他们授予康尼这份巨大的荣誉。

于是，为了参加，我乘车前往，找到了那座朴素的私房，编辑部就设在它的楼上，多角落的小小阁楼间，四壁贴着虽然模糊，但最合适的勒克瑙风景画，漆木地板上报纸堆成山，手稿堆成了塔，你只能在中间扭着身体穿行。康尼向我介绍他唯一的编辑，一位内向、肥胖的男子，虽然他本人不是勒克瑙人，但他妻子是。康尼也向我介绍了唯一的女秘书，当康尼称她是勒克瑙词典时，她无奈地笑了笑。他还没有更衣准备去出席晚会，他还必须口述短新闻，是他从翻译过来的报道中摘取的。他不仅容忍了，他还希望他口述时我能在场。他亲手搬过唯一的访客椅："你坐下来听听吧，来自勒克瑙的新闻。"

我了解到什么了？

在已经过去的那个夏天，勒克瑙建筑物的较高楼层也没有自来水，因为无法相应地加大水塔的水压。少数勒克瑙出租车司机又一次拒绝接受要他们去乡下的订单，距离太远了。他们陈述的拒载理由是路况差，在那些路上行驶车辆坏得快。曾经的农场被改建成了农业学校，但还不能运营，因为没有提供供暖设施的备件。村民们决定自己打通与外界的联系，已经开始修建一条 5 公里长的道路。勒克瑙火车站的维修工作于冬天及时结束，内墙贴上了大理石板。居民们如今已经熟悉"我们的"勒克瑙的冬天了，希望尽快提供冬服。

这些就是来自古老城市最重要、最值得报道的新闻吗？这座已经成为一个思念陷阱的城市，难道只能从它那里报告这些可以作为战争罪证的消息吗？它只讲述了这些不完美的令人忧伤的事情吗？

"这儿，"康尼表情悲戚地说道，"这条新闻我们也登了。"在教堂广场旁，一家新药店隆重开张了。然后他将散纸页扔到女秘书的办公桌上，向我转过身来，愣住了。虽然我一句话没说，只是忧虑地看着他，他相信必须为他挑选的短新闻辩护。他口述的一切，都来自波兰新闻，绝无虚构、歪曲，他愿担保翻译正确。他将一只胳膊搭在我肩上，拉我走开。我没有继续追问，我让他向我介绍这些多角房间的功能，我可以在档案里翻找，敲敲由他创办的家乡图书馆的几本书，和他一道端详虽然不是很有名，但值得一提的马祖里人的肖像，是的，在我们下楼之前，我不得不答应他，下次有机会再来，来熟悉编辑部的工作方式。

楼下是他居住的一间半带家具的房间。我惊奇地得知，女房东，一位遗孀，就住在走廊对面，她丈夫曾是一名火车司机，大半生都在指挥马祖里沿湖小轨道。那张橱，我此前从未见过那么夸张的橱。康尼小心翼翼地打开橱门，取出一身深色西服，从绳子上扯下一根银色领带，从黑暗的深处拿出黑色低帮鞋。在他更衣时，我想寻找一张照片，一幅版画，寻找一个回忆对象，那里什么都没有。沙发床上方没有照片，窗台上方没有玻璃，没有雕像，没有画，没有吉祥物，没有任何源自他的、有助于认识他的东西。个人的东西似乎全被仔细地消灭掉了。如果不是这样，那就是他从一开始就有意识地回避收集或布置能证明经历过的瞬间，或者只是召回曾经的际遇和情绪的物品。我不得不相信，康尼一点不重视突出自己的痕迹，在这个没有特别标记的家他感觉舒适，这里很容易让人遗忘……

你认为矛盾？哪里矛盾呢？

哎呀，你知道，对记忆如此热衷的人觉得自己比任何"现在"都要优越，他必须贬低它，宣布它是一个死去的平面，所有证明他继续住在过去的东西，他都欢迎……

可你还想知道什么？对，意外的妨碍，是的，这我要给你讲讲，是什么最终妨碍了我，陪康尼去参加庆祝活动，亲历现场，去听别人列数他的功绩，去听他讲话，去鼓掌。

一开始就与那回在埃根隆德桥头、在织造间和阁楼里一模一样，有什么在倾斜，有什么动摇起来，橱柜在晃，有倒下的威胁。我极度不安地站在那里，耳朵里的嗡嗡声越来越厉害，我太虚弱了，喊叫不出来。然后感觉恶心，眼前的一切模糊起来，一圈圈地缓慢流失，两腿像是麻木了。跌倒前我还在想，让我跌倒的是头晕。我也听到了康尼的惊呼："齐格蒙特，我的天，齐格蒙特！"他将我拖上沙发床，脱掉我的鞋子、上装，解开我的衬衫纽扣。他在走廊里与医生通电话，一直等到女房东将医生领进来。医生安慰康尼，说只是暂时性的血液循环毛病，他这才连声道歉着离开，保证会尽快赶回来。

你看，我不是坐在"独木舟"客栈里聆听过去的荣誉市民讲话，而是躺在他无名的房间里，它的装潢刚够它称得上是带家具的房间。我躺在那里，感觉雾蒙蒙的玻璃将我与一切都隔开了，至少有一阵子是这样，直到针剂和药片开始生效。物体渐渐恢复清晰，我认出了多双盯着我的眼睛，女人友好的眼睛，她的狗她的猫的眼睛，动物们雕像似的端坐不动，十分警惕地关注着我的动静。女人给我端来椴树花茶，她端着杯子让我喝，医生让她转告我，他也可能还会过来看一下，无论如何会打电话的。她有自己的诉苦方式，她说，她重复地说："哎呀，哎呀，偏偏发生在纪念日。"由此可以看出，疾病从来不照顾我们的感受。见我坐起身来，她显得很失望，她绝不允许我起床走几步。她是多么自然地帮我拭去额上的冷汗啊！她是多么公正地在康尼和我之间分配她的同情啊！比如她说："偏偏有人今天晕倒，这可不是他——卡拉施先生——罪有应得的。"动物们明亮的眼睛，增加了带着慵懒感的温暖，用略带埋怨的口气对我讲话的女人声音清脆。我仍继续躺着，虽然我或许还能参加庆祝活动的结束部分，为献给康尼的最后掌声增添强度。

　　我所听到的，我没有询问就了解到的，是一首独特的赞歌，是献给康尼的颂词，与他的工作环境联系在一起。是的，她尊敬他，她理解他为报纸和地平线后那座遥远的城市所做的每一个牺牲，那城里的人看样子十分幸福。她为他在替家乡树碑立传时的显著激情辩护；她夸他对吃不讲究，挑选服装时很有品位；她钦佩康尼在报纸和他多次陷入经济困境时的灵活；到最后他还不欠任何人的，不，也不欠她的。她对不久的未来无忧无虑，之所以能这样，她的解释是有一位彬彬有礼的先生一次次来访，他没有哪回来时不带着鲜花，他每次离开卡拉施先生都愉快、轻松。我不必打听名字，因为她自己欣赏地将它说了出来："有可能，雷夏特先生正在出席庆祝活动。"

　　然后她也微笑着讲述了她从康尼那儿听说的我的情况，是对她能从《勒克瑙信使报》获得的所有认识的补充。一切都说明了从前的忠实的好感，一种无需任何言词的友谊。她只是无法确定，谁"小时候更调皮"。康尼还有什么没告诉她的啊！就连塔洛沃节和我们在施洛斯山七棵松树下的游戏她都知道。她并不想听相反的介绍或对所有这一切的证明，她所知道的我们的事情，足够她向我显示，她掌握多么深的秘密。她复述的样子，听起来就像是在为康尼做广告。

　　是的，马丁，她一直坐在我旁边，直到康尼匆匆地、担忧地赶回来。当他询问我的状况时，她代我回答。他随手将刚获得的证书递给她，让她去研究、去保管，或者也是补偿她代他守在我床边。女人点点头，这满足了她的愿望。在动物们的卫护下，她一边阅读一边离开房间。

　　现在我想起来，这就是说，我试着爬起来，但康尼抓紧我的肩，

以至于我只能从床上向他表示祝贺。我说："恭喜你成为亚特兰蒂斯①
的荣誉市民。"他听后沉吟了一下，说："齐格蒙特，有时候，我真
感觉海洋就悬在我头顶上方，我不得不用重物压住自己，才不至于
浮上去。"他穿着大衣，他只是回来一下，只为确认我的情况是否好
转了。庆祝的人群在"独木舟"里等着他，他们只是勉强放他走开
的。我不必请求他，他主动说出了围桌而坐的客人们的名字，熟悉
的名字，其中有雷夏特，勒克瑙前总督甚至是起草和确定荣誉市民
信函文本的委员会成员。我在脑海里看到他们坐在圆桌周围，喝着
"双小酒"②，和潜得让人无法理解，仅由共同的祖籍领到了一起，
联系在了一起——逃脱者们，他们下潜到经历过的时光的底部，去
唤醒变可爱了的幽灵，去作法召唤影子解闷。康尼邀请我随后过去，
他要为我留个空位。他相信，客人们肯定会用掌声迎接我。"你再休
息会儿，然后过来。"他说道，向门转过身去。

　　至少你会理解的，我将他叫住，我不得不向他解释，为什么我
不能坐到一张雷夏特已经坐在那里的桌子旁去。康尼必须知道，为
什么我不能跟他去。他不让我开口，他叹息着再次走回我的床前，
叹口气，不耐烦，我还没来得及说什么，他就坚决地低声说道，他
全知道，包括我现在打算告诉他的事情。他要我别再念念不忘那些
陈旧、无用的认识，声音里含着厌烦和谅解。他本人确实熟悉前总
督的过去。是的，估计他比其他任何人都更熟悉他蛮横统治的时光。

---

① 亚特兰蒂斯（Atlantis），位于欧洲到直布罗陀海峡之间的大西洋岛屿，传说中拥
　　有高度发展的古代文明。
② 双小酒（Lütt un Lütt），直译为"小和小"的意思，北德的一种饮料，由和兰芹酒
　　和啤酒掺而成，喝酒时右手大拇指和小指捏着小啤酒杯，中指和无名指夹着小
　　和兰芹酒杯，让和兰芹酒先流进啤酒杯里，再一起流进嘴里。

他不是想替总督开脱他犯下的所有罪过和责任，他不是想保护总督甚至为他辩护。他想给予雷夏特的一切，仅仅只是第二次机会。这是康尼的信念，在每个人貌似只有唯一的机会证明自己或获取资格的时间里，我们应该顽强地要求第二次机会。无论如何，他低头对我警告道，他请求我检验、摒弃成见。他再次请我待会儿过去："我们的资本，齐格蒙特，可就是希望……"

事情就是这样，马丁，现在你认识我了。我没跟康尼去，我没有参加勒克瑙的庆祝集会。我继续静静地在床上躺了一小会儿，一点没有犹豫或左右为难，我只是观察那只猫，它从门缝里挤进来，大胆地抬起后腿，十分享受地为我表演了一场自我清理。然后我敲了敲走道对面的门，喊了喊。由于没人回答，我离开房屋，向火车站走去。我经过"独木舟"旁，我连借助老椴树的掩护向底层后室里望一眼的欲望都没有，在那里面，他们，不真实的爱好者们，在向一座只还存在于记忆里的城市的第一位荣誉市民表示祝贺……

是的，这恐怕是真的。在我们的记忆里，事物过着一种更纯洁的生活，完好，安全……算了，我们不谈这个。

在埃根隆德，随着秋季风暴的到来，我们在埃根隆德这儿就更加孤单了，来我们这儿参观的人很少，大多是老人，他们在小道上必须歇上几歇。我不得不承认，注意到此事的不是我，而是伯恩哈德。他注意到了这一变化，认识到随着时间的推移，参观者的脸孔越来越苍老。有一回他说："秋天，开往他们的家乡港口的旧护卫舰的旺季开始了。"有时候，当我看到他们，老太多于老头，躬着腰，逆着风，张帆驶向开阔的高地时，一个想法就会油然而生：过去的声音会越来越低、越来越低，最终会变得听不见，而只有那些曾经拥有过失去之物的人，才不觉得返回起源地的愿望是非分之举。你听得懂吗？我突然不得不考虑到，我们的回忆和联系也会衰老，最终从世上消失。显然，在我们出发的那个春天对我们还十分重要的一切，只有我们自己还认为它们有价值，对于我们想将我们的遗物委托给他们的人，它们却没有价值。你知道吗，当时我开始琢磨，为失去而痛苦是否可以遗传，这类感觉、刺激和任务到底能不能转交。因为一种亲身体验消解，成为海市蜃楼，变得闪烁，无法实现，这一切只是时间问题。

足够了，你将能够说出，当我儿子就读的石勒苏益格学校的领导邀请我给高年级学生做场报告时，我为什么一刻也没有迟疑。标题是给我拟定好的：《被遗忘的东方，一次穿越马祖里的旅行》。被邀请来做报告的不光是我，除我之外还邀请了勒克瑙的动物作家皮鲁纳特，耽于幻想的欧洲野牛之友，他就毛蓬蓬的，总之很原始的生活和习惯写这好多书。

在前往教师办公室的途中，在一次课间休息的时候，我遇到了我儿子伯恩哈德和他的几名同班同学。他们大概没有办法，他们全都用讽刺的谄媚来和我打招呼，将一只臂肘曲在胸前。皮鲁纳特有点激动，同时显然丧失了语言能力，他伸着双手向我迎来，呆呆地望着我，情真意切，好像他在为这天的幸福感谢我。哎呀不是，哎呀是的。女历史老师端来果汁，地理老师迅速放弃了向我们推荐他那苍白得显出病态的奶酪点心，他感谢我们愿意向学生们讲讲一个我们被迫离开的地区的局限性。到了该进礼堂的时候，皮鲁纳特忽然不见了。我在教室里找到了他，他独自一人，坐在一张椅子上，上身挺直，脸部微抬，闭着眼睛坐在那里，似乎在紧张地颤抖……

不，不是这么回事。那只是他专心致志的方式，集中精力的方式。他想讲的东西不停地滑走、漂走、变模糊，他只能通过聚精会神、设身处地，将它收回、逼过来，因此他觉得这样更有必要。我一直等到他冥想的缉捕成功了，但当我将一只手搁上他的肩时，还是无法避免他吓了一跳。"时间到了。"我说。他听后沉思地点点头。我们被护送进礼堂，先是被请去台上的座位，因为教师们一定要亲自宣布，我们的来访能够以一手资料介绍历史和遥远的乡土学。

先是由我主讲。但是，在我邀请大家一同走进幽暗的远古时代郊游、进入渐渐沦落到历史车轮下的肥沃的无人区时，我在观众席前提出来几个问题，轻松的、可探讨的问题，观众席上的人思想并不闭塞，大家一直处于一种懒散的好奇的状态。"我想知道，大家能不能碰巧对我说出一座马祖里城市的名字，或者一座马祖里湖泊或一条河流的名字？""如果不能，大家能不能碰巧给我说说，这个马祖里与哪些国家相邻？"由于没人想回答，我盯着一位穿着宽松毛衣的少年："你说说，与哪个国家为邻？"背后有人在叫"萨克森"。少年不高兴地重复道："还用问，萨克森。"虽然感觉到一种想断然否定的冲动，但我无法压抑下第二个问题。"如果马祖里人真的有名的话，他们是通过什么出名的？"我问道。在皱眉苦思一番之后，第一排皱巴巴的皮夹克真的回答道："喏，通过他们的国王。"对此我强烈怀疑。是的，然后我让这块土地被展现出来，按亚当叔叔的方式召唤它，直到它具有了轮廓、形象和特征，然后我让先占有这片土地，然后又被夺走这片土地的人先后登场，除了一声含糊的回音和有关他们失败的启发性传说，他们没有留下多少东西。学生们几乎不听我讲话，你明白吗，他们几乎不听我讲！

在我让马索维亚的蜂农和猎人在获赠的野外相遇时；在我描述和分析坦能堡战役时；在我介绍过去的传统画作，最后带上他们来到我们上次逃亡的两边是废墟和残骸的车道时，他们，我们年轻的听众们，越来越频繁地转向对方，窃窃私语，偷偷地交换物品，相互让对方狞笑，明昱越来越不关注我。这让我痛苦，马丁，是的，这让我心痛。我不知道，我该做什么。一开始只是不安，然后是尴尬、迷茫，我努力重新拉回他们的注意力，我更加绞尽脑汁，回忆我想向他们介绍的内容，让自己表现得像是所有事和每件事的目击证人。收效甚微。我设法诙谐地对待他们，看样子却是疏远了他们，虽然我以同样的处境为出发点，设想这是一所马祖里乡村学校里的一节历史课，上课时有个学生面对一桩历史事件的高潮经常表现出这样的态度：该死，我走了。他们甚至不对我咯咯笑，不过，当我向他们描述冰帆赛的冬季冰帆赛，他们在巨大木筏上比赛或在凛冽的暴风雪中猎狼时，一定的兴趣苏醒过来了。但是，当我向他们介绍我们赋予每个工作日的罕见意义时，他们的兴趣又立马消失了。

你看，然后我语无伦次，迷路了。我没有继续介绍我们的织毯艺术，我迷路在象征史里，突然讲到运鹅的火车，紧接着又为我们信仰的奇迹辩护，就像素材从我身边滑脱一样，我的年轻听众也从我身边滑走了。我无法让他们停止在后面打牌，从他们的读物上抬起头来，我就是无法争取他们来关心这块土地，关心它的美丽和特性，也无法争取他们来关心它的灾难。你不会奇怪的，他们给我规定的时间还没结束，我就提前放弃了，我惘然坐在椅子上，让皮鲁纳特来讲。

他比我多些经验。他在开讲之前，先用简短的手势请求关灯，他准备了幻灯机，安静地等到窗帘放下来，之后还拖延了一小会儿，直到满怀希望的寂静有发生突变的危险时，他才开口，预告一次穿过一块神秘土地的旅行。那里森林密布，内陆湖波光潋滟；那里居住着古老的动物种类，它们早就放弃了其他地方。这下你可以听到他们在椅子上嘎吱嘎吱地坐正身体，目光盯紧着银幕。

昂格堡①，我相信，他先展示的是马祖里的北隘口，那儿停泊着油漆过的小蒸汽船，它准备去大湖上航行。这就是说，出现在银幕上的不是粉刷成白色的骑士团城堡，而是一条被龟裂的树木遮住了光线的河道，安格拉普②，夜夜迁游的鳗鱼就是按照它取的名字。轻轻地咳一声，好像他害怕打破寂静似的，警告地，好像随便的一个响声就能让我们每个人少掉一个发现，他指着长满植物的河岸，照他的说法，它没有使河道变丑，他强调原始状态、僻静，让人信任"U"③的效果，让人注意神秘莫测——你一定会得到这样的印象，你是第一个，至少是第二个站在这受到保护的河景面前的人。就这样继续往下讲。

湖坡上方生长着一棵葳蕤、挺拔的松树，大家正要——比如说——估测它的高度，皮鲁纳特嘘一声警告听众们不要乱动，因为在一根远远伸出的树枝上蹲着一只大猛禽，它正一动不动地窥视着一群浑然不觉的鸭子。没有人，几乎没有人类存在的迹象。也许正是这一点确保他在一开始赢得了无声的关注。他将他的讲堂一起带进了这样一块土地，在那里你无法看出任何人类的干预。森林密布的岛屿前的一张孤帆，芦苇荡里一条锈迹斑斑的小船，一道向世界投降了的歪斜的板条篱笆：它们都强化了被遗弃的感觉，它们让人去想，这里的一切都被放弃了，只属于自己。

银幕上出现一棵橡树，一棵肖斯托克异教徒橡树，他要求大家

---

① 昂格堡（Angerburg），原东普鲁士地名，波兰名为文戈热沃。
② 安格拉普（Angerapp），河流名，原属东普鲁士，现位于波兰北部和俄国的加里宁格勒州境内。
③ 后面的神秘莫测系以字母 U 开头，即"Unergründlichkeit"。

屏住呼吸仔细聆听，是的，专心致志地聆听。我无法排除，在注意力足够集中时能听到隐隐的喧哗，所谓的战争的喧闹声，当异教的普鲁士人与骑士团骑士相遇时，它就自然而然地产生了。或者这块田野，这块燕麦地，在磷光下，在正午噼啪作响的炎热下，他含糊地邀请大家在一块石头上就座，越过辽阔的旷野眺望，聆听时间的嘀嗒声，仔细考虑矢车菊的抗议。"弃儿，"他说道，"到头来我们全部只是大自然的弃儿，独自在孤独中接受带来慰藉的答案。"

他坚持他选择的方法，他既不展示城市也不展示村庄，他都不让图像中出现渔船的船上人员，这些胡子拉碴、浅色眼睛、吸着烟斗的捕捞白鲑的渔民，他认为船壁和悬挂在它们之间的、挂满鱼的网就足够了，就像他认为空荡荡的渡船、无人行走的桥和成排桦树前的空长椅就够了一样。这时你会不由自主地去数隐藏的地方，想象在这里多么容易潜藏起来，隐蔽起来："马祖里，所有逃跑者的应许之地。我们曾经生活在那儿，亲爱的学生们，在这块沉默和知足的土地上，人们可以随心所欲地生活。"

是的，如果他就此结束他的报告，有些事情他本可以避免掉的，他会将他们留在震惊的寂静里，若有所思，就算不是当场浮想联翩，也是被困在一个梦想之中。可是，看样子这趟孤独的旅行只是他在让他心爱的目标慢慢成长起来，是在为他的原始世界的景象做准备。我指的是：欧洲野牛，原始的牛。突然要你相信，马祖里的原始和僻静之所以存在，只为确保欧洲野牛得到它们喜欢的环境，要你忽然接受这个看法，这块有着森林、湖泊和沼泽的土地被创造出来，主要是为了成为远古巨兽的家园。

在一棵桤树灌木的树荫里，膝盖以下都踩在沼泽里，第一头就这样出现了，嘴里叼着一束多汁的草把，深色的小眼睛——邪恶得无法预料的眼睛——望着观察者。皮鲁纳特，我们的动物作家，还在低声细语，想让偷猎的美妙狂热传到听众身上，他想不顾风险就近向他们展示时间的原始画面。他兴奋地让野牛潜行在不同的背景前，先是混合林，然后是乔木林，他展示它的浅睡，惊天动地的奔跑，他甚至介绍它"倾听永恒"的样子。你简直会感到惊奇，欧洲野牛接受拍照时姿势多么丰富。当他展示两头试图以两台小轨火车头的力量，而且还是在一次完美的日落前相撞的野牛时，教室一角传来一声低沉、不安的哞哞声，一阵惊愕之后又有一声愉快的哞哞声回应它。哄堂大笑自是不可避免，连老师们都加入了进来。

皮鲁纳特好像没有听见，或者是不予理睬，他要通过后面的内容重新赢回注意力。他所展示的东西，听众无疑都没见过：一块沼泽草地，距离吃草的牛不是很远，站着一头野牛妈妈和它的孩子。给人的印象并不是超凡脱俗的外表，它们只是站在那里，肩部沉重、毛发蓬乱，忧郁地望向摄像机。皮鲁纳特要求让这一罕见的形象沉淀下来，他为并不感到惊奇的所有人列出了以下几点：家乡最古老的哺乳动物、原始力量、异常胆怯、宽容的态度、谦虚、漫不经心的不合群的特点、在灭绝之前放养成功了。你们在此看到的，是马祖里第一头在野外生下的欧洲野牛——在数个世纪之后。

掌声，响起造成错觉的掌声，又响起多声哞哞叫，急迫、快乐的哞哞叫，叫声被大嗓门的叫唤盖过了。我转向皮鲁纳特，从幻灯机细长的侧光里看到他的脸惊慌、发黄，嘴巴张着，双手哆嗦。我为他难过，马丁，哎呀，我真为他难过，就像勒克瑙我的同班同学参观我们在河湾畔的博物馆时，我曾经为亚当叔叔感到难过一样。他坚定地推上一张新图，最后一张：一头欧洲野牛站在一座童秃的山丘上，宛如一尊纪念碑。这显然是十分危险地凑近了拍摄的，你可以清楚地看到它头上向后倾斜的脊椎和它后腿上板结的粪便，以及这个巨大的公牛伸出它交配工具的部位黏着的硬毛。还没等动物作家找到一个词，一只熟过头的水果就啪地砸在了银幕上，估计是只李子，它击中在欧洲野牛凸出的肩部，爆炸开来，黏糊糊地往下滴。那座远古的野牛没有动，只是坚持着它的纪念碑式的僵化状态，让你一瞬间感到惊奇。热情爆发了，拍手，从椅子上跳起，跳跃，欢呼，吽吽叫，庆祝命中，个个都想能射中牛的肩胛。

地理老师冲向灯的开关，历史老师试图通过下压的手势让讲堂里安静下来，而皮鲁纳特放弃了，不再讲一句话。他拿一块手帕掩着嘴，不，是咬着手帕，因羞愧和震惊而笨手笨脚，招呼也不打就离开了房间，逃进了教室。我在那里重新找到了他，我发现他坐在那里，苦恼，不敢相信发生的一切。我用一只胳膊箍住他的肩，除了等待，别的也无法做什么……

是的，马丁，这你恐怕说对了。我们体验到的价值无法被随意传递。我们这些热情的影子召唤者，我们不得不同意，对我们很重要的东西，其他人会表示怀疑。也许万物注定了都是暂时的，我们试图让一些我们觉得堪为榜样的东西永垂不朽，这只是绝望时徒劳的表现。我不确定……算了，我们不谈这个啦。

我带上他，我带皮鲁纳特回埃根隆德我们那儿，他这个性格温和、不惹人厌的住客，在那里度过了整个周末。他睡在家乡博物馆里的一张行军床上，当他孤独地在那儿的沙滩上散步时，他决定将来要拒绝所有公开演讲的邀请。亨丽克向他索要签名，她将来要将它贴在他的一本书里，而伯恩哈德怪他咎由自取，自己导致了这一难堪的结局，而且是通过"郑重的废话"，通过"不朽论"。"在你看来，"他对我说道，"欧洲野牛可能是马祖里的圣牛，可我们有不同的看法。"

　　没错，你还记得，真让人吃惊。是的，伯恩哈德就是这么称呼我们的家乡博物馆的——纪念棚。也许你早就接受这个名称了。没有？这可就让我觉得奇怪了，他可是经常说出你的心里话，按你的意思行动的。尽管如此，你也应该知道，在陌生人闯进我们这儿之后，对，闯进博物馆里，是伯恩哈德主动伏守了好几夜。我从一开始就承诺过，你应该了解一切。因此我也不想向你隐瞒我昨夜遭遇的事情，在一场清晰得惊人、清晰得痛苦的梦里。

　　鞑靼石又出现了。它躺在沙滩前的浅水里，施莱湾深绿色的水轻轻冲击着它，那古老、块状的抛射体，冬天逃亡时弄丢了，现在它找到我们这儿来了。欧根·劳伦茨和亚当叔叔出现得十分自然，他们光着脚，挽着裤脚管，蹚进水里，搬动石头，将它搬上沙滩。他们在沙滩上喘息，下了什么决心，然后双脚坚定地抵住，重新向鞑靼石弯下身去。他们气喘吁吁地将它挪向小道，挪向陡峭、弯曲的小道，不带行李爬这条路都已经够费劲了，他们用尽全部的力气和敏捷，将它一厘米一厘米地往上推，一幅极其痛苦的画面。

　　这份投入啊，这份紧张和着魔啊！他们成功地将鞑靼石一直搬到了大转弯的位置，这意味着，到了沙滩和博物馆之间的道路的半途。然后没再继续，只因为他们累坏了，被打败了，余力刚好还够抱住有斑点的球。他们将脸贴在石头上，他们呼叫支援，他们向上冲我喊："快来，齐格蒙特，来啊，来帮忙！"当我想跳下去找他们时，我发现我被绑住了，被用一根麻绳绑在一棵山毛榉树上。我在绳子里挣扎，使劲，但一点用没有，我不能去帮助他俩，因为我一弄松绳子，站在我身旁、手执绳子两端的马里安和卡罗拉就笑着重新拉紧，将我压在树干上。陡坡那儿传来一声呻吟，我看到两人同时扑向旁边，看到驮鞯石滚落下去，就落在我发现它的地方，砸得水花和淤泥飞溅。他们又尝试了两回，想将石头搬去上面带壁炉的房子，但两次都以失败告终。

马丁，当我醒来的时候，你知道当我醒来的时候，我不由自主地想做什么吗？梦境中的一切清晰得令人痛苦，我真决定要尽快前往埃根隆德，因为我认为不能排除重新找回驮鞯石的可能性。你设想一下，在那瞬间我忘记了发生过的事情。当我渐渐认识到了破坏时，我像瘫了似的躺在曙色中，怀疑那是否也只是我梦到的东西。一个声音，陌生，但又可以听出来是我自己的声音。它重复道，被记忆牢牢占有的东西，是不可能被破坏掉的。嘴里发干，颤抖，越来越清晰的恐惧。然后，当我不得不承认回埃根隆德再也不是回家的时候，害怕和难以忍受的压力随之而来。我不得不承认，我第二次无家可归了。但我看得出你在等别的坦白，你现在想听剩余的内容。好，我不想隐藏，你有权这么要求。

请你设想一下，去年夏天，一家波兰电视台书面通知我要来采访，带着波兰人之间流行的显著的礼貌。他们给我的慷慨的回信期限也证明了国内流行的礼貌。不是因为怀疑或特别的保护需求，而是因为我感觉即将到来的是一场重要的会面，我透露给了康尼，请他只要能安排得开，这天就过来。康尼自有他超常的嗅觉，立即同意了，认为也适合将勒克瑙元老会的发言人普齐图拉一起带来。没有多少必须权衡、揣度和决定的，因为信里坦率地谈了来访目的——战争结束后这个地区落到了他们手里。而他们，正如所说的一样，一秒钟都没有将它视作和当作战利品对待，而是作为终于"夺回的土地"。他们，我们的客人，想拍摄一部纪录片，介绍我们用什么来表达有关家乡的思想，我们如何保护我们出生的城市不被遗忘，我们抱着怎样的返回那里的希望。对我们的访问，将结束一场在无数城市里进行过的较大规模的考察。

你看，当来自石勒苏益格的摩托艇停靠在我们的木跳板旁边时，我们站在那里，做好了接待的准备。因为我们忙着帮忙拿行李，所以欢迎和介绍的场面不合客人的意，于是，在将铁皮箱和塑料袋拎上岸之后，双方又规规矩矩地重录了一遍。"请允许团队负责人在我们的贫瘠沙滩上"……对，确实说了"请允许"。"马雷克·科瓦莱克，波格丹·奇迈，卡罗尔·诺伊曼。"当我报出我们的名字时，他微笑地点点头，好像我们每个人他们都知道。他，那个骨骼瘦小、面容憔悴的人，他就着烟蒂重新点燃一支烟，扫一眼整洁的风景，低声说道："简直就像在家里一样。"在试图提起几件行李时，他快活地摆手拒绝了。他们有严格的工作分工，他的工作人员在任何情况下都自己负责搬运设备，不用帮忙。我们沿陡坡往上爬，卡罗拉等在上面，邀请大家吃早饭，三人全都吻了她的手。团队负责人夸了几句房屋的位置，确定了峡湾的历史年龄，他自称是树木爱好者，进屋时又自称是砖砌炉灶的行家。

早餐有水煮掺麦片的腊肠、瓶装黄瓜，有油丁肥肉、熏肉和水煮蛋，我们还为客人提供皮尔卡勒①的尼古拉斯加酒和一种进口的野牛草伏特加。我们边用餐边谈论饭食，更准确地说，是谈波兰和马祖里的菌类菜肴，我们拿它们互做比较，彼此较量。我们认为我们的蒸、炒和烤的菌类菜更好吃，最后坚信，世界上其他地方的人，如果事先没有"体验"过波兰或马祖里的菌类菜肴的话，谁也不可以谈论菌类烹饪。

---

① 皮尔卡勒（Pillkallen），原东普鲁士地名，现属俄罗斯的加里宁格勒州。

我们为此举杯祝贺。有一个人只是象征性地跟着喝点，普齐图拉。他在忍受什么。他不重视交流次要的事情，他想直奔主题。为了交谈朝着他希望的方向进行，他问在我们这儿待了四个礼拜后客人有什么感觉，随意说说即可。团队负责人显然期望着这个问题，微微一笑，不假思索地解释说，总体说来，他的印象大多都得到证实了。之后他破例请求我们允许吸烟，他还是微笑着向我们指出，他的两位工作人员穿着几乎崭新的牛仔西服，是他们在法兰克福购买的。

我们沉默不语，我们的目光交错而过。后来康尼突然问，我们的客人是否有谁到达勒克瑙。马雷克·科瓦莱克一点不觉得奇怪地向他转过去，是的，他每年要去勒克瑙很多回，他的避暑木屋在姆洛森附近，有段时间是在舍恩霍斯特附近，前往途中他必须穿过这座城市。他马上又自然得令我们吃惊地接着讲下去，谈战后的建设工程，谈勒克瑙长期的住房紧缺，又向我眨眨眼睛，谈勒克瑙当局计划接下来建一座地方博物馆，普齐图拉认为这座城市和这块土地只是暂时由波兰统治。当马雷克·科瓦莱克就此观点发表看法时，他的声音没有变化。"在国内，"他平静地说，"人们认为，边境调整会是最终结果。"他要求我们尽快去拜访一下勒克瑙，他向我们预言，如果我们试图寻找我们记忆中的城市精神，我们会有惊喜的。他承诺，如果我们去他的避暑别墅做客，他要为我们煮一锅鱼汤。没有不安，没有内疚。马雷克·科瓦莱克大约比我们年轻二十五岁左右，对于他来说，东方的所有问题都已经解决了。另外，他承认，我们也将逐渐学会与未解决的问题相处，这或许也是这个时代的要求。

我为此次来访做过准备，我考虑了一大堆问题，我曾经希望毫无保留地交流，可是现在，当我们相对而坐时，我却不得不习惯倾听。好奇怪，他们年轻，未受过伤害，往事的负担没有压在他们肩上。在他们定义他们的世界时，他们面对的只是既成的事实。我没有问他们我所收集到的问题，这些问题与很多内容相关，历史的可解释性、苦难的时效性、新的邻国关系所带来的机会。

康尼说得最为坚决，他希望那些在历史中成长起来的具有历史意义的权利能够被认可，他渴望看到所有人都被确保能享有这些权利，他要求它们也必须成为任何协议的标准。他越粗暴地为这些权利辩护，马雷克·科瓦莱克就听得兴致越浓，愈加满意。你几乎可以认为，康尼的辩护符合他的愿望。当他后来在适当的时机建议康尼，对着摄像机重复他的信念时，我也不吃惊。康尼同意了，再次证明了一台呼呼响的摄像机对讲话进展会有什么影响，它显然建议采取某种缓和、适度的表现形式。

不管怎样，康尼适度地捍卫历史的权利，抓住机会让他的潜在听众们回忆历史对自己的考验，随后还问他们，如果不是对自己国家的热爱和对既定法律的坚定信赖，最终是什么使他们获得胜利。

摄影师不满足于只从正面拍摄康尼。在《勒克瑙信使报》主编解释的时候，摄像机检查他的举止，从下向上移动，停在嘴上、双手上，移开，让画作和版画说话，比如一幅彩绘梅里安①版画，画上再现的是马祖里边境，像是由一只患有关节炎的、无可奈何的手所刻。普齐图拉不厌其烦地驳斥摄制组负责人，说历史不存在盖棺论定。由于他拒绝也站到摄像机前讲话，现在他们邀请我，谈谈勒克

---

① 梅里安（Merian），这里所指应该是 *Merian* 旅游杂志，该月刊创办于 1948 年，名字取自瑞士铜版画画家马特乌斯·梅里安（1593—1650）。

瑙家乡协会的目标和希望，一分半钟左右。

我摆手拒绝，我请他们去外面，去家乡博物馆的阳台上，在那里我第二次欢迎他们来访，在过去的无声的证物旁边。摄影机在转动，我打开门。我让他们看到蓝白色婚礼毯，它从十分神秘的途径找到了我们。"你们过来，"我说道，"这里只有我们，因为我屋子里搜集的，与你们也有关。"

他们走进来，四下张望，不像人们可能会以为的那样，犹豫不决或小心翼翼，也不是蹑手蹑脚或心情郁闷，而是无拘无束，怀着并不激动的求知欲，好像展现在他们面前的东西，与他们有关，但超然于敏感之外。你完全可以假设，我害怕面前这一瞬间，我曾经常预见过它，因为他们并非偶然的、任意的参观者，他们俯身在有关我们起源的文献上，像是俯身在一种植物标本上一样。我们在千年的偏见中敏感地与他们联系在一起，我如释重负，是的，当他们分散开来，各自被不同的东西所吸引，开始检查时，我如释重负。我不引导他们，不影响他们，我让他们挑选，自己决定。我注意到，一开始他们各看各的，自己做结论，没有显示出相互提醒关注新发现的需求。这份紧张，这份不真实感。有时候我感觉，当我们一起走在橱架之间时，只是一个梦在延续。穿过时间的过滤器找到他们的，与他们有关吗？它带给他们启发吗？它让他们有新的发现吗？我无法决定。

走完第一圈之后，我以蓝白色毯子为背景，对着摄影机说了几句话，谈世界学始于乡土学；谈我们博物馆的创建，它的藏品只是要证明我们曾经如何生活；还有，一时兴起，谈了与勒克瑙地方博物馆建立联系的可能性，以便在快乐的交流中共同参观历史，不是控诉，而是澄清。马雷克·科瓦莱克点点头，对我的解释未作评论，随后请摄影师拍下他用手指打着榫子指出的物品……

什么，马丁？你能想象什么？

不，才不是这样。他绝不仅仅是记录了一些可能成为反对博物馆精神，从而不利于我们的廉价论据，也就是说，他不只是拍摄了兴登堡和鲁登道夫在马祖里冬季大战一次军事会议上的发黄照片，不只是康尼曾经印刷、偷拿给我们的宣传招贴画——《敌人在偷听》《车轮须为胜利滚动》，更不是只拍波斯尼亚冲锋号或二十人表决大会被打穿的标语条幅之类的东西。他同样想把索科尔肯盒拍摄下来，想把索多维亚人骨灰坛拍摄下来，很可能作为纪录片的花絮。作为送给本国注疏学家的礼物，他还让人拍摄十字军骑士团原始的、边缘起毛的货物转让单，连同所有特殊的权利和义务。

"您真想播出吗？"康尼问道，"您允许让您的人经历这些吗？""噢，"马雷克·科瓦莱克说道，"我们与历史有着特别亲密的关系，是的，你可以说我们中的许多人对过去上瘾，因此历史证物备受关注。""也包括会让人感觉不舒服的证物吗？"康尼问道。科瓦莱克吃惊地望着他，微微一笑，然后一字一顿地说道："面对自己的历史恐怕没人能够问心无愧，尤其是一些得到所谓统治者家族资助的居民。忍受过历史的人，总是任性地想要记住事件的因果关系。"

他们还录了捻杆、一把青铜剑和用塞子塞住的小玻璃管，里面装着留给我们的家乡泥土。之后他们从外面拍了大楼，了解其他的信息，参观人数、经费筹措、藏品来源，我热心详细地告诉了他们。

普齐图拉自行其是，到最后也不想出现在画面里，他沉思地到处跟着我们，显然记住了每一句话。他捧着他们拍摄工作结束时递给我们的礼品，一本彩色画册，画着华沙历史上的和现在的桥梁。他不时地和康尼交换一下眼神，一个询问、求证的眼神，我相信从中看到了他内心的顾虑。

我的不安怎么也无法平息，只因我认为，像这样的会面不可能不发生点什么事。当我们还坐着在喝卡罗拉以弗里斯兰方式煮的茶时，我就担心，一个明显的误解或只是对历史事件的不同判断，就可能扩大成原则性冲突！噢，我们的原则性啊！我们依赖于我们留给别人的印象。但是，马丁，此次会面的异常也许正是，没有什么异常发生。

够了，他们再一次干巴巴地邀请我们，向我们承诺一个崛起中的、温和的勒克瑙城和一个邻国，它地处偏僻，会以它原先的沉默接待我们。然后他们吻卡罗拉的手，动身离去。我们陪他们走到木栈桥，在等等摩托艇的时候心情沉重起来，一种折磨人的不满意的感觉，估计因为每个人心里都有未能尽言的话在刺耳地尖叫。是的，不是因为害怕而是因为体谅所以没有说出的话。直到他们从船上将绳子向我们扔过来，我们帮他们将行李搬上船时，交谈才重新活跃起来。

留下的我们在挥手回应他们的时候，从眼角相互观察对方，冷冷地，特别敏感。我们像是听到了口令一样，同时中断了挥手。船还没有驶出视线之外，我们就已经步履沉重地攀爬陡坡了，咬着牙，一句话不说，已经做好了为自己辩护的准备。

你看，到了花房前，康尼主动分析起此次来访。他一开始不能确定什么，只是觉得错过了些东西，他感到一种苦涩的味道，他觉得我们错失了一次机会，而这个机会不会那么快再回来。他也无法解释阻止了他畅所欲言的奇怪的自卑感，然后他目光越过施莱湾，冒险地预言，我们的博物馆和我们自己会如何出现在典型的纪录片里：固执的梦想者，过去的滑稽遗物的天真守卫者，异想天开的传教士，本性难移，冥顽不化，竟想纠正历史结果。而现在他也明白自己本应该指责我们什么了，那就是对一切的一无所知，对一切的完全信任，毫无猜疑。我指出我们在摄像机前说的话，没有什么可以被模棱两可地理解，他不同意。他援引他自己的剪接经历。

是的，他在这种情绪下登上木制露台，没有目的，他激动得无法坐下来，他拿拳头捶门框，盯着博物馆的内部发愣，突然有所认识，那就是当年他亲自带给我的宣传招贴画是多余的。他走到它们前面，解释说，它们会给人曲解的理由，他建议我尽快将它们移除。

我提醒他，它们从何而来，它们反映了我们亲身经历过的勒克瑙的一个时代。他坚持己见，要撤掉它们，因为特殊情况下它们会对我们不利。他转向普齐图拉争取支持，普齐图拉做了个鄙视的手势，十分恼火地支持他，嘀嘀咕咕地指责我，说早就该这么做了。我还当他们的要求是因为一时不开心，我问康尼是不是想要一个没有污点的勒克瑙历史，不会成为任何人的负担的历史，他先只是耸了耸肩。但不久后我就不得不认识到，这不是他们唯一的、或多或少是偶然的异议。他们的愤恨、他们对自身的失望让他们继续提出抗议。他们上回还激动或感动地看过的东西，突然让他们觉得讨厌、乏味，甚至可以作为罪证。你只能奇怪，他们为什么醒悟得这么晚。康尼阅读彩绘黄油桶上的标签，它来自魏克瑟尔大河湾，他相信这下知道了摄影师为何过分关注它。读过其他几个标签之后，他声称明白了为什么浅蓝色角橱和用来揉麻的牙辊被近距离拍进了画面，因为它们是从边境那边传到勒克瑙的。

什么事？没有，马丁，没有，拍摄藏品时不同的处理方式根本没有引起我的注意。康尼虚构出它们，普齐图拉在一旁附和他——一个因懊恼而疑神疑鬼的人，一个因不满而虚构的人。由于他已经开始想象他需要的东西，他马后炮地觉得一切都是明摆着的。他恼怒到极点。你应该听听，为了让我们的收藏更集中、更有证明力，他什么都想得出来。好像他苏醒过来有了新视力似的，他揭发我曾经听他夸奖过的东西，他声称发现了平时他所忽略的东西。从被遗弃的城市来到我们身边的东西，有马车、有雪橇、有轮船，有成捆成箱的，也有经常切身感受到的，这些东西在忠诚的依恋中聚集在一起，应该是对过去的、已经结束的生活的证明。他真的想重新理解、筛选、组织，但首先他想"梳理"……

这回是康尼看到了一个进行大规模清理的理由，而且规模之大，让你必然会以为，我们的博物馆是他说了算。当他在装着家乡泥土的小玻璃管前讲起迷惘的伤感时，我打断了他。现在我觉得是时候让他忆起一些细节了，我提醒他，这座家乡博物馆是私人财产，是我们创办、建造和布置的。我们，创办者，只想看到它服务于唯一一桩事情——按我们熟悉的那样保存勒克瑙的世界，让它免遭遗忘。

他吃惊地向我转过身来，他没有料到这一异议。当他向我指出我们从勒克瑙家乡协会得到的定期资助时，他的声音虽不严厉，但隐含着不快。于是我建议他们我早就考虑过的事情，也就是取消资助。康尼听后回答说，这丝毫改变不了拥有权和支配权，因为另一方投进的太多了，所有的馈赠和贷款恐怕不可能当作私产处理。另外，勒克瑙的公众已经习惯了将博物馆视作一个属于所有人的家园，他们有权这样做。如果我还不知道的话，事实上如今取决于公众的要求。当普齐图拉后来告诉我，没有元老会的许可，我恐怕几乎不能做影响很大的变动决定时，我觉得自己就像那个房东，一天早晨别人告诉他，他从中获得满足和辩护的一切，都被不知不觉地从他脚下买走了。我不得不认为，他们剥夺了我的东西，如果不是因为我，这些东西就不会存在。

好吧，整理分类，他们要按照他们最后要求的标准重新安排一切。还剩给我多少呢？他们还想给予我多少呢？在驶进码头的捕鲽船隆隆的马达声中，怀疑再次回来了。你在曲解他们，我对自己说，你过分粗暴地解读了他们的话，事实很快就会表明，他们只是受了失望的刺激。康尼会来找你，拍拍肩膀，收回暂时让你如此惶恐的话语。

然后是康尼相信还没有说够，康尼，他认为有必要以他的方式警告我，他让报纸插足进来了，他的《勒克瑙信使报》。他想知道，如果他不再经常让人们关注到博物馆，那我们的参观客从哪儿来；他想知道，如果他要求他的读者，宣布与这座博物馆脱离关系，只因它不再符合勒克瑙今天的利益，会发生什么事；如果元老会也同意这个观点，并在下回勒克瑙老乡聚会上公布出来，我们会去哪儿呢？他在另一个房间里跟我说话，我既听不见他，也听不见普齐图拉的脚步，他俩挨得那么近，像在搞阴谋似的，是的，兴许他们已经在着手了，用目光交流，临时做出选择。我留下他俩不管了，我不辞而别。

已经是傍晚了，我走在陡峭海岸断裂的边缘，朝着大海的方向，一直走到用鱼笼捕鱼的渔夫的茅舍，我们靠岸时是他第一个从他那笨重的涂了沥青的船里扬起胳膊，向我们打招呼的。渔夫几年前去世了，下面水边他的茅舍还在，至少茅舍的残余部分，它顶住了大风和严寒，掳掠者似乎觉得它没什么用。我走进没有窗户的室内，门脱落了，铸铁炉像只灰色的动物标本立在它的弧形底座上，它散发着泥土和尘埃的味道，带着艰辛和节俭的气息。一个角落里传出一声唧唧的警告，是一只大海鸥想躲进那里，它耷拉着一只翅膀，张着喙，粉红色的咽喉里一直在发出针对我的警告。我将一根棍子伸给它，它咬住棍子，轻易地就被拖到沙滩上，然后它放开棍子，游到水面，已经在不远处倒饬起自己来。

我在门槛上坐下，我不做任何决定。我听到，远方，我们的织造女徒们在愉快地相互告别，空气凝滞不动，她们的喊声传得很远。

你应该知道，那天傍晚我一直坐到黑暗降临。后来之所以没有出发，只因一个脚步从埃根隆德方向缓缓走近，踩得碎石和燧石不停地咔嚓响，是西蒙·加科的脚步。他不是来找我的，在这里见到我他并不吃惊，他是从多石的河滩上走来的。他叹息着在我身旁坐下，点燃修补过的烟斗："你好，齐格蒙特。""你好，西蒙。"

我知道他想说什么。一旦西蒙以他波斯尼亚人的耐心在我身旁坐下，我就知道他有什么心事。坦率地说，我都不必忍受它。我是指他需要整理记忆，唤起阴影和夜色中的人物，重新唤起早已经尘埃落定的事情。我及时地意识到，我只愿意跟随他。他对他的记忆研究不做准备，他直接发问："你还知道那艘快艇吗，齐格蒙特，'霍亨索伦'号快艇，记得你们是怎么给我砸碎它的吗？""我当然知道。""还有大型冰帆运动，有海尼·豪泽参加的赛艇，灾难等在桥旁的那回，你也还记得吗？""我当然记得，西蒙。""有一回在木筏上，你钻到树段下面去了，这下我再也帮不了你了。""但索尼娅·图尔克来了。她将我拖到了她的干草地上。"他问："你觉得，那时候的一切是不是更好？"我还没来得及回答，他就自己想好了答案："也许不是更好，但更舒适。"

他沉默片刻，你能感觉到他是如何翻开保存下来的照片，想到名字；他如何打结、挖掘、粘贴；然后他，像规定动作似的，总是罗列相同的名字，总是以相同的顺序。"亨斯莱特，他成了什么呢？"

"欧根·劳伦茨，他现在会待在哪儿呢？""海尼·豪泽，他怎么样了呢？""杜迪克，他留下了什么呢？"

他并不指望我回答他或者哪怕只是给他一种猜测，提到与这些名字相连的命运的不确定性就够了。啊，失去的世界，失去的时间。施莱湾弯曲的底部冒出泡泡，炸开来，飞翔的水鸟在咝咝着陆前嘎嘎叫着。然后西蒙问道："勒克瑙，齐格蒙特，如果你可以回勒克瑙，也许就在明天，那你想去吗？"我说道："我不知道，西蒙，我真的不知道。"

之后是令人惶恐的寂静，西蒙停止吮吸火势不旺的烟斗，从我身旁移开，同时将他的脸凑近我，贪婪地，想捉住我的目光。如果我向他透露，我患有一种不治之症，他应该也不会表现出比这更惊骇的表情。他低声、抗议地说道："可我们必须回去，齐格蒙特，我们必须，因为一切都在等着我们。那些树木湖泊，施洛斯山、田野和驮载木筏的古老河流。""不，西蒙，"我说道，"勒克瑙那儿再也没人等着我们了。可能会等着我们的其他人，他们已经不存在了。没有声音提醒你，没有一张脸在见到你时会喜形于色，没有一只手会重新建立起无法摆脱的关系，因为其他人已经走了，消失了，沉没了，因此你希望的那一刻也不会再有。"

这下他扶着门柱站了起来，头晕似的站了一阵，然后一句话没讲，从多石的河滩上走了。我认为他相当迷茫，猜测着我们的原则是可废除的，是有期限的。被他的脚踢到一起的石头的咔嚓声渐渐弱下去，我知道，今天我知道，我的坦白对他一定意味着什么，我使他丧失了生存的信念。

也许，马丁，当我只能选择毁掉我们的博物馆时，当我只有这一个选择时，我只透露给了他一个人，也许这就是原因。也许我认为我亏欠西蒙的比其他任何人都多。不是，不是在当天晚上，是发生在几天之后……

为什么？我认为不需要，我认为我们不需要休息，如今我甚至感觉能对付过去，至少我学会了忍受它，你根本不用担心。可是，如果你想喝点什么，那是果汁，那是凉茶。你看，口渴，刚开始时的那种烦人的口渴感减弱了……

说起来那是发生在一顶帐篷里，在一顶补过多回的节日帐篷里，勒克瑙人每年一度的老乡聚会就在这顶帐篷里举行。从埃根隆德来的我们全到场了，除了伯恩哈德，他搭车去了庞贝。我们坐在超长的、有利于团结的桌子旁，手边是大啤酒杯，听普齐图拉以元老会发言人的身份致以热烈的、引起掌声的欢迎。元老会会员坐在台上的桌子旁，普齐图拉拿着麦克风坐在中间。我们可以看到他扭动身体，以便看清长椅上的每一个人，尽可能叫出对方的名字来，他不忘记在许多名字后面还补上只有他知道的勒克瑙旧地址。他也直呼名字问候了我，他称我"我们的可嘉的齐格蒙特·罗加拉，河湾的织毯大师"。八百名嘉宾闻声起立，向我鼓掌，直到我站上长椅，让他们看到我。

康尼得到的掌声最大，城市失去后的第一位和唯一的一位勒克瑙荣誉市民，这个值得信赖的人，他用《勒克瑙信使报》为他们搭建了一座通往过去的桥梁，他每十四天让他们看看他们曾经的样子，他们曾经将什么唤作他们自己的东西。虽然就坐在发言人前面，雷夏特是最后被问候的人之一，客观地公布他的出席得到了友好的认可。我看到他鞠躬行礼，同时手举着一只钥匙圈。徐徐吹过的风将生机带给了软塌塌的帐篷，篷布鼓起，硬邦邦地快要断裂了，又或是软塌塌地，啪嗒啪嗒响，像是一块块均匀切割的木板被垒到一起。

缆绳在我们的头顶上晃荡，时而绷紧时而放松，绳上吊着荡来荡去的大灯泡，它们像铃铛一样跳跃摇晃。

问候完毕，我们悼念勒克瑙的死者，我们起立哀悼，不是心怀负疚感，而只是默默志哀，不足一分钟，我们悼念被枪杀的、被淹死的、被冻死的人，我们留下了无数的人，许多都没有埋葬，许多都没有和解。他们全都到场了一会儿，当然是被召唤来的。在我们悼念他们时，我们只听到风在帐篷里忙碌，海风，凛冽的东风。然后我们唱了一首赞美诗和《马祖里之歌》，圆顶似乎在轻轻升起，整个帐篷似乎在充气，飘走，朝着家乡的方向。

是的，马丁，情况就是这样的，休息时谁也不待在自己的座位上。现在，由于他们知道了谁是做什么的，参与者不耐烦地在狭窄的通道里推挤，寻找，挥手，喊叫，想再见和再被见到。"不会吧，这怎么可能？""没错，果然是的。"我们没挤在通道里，我们坐在桌旁，我们倚在桌子上，让人们在我们的头顶上打招呼，热烈、激烈、有时是绝望的问候："你还一直活着啊，齐格蒙特！""唉，能有什么办法。"

你看，康尼突然站到我们面前，拥抱我们大家，甚至将亨丽克拉到胸前，在勒克瑙的符号里这是可以的。勒克瑙，遥远的、传奇式的勒克瑙，它让人忘记所有区别，我们是一个联盟，一个骑士团，一个家庭，一个忧伤的骑士团，一个思乡病人的联盟，康尼偷偷地示意我走出我的圈子，他指着帐篷入口，灰色篷布煽风似的动着，像一只大象的耳朵。我挤过去，等他，他一再地被人拦住。我应该意识到，他想特别向我透露什么，他避开了众人，让我们可以私下交流。康尼向我透露，元老会决定，重选一位勒克瑙家乡协会的新会长，一位精力旺盛、经验丰富、行事果断的会长——雷夏特。他转向我，因为他坚信他了解我的顾虑，他请求我忘记发生的事情，要求我超越自己一回。"为了勒克瑙的利益，齐格蒙特，真的，为了我们所有人的利益。"康尼在游说我支持候选人。

已经约定好了，他们已经挤过来了，康尼已经消失在几个狂热的与会者旁边，他们将他领回帐篷中间，那里还有许多人希望得到他的问候、被他认出或感动。我走回我们的桌子，西蒙瞟我一眼，问："有事吗？""没有，西蒙。"我说，"能有什么事？"帐篷里的空气越来越污浊，烟味升向圆形篷顶，一种酵母与和兰芹的气味扩散开来。元老会一桌在讨论节目，他们轮流将蓝纸上打印的事件顺序推给对方，略加考虑，将节目下调或上移，年度报告打败了班级报告，效忠宣誓和献花环被加了明显的括号，为了便于选举，提案和决定被推迟了。普齐图拉公布决定后的变动，虽然他使用了麦克风，但我还是很难听懂他的话。

事情就是这样，马丁，现在已经不难预见了。但你还是应该知道，我端坐不动，关注着节目，虽然不是很专注，不像别人那么热心参与。我感觉我处在河的对岸，被与正在发生的事隔开了。唱歌的时候，我不再跟着唱，亨丽克谴责地捅捅我，向我指了出来。有几次普通表决我也忘记了举手。面对烙印在我脑海里的过去时光，面对我无意识地搜集的模糊了的图像，我无力抵抗。现在它们又十分清晰地返回来，飘过来，但我不必强迫自己安静，因为一种痛苦的、坚定的安静已经在回答记忆主动召唤来的一切。我只是在等候选举，被我的同胞包围在中间，我孤独地坐着，在等待选举。它的进展符合康尼的期望，符合元老会的愿望，公布结果之前都没有屏息的紧张和压抑的寂静。相反，人们表现出兴奋的好奇。这大概说明了，从一开始大家对选举结果就不存在怀疑。

新会长慢条斯理地站起来，在掌声簇拥下，他登上长椅，麻木了似的在忽闪的暗淡灯光里站了一会儿，闭着眼睛。他双手合成感谢的手势，向四周道谢，让大家理解，他十分激动，接受选举结果。他还没从椅子上下来就受到第一批祝贺，他们围在他身边，他们扶他下来。他们为他闪开一条道，然后又一波掌声，他似乎醒了过来。他仔细直视着周围勒克瑙人的眼睛，他马上就要向他们承诺，要做一名忘我无私的会长。他貌似在盯着他们，是的，端详着他们。他示威似的与几位没鼓掌的人握手，这没有瞒得过我的眼睛。他张望，他寻找，我至今都相信，他找的是我，那个他特别想握手的人，因为在发现我之后，他坚定地向我们这一桌走来。我脸上忽然感觉到温和、灼热的疼痛，在这种疼痛之下，忍受他的目光是多么容易啊。他微笑地冲我点点头，让康尼与我讲，然后就从我们桌旁走过去了，没有与我握手。

你看，康尼，我们的过去的荣誉市民，将一只胳膊搭在我肩头，不是为了让所有人都看见，更是因为他想通过一个亲密手势表示他对选举结果的满意。他告诉我他要来拜访我，他和新会长已经约好，老乡聚会后就直接来埃根隆德拜访我们。要商讨的内容也已经确定了：要将我们的博物馆从隐居状态中解放出来，为它打开新的机会，不是通过扩建，不是通过丰富展品或迁移馆址，而是通过由勒克瑙家乡协会接管博物馆。"一个新时代开始了，"康尼说道，转身时又迅速问，"你们在家吧？""当然在，"我说，"我们全都在家。"他走开了，我离开帐篷。

我下坡走去摩托艇的停泊位置。风停了，八月的疲乏笼罩着峡湾，笼罩着青草干枯的湖岸。将箱子和桶拎上船的船工冲我眨眨眼，这就是他的问候。他们从外面拖进来一只帆船，估计是被阵风吹翻的，光线折断在漆光锃亮的船身上。看不见的深处，海鸥从系缆桩上飞起又落下。水，我望着水面，它像印模冲压的金属薄板一闪一闪的。这时西蒙·加科从擦烂的栈桥上走过来，逛过来，坐下，将他的问题一直推迟到我们启航驶向峡湾中央。“还是有事啊，齐格蒙特，是吗？”“是的，”我说道，“是的，西蒙。”然后我们沉默，望着留在身后阳光里的陆地。直到埃根隆德出现在视线里，直到它高大、自信、不朽地从山毛榉树后钻出来，我才告诉了他我做出的决定。

没有厉声抗议，没有反对，就连适当的异议都没有。我从西蒙那儿唯一听到的，就是一声温和、低沉的威胁。“别乱来，齐格蒙特，别乱来。”我们上岸后他也没再多说什么。我们一起走上小路的顶端，上去后我们的道路就分开了。我走进博物馆，锁上门。我注视着那些物品，此前还从未这么注视过它们。我为即将到来的日子做准备……

是的，马丁，最早的准备，我不慌不忙地做着，冷静地坚信我现在没有别的办法，只能使用我最后的自由，彻底使用，在我不能忍受、不能承担的事情发生之前。在我将染过色的剩余羊毛抱到一起时；在我将用来浸渍羊毛的颜料桶拖来拖去，最终将它留在服装下面时；在我确定应该先点火的位置时；在我不得不抵制数百个诱惑，将这样那样的东西在最后的瞬间拿去一旁时，我只有一个愿望，要将收集的我们的过去的证物运去安全地点，运去一个最终的、不可更改的安全地点，它们虽然再也不会从那里出来，但那里也再没人能够强占它们，它们可以为自己发声。

我的双手在颤抖，我的脸火辣辣的。这种感觉一直持续到夜里，一只坚硬的环箍在我脸上，那一夜我两次起床，走进博物馆，只为确认准备工作真的就绪了，一切不只是我的梦境。

我们所守护的一切已经崩塌，所有痕迹都被抹去了。过去收回了原本属于它的一切，它们只是被暂时借给我们的。但记忆已经苏醒，它蠢蠢欲动，在那遍无一人的地方，在那片孕育着危险的沉寂中，寻觅，收集。

附录

西格弗里德·伦茨年表

1926   3月17日出生在东普鲁士马祖里地区的吕克城（今波
            兰埃乌克），成长于一个海关官员的家庭。

1932—1943   在吕克城和桑姆特上中小学。

1943—1945   被海军征召入伍，在"舍尔将军号"装甲舰上服役。
            该舰被英国皇家空军轰炸后，随军驻扎在丹麦。在德
            国投降前夕逃离部队，被英军俘获，成为官方战俘遣
            返委员会的翻译。1945年被遣返汉堡。

1946—1950   在汉堡大学攻读哲学、英语语言文学和文艺学，主要
            靠做黑市买卖维持学习生活。最初的理想是成为大学
            教师，但后来开始在《世界报》实习，并在那里结识
            了未来的妻子莉泽洛特，两人于1949年结婚。1947年
            至1949年期间创作了大量诗歌，但生前未发表。

1950—1951   任《世界报》新闻编辑，后任副刊编辑。

1951   第一部长篇小说《空中有苍鹰》（*Es waren Habichte in
            der Luft*）出版，登上战后德语文坛。该书作为"我们
            时代被迫害的人的独特象征"获得1952年的勒内·席
            克莱奖和1953年的汉堡莱辛奖。此后正式成为职业作

家，定居汉堡。

1952　加入德国著名文学团体"四七社"，"四七社"汇聚了当时德国乃至欧洲最有实力的一批作家，如海因里希·伯尔、君特·格拉斯、马丁·瓦尔泽、保罗·策兰、英格褒·巴赫曼等。第一部广播剧《没有学徒培训的漫游年代》（*Wanderjahre ohne Lehre*）播出。

1953　长篇小说《与影子的决斗》（*Duell mit dem Schatten*）出版。

1954　广播剧《潜水员之夜》（*Die Nacht des Tauchers*）播出。

1955　第一部短篇小说集《我的小村如此多情——马祖里的故事》（*So zärtlich war Suleyken. Masurische Geschichten*）出版，当年即售出 160 万册。广播剧《神秘的港口》（*Der Hafen ist voller Geheimnisse*）、《消失的市场魅力》（*Die verlorene Magie der Märkte*）、《世界上最美的节日》（*Das schönste Fest der Welt*）播出。

1956　广播剧《贝壳慢慢打开》（*Die Muschel öffnet sich langsam*）、《社会的新支柱》（*Die neuen Stützen der Gesellschaft*）播出。

1957　长篇小说《激流中的人》（*Der Mann im Strom*）出版，1958 年与 2006 年两次拍摄同名电影。

1958　短篇小说集《讽刺猎人——这个时代的故事》（*Jäger des Spotts. Geschichten aus dieser Zeit*）出版。

1959　长篇小说《面包与运动》（*Brot und Spiele*）出版，2018 年同名电影上映。

1960   短篇小说集《灯塔船》(*Das Feuerschiff*) 出版，被选为德国中学生指定读物，1965 年同名电影上映。当选汉堡自由艺术科学院院士。

1961   广播剧《无罪者的时代，有罪者的时代》(*Zeit der Schuldlosen*, *Zeit der Schuldigen*) 播出，1964 年同名电影上映。

1962   短篇小说集《海的情绪》(*Stimmungen der See*) 出版。

1963   长篇小说《城市谈话》(*Stadtgespräch*) 出版。

1964   中篇小说《雷曼的故事》(*Lehmanns Erzählungen oder So schön war mein Markt*) 出版。喜剧《脸》(*Das Gesicht*) 在汉堡德意志话剧院首演。

1965   短篇小说集《败兴的人》(*Der Spielverderber*) 出版。

1967   广播剧《抄家》(*Haussuchung*)、《迷宫》(*Das Labyrinth*) 播出。

1968   长篇小说《德语课》(*Deutschstunde*) 出版，迄今已在全世界发行逾 2000 万册，1971 年与 2019 年两次拍摄同名电影。短篇小说《汉堡人》(*Leute von Hamburg*) 出版。

1968—1969   到澳大利亚和美国进行学术访问，担任美国休斯敦大学客座教授。

1970   与君特·格拉斯一起陪同西德总理维利·勃兰特访问波兰，见证"华沙之跪"。散文集《关系——关于文学的见解和自白》(*Beziehungen. Ansichten und Bekenntnisse zur Literatur*)、对话集《不是所有护林员都快乐》

（*Nicht alle Förster sind froh*）出版。戏剧《眼罩》（*Die Augenbinde*）在杜塞尔多夫话剧院首演。

1973　长篇小说《楷模》（*Das Vorbild*）出版。当选达姆斯塔特语言文学院院士。

1975　两部短篇小说集《米拉贝尔精神——波勒鲁普村故事》（*Der Geist der Mirabelle. Geschichten aus Bollerup*）、《爱因斯坦在汉堡横渡易北河》（*Einstein überquert die Elbe bei Hamburg*）出版。

1978　长篇小说《家乡博物馆》（*Heimatmuseum*）出版，被誉为其长篇小说的又一登顶之作，1988 年同名剧集上映。

1979　与海因里希·伯尔、君特·格拉斯一起拒绝接受德意志联邦共和国十字勋章。

1980　戏剧《三个》（*Drei Stücke*）出版。

1981　长篇小说《损失》（*Der Verlust*）出版。

1982　对话集《论想象：与海因里希·伯尔、君特·格拉斯、瓦尔特·肯波夫斯基及巴维尔·柯豪的谈话》（*Über Phantasie: Gespräche mit Heinrich Böll, Günter Grass, Walter Kempowski, Pavel Kohout*）出版。

1983　散文集《象牙塔和壁垒——写作体验》（*Elfenbeinturm und Barrikade. Erfahrungen am Schreibtisch*）出版。

1984　中篇小说《一次战争结局》（*Ein Kriegsende*）出版。

1985　长篇小说《练兵场》（*Exezierplatz*）出版。

1986　和妻子莉泽洛特共同创作的《小小海滨庄园——48 幅彩笔画》（*Kleines Strandgut. 48 Farbstiftzeichnungen*）出

版。购置石勒苏益格附近特滕胡森夏季住所。

1987	短篇小说集《塞尔维亚姑娘》(*Das serbische Mädchen*)出版，1990 年同名电影上映。
1988	广播剧《营救》(*Die Bergung*)播出。
1990	长篇小说《试音》(*Die Klangprobe*)出版。
1992	演说和论文集《关于记忆》(*Über das Gedächtnis. Reden und Aufsätze*)出版。
1994	长篇小说《反抗》(*Die Auflehnung*)出版。
1996	短篇小说集《鲁德米拉》(*Ludmilla*)出版。
1998	散文集《关于疼痛》(*Über den Schmerz*)出版。
1999	长篇小说《少年与沉默之海》，原题为《阿纳的遗产》(*Arnes Nachlaß*)出版，2013 年同名电影上映，斩获君特·斯特拉克电视奖等三项国际奖项。20 卷作品集全部出齐。
2001	散文集《关于文学的未来的猜想》(*Mutma-βungen über die Zukunft der Literatur*)出版。
2003	长篇小说《失物招领处》(*Fundbüro*)出版。
2004	短篇小说集《篱笆边的客人》(*Zaungast*)出版。
2006	散文集《跳出自我——关于写作与生活》(*Selbstversetzung: Über Schreiben und Leben*)出版。
2008	中篇小说《默哀时刻》(*Schweigeminute*)出版。
2009	中篇小说《州立剧院》(*Landesbühne*)、戏剧《受试者》(*Die Versuchsperson*)出版。
2011	戏剧集《受试者、和谐》(*Die Versuchsperson. Harmonie*)、

短篇小说集《面具》（*Die Maske*）出版。

2012 游记《1962 年美国日记》（*Amerikanisches Tagebuch 1962*）出版。

2014 公益性组织西格弗里德·伦茨基金会成立，该基金会设立西格弗里德·伦茨奖。10 月 7 日在汉堡逝世。

2015 中篇小说《钓鱼比赛》（*Das Wettangeln*）出版。

2016 长篇小说《投敌者》（*Der Überläufer*）出版。

兹格弗里德·伦茨所获荣誉

1952　勒内·席克莱奖（René-Schickele-Preis）。

1953　汉堡莱辛奖（Stipendium des Lessing-Preises der Freien und Hansestadt Hamburg）。

1961　柏林自由人民剧院格哈德·霍普特曼奖（Gerhart-Hauptmann-Preis）；东普鲁士文学奖（Ostpreußischer Literaturpreis）。

1962　格奥尔格·马肯森文学奖（Georg-Mackensen-Literaturpreis）；不来梅市文学奖（Literaturpreis der Freien Hansestadt Bremen）。

1966　北莱茵-威斯特法伦州文学大艺术奖（Großer Kunstpreis des Landes Nordrhein-Westfalen für Literatur）；汉堡读者奖（Hamburger Leserpreis）。

1970　德国共济会文学奖（莱辛社）（Literaturpreis Deutscher Freimaurer, Lessing-Ring）。

1976　汉堡大学荣誉博士。

1978　戈斯拉尔市文化奖（Kulturpreis der Stadt Goslar）。

1979　安德烈亚斯·格吕菲乌斯奖（Andreas-Gryphius-Preis）。

1984　托马斯·曼奖（Thomas-Mann-Preis der Hansestadt

Lübeck）。

1985	奥地利政府马纳斯·施佩伯尔奖（Manès-Sperber-Preis）；德国非洲协会电视奖（DAG-Fernsehpreis）。
1986	汉堡自由艺术科学院奖章（Plakette der Freien Akademie der Künste in Hamburg）。
1987	不伦瑞克市威廉·拉贝奖（Wilhelm-Raabe-Preis der Stadt Braunschweig）。
1988	德国出版业和平奖（Friedenspreis des Deutschen Buchhandels）。
1989	海因茨·加林斯基基金会文学奖（Literaturpreis der Heinz-Galinski-Stiftung）。
1993	以色列本·古里安大学荣誉博士。
1995	巴伐利亚文学奖（Bayerischer Staatspreis für Literatur）。
1996	赫尔曼·辛斯海默文学与新闻奖（Hermann-Sinsheimer-Preis für Literatur und Publizistik der Stadt Freinsheim）。
1997	阿道夫·维尔特欧洲文学奖（Adolf-Würth-Preis für Europäische Literatur）。
1998	波兰萨穆埃尔·波古米尔·林德奖（Polnischer Samuel-Bogumil-Linde-Preis）。
1999	歌德奖（Goethe-Preis der Stadt Frankfurt am Main）。
2001	汉堡市荣誉市民；汉堡大学评议会荣誉委员；魏尔海姆文学奖（Weilheimer Literaturpreis）；埃尔兰根-维尔茨堡大学荣誉博士。
2002	不来梅民族交流汉萨奖（Hansepreis für Völkerverständigung Bremen）；巴伐利亚州长国际图书奖荣誉奖

（Ehrenpreis des Bayerischen Ministerpräsidenten beim Internationalen Buchpreis Corine）。

2003　歌德金质奖章（Johann-Wolfgang-von-Goethe-Medaille in Gold der Alfred Toepfer Stiftung）。

2004　汉为洛雷·格雷弗文学奖（Hannelore-Greve-Literaturpreis）；石勒苏益格-荷尔斯泰因州荣誉公民。

2005　赫尔曼·埃勒斯奖（Hermann-Ehlers-Preis）。

2006　金笔奖荣誉奖（Ehrenpreis der Goldenen Feder-Medienpreis der Bauer Verlagsgruppe）。

2007　汉堡阿尔斯特湖船闸管理员协会荣誉管理员（Ehren-Schleusenwärter der Congregation der Alster-Schleusenwärter S. C. in Hamburg）。

2009　勒夫-科佩雷夫和平与人权奖（Lew-Kopelew-Preis für Frieden und Menschenrechte）。

2010　意大利诺尼诺国际文学奖（Premio Nonino）。

2011　出生地吕克城（今波兰埃乌克）荣誉市民。

一本书打开一个世界

欢迎订购、合作

订购电话：0571-85153371

服务热线：0571-85152727

KEY- 可以文化　　　浙江文艺出版社　　　天猫旗舰店

关注 KEY- 可以文化、浙江文艺出版社公众号，
及浙江文艺出版社天猫旗舰店，随时获取最新图书资讯，
享受最优购书福利以及意想不到的作家惊喜